WUNDERLICH

Maria Fagyas

Die Zwillingsschwester

Roman

Deutsch von Irene Ohlendorf

WUNDERLICH TASCHENBUCH

Neuausgabe März 2001
Veröffentlicht im Rowohlt Taschenbuch
Verlag GmbH, Reinbek bei Hamburg
August 1981

Umschlaggestaltung Cordula Schmidt
(Foto: Archiv für Kunst und Geschichte, Berlin)
Gesamtherstellung Clausen & Bosse, Leck
Printed in Germany
ISBN 3 499 26306 8

Kapitel

I

4. August 1904.

Als die Lokalbahn auf dem kleinen Bahnhof mit dem verwitterten Schild Sárkány endlich zum Stehen kam, erblickte Hauptmann Nikolas Karady draußen, unter einer Akazie, neben dem Lattenzaun, der den Gemüsegarten des Stationsvorstehers umgab, seine Kutsche und davor die besten Braunen, die er besaß.

Der Gedanke, Beata wiederzusehen, erfüllte ihn mit großer Vorfreude, und er ging munteren Schrittes über den Bahnsteig zum Ausgang. Man sah ihm seine 33 Jahre nicht an, er hatte den gelassenen Gang des Kavallerieoffiziers und das sichere Auftreten des Aristokraten. Von seinen Vorfahren väterlicherseits hatte er den schlanken und kräftigen Wuchs und das gutgeschnittene männliche Gesicht. Seine tiefbraunen Augen, die eben noch durchdringend blickten, konnten gleich darauf schimmern wie Samt. Selbst in einer Menschenmenge wäre seine Erscheinung sogleich aufgefallen und hätte sich eingeprägt.

Sein Schritt verlangsamte sich, als er feststellte, daß seine Frau nicht zur Station gekommen war, um ihn abzuholen. Sonderbar war es auch, daß nicht János der Kutscher auf dem Bock des Landauers saß, sondern ein Stallbursche. Er trug zwar den flaschengrünen Dolman und den Federhut der Karadyschen Livree, in krassem Gegensatz dazu aber ausgefranste Arbeitshosen über bloßen, lehmverschmierten Füßen. Der Anblick stimmte Nikolas gereizt. Er ließ sich selten gehen, aber die Aussicht auf eine lange Fahrt zum Schloß ohne Beata, auf die er sich so gefreut hatte, verdarb ihm die Laune.

Er war erst 10 Monate und 5 Tage verheiratet, betrachtete aber jeden Augenblick, da er sie entbehren mußte, als unwiederbringlich verloren.

Beata war gewissermaßen unter Nikolas' Augen herangewachsen. Von der Schloßterrasse aus hatte er sie gelegentlich und immer nur flüchtig über einen Flickenteppich aus Wiesen und Weingärten hinweg beim Blumenpflücken oder mit Hunden tollend gesehen; ein mageres, kleines Mädchen, mit den langen Beinen und der Mähne eines jungen Fohlens. Er erinnerte sich noch einer Zeit, wo er manchmal auch zwei Mädchen gesehen hatte, Zwillingsschwestern, aber als er im Sommer 1896 nach längerer Abwesenheit wieder einmal ein paar Wochen in Sárkány verbrachte, war das andere Mädchen verschwunden. Er hörte, sie sei krank geworden und man habe sie zunächst in ein Schweizer Lungensanatorium geschickt. Inzwischen lebe sie bei einer Tante in Berlin. Beata, die nun allein Feld und Flur durchstreifte, hatte Nikolas an Gemälde von Greuze erinnert, aber ihm war nie der Gedanke gekommen, sie könnte eines Tages das Haus ihres Großvaters Réthy verlassen und seine Frau werden.

Jahrelang sah er sie, wenn er den Réthys, deren 200 Hektar Land an den Besitz der Karadys grenzten, nachbarlichen Besuch abstattete, wie einen Lichtstrahl durchs Nebenzimmer huschen oder auch – falls die alte Frau Réthy sie dazu aufforderte – zur Begrüßung hereinkommen, ungeschickt knicksen und wieder verschwinden. Sie war damals noch ein so bläßliches und mageres Kind, daß nur das Auge des Kenners ihre spätere Schönheit und Anmut erahnen konnte. Für Karady lag selbst in ihrer Schüchternheit etwas Reizvolles. Sie war darin eingeschlossen wie in einer jener kaum wahrnehmbaren Glasvitrinen, durch die Museen ihre kostbarsten Stücke vor jeder Berührung schützten. Wenn sie sich für die kleinen Geschenke, die er ihr mitbrachte, bedankte – Konfekt oder eine Flasche Eau de Cologne –, errötete ihr ernstes, kleines Gesicht, und schon sprang sie davon wie das Eichhörnchen mit der gestohlenen Nuß.

Der heranwachsenden Beata war er erstmals im vorangegangenen Sommer begegnet. Sie war immer noch das Mädchen vom Lande, die in ihm den welterfahrenen Mann sah, ihm aber schon mit gefestigtem Selbstvertrauen und einer ganz eigenen Würde gegenübertrat. Ihre rauhe, dunkle Stimme stand in reizvollem Kontrast zu dem fast weißblond schimmernden Haar.

Mehr noch als ihre Stimme faszinierte ihn das unerklärliche Geheimnis ihrer Schönheit. Er betrachtete sie mit dem Staunen, mit dem man eine Trecento-Madonna auf dem Altar einer Dorfkirche entdeckt. Er hatte berühmte Schönheiten kennengelernt und sie bewundert, war aber dabei nie den Eindruck losgeworden, ihre zarte Haut verberge nur harten Stahl, den keine Gefühlsregung je durchdrang.

Es mag sein, daß er sich mit einem bewundernden Blick begnügt hätte, wäre er Beata im Sacher oder in der Oper begegnet. Hier, in dem schlichten Salon des Hauses Réthy jedoch wirkte sie wie eine Erscheinung. Ihr Körper hatte noch die fohlenhafte Ungelenkheit ihrer Kinderjahre, und doch erahnte er unter dem weichen weiten Baumwollkleid weibliche Formen. Ihre Augen strahlten einen inneren Frieden aus, dem er im Blick der Damen seiner Kreise selten begegnet war. Während er sonst beim Anblick eines hübschen Gesichts oft eine männliche Regung verspürte, empfand er an jenem Nachmittag keinerlei ähnliches Verlangen, sondern nur den Wunsch, zärtlich zu Beata zu sein, sie zu liebkosen, zu schützen. Es war einfach Liebe auf den ersten Blick. Er verließ das Réthysche Haus wie ein Süchtiger, Beata auf immer verfallen.

Bei dem Versuch, seine Gefühle zu analysieren, kam er zu dem Schluß, die arrogante Überzeugung von der eigenen Unverletzlichkeit habe ihn verwundbar gemacht. Verliebtheit war augenscheinlich so unvermeidlich wie Masern und Ziegenpeter, früher oder später erwischte es jeden. Ihn traf es erst mit 32 Jahren, also recht spät, und daher um so heftiger.

Nikolas wandte seine Aufmerksamkeit dem Jungen zu, der den Pferden aufmunternd zuschnalzte und ihnen leicht mit der Peitschenschnur über die Flanken strich. Der Bahnhofsvorsteher kam hinter dem Gebäude hervor, um die Pferde zu halten, während der Stallbursche das Gepäck holte, das der Schaffner auf dem Bahnsteig deponiert hatte.

Personenzüge hielten in Sárkány nur für die Karadys und ihre Gäste. Der kleine Ort westlich der Donau, etwa 200 km von Wien und rund 100 km von Budapest entfernt, war auf der Karte der österreichisch-ungarischen Monarchie kaum auszumachen. Die Stichbahn von Komárom nach Székesfehérvár erschloß ein in sanften Hügeln hinschwingendes Land, dem Auge angenehm, aber wenig ertragreich. Einzig die Weingärten von Mór und Sárkány bildeten eine Ausnahme, und der

Familie Karady gehörten 250 Hektar davon. Die übrigen Ländereien warfen nur den Lohn für die Landarbeiter ab, die in den Weingärten arbeiteten, und das Futter für das Vieh.

Hafer, Roggen, Gerste und Weizen waren an diesem warmen Augustmorgen bereits geschnitten. Der Mais stand hoch und versprach eine gute Ernte. Samtgrüne Klee- und Luzernenfelder wechselten mit frisch gepflügten Äckern, die auf die neue Saat warteten, und in den Weingärten schimmerten die frisch gespritzten Rebblätter bläulichgrün.

Der Stallbursche riß den Hut vom Kopf und grüßte seinen Herrn, dann nahm er den Hut wie ein Apportierhund zwischen die Zähne, hob die beiden Koffer wieder auf und ging damit auf den Landauer zu. Nikolas, der seinen Namen nicht wußte, brachte ihn mit einem «He, du!» zum Stehen.

Der Junge fuhr herum und starrte ihn blöde an.

«Wo steckt denn János, zum Teufel!»

Der Junge setzte die Koffer ab, nahm den Hut aus den Zähnen und stammelte: «Er . . . er konnte nicht, Herr Graf, er . . .» Nun räusperte er sich entschlossen. «Ich habe die Anweisung von Herrn Bodnár, den Herrn Grafen abzuholen.»

«War denn niemand anders zur Hand?»

«Alle haben zu tun, Herr Graf.»

«Und hat er gesagt, daß du barfuß kommen sollst?»

Der Junge wich Nikolas' Blick aus und hob verlegen die Schulter.

«Was ist mit János?»

«Er ist verletzt . . . verbrannt hat er sich. Nicht schlimm, nur an den Händen.»

«Und wie ist das passiert?»

«Ich weiß nicht, Herr Graf. Ich war die Nacht über im Weingarten, am Südhang, die Trauben sind fast reif, ich meine, die Tafeltrauben. Die müssen jetzt Tag und Nacht bewacht werden.»

«Setz dich nach hinten, ich fahre selber», sagte Nikolas verärgert zu dem Jungen. Man würde schon sehen, wer dafür verantwortlich war, daß ihn ein Stallbursche in solchem Aufzug von der Bahn abholte!

Als der Landauer über den von seinen Leuten instandgehaltenen Fahrweg dahinrollte, fragte sich Nikolas, warum ihn Beata wohl nicht am Bahnhof erwartet hatte. Vorübergehend beunruhigte ihn das. Kurz vor seiner Abreise nach Wien hatte er ihr ein englisches Jagdpferd gekauft. Sie war eine passionierte, aber tollkühne Reiterin. Sie verabscheute Reitkleider und trug statt dessen Breeches, die es ihr erlaubten, im Herrensitz zu reiten. Kaum im Sattel, schien sie mit dem Tier eins zu werden und ließ sich vom Rausch der Schnelligkeit und Freiheit fortreißen.

«Ist die Frau Gräfin ausgeritten, während ich weg war?»

«Ich glaube wohl, Herr Graf.»

«Sie ist doch nicht abgeworfen worden oder gestürzt?»

Die Antwort kam hastig: «Nein, nein, vom Pferd gestürzt ist sie nicht.» Nikolas sah nicht, wie der Junge hinter ihm gequält das Gesicht verzog.

Der Fahrweg führte im Bogen um einen Hügel mit jungen Akazienbäumen. Hier begann das Land der Karadys. Fruchtbare Hügelkuppen wechselten mit steilen Hängen, die im Frühling Tieren und Menschen viel Schweiß und Mühe abforderten. Die jetzt saftig grün leuchtenden lieblichen Täler konnten sich bei rasch einsetzendem Tauwetter in Sümpfe verwandeln, und schon so manche Weinernte war durch Hagelschlag vernichtet worden. Gleichwohl hielten die Karadys seit Generationen an Sárkány fest.

Hinter dem Hügel gesellte sich der Fahrstraße ein Bach bei. Rechterhand, unterhalb der Straße, erstreckte sich das Land von Beatas Großvater. Man sah das von einem kleinen Ziergarten eingefaßte Haus, dahinter den Gemüsegarten, den Obstgarten und am Ende eines Feldweges den eigentlichen Hof mit den Pferde- und Kuhställen, der Scheune, den Schweineställen, dem Hühnerhaus, dem Maissilo und den Gesindehäusern. Eindrucksvoll war der Anblick nicht – Lehmwände, Strohdächer und ein halb verfallener ländlicher Abtritt verrieten die lange, mit Würde getragene Armut. Hier und da wurde das trübgraue Bild, das sich einem bot, aufgehellt vom Grün beharrlich wachsenden Unkrauts und dem Teppich aus rötlichen Beeren, den ein üppiger Holderbusch über den Boden gebreitet hatte. Der alte Kalman Réthy war zu arm, seinen Besitz in Schuß zu bringen, und zu stolz, von dem reichen Mann seiner Enkeltochter Hilfe anzunehmen.

Nikolas saß jetzt entspannter auf dem Kutscherbock. Der Gedanke, daß er in wenigen Minuten Beata wiedersehen würde, versetzte ihn in Hochstimmung.

Fünf Tage zuvor war er überraschend aus dem Urlaub zurückgerufen und ins Außenministerium befohlen worden, wo er von Legationsrat Reimann hörte, daß diskrete Erhebungen über das Privatleben des Fürsten zu Eulenburg-Hertefeld im Gange waren, der von 1894 bis 1902 deutscher Botschafter am Hofe Franz Josephs zu Wien und Freund des Hauses Karady gewesen war.

Während seiner Zeit in Wien war der Fürst häufig Gast des alten Grafen Karady gewesen, denn Nikolas' Mutter, Gräfin Melanie, unermüdlich auf der Suche nach glänzenden Persönlichkeiten für ihren Salon, sah in Eulenburg einen besonders wertvollen Fang. Der Fürst war nicht nur höchst charmant, sondern auch ein vielseitig talentierter Mann, Dichter, Dramatiker, Komponist und, wichtiger noch, engster Freund Kaiser Wilhelms II. Seit dieser Monarch den Thron bestiegen hatte, war keine bedeutende Entscheidung ohne vorherige Beratung mit Eulenburg gefallen.

Der Fürst hatte immer ein reges Interesse an Nikolas bekundet, obwohl er gut 20 Jahre älter war. Sie hatten sich seit zwei Jahren nicht mehr gesehen. Gelegentlich hatte Nikolas Briefe vom Fürsten erhalten, meist begleitet von Sammlungen seiner Gedichte oder seinen neuesten Kompositionen, und er hatte in diesen kleinen Aufmerksamkeiten nichts Ungewöhnliches gesehen. Er war daher zutiefst betroffen, als Legationsrat Reimann ihn fragte, ob der Fürst jemals widernatürliche Neigungen habe erkennen lassen. Seine anfängliche Verblüffung wich wachsendem Zorn; nie zuvor hatte man ihn mit derartig unschicklichen Fragen belästigt. Er reagierte mit einer Schroffheit, die ein Hauptmann, auch wenn er dem Generalstab angehörte, sich im Umgang mit einem höheren Beamten vom Ballhausplatz eigentlich nicht hätte erlauben dürfen, die Nikolas sich aber auf Grund seiner Herkunft und der Stellung seiner Familie schuldig zu sein glaubte.

Der Diplomat suchte ihn mit dem Hinweis zu beschwichtigen, der Fürst werde durch Gerüchte belastet, die von seiner Verbindung zu einem Bediensteten der öffentlichen Badehäuser wissen wollten; das Ersuchen, Nachforschungen anzustellen, gehe im übrigen vom Auswärtigen Amt in Berlin aus, und man wolle sich nur dem Verbündeten gefällig erweisen. Ob der Fürst die Badehäuser je erwähnt habe?

«Meinen Sie vielleicht *jenes* Badehaus?» fragte Nikolas scharf. «Nein, nicht daß ich wüßte.»

Reimann tat, als verstünde er die Anspielung nicht, die sich auf den Erzherzog Ludwig Viktor bezog, einen jüngeren Bruder des Kaisers, der Stammkunde *jenes* Badehauses gewesen und aus diesem Grunde vom Hofe verbannt worden war. In den Amtsstuben der Monarchie war dieses Thema absolut tabu. Reimann, peinlich berührt, wechselte den Gegenstand und beendete das Gespräch so schnell als angängig.

Nikolas verließ das Ministerium immer noch wütend. Da hatte man ihn also aus dem wohlverdienten Urlaub geholt, weil man hoffte, er werde einen Mann belasten, den er bewunderte und achtete. Jemand in sehr hoher Stellung mußte es auf den Fürsten Eulenburg abgesehen haben.

Der Landauer rollte an der Parkmauer entlang. Das Schloß lag hinter jahrhundertealten, von einem längst verstorbenen Karady gepflanzten Eichen verborgen. Noch war man nicht an der Einfahrt, als der Wind Brandgeruch herantrug. Es roch nicht nach verbranntem Holz, sondern scharf und ätzend wie von glimmendem Müll und immerhin so stark, daß Nikolas niesen mußte. Er griff nach dem Taschentuch. Die Kutsche bog in die weit geöffnete Einfahrt ein. Noch einmal mußte er niesen, und als er das Tuch sinken ließ, sah er, daß der linke Flügel des Schlosses rauchgeschwärzt war.

Er schlug auf die Pferde ein. Sie bäumten sich auf und preschten auf das Herrenhaus zu, das Fahrzeug gefährlich schaukelnd hinterdrein. Erst im letzten Augenblick brachte Nikolas den Landauer zum Stehen.

Auf der breiten Auffahrt schien fast das gesamte Gesinde versammelt. Nikolas warf dem Nächststehenden die Zügel hin und sprang vom Bock.

«Was ist geschehen? Wo ist die Frau Gräfin?» schrie er Bodnár an, seinen Verwalter, der vor einem Wasserwagen stand, packte ihn bei den Schultern und schüttelte ihn so wild, daß der Verwalter mit dem Kopf gegen die Tonne auf dem Wagenbett stieß. Bodnárs Lippen bewegten sich, doch kam kein Ton aus seiner Kehle. «Wo ist sie!» schrie Nikolas. Im Hof herrschte Grabesstille. Keiner rührte sich. Man war vor den anstürmenden Pferden zwar auseinandergestoben, stand aber nun wieder in einer reglosen Gruppe unter den rauchgeschwärzten Fenstern von Beatas Schlafzimmer.

«Wo ist sie?» schrie Nikolas noch einmal. Da er keine Antwort bekam, ließ er Bodnár los und wandte sich dem Eingang zu. Als habe das Knirschen des Kieses unter seinen Sohlen den Bann gebrochen, kam nun Leben in die Umstehenden. Sein Winzermeister, ein kleiner blonder Deutscher, vertrat ihm mit ausgestreckten Händen den Weg und schrie: «Nein! Gehen Sie nicht hinein!»

In diesem Augenblick trat eiligen Schrittes der alte Réthy aus dem Haus, die Kleider beschmutzt, das Gesicht verschmiert, Ruß im Schnurrbart. Beim Anblick von Nikolas erstarrte er. Dann holte er tief Luft, trat auf ihn zu und legte ihm beide Hände auf die Schultern.

«Beata ist tot, Nicky», sagte er mit tonloser Stimme.

Nikolas blickte in die alten Augen, die sich mit Tränen füllten. «Nein», murmelte er. «Nein.»

«Doch, Nicky. Sie ist tot. Sie ist heute morgen gestorben.»

Seine Worte waren wie Kiesel, die von einer Fensterscheibe zurückprallen.

Nikolas zitterte. «Sie ist verbrannt!»

«Nein, nein!» widersprach der alte Réthy. «Sie ist erstickt. Im Qualm. Sie war längst tot, als das Feuer sie erreichte.» Er zerrte ein Schnupftuch aus der Tasche und fuhr sich damit über die schweißnasse Stirn. Vor dem Zusammentreffen mit Nikolas hatte er sich gefürchtet, und er wußte auch jetzt nicht, wie er dem Schmerz des Jüngeren begegnen sollte, obwohl seit Beatas Tod Stunden vergangen waren. Der eigene Schmerz setzte ihm schlimm genug zu.

Nikolas fühlte, wie sich lähmende Kälte seiner bemächtigte. Es war, als wate er in einen eisigen Fluß, das Wasser stieg höher und höher, jetzt stand es ihm bis zum Kinn. Gleich würde es ihn fortreißen.

Ein Feuer war ausgebrochen, und Beata war darin umgekommen. Er hob den Blick und musterte die efeubewachsene Mauer mit den Brandflecken, den geborstenen Scheiben und den verkohlten Fensterrahmen. Das war kein Alptraum, das war grelle Wirklichkeit. Die Menschen um ihn herum, die ihn mitfühlend, aber auch neugierig anstarrten, waren wirklich, und auch der zertrampelte Rasen neben der Auffahrt war wirklich, das verkohlte Holz, die Glasscherben und, keine zehn Meter entfernt, wunderbarerweise vom Feuer verschont, der von Glyzinien überwachsene Laubengang.

«Wo ist sie?»

Der alte Réthy packte ihn beim Arm. «Geh nicht hinauf, Nicky. Behalt sie so in Erinnerung, wie sie war. Geh nicht zu ihr hinauf.»

«Wo ist sie?»

«Im rosa Salon. Auf dem Sofa. Bis ...»

«Wie ist es passiert? Wie konnte das überhaupt passieren? Wie? Wie?» Nikolas machte sich los und trat auf Bodnár zu. «Wo warst du? Wo waren die anderen? Habt ihr alle geschlafen oder wart ihr betrunken? Wie ist es überhaupt zu dem Brand gekommen? Wo ist das Feuer ausgebrochen?»

«Es muß im Zimmer der Frau Gräfin ausgebrochen sein», erwiderte der Verwalter.

«Aber wie denn bloß?»

«Das Zimmermädchen Juli hat die Frau Gräfin als letzte gesehen, im Bett, mit einem Buch. Ein Gewitter zog auf, und Juli ging zu ihr hinein, um die Fenster zu schließen. Das Gewitter dauerte nur zehn Minuten oder eine Viertelstunde.»

Nikolas verlor die Geduld. «Das Feuer, Mann, wie hat es zu brennen angefangen?»

«Wir können es uns nur so erklären, daß die Frau Gräfin eingeschlafen ist und die Kerze umgestoßen hat. Juli sagt, die Frau Gräfin hat immer die ganze Nacht eine Kerze brennen lassen, wenn der Herr Graf fort waren. Bestimmt ist die Kerze umgefallen, und der Teppich hat angefangen zu glimmen.»

Kurz entschlossen schritt Nikolas zur Haustür. Réthy folgte ihm. Schluchzend trottete der massige Bodnár hinter ihnen drein.

Man durchschritt die Halle, deren hohe, gewölbte Decke mit Putten und Göttinnen auf Wolkenpolstern ausgemalt war, und stieg die mit rotem Läufer belegte Treppe hinauf. Außer feuchten Flecken, Lehm- und Rußspuren, die von den Stiefeln der Männer herrührten, die gelöscht hatten, waren hier keine Schäden zu sehen. Im Obergeschoß, auf dem Korridor, der zu den Schlafzimmern führte, hatte Rauch die Wände geschwärzt, und die hohe Flügeltür am Ende des Flurs war angekohlt.

Nur das Zimmer der Gräfin war ausgebrannt. Das riesige Himmelbett, in dem viele Karadys, auch Nikolas' Vater, zur Welt gekommen waren, glich mit den zu Asche gewordenen Matratzen, Kissen und Decken, den zu Holzkohle verglühten Bettpfosten einem indischen

Scheiterhaufen. Einzig der metallene Rahmen des Betthimmels stand noch. Nikolas preßte die Zähne fest aufeinander, um einer Ohnmacht zu widerstehen.

Der rosa Salon lag im Dunkeln. Vor den Fenstern hingen zwei große Perserteppiche aus dem unversehrten Flügel des Hauses. Die Flammen hatten sich am Efeu entlanggefressen, der an den Hausmauern emporrankte. Hier und dort waren Vorhänge verbrannt, doch nirgends hatte das Feuer so gewütet wie in Beatas Schlafzimmer. Bodnár nahm die Teppiche ab, und das helle Vormittagslicht flutete in den Salon.

Die Wandbespannung und die Polster der Möbel aus Seidendamast mit einem rosa Nelkenmuster verliehen dem Raum eine heitere Stimmung, die Nikolas jetzt ganz unwirklich vorkam, als er von der Schwelle aus in benommenem Schweigen auf die in Leinentücher gehüllte Gestalt starrte, die da auf der Recamière ausgestreckt lag. Den anderen kam es wie eine Ewigkeit vor, bis er endlich lautlos und auf Zehenspitzen nähertrat, als läge dort nicht eine Tote, sondern eine Schlafende. Er streckte die Hand nach dem dreifach gefalteten Leintuch über dem Gesicht aus, doch bevor er es erfaßte, spürte er die Finger des alten Réthy auf seinem Arm, einen überraschend festen Griff für einen Mann seines Alters.

«Nicht, Nicky. Laß. Schau sie nicht an. Sie würde es nicht wollen. Bestimmt nicht. Erinnere dich an sie, wie sie war. Um ihretwillen, Nicky. Und um deinetwillen. Dies hier ist nicht Beata.»

Erst als er ihn jetzt ansah, erkannte Karady, daß die letzten Stunden das Gesicht des alten Mannes gezeichnet hatten. «Hast *du* sie gesehen?»

«Ich war bereits hier, als man sie fand. Die Hunde hatten mich geweckt, unsere und eure. Sie haben geheult wie verrückt. Es war gegen fünf. Ich war seit vier auf, ich konnte nicht mehr schlafen, bin dann in einem Sessel aber doch wieder eingenickt. Da hörte ich die Hunde, ging hinaus und sah das Feuer. Die Flammen schlugen schon aus Beatas Fenstern. Als ich ankam, war der Brand bereits gelöscht. Jemand hatte den Qualm gerochen und Bodnár alarmiert. Der Wasserwagen war sofort zur Stelle, und man hat eine Eimerkette gebildet. Deshalb blieb das Feuer auf dies eine Zimmer beschränkt. Was überhaupt menschenmöglich war, ist geschehen, Nicky.»

Nikolas schüttelte den Kopf. «Um fünf? Da waren doch alle schon auf. Warum hat niemand die Flammen gesehen?»

«Es waren ja keine da. Wenigstens zuerst nicht, es war ein Schwelbrand. Erst als die Leute die Tür aufmachten, loderte das Feuer auf, und in Sekundenschnelle war der Raum ein Flammenmeer. Da war der Wasserwagen aber schon da, und deshalb wurde ja auch so schnell gelöscht. Für Beata war es allerdings zu spät.»

Nikolas preßte die geballten Fäuste gegen die Stirn. «Sie ist tot. Mein Gott, sie ist tot!» Jetzt raste er förmlich: «Man verbrennt doch nicht bei lebendigem Leib, ohne zu rufen! Sie muß doch geschrien haben! Hat denn niemand etwas gehört?»

«Sie hat nicht geschrien, Nicky. Nach dem Abendessen hat sie anscheinend ein paar Gläschen Tokajer getrunken und vermutlich tiefer geschlafen als sonst. Der Teppich fing an zu schwelen, sie hat das Bewußtsein verloren und ist erstickt. Glaub mir, sie war tot, bevor es hier richtig brannte. Andernfalls hätte man sie nicht lang hingestreckt auf dem Bett gefunden, sondern auf dem Fußboden, nahe der Tür.»

Tot also, bevor die Flammen das Bett erreichten? Ein tröstlicher Gedanke, ein kleines, flackerndes Licht in der Schwärze des Kummers. Aber empfand er jetzt wirklich Kummer? Empfand er nicht vielmehr Zorn, ein Verlangen nach Rache? Wäre er einer seiner Vorfahren gewesen, schriebe man das Jahr 1704 statt 1904, er hätte alle seine Leute gnadenlos abstrafen lassen. Er haßte sie, sie alle, haßte Sárkány, haßte Réthy. Die stille Resignation des Alten steigerte seinen eigenen Schmerz ins Unerträgliche. Er begriff nicht, daß Réthys tiefe Resignation von den Schicksalsschlägen herrührte, die er sein Leben lang eingesteckt und überstanden hatte.

Überschwemmungen, Hagelstürme, Trockenperioden hatten sein Gut fast zugrundegerichtet.

Zwei seiner drei Kinder waren früh gestorben, der einzige Sohn, der Vater Beatas und ihrer Zwillingsschwester, war in eine üble Wechselaffäre verwickelt gewesen und hatte sich das Leben genommen. Ein Jahr später begrub man seine junge Witwe, und die alten Réthys übernahmen die Sorge für die verwaisten Mädchen Beata und Alexa. Zunächst erschienen ihnen die beiden Zwillingsschwestern wie ein Geschenk des Himmels, das sie über den erlittenen Kummer entschädigen sollte.

Dann wurde Alexa krank, und den Réthys blieb nur die Wahl, Gott um ein Wunder anzuflehen oder Alexa einer reichen Tante anzuvertrauen, die ihr den Aufenthalt in einem teuren Schweizer Sanatorium ermöglichen konnte. Es blieb schließlich nichts übrig, als ihr Alexa zu überlassen, was die Großeltern veranlaßte, sich Beata mit um so größerer Liebe zu widmen. Das unfaßbare Unglück, dem sie zum Opfer gefallen war, entsprach so ganz der Tragik, die von jeher das Leben der Réthys verdüstert hatte.

Anders als im Leben des alten Réthy waren für Nikolas Tragödien bislang etwas gewesen, das nur anderen Menschen zustieß: armen Verwandten, gekrönten Häuptern, Fremden, über die man in der Zeitung las. So war es nur natürlich, daß seine erste Reaktion wütende Empörung war.

Langsam trat an die Stelle zähneknirschender Wut bei Nikolas nun eine sonderbare Taubheit. Er fühlte sich leer und erschöpft. Der alte Réthy sah ihn besorgt an.

«Komm nach unten. Ich muß einen Schluck trinken. Und du auch.»

Nikolas folgte ihm stumm und gehorsam aus dem Salon. Bodnár schloß hinter ihnen ab. In der Bibliothek nahm Réthy eine Flasche alten *törköly* von der Kredenz und schenkte ihnen ein. Nikolas leerte sein Glas auf einen Zug. Der alte Mann schenkte nach. Sie saßen lange Zeit schweigend da. Karady wußte, daß Entschlüsse gefaßt, Vorkehrungen getroffen werden mußten, aber noch war er nicht willens, die tröstliche Stille zu brechen.

Das Knarren der schweren Eichentür zerbrach die Stille, in der er bislang gesessen hatte wie unter einem Glassturz. Schwebend zwischen Belebtheit und Erstarrung, einen Atemzug entfernt vom Schlaf und einen vom Tod, hatte er geglaubt, sicher vor jedem neuen Schrecken zu sein, solange er sich im Schutze dieses gläsernen Schweigens befand. Jetzt aber wurde er abrupt zurückversetzt in die Wirklichkeit und sprang auf.

Bodnár trat ein, ein Telegramm in der Hand, das er auf einen Beistelltisch legte; er spürte, daß er unwillkommen war. «Entschuldigen Sie, Herr Graf. Es ist eben gebracht worden», sagte er nur und zog sich zurück. Als Nikolas sich nicht rührte, stand der alte Réthy auf und öffnete es.

«Von deinen Eltern. Sie kommen heute nachmittag. Um Viertel nach vier.»

Nikolas starrte ihn verblüfft an. «Wie haben sie es so schnell erfahren?»

«Bodnár hat dir heute früh nach Wien in die Herrengasse telegraphiert. In der Verwirrung hatte er ganz vergessen, daß du schon auf der Heimfahrt warst.»

Nikolas goß sich und dem alten Réthy wieder ein. «Meine Eltern kann ich jetzt nicht ertragen, schon gar nicht Mama.» Die Abneigung, die er oft gegen seine Mutter empfunden hatte, verwandelte sich jetzt in Zorn. «Wie spät ist es?» Er warf einen Blick auf die Wanduhr. «Zu spät, ihnen noch abzusagen. Mama! Weshalb kommt sie überhaupt her! Sie hat für Beata nie etwas übrig gehabt.»

«Aber dich liebt sie», sagte Réthy beschwichtigend.

«Manchmal wäre es mir lieber, sie täte es nicht.»

Seine Mutter, die Gräfin Melanie, kam aus der steinreichen Familie Geiger-Gebhardt, deren Stammvater, der polnische Kornhändler Nathan Geiger, aus seinem Dorfladen eine den gesamten Futtermittelmarkt in der Donaumonarchie beherrschende Firma gemacht hatte. In Anerkennung seiner Verdienste um das Herrscherhaus war der älteste Sohn Josef in den Adelsstand erhoben worden und durfte sich nach dem Dorf, in dem er geboren war, Geiger-Gebhardt nennen. Er verkürzte das später gern zu von Gebhardt, doch der Name Geiger haftete der Familie so zähe an wie Muscheln einem Schiffsrumpf.

Josef und seine Frau traten zum katholischen Glauben über, sein Sohn und drei Töchter heirateten in christliche Familien. Melanie, die Jüngste, tat den besten Fang: Graf Ferdinand Karady.

Damals bestand für den Grafen Ferdinand die Gefahr, daß er sein sechstausend Hektar großes, schwer mit Hypotheken belastetes Gut in dem ungarischen Dorf Sárkány verlor; Melanies Mitgift befreite den ererbten Besitz nicht nur von den drückenden Schulden, sondern ermöglichte es auch, das verwahrloste Schloß wieder herzustellen. Melanie gefiel sich ein Weilchen in der Rolle der Schloßherrin, wurde sie aber bald leid und bezog jenes zweistöckige Haus in der Herrengasse zu Wien, das fortan Palais Karady hieß. Ferdinand langweilte sich auf dem Lande ebensosehr wie seine Frau und begrüßte die Veränderung. Die Statistinnen vom Theater an der Wien gefielen ihm erheblich besser als die drallen Landmädchen, denen er kleine Karadys zu machen pflegte, wonach er sie, mit einer ansehnlichen Draufgabe versehen, an Landarbeiter auf seinem Gut verheiratete.

Melanie war eine Frau voller Widersprüche: sie war blitzgescheit, einfühlsam und witzig und zugleich egoistisch, rücksichtslos und aggressiv. Sie malte und spielte glänzend Klavier, verschwendete aber ihre ganze Zeit und Kraft an den aussichtslosen Versuch, die Fürstin Pauline Metternich vom Platz der Ersten Dame Wiens zu verdrängen. Und auf endlosen Zank mit dem Gatten.

Nikolas nahm ihre Klagen über den Vater nicht ernst, weil er wußte, daß aus ihnen nicht verletzte Liebe, sondern eifersüchtige Besitzgier sprach. Sie hatte mit ihren Geiger-Millionen den Vater samt der Grafenkrone gekauft und kämpfte seit 36 Jahren darum, ihren Besitz zu erhalten.

«Herr im Himmel», murrte Nikolas. «Wenn sie kommt, fällt die ganze Familie über uns her wie die Heuschrecken. Warum lassen sie uns nicht in Ruhe. Für die ist das ein . . . ein gesellschaftliches Ereignis, aber für mich . . . für uns . . .» Er brach ab, denn er begriff, daß er nicht allein litt. «O Gott, Großmama!» rief er plötzlich schuldbewußt. «Sie wird völlig zusammengebrochen sein. Ich muß zu ihr, muß mit ihr sprechen.»

«Dr. Sartory ist bei ihr. Die arme Frau. Zwei Töchter hat sie begraben, den einzigen Sohn, eine Schwiegertochter und nun dies . . . von uns beiden war immer sie die Stärkere, sie hat mich getröstet, aber jetzt . . . Für jeden gibt es eine Grenze der Leidensfähigkeit.»

In den Augen des alten Mannes standen keine Tränen, in ihnen spiegelte sich nur die Unterwerfung unter ein schweres Schicksal. Jede Kraft zur Auflehnung war längst erloschen. Er hatte seine engelsgleiche Enkelin zu einer wunderschönen Frau heranwachsen und einen Mann heiraten sehen, der sie liebte und dessen Liebe sie leidenschaftlich erwiderte. Es hatte genügt, daß eine Kerze umfiel, um ihre Zukunft zunichte zu machen. Womit mochte Gott sein altes Herz noch prüfen?

Nikolas Stimme riß ihn aus seinen Gedanken.

«Du hättest bei Großmama bleiben sollen.»

«Ich wollte lieber bei deiner Ankunft hier im Hause sein.»

«Hat János schwere Verbrennungen? Ich fragte den Jungen schon danach, aber der Tölpel wollte nicht mit der Sprache heraus.»

«Bodnár hat ihm eingeschärft, den Mund zu halten. Die Wunden heilen bald, aber über den Schock wird er nicht so schnell hinwegkommen. Er hat Beata gefunden und ist dann zusammengebrochen. Deine Leute sind dir sehr ergeben, Nicky. Kaum ein anderer Grundbesitzer in der Nachbarschaft wird von seinem Gesinde so verehrt wie du.»

In den folgenden Tagen trafen unablässig Trauergäste und Kondolenzschreiben ein. Der Nachmittagszug von Komárom brachte außer Melanie und Ferdinand alle möglichen Verwandten, manche, weil sie vor knapp einem Jahr zur Hochzeit eingeladen gewesen, andere, weil sie nicht dazu gebeten worden waren. Zu Beerdigungen wurde nicht eigens eingeladen. Wer kondolierte, durfte erwarten, tagelang beherbergt und beköstigt zu werden. Mitglieder der Familie Geiger konnten bei dieser Gelegenheit prüfen, welchen Aufschwung die Karady'schen Ländereien dank des Geiger'schen Geldes genommen hatten. Die Geigers hatten bisher Geld in die Güter von Trägern großer Namen gesteckt, denen das gute Leben nicht Zeit ließ für so triviale Dinge wie Aussaat und Ernte; sie hielten Hypotheken auf Schlösser und betätigten sich als Makler, wenn diese den Eigentümer wechselten; hier aber waren sie erstmals nicht Gläubiger oder Makler, sondern gehörten zur Familie des Gutsherrn.

Die Verwandten väterlicherseits, die Karadys, brachten ihre Kinder mit, ihre Dienstboten und alle ihr Vorurteile. Aus der ganzen Monarchie waren Freunde des Hauses unterwegs nach Sárkány, manche in Automobilen, die das ohnehin auf dem Gut herrschende Chaos noch vergrößerten. Es bedurfte schon generalstäblerischer Fähigkeiten, dieser Armee von Trauergästen Quartier zuzuweisen, ohne das Protokoll und gewisse persönliche Empfindlichkeiten zu verletzen. Alle verfügbaren Hände waren mit der Beseitigung von Brandschäden und dem Herrichten der Gastzimmer beschäftigt. Zwischen dem Schloß und der Station Sárkány wurde für die Gäste ein regelrechter Pendelverkehr eingerichtet.

Ferdinand und Melanie waren die ersten. Die Invasion hielt 72 Stunden hindurch an. Die Einfahrt blieb unverschlossen, kein Dienstbote kam zum Schlafen, und auch Nikolas blieb auf den Beinen, begrüßte, nahm Beileid entgegen, wies Quartiere an, saß der Tafel vor, besprach die Einzelheiten der Beisetzung und wählte den Sarg aus. Er entledigte sich all der Pflichten wie in Trance.

Mägde der Réthys, die Beata von Kind auf kannten, kleideten die Verstorbene ein. Der von den eigenen Zimmerleuten gefertigte grobe Eichensarg wurde mit geschlossenem Deckel unter einem Berg Blumen in der kleinen Schloßkapelle aufgestellt; der Bronzesarg sollte noch aus Budapest kommen. Nikolas sah das Gesicht der Toten nie. Vor dem Katafalk kniend, war er mehr als einmal in Versuchung, den Sargdeckel zu heben, doch lähmte ihn eine unbezwingliche, sonderbare Angst, und der Deckel blieb geschlossen.

Daß der Schock so lange anhielt, war ein Segen für ihn. Nur so konnte er diesen Ansturm ertragen, die Verachtung der Karadys für die Geigers und umgekehrt; den Aufruhr auf dem Wirtschaftshof, wo Automobile Tier und Mensch in Angst versetzten; die unablässigen Klagen seiner Mutter über die schlechte Zugverbindung; das Murren des Vaters, der mit der Mutter ein Zimmer teilen mußte; die ganze groteske Trauer jener Leute, die keine Beerdigung versäumten, der Menschen, die hinter vorgehaltener Hand Zweideutigkeiten flüsterten, der Tränen, die sich so leicht mit Champagner fortspülen ließen, der koketten Blicke hinter schwarzem Schleier hervor.

Am Tage vor dem Begräbnis kündigte Beatas Zwillingsschwester ihre Ankunft an; sie werde in Begleitung ihres Mannes eintreffen, des Barons Hans Günther von Godenhausen, Major bei den Gardes du Corps, dem Leibregiment Kaiser Wilhelms II.

Nikolas machte sich selber auf den Weg zur Bahn, hauptsächlich um endlich einmal dem Trubel im Schloß zu entrinnen. Er kam gerade recht, um zu sehen, wie die kleine, Dampf ausstoßende Lokomotive schnaufend wie ein Märchendrache stehenblieb. Dem Waggon erster Klasse entstieg nur ein einzelner Passagier in hellgrauem Reiseanzug mit breitkrempigem Hut. Beim Anblick Karadys lüftete er grüßend den Hut und entblößte hellblondes, von dunkleren Strähnen durchzogenes Haar. Er war hochgewachsen, muskulös aber schlank, um die Dreißig herum, mit glattem Gesicht und einigen Lachfältchen in den Augenwinkeln. Ohne das kleine Muttermal auf der linken Wange hätte er unerlaubt hübsch ausgesehen. Er verneigte sich steif aus der Taille und schlug leicht die Absätze zusammen. In der Menge heimkehrender Arbeiter und Marktbesucher wirkte er ausgesprochen wikingerhaft.

Nikolas hatte, wie die meisten seiner Kameraden in der k. u. k. Armee, eine ausgesprochene Abneigung gegen die Preußen. Er sieht aus wie Lohengrin, dachte er.

«Von Godenhausen», stellte er sich nun in korrektem Hochdeutsch vor, und man reichte einander die Hand. Zu Nikolas' Überraschung hielt der Major von Godenhausen seine Hand länger fest, als die Konvention es erforderte. «Ich habe mir immer gewünscht, Sie kennenzulernen, aber unter glücklicheren Umständen. Mein herzliches Beileid.»

Sein Ton hatte Wärme, ohne jedoch sentimental zu wirken. Recht unpreußisch. Die auf Nikolas gerichteten Augen waren von hellem Blau und jetzt von Mitgefühl verschleiert. Nikolas hatte das Gefühl, der Blick könnte jederzeit stahlhart werden. Gleichwohl gefiel ihm der Major; er war ein gutaussehender Mann, von der Art, die Frauen anzog, ohne Männer abzustoßen. Und es wollte schon etwas heißen, daß er in seinem Alter den Majorsrang innehatte, noch dazu im Leibregiment des Kaisers. Zweifellos ein ausgezeichneter Offizier, der eine glänzende Karriere vor sich hatte.

«Alexa hatte eigentlich vor, letztes Weihnachten in Sárkány zu verbringen, doch dann mußten wir es verschieben, und nun ist sie ganz untröstlich . . .»

In der Abteiltür erschien eine schwarzgekleidete Frau. Der Major wandte sich ihr zu: «Moment, laß dir helfen.» Er reckte die Arme und half seiner Frau die Stufen hinab.

Bei ihrem Anblick blieb Nikolas fast das Herz stehen. In tiefes Schwarz gekleidet, den Schleier aus dem Gesicht zurückgeschlagen, ähnelte sie Beata nicht nur – sie war Beata.

Die Trillerpfeife des Stationsvorstehers brachte ihn wieder zu sich. «Willkommen in Sárkány», sagte er mühsam. «Ich danke Ihnen, daß Sie gekommen sind. Hoffentlich hat Sie die lange Reise nicht zu sehr angestrengt?»

Alexas Lächeln war ihm schmerzlich vertraut. «Ich hätte längst kommen sollen . . . ich wollte auch, aber . . .» Die Räder des Zuges setzten sich in Bewegung, und immer noch lud der Schaffner Gepäckstücke aus. «Lassen Sie sich von den vielen Koffern nicht ängstigen», sagte Godenhausen gequält lächelnd. «Wir werden Ihnen nicht lange zur Last fallen. Leider reist Alexa immer mit zuviel Gepäck.»

«Auf dem Rückweg wollen wir in Wien Station machen, ebenso in München und Baden-Baden.» Alexas Deutsch hatte einen leichten ungarischen Akzent. Es war Beatas Stimme, tief und samtig.

In der Kutsche war nicht genügend Platz für soviel Gepäck, und es wurde auf einem Bauernwagen nachgeführt.

Zunächst erwähnte Alexa die Tragödie, die sie hergeführt hatte, mit keinem Wort. Sie betrachtete die Landschaft wie eine neugierige Reisende, doch als die Kutsche an dem Bach entlangfuhr, belebte sich ihr Gesicht.

«Die alte Hütte steht noch! Ich erinnere mich an sie. Dort habe ich Beata einmal gefunden, als wir Versteck spielten. Ich habe gar nicht lange suchen müssen, und sie war sehr enttäuscht, weil ich sie so schnell fand.»

Und sie ließ das weiche Lachen Beatas hören. Nikolas drückte es fast das Herz ab. Ihm mißfiel die Unbekümmertheit, und doch fühlte er sich zugleich unwiderstehlich zu Alexa hingezogen. Um seine Verwirrung zu verbergen, fragte er den Major nach Neuigkeiten aus Berlin, doch klang ihm, als er dem Schwager zuhörte, ihre Stimme immer noch im Ohr, obschon Alexa nicht mehr lachte. Als er sie mit einem Blick streifte, bemerkte er, daß sie bleich und bekümmert aussah.

«Wie haben die Réthys es aufgenommen? Es muß doch ein schwerer Schlag für sie gewesen sein.»

Sie nannte ihre Großeltern «die Réthys»!

«Oh, ja. Das war es!» Er konnte seinen Ärger nicht ganz unterdrükken. Ihre kühle Gelassenheit ging ihm auf die Nerven.

Auch der Major vermied es, das Drama zu erwähnen, vermutlich verbot ihm das sein Taktgefühl. Er lobte den Zustand der Felder und verglich die Anbaumethoden der ungarischen Weinbauern mit denen der Winzer am Rhein. Alexa schwieg. Hin und wieder trat beim Anblick eines Hauses oder eines Marterls an der Straße ein wehmütiger Ausdruck in ihr Gesicht, so als weckten diese Bilder in ihr melancholische Erinnerungen. Als die Kutsche an die durch eine Reihe von Akazien markierte Grenze der Réthyschen Ländereien gelangte, legte sie Nikolas ihre Hand auf den Arm.

«Lassen Sie bitte halten. Ich möchte aussteigen.»

Der Major runzelte die Stirn. «Aussteigen? Weshalb?»

«Ich will die Großeltern besuchen!» Ein drängender Ton war in ihrer Stimme. Sie wirkte jetzt nicht mehr so kühl und gefühllos.

«Wir können vorbeifahren, es ist kaum ein Umweg», sagte Nikolas.

«Nein!» widersprach sie überraschend heftig. «Ich will allein mit ihnen sein. Ich gehe das Stück zu Fuß.»

Karady ließ halten. Godenhausen schüttelte besorgt den Kopf. «In diesen Schuhen? Über die Felder? Sei vernünftig.»

Aber Alexa war schon aus der Kutsche gesprungen, bevor noch einer der Herren ihr behilflich sein konnte. «Ich kenne einen Weg über die Felder.»

Nikolas stieg ebenfalls aus, während Godenhausen sitzen blieb. «Ich begleite Sie.»

Sie war schon losgegangen und sagte über die Schulter: «Nein, das tun Sie nicht.» Es klang fast unhöflich. «Ich gehe allein oder überhaupt nicht.»

«Aber halten Sie es für gut, sie so zu überraschen? Ihre Großmutter hat einen schweren Schock erlitten . . .»

«Weiß man dort nicht, daß ich komme?»

«Doch, doch. Ich habe Bescheid gesagt. Trotzdem . . .»

Sie schnitt ihm mit einer Handbewegung das Wort ab und ging weiter.

«Sollen wir hier auf Sie warten?» rief Nikolas ihr nach.

«Nein! Ich komme zu Fuß zum Schloß. Nur keine Sorge, ich kenne den Weg.»

«Da hat sie ein ganz schönes Stück Weg vor sich», bemerkte Nikolas zu Godenhausen. «Und das nach der langen Reise. Ich schicke lieber einen Wagen.»

«Tun Sie das bitte nicht. Bei ihrer seelischen Verfassung wird ihr der Spaziergang guttun. Er wird sie an ihre Kindheit erinnern. Und er wird sie auch nicht anstrengen. Sie ahnen nicht, wie kräftig sie ist. Ich meine, körperlich, besonders für eine so zart gebaute Frau.»

«Das war Beata auch.» Nikolas kletterte wieder in den Wagen, und sie setzten die Fahrt fort.

«Alexa hat viel Ungarisches, Lebhaftigkeit, Intelligenz, Witz. Sie ist ganz anders als die Frauen bei uns zulande. Sie sind enervierend wohltemperiert. Oder sagen wir schlicht langweilig.»

«Beata war sehr ausgeglichen. Allerdings keineswegs langweilig.»

Zum erstenmal seit ihrem Tod sprach Nikolas von ihr zu einem

Fremden. Daß er die Vergangenheitsform benutzte, brachte die Wunde wieder zum Schmerzen. Es überraschte ihn, daß er überhaupt von Beata reden konnte. Vielleicht lag es an Godenhausen. Manchmal vertraut man sich leichter einem Fremden an als einem nahestehenden Menschen. Oder lag es daran, daß dieser Mann Beatas *alter ego* kannte – kannte, im biblischen Sinn verstanden?

«Alexa ist alles andere als ausgeglichen.» Godenhausen schüttelte den Kopf. «Doch *varium et mutabile semper femina.* Das paßt genau auf sie. Nicht gerade kapriziös, doch sehr lebhaft und eine Spur launisch. Aber gerade das gefällt mir an ihr, es ist einer ihrer Reize.»

Ein Weilchen fuhr man schweigend. Die Kutsche näherte sich der langen Geraden, die an der Parkmauer entlang führte. Kartoffeläcker, Mais und Luzernenfelder boten sich dem Blick, dazwischen Weingärten und Wiesen. In der Ferne sah man Alexa aus dem grünen Maismeer heraustreten und den Rosengarten vor dem Réthyschen Haus durchqueren. Der Wind bauschte ihr schwarzes Kleid und ließ den Schleier wehen. Sie glich einem auffliegenden Raben.

Um das Schweigen zu brechen, erkundigte Nikolas sich nach möglichen gemeinsamen Bekannten in Berlin; als er den Fürsten Eulenburg erwähnte, ging ein flüchtiges Lächeln über das Gesicht des Majors. «Wie klein ist doch die Welt! Sie kennen Phili? Vorige Woche waren wir mit ihm bei General von Moltke zum Diner eingeladen.»

«Beim Chef des Generalstabes?»

«Nein, beim Grafen Kuno, dem Stadtkommandanten von Berlin. Früher war er Flügeladjutant des Kaisers. Ein hervorragender Pianist übrigens. Man sagt, bei der Kavallerie sei er auf Klavierschemeln avanciert. Natürlich hat es ihm nicht geschadet, daß er mit Eulenburg vierhändig spielte. Ein erstaunlicher Mann, dieser Phili, ein wirklich loyaler Freund. Für sich verlangt er nichts, aber für seine Freunde tut er alles. Wenn er wollte, könnte er Außenminister sein oder sogar Reichskanzler, aber er mag nicht. Die Macht lockt ihn nicht.»

Ob Godenhausen wohl auch von den Gerüchten gehört hatte, denen Reimann nachging?

Man bereitete sich schon aufs Abendessen vor, als Alexa den steilen Fußweg zum Schloß heraufkam.

Als sie kurz darauf in einem eng anliegenden schwarzen, hochgeschlossenen Kleid, welches ihre schlanke Gestalt noch betonte, den Salon betrat, wo die Gäste sich vor dem Essen versammelt hatten, verstummten alle Gespräche. Der Zufall wollte es – oder lag es daran, daß der letzte Pariser Chic es so vorschrieb –, daß sie die blonden Haare ebenso frisiert trug wie Beata in den letzten Monaten. Ihre Ähnlichkeit mit Beata war gespenstisch. Die Gäste erstarrten, und es dauerte eine Weile, bis sich das Gespräch wieder belebte.

Nikolas' Mutter erschien wie üblich als letzte; wie alle Verwandten trug auch sie Trauer. Aber das gepuderte Gesicht mit dem sorgsam aufgelegten Rouge verriet davon nichts. Die Beerdigung ihrer Schwiegertochter war ein wichtiges gesellschaftliches Ereignis, das man sich nicht durch morbide Gedanken trüben lassen durfte, eine willkommene Unterbrechung im Einerlei ihres Daseins, das letzthin mehr und mehr an Glanz verlor. Da die gesamte europäische Presse von dem Unglücksfall berichtet hatte, stand ihr Telephon nicht mehr still, und die vornehmsten Namen der Monarchie zierten die Karten, die im Palais Karady abgegeben wurden. Sie wußte, daß ihr Sohn entsetzlich litt, war aber der Meinung, in seinem Alter biete das Leben doch mehr als ein Mittel zur Heilung gebrochener Herzen. Nachdem er es mit der Ehe versucht und sie ausgesprochen genossen hatte, würde er den Witwerstand sicher schneller aufgeben als zuvor sein Junggesellendasein. Diesmal durfte man ihm die Wahl nicht selbst überlassen, diesmal würde sie die geeignete Frau für ihn finden. Im stillen ließ sie bereits passende Kandidatinnen, Töchter aus den besten Häusern, Revue passieren. Könnte sie doch nur auf die Hilfe des Grafen zählen, aber Nikolas' Vater hatte ihr auf der Herfahrt schroff befohlen, sich aus den Angelegenheiten ihres Sohnes herauszuhalten. Sie war nie dahintergekommen, ob er es gebilligt hatte, daß Nikolas die Tochter eines bettelarmen Landadligen heiratete, und nun kam es darauf auch nicht mehr an. Der Tod löschte alle Standesunterschiede. Man bestattete nicht Fräulein Beata Réthy, sondern die Gräfin Karady.

Vor Jahren hatte sie gehofft, das gemeinsame Älterwerden könnte die Kluft zwischen Ferdinand und ihr schließen, doch jetzt wußte sie, daß diese Kluft mit jedem vergehenden Jahr tiefer wurde. Solange sie jung und anziehend gewesen war, hatte er gelegentlich Zeichen von Zuneigung zu erkennen gegeben, sogar Eifersucht gezeigt, doch wenn er sie heutzutage überhaupt einmal anschaute, dann sprach aus seinem Blick nur Langeweile.

«Wo, zum Teufel, hast du denn so lange gesteckt?» zischte er ihr zu. «Ich bin fast verhungert.»

Er roch nach Barács, und sie rümpfte die Nase. «Aber nicht verdurstet», zischte sie zurück.

Als sie unvorbereitet Alexa erblickte, murmelte sie verblüfft: «Was denn – ist das der Zwilling?» Melanie hatte den Nachmittag über geruht und die Ankunft der Godenhausens verpaßt. «Das ist ja eine gespenstische Ähnlichkeit. Da kriegt man ja eine Gänsehaut.»

«Nimm dich zusammen, wir sind schließlich nicht allein.»

Nikolas führte ihr Alexa und den Major zu. Der Anblick gutaussehender Männer beschleunigte unweigerlich den Puls der Gräfin, und ihre Augen funkelten erwartungsvoll. Sie reichte Godenhausen die Hand zum Kuß und warf dabei den Kopf zurück, damit man ihr Doppelkinn nicht so sah. Das eben noch mürrische Gesicht verzog sich zu einem koketten Lächeln. Nikolas hatte diese Verwandlung der Mutter von der gelangweilten Dame jenseits der Wechseljahre zur strahlenden Ballkönigin früher oft mit Belustigung beobachtet, heute kränkte es ihn.

«Darf ich dich bitten, voranzugehen, Mama», sagte er scharf. «Wir können die Gäste nicht länger warten lassen.»

Sie warf ihm einen pikierten Blick zu, nahm aber gehorsam den Arm des Grafen und schritt voran. Wie Nikolas wohl auf diese Doppelgängerin reagieren wird? überlegte sie und sah wiederholt forschend zu ihm hin. Sie kannte sich gut genug aus in Herzenssachen, um zu wissen, daß Männer, und ganz besonders Männer wie ihr Sohn, an der Frau in erster Linie den Körper lieben und erst in zweiter Linie die Seele, und da ihr an der Schwiegertochter intellektuelle Brillanz nie aufgefallen war, nahm sie an, daß deren Attraktion rein körperlicher Art gewesen war. Der Wiener Stadtklatsch hatte sich immer ausgiebig mit Nikolas' Affären beschäftigt, und seine Mutter wußte, daß keine von Dauer gewesen war, einerlei mit wieviel Elan er sie begonnen hatte. An diesem Landmädchen aber war er hängen geblieben wie ein Vogel an der Leimrute. Welche Wirkung wohl diese höchst lebendige Kopie auf ihren Sohn haben mochte?

Nikolas kam es vor, als dauere das Essen endlos. Der Anblick der

Gäste, die den aufgetragenen Speisen, Konsommee *quiche*, Braten, Gemüse, Bisquits, Torten, Soufflé und Eis reichlich zusprachen, widerte ihn an. Schließlich machte er der Völlerei ein Ende, indem er der Mutter das Zeichen gab, die Tafel aufzuheben. Unmittelbar danach verließ er den Speisesaal.

Am Vormittag war der schwere Bronzesarg aus Budapest eingetroffen, ungefüge und prunkschwer, wenn man an den zarten Körper dachte, den er umschließen sollte. Er stand jetzt mitten in der kleinen Kapelle, die betäubend nach den roten Rosen duftete, welche wie ein Teppich aus Feuer auf dem Katafalk loderten. Davor knieten zwei schwarzgekleidete Frauen vom Gut, sie sahen aus wie aus Ebenholz geschnitzt. Als sie Nikolas eintreten hörten, blickten sie auf, bekreuzigten sich und gingen auf Zehenspitzen hinaus, um ihn mit der Toten allein zu lassen.

Er stand lange reglos. Vor seinem starrenden Blick verdreifachten sich die brennenden Kerzen, vervierfachten sich, züngelten in der Dunkelheit wie kleine Flammen. Er empfand keinen Schmerz, nur noch Erschöpfung.

Die vergangene Nacht hatte er hier in der Kapelle verbracht, und außerdem jede freie Stunde, die ihm seine Gastgeberpflichten ließen. Hier fand er wenigstens Frieden, wenn auch keinen Trost. Seit einem Jahr waren Beata und er eins gewesen. Sie konnte nicht tot sein, da er noch lebte.

Schritte auf dem Kies vor der Kapelle schreckten ihn aus seinem Sinnen auf. Jemand trat ein, blieb hinter ihm stehen. Ein schwacher, ihm fremder Duft, herber und aggressiver als der der Rosen. Er wandte sich um und sah Alexa. Sie schien unschlüssig, ob sie bleiben solle, trat aber näher, als er ihr die Hand hinstreckte.

«Verzeihen Sie, ich wußte nicht, daß Sie hier sind. Aber wo sonst sollten Sie sein? Sie haben Beata sehr geliebt, nicht wahr?»

Er nickte wortlos. Sie bekreuzigte sich und kniete nieder. Das aschblonde Haar, Beatas Haar, bedeckte ein schwarzes Spitzentuch.

«Ich gehe lieber.» Alexa erhob sich. «Gewiß wollen Sie mit ihr allein bleiben.» Nach einigen zögernden Schritten blieb sie stehen. «Mein Mann möchte, daß wir gleich nach der Beerdigung abreisen. Er hat in Wien noch dienstlich zu tun. Wahrscheinlich habe ich keine Gelegenheit, noch einmal mit Ihnen zu sprechen, und darum bitte ich Sie jetzt: Nehmen Sie sich meiner Großeltern an. Beide haben Sie lieb und brauchen Sie.»

Es durchfuhr ihn wieder, als er ihre Stimme hörte, Beatas Stimme. Wenn sie doch bloß gehen wollte!

«Machen Sie sich keine Sorgen um sie», erwiderte er.

«Das ist lieb von Ihnen. Ich bin Ihnen sehr dankbar.»

Impulsiv warf sie die Arme um seinen Hals, stellte sich auf die Zehenspitzen und küßte ihn auf die Wange. Ihre großen, im Kerzenschimmer feucht schimmernden Augen glichen denen Beatas. Eine Haarsträhne streifte seine Wange. Sollte er sie an sich ziehen? Sie wegstoßen? Er legte die Hände auf ihre Schultern, und die vertraute Berührung ließ ihn erbeben. Seine Reaktion entsetzte ihn, und er trat zurück.

Sie spürte seine Erregung und ließ rasch die Arme sinken. Das beklommene Schweigen zwischen zwei Menschen, die verzweifelt nach Verständnis suchen, ohne die rechten Worte zu finden, senkte sich auf sie.

«Ich muß gehen. Mein Mann sucht gewiß schon nach mir.» Der Bann war gebrochen. «Nicht daß er eifersüchtig wäre, aber wie alle Preußen betrachtet er die Frau, die er geheiratet hat, als sein Eigentum.»

Nikolas konnte sich nicht vorstellen, daß das auch für Alexa galt.

Nach der Frühmesse am nächsten Tag wurde der Sarg von sechs Pferden zur Kirche von Sárkány gebracht, wo der Bischof von Veszprém die Totenfeier halten sollte. Beata sollte sodann in der Familiengruft der Karadys auf dem Dorffriedhof beigesetzt werden.

Die Gäste ließen sich in Kutschen fahren, Nikolas, sein Vater, der alte Réthy, Landarbeiter und die Bedienten des Schlosses folgten dem Leichenwagen zu Fuß.

Es war ein lieblicher Morgen, die Landschaft strotzte von üppigem Grün, und es duftete nach frischer Mahd. Nikolas, der die Nacht in der Kapelle verbracht hatte, bewegte sich mechanisch. Langsam begriff er, daß Beata für ihn unwiederbringlich verloren war.

Pläne für die vor ihm liegende Zeit hatte er nicht. In Sárkány zu bleiben, war ihm ein unerträglicher Gedanke. Vielleicht würde er nach

Wien zurückgehen, keinesfalls allerdings in die alte Wohnung im Palais Karady, wo er auch mit Beata gelebt hatte und wo der eheliche Kleinkrieg der Eltern ihn täglich irritieren würde. Aber es gab so viele Orte auf der Welt, die er noch nicht gesehen hatte, und ihm kam der Gedanke, zu reisen. Doch gab er ihn sofort wieder auf. *Post equitem sedet atra dura* hatte ein ländlicher Dichter vor mehr als zweitausend Jahren geschrieben. Nein, er konnte seinem Kummer nicht entfliehen. Ihm blieb nichts anderes übrig, als sich in die Arbeit zu flüchten, seinen Dienst beim Generalstab, und zu hoffen, daß man ihn an einen Ort versetzte, wo keine Erinnerungen ihn quälten.

Diese Gedanken beschäftigten ihn während der Messe. Die Worte des Bischofs, die bekannten Gebete, den Klang der Orgel, den gregorianischen Choral nahm er überhaupt nicht wahr.

Als der Trauerzug sich dann wieder in Bewegung setzte, um sich zum Grab zu begeben, trieben bereits Schäfchenwolken über den blauen Sommerhimmel. Von Osten wehte es kühl, eine willkommene Erfrischung nach der dumpfen Schwüle in der Kirche.

Auf dem Platz vor der Kirche und auf dem Friedhof drängten sich Menschen und machten dem Trauerzug nur zögernd Platz. Manche schienen wirklich zu trauern, andere waren nur aus Neugier gekommen, alle trugen ihren Sonntagsstaat, die Männer zogen den Hut, die Frauen bekreuzigten sich.

An der Grabstätte nahm der gleiche Geistliche der Beate und Nikolaus getraut hatte, mit schlichten und wenigen Worten die Aussegnung vor.

Nikolas fuhr mit dem alten Réthy und seiner Frau zurück. Man sprach wenig, einer fand in der Gegenwart des anderen Trost. Eine Einladung zum Essen auf dem Schloß lehnte die alte Frau ab.

Trotz ihrer 74 Jahre wies das Gesicht noch Spuren einstiger Schönheit auf. Die rotgeränderten Augen waren vom gleichen Veilchenblau wie die der Zwillinge. Diese hatten auch die gut proportionierte Figur der Großmutter geerbt.

«Das Haus ist immer noch voller Gäste, und Fremden möchte ich jetzt nicht begegnen.»

«Wir könnten allein essen. Nur im engsten Familienkreis. Ihr habt Alexa schließlich gestern nur kurz gesehen.»

«Alexa . . .» Sie holte tief Luft, wie um etwas zu sagen, schwieg aber.

«Möchtest du sie denn nicht noch einmal sehen, bevor sie abreist?» fragte Nikolas erstaunt.

«Ach, sie gleicht Beata so sehr. Es würde mir das Herz brechen.»

«Sie ist ebenso deine Enkelin wie Beata», sagte der alte Réthy milde tadelnd.

«Sie ist nicht wie Beata, war nie wie sie –» Sie zog das Taschentuch und tupfte sich die Augen. «Geh du nur zum Essen aufs Schloß, Kalman, aber setz mich erst daheim ab. Und sag Alexa, wenn sie mir Lebewohl sagen will, ist sie willkommen.»

Als Nikolas die Godenhausens nach dem Mittagessen zur Bahn brachte, bat Alexa ihn, bei den Réthys vorbeizufahren. Sie nahm ihren Mann mit hinein, und die beiden blieben zehn Minuten im Haus. Als die Kutsche anfuhr, warf sie dem vorm Haus stehenden Großvater, der ihr nachwinkte, elegant eine Kußhand zu; es war die Gebärde einer Königin. Unterwegs machte sie Konversation, und Nikolas fragte sich, ob sie diesen Gleichmut nicht nur spielte, um dahinter ihren Abschiedsschmerz zu verbergen.

Er seufzte erleichtert auf, als der Zug mit Alexa sich entfernte. Sie jedenfalls hatte ihm keinen Trost gebracht.

Kapitel
II

Für Alexa war der Besuch in Sárkány nach acht Jahren der Abwesenheit ein eher enttäuschendes Erlebnis. Sie hatte diese Reise als eine Art Pilgerfahrt unternommen, sie wollte mit ihr beweisen, daß sie Beata liebte und daß diese Liebe stark genug war, ihre Zwillingsschwester über Zeit und Raum hinweg zu erreichen. Sie hatte gehofft, sie könne ihr irgendwie sagen, wie schmerzlich sie sie vermißt, wie oft sie ihren Namen geflüstert und über Tausende von Kilometern hinweg sich nach ihrer Nähe und ihrem Verständnis gesehnt hatte.

Bis zum Alter von 12 Jahren waren sie unzertrennlich gewesen, dann waren sie plötzlich auseinandergerissen worden und hatten sich nie wiedergesehen. Alexa war überzeugt, daß Beata sie genauso schmerzlich vermißt hatte wie sie Beata, ja, vielleicht sogar noch stärker, denn sie, Alexa, war immer diejenige gewesen, die voranging, Beata die, die folgte. Jetzt, während des Besuches in Sárkány, hatte sie verzweifelt auf ein Zeichen gehofft, daß ihre Gedanken Beata erreicht hatten, aber vergeblich.

Sie, Alexa, war, als sie mit 12 Jahren krank wurde, schließlich in ein fremdes Land geschickt und einer Tante anvertraut worden, die sie nie zuvor gesehen hatte. Das hatte sie ihren Großeltern nicht verziehen. Sie hatte nämlich geglaubt, daß diese sie fortgaben, weil sie sie als lästige Bürde empfanden, zumal sie wußte, daß sie als Baby immer kränklich und unruhig gewesen und das Haus Nacht für Nacht wachgehalten hatte. Als kleines Kind mußte man immer sehr auf sie achtgeben, daß sie nichts anstellte oder sich etwas zu Leide tat. In der Schule war sie zwar aufgeweckt, aber ungehorsam, ein rechter Störenfried, Beata dagegen war vom ersten Tag ihres Lebens an ein Kind gewesen, das den Großeltern immer nur Freude gemacht hatte. Der Name Beata bedeutete die Glückliche, und ein glückliches kleines Wesen war sie auch gewesen, mit sich selbst und mit der Welt immer im Einklang. Nichts konnte ihrer inneren Harmonie etwas anhaben. Selbst während der seltenen Balgereien mit Alexa oder den dörflichen Spielkameraden verflog ihr Zorn immer rasch und war schnell vergessen.

Im Lungensanatorium wie auch im Haus ihrer Tante in Berlin und später in Potsdam als Hans Günthers Frau hatte Alexa sich immer nach dem Réthyschen Gut gesehnt, wo das Leben so einfach und sicher war. Sie kam sich immer vor wie ein aus dem Nest gefallener Vogel. Sie war sicher gewesen, daß, wenn ihr Fuß erst einmal wieder heimatlichen Boden betrat, alle ihre Zweifel und Kümmernisse von ihr abfallen würden, daß sie sich wie nie zuvor geliebt und willkommen sähe.

Zu ihrer Enttäuschung hatte der Besuch in Sárkány ihr nichts von all dem geschenkt, was sie dort gesucht hatte. Es war eine Erfahrung, die weder mit der Vergangenheit noch mit der Zukunft zu tun hatte, ein Schritt in ein Niemandsland. In dem Bedürfnis, sich Beata wieder nahe zu fühlen, hatte sie darum gebeten, ihr alle späteren Photos zu zeigen, die nach ihrer beider Trennung entstanden waren. Es gab jedoch nur zwei verblaßte Daguerreotypien aus Beatas Jugendtagen und ein paar Aufnahmen, die sie als junge Frau zeigten. Die Fotos hatten Alexa nur verwirrt und verstört, denn die Person, die sie da vor sich sah, war sie selbst, nur in anderen Kleidern, sogar das Gesicht unter dem Brautschleier war dasselbe. So sehr sie sich auch anstrengen mochte, sich Beata als Frau vorzustellen, für sie blieb sie das zarte kleine Mädchen, das weinend dem Zug nachgewinkt hatte, der Alexa in die Schweiz entführte.

Die Reise von Sárkány nach Davos blieb eine ihrer schmerzlichsten Erinnerungen. Tante Rose war ins Haus der Großeltern wie ein Wirbelwind eingebrochen, der sie davontrug, so sehr sie sich auch dagegen wehrte. Die Réthys hatten tatenlos dabeigestanden und ihr versichert, die Trennung geschehe zu ihrem eigenen Besten, und sobald sie geheilt sei, dürfe sie zurückkommen. Das wollte sie einfach nicht glauben.

Schon beim Besteigen des Zuges war sie zum Hungerstreik entschlossen. Dieser Entschluß hielt bis Wien vor, doch erlag sie hier bereits den Verlockungen eines Schinkenbrötchens vom Wägelchen auf dem Bahnsteig. Sie verzehrte es mit gesundem Appetit, erbrach es allerdings eine halbe Stunde später, neuerlich von Jammer gepackt, auf den Persianermantel der Tante.

In den ersten drei Monaten in Davos nahm sie stetig ab, und die fröhlichen Scherze Dr. Berends, des leitenden Arztes im Kindersanatorium Germania, wurden immer gezwungener, wenn er ihre Fieberkurve ansah.

Die Veränderung, die nicht nur ihre Temperatur und ihr Gewicht betraf, sondern auch ihr Gemüt und damit ihre Zukunft, wurde verursacht von Felicitas von Hartwegh, ihrer neuen Zimmergenossin.

Felicitas war vierzehn, zwei Jahre älter als Alexa, in jenem Alter ein bedeutsamer Unterschied im Status jener isolierten Sanatoriumswelt. Die blonde, schmalgliedrige Felicitas, Tochter eines preußischen Diplomaten, wußte Alexa viele interessante Geschichten zu erzählen, während sie endlose Stunden auf den Liegestühlen der geschützten Terrasse verbrachten. Wenn Felicitas auch scheinbar altklug daherredete, so blieb sie doch immer noch ein kleines Mädchen und frech und lustig genug, daß man sich in ihrer Gesellschaft wohlfühlte. Außerdem bedeutete der Name Felicitas «Glück», und der Name ihrer Schwester Beata bedeutete «die Glückliche». Dieses seltsame Zusammentreffen ließ Alexa glauben, daß geheime höhere Kräfte sie mit ihrer Zimmergenossin zusammengeführt hatten, um wenigstens vorübergehend die Lücke in ihrem Leben auszufüllen, die die Trennung von Beata hinterlassen hatte.

Vor Felicitas hatte es in Alexas Welt nur Sárkány und Umgebung gegeben. Die Josefskirche in Komárom war das höchste Gebäude, das sie kannte, und die Karadys so etwas wie Götter. Felicitas' Erzählungen machten, daß diese bisher so strahlende Welt Alexa plötzlich ärmlich und dürftig vorkam.

Schon auf der Reise nach Davos hatte Rose von Sedlitz angedeutet, sie wolle Alexa später vielleicht zu sich nach Berlin nehmen, und diese Aussicht hatte Alexa mit Schrecken erfüllt. Nun aber kam ihr der Gedanke, Berlin könne einen Besuch lohnen. Die Frauen in Sárkány, verheiratet mit adligen Grundbesitzern, von denen manche begütert waren, während andere an der Grenze der Armut lebten, opferten ihre Jugend ungebärdigen Kindern, untreuen Gatten und diebischem Hauspersonal. In steter Ungewißheit lebend, fürchteten sie Krankheiten, Schweinepest, Maul- und Klauenseuche, Hagelschlag, Dürre,

Hochwasser und unerwünschte Schwangerschaften. Alexa hielt es durchaus für möglich, daß die Nichte eines Generals im kaiserlichen Berlin ein kurzweiligeres Leben führen könnte als die Enkelin eines verarmten Gutsbesitzers in Sárkány.

Adalbert von Sedlitz, der Mann ihrer Tante Rose, hatte eine glänzende militärische Karriere hinter sich. Er war in den Generalstab berufen worden, und er und seine Frau hatten damit Zutritt bei Hofe. Rose hatte eine viel bessere Partie gemacht, als sie sich selbst erhofft hatte, als ihre reiche Familie sie mit einer ansehnlichen Mitgift versah, um den vornehmen, wenn auch völlig mittellosen Aristokraten zu erobern. So schrieb denn Alexa entgegen früheren Protesten, von Felicitas beeinflußt, ihrer Tante Rose, daß sie gern nach Berlin kommen würde, allerdings nur zu Besuch. Dieses Zugeständnis blieb eine leere Geste, denn Rose von Sedlitz, inzwischen zu ihrem Vormund bestellt, hatte nie die geringste Absicht gehabt, sie zu ihren Großeltern zurückkehren zu lassen.

Nach einem Jahr in Davos war Alexas Temperatur wieder normal geworden. Dr. Berend erklärte sie für geheilt und meinte, sie könne nach Hause.

Rose von Sedlitz erschien auch prompt, um ihre Nichte abzuholen. Als die Tante ihr sagte, daß sie sie für immer zu sich nach Berlin nähme, gebärdete sich Alexa wie wild. Weder Argumente noch Tränen vermochten Rose umzustimmen. Schließlich hatte sie Dr. Berend Tausende von Franken gezahlt, und dafür wollte sie etwas haben: ein Kind in ihrem kinderlosen Heim.

Zwei Tage tobte der Streit, dann kapitulierte Alexa. Rose errang einen Pyrrhussieg, denn Alexa verzieh ihr nie.

Rose von Sedlitz, geborene Lutz, war mit sechzehn eine Schönheit gewesen, jetzt aber, mit einundvierzig, erinnerte ihr Gesicht an einen Pfirsich, der am Zweig vertrocknet. Sie wirkte schwerer als sie war und ging mit schnellen, aggressiven Schritten, was ihr beim Personal den Spitznamen «der wütende Stier» einbrachte.

Auf der Fahrt nach Berlin rechnete die Tante Alexa auf Heller und Pfennig vor, was es sie gekostet hatte, ihrer Nichte das Leben zu retten. Da war es nur einleuchtend, daß sie Alexa nicht wieder den Großeltern in der ungarischen Barbarei überlassen und ihre Gesundheit neuerlich gefährden wollte. Als man in Berlin eintraf, hatte Alexa begriffen, daß sie ein aufgegebenes Schiff war, das die Tante eingeschleppt hatte und mit Recht als ihr Eigentum betrachtete.

Die Sedlitzsche Wohnung nahm das ganze zweite Stockwerk eines Hauses in der Kronenstraße im Zentrum Berlins ein. Vier der geräumigen, hohen Zimmer gingen auf die Straße, die übrigen, darunter Küche und Badezimmer, auf den Hinterhof. Die Dienstboten wohnten in zwei Kammern mit winzigen Fenstern zum Luftschacht.

Alexa bekam ein Sofa und die Hälfte eines Kleiderschranks im Nähzimmer zugewiesen, das zum Hinterhof lag. Nach der Ankunft sollte sie sich ausruhen und erst vor dem Essen dem General präsentiert werden, der in seinem Arbeitszimmer saß und bis dahin nicht gestört sein wollte. Die historische Begegnung fand also erst eine halbe Stunde später statt. Er kam – wie stets – um Punkt halb sieben zum Vorschein, um eine leichte Mahlzeit einzunehmen.

Adalbert von Sedlitz war längst nicht die heldische Gestalt, als die Tante Rose ihn beschrieben hatte. Er war kurz und gedrungen, hatte ein gerötetes Gesicht und schütteres rotes Haar.

«Das ist also unsere kleine Ungarin», begrüßte der General jovial Alexa und tätschelte ihre Wange. Er war in außergewöhnlich guter Stimmung, wie Alexa erst später erkannte. Er sorgte während der Mahlzeit dafür, daß die Unterhaltung nicht stillstand, ja, er verstieg sich zum Entzücken seiner Gattin und Fräulein Elsas zu kleinen Scherzen. Fräulein Elsa war gleichzeitig Gesellschafterin, Hausschneiderin und Sekretärin.

Anfangs fand Alexa es lustig, wie alle im Haushalt vor dem General strammzustehen schienen, dann aber kam es ihr entwürdigend und widerwärtig vor. Die einzige Ausnahme war Katie, die Köchin, ein Berliner Original, die sich gelegentlich auf seine Kosten einen Scherz erlauben durfte. Ihr ließ man durchgehen, was bei anderen eine Majestätsbeleidigung gewesen wäre. Am meisten verblüffte Alexa im nachhinein, daß der General in all den fünf Jahren, die sie unter seinem Dach verbrachte, kein einziges Mal die Stimme erhoben hatte. Im Gegenteil: was seine «Untergebenen» so in Schrecken versetzte, war sein grundloses und undurchdringliches Schweigen. Dieses konnte Tage, ja Wochen anhalten, ohne daß irgend jemand die Ursache auch nur ahnte.

Eine Woche nach ihrer Ankunft erlebte Alexa erstmals, was sie später «Sibirien in der Kronenstraße» zu nennen pflegte. Ihr munteres «Guten Morgen» erwiderte der General mit einem vernichtenden Blick seiner messingblanken Augen. Als sie beim Frühstück versuchte, mit ihm zu scherzen, verwies ihr das die Tante mit einem schroffen: «Wirst du wohl aufhören, deinen Onkel zu belästigen!»

Tagelang war es in Anwesenheit des Generals in der Wohnung kalt und still wie in einer Gruft. Die Bewohner verfügten offenbar allesamt über ein so scharfes Gehör, daß das leise Drehen seines Schlüssels im Türschloß genügte, sie alle stumm werden zu lassen. Einzig Katie ließ sich nicht davon einschüchtern. Sie sang, pfiff, zankte mit Minna, knallte Türen, rasselte mit den Töpfen und klopfte die Schnitzel, als müßte sie erst das Kalb erschlagen.

Anfangs fragte Alexa sich, ob der General wohl außer Hause ebenfalls völliges Schweigen bewahre, doch als sie im Laufe der Zeit die Bräuche in Berlin näher kennenlernte, wurde ihr klar, daß man derartige Launen einzig zu Hause auslebte. Sie selber ließ sich davon weder einschüchtern noch reizen, schon gar nicht seit sie wußte, daß sein Zorn nicht ihr galt. Eines Tages hatte er sie in dem engen Korridor zwischen Badezimmer und Arbeitszimmer gestellt, war über sie hergefallen und hatte ihre festen knospenden Brüste mit seinen harten kurzen Fingern gedrückt, bis sie schmerzten. Sie mochte aufpassen wie sie wollte, von Zeit zu Zeit erwischte er sie doch, und zwar stets in solchen melancholischen Schweigeperioden und immer, ohne ein Wort zu sagen, so als blieben diese unerwünschten Zärtlichkeiten etwas Unpersönliches, solange dabei nicht gesprochen wurde.

Zuerst war sie entsetzt, später reagierte sie halb verächtlich, halb belustigt. Der Tante wollte sie nichts sagen. Rose würde ihr niemals glauben, und sie, Alexa, würde die Macht über den General verlieren, die diese heimlichen Begegnungen ihr einräumten. Seine Lüsternheit zeigte ihr, welche Waffe ihr Körper sein konnte – eine Erkenntnis, die ihr noch gut zustatten kommen sollte.

Nach dem Leben auf dem ungarischen Gut und in dem Schweizer Sanatorium fand Alexa Berlin mit seinen breiten Straßen, den Palais, Museen und Kirchen faszinierend. Daß es hier auch Schmutz und Armut und unzählige übelriechende, baufällige Mietskasernen gab, merkte sie erst später. Die Damen und Herren, die sich zum Jour bei ihrer Tante einfanden, gehörten für Alexa zum Kreis jener Persönlichkeiten, die Gegenwart und Zukunft des kaiserlichen Deutschland, ja vielleicht der ganzen zivilisierten Welt beeinflußten.

Alexa entnahm den Gesprächen, daß in dem neuen und eindrucksvollen Reichstagsgebäude am Königsplatz unzufriedene Zivilisten, darunter ausgesprochene Rebellen, Sozialisten genannt, an den Fundamenten des Staates rüttelten. Dank der Weisheit und moralischen Überlegenheit des Kaisers und seiner ihm ergebenen Armee würden die Wühlereien dieses Pöbels jedoch erfolglos bleiben.

Tante Rose und ihre Freundinnen kannten in der Bewunderung des Kaisers keine Grenzen. Während sonstwo auf Erden nur eine einzige Sonne schien, war Preußen mit deren zwei gesegnet, denn heller noch als der gewohnte Himmelskörper erstrahlte Wilhelm II. Über dem Sofa im Salon der Sedlitzens hing er handgemalt in Öl, sein Photo mit Autogramm schmückte das Arbeitszimmer des Generals. In Tante Roses Salon war hauptsächlich von ihm und der allerhöchsten Familie die Rede, und wenn die Tante mit Fräulein Elsa zusammensaß, war es nicht anders.

Gelegentlich erregten die patriotischen Wallungen der Tante Alexas Zorn. Stolz auf ihr ungarisches Herkommen, stritt sie sich dann wütend mit der Tante, und das endete dann mit Beschimpfungen, Ohrfeigen für Alexa, Tränen und Verbannung ins Nähzimmer. Die vom Onkel in Furcht und Schrecken gehaltene Tante wurde ihrerseits zur schrecklichen Despotin, wenn sie es mit Wehrlosen oder von ihr Abhängigen zu tun hatte.

Nach einem Vierteljahr im Sedlitzschen Heim beschloß Alexa, nach Sárkány zurückzukehren. Die Tante wollte sie natürlich nicht fortlassen, also mußte sie auf eigene Faust handeln. Am Anhalter Bahnhof nahm sie eine Bahnsteigkarte und fand mühelos den Schnellzug über Dresden nach Wien, den sie zuvor im Fahrplan herausgesucht hatte und der in wenigen Minuten abfahren sollte. Da sie fürchtete, mit ihrer doch recht vornehmen Kleidung in der vollbesetzten dritten oder vierten Wagenklasse aufzufallen, suchte sie ein leeres Ersterklasseabteil auf. Sie zog das Rouleau herunter und verriegelte die Tür. Der Zug hatte sich schon in Bewegung gesetzt, als der Schaffner die Abteiltür mit seinem Hauptschlüssel öffnete und einen Oberst im Generalstab einließ. Der Zug hielt fahrplanwidrig in Großlichterfelde, Alexa wurde herausgeholt und ins Büro des Stationsvorstehers gebracht. Von dort holte Fräulein Elsa sie ab, die zur Sicherheit von einem Feldwebel begleitet war.

Zwar war der Ausbruchsversuch gescheitert, hatte aber schließlich doch etwas Gutes. Die Tante sah nämlich ein, daß sie auf Alexas Dankbarkeit nicht zählen durfte. Die Alexa, die Fräulein Elsa zurückbrachte, war nämlich keineswegs ein verängstigtes, reumütiges Mädchen, sondern ein wildes Geschöpf, das die Tante anfauchte: «Ich hasse dich! Ich bleibe hier nicht. Diesmal hast du gewonnen, aber bei der ersten Gelegenheit reiße ich wieder aus!»

Tante Rose war sprachlos. So wagte sonst kein Mensch zu ihr zu sprechen. Sie brach in Tränen aus.

«Das also ist der Dank für alles, was ich für dich getan habe?»

«Mir wäre lieber, du hättest dein Geld behalten.»

«Dann wärst du gestorben, genau wie deine Mutter.»

«Lieber wäre ich tot, als in diesem verfluchten Haus zu leben!»

Tante Rose fand keine Worte. Sie hatte Angst, daß ihre Nichte ihr an die Kehle führe. Alexa war über sich selbst erstaunt. Sie hatte nicht geahnt, daß ihr Haß sie so weit fortreißen konnte. Sie fürchtete bereits schlimme Vergeltung, da gewahrte sie Tränen in den Augen ihrer Tante und wußte, daß sie gesiegt hatte. Es war ein unvergeßlicher Augenblick – die entscheidende Wende in ihrer Beziehung. Die Tränen der Tante, ähnlich wie die geheimen Zudringlichkeiten des Generals, sprengten ihre Fesseln.

Schließlich erkannte sie zu ihrer Überraschung, daß Rose sie im Grunde liebte und ihre Gegenwart nicht entbehren mochte, wenn vielleicht auch nur deshalb, weil die Anwesenheit eines Kindes im Hause ein wenig die Leere füllte, die die ungeliebte Frau eines gewiß nicht liebenswerten Mannes empfinden mußte.

Nach außen schien alles unverändert. Die Tante hielt Alexa täglich ihre Undankbarkeit vor, wie auch die Verkommenheit ihres toten Vaters. Alexa wurde in einer sehr teuren Privatschule angemeldet, lernte Tanzen, Klavierspielen und Französisch, kurz alles, was sich für eine von Sedlitz schickte. Der General setzte seine gelegentlichen Übergriffe fort, er wurde kühner in dem Maße, in dem Alexas knabenhafter Körper langsam weibliche Rundungen annahm, doch als er ihr unter den Rock zu fassen versuchte, schlug sie ihm ins Gesicht. Tante

Rose, die von diesen Heimlichkeiten nicht das geringste ahnte, reagierte auf die erwachende Schönheit Alexas mit Familienstolz, aber auch mit dem Neid der alternden Frau.

Alexa lernte Hans Günther von Godenhausen im Frühjahr 1900 kurz vor ihrem 16. Geburtstag kennen. Er war ein Neffe des Generals, Sohn aus einer Ehe seiner Schwester mit einem Landjunker, der im Krieg 1870/71 gefallen war.

Wie viele seiner Standesgenossen hatte Hans Günther die Offizierslaufbahn gewählt.

Alexa kannte ihn zunächst nur von Photos aus seiner Kadetten- und Leutnantszeit, die sie in dem rotsamtenen Album der Tante, das im Salon auf dem kleinen Tisch lag, gesehen hatte. Schon als Junge war er auffallend hübsch gewesen, groß für sein Alter, breitschultrig und schmalhüftig, glich er einer Böcklinschen Jünglingsgestalt. Das 1893 anläßlich seiner Kommandierung an die preußische Gesandtschaft in München von ihm aufgenommene Photo ersetzte nun das Porträt von Joseph Kainz in Alexas Nachttischschublade.

Hans Günther wurde von München zunächst zum I. Armeekorps in Königsberg versetzt, 1900 aber bereits zur Leibgarde des Kaisers nach Potsdam. Der erste Besuch, den er in Berlin machte, galt dem Bruder seiner Mutter, dem General von Sedlitz.

In Wirklichkeit sah Hans Günther noch besser aus als auf dem Photo. Er unterschied sich von anderen attraktiven Männern nicht so sehr durch die auffallend gute Erscheinung, sondern vor allem durch den Umstand, daß es ihn nicht zu kümmern schien, welchen Eindruck er machte. Mit 31 Jahren wirkte er unbekümmert, alterslos, ja wie ein junger Gott.

Alexa war zu einer Schönheit geworden und wußte das. Junge und weniger junge Männer verliebten sich in sie. Ihren ersten Antrag erhielt sie von einem Hauptmann, der doppelt so alt war wie sie, und obwohl sie ihn nicht liebte, ihn nicht einmal leiden mochte, zog sie seinen Antrag in Erwägung, einzig um die Sedlitzens zu ärgern. Sie erkannte aber, daß er kein besonders glanzvoller Fang war, und löste die unbesonnene Verlobung mit ihm schon nach einer Woche.

Hans Günther wurde im Hause Sedlitz ein häufiger Besucher; war er in Berlin, kam er vorbei. Alexa behandelte er wie eine jüngere Schwester, augenscheinlich blind für ihre Schönheit. Er war noch ledig, und es gab – soweit sie wußte – in seinem Leben keine andere Frau. Es ging das Gerücht, er sei vor der Versetzung von München nach Königsberg in einen Skandal verwickelt gewesen, angeblich hatte sich im Hause eines französischen Diplomaten, der anschließend abberufen worden war, eine Orgie abgespielt – Katie, von der sie dies wußte, verließ zwar kaum ihre Küche, schien aber das Gras wachsen zu hören. Näheres konnte Alexa nicht in Erfahrung bringen.

Sie verliebte sich auf den ersten Blick in Hans Günther, war vermutlich schon in sein Bild vernarrt gewesen, bevor sie ihn kennenlernte. Seine lässige, kameradschaftliche Art enttäuschte und verletzte sie so sehr, daß sie heftig mit jedem halbwegs attraktiven Mann kokettierte, der Interesse für sie zeigte. Ihre Tante ärgerte sich darüber. Der General mischte sich hier wie gewöhnlich nicht ein, nur litt er jetzt häufiger an Anfällen seiner Melancholie, und sie dauerten länger. Alexa suchte sich für ihre Enttäuschung damit zu rächen, daß sie mit den Fäusten auf ihn losging, wenn er sie zu tätscheln versuchte. Er nahm es schweigend hin und konnte anscheinend nicht genug davon bekommen.

Alexa war nur einem einzigen jungen Mann begegnet, der es mit Hans Günther hätte aufnehmen können, wenn er noch gelebt hätte. Man schrieb Leutnant Schenkers Tod einem Unfall zu, aber konnte man es einen Unfall nennen, wenn jemand mit einem Fahrrad von einem Schiffsdeck ins Meer fährt?

Alexa erinnerte sich noch daran, daß dieser Leutnant Schenker anscheinend mit düsteren Vorahnungen nach Wilhelmshaven gefahren war. Er war für die Dauer der jährlichen Nordlandreise Kaiser Wilhelms II. als Adjutant des Generals Hülsen-Haeseler an Bord der kaiserlichen Yacht Hohenzollern befohlen worden. Andere wären von der Aussicht, Wochen zur engsten Umgebung des Kaisers zu gehören, entzückt gewesen, nicht so der Leutnant. Es war in Offizierskreisen bekannt, daß der Kaiser an Bord recht derbe Späße liebte. Während der morgendlichen Freiübungen auf dem windigen Deck pflegte er sich an seine Gäste heranzuschleichen und sie bei den Kniebeugen mit einem wohlplazierten Tritt zu Fall zu bringen. Oder er drückte einem jungen Offizier oder einem Matrosen sein Wohlgefallen durch Kneifen in die Wange oder ins Gesäß aus.

Anfangs hieß es, Leutnant Schenker sei in einer Regenbö von Deck gespült worden. Später war von einer Prügelei zwischen Betrunkenen die Rede. Angeblich war der Kaiser nach diesem «Unfall» tagelang in seiner Kajüte geblieben, und als er wieder erschien, wies sein Gesicht Schrammen auf und eine seiner Lippen war verletzt.

Alexa fragte sich, was einen Mann von Schenkers stiller, verträumter Natur wohl dazu bewegt haben mochte, die Hand gegen seinen Kaiser zu erheben – eine Tat, für die es nach dem Ehrenkodex nur eine Sühne gab: den Selbstmord. Sie vergoß bittere Tränen um Leutnant Schenker. Er war ihr ein ergebener und zärtlicher Freund gewesen und hatte eine Tugend besessen, die ihn von all ihren anderen Beaus unterschied: Er war ein geduldiger und aufmerksamer Zuhörer und damit der ideale Gefährte für ein Mädchen, das unter den prüden, introvertierten Töchtern der preußischen Oberschicht keine gleichaltrige Freundin gefunden hatte. Aber im Grunde hatte sie Schenker ja nicht wirklich geliebt.

In Berlin geschah so viel, daß man sich nicht lange bei dem mysteriösen Schenker-Unfall aufhielt. Noch lebte man in der goldenen Kaiserzeit, und noch konnte Wilhelm Gott seinen Großen Verbündeten nennen und sich im stillen für vom Allmächtigen besonders bevorzugt erachten. Sein Selbstvertrauen konnte auch nicht erschüttert werden, als sein Onkel Eduard VII. bei einem Besuch in Paris die Annäherung an Frankreich zustandebrachte. Seine Flotte würde sich bald mit der englischen vergleichen können, und im Kriegsfall würden seine Armeen in einer Woche Frankreich überrennen.

1903 verbrachten die Sedlitz' die Sommerferien auf Norderney. Und hier erreichte Alexa jener Brief der Schwester, in dem Beata ihre Verlobung mit Nikolas Karady ankündigte.

Der Brief trug Alexa wie ein fliegender Teppich über den Abgrund von sieben Jahren hinweg an den Ort ihrer Geburt und ihrer Kindheit. Erinnerungen wurden lebendig. Wenn sie die Augen schloß, sah sie deutlich die Weiden und Äcker des Réthyschen Gutes vor sich, und als Krönung Schloß Karady. Sie roch förmlich den frisch gemähten Klee, die Akazienblüten und den scharfen, aber nicht unangenehmen Dunst des Stalles mit seinen Tieren.

«Es ist nicht zu glauben! Phantastisch!» rief sie aus. «Sie hat sich mit Graf Nicky verlobt! Immer hat sie gesagt, daß sie ihn heiraten würde, und ich habe sie ausgelacht. Und nun ist es Wirklichkeit geworden! Ist das nicht wunderbar?»

Plötzlich hatte sie Heimweh. Wie die Taube, die es zum heimatlichen Schlag zurückzieht, wollte sie nur noch nach Sárkány.

«Du lieber Gott, die Hochzeit ist schon am 15., und ich muß mindestens eine Woche früher dort sein. Da bleibt nicht mehr viel Zeit. Kommst du mit, oder soll ich allein fahren?» fragte sie die Tante.

Es war eine einfache Frage, und sie schien die Tante doch verlegen zu machen. «Also ...» sagte sie endlich, «ich fürchte, wir können beide nicht reisen.»

«Was soll das heißen?» erregte sich Alexa. «Was du machst, ist mir egal, ich fahre jedenfalls, soviel steht fest.»

Erstaunlicherweise nahm die Tante das ungerührt auf. In ihren Augen war sogar eine Spur von liebendem Verständnis. «Immer geschehen die Dinge zur falschen Zeit, das ist nun mal so im Leben», bemerkte sie. «Ich hätte dir schon früher etwas andeuten sollen, doch wollte ich erst sprechen, wenn sich alles geklärt hat.» Sie senkte die Stimme zu einem vertraulichen Flüstern. «Hans Günther will seinen Urlaub mit uns verbringen. Ich nehme an, daß er ernste Absichten hat, meine Liebe.»

«Was heißt, ernste Absichten?» Alexa runzelte verständnislos die Stirn.

Die Tante kicherte backfischhaft, was peinlich wirkte. «Mit dir, was sonst?»

Seit Ende Mai hatte Alexa von Hans Günther nichts gesehen und gehört, und der rätselhafte Tod Schenkers hatte ihre Gedanken so beschäftigt, daß ihre heimliche Schwärmerei für Hans Günther in den Hintergrund getreten war. Die Worte der Tante entfachten nun aber das Feuer, das sie bereits für erloschen gehalten hatte, erneut.

Eine alte Volksweisheit besagt, erst wenn man sich an einen Menschen, den man einmal geliebt hat, nicht mehr erinnert, ist er wirklich tot. Und so starb für Alexa der Leutnant Schenker endgültig erst in Schuchardts Hotel auf Norderney.

«Hans Günther hat sich nie für mich interessiert», sagte Alexa, die wohl herausgehört hatte, daß die Tante sich ihrer Sache nicht ganz sicher war; sie fragte sich sogar, ob das ganze nicht nur ein Manöver war, sie von der Hochzeit ihrer Schwester fernzuhalten. «Ich habe immer gedacht, er macht sich nichts aus mir. Schließlich hat ein Mann doch Möglichkeiten, so etwas ein Mädchen wissen zu lassen.»

Der Anflug von Güte in den Augen der Tante verschwand. Sie war leicht verärgert. «Was hast du denn erwartet? Daß er dich vergewaltigt? Er ist schließlich ein Herr und kein Casanova wie deine anderen Verehrer. Er würde nie einem jungen Mädchen zu nahe treten, das er nicht zu seiner Frau machen will.»

Alexa hätte ihr am liebsten die Zudringlichkeiten des Generals entgegengehalten, hielt sich aber im Zaun. «Hans Günther hat sich seit Monaten nicht sehen lassen. Warum sollte er sich gerade jetzt entschlossen haben?»

Die Tante warf ihr einen vernichtenden Blick zu, wandte sich dann aber zur Tür. «Na schön, dann telegraphiere ich ihm eben ab. Und du kannst zur Hochzeit deiner Schwester mit diesem Juden fahren.»

Sie war schon fast aus dem Zimmer, als Alexa ihr zurief: «Nein, telegraphier nicht ab. Laß ihn kommen.» Und dann in scharfem Ton: «Und daß du's weißt: Karady ist kein Jude. Er ist ein Edelmann, reich und schön, und Beata hat Glück, daß sie ihn bekommt. Sie ist ganz verrückt nach ihm. Hier steht es: Ich bin ganz verrückt nach ihm!» Dann stöhnte sie leise. «Was soll ich ihr nur schreiben? Daß ich nicht zu ihrer Hochzeit kommen kann, weil Hans Günther plötzlich ernste Absichten hat?»

Rose hatte sie verstohlen beobachtet. «Du kannst es dir noch überlegen. Ein Wort von dir, und ich telegraphiere. Er fährt erst morgen früh ab.»

Alexa verbrachte den Tag mit Versuchen, ihrer Schwester einleuchtend zu begründen, warum sie nicht zur Hochzeit kommen könne. Während sie einen Entwurf nach dem anderen kritzelte, schoß es ihr durch den Kopf, wie sonderbar das Schicksal es doch einrichtete – die Zwillinge, obwohl durch Tausende von Kilometern und mehrere Ländergrenzen getrennt, fanden beide im gleichen Jahr, sogar im gleichen Monat den künftigen Gatten. Bei dem Wort künftiger Gatte wurde sie nachdenklich. Wenn die Tante sie nun belogen hatte?

Achselzuckend knüllte sie den Brief zusammen. Sie würde erst schreiben, wenn sie Hans Günthers Absichten genau kannte.

Der Himmel war bezogen, und es blies stark von Nordost, als Hans Günther am späten Nachmittag des folgenden Tages eintraf. Die Überfahrt von Norddeich, sonst bei ruhigem Wasser dreißig Minuten mit dem Dampfer, hatte mehr als eine Stunde gedauert. Alexa verdrängte den Gedanken, seine romantische Blässe könnte ganz unromantisch auf Seekrankheit zurückzuführen sein.

Das schlechte Wetter hielt während der ersten Tage seines Aufenthaltes an. Man konnte nur in der Hotelhalle herumsitzen, lesen, Karten spielen, auf die Promenade gehen, wenn es einmal aufhörte zu regnen. Am vierten Tag kam endlich die Sonne heraus.

Hans Günther lud sie zu einem Spaziergang ein. Befriedigt stellte sie fest, daß Tante Rose darauf verzichtete, wie sonst als Anstandsdame mitzugehen.

Man ging am Conversationshaus mit seinen Restaurants vorbei, dem Theater, den Spiel- und Lesezimmern, und vorbei an dem neuerbauten Teil mit dem Basar und den kleinen, teuren Läden, die Waren aus Frankreich und England feilboten. An grünen Wiesen vorbei, schlugen sie den Weg zum Leuchtturm ein, und sie waren schon fast da, als Hans Günther sie plötzlich beim Arm nahm.

«Komm, wir klettern auf die Dünen und setzen uns dort hin. Ich sehe das Meer gern – besonders, wenn ich nicht drin bin», fügte er lachend hinzu. Ihrer beider Lachen löste die Spannung, die Alexa bislang die Zunge lähmte. Als der Sand unter ihren Füßen nachgab, umfaßte er stützend ihre Taille. Plötzlich blieb er stehen, hob sie zu sich hoch, bis ihre Zehen kaum noch den Boden berührten, preßte sie sehr fest an sich und küßte sie.

Freudige Erregung, scharf wie ein Schmerz und betäubend wie ein Rausch durchdrang sie. Sie empfand kein körperliches Begehren. Nur Seligkeit, reine, lautere Seligkeit. Wenn sie später an diesen Augenblick zurückdachte, war er in ihrer Erinnerung der Höhepunkt ihres Lebens. Nichts vorher oder nachher reichte an diesen Augenblick heran.

Er gab sie frei, und schweigend kletterten sie die Düne hinauf. Oben setzten sie sich in den Strandhafer. Er küßte ihr erst die eine Hand, dann die andere.

«Willst du mich heiraten?» fragte er.

Später wünschte sie, sie hätte mit ihrer Antwort gezögert, aber sie konnte nicht an sich halten.

«Ob ich will? Ja, weißt du nicht, daß ich dich liebe? Vom ersten Moment an habe ich dich geliebt. Sogar, ehe ich dich kannte. Ich habe dein Bild aus Tantes Album gestohlen und im Nachttisch versteckt. Ich . . .»

Der sonderbare Ausdruck auf seinem Gesicht ließ sie innehalten. Er betrachtete sie jetzt mit der distanzierten Neugier, mit der man im Theater den großen Auftritt einer Schauspielerin verfolgt. Ihre Blicke trafen sich flüchtig, er erkannte, wie verlegen er sie gemacht hatte, lächelte schuldbewußt und umarmte sie.

«Du bist anbetungwürdig.» Er küßte sie auf die Lippen, auf die Augenlider. «Ich liebe dich. Wer brächte es fertig, dich nicht zu lieben! Wie schön du bist. Und so jung, so jung.» Er verstummte, das Lächeln verschwand. «Ich liebe dich, aber du darfst eines nicht vergessen: Ich bin nicht neunzehn, so wie du.»

«Beinahe zwanzig.»

«Und auch nicht zwanzig. Ich wollte, ich wäre es. Wäre ich dir mit zwanzig begegnet, ich wäre vielleicht ein anderer Mensch geworden. Aber als ich zwanzig war, warst du erst fünf. Ein Mann ist vielen Versuchungen ausgesetzt, mancher erliegt . . . auch ich bin durch vieles hindurchgegangen. Aber ich will einen neuen Anfang machen. Mit dir. Es ist nicht leicht, mit mir zu leben. Die Ehe wird für uns beide eine neue Erfahrung sein, allerdings gibt es da einen Unterschied. Du bist in dem Gedanken aufgewachsen, eines Tages zu heiraten, du bist darauf vorbereitet. Ich aber nicht. Der Gedanke an eine Ehe war mir lange Zeit ganz fremd. Mir also wird die Anpassung schwerer werden als dir. Das mußt du in Kauf nehmen, wenn du mich heiratest.»

Seine Worte verstand sie nicht als Warnung, wohl aber den Ton, in dem er sprach, sie entnahm daraus, daß sie Hindernisse zu überwinden hatte, wenn die Ehe gutgehen sollte. Eben noch hatte sie wie auf Wolken geschwebt, jetzt fiel sie wieder auf die Erde zurück.

«Ist es dir denn ernst mit der Heirat?» fragte sie.

Er nahm sanft und liebevoll ihr Gesicht in beide Hände. «Ja, gewiß. Ich möchte nur nicht, daß du diesen Schritt blindlings tust. Die Ehe wird . . . nun . . . wie soll ich's sagen. Sieh dir das Wetter an – heute ist es herrlich. Aber eine Woche lang hatten wir Regen. Vielleicht regnet es morgen wieder. Trotzdem darf man nie aufgeben. Wie lange der Regen auch anhalten mag, irgendwann einmal kommt die Sonne wieder zum Vorschein. Alles was man braucht ist: Geduld.»

Die Verlobung wurde mit einer kleinen Feier im Restaurant in der Strandhalle begangen, die der General arrangiert hatte. Hans Günther blieb weitere zwei Wochen.

Die Verlobten badeten im Meer, machten lange Spaziergänge, und sobald die Älteren sie allein ließen, küßten und umarmten sie einander. Insgesamt führten sie sich auf, wie man es von wohlerzogenen jungen Brautleuten erwartet.

Alexa schrieb Beata ausführlich von dieser Verlobung und wie sehr sie es bedauere, daher der Hochzeit ferngeblieben zu sein. Beata erwiderte, sie wünsche der Schwester Glück und hoffe auf ein baldiges Wiedersehen. Es folgten Ansichtskarten von Beatas Hochzeitsreise nach Italien. Auch Beata merkte ausdrücklich an, wie sonderbar es doch sei, daß das Schicksal ihnen um die gleiche Zeit den ihnen bestimmten Gatten zugeführt habe.

Nikolas und Beata waren von der Hochzeitsreise noch nicht heimgekehrt, als Alexa Réthy und Baron Hans Günther von Godenhausen, Hauptmann im Regiment Garde du Corps in der Potsdamer Garnisonkirche den heiligen Ehebund schlossen.

Alexa sah der Hochzeitsnacht teils ungeduldig, teils furchtsam entgegen. Was sie erwartete, wußte sie nicht genau. Was sie über Geschlechtliches wußte, hatte sie von einer Mitschülerin, die behauptete, genauestens informiert zu sein. Es war dies ein Mädchen mit wächsernem Gesicht, feuchten Händen und abstehenden Ohren, dem es offensichtlich Spaß machte, die Mitschülerinnen mit Details aus den medizinischen Handbüchern ihres Vaters zu ängstigen.

Am Tage vor der Hochzeit fühlte Alexa sich versucht, sich bei der Tante nähere Aufklärung zu holen, unterließ es dann aber. Der Gedanke an Rose und den General hielt sie davon ab.

Gerade als sie ihr neues Reisekostüm anlegte, landeten zwei Tauben auf ihrem Fensterbrett und vollzogen – nach längerem Turteln – die Paarung. Alexa sah ihnen fasziniert zu. Der Akt währte nur Sekunden. Das Weibchen plusterte sich auf und schüttelte sich, als wolle es das Unreine dieser kurzen Begegnung loswerden. Das Männchen flog weg und gesellte sich zu anderen Tauben, die im Hof herumstolzierten.

«Bist du noch nicht fertig?» rief die Tante, die eben jetzt ins Zimmer gestürzt kam. «Was trödelst du denn so? Hans Günther wird schon ungeduldig. Er fürchtet, daß ihr den Zug verpaßt.» Sie warf sich in einen Sessel. «Was für ein Tag!» stöhnte sie und wedelte sich Kühlung zu. «Zum Glück ist alles glattgegangen. Ich atme richtig auf. Seit Norderney habe ich keine Nacht mehr richtig geschlafen, vor Angst, es könnte noch etwas schiefgehen.»

«Was sollte denn schiefgehen?»

«Beeil dich», sagte die Tante und überhörte die Frage.

Alexa hätte sich vor der Hochzeitsnacht nicht zu ängstigen brauchen, Hans Günther erwies sich als rücksichtsvoller Liebhaber. Im Schlafwagen wartete er im Korridor, bis sie ausgekleidet war, zog sich selber im Dunkeln aus und stieg in das obere Bett. Vollzogen wurde die Ehe nach einem ausgedehnten Abendessen und einer zweiten Flasche Veuve Cliquot auf dem Zimmer im Badischen Hof in Baden-Baden. Wenn sie später an den ersten Liebesakt dachte, erinnerte er sie an die Tauben auf dem Fensterbrett.

Trunken vom Champagner und den Liebkosungen ihres Mannes war sie viel zu verwirrt, um aufmerksam zu registrieren, was ihr geschah. Er machte das Licht aus und legte sich schweigend neben sie. Er streichelte sie und führte ihre Hand zu seinem Penis, der, anfangs schlaff, zu ihrer Überraschung in ihrer Hand steif wurde. Es erstaunte sie, daß dieses Glied ein Eigenleben hatte. Sie wollte sprechen, ihn fragen, doch legte er ihr die Hand auf den Mund.

«Sei still», flüsterte er. «Sag jetzt kein Wort. Es wird schon alles gut. Nur sprich jetzt nicht.»

Er schob ihr ein Kissen unters Gesäß und spreizte ihre Beine.

Jetzt ist es soweit, dachte sie und erstarrte. Sie fühlte, wie er nervös herumtastete, am ganzen Leib bebte.

«So hilf mir doch!» Seine Stimme klang schroff und verärgert. «Oder wir lassen es sein und schlafen.»

Verängstigt und gekränkt entspannte sie sich gehorsam. Sie empfand einen stechenden Schmerz und schrie auf. Der Schmerz hielt eine Weile an, später konnte sie nicht mehr sagen, wie lange. Hans Günther löste sich schließlich ruckartig von ihr und rollte stöhnend beiseite. Zwischen ihren Beinen spürte sie eine feuchte Wärme.

«Ich blute», rief sie weinend aus und dachte entsetzt an die Schauergeschichten ihrer Mitschülerin.

Er warf ihr ein Handtuch hin, das er vorsorglich ans Fußende des Bettes gelegt hatte, und knipste das Licht an. Sie säuberte sich.

«Geh nur gleich aufs WC. Ich möchte nicht, daß du schon in der ersten Nacht schwanger wirst.»

Danach lag sie wach im Bett, bis der Morgen durch die Schlitze des Rolladens graute, vor dem die schweren Gardinen nicht ganz schlossen. In ihrem Kopf drehte sich alles, zwischen den Beinen fühlte sie sich wund und verspürte einen auf und ab ebbenden stechenden Schmerz. Reglos daliegend hielt sie Abstand von dem kräftigen Körper, der entspannt neben ihr lag. War das alles, was in der Hochzeitsnacht geschah, fragte sie sich. Seit sie das Zimmer betreten hatten, war Hans Günther offenbar mechanisch einem Ritual gefolgt, das nicht das geringste mit dem zu tun hatte, was bis dahin zwischen ihnen vorgegangen war. Sie fühlte sich benutzt, wie ein Gegenstand, dem eine Gebrauchsanweisung beigegeben ist, die genau befolgt werden muß.

Vor der Hochzeit hatte sie gehofft, die sonderbare, unerklärliche Fremdheit, die ihn gelegentlich von ihr trennte wie eine hohe Mauer, werde in der Abgeschiedenheit des gemeinsamen Schlafzimmers nach und nach schwinden, aber sie hatte sich wohl darin getäuscht.

Mit dem Wetter hatten sie Glück. Ende Oktober mußte man mit Kühle und Regen rechnen, doch war der Herbst in Baden-Baden in jenem Jahr mild. Die Rennen waren vorüber, die Kinder gingen wieder zur Schule, im Spielsaal drängten sich nicht mehr die Besucher, und vor der Trinkhalle fand man beim Kurkonzert immer einen guten Platz.

Sie schliefen lange, frühstückten im Bett und badeten getrennt voneinander in der Thermalquelle des Hotels. Das Mittagessen nahmen sie in der Stadt ein oder in einem Gartenlokal der Umgebung. Die Bäume waren bereits von herbstlichen Farben überhaucht, unter dem spärlicher werdenden Grün der Blätter lugten an den Weinstöcken die Reben hervor. Alexa fühlte sich an Sárkány erinnert.

Sie verlebten jetzt schon die zweite Woche hier und kamen ganz gut miteinander aus. Alexa erwartete kein Feuerwerk mehr, sie gewöhnte sich an sein rücksichtsvolles, wenn auch unpersönliches Gebaren im Bett. Zweimal brachte er sie sogar zum Orgasmus. Sie fuhr fort, ihn zu lieben und zu begehren, auch wenn sie sich offenbar damit abfinden mußte, daß ihm körperliche Liebe nicht allzuviel bedeutete. Sein Witz, seine Heiterkeit erhellten ihre Tage, für die Nächte jedoch gab es eine strenge Etikette, an der er, bei aller Liebe, festhielt. Ohne seine Erlaubnis durfte sie ihn dann nicht ansprechen.

Im ganzen war die Zeit angenehm und frei von Ärgernissen, abgesehen von zwei, drei unbedeutenden Vorfällen, die ihr aber zeigten, daß er jähzornig sein konnte.

Am zweiten Abend in Baden-Baden wählte sie ein Kleid, das Fräulein Elsa nach einer Vorlage in einem Modeheft angefertigt hatte. Hans Günther war schon nach unten gegangen, einen Tisch im Restaurant zu belegen, und erwartete sie in der Halle. Als sie aus dem Fahrstuhl trat, traf sie sein mißbilligender Blick. Sie näherte sich ihm unsicher.

«Stimmt etwas nicht?» fragte sie.

«Wo, zum Teufel, hast du bloß dieses lächerliche Kleid her? Vom Flohmarkt?» zischte er.

Sie errötete. «Es gehört zu meiner Aussteuer. Es ist ein Modellkleid von Vivienne, Fräulein Elsa hat es kopiert. Vivienne ist der teuerste Salon in Berlin und Hoflieferantin Ihrer Majestät der Kaiserin Auguste Viktoria.»

«Kein Wunder», knurrte Hans Günther. Seine Loyalität galt augenscheinlich einzig seinem Obersten Kriegsherrn, nicht dessen Gemahlin.

«Künftig bestimme ich, was du anziehst. Und laß dir nie wieder von Fräulein Elsa auch nur ein Feigenblatt machen.»

Tags darauf führte er sie in ein Modegeschäft auf der Sophienstraße und kaufte mehrere Kleider für sie. Sie waren teuer, und Alexa fragte sich, wovon er sie bezahlen wollte. Sie wußte, von zu Hause bekam er nichts, und sein Hauptmannsgehalt würde für ein standesgemäßes Auskommen kaum reichen.

Erst später hörte sie von einem Legat, das ein mysteriöser Onkel ihm ausgesetzt hatte.

Dieser Onkel hatte anscheinend im Dienste eines orientalischen Potentaten ein Vermögen erworben. Vor seiner Kadettenzeit hatte Hans Günther ein Jahr bei ihm verbracht und ihn später auf Reisen in die Türkei und nach Ägypten begleitet. Bei den Sedlitzens sprach man von diesem Onkel, wie es Alexa vorkam, selten, und wenn, dann nur mit mißbilligender Zurückhaltung. Als der alte Mann starb, setzte man ihn nicht in der Familiengruft der Godenhausens bei, sondern er wurde andernorts beerdigt.

Sie blieben bis in die erste Novemberwoche. Das Wetter war weiterhin mild und sonnig, Hans Günthers Stimmung ebenfalls. Nur einmal verlor er die Beherrschung, und diesmal wegen eines Straußenfederhutes, den sie zu einem der neuen Kleider aufgesetzt hatte. Ohne ein Wort riß er ihr den Hut vom Kopf und zerstörte dabei ihre Frisur. Die Hutnadeln fielen zu Boden.

«Du bist hoffnungslos!» Er schüttelte verzweifelt den Kopf.

Sie starrte ihn versteinert an. «Was habe ich denn falsch gemacht?»

«Mußt du dich unbedingt anziehen wie der Affe eines Leierkastenmannes? Lernst du es denn nie?» Er ließ den Hut in den Papierkorb fallen. «Wie konntest du ihn überhaupt kaufen? Siehst du nicht, wie scheußlich er ist? Du siehst unmöglich damit aus.»

Sie unterdrückte ein Schluchzen. «Unmöglich habe ich also ausgesehen? Und ist das ein Grund, mich so zu demütigen?»

«O ja, durchaus. Und ich werde dich wieder und wieder demütigen, bis du es endlich lernst.» Er trat auf sie zu, die blauen Augen unter den langen seidigen Wimpern fest auf sie gerichtet. «Du bist schön. Ein Meisterwerk der Schöpfung. Auf deine eigene Art so vollkommen wie die Mona Lisa oder die Kapitolinische Venus. Kannst du dir Venus mit einem solchen Hut vorstellen?»

Ihr Gesicht war tränenfeucht, aber sie mußte trotzdem lachen.

«Du bist verrückt. Ich bin keine Venus. Dafür bin ich viel zu mager. Ich habe immer gehofft, mein Busen würde einmal größer, aber nein. Vielleicht, wenn ich schwanger werde . . . oder nach dem ersten Kind.»

«Ich will nicht, daß sich das ändert, ob du schwanger wirst oder nicht.»

«Und dabei habe ich immer Angst gehabt, was du sagen würdest, wenn du es merkst, daß alle meine Mieder wattiert sind.»

«Ach was. Ich wollte doch ein Mädchen und keine Milchkuh. Wasch dir die Tränen ab und laß uns gehen. Ich brauche Bewegung. Gott sei Dank fahren wir bald ab. Ich komme mir vor wie ein Tier im Käfig oder wie ein Tanzbär mit einem Ring in der Nase, nur mit dem Unterschied, daß ich den Ring an meinem Finger trage.» Als er sah, daß ihr wieder die Tränen kamen, schloß er sie in die Arme. «Nicht doch, sei nicht so empfindlich. Du weißt, ich liebe dich. Ich bin es nur nicht gewöhnt, müßig zu sein. Frauen verstehen das nicht. Mein ganzes Leben lang gab es für mich nur Pflicht, Disziplin und Vorschriften. Und jetzt nichts mehr davon. Kein Marschieren mehr, nur noch Spaziergänge. Das mag allenfalls etwas für alte Männer sein. Denk an Bismarck – nach seiner Entlassung ging es abwärts mit ihm. Und er war schließlich 75 und nicht 34.»

Sie machte sich zurecht, und sie unternahmen den gewohnten Spaziergang. Zwei Tage darauf bestiegen sie den Zug nach Berlin.

Die Tante hatte nicht nur für die Aussteuer gesorgt, sondern auch für Wohnung samt Einrichtung in Potsdam. Hans Günther hatte die Möbel und die Stoffe ausgewählt, und jeder Besucher rühmte seinen unfehlbaren Geschmack. Er schätzte den Jugendstil über die Maßen und hatte darauf bestanden, alles aus Darmstadt kommen zu lassen. Die schwingenden Linien der Tapetenmuster und Bezüge machten Alexa ganz schwindlig. Sie sehnte sich geradezu nach dem schwerfälligen neugotischen Mobiliar und den breiten bequemen Betten der Sedlitzens.

Zu Alexas erstem Jour kamen so hervorragende Persönlichkeiten wie der Stadtkommandant von Berlin, General Kuno von Moltke; der französische Botschaftsrat Lecomte und zwei Adjutanten des Kaisers. Der Jour wurde ein großer Erfolg, und alle stimmten darin überein, daß die jungen Godenhausens das reizendste Paar in den Potsdamer Offizierskreisen waren. Alexa war entzückt über die Komplimente, die man ihr machte, vor allem, weil sie ja auch Hans Günther schmeichelten. Sie versuchte verzweifelt, ihm alles recht zu machen und zu beweisen, daß sie ein Gewinn für ihn war und keine Belastung. So heftig in den eigenen Mann verliebt zu sein, hätte der Himmel auf Erden sein können, wenn der Gatte nicht Hans Günther gewesen wäre.

Manche Männer werden geliebt, weil sie so robust und viril, weil sie Eroberernaturen sind. Bei ihm faszinierte es sie gerade, daß er sich ihr immer wieder entzog. Um ihn mußte man kämpfen. Dabei hieß ihn gewinnen keineswegs ihn besitzen. Sie war davon überzeugt, daß er ihr treu war, aber seine Liebe war wie ein Regenbogen, leuchtend, schillernd, scheinbar in Berührungsnähe und doch wie körperlos, ungreifbar. Er war einer der beliebtesten Offiziere im Regiment Garde du Corps und seit einiger Zeit einer der Favoriten des Kaisers, aber zu

Hause, wenn er erst einmal seinen Degen abgelegt hatte, legte er damit anscheinend auch seine gute Laune ab. Immer höflich und freundlich, konnte er doch gelegentlich erschreckend abwesend wirken, und sie fühlte sich dann hilflos und verlassen. Und wenn sie darüber schon völlig verzweifelt war, wurde er ganz plötzlich zärtlich, richtete das Wort an sie, nahm sie in seine Arme, lächelte sie an, und sie fühlte sich wieder sicher und beschützt und unglaublich glücklich.

Kapitel
III

Mitte März 1906 wurde Nikolas Karady von General Hartmann, dem Chef der Aufmarschabteilung des österreichisch-ungarischen Generalstabes, mitgeteilt, sein vor fast zwei Jahren eingereichtes Versetzungsgesuch sei genehmigt worden. Ab 1. April sei er dem Militärattaché bei der Botschaft in Berlin zugeteilt. Für Nikolas war diese Mitteilung eine Überraschung, aber keineswegs eine angenehme.

«Darf ich eine Frage stellen, Herr General?»

Hartmann nickte. «Gewiß.»

«Warum ausgerechnet Berlin, Herr General? Im Generalstab ist doch bekannt, daß meine Mutter Jüdin ist. Ich werde alle möglichen Türen verschlossen finden.»

«Du mußt doch inzwischen gelernt haben, das zu parieren, falls es überhaupt ein Problem ist. Ich persönlich glaube das nicht.»

«Nun, das mag vielleicht in Österreich so sein, Herr General. Obwohl eine jüdische Mutter einem auch in manchen hiesigen Kreisen den Weg nicht gerade ebnet. In Berlin jedoch kann so etwas einen völlig isolieren. Baron Bleichröder mußte den Dienst quittieren, weil sein Kommandeur ihm das Kasino verbot, und jemand wie Goldschmied-Rothschild ist im diplomatischen Dienst gerade noch tragbar, als Reserve-Offizier aber schon nicht mehr.»

«Du redest von der Vergangenheit. Die Zeiten haben sich geändert. Auch Kaiser Wilhelm hat sich geändert. Heute zählt Albert Ballin, ein Jude, zu seinem engsten Kreis, wie es heißt.»

«Weil ihm die Hamburg-Amerika-Linie gehört. Der Kaiser spricht mit ihm über Schiffe. Seit er die Flotte aufbaut, um mit England zu rivalisieren, interessiert ihn nichts anderes mehr. In Ballin sieht er wohl eine verwandte Seele. Ich aber besitze keine Schiffe, nicht einmal ein

Paddelboot. Es muß also einen anderen Grund geben. Darf ich ihn erfahren?»

Der General überlegte. «Ich glaube, man hat dich gerade deshalb ausgesucht. Man wünscht in Berlin keinen Parteigänger der preußischen Militärs. Du hast gesellschaftlichen Kontakt zu Italienern, Engländern und Franzosen. Falls die Preußen dich wirklich schneiden sollten, muß dich das nicht kümmern. An den militärischen Geheimnissen der Deutschen haben wir kein Interesse, die erfahren wir aus der englischen Presse. Die *Times* erhält ihre Informationen bekanntlich unmittelbar aus des Kaisers Mund.»

«Ich fürchte nur, man überschätzt im Generalstab meine gesellschaftlichen Verbindungen.»

«Eine dieser Verbindungen könnte uns sehr nützlich sein, nämlich die zum Fürsten Eulenburg. Oder besteht die nicht mehr?»

«Doch, ja, aber der Fürst ist aus dem aktiven Dienst ausgeschieden.»

«Immerhin ist er noch der Busenfreund seines Kaisers.»

Darum also hat man mich gewählt, dachte Nikolas.

«Viel Spaß wirst du in Berlin nicht haben, Karady», sagte der General. «Ende der neunziger Jahre habe ich einmal eine Woche dort verbracht, und jede einzelne Minute war mir zuwider. Allerdings soll das inzwischen anders sein, es heißt, Berlin sei eine richtige Großstadt geworden. Im übrigen ist es ja nicht für die Ewigkeit. In zwei, drei Jahren bist du wieder hier.»

Diese Wendung der Dinge versetzte Nikolas nicht in Entzücken, doch bedauerte er nicht, von Wien wegzukommen. Die Trennung von Mitzi Hahn, einer Soubrette vom Theater an der Wien und die letzte in einer Prozession von Frauen, mit denen er seit Beatas Tod geschlafen hatte, bedeutete ihm eher eine Erleichterung. Er war ihrer inzwischen überdrüssig geworden, sie hingegen klammerte sich mit zunehmender Leidenschaft an ihn, was den Bruch unmöglich machte.

Er war längst darüber hinaus, einen bitteren Nachgeschmack oder Ekel vor sich zu empfinden, nur weil er mit irgendeiner Frau geschlafen hatte. Er führte derzeit ein eintöniges, aber durchaus nicht unvergnügliches Leben. Seine erste Geliebte nach Beatas Tod war eine Freundin der Familie gewesen, zehn Jahre älter als er. Etwa einen Monat nach Beatas Tod kam sie vorbei, um zu kondolieren. Sie brachte einen Korb roter Rosen und beteuerte ihm flüsternd und mit schmeichelnden Umarmungen ihr Mitgefühl. Der weiche, reife Körper weckte einen unwiderstehlichen Hunger in ihm, und ohne Zeit mit weiteren Galanterien zu verschwenden, nahm er sie gleich auf dem Sofa im Salon, obwohl dieses zierliche Möbelstück für derartige Eskapaden eigentlich nicht vorgesehen war. Nach diesem Anfall von Lüsternheit gewann er die Beherrschung zurück und führte die Dame ebenso entschlossen zur Tür, wie man einen ungebetenen Bittsteller hinausweist. Er lehnte jede weitere Begegnung mit ihr ab und befleißigte sich strengster Enthaltsamkeit.

Er litt unsäglich in dieser Zeit. Seine Trauer empfand er so körperlich wie der angeschmiedete Gefangene seine Kette. Keinen Moment seines wachen Daseins war er frei von Schmerzen; Beatas Tod bildete den dunklen Hintergrund, vor dem sein tägliches Leben sich abspielte. Es gab in diesem Leiden Höhen und Tiefen, und es steigerte sich gelegentlich zu für einen Offizier unpassenden Tränenausbrüchen, wenn er sich unbeobachtet glaubte. In den Jahren vor Beata waren ihm einsam verbrachte Stunden willkommene Ruhepausen gewesen, jetzt fand er sie unerträglich.

Noch schlimmer allerdings war die Anwesenheit seiner Mutter und ihrer Freunde. Ihre Bemühungen, ihn aus seinem – wie sie sagte – morbiden Zustand herauszuholen, indem sie ihm heiratsfähige junge Mädchen oder Frauen zuführte, die bereit waren, mit ihm anzubändeln, ärgerten ihn außerordentlich. Sein Vater, dem er früher nie nahegestanden hatte, bewies hingegen erstaunlich viel Verständnis. Er nahm ihn mit zu Herrenabenden, zum Rennen oder beschaffte ihm Einladungen zur Jagd auf Gütern in Ungarn.

Die zweite Affäre nahm bei einer solchen Gelegenheit ihren Anfang, und es handelte sich um die Tochter des Gastgebers, eine von ihrem Gatten getrennt lebende junge Frau. Die für beide Seiten recht angenehme Beziehung währte mehrere Monate und endete, als die Dame sich mit ihrem Mann versöhnte.

Das Überraschende für Nikolas war, daß solche Erlebnisse seine Trauer nicht minderten; sie verstörten ihn eher, weil jetzt eine Art Selbstverdammung hinzu kam. Das Wiedererwachen des Geschlechtstriebs nach Beatas Tod kränkte ihn, erschien ihm als etwas Erniedrigendes.

Nach einem mit mehreren Affären verbrachten Jahr begann sein Selbsthaß sich zu verflüchtigen, und auch seine Trauer minderte sich um einiges. Die kalte Leere, die an ihre Stelle trat, bot allerdings wenig Trost. Daß er für keine dieser Frauen auch nur einen Schatten von Zuneigung empfinden konnte, drückte ihn nieder. Als gläubiger Christ – gläubig, soweit es die moralischen Grundsätze betraf – mißbilligte er seine zügellose Lebensweise. Noch lag sein halbes Leben vor ihm, und schon sah er die Zukunft als eine weglose Wüste vor sich ausgebreitet, begrenzt nur von der stets zurückweichenden Linie des Horizontes. Die Religion oder der Ehrgeiz hätten ihm da Wege bahnen können, aber für beides hatte er keine Anlagen.

Kapitel IV

Nikolas war schon einmal in Berlin gewesen, vor zehn Jahren für wenige Tage. Die kalte Pracht der Wilhelmstraße setzte ihn in Erstaunen. Die Szenerie hatte etwas Hochmütiges und erinnerte ihn an das offizielle Porträt des Kaisers: ein alternder Lohengrin im Flügelhelm mit Stulpenstiefeln, ordenübersät, in einem weißen Umhang von der Größe eines Zeltes. Welch ein Gegensatz zu Franz Joseph in seinem abgetragenen Waffenrock. Wie anders die von kargen grauen Mauern umgebene Hofburg der Habsburger! Grau, doch verläßlich. Wer nach jahrelangen Wanderungen in seine Heimatstadt Wien zurückkehrte, fand alles unverändert, er hätte sich auch zurechtgefunden, wäre er unterdessen erblindet, selbst die Risse im Pflaster waren die alten.

In Berlin wirkte der Verkehr verglichen mit dem in Wien dicht und lebhaft. Erstaunlich, wie sehr die Automobile überwogen, deren blinkende Karosserien der Szenerie eine bunte Note verliehen. Die Stadt hatte knapp 2 Millionen Einwohner und wurde täglich größer und reicher. Wien war die Vergangenheit, die Zukunft war Berlin.

Nikolas hatte Zimmer im Hotel Kaiserhof bestellt. Der Concierge, ein kleiner Mann, geleitete ihn mit der Würde eines eben gekrönten Napoleon zu seiner Suite. Der Salon, eingerichtet mit imitierten Louis-Seize-Möbeln, schweren Samtportieren und Kristallüstern, bot Ausblick auf den Wilhelmsplatz, ein großes Rechteck mit den Generalen des Alten Fritz in Bronze.

Diese edlen Krieger trugen enge Wämser unter langen Schoßröcken, die mit Schlaufen und Knöpfen geziert waren, die Ärmel endeten in engen Manschetten, die Gamaschen reichten bis über die Knie, und so machten diese Heerführer denn einen heldenhaften Eindruck, insbesondere der General Schwerin, der, die Fahne in der Hand, in alle

Ewigkeit seine Truppe gegen den Feind führte. Nikolas fragte sich, wie die Soldaten die langen Märsche in brennender Sonne und triefendem Regen in dieser Aufmachung hatten überstehen können. Sein Vater hatte 1866 im preußisch-österreichischen Krieg bei Königgrätz gekämpft und war verwundet worden, aber er sprach von nichts anderem als von den Läusen und Flöhen und dem sauren Schweißgeruch der ungewaschenen Kleidung. Die Pracht der alten Uniformen diente dem Zweck, kleinen und großen Preußen Vaterlandsliebe einzuflößen, und eben diesem Zweck dienten auch die Standbilder von Königen und Fürsten, die jeden Platz der Residenz zierten. Bei späteren Rundgängen durch die Stadt bemerkte Nikolas, daß sogar Dichter und Wissenschaftler in der Pose von Generälen dargestellt waren, nicht verträumt oder sinnend, sondern wie zum Kampf entschlossen.

Es war später Nachmittag, und aus dem Kriegsministerium schwärmten Offiziere auf die Wilhelmstraße wie Bienen aus dem Stock. Im Grunde unterschieden sie sich nicht sehr von den Österreichern rund um die Hofburg, nur fiel Nikolas auf, daß die Zivilisten ihnen auf dem Bürgersteig bereitwillig auswichen. Vielleicht bildete er sich das aber auch nur ein? Vielleicht war dies eines der Wiener Vorurteile, das ihn Höflichkeit als Unterwürfigkeit deuten ließ?

Der ihm zugeteilte Bursche sollte sich erst am folgenden Morgen melden. Er verzichtete darauf, jemanden herbeizuklingeln, und packte selber aus.

Von seinem achten bis zu seinem fünfzehnten Lebensjahr hatte er einen Erzieher gehabt, der unter dem Pseudonym Lysias regelmäßiger Mitarbeiter an einer in Wien erscheinenden Zeitschrift mit sozialistischer Tendenz war. Dr. Schauffele, so hieß er, wollte aus Nikolas unbedingt einen selbständigen, unverdorbenen Menschen machen, und so bestand er darauf, auf Reisen in kleinen Hotels, ja, in Pensionen abzusteigen, und er sorgte im Palais Karady zu Wien und auf Schloß Sárkány dafür, daß das Personal vor Nikolas nicht katzbuckelte. Es war nicht einfach, einem Jungen, der inmitten des verschwenderischsten Luxus des 19. Jahrhunderts aufwuchs, eine Neigung zu spartanischen Grundsätzen zu lehren, doch brachte Dr. Schauffele das glänzend zuwege, dank der Intelligenz seines Zöglings und dank eigener Hingabe an seine Ideale.

Nikolas hatte seinen Erzieher ausgesprochen gern und war aufrichtig betrübt, als Graf Ferdinand den Mann nicht nur fristlos entließ, sondern ihm auch jede weitere Verbindung zu seinem Zögling untersagte. Der Graf hatte erfahren, daß Schauffele in den Polizeiakten als mutmaßlicher Homosexueller geführt wurde. Nikolas erfuhr davon erst Jahre später, und die dem Mann angetane Ungerechtigkeit empörte ihn maßlos. Die sexuellen Neigungen Dr. Schauffeles blieben sein Geheimnis, nicht ein einziges Mal ließ er Nikolas merken, daß sein Interesse an ihm ein anderes sein könnte als die aufrichtige Sorge des Erziehers für das ihm anvertraute Einzelkind.

Als er jetzt seine Uniformstücke in den Schrank hängte, erinnerte Nikolas sich, wie er als Junge auf Reisen nicht nur den eigenen, sondern auch Schauffeles Koffer ausgepackt hatte. Der gute Mann lag längst auf dem Wiener Zentralfriedhof, doch der beißende Kohlenrauch einer Lokomotive, der Anblick eines Concierge, der dem Gast den Zimmerschlüssel aushändigt, eines Portiers, der Gepäck ins Taxi hebt, das alles belebte unfehlbar die Erinnerung an glückliche Reisen, die vor Jahren einen mageren Knaben und einen rundlichen Mann durch ganz Europa geführt hatten, beide getrieben von dem Drang zu forschen und zu lernen.

Auf seinem neuen Kommando hatte Nikolas ebenfalls einiges zu lernen. Zufällig war er in einer politisch sehr bewegten Phase eingetroffen.

Im April zeichnete sich ab, daß die Algeciras-Konferenz für die deutschen Unterhändler zu einer Niederlage führen würde. Es war dabei unter anderem um Deutschlands Handelsrechte in Marokko gegangen. Begonnen hatte die Sache 1904 mit einem Vertrag, in dem die Engländer Frankreichs besondere Rechte in Marokko anerkannten. Reichskanzler Bernhard von Bülow und sein Berater, der allmächtige Geheime Rat Friedrich von Holstein, glaubten nicht, daß die Engländer sich wirklich für die französischen Interessen schlagen würden, und verlangten von den Franzosen, die Angelegenheit auf einer internationalen Konferenz zu regeln. Die Russen hatten sich noch nicht von der Niederlage erholt, die ihnen die Japaner beigebracht hatten, und Ziel der deutschen Politik war es, ein Bündnis zwischen Deutschland, Rußland und Frankreich zustandezubringen und England zu isolieren.

Diese Absicht scheiterte an dem unerwarteten Zusammenhalt der Entente cordiale. Die deutschen Vertreter rasselten auf der Konferenz zwar furchteinflößend mit dem Säbel, konnten aber bei sieben Gegenstimmen nur zwei Stimmen für ihre Vorschläge buchen. Das war für Bülow und den in der Zukunft lesenden Holstein ein schlimmer Schlag.

Holstein besaß politisches Genie, kein Zweifel. Er hatte bereits Bismarck aus dem Amt hinausintrigiert und leitete nun in Wahrheit das Auswärtige Amt, wenn er auch jede verantwortliche Stellung ablehnte. Seit zwanzig Jahren galt er als Lenker der deutschen Außenpolitik, als unersetzbar und unabsetzbar.

In der Morgenzeitung des 6. April las Nikolas, daß Reichskanzler Bülow tags zuvor während einer Reichstagsdebatte ohnmächtig zusammengebrochen sei und daß die Ärzte ihm zu einem ausgedehnten Urlaub geraten hätten – ein Rat, den er befolgte.

Kurze Zeit später wurde bekannt, daß Friedrich von Holstein aus dem Amt geschieden war, wie es hieß, auf eigenen Wunsch. Nikolas erinnerte sich verschiedener Bemerkungen seiner Kollegen in der Botschaft, die Folgen der Algeciras-Konferenz betreffend: Köpfe würden rollen. Er hatte aber nirgends gehört, daß auch der von Holstein gemeint sein könnte.

Nach und nach erfuhr man, wie Holstein hatte fallen können. Er war einer kindischen Angewohnheit zum Opfer gefallen. Fühlte er sich gekränkt, drohte er unfehlbar mit seinem Abschied, fest darauf vertrauend, daß er damit Bülow, den Kaiser und die gesamte Regierung in Furcht und Schrecken versetzte. Im sechsten Jahr seiner Kanzlerschaft meinte Bülow jedoch erfahren genug zu sein, auch ohne den Souffleur Holstein auskommen zu können, und veranlaßte, daß das letzte Abschiedsgesuch Holsteins herausgesucht und dem Kaiser mit der Bitte um Genehmigung vorgelegt wurde. Bülows Ohnmachtsanfall im Reichstag war entweder Zufall oder ein Geniestreich; jedenfalls war Holstein überzeugt, daß Bülow mit seiner Entlassung nichts zu tun hatte. Dem Kanzler gelang damit das Unmögliche: er entledigte sich dieses Mannes, ohne ihn sich zum Todfeind zu machen. Sie blieben Freunde, Bülow fragte den gestürzten Abgott sogar gelegentlich um Rat.

Nikolas verschob den Besuch bei dem Ehepaar Godenhausen aus guten Gründen und begegnete ihnen erst Ende Mai bei einem Bankett zu Ehren von Franz Ferdinand, dem Erben der österreichisch-ungarischen Krone, und seiner morganatischen Gattin, der Gräfin Sophie Chotek.

Wäre Sophie aus königlichem Haus gewesen, man hätte ein Staatsbankett geben müssen, doch war ihr Fall besonders delikat. Sie wurde samt Gatten en famille empfangen, herzlich, aber ohne Pomp. Fürst Montenuovo, Franz Josephs unerbittlicher Haushofmeister, setzte die Gräfin in Wien unweigerlich ans untere Ende der Tafel, was zwischen ihm und dem Thronfolger zu unaufhörlichen Reibereien führte, die Gräfin dem Stuhl ihres Gatten aber um keinen Zentimeter näher brachte. Hofmarschall August Eulenburg nun machte den Vorschlag, im Neuen Palais in Potsdam sollte man im Marmorsaal formlos an kleinen Tischen speisen, das Thronfolgerpaar mit Wilhelm und seiner Dona am gleichen Tisch. Das Bankett sollte in kleinem Kreise stattfinden, doch waren beinahe vierhundert Gäste geladen, darunter der gesamte diplomatische Stab der österreichisch-ungarischen Botschaft. Die Gäste hatten im Muschelsaal Aufstellung genommen; wie üblich bildeten die Damen zur Rechten, die Herren zur Linken Spalier für das kaiserliche Paar und seine Gäste auf dem Weg von den Privatgemächern zum Marmorsaal, wo die Tische aufgestellt waren. Plötzlich erblickte Nikolas Alexa von Godenhausen.

Sie trug ein Kleid aus blaßblauem Seifenchiffon mit Spitzenapplikationen in Medaillonform am Saum und in Kniehöhe. Die kurzen Ärmel endeten doppelt gebauscht auf den weißledernen, bei Hofe vorgeschriebenen langen Handschuhen. Das antike Halsband, die dazu passenden Ohrringe aus Perlen und Türkisen wirkten zwischen den Geschmeiden aus Brillanten, Rubinen, Smaragden und Saphiren, die ringsumher auf Köpfen und Busen glitzerten, sehr bescheiden. Im hochgekämmten Haar trug sie einige Maiglöckchen, die ihr ein nymphenhaftes Aussehen verliehen. Für Nikolas war sie die glänzendste Erscheinung im Saal, und das nicht nur ihrer Ähnlichkeit mit Beata wegen.

Er starrte sie unentwegt an, versuchte ihren Blick auf sich zu ziehen, wollte sich aber auch prüfen. Sie war nicht so gebräunt, wie Beata es um diese Jahreszeit gewesen wäre, nach den Ostertagen in Sárkány, und ihr Haar wies auch keine von der Sonne gebleichten Strähnen wie bei Beata auf, sondern war aschblond. Daß sie höflich gelangweilt dreinsah, lag wohl daran, daß sie in den drei Jahren ihrer Ehe an vielen derartigen Festlichkeiten teilgenommen hatte. Einladungen auf den Olymp sind für normale Sterbliche eine große Ehre, doch nach einer Weile verlieren sie den Reiz der Neuheit, namentlich wenn die Götter immer wieder die gleichen Reden halten und das gleiche Ambrosia anbieten. Beata war von den Bällen, Gesellschaften und Empfängen bei Hofe während der einzigen winterlichen Saison, die sie in Wien erlebt hatte, stets gleichbleibend entzückt gewesen wie ein Kind; neue Menschen kennenzulernen, regte sie an, und seien es auch nur verarmte Verwandte, Veteranen vergessener Kriege oder im Ruhestand lebende Hofdamen. Sie blieb gern daheim, ging aber ebenso gern auch aus, und nie verschwand der Glanz aus ihren Augen, nie das Lächeln von ihren Lippen.

Alexa bemerkte Nikolas nicht, oder tat jedenfalls so, denn ihr Gesicht blieb liebenswürdig gelangweilt. Am anderen Ende des Spaliers erspähte Nikolas Godenhausen in der Galauniform der Garde du Corps. Daß er mit seiner Frau hier geladen war, ließ auf eine gesellschaftliche Stellung schließen, die Hans Günthers Rang nicht rechtfertigte. Alexas Schönheit war ihm selbstverständlich nicht hinderlich, doch waren sie erst drei Jahre verheiratet, was den Schluß zuließ, daß Godenhausens Aufstieg in die Hofgesellschaft schon früher begonnen haben mußte.

Das Erscheinen des Hofmarschalls Graf August Eulenburg, eines Vetters von Philipp, ließ die Unterhaltung verstummen. Es folgte das dreimalige Aufstoßen des elfenbeinernen Stabes auf den Boden, sodann schritt der Hofmarschall durch das Spalier, gefolgt von dem Allerhöchsten, wie er sich gern nennen ließ, der die Gräfin führte, hinter ihm Franz Ferdinand mit der Kaiserin.

Nikolas hatte Wilhelm schon früher gesehen, doch immer nur im Freien und aus der Entfernung. Als er ihn jetzt den hell erleuchteten Saal betreten sah, staunte er über die Befangenheit des Monarchen. Er glich einem Schauspieler, der von seinen Bewunderern am Bühnenausgang erwartet wird. Grüßende Handbewegungen zu Bekannten, ein mechanisch aufblitzendes Lächeln, rasche, joviale Bonmots, mit denen er um sich warf – das alles wirkte wie eine Vorführung.

Er war kleiner, als die Porträts von ihm glauben machten, schlank, aber stramm und gut erhalten für seine 47 Jahre. Der gewichste Schnurrbart, ein Sieg über die Schwerkraft, stach mit den Spitzen wie eh und je martialisch in die Höhe.

Dieser unverbesserliche Egozentriker benutzte jedes öffentliche Auftreten zur Selbstdarstellung und trug zu jeder Gelegenheit das passende Kostüm. An diesem Abend erschien er in der Galauniform des österreichischen Ulanenregimentes, das seinen Namen trug, und spielte den wohlwollenden Onkel, der dem Neffen seine jugendliche Torheit vergeben hat.

Diese Torheit, verkörpert in der Frau an Wilhelms Arm, schien die große Ehre, vom deutschen Kaiser bewirtet zu werden, gelassen hinzunehmen. Sie war üppig und wohlgestalt und strahlte Gesundheit und Zufriedenheit aus. Sie lächelte den Damen und Herren, zwischen denen sie hindurchschritt, ohne eine Spur von Herablassung oder Spott zu, obschon sie wußte, daß so mancher, hauptsächlich von den Österreichern, sie vor und nach ihrer Heirat nach Kräften verleumdet und herabgesetzt hatte. Der Gatte, sehr groß und von schlechter Haltung, in einem Galarock, der über dem Bauch spannte, befand sich in einer seiner seltenen wohlwollenden Stimmungen; schließlich wurde seine Gattin von einem regierenden Hause mit den Ehren empfangen, die einem Mitglied des Königshauses gebührten.

Er erkannte Nikolas und runzelte die Stirn. Sekundenlang schaute er mißvergnügt, dann nickte er kurz und wandte sich der Kaiserin zu. Karady dachte sich nichts dabei; er fragte sich nur, womit er das erzherzogliche Mißvergnügen erregt haben mochte. Vermutlich hatte man ihn nach Berlin versetzt, ohne zuvor beim Erzherzog angefragt zu haben. Franz Ferdinand schien sich in der Rolle des Erben des ältesten europäischen Thrones nie ganz wohl zu fühlen, eine Rolle, die er nach dem mysteriösen Selbstmord Erzherzog Rudolfs in Mayerling ganz unerwartet hatte übernehmen müssen.

Nikolas war der Kaiserin Auguste Viktoria nie begegnet und fand sie – eine Frau nahe den fünfzig und Mutter von sieben Kindern – zu seiner Überraschung recht anziehend. Sie besaß die rötliche Gesichtsfarbe, die Rundungen, das weiche, gefügige Haar und den klaren Blick der deutschen Hausfrau. Ihr Gewand war aus purpurnem Damast. Die Schultern waren entblößt, und der Ausschnitt reichte so tief, daß man den Ansatz des molligen glatten Busens sah, über den eine Kette aus Brillanten, Rubinen und mehreren Perlensträngen so sorgsam gebreitet war, als läge sie zum Verkauf im Schaufenster. An der rechten Brust trug sie den Orden vom Goldenen Vlies.

Der Kaiser und seine Gäste näherten sich nun dem Marmorsaal, und die Gruppen, die er passierte, glichen einem Schilfgürtel, über den eine Bö streicht. Männer und Frauen neigten sich tief zu Verbeugungen und Hofknicksen. Es hätte die letzte Szene einer Operette sein können, nur eben, daß der Bonvivant, die Primadonna, die Soubrette und die Komische Person keine Schauspieler waren, sondern zu den mächtigsten Personen Europas zählten. Den Chor bildeten die Elite ihrer Reiche, und was hier glitzerte, war nicht Straß, sondern Gold und Edelsteine, deren Gegenwert die Hungrigen eines Erdteils hätte speisen können.

Als alle im Marmorsaal Platz genommen hatten, jeweils zu viert an einem Tisch, gab der Hofmarschall das Signal, mit dem Servieren zu beginnen. Nikolas geriet zwischen eine Hofdame der Kaiserin und die Frau eines bayerischen Diplomaten, zwei attraktive, geistvolle Damen, aber Alexas Nähe, die nicht weit entfernt Platz gefunden hatte, machte ihn zu einem einsilbigen Gesellschafter. Alexa und Godenhausen saßen zusammen mit General Kuno von Moltke, dem Stadtkommandanten von Berlin, dem französischen Botschaftsrat Lecomte und Graf Wilhelm von Hohenau, ein Adjutant Kaiser Wilhelm II. Diese Gruppe wirkte sehr intim, man lachte und scherzte, wie es alte Freunde tun, und dadurch unterschied sich dieser Tisch von den anderen, wo man steif auf den Stühlen saß, nahe der Kante, jederzeit bereit, auf Befehl hochzuschnellen.

Fürst Philipp zu Eulenburg-Hertefeld speiste in Gesellschaft des Fürsten Bülow und seiner eleganten italienischen Prinzessin. Ein anderer Moltke, der neue Stabschef, Neffe des legendären Helden von 70/71, zog fast ebensoviel Aufmerksamkeit auf sich wie Seine Majestät selbst. Er war das Inbild des preußischen Kavallerieoffiziers und wirkte, auch wenn er zu Fuß ging, als säße er hoch zu Pferd. In Wien sagte man, Wilhelm II. habe ihn zum Chef des Generalstabes gemacht, weil er allein schon dadurch Eduard VII. in Schrecken zu versetzen hoffte.

Der Kaiser aß wenig, hauptsächlich weil er unablässig redete. Die ehemals scharfe jugendliche Stimme war jetzt gedämpft, weniger vom Alter als von einer im Jahre 1903 überstandenen Operation, bei der man ihm die Polypen entfernt hatte. Jedenfalls ging seine Stimme in der allgemeinen Unterhaltung unter, nur hörte man ihn öfter schallend lachen, und das waren dann Blitze aus einem bewölkten Himmel. Er schien sich blendend zu amüsieren, während der Erzherzog sich auf zustimmendes Murmeln beschränkte und im übrigen mit matter Höflichkeit zuhörte.

Dem Diner folgte dann das Ritual des Ansprechens. Das kaiserliche und das erzherzogliche Paar wandelten durch die Flucht der Räume und führten mit ausgewählten Gästen kleine Unterhaltungen. Nikolas wurde von einem Adjutanten aufgefordert, sich bereitzuhalten, da der Kaiser ihn anzusprechen wünsche. Er wurde mit etwa einem Dutzend Damen und Herren in einen der kleineren Salons geleitet. In dieser Gruppe war niemand miteinander bekannt, ausgenommen zwei Herren. Betreten schweigend oder hinter vorgehaltener Hand hüstelnd stand man herum.

Endlich kündigten zwei Lakaien, die rechts und links der Tür Aufstellung genommen hatten, das Nahen des Herrschers an, und Wilhelm trat ein, begleitet vom Erzherzog und einem Adjutanten. Die Damen waren zurückgeblieben.

Nikolas war der vierte, den der Kaiser beehrte, wobei er den Jüngeren scharf mit seinen blauen Augen fixierte. Vielleicht sucht er nach Zeichen meiner jüdischen Abstammung, dachte Nikolas gelassen. Er stand in Habtachtstellung und wartete darauf, angeredet zu werden.

Die Porträts des Monarchen, gerahmt an der Wand, auf Aschenbechern, Bierkrügen, Plaketten, Briefmarken, silbernen und goldenen Münzen zeigten ihn stets jung und ansehnlich. Aus der Nähe aber sah er aus wie ein gealtertes Wiesel.

«Willkommen in Potsdam, Hauptmann Karady», sagte er. «Wir hoffen, Sie fühlen sich bei uns zu Hause. Wir sind Waffenkameraden, umringt von einer Welt von Feinden, doch vereint sind wir unüberwindlich. Niemanden auf der ganzen Welt achte ich höher als Ihren Erhabenen Herrscher. Seit der Konferenz von Algeciras weiß ich noch besser als zuvor, welch unerschütterlichen Verbündeten ich an Österreich habe.»

Franz Ferdinand stand einen Schritt hinter dem Kaiser und nickte zustimmend, wobei er mit dem Mund lächelte, nicht aber mit den Augen. In Nikolas rebellierte der Ungar.

«Und an Ungarn, Majestät», berichtigte er.

Des Kaisers Miene verfinsterte sich. Er hatte einen Fauxpas begangen und war dabei ertappt worden. Sein Alliierter war nicht Österreich, sondern selbstverständlich Österreich-Ungarn. Karady spürte, wie es ihn eisig anwehte. Das halbe Lächeln auf dem Gesicht des Erzherzogs erstarb. Jedermann wußte, daß der künftige Herrscher weder Juden noch Ungarn mochte, und Nikolas war gleich beides.

«Wünsche angenehmen Aufenthalt in Deutschland», schloß der Kaiser noch abgehackter als sonst, wobei er Nikolas humorvoll mit seiner rechten, gesunden Hand auf die Schulter schlug. Es war ein kräftiger Klaps, zu stark, als daß man ihn als Zeichen kaiserlicher Huld werten konnte. «Amüsieren Sie sich, aber nicht zu sehr», setzte er hinzu, kniff ein Auge zu und ging weiter.

Als Nikolas später den Muschelsaal durchquerte, erblickte er seine Schwägerin Alexa, umgeben von Offizieren, die offenbar ganz entzückt waren von ihr, jedenfalls wirkten sie allesamt verliebt in sie. Sie bemerkte Nikolas, entschuldigte sich und trat zu ihm.

«Ich bin Ihnen böse», eröffnete sie das Gespräch abrupt. «Sie sind jetzt schon eine ganze Weile in Berlin und haben sich noch nicht einmal sehen lassen. Man ist ganz auf den Klatsch angewiesen. Ich bin schließlich Ihre Schwägerin. Oder gilt das nicht mehr?»

Sie sprach mit Beatas Stimme und schaute aus Beatas Augen.

«Sie ähneln ihr zu sehr!» entschlüpfte es ihm gegen seinen Willen.

«Das finde ich wunderbar. Für mich, meine ich. Ich sehe in den Spiegel und sage mir: Nun, das ist Beata. Sie lebt – in mir – wir werden gemeinsam älter, sterben gemeinsam.» Sie lachte etwas verlegen. «Ach, Unsinn. Reden wir von etwas anderem. Was hat Seine Majestät von Ihnen gewollt? Er hat Ihnen jedenfalls einen seiner berüchtigten Klapse versetzt, und ich hoffe, Sie sind vor Ehrfurcht erstorben.» Sie berührte seine Schulter. «Sieh da, nichts gebrochen.»

Sie hatte also seinem Rencontre mit Wilhelm zugesehen. Das erfüllte ihn mit Befriedigung.

Lakaien reichten Champagner herum. Alexa nahm einen Kelch und gab auch Nikolas einen. «Suchen wir uns ein Plätzchen, wo wir ungestört reden können», sagte sie, unerwartet ins Ungarische fallend. «Ich habe Sie vieles zu fragen.» Sie steuerte ihn sicher durch mehrere Räume in einen kleineren Salon; kein Zweifel, sie wußte hier Bescheid. Außer drei ordensgeschmückten Zivilisten, die eine lebhafte Unterhaltung auf holländisch führten, war hier niemand. Sie ließen sich abseits von den Holländern in einer Ecke nieder.

«Ist es hier nicht richtig gemütlich?» fragte sie. «Als ob der Platz für uns reserviert wäre. Wenigstens sitzen kann man hier. Überall sonst muß man stehen. Stehen und warten, das ist das Leben bei Hofe. Ich frage mich oft, wie die alten Damen und Herren das aushalten. Sie machen es vermutlich wie die Pferde, schlafen im Stehen. Bei der alten Gräfin Keller habe ich es selbst beobachtet. Aber davon wollte ich jetzt nicht reden. Wie geht es meinen Großeltern? Wann haben Sie sie zuletzt gesehen? Ich habe ein ganz schlechtes Gewissen, seit Weihnachten habe ich ihnen nicht geschrieben. Bestimmt sind sie gekränkt. Haben sie Ihnen gegenüber so etwas angedeutet?» Sie sprudelte die Sätze hervor und wirkte nervöser und aufgedrehter als vor zwei Jahren in Sárkány. Sie hob das Glas an die Lippen und stellte es ab, ohne getrunken zu haben.

«Im Januar habe ich sie gesehen, und da fand ich sie gesund und –»

«Haben Sie ihnen von Ihrer Kommandierung nach Berlin erzählt?»

«Nein, damals wußte ich ja noch nichts davon.»

«Sind Sie gern in Berlin?»

«Es ist eine Abwechslung.»

Sie blickte ihn forschend an. «Glücklich sehen Sie nicht aus.»

«Sollte ich?» Er zuckte die Achseln.

«Nun, man hört so einiges über Sie. Klatsch ist zollfrei, wie Sie wissen. Und er breitet sich schnell aus. Die letzten Wahlergebnisse in Österreich mögen unbemerkt bleiben, nicht aber, wer mit wem schl . . . geht.» Sie lachte, als sie den überraschten Ausdruck in seinem Gesicht bemerkte. «Sehen Sie doch nicht so entsetzt drein! Die Frau eines Kavallerieoffiziers verbringt so viel Zeit in den Ställen, daß sie ihre mädchenhafte Scheu bald verliert. In der Kaserne der Leibgarde nennt man die Dinge beim Namen. Aber zurück zu Ihnen. Was macht die kleine Schauspielerin vom Theater an der Wien? War das nicht etwas Ernstes?»

«Soll das ein Verhör sein?»

«Nun?»

Jeder anderen hätte er erwidert, das ginge sie nichts an. «Keine Spur», antwortete er.

«Und die auf blond gefärbte Gräfin, die sich dann mit ihrem Mann versöhnte? Ich komme jetzt nicht auf ihren Namen.»

«Auch nicht. Überdies ist ihr Haar nicht gefärbt. Steht noch jemand auf Ihrer Liste?»

«Ach, lassen wir das. Verzeihen Sie mir, ich war zudringlich. Nur – ich habe Sie beim Essen beobachtet und –»

«– und ich glaubte, Sie hätten mich nicht gesehen.»

«O doch. Sie saßen zwischen zwei sehr attraktiven Damen und sahen gelangweilt aus. Oder betrübt. Ich könnte nicht sagen, was von beiden.»

«Keines von beiden. Ich wollte mich nur ein wenig orientieren.»

«Falls Sie sich wirklich orientieren wollen, wenden Sie sich nur an mich. Mein Mann meint allerdings, ich hätte Vorurteile.» Sie senkte die Stimme. «Er ist schrecklich preußisch. Tief innerlich, meine ich. Er streitet es zwar ab, doch in Wahrheit ist Patriotismus seine Religion und der Kaiser sein Abgott. Er geht barfuß über glühende Kohlen wie die indischen Fakire, wenn Seine Majestät es ihm befiehlt. Der Kaiser ist für ihn unfehlbar. Die Sozialisten und der Reichstag sind die Wurzeln allen Übels. Am liebsten möchte er sie alle an die Wand stellen.»

«Ach, Sie interessieren sich für Politik? Deutsche Frauen tun das selten.»

«Deutsche Frauen! Die, mit denen Sie zusammenkommen! Ich kann mir gut vorstellen, worüber Sie mit denen reden.»

«Sie rechnen sich also noch immer nicht zu den deutschen Frauen?»

«Gott behüte! Man nennt mich hier die kleine Ungarin, und das ist keineswegs schmeichelhaft gemeint.» Sie betrachtete ihn aufmerksam. «Auch Sie werden hier sicher schief angesehen. Sie sind hier nicht in Wien, und die Leute hier können recht garstig sein.»

Nicht ein einziges Mal während ihrer Ehe hatte Beata die Frage seiner jüdischen Abkunft berührt. Mehr als einmal war er nahe daran gewesen, mit ihr darüber zu sprechen. Es war dies das einzige Thema, dem sie bewußt oder unbewußt ausgewichen war.

Alexa störte ihn aus seinen Gedanken auf. «Ich rede zuviel. Gewöhnlich ist das Gegenteil der Fall, ich höre meist zu. Wahrscheinlich liegt es daran, daß ich ungarisch spreche. Auf deutsch könnte ich so freimütig nicht sein. Und überdies – wir sind verschwägert.» Und nach kurzem Schweigen: «Der Gedanke, man könnte Sie verletzen, wäre mir unerträglich.»

Ihre Stimme ähnelte der Beatas so sehr, daß er Tränen aufsteigen fühlte. «Machen Sie sich meinetwegen keine Sorgen.» Er hoffte, sie habe seine Schwäche nicht bemerkt. «Ich kann mich meiner Haut wehren, ich bin kein Neuling mehr. Aber Ihre Anteilnahme tut mir wohl.»

«Hier bist du! Ich suche dich überall!» Godenhausen betrat den Salon. Er kam heran und gab Nikolas die Hand. «Ich hoffe, Sie fühlen sich wohl bei uns, Karady. Berlin kann sich natürlich mit Wien nicht messen. Das Kaiserreich ist noch jung, gehen Sie also nicht zu streng mit uns ins Gericht.» Sein Ton war freundlich, aber nicht herzlich wie damals in Sárkány.

Wieder fiel ihm das alterslose Gesicht auf, die glatte, gebräunte, faltenlose Haut, das klare Blau der Augen. Das blonde Haar war kurz geschnitten, doch nicht zu kurz, eine Locke hing ihm in die Stirn. Dank seiner straffen Haltung wirkte er größer als Nikolas, was er nicht war, und gewiß war er unter den hier versammelten Männern einer der ansehnlichsten.

«Ich denke, es wird Zeit, daß wir gehen, Alexa. Es sei denn, du willst als letzte die Kerzen ausblasen.» Ein neuer kühler Ton, dachte Nikolas.

Alexa blieb unbeeindruckt. «Wozu die Eile?»

«Mein Dienst beginnt morgen früh punkt sechs Uhr. Du weißt, ich muß um halb fünf aufstehen, während du bis elf schlafen kannst. Wo ist dein Schal?» Seine Worte sollten wohl scherzhaft klingen; schließlich waren sie schon drei Jahre verheiratet.

«In der Garderobe.» Sie reichte Nikolas die Hand. «Es hat mich sehr gefreut, Nicky. Sie müssen unbedingt bald bei uns Besuch machen. Wie wäre es am Freitag? Wir empfangen immer am letzten Freitag im Monat, ab vier Uhr. Versprechen Sie, daß Sie kommen, ja?»

«Gern.» Godenhausens Ungeduld bemerkend, hielt er Alexas Hand einen Augenblick länger in der seinen, bevor er sie an die Lippen führte. «Ich freue mich.»

Beim Abschied war Godenhausen wieder ganz der gute Kamerad. «Halten Sie sich nicht an die Freitage – kommen Sie, wann immer Sie in Potsdam sind. Sie sind jederzeit willkommen. *Sans façon*«, sagte er freundlich, aber seine Rs hatten einen leichten preußischen Schnarrton. «Und falls ich Ihnen irgendwie behilflich sein kann, lassen Sie es mich wissen. Ich will Sie gern einführen, Ihnen die Sehenswürdigkeiten zeigen. Daheim haben wir kein Telephon, aber Sie erreichen mich jederzeit beim Regiment.»

Nikolas ließ sich an der Garderobe Mantel und Tschako geben und verließ das Schloß.

Die Nacht war klar, die Sterne hell wie im Sommer, die Luft aber prickelnd kühl, und eine Maibrise wehte ihm ins Gesicht. Man ging eine gute Viertelstunde durch den Park von Sanssouci bis zum Bahnhof Wildpark, wo der Zug nach Berlin hielt. Zum erstenmal seit er hier war, fühlte er sich beeindruckt. Jenseits der hohen eisernen Umzäunung lag – jetzt in Dunkelheit gehüllt – der Exerzierplatz, auf dem Friedrich der Große seine Soldaten gedrillt hatte. Zur Linken zeichnete sich verschwommen Schloß Sanssouci ab, unberührt von Kriegen, inneren Unruhen oder willkürlichen Eingriffen der Nachfolger. Der Kies unter seinen Schuhen hatte auch unter den Stiefeln des Alten Fritz geknirscht, die Eichen im Park einem Voltaire bei der Mittagsruhe Schatten geboten, und kleine Hohenzollern hatten darunter Soldat gespielt.

Nikolas hatte zwar einen langen Tag hinter sich, war aber nicht müde, sondern hellwach, ein Zustand, den er seit Monaten nicht gekannt hatte. Es war, als sei er aus langem, traumlosem Schlaf erwacht. Der Spaziergang, die frische Luft, die jugendliche Beschwingtheit der eigenen Schritte taten ihm gut. Es gab keinen besonderen Grund für diese Stimmung, so wenig es einen Anlaß dafür gegeben hatte, daß seine Sinne noch vor wenigen Stunden stumpf gewesen waren – sein Leben war von Langeweile verdunkelt gewesen wie von Novembernebel. Jetzt hatte er sich plötzlich gelichtet.

Seine Gedanken wanderten zurück zu Zeiten, in denen er dieses Glücksgefühl auch gekannt hatte, als das Leben wert schien, gelebt zu werden. Er dachte an die Reisen mit Dr. Schauffele, an sein erstes Kommando bei den Husaren, an seine Heirat mit Beata. Nach Schauffeles Entlassung war ihm das Reisen verleidet gewesen. Das Leben in der Garnison in Galizien war nach zwei Jahren unerträglich öde geworden, und nur Beata war für ihn eine ständige Quelle des Entzükkens gewesen. In dem gesegneten gemeinsamen Jahr gab es immer etwas, worauf man sich freuen durfte: abends mit ihr zu Bett zu gehen, morgens mit ihr zu erwachen. Auf ein Kind. Aber Beata war tot.

Im Kalender seines Lebens gab es keine roten Zahlen mehr. Die Schuld daran lag bei ihm: er war unfähig, sich über Kleinigkeiten zu freuen. Frauen nannten ihn hart, blasiert, unfähig zur Liebe. Er machte sich über sie lustig, neidete ihnen aber insgeheim, daß sie sich kindlich über Nichtigkeiten freuen konnten: ein neues Kleid, ein konventionelles Kompliment, eine Erwähnung in den Gesellschaftsspalten der Zeitungen. Seine Mutter verblüffte ihn am meisten. Als unverbesserliches Aschenputtel hoffte sie auf jedem Ball ihren Prinzen zu finden. Und siehe da, sie fand auch mehrere Prinzen. Vom Gefühlsleben seines Vaters wußte er nicht viel. Angeblich hatte er mit zwanzig eines Mädchens wegen sein Leben enden wollen und stand Jahre später kurz davor, sich von Melanie scheiden zu lassen, um eine Lehrerin in Sárkány zu heiraten.

Nikolas hatte manche gute und manche schlechte Eigenschaft von seinen Eltern geerbt, nicht aber ein leicht entflammbares Herz. Nur ein einziges Mal hatte er bislang geliebt – Beata. Jetzt, in der frischen Mainacht von Potsdam, kam es ihm vor, als könnte es ein zweites Mal geschehen. Oder war es noch die gleiche Glut, die plötzlich neu entfacht wurde? Man sagt, Männer verlieben sich immer in den gleichen Typ Frau. Er kannte einen Oberst, der eine nervenzermürbende Scheidung durchgestanden und seine Karriere wegen einer Frau aufgegeben hatte, die nichts anderes als die etwas jüngere Auflage der verstoßenen Ehefrau war. Ob die Lehrerin in Sárkány wohl jenem Mädchen geähnelt hatte, dachte er, dessentwegen sein Vater sich einmal hatte umbringen wollen?

Würde eine rabenschwarze Alexa mit griechischem Profil und Wespentaille ihn ebenso fesseln wie dieses Abbild von Beata? Nein, gewiß nicht. War es allein aber die Ähnlichkeit? Nach zwei Jahren hatte er immerhin seinen Verlust tragen gelernt. Er erwachte nicht mehr aus tiefem Schlaf, weil Beatas Kopf nicht neben ihm auf dem Kissen ruhte, und die Trauer um sie war kein herzzerreißender Schmerz mehr, sondern ein dumpfes Weh, das er nie mehr loswerden sollte. Doch er war nicht daran gestorben. Er hatte sich mit dem Alleinsein abgefunden.

Er fragte sich, was Alexa in seinem Leben bedeuten könnte. Sie besaß Beatas Schönheit, ohne deren heiteres Wesen. Sie war gescheit, amüsant, auch impulsiver als Beata, doch ihrem Geplauder haftete etwas Keckes an, jenes *‹épater le bourgeois›*. Sie war mit einem außergewöhnlich attraktiven Mann verheiratet, der sie augenscheinlich beherrschte und in den sie offenbar verliebt war. Kurzum, sie war unerreichbar für ihn.

Auf dem Bahnhof traf er mehrere Angehörige der Botschaft, die ebenfalls auf den Zug warteten. Froh, von seinen Gedanken an das Ehepaar Godenhausen abgelenkt zu werden, gesellte sich Nikolas zu ihnen.

Während der Rückfahrt nach Berlin drehte das Gespräch sich fast ausschließlich um Wilhelm II. Zwar hatte der Kaiser etwas von dem Märchenglanz seiner ersten Regierungsjahre eingebüßt, beschäftigte die Gedanken seiner Untertanen aber nach wie vor stark. Über ihn ließ sich jederzeit heftig streiten. Manche – nicht nur Deutsche – fanden ihn brillant, andere sahen den Narren in ihm oder auch den gefährlichen Psychopathen.

Die Unterhaltung wurde im wesentlichen von dem zweiten Botschaftssekretär Schießler bestritten, ein überschlanker blonder junger Mann, der seine Karriere offenbar als Causeur zu machen beabsichtigte. Da sie unter sich waren, brauchten sie also ihre Zunge nicht im Zaum zu halten.

«Habt ihr bemerkt, wie Willy den Reichskanzler geschnitten hat?» fragte Schießler. «Der Honigmond zwischen den beiden scheint vorüber zu sein.»

«Jeder urteilt anders über Bülow», sagte Nikolas. «Was hat man denn nun wirklich von ihm zu halten?»

«Es gibt Leute, die nennen ihn die Mausefalle. Weil er weiß, welche Maus auf welchen Käse geht. Er hält sich einen Vorrat aller Sorten und fängt so viele Mäuse. Aber er wird es noch erleben, daß S.M. einmal nicht anbeißt.»

Damit war man wieder bei Wilhelm angelangt.

«Der Mann ist wahnsinnig», sagte Schießler. «Er unterhält das größte Heer und möchte die größte Flotte der Welt bauen, einzig und allein, um seinem Onkel zu imponieren. Mehr ist es nämlich nicht. Ein Familienstreit. Wilhelm weiß immer noch nicht, liebt er Eduard, oder haßt er ihn. Deshalb reagiert er so empfindlich auf die Sticheleien seines Onkels.»

Nach einer Weile erstarb die Unterhaltung im einschläfernden Rütteln des Zuges. Nikolas lehnte sich in die Polster und schloß die Augen. Schon halb eingeschlafen, wurde er plötzlich wieder hellwach, als der Name Godenhausen an sein Ohr drang. Schießler berichtete von einer Gesellschaft beim Prinzen Friedrich Heinrich, an der mehrere Gardeoffiziere teilgenommen hatten.

«Lauter Päderasten. Ich möchte bloß wissen, weshalb ich eingeladen wurde.»

Jemand kicherte. «Wirklich nicht?»

«Also, hör mal, das ist kein Scherz. Als ich heute abend Godenhausens Frau sah, war ich total perplex. Eine Schönheit! Ich wußte gar nicht, daß er verheiratet ist. Jetzt verstehe ich überhaupt nicht mehr, was er beim Prinzen zu suchen hatte.»

«Aber du warst ebenfalls dort.»

«Einmal und nie wieder. Godenhausen allerdings schien in diesen Kreis zu gehören. Ich begreife das einfach nicht. Wenn ich eine Frau hätte wie der, würden mich keine zehn Pferde in solche Gesellschaft bringen.»

«Wann war das?» fragte der Militärattaché.

«Vor drei Jahren etwa. Damals war er, glaube ich, Hauptmann.»

«Inzwischen ist er Major. Gehörte er zur Clique des Prinzen, wäre er nicht befördert worden.»

«Die Beförderung lag vor dem Skandal. Der Prinz mußte erst vergangenes Jahr auf die Herrenmeisterschaft im Johanniterorden verzichten. Bis dahin hatte es nur Gerüchte gegeben, die dann allerdings durch seinen Verzicht bestätigt wurden.»

«Das bedeutet noch nicht, daß alle seine Freunde Homosexuelle sind», mischte sich ein Botschaftssekretär ein, der bislang geschwiegen hatte. «Vor einigen Jahren war der Prinz in eine Affäre mit einer Frau verwickelt, das weiß ich von seinem früheren Hofmarschall. Er soll ein schwacher Charakter sein, leicht zu verführen.»

Man fuhr nach Berlin hinein, und damit endete die Erörterung der wahren Natur des Prinzen. Immerhin hatten die gegen Alexas Gatten erhobenen Verdächtigungen doch Eindruck auf Nikolas gemacht und trugen zu seiner inneren Verwirrung bei.

Nikolas hatte versprochen, am letzten Freitag im Mai bei Alexa Besuch zu machen, wurde daran aber durch einen Empfang gehindert, den Staatssekretär Heinrich von Tschirschky vom Auswärtigen Amt gab und auf dem er nicht fehlen durfte. Er entschuldigte sich mit zwei Dutzend Rosen bei Alexa. Im Juni mußte er den Militärattaché zur Kieler Woche begleiten, im Juli fuhr Alexa nach Norderney, wo sie – wie üblich – den Sommer in einer von ihrer Tante gemieteten Villa verbrachte.

Nikolas hatte bislang noch keine passende Bleibe gefunden und wohnte nach wie vor im Kaiserhof. Als er eines Tages von einem zu Ehren des heiligen Stephan vom Botschafter Szögyényi-Marich gegebenen Frühstück ins Hotel zurückkam, übergab ihm ein Page eine Nachricht. Überrascht sah er, daß sie vom Fürsten Eulenburg kam, der von seinem Landsitz Liebenberg in die Stadt gekommen und ebenfalls im Kaiserhof abgestiegen war. Er hatte erfahren, daß Nikolas hier wohnte und lud ihn zum Essen in seine Suite ein. Nikolas akzeptierte erfreut.

Die beiden Herren hatten einander nicht mehr in Ruhe gesehen, seit der Fürst von seinem Posten als deutscher Botschafter am Hofe Franz Josephs zurückgetreten war, und Nikolas fand ihn für seine neunundfünfzig Jahre erschreckend alt und müde, nur Augen und Stimme waren unverändert jung. Die Augen lächelten auch dann, wenn der Mund es nicht tat, und seine Stimme hatte eine verträumte Weichheit. Er hatte jenes Air von Weltläufigkeit und Eleganz, das unwillkürlich Aufmerksamkeit erregt.

«Ach, mein lieber Nicky. Sie sind ein wahres Himmelsgeschenk. Ich fühle mich wie ein Wüstenwanderer, der auf eine Oase stößt. Denn was ist aus Berlin geworden: eine ausgedörrte, öde Wüste.»

Er gehörte mit seiner bildhaften Sprache und seinem poetischen Lächeln noch ganz ins 19. Jahrhundert. Bei anderen hätte so etwas gestelzt geklungen, an ihm hatte es den Reiz einer alten Melodie, gespielt auf einem Cembalo.

Karady war zwar entschlossen, alle Vorurteile beiseite zu lassen, hielt aber gleichwohl Ausschau nach Anzeichen von weibischen Manieren. Er gewahrte Noblesse, eine gewisse Weltmüdigkeit, aber keine affektierten Gebärden und nichts Geziertes in seiner leichten Baritonstimme.

«Wie geht es Ihnen, mein lieber Junge? Sind Sie glücklich? Unglücklich? Oder nur zufrieden? Wie ich höre, leben Sie nach wie vor allein und wollen es auch dabei belassen?»

«Falls Sie damit meinen, Fürst, daß ich keine Heiratspläne habe, so trifft das zu.»

«Ja, dazu ist es wohl noch zu früh. Zwei Jahre erst. Immerhin, ohne Familie ist das Leben keinen Heller wert. Ich sage das vielleicht, weil ich mit meiner lieben Augusta und sechs gutgeratenen Kindern gesegnet bin, wahren Himmelsgaben. Keine Ehren oder Titel könnten je diesen Segen aufwiegen. Ohne die Liebe und Anhänglichkeit der Meinen wäre ich wohl kaum mehr am Leben.»

«Sie sind doch auch sonst von liebevoller Anteilnahme umgeben», sagte Nikolas.

«Ich weiß schon, jedermann glaubt, die Freundschaft des Monarchen habe mich zum glücklichsten Menschen Deutschlands gemacht, aber vergessen Sie nicht die Mißgunst, die sie hervorbringt. Es gibt Leute, die mir schon vor zwanzig Jahren ans Leder wollten und auch heute noch nicht aufgegeben haben.»

«Was sollten das für Leute sein?»

«Zur Zeit sind es zwei der bedenkenlosesten Männer im Lande. Sagt Ihnen der Name Harden etwas?»

«Ja, ich kenne seine Zeitschrift, *Die Zukunft.*» Er verschwieg, daß er die Kampagne verfolgt hatte, die die Zeitschrift seit Jahren gegen Eulenburg führte.

«Es ist ein widerwärtiges, bösartiges, aberwitziges Blatt, wird aber viel gelesen. Und zitiert und gefürchtet. Auch der Geheime Rat von Holstein gehörte bislang zu seinen Angriffszielen; Harden beschuldigte ihn, zu jener ‹Kamarilla› zu gehören, die unkontrolliert die Macht in Deutschland ausübe, und zu der er auch mich zählt. Noch vor zwei Tagen nahm er diese Haltung ein, aber jetzt, plötzlich, versöhnt er sich mit Holstein! Ich traute meinen Augen nicht, als ich den Artikel las. Zunächst war ich ganz konsterniert, dann allerdings doch alarmiert.»

«Wie kann diese Versöhnung, wie Sie es nennen, Ihnen schaden? Harden greift Sie seit Jahren an, ohne daß –»

«Eben. Jetzt ist es nicht mehr Harden allein, jetzt sind es Harden *und* Holstein. Seit sein Abschiedsgesuch angenommen wurde, sucht Holstein nach dem Schuldigen. Bülow und Unterstaatssekretär Freiherr von Richthofen sind über jeden Verdacht erhaben, denn beide waren seit Tagen krank, als Majestät das Abschiedsgesuch bewilligte. Richthofen ist Holsteins Rache durch den Tod zuvorgekommen, Bülow ist ihr durch einen langen Urlaub ausgewichen. Unseligerweise habe ich an dem Tag, da der Kaiser dem Gesuch stattgab, mit Seiner Majestät gespeist – für Holstein Anlaß genug zu glauben, ich sei für seinen Sturz verantwortlich. Im Mai warf er mir in einem von Beleidigungen strotzenden Schreiben eben dies vor. Ich teilte Bülow mit, daß ich beabsichtigte, Holstein zu fordern, doch Bülow war außer sich und flehte mich an, davon abzusehen. Das Auswärtige Amt zittert noch immer vor diesem Mann. Er weiß nämlich, wer eine Leiche im Keller hat. Bülow vermittelte zwischen uns, und Holstein hat sich schriftlich entschuldigt. Aber ich weiß, das hat nicht viel zu sagen. Holstein hat sich in diese Sache verrannt.»

Der Fürst wirkte völlig verstört. Warum ein Mann seines Rufes und seiner gesellschaftlichen Stellung sich als leichte Beute eines Friedrich von Holstein sehen sollte, dem es an beidem mangelte, war Nikolas ein Rätsel.

Es wurde serviert, und sie wechselten das Thema. Der Fürst gedachte seiner Wiener Jahre, der glücklichsten Zeit seines Lebens, wie er sagte. Dort habe er sich wohl gefühlt, im Gegensatz zu Berlin, das von geradezu panischer Energie berste, als erwarte man um Mitternacht den Weltuntergang.

«Zwanzig Jahre lang hat Seine Majestät mich ihrer Freundschaft gewürdigt», sinnierte der Fürst weiter. «Ich stellte diese Freundschaft stets höher als allen weltlichen Besitz, doch jetzt macht sich der Altersunterschied bemerkbar, immerhin zwölf Jahre. Im Juni die Kieler Woche, im Juli die Nordlandfahrt, im August eine kurze Pause in Potsdam, im September die Jagd in Rominten, im November die Jagd in Donaueschingen, dazwischen Besuche bei mir in Liebenberg. Weihnachten und Silvester, Bälle, Soireen, Empfänge. Im Frühjahr neuerliche Reisen, Kreuzfahrten im Mittelmeer. Ich weiß nicht, was anstrengender ist, der Sommer oder der Winter. Dieses Jahr will ich anschließend an Rominten ausspannen, sehr wahrscheinlich am Genfer See. Bin ich im Lande, kann ich eine Einladung des Kaisers nicht gut ablehnen. Tue ich es doch, ist er gekränkt und beklagt sich über Einsamkeit, was nun gewiß übertrieben ist. Im Schloß wimmelt es von Militärs, Adjutanten, Generalen, Gardeoffizieren –»

«Übrigens, Fürst», unterbrach ihn Nikolas, «kennen Sie zufällig einen Major von Godenhausen vom Regiment Garde du Corps?»

«Godenhausen? Aber gewiß doch. Ein großer, sehr gut aussehender Mann, verheiratet mit einer Ungarin, einer wirklichen Schönheit.»

Nikolas fühlte, wie ihn der enge Uniformkragen würgte. «Sie ist meine Schwägerin. Die Zwillingsschwester meiner verstorbenen Frau.»

«Ach.» Und nach einer Weile wiederholte der Fürst: «Eine wirkliche Schönheit. Ein sehr attraktives Paar. Nach allem, was man hört, hat Godenhausen glänzende Aussichten. Möglicherweise wird er Flügeladjutant des Kaisers. Majestät sind ihm wohlgesonnen, und er hat einflußreiche Freunde. Seine Frau fördert seine Chancen.»

Nikolas fühlte sich erneut beengt. Er steckte einen Finger in den Kragen und merkte, daß dem Fürsten seine Erregung nicht entgangen war. «Meine verstorbene Frau und die Baronin sahen einander zum Verwechseln ähnlich», sagte er, um einen gleichgültigen Ton bemüht.

Der Fürst legte seine schlanke Musikerhand auf die kräftigere Hand Karadys. «Ich weiß, es dauert seine Zeit, bis man einen solchen Verlust verwindet.» Und er nahm die Hand fort. «Ihre Frau muß sehr schön gewesen sein, wenn sie der Baronin glich, atemberaubend schön.» Er musterte Nikolas eindringlich. «Erlauben Sie mir, Ihnen einen Rat zu geben? Ich an Ihrer Stelle würde den Godenhausens gegenüber Distanz wahren. Sie sind, heißt es, sehr glücklich miteinander, ja, verliebt. Und Sie, mein lieber Freund, müssen die Vergangenheit zu vergessen suchen. Sie haben meinen Rat zwar nicht erbeten, doch ich bin nun einmal alt genug, Ihr Vater zu sein. Sie wissen, daß meine Kritiker mir hellseherische Fähigkeiten nachsagen. Hören Sie auf mich, halten Sie sich fern.»

Es gab Gerüchte, daß Eulenburg okkulte Kräfte besaß, die auch das Geheimnis für seinen langjährigen Einfluß auf den Kaiser seien. Nikolas gab nichts auf diese Gerüchte und verstand Eulenburgs Warnung als Sorge um sein Wohlergehen.

Als er gegen Ende Oktober eine Einladung zur Jagd nach Liebenberg erhielt, die zeitlich wieder mit dem Jour bei Godenhausens zusammenfiel, entschuldigte er sich mit einem Brief bei Alexa und sagte Eulenburg zu.

Er kam vormittags an und fand, daß das Schloß seine Erwartungen noch weit übertraf. Schönheit ringsum. Möbel, Bilder und Skulpturen waren von erlesenem Geschmack. Die Wirtschaftsgebäude, die Ställe und die Gesindehäuser, sämtlich in holländischem Stil errichtet, erinnerten an Gemälde Teniers' d. Ä. In der reizlosen Uckermark war eine grüne Insel entstanden. Der Fürst, ein Experte auf dem Gebiet der Landschaftsgärtnerei, hatte im märkischen Sand seltene Bäume und exotische Sträucher heimisch gemacht.

Vor dem Mittagessen saßen die Gäste in einem Gartenpavillon beisammen, dem sich Philipp Eulenburg nun über den Rasen vor dem Schloß näherte. «Ich habe Neuigkeiten», rief er schon von weitem.

«Gute oder schlechte?» fragte die Fürstin.

Diese alternde, unhübsche Frau strahlte die gleiche liebenswürdige Heiterkeit aus wie alles hier in Liebenberg. Nikolas erfuhr später, daß sie überdies ungemein tüchtig und stets unermüdlich war. Ihr Gatte, Künstler und Poet, überließ ihr die prosaischen Aufgaben wie zum Beispiel die Bewirtschaftung des ländlichen Besitzes.

Der Fürst betrat etwas atemlos den Pavillon. «Seine Majestät kommt», verkündete er nicht gerade begeistert.

Zu den Jagdteilnehmern gehörten ein Maler aus München, ein General, der als Historiker einen Ruf genoß, der Intendant des Staatstheaters Hamburg, der Stadtkommandant von Berlin, Graf Kuno von Moltke, sowie Raymond Lecomte, ein in Berlin akkreditierter französischer Diplomat. Da alle einige ruhige Tage in Liebenberg verbringen wollten, nahmen sie die Neuigkeit mit gemischten Gefühlen auf. Die Fürstin gar schien bedrückt.

«Wann denn, um Himmels willen?» fragte sie tonlos.

Eulenburg tätschelte ihren Arm. «Keine Sorge, es wird schon alles gutgehen.» Und nach einer Pause: «Morgen kommt er.»

Die Fürstin sah ihn an. «Nachmittags?»

«Nein. Der Zug trifft gegen elf Uhr vormittags ein. Das kann sich aber noch ändern, je nachdem, wie die Bahn den Sonderzug in den Fahrplan einfädeln kann.»

«Unter diesen Umständen möchte ich lieber abreisen, *mon prince*», sagte Lecomte. «Darf ich um eine Kutsche zum Bahnhof bitten?»

Seit der Algeciras-Konferenz war aus dem anfänglichen Mißtrauen des Kaisers gegenüber Frankreich Feindseligkeit geworden. Und Lecomte, ein prominentes Mitglied der französischen Botschaft, wußte, daß er manche Derbheit und manche Sticheleien vom Kaiser zu erwarten hatte, falls er blieb.

«Aber nicht doch, lieber Lecomte. Ich habe gleich die Namen meiner Gäste durchgegeben, und Seine Majestät ist sehr einverstanden. Insbesondere wünscht er, daß Sie hierbleiben, mein lieber Lecomte. Er möchte nämlich Ihr fachmännisches Urteil über die Restaurationsarbeiten am Schloß hören. Sie wissen, Majestät hat eine Schwäche für Architektur. Er hat mir oft gesagt: wäre er nicht Kaiser, möchte er Architekt sein.»

«Das wäre ein wahrer Segen für die Welt», murmelte der Maler.

Die Fürstin erhob sich mit einem kleinen Lächeln. «Entschuldigen Sie mich, meine Herren, wenn ich Sie allein speisen lassen muß, aber ich habe noch so einiges mit der Wirtschafterin zu beraten.»

Der Fürst hielt sie zurück. «Nein, meine Liebe, erst wird gegessen. Nichts beruhigt die Nerven so wie eine gute Mahlzeit.»

Der November war bisher außergewöhnlich mild gewesen, jetzt aber, am Vorabend des Kaiserbesuches, wurde es kalt. Da die Gastgeber alle Hände voll zu tun hatten, blieben die Gäste sich selbst überlassen. Nikolas wollte sich die berühmte Bibliothek ansehen, wo er General Moltke und Lecomte im Gespräch vorfand. Da Lecomte ihn beim Eintreten bemerkt hatte, nahm er ihre Aufforderung an, sich zu ihnen zu setzen.

Lecomte, ein zierlicher, blasser Mann, dessen schmales Lippenbürstchen wie von einem respektlosen Karikaturisten aufgesetzt wirkte, war im diplomatischen Corps der Hauptstadt sehr beliebt. Keiner von seinen Landsleuten bewunderte die Preußen so wie er, wohl wegen seiner Vorliebe für blonde, nordische Reiteroffiziere. Er arbeitete unermüdlich an einem *rapprochement* zwischen Deutschland und Frankreich und hatte viel dazu beigetragen, die im Vorjahr aufgetretene Entrüstung über das plötzliche Interesse Kaiser Wilhelms II. an Marokko zu dämpfen.

General von Moltke mit den verträumten Augen und den schmalen

Händen des Pianisten verdankte seine Karriere angeblich in erster Linie der Freundschaft mit Eulenburg. Alle Bemühungen seines Schneiders konnten die weichen Formen seines Körpers unter dem stramm sitzenden Waffenrock nicht verbergen, und sein Gesicht war das eines fünfzigjährigen Cherubim.

Nikolas ließ sich in seinem Urteil über Menschen möglichst nicht von deren Abstammung, Bekenntnis oder erotischen Neigungen beeinflussen, fand aber das Duo Lecomte-Moltke nicht leicht zu ertragen. Der Deutsche schien die Kultur gepachtet zu haben, der Franzose gehörte zu jenen Leuten, die nicht anders können als jedermann zu charmieren, der ihnen begegnet, einerlei ob Mann, Frau oder Kind. In seinen Geistreicheleien lag eine Koketterie, die Nikolas nur Frauen zugestand, und auch nur bis zu einem gewissen Grade.

Als Eulenburg kurz vor dem Abendessen zu ihnen stieß, fühlte er sich erleichtert. Nach dem Essen wünschte die Fürstin allen Herren Waidmannsheil für den übernächsten Tag; sie selbst wollte morgen mit dem Frühzug nach Berlin fahren.

Der Fürst erläuterte: «Seine Majestät kommt hierher, um auszuspannen, als Mensch, nicht als Kaiser. Die Anwesenheit von Damen legt ihm einen gewissen Zwang auf, dem er sich in Berlin ständig ausgesetzt sieht. Ich habe es immer bemerkenswert gefunden, daß ein Mann, der weder Gott noch Teufel fürchtet, derartige Scheu vor Frauen hat, besonders, wenn sie älter sind. Und solche gibt es im Schloß mehr als genug. Schlimmer noch: die Hofdamen der Kaiserin sind die einzigen, die ihm zu widersprechen, ja, ihm sogar die Meinung zu sagen wagen. Und er muß in ihrer Gegenwart seine Zunge im Zaum halten. Daher ist es zwischen uns Tradition: Keine Damen, wenn der Kaiser nach Liebenberg kommt.»

Nach dem Abendessen nahmen Nikolas und der Fürst im kleinen Salon neben dem Spielzimmer Platz. Emanuel Bartsch, der Diener des Fürsten, holte eine Flasche aus dem Keller und schenkte ein.

«Achten Sie bitte darauf, daß der Herr nicht zu lange aufbleibt, Herr Hauptmann», bat er Nikolas. «Morgen hat er einen bösen Tag vor sich.»

«Verschwinde, Emanuel», knurrte der Fürst. «Du bist nicht mein Kindermädchen.»

«Und Sie sind nicht mehr achtzehn», murrte der Diener halblaut, als er hinausging. Wieder war Nikolas überrascht, aber er fand den vertrauten Umgangston zwischen Herr und Diener doch auch wieder rührend.

«Im Grunde freue ich mich auf den Besuch des Kaisers», begann Eulenburg. «Es ist eine Freude, ihn hierzuhaben, nur –»

«Nur?»

«Wenn man nur nicht diese alberne Jägeruniform anlegen müßte. Der Kaiser hat sie eigenhändig für den Hof und bevorzugte Jagdgäste entworfen. Mir hat er sie 1894 ehrenhalber verliehen, und seither quäle ich mich damit herum. Ich bin Zivilist, und wenn ich in eine Uniform gesteckt werde, fallen mir unwillkürlich die ewig fluchenden Reitlehrer und die sadistischen Ausbildungsoffiziere meiner Jugendtage ein. Der Rock ist fürchterlich unbequem, mit hohem Kragen und enger Taille. Man bekommt gar keine Luft darin. Dazu Stulpenstiefel und silberne Sporen. Ich trage dieses Kostüm Seiner Majestät zuliebe und komme mir ganz närrisch darin vor. Ausgerechnet in meinem Liebenberg muß ich herumstolzieren wie der gestiefelte Kater. Ich verstehe die Majestäten nicht. Sie sind wie Kinder, sie bekommen es nie satt, sich zu kostümieren. Ich war zugegen, als Majestät einer Aufführung des *Fliegenden Holländers* in Admiralsuniform beiwohnte.»

«Sagen Sie mir die Wahrheit, Fürst. Diese Besuche sind kein Vergnügen für Sie, oder?» Nikolas lachte tonlos bei seiner Frage.

«Spaß? Nein, wohl kaum. Andererseits macht es mich glücklich, wenn Seine Majestät sich hier wohlfühlt. Aber im Grunde erst hinterher. Der eigentliche Besuch ist recht anstrengend. Und noch anstrengender ist die Jagd selbst. Da treibt man nun arme wehrlose Geschöpfe in ein Gehege und knallt sie ab. Sport nennt man das.» Er blickte versonnen auf die gegenüberliegende Wand, als sähe er da etwas nur ihm Sichtbares. «Herzzerbrechend.» Er schwieg ein Weilchen, lachte dann leise und etwas verlegen. «Ich rede wie eine alte Jungfer. Und Sie? Gehen Sie auch auf die Jagd?»

«Selten.»

«Dann verstehen Sie mich gewiß. Jagen – schön und gut, aber was sich hier abspielt, hier oder in Rominten oder in den anderen Revieren Seiner Majestät, das ist schlicht und einfach Schlächterei. In Rominten mußte ich vergangenes Jahr plötzlich denken: wenn nun irgendwann einmal Menschen die Opfer wären?» Er schwenkte sachte den Wein im

Glas. «Als junger Mann habe ich einmal einen Rehbock geschossen, und bis heute habe ich die sanften braunen Augen des Tieres nicht vergessen, die im Tode glasig wurden.» Er sagte das mit einer Traurigkeit, die Nikolas vermuten ließ, Eulenburg werde noch von anderem gequält als von der Erinnerung an einen sterbenden Rehbock.

Die Flügeltür wurde von einem Lakaien aufgestoßen, und mit trompetengleicher Stimme, die ein Bataillon zu den Waffen gerufen hätte, kündete Emanuel an: «Seine Majestät, der Kaiser!»

Eulenburgs Gäste, denen sich das Gefolge des Herrschers zugesellt hatte, standen im großen Salon neben dem Speisezimmer. Man unterhielt sich gedämpft, gelacht wurde nicht, selbst Ansätze dazu erstickten, sobald der Übeltäter seinen Fauxpas bemerkte. Angehörige des Gefolges, die in aller Frühe geweckt worden waren und nach dem Frühstück im Salonwagen ihrem obersten Dienstherrn hatten Gesellschaft leisten müssen, konnten gelegentlich ein Gähnen nicht unterdrücken. In Erwartung des Kaisers setzte sich niemand.

Angetan mit der Interimsuniform eines Generals, den Pour le mérite am Halse, die verkümmerte linke Hand im Gürtel, kam Wilhelm hereinstolziert wie ein Tambourmajor. Ihm folgten im achtungsvollen Abstand von drei Schritten Fürst Eulenburg, der Adjutant General von Kessel und, zu Nikolas' Verblüffung, Major von Godenhausen.

Wilhelm blieb in der Mitte des Salons stehen. Die kleinen, auffallend blauen Augen musterten die Gesichter der Anwesenden so aufmerksam und mißtrauisch, als hätte einer von ihnen ihm die Brieftasche gestohlen.

«Guten Tag, meine Herren.» Er strahlte die Versammelten an, und ein diskretes Murmeln antwortete ihm; alle standen in Habtachtstellung.

So geschwind, daß die ihm im Wege stehenden Personen auseinanderliefen wie Gänse vor einem Automobil, ging der Kaiser auf den General zu, der als Historiker einen Ruf hatte, schlug ihm kräftig auf die Schulter und rief: «Na, Sie altes Schwein, auch hier eingeladen?»

Der General wäre von dem Schlag beinahe in die Knie gegangen, er taumelte und sah ganz entgeistert aus. Wilhelm lachte aus vollem Halse und beobachtete dabei, wie sein Publikum auf seinen leutseligen Scherz reagierte. Er sah mit Genugtuung, daß wenigstens einige laut lachten.

Er stieß dem General den Zeigefinger in den Bauch. «Seit wann lädt man Sie in ein anständiges Haus ein?»

Der General, ein Mann von Ende fünfzig, brachte ein gequältes Lächeln zustande, um zu beweisen, daß er kein Spielverderber war, aber der Ausdruck von Demütigung wich nicht aus seinen Augen.

Wilhelm wandte sich den anderen Gästen zu. Nikolas war erleichtert, als der Kaiser schmunzelnd und mit einem «Freut mich, freut mich, Karady» an ihm vorüberging. Der Intendant aus Hamburg hatte weniger Glück, er wurde getadelt, weil er in einer Spielzeit dreimal Shakespeare, aber nur zweimal Schiller hatte aufführen lassen.

Das Dejeuner dauerte länger als vorgesehen, da dem Kaiser zwei soeben eingetroffene Depeschen vorgelegt wurden. Die erste, von Bülow stammend und verschlüsselt, verlangte Weisungen für sein Verhalten gegenüber einer Forderung des Zentrums.

«Bülow soll mich gefälligst in Ruhe lassen», brummte der Kaiser, als General Kessel ihm die entschlüsselte Anfrage vorlegte. «Ich habe ihm ausdrücklich gesagt, wenn ich Urlaub mache, will ich nicht behelligt werden.» Er schnippte das Telegramm dem General zu. «Legen Sie es beiseite. Ich werde das mit ihm in Berlin besprechen.»

Der General murmelte, die Sache sei wichtig, und Wilhelm entgegnete gequält: «Wissen Sie, was wichtig ist? Daß ich endlich einmal Ruhe bekomme. Das ist wichtig.» Sein Ton war gekränkt und schroff. «Wenn ich den Flohzirkus in der Wilhelmstraße leiten soll, muß ich in bester Form sein. Bülow nimmt mir das nicht ab. Das soll nur keiner glauben.» Damit war die Depesche endgültig abgetan. Der anderen, die ein englischer Freund ihm im Klartext schickte, erging es besser. Sie enthielt die neuesten Witze, die in Londoner Clubs die Runde machten, und Wilhelm widmete ihnen seine ganze Aufmerksamkeit. Zu Nutz und Frommen der Herren, die nicht englisch sprachen, übersetzte er sie gleich selber.

Als man sich endlich vom Tisch erhob, seufzte so mancher heimlich erleichtert auf. Die Hoffnung, der hohe Herr möge sich zurückziehen und seinem Gefolge die wohlverdiente Ruhe gönnen, erfüllte sich leider nicht. Er schlug den Weg zum Salon ein. Wieder standen alle herum, Wilhelm wie ein Wagner-Tenor in der Saalmitte und gab seine Ansichten zu allen erdenklichen Gegenständen zum besten, zu Fragen der Außenpolitik, Neuerungen der Luftfahrt, Goethes Liebesleben, über den Wert griechischer Figurinen aus Terracotta und die englische Flotte.

Dieses stundenlange Bad in der Huld des Kaisers fand Nikolas schwer erträglich, doch mochte er dem Manne die Bewunderung nicht ganz versagen. Unmöglich konnte er gründliche Kenntnisse auf allen Gebieten besitzen, die er berührte, doch war sein Gedächtnis bemerkenswert, und die Breite seiner Interessen ebenfalls. Von der Flotte kam er selbstverständlich auf seinen Onkel, Eduard VII., zu sprechen und monologisierte endlos über dessen Politik, Moral, Eß- und Schlafgewohnheiten. Dann nahm er sich plötzlich Lecomte vor, der bislang im Hintergrund geblieben war, wo er sich unbeobachtet auf eine Sessellehne stützen konnte, wenn es ihm schon nicht vergönnt war, sich zu setzen.

«Sie und Ihre Botschaft kennen die Intrigen, die mein Onkel mit Ihrer Regierung gegen mich spinnt. Und er bezahlt Ihre Presse. Genau wie er die amerikanische und die italienische Presse bezahlt.»

Der Botschaftsrat, den das sichtlich verlegen machte, wollte widersprechen.

Der Kaiser ließ ihn nicht zu Wort kommen: «Weil er mich nicht leiden kann, nie hat leiden können! Schon als ich noch ein Knabe war, hat er mich verabscheut. Er hat mir nie vergeben, daß ich seiner Mutter näherstand als er, daß sie ihn nicht leiden mochte. Er, ein erwachsener Mann, eifersüchtig auf ein Kind! Schlimm, finden Sie nicht?»

Lecomte wand sich unbehaglich, als der Kaiser ihm den Zeigefinger auf die Brust setzte, jedes Komma, jeden Punkt unterstreichend. Bis dahin hatte der Franzose sich sorgsam aus allen Gesprächen herausgehalten, die auch nur andeutungsweise politischer Natur waren. Wilhelms Ausbruch gegen Eduard VII. versetzte ihn, den Diplomaten eines mit England verbündeten Landes, in eine höchst unbehagliche Lage. Er wußte, daß Wilhelm Widerspruch nicht ertrug und daß es einen peinlichen Auftritt geben würde, falls er für den englischen Herrscher Partei ergriff. Andererseits konnte er in Gegenwart eines guten Dutzends Zeugen nicht einfach schweigen, das hätte ihm bei den Engländern geschadet. Das niederträchtige Funkeln im Auge seines Quälgeistes sagte Lecomte, daß der Kaiser sehr wohl wußte, in welche Verlegenheit er sein Gegenüber gebracht hatte, mehr noch, daß er es genoß.

«Ich kenne Bilder aus der Kindheit Eurer Majestät», begann Lecomte schließlich, «und man kann sich kaum vorstellen, daß irgend jemand ein so engelhaftes Kind sollte verabscheut haben.» Das war ein jämmerlich schwacher Protest, noch dazu verpackt in ein blasses Kompliment.

«Onkel gibt es solche und solche, mein lieber Lecomte», bemerkte der Kaiser und ließ endlich von Lecomte ab, der erleichtert aufatmete.

Das nächste gekrönte Haupt, das Seine Majestät sezierte, war König Viktor Emanuel von Italien. Seine Erscheinung, seine Ehe, seine Politik wurden genauestens unter die Lupe genommen und für läppisch erklärt. Dann kam der Zar dran, dem es nicht besser erging. Nikolas fragte sich schon, ob als nächster Franz Joseph an die Reihe kommen würde, doch seine Sorge war unbegründet. Selbst Wilhelm II. kannte Grenzen.

Endlich, um vier Uhr nachmittags, geruhte der Kaiser sich zu einem Schläfchen zurückzuziehen. Die Jagdgesellschaft sollte schon früh am nächsten Morgen aufbrechen und – wie er zu Eulenburg sagte – wenn er körperlich nicht in bester Form sei, mache ihm die ganze Jagd keinen Spaß.

Godenhausen und Eulenburg folgten ihm zur Tür. Wilhelm blieb auf der Schwelle stehen. «Danke, Godenhausen, ich brauche Sie nicht. Phili, bitte komm mit und leiste mir Gesellschaft. Seit Monaten haben wir uns nicht mehr richtig aussprechen können.» Er winkte den Zurückbleibenden zu. «*Au revoir*, meine Herren.»

«*Au revoir*, Majestät.» Die Zivilisten verbeugten sich, die Offiziere nahmen Haltung an. Wilhelm reichte Godenhausen zum Abschied die Hand, und dieser beugte das Knie und küßte sie. Offenbar galt hier, anders als in Österreich, wo man zum Abschied militärisch gegrüßt hätte, ein Handkuß als akzeptable Ehrenbezeigung vor dem Souverän, dachte Nikolas mehr als erstaunt.

Erst gegen Abend erschien der Fürst wieder bei seinen Gästen. «Ich muß mich entschuldigen, ich habe Sie vernachlässigt», sagte Eulenburg, «doch Majestät und ich haben uns in den letzten Monaten kaum gesehen. Selbst ein Herrscher braucht gelegentlich einen Freund, zu dem er unbefangen sprechen kann.»

«Ich fürchte, er spricht häufig recht unbefangen, und nicht nur zu

Freunden», bemerkte der General und Militärhistoriker, den Wilhelm so überaus derb begrüßt hatte.

Der Fürst lachte nervös. «Ja, gelegentlich kann er schon ein bißchen direkt und drastisch werden. Und dann wird er mißverstanden. Manchmal vergißt er eben, daß er nicht mehr Leutnant in Potsdam ist und nicht mehr in jugendlichem Ungestüm die Formen außer Acht lassen kann.» Eulenburgs Miene hellte sich wehmütig auf. «War er nicht ein außergewöhnlich vielversprechender junger Mann? Ein wahrer Jung-Siegfried.»

«Siegfried mit dem kurzen Arm», sagte der General leise.

Der Fürst überhörte es. «Sie müssen mich jetzt bitte entschuldigen. Für die Jagd ist noch allerhand vorzubereiten.» Dabei verzog er die Lippen wieder zu einem Lächeln, während die Augen sich kummervoll trübten. «Vielleicht ist es seine letzte Pirsch in Liebenberg.» Sein Lächeln erstarb. «Wir sehen uns beim Diner.»

«Da hat Phili vielleicht recht, vielleicht ist es wirklich die letzte Jagd Seiner Majestät», sagte der General, als die Tür sich hinter Eulenburg schloß.

«Wie meinen Sie das?» fragte Nikolas.

«Seit kurzem fühlt Phili sich nicht besonders, das Herz macht ihm wohl zu schaffen. Überhaupt gibt es keine Krankheit, an der er nicht schon einmal gelitten hätte. Er hat natürlich auch etwas von einem Hypochonder, wissen Sie. Aber bei all seinen Leiden . . .» Und nach einer nachdenklichen Pause: «Die Geschichte in der *Zukunft* hätte auch einer stabileren Natur zugesetzt.»

«Was für eine Geschichte?»

«Nun, die in der Ausgabe vom letzten Dienstag. Haben Sie sie nicht gelesen? Alle Welt redet davon.»

«Nein. Worum geht es denn?»

«Um die Liebenberger Tafelrunde. Eulenburg, Kuno von Moltke und Freunde. Harden prangert seit Jahren schon diesen Kreis an als jene geheime ‹Kamarilla›, die Deutschlands Außenpolitik bestimmt, aber seit neuestem geht er aufs Ganze und spielt auf Intimitäten an: in diesem Kreis würden Mystizismus, Spiritismus und Päderastie getrieben. Er druckt einen Dialog zwischen zwei Personen, ‹der Harfner› und der ‹Süße› genannt. Damit meint er Phili und Moltke, dessen Hang nach Süßigkeiten stadtbekannt ist. Harden läßt sie sich der schönen

Tage von München erinnern. 1894 war Phili preußischer Gesandter in Bayern, und Moltke gehörte der Vertretung als Militärattaché an.»

Nikolas war empört. Das erkennbar heuchlerische Mitgefühl des Generals und Historikers war für einen Gast des Hauses eine Taktlosigkeit. Kein Zweifel, der Fürst kannte den Artikel und war davon beunruhigt, einerlei ob die Vorwürfe zutrafen oder nicht.

«Ich fürchte, General, für Publikationen wie die Hardensche gibt es nur den bekannten Ort, aber auch da nur für Leute mit besonders dickem Fell.» Karady stand auf. «Sie entschuldigen mich? Ich möchte mich noch etwas hinlegen. Ein Wiener Magen gewöhnt sich nur langsam an die preußische Küche.»

Der General sah ihn spöttisch an. «Das hört man öfter. Unsere Küche sei zu schwer, heißt es immer. Ich persönlich würde sie lieber herzhaft nennen. Unsere Kinder werden groß und stark davon. Überdies ist die Küche hier in Liebenberg nicht typisch preußisch, sie ist mehr auf Feinschmecker eingerichtet, auf Leute wie den Botschaftsrat Lecomte. Er kommt aus Paris, und doch schmeckt es ihm hier. Und bekommt ihm glänzend.»

Das Diner sollte um sieben Uhr beginnen, und um halb sieben hatten sich alle Gäste, der Ehrengast ausgenommen, wieder im großen Salon versammelt. Seine Majestät hatte ausdrücklich gewünscht, den Abend zwanglos zu verbringen. Das Gefolge trug daher die vorgeschriebene Jagduniform samt Stiefeln und Sporen. Auch der Gastgeber hatte sich damit abgefunden und sich, wenn auch ungern, in die olivgrüne Pracht geworfen. Kuno von Moltke und der Militärhistoriker ebenfalls. Auch Godenhausen trug sie, aber während die anderen aussahen, als hätten sie sich für ein Kostümfest verkleidet, wirkte sie bei ihm lässig und elegant.

Während man auf den Kaiser wartete, wechselte Nikolas mit Godenhausen ein paar Worte. Er empfand dabei beklemmende Verlegenheit, wohl vor allem deshalb, weil er sich dem Mann gegenübersah, der Alexas Bett teilte.

Auch war ihm aus irgendeinem Grund die glänzende Erscheinung des Majors zuwider, an der sich Männer wie Moltke oder Lecomte offenbar nicht sattsehen konnten. Nikolas spürte, wie sie ihn neidisch beobachteten, es ihm geradezu übelnahmen, daß er ihr Idol für einen

Augenblick beanspruchte. Was das übrige Gefolge betraf, so wurde Godenhausen auch von dort mehr Aufmerksamkeit zuteil, als sein Rang rechtfertigte, wenn auch offenbar aus anderen Gründen. Godenhausen war augenscheinlich derzeit Günstling des Allerhöchsten Herrn, und es konnte sicherlich nicht schaden, bei ihm gut angeschrieben zu sein.

Nikolas mußte widerwillig zugeben, daß Godenhausen jedem Hof zur Zierde gereicht hätte. Er stand im Rufe, ein vorbildlicher Ehemann zu sein, und das hielt die königlichen Damen von ihm fern, was ihm Verwicklungen ersparte, die schon manche vielversprechende Laufbahn beendet hatten. Seine Manieren waren tadellos, ohne daß er affektiert wirkte, sein Humor tat niemandem weh, und er hielt loyal zu den Kameraden. Er war der Inbegriff des preußischen Offiziers.

«Wie geht es der Baronin?» fragte Nikolas in beiläufigem Ton.

Godenhausen starrte ihn mit leerem Blick an. Sollte er in dieser ausschließlich männlichen Gesellschaft etwa vergessen haben, daß es eine Baronin von Godenhausen gab? «Danke, es geht ihr gut, danke . . . ja, gut. Aber Ehefrauen klagen ja immer. Langeweile hauptsächlich. Frauen staunen immer darüber, daß Männer auch noch ein Leben außer Haus führen müssen, daß sie nicht vierundzwanzig Stunden am Tag Ehemänner sein können. Aber für Sie kann das nicht neu sein. Sie waren ja auch verheiratet.»

«Gewiß. So ist es nun einmal», sagte Nikolas und ärgerte sich schon über diese Worte. Nun mußte er fortfahren. «Allerdings hat meine Frau sich nie über Langeweile beklagt. Ihr waren die Tage immer zu kurz.» Kurze Tage, ein kurzes Jahr, ein kurzes Leben, setzte er für sich hinzu.

«Die Frauen werden immer anspruchsvoller, in der Provinz vielleicht weniger, aber in den Großstädten. Dort haben sie zuviel Muße. Sehen Sie sich nur die Suffragetten in England an. Was sind das für Possen! Und in ein paar Jahren werden wir das gleiche auch hier bei uns erleben.»

Um fünf Minuten vor sieben hatte der Kaiser sich immer noch nicht blicken lassen. Unterdessen waren mehrere Telegramme eingegangen, in denen die Gräfin Brockdorff, Hofdame der Kaiserin, mitteilte, Ihre Majestät wünsche den Gemahl nach Rominten zur Jagd zu begleiten. Hofmarschall Freiherr von Lyncker wußte nur allzu gut, daß bei derartigen Gelegenheiten der Kaiser keinen Wert auf die Anwesenheit seiner Frau legte und pflegte sich bei solchen Fragen taub zu stellen in der Hoffnung, Ihre Majestät könnte es überdrüssig werden, ihn zu bedrängen, und werde die Sache schon fallenlassen.

«Erledigt sich zwischen den beiden alles auf solche Weise?» fragte der Militärhistoriker den Freiherrn.

«Meistens.»

«Und macht Sie das nicht ganz nervös? Sie wissen doch nie, woran Sie sind.»

Der Hofmarschall lächelte resigniert. «Lieber General, im Hofdienst beginnt man als Patriot, man wird dann Sozialist und endet als Philosoph. Diese dritte Stufe habe ich unterdessen erreicht.»

Man verstummte, denn die Flügeltür zum Saal wurde aufgerissen, Wilhelm trat auf. Offenbar hatte er gut geschlafen, denn die Augen waren blank, das Gesicht glatt, und er hielt sich wie ein Befehlshaber, der die Parlamentäre des geschlagenen Feindes empfängt. Streng, aber wohlwollend.

Lyncker näherte sich ihm behutsam. «Majestät erlauben ... es ist wieder ein Telegramm eingetroffen. Majestät wollen gütigst sogleich –»

Des Kaisers Miene verfinsterte sich. «Habe ich nicht gesagt, ich will mit dem Regierungskram verschont bleiben? Jeder Lakai hat seinen freien Tag, nur der Kaiser nicht. Immer im Dienst, das ist die Parole.»

Der Hofmarschall hielt Wilhelms zornigem Blick stand, ohne eine Miene zu verziehen. «Wie Majestät wünschen.» Dabei verbeugte er sich, wich aber nicht von der Stelle. «Das Telegramm kommt von Ihrer Majestät der Kaiserin und ersucht um endgültige Anweisungen, die Reise nach Rominten betreffend.»

Einen Moment herrschte gespanntes Schweigen. Wilhelm seufzte. «Soll warten.»

«Wie Majestät wünschen.» Und nach einer Pause: «Ihre Majestät bittet dringendst um Unterrichtung.»

«Wie? Was?»

«Ihre Majestät möchten wissen, ob sie Eure Majestät nach Rominten begleiten wird.»

Nikolas sah, daß er hier einem Ritual beiwohnte, das sich jedesmal wiederholte, wenn der Hofmarschall seinem Souverän eine Entscheidung abverlangte. Lyncker zeigte dabei den Fatalismus eines Menschen, der seine Hütte am Fuße des Vesuv errichtet hat und das Grollen des Kraters nicht mehr fürchtet, weil er mehrere Ausbrüche überlebt hat.

Nicht der Hofmarschall verlor die Fassung, sondern der Herrscher. «Telegraphieren Sie in Gottes Namen ja! Mag sie mitfahren! Von mir aus soll sie mitkommen! Und das ist nun endgültig alles für heute, ich will nichts mehr davon hören.» Und damit marschierte er in den Speisesaal.

Eigentlich hatte man früh schlafen gehen wollen, doch Wilhelm wurde nach dem Essen anderen Sinnes. Er könne mit vollem Bauch nicht schlafen, meinte er.

«Dann habe ich womöglich Alpträume», sagte er grinsend. «Womöglich erscheint mir gar Onkel Eduard.» Und zu Eulenburg gewandt: «Phili, eines deiner Rosenlieder geht mir seit Tagen im Kopf herum. Ich erinnere mich nur an die ersten Takte, was merkwürdig ist, denn wir haben die Melodie doch gemeinsam komponiert. Es ist allerdings schon Ewigkeiten her, lange vor der Thronbesteigung.» Er legte dem Fürsten freundschaftlich die Hand auf den Arm. «Das waren glückliche Tage, nicht wahr, Phili?»

Eulenburg ging voran ins Musikzimmer im neuen Anbau, den er selbst entworfen hatte, und setzte sich an den Flügel. Der Kaiser nahm neben ihm auf der Klavierbank Platz. Und dann sang Eulenburg mit seiner erstaunlich jugendlichen, klaren Baritonstimme das Lied.

Um die sinkenden Lebensgeister etwas zu heben, brachten Lakaien Rheinwein, den Wilhelm gern trank. Der gute Wein und die verhaltene Musik bewirkten, daß die Spannung sich löste und sich eine Stimmung herzlicher Kameraderie einstellte. Wilhelm spielte den Freund unter Freunden. Aber war es wieder nur eine Rolle, fragte sich Nikolas, oder trat hier der wahre Charakter des Kaisers hinter der Maske hervor? Kannte er den Artikel Hardens vielleicht noch gar nicht? Oder war seine Zuneigung für Eulenburg stark genug, diesen Angriff zu überstehen?

Man blieb bis nach Mitternacht beisammen. Wilhelm befahl für 6 Uhr Reveille. Die Zeit war knapp bemessen, doch Eulenburg hatte mit Hilfe seines Forstmeisters alles vorbereitet für eine erfolgreiche Jagd.

Während des Frühstücks überbrachte ein Bote dem Hausherrn die Nachricht, einer der Treiber habe einen kapitalen Hirsch gesichtet. Diese Neuigkeit wurde begeistert begrüßt. Eifrig wie Schulknaben stürzten die Männer in den Hof hinaus, wo die Jagdwagen warteten.

Das Wetter war herrlich, trocken und frostig. Das erste Tageslicht brach soeben durch einen Wolkenschleier. In der Nacht hatte es geschneit.

Wilhelm gab den Ton an. Er lachte schallend über die eigenen Bonmots. Zwei Sattelpferde scheuten, weil die Männer eine Schneeballschlacht begonnen hatten. Und wieder wählte Wilhelm den Militärhistoriker zum Gegenstand seiner Scherze. Er forderte ihn zum Ringkampf auf, warf ihn in eine Schneewehe und stopfte ihm mit beiden Händen Schnee in den Kragen. Als der General schließlich prustend und schnaufend wieder auf die Füße kam, stülpte Wilhelm ihm neckisch den mit Schnee gefüllten Jagdhut auf das kahle Haupt. Alles jubelte. Ob es nur Schneewasser war, was dem General da über die Wangen rann, oder Tränen der Erniedrigung, ließ sich nicht ausmachen.

Nikolas, der an der Jagd nicht teilnehmen wollte, sah dem Aufbruch von der Terrasse her zu. Unterstützt von Jägern, Pferdeburschen, Ordonnanzen und Kutschern schwang man sich aufs Pferd oder stieg in die Jagdwagen. Was die Dienstboten wohl von den derben Späßen des Kaisers hielten, überlegte Nikolas. Sie verzogen jedenfalls keine Miene.

Die Pferde stampften und wieherten. Endlich brach die Gesellschaft auf. Nikolas bemerkte, daß auch Eulenburg daheim geblieben war. «Zur Strecke finde ich mich wieder ein», erklärte der Fürst. «Ich hoffe nur, Seine Majestät bekommt den Hirsch. Letztes Jahr hatte er in Liebenberg kein Glück. Er saß von vier Uhr früh bis in den späten Nachmittag auf dem Anstand und schoß nur Böcke. Der Abend war wie ein Begräbnis. Seine Majestät war durch nichts aufzuheitern.»

Nikolas warf ihm einen fragenden Blick zu. «Mißt Seine Majestät seinem Jagdglück nicht etwas zuviel Gewicht bei?» fragte er. «Man sollte meinen, daß er andere Sorgen hat – der Aufstand in Südwest-Afrika, der Linksruck beim Zentrum, die Annäherung zwischen England und Frankreich . . .»

«Ja, natürlich hat er andere Sorgen und wird sie immer haben. Übrigens erwarte ich Tschirschky heute vormittag, aber Seine Majestät wird ihn wohl nicht empfangen.»

«Regiert man so ein Reich?»

Der Fürst lachte leise. «Nein. So selbstverständlich nicht. Aber daran ist nun einmal nichts zu ändern.» Er wandte sich um. «Kommen Sie mit ins Haus. In der Bibliothek brennt ein schönes Feuer. Die Besitzer der benachbarten Güter spotten über meine Vorliebe für offene Kamine. Ich äffte die Engländer nach, sagen sie. Gewiß, Kachelöfen sind praktischer, aber ich liebe die tanzenden Flammen des Kaminfeuers über alles. Für mich sind sie Musik.»

Eulenburg ließ Kirschwasser und Gläser in die Bibliothek bringen, und man setzte sich beiderseits des Kamins in tiefe Sessel.

«Leider beurteilt man den Kaiser leicht falsch», sagte der Fürst. «Sie erwähnten eben die Annäherung zwischen England und Frankreich. Denken Sie nicht, daß der Mißerfolg der Algeciras-Konferenz ihm nicht zu schaffen macht. Er war einem Zusammenbruch nahe. Er ließ mich nach Potsdam kommen und gestand mir, daß er in Bülow, in Holstein, überhaupt ins Auswärtige Amt keinerlei Vertrauen mehr habe. Fast eine Woche lang schloß er sich mit mir in seinen Privatgemächern ein. Ich schrieb ein Sonett, und er setzte es in Musik. Er ist wirklich ein begabter Komponist. Und ein bedeutender Geist – nur beschränkt er seinen Umgang ganz aufs Militär und vergißt darüber das Volk, das nach sozialen Reformen verlangt. Und die Militärs verleiten ihn dazu, öffentlich so mit dem Säbel zu rasseln, daß beträchtlicher Schaden entstehen kann. Ich denke etwa an die Bemerkung auf der letzten Mittelmeerkreuzfahrt angesichts des Stauferschlosses: Er könnte ebenso Großes vollbringen wie Friedrich II., wenn er nur ebenso viele Köpfe abhacken lassen dürfte wie jener. Tags darauf schon konnte man es wortwörtlich im *Matin* lesen.»

«Ich las es in der *Times*.»

«Sechs Jahre ist es her, seit er den Truppen, die er nach China entsandte, zurief: ‹Pardon wird nicht gegeben. Gefangene werden nicht gemacht.› Erst letzte Woche hat die *London National Revue* diesen Ausspruch wieder zitiert, als sie die Möglichkeit einer deutschen Invasion in England erwog. Was Unfug ist. Er will keinen Krieg. Er haßt England nicht, im Gegenteil. Er war der Lieblingsenkel Viktorias und möchte, daß die Engländer ihn als einen der ihren betrachten. Ich bin nie jemandem begegnet, der so darauf brennt, jedermanns Zuneigung zu gewinnen.»

«Die Ihre hat er jedenfalls», entfuhr es Nikolas.

Falls der Fürst die leichte Ablehnung im Ton seines Gastes spürte, ließ er sich jedenfalls nichts anmerken. «Es war Gottes Wille, daß ich sein Freund wurde. Ich sehe darin die Aufgabe, die Gott mir auf Erden zugewiesen hat. Deshalb lehne ich auch jedes Regierungsamt ab. Minister und Kanzler gehen, Freunde bleiben. Holstein hat es einmal, als wir noch auf vertrautem Fuß miteinander standen, so ausgedrückt: ‹Sie sind der Gesandte des deutschen Volkes am Hofe Kaiser Wilhelms II.›.»

«Hoffentlich weiß der Kaiser Ihre Anhänglichkeit zu schätzen?»

«Wir sind Freunde im besten Sinne des Wortes. Ich lernte ihn auf der Jagd in Prökelwitz kennen. Damals war er siebenundzwanzig, Prinz Wilhelm noch, Sohn des Thronfolgers, unbeschwert von Staatsaffären, ein strahlender blonder Halbgott, und ich war neununddreißig, verheiratet und Vater von sechs Kindern. Unsere Freundschaft, eine ungewöhnlich tiefe Beziehung zwischen Herrscher und Untertan, dauert jetzt schon zwanzig Jahre. Ich nannte ihn ‹mein Goldjunge›, und so nenne ich ihn auch heute noch. Er ist die Sonne meines Lebens. Alles andere, meine Frau, meine Kinder, sind Mond und Sterne. Er ist die Sonne.»

Nikolas hörte mit ehrlicher Verblüffung diesem schwärmerischen Lobgesang zu. Der überschwengliche Ton war ihm peinlich, doch die Aufrichtigkeit des Mannes beeindruckte ihn.

«Ja», sagte der Fürst versonnen, «ich nenne ihn meinen Goldjungen und er mich seinen Plato. Er traut meinem Urteil. Ich bin für ihn die Brücke zur Wirklichkeit. Ich zeige ihm die Welt, wie sie ist, und nicht so, wie sie sich in den Augen seiner Hofschranzen darstellt. Im Moment versuche ich ihn davon abzuhalten, daß er die englisch-deutschen Beziehungen durch eine weitere Vergrößerung der Flotte noch stärker belastet. Ich arbeite darauf hin, daß jede Provokation vermieden wird – und deshalb wollen gewisse Leute mich verdrängen. Doch das wird ihnen nicht gelingen. Seit zwanzig Jahren geht ein Trommelfeuer auf mich nieder: alle haben auf mich geschossen, die Militärs, die Außenminister, sogar die Reichskanzler. Doch wo sind sie heute? Fort, alle miteinander. Ich aber, ich bin noch da. Keiner wird mich zu Fall bringen.»

«Ich hoffe zu Gott, daß Sie sich nicht täuschen, Fürst.»

Eulenburg hatte ins Feuer geschaut. Jetzt hob er den Blick zum Gesicht des jüngeren Mannes. «Ich entnehme Ihren Worten, daß Sie Hardens Angriff in der *Zukunft* schon gelesen haben.»

Nikolas spürte, wie ihm das Blut in die Wangen stieg. «Nein, gelesen habe ich ihn nicht. Jemand hat ihn in meiner Gegenwart erwähnt.»

«Und Sie fragen sich, was ich dagegen unternehme, nicht wahr?» Als Nikolas nickte, fuhr der Fürst fort: «Nun, erwägen wir die Möglichkeiten. Wegen übler Nachrede gegen Harden klagen? Und damit zugeben, daß ich mich in dem ‹Harfner› wiedererkenne? Genau das möchte er. Oder ihn fordern? Ein dubioses Individuum wie Harden? Man duelliert sich nur mit Gleichgestellten. Auch würde er ablehnen, weil das Duellieren strafbar ist. Soll ich ihn niederschießen und mich dafür einsperren lassen? Ich würde auf Erden und vermutlich auch im Jenseits bestraft werden, denn für vergossenes Blut muß man Rechenschaft ablegen, ob es das eines Heiligen oder das eines Lumpen ist.»

«Und Seine Majestät? Wie hat der Kaiser auf Hardens Angriff reagiert?» fragte Nikolas.

«Vor dreizehn Jahren hat mir schon einmal ein Skandalblatt etwas anzuhängen versucht, der *Kladderadatsch*. Der Kaiser weigerte sich, den Artikel zu lesen und verbot mir, etwas gegen den Herausgeber zu unternehmen.»

Nikolas verstand nicht recht, was die Zuneigung des sanften Fürsten Eulenburg für diesen, wie er fand, so unliebenswürdigen Kaiser über zwanzig Jahre hin am Leben erhalten hatte. Es mußte wohl der einstige «Goldjunge» sein, dem Eulenburg noch immer verfallen war. Die niederträchtigen Anspielungen Hardens mochten allesamt erlogen sein, doch stand wohl fest, daß der Fürst Neigungen empfand, die nachzuempfinden Nikolas schwerfiel.

Eulenburg hätte sich nicht zu sorgen brauchen, die Jagd verlief glänzend. Der neunjährige Hirsch mit dem großen Geweih entging immer wieder geschickt den Hunden, Treibern und Jägern, die ihn durch Dickichte und Wasserläufe hetzten, bis er unvermittelt auf der Lichtung vor dem Hochstand des Kaisers erschien, wo ihn sein Schicksal ereilte. Wilhelm hatte lange auf diesen Moment warten müssen, und nun strahlte er.

Nikolas begleitete Eulenburg und dessen Leibdiener, der einen Photoapparat trug, zu der Stelle, wo der Hirsch lag. Wilhelm war außer sich vor Freude, doch die Männer seines Jagdgefolges, müde und bis auf die Haut durchnäßt, teilten seine Euphorie nicht. Erst das Erscheinen Eulenburgs, oder besser der mitgebrachten Schnapsflaschen, hob die Stimmung etwas. Man beglückwünschte den Kaiser zu seinem denkwürdigen Schuß. Der Hirsch fand ebenfalls Beifall und wurde bewundert und von allen Seiten photographiert. Treiber, Träger, Bauern und Bedienstete erhielten jeder ein Goldstück, das der Kaiser einer mitgeführten Börse entnahm. Die Jagdbeute wurde auf Leiterwagen geladen und vor dem Schloß auf dem Rasen feierlich ausgelegt.

Die Sonne versank prächtig rot im aufkommenden Gewölk, als Eulenburgs Forstmeister sein silbern schimmerndes Jagdhorn hob und das Halali blies.

Kapitel
V

Am 1. November hatte Nikolas eine möblierte Wohnung im Haus einer verwitweten Gräfin in der Burgstraße bezogen. Die zentrale Lage und die Aussicht auf die Spree, das königliche Schloß und den Dom jenseits des Flusses hatten bei der Wahl den Ausschlag gegeben.

Auf eine andere Aussicht hätte Nikolas freilich gern verzichtet. Die Gräfin, eine Frau in den Fünfzigern, aber noch gut erhalten, bewegte sich abends hinter den Fenstern ihres hell erleuchteten Schlafzimmers im gegenüberliegenden Flügel des Hauses so ungeniert, daß er annehmen mußte, der häufige Anblick ihrer hüllenlosen Gestalt könne kein Zufall sein. Wenn er ihr auf der Treppe oder in dem kleinen Aufzug begegnete, schien sie von eisiger Unnahbarkeit, was ihn amüsierte.

Bald nach der Rückkehr von Liebenberg schrieb ihm Mitzi Hahn, sie sei gemeinsam mit einem jungen Wiener Komiker an den Wintergarten, das bekannte Variété in der Friedrichstraße, engagiert; die Proben sollten am 1. Dezember beginnen.

Der Brief hätte zu keinem geeigneteren Zeitpunkt eintreffen können. Nikolas hatte sich bisher in Berlin noch mit keinem weiblichen Wesen näher eingelassen. Mitzis Frage, ob er sich ihrer noch erinnerte, fand er absurd, denn immerhin hatte ihre Beziehung über ein Jahr gedauert.

Er telegraphierte ihr, sie möge nicht bis Dezember warten, sondern gleich kommen.

Sie traf schon vier Tage später in Berlin ein und brachte Wiener Heiterkeit, Süße und Schick mit. Er vermutete, daß sie in ihn verliebt sei, aber klug genug war, ein Geständnis zu vermeiden, das ihre Beziehung zueinander nur beschwert hätte. Es war bekannt, daß Männer seines Schlages nichts mehr scheuten als Verantwortung und Verpflichtungen, und nicht zuletzt hatte Mitzi ihre Erfolge als Poule de Luxe dem Umstand zu danken, daß sie ihren Platz genau kannte. Manchmal allerdings konnte sie ihre Gefühle nicht ganz beherrschen.

So erging es ihr auch am Nachmittag ihrer Ankunft in dem großen Himmelbett, in dem man das Wiedersehen mit einem Veuve Cliquot gefeiert und sich ausführlich der Liebe hingegeben hatte. Er fühlte sich gelöst und wohlig entspannt.

«Woran denkst du?» fragte sie.

«An nichts Besonderes.»

«Das heißt, es geht mich nichts an.» Sie wirkte plötzlich niedergeschlagen. «Bist du wirklich froh, daß ich gekommen bin?»

«Sei nicht albern. Habe ich dir nicht sofort telegraphiert?»

«Das stimmt . . . aber du kommst mir so . . . abwesend vor, wir sind uns gar nicht nahe.»

Er stützte sich auf den Ellenbogen und umfaßte zärtlich ihr Gesicht. «Hör auf, Mitzi, hör auf. So hast du doch auch früher nicht geredet, das war immer einer deiner größten Vorzüge. Hatten wir es nicht schön miteinander? Das soll hier nicht anders sein. Nur darfst du mir keine Wechsel präsentieren, die ich nie ausgestellt habe.»

«Wechsel? Ich weiß nicht, was du meinst.»

«Einerlei. Zieh dich an, wir haben Karten fürs Metropol. Die Vorstellung fängt um acht Uhr an. Anschließend führe ich dich ins Royal. Man soupiert in Berlin nirgends besser.»

Es war angenehm, sie um sich zu haben. Und so führten sie bald, auf ihre Weise, ein geradezu geregeltes Leben. Kam er abends aus der Botschaft nach Hause, erwartete sie ihn schon. Hatte er später am Abend noch etwas vor, blieb sie in der Wohnung, aß allein und wartete im Bett auf ihn. Nachdem der Partner ihrer Varieténummer zu den Proben eingetroffen war, ließ sie sich an solchen Abenden von ihm trösten. Er liebte sie beinahe so sehr, wie sie Nikolas liebte, und das schuf einen gewissen Ausgleich.

Die Premiere im Wintergarten war für die beiden ein großer Erfolg. Man erkannte Mitzi Hahn bald in den Cafés und Restaurants, sie erhielt Blumen von «unbekannten Verehrern», die, meist reich und in gehobener Position und fast immer verheiratet, sich um den neuen Bühnenstern bemühten. Sie nahm gelegentlich eine Einladung zum Souper an, allein schon um Nikolas' Eifersucht zu wecken, sagte aber immer im letzten Augenblick ab, aus Angst, er könnte das zum Vorwand nehmen, sie fallenzulassen.

Kurz nach Mitzis Eintreffen hatte Nikolas sich dazu durchgerungen, nun endlich bei Godenhausens Besuch zu machen. Er nahm die ihm erneut zugegangene Einladung zum Jour an, weil er sich durch das neue Verhältnis mit Mitzi gegen Alexa gefeit glaubte. In ihr Beata so leibhaftig wieder zu begegnen, ihrem Körper, wenn auch nicht ihrem Wesen, hatte ihn bei den wenigen Begegnungen stets über die Maßen verstört und erregt.

Trafen die Gerüchte über die Neigungen Godenhausens zu, so wartete dieser Körper noch immer auf einen wirklichen Mann. Mit fünfundzwanzig hätte er die darin liegende Herausforderung unbedenklich angenommen, aber er war fünfunddreißig.

Er schwankte noch den ganzen Tag, ob er hingehen sollte, aber um vier begab er sich zum Bahnhof und erstand eine Rückfahrkarte nach Potsdam.

«Ich freue mich, daß Sie endlich gekommen sind», begrüßte Alexa ihn, und es klang aufrichtig. Sie trug ein blaues Samtkleid mit Spitzen an Kragen und Manschetten, das Haar war aus dem Gesicht gekämmt und im Nacken zu einem schweren Knoten geschlungen. Sie sah aus wie ein Schulmädchen, jung, zierlich, eifrig darauf bedacht, zu gefallen. «Ich dachte schon, Sie blieben absichtlich fern. Ich habe meinen Mann richtig beneidet, als er erzählte, Sie beide hätten sich in Liebenberg so glänzend unterhalten.»

«Das haben wir.»

Sie begrüßte zwei Neuankömmlinge, und er fand Zeit sich umzusehen.

Die Möbel waren Jugendstil, und nichts in den Räumen störte die Harmonie. Jede Lampe, jede Vase war mit sicherem Geschmack gewählt. Rechterhand trat man aus dem Salon in den grünenden Wintergarten, linkerhand lag das Speisezimmer. Alles in dieser Wohnung machte den Eindruck kalter Pracht, wie bei Hofe.

Dabei hieß es, die Einladungen hier zeichneten sich durch lockere Geselligkeit aus. An diesem Nachmittag rührte kaum jemand etwas von den auf Silberplatten angebotenen Kanapees und petits fours an. Anwesend waren Rose und der General von Sedlitz, ein Oberst der

Infanterie mit Gattin, und etliche Subalternoffiziere. Später kam noch ein Gardemajor, der sich sogleich mit Godenhausen in eine intensive Unterhaltung im Wintergarten vertiefte.

Gegen acht, der Oberst und seine Gattin waren gerade im Begriff zu gehen, meldete Godenhausens Bursche den Stadtkommandanten von Berlin, General Kuno von Moltke.

Die Wangen und die Nase vom kalten Wind gerötet, trat der General ein wie ein erschöpfter Reisender. «Mir schrecklich unangenehm, daß ich mich so verspätet habe», rief er und umarmte seine Gastgeber. «Ich habe Phili noch zur Bahn gebracht. Er ist abgereist nach Territet.»

Godenhausen runzelte die Stirn. «In die Schweiz?»

«Richtig.»

«Warum ist Phili weggefahren?» fragte Godenhausen. «Gerade jetzt? Ob das klug war?» Es klang merklich nervös.

Überall in Berlin war Hardens Artikel das Hauptgesprächsthema – nur bei Godenhausens blieb er unerwähnt. Nikolas schob es auf die Anwesenheit der Damen. Schließlich war Rose von Sedlitz mit ihrem Federhut und ihren langen Handschuhen, die sie auch beim Teetrinken anbehielt, eine wandelnde Verbotstafel: «Das Sprechen über unzüchtige Dinge ist verboten.»

«Er glaubte, daß ihm nichts anderes übrigbleibt», sagte Moltke.

«Sind Sie der gleichen Meinung?» fragte Godenhausen.

Moltke zuckte die Achseln. «Schwer zu sagen. Ich weiß nicht recht. Zwischen übler Nachrede und verschleierten Andeutungen ist ein gewisser Unterschied. Gegen Rufmord kann man sich wehren, man kann eine Richtigstellung erzwingen, aber gegen diese Insinuationen? Wie will man die richtigstellen lassen? Phili denkt wahrscheinlich: Nur keine schlafenden Hunde wecken.»

Godenhausen hörte finster zu. Nikolas fragte sich, warum ein Angriff auf Leute wie Moltke und Eulenburg ihn so berührte. Ihm fiel ein, was Hannes Schießler auf der Rückfahrt von jener Einladung im Neuen Palais angedeutet hatte. Falls zwischen Moltke und Eulenburg «normwidrige» Beziehungen bestanden – war etwa auch Godenhausen davon betroffen? Und was bedeutete das für Alexa?

Der Major brach das Schweigen. «Meine Meinung ist unverändert: Sie und Phili müssen etwas unternehmen, Kuno. Schicken Sie jemand zu Harden. Bieten Sie ihm Geld. Er ist bestimmt käuflich. Alle Juden lieben das Geld. Für sie sind Ämter, Ansehen und Macht unerreichbar, sie müssen sich ans Geld halten. Machen Sie ihm ein Geschenk, schikken Sie ihm einen Ring, eine Schlipsnadel, meinethalben eine Pralinenschachtel voller Goldstücke.» Nikolas mußte annehmen, daß Godenhausen die jüdische Abstammung seines Schwagers entfallen war. Er bedauerte, gekommen zu sein.

«Ich denke nicht daran, Harden auch nur einen Pfennig anzubieten», entgegnete Moltke. «Das wäre hinausgeworfenes Geld. Harden nimmt es, und Witkowski stänkert weiter.»

Man lachte über den Witz. Nikolas hatte ihn nicht verstanden. «Witkowski?» fragte er.

«Unter diesem Namen ist er in einem galizischen Getto geboren», erklärte Moltke und fuhr mit hohler Stimme fort: «Nein, Phili hat es schon richtig gemacht. Auf Leute wie Harden reagiert man am besten, indem man überhaupt nicht reagiert. Harden weiß genau, wie weit er gehen darf. Weiter wagt er sich nicht vor, er sieht sich dann lieber nach einem anderen Opfer um, dessen Kopf er seinen Lesern servieren kann.» Plötzlich erblickte er die auf dem Eßtisch aufgebauten Süßigkeiten. «Ah, *croquembouche*!» rief er und wandte sich sofort dem Tisch zu. Er konnte den Windbeuteln in Karamelzucker einfach nicht widerstehen. Er legte sich einen auf einen Teller, und nach kurzem Bedenken tat er noch ein Eclair und ein Stück Apfeltorte dazu. Er ließ sich an einem der Tischchen nieder, und ihm wurde eine Tasse Schokolade serviert.

«Ihre Köchin ist exzellent, Gnädigste», beglückwünschte er Alexa.

«Exzellent ist die Konditorei um die Ecke, Herr General», berichtigte Godenhausen. «Meine Frau hat keine glückliche Hand bei der Wahl des Personals, sie fällt immer auf Leute herein, die ihr herzzerreißende Geschichten von ihrem Unglück erzählen. Unsere Köchin kann keinen Kuchen backen, ohne daß er anbrennt, dafür aber hat sie drei uneheliche Kinder im Waisenhaus . . .»

«Aber Hans Günther!» mahnte Frau von Sedlitz.

Er ignorierte es. «Wir haben ein Zimmermädchen, das ihren invaliden Mann ernährt, und eine Waschfrau, die wegen Ladendiebstahls drei Jahre in der Besserungsanstalt war.»

Alexa sprach mit einem der jungen Offiziere, und die Sticheleien ihres Mannes schienen sie nicht zu berühren.

«Habt ihr Minna immer noch?» fragte ihre Tante ungläubig.

Alexa blickte sie mit hochgezogenen Brauen an, als sähe sie sie zum erstenmal an diesem Nachmittag. «Aber selbstverständlich. Sie ist eine gute Waschfrau.»

«Hoffentlich zählst du das Silber, ehe du sie aus dem Haus gehen läßt.»

«Ach was. Langweilen wir den General nicht mit Geschichten von Domestiken. Wie hat Ihnen die Melba als La Somnambula gefallen? Sie hat ihre beste Zeit offenbar hinter sich. Oder liegt es daran, daß sie mich kalt läßt? Die Patti habe ich nur ein einziges Mal gehört, vor sieben Jahren. Für eine Opernsängerin war sie schon reichlich alt, aber schauspielerisch unübertroffen!»

«Eine zweite Patti werden wir nicht mehr erleben», stimmte der General zu. «Allerdings sollte sie nicht mehr öffentlich singen. Man sollte sich an sie erinnern, wie sie in ihrer besten Zeit war. Nun ja, so sind die Frauen. Eine Niederlage wollen sie nicht eingestehen, ganz gleich, wer sie ihnen zufügt, das Alter, die Krankheit oder die Männer. Ich sage ja immer: nicht wir sind das starke Geschlecht, sondern die Frauen.»

Auf der Rückfahrt nach Berlin beschloß Nikolas, dem Godenhausenschen Salon künftig fernzubleiben. Die Kritik des Hausherrn an Alexas hausfraulichen Fähigkeiten verstärkte die in ihm glimmende Abneigung gegen diesen Mann. Und auch seine Ausfälle gegen die Juden ärgerten Nikolas. Noch ein paar solcher Vorfälle, und er würde den Major entweder beleidigen oder ohrfeigen, und das mußte zum Skandal führen, möglicherweise zu einem Duell, und Alexa würde dadurch in jedem Fall kompromittiert.

Tags darauf machte er den obligaten Dankbesuch, das heißt, er gab nur seine Karte ab.

Über die Feiertage fuhr die Hälfte der Botschaftsangehörigen auf Urlaub, und Nikolas, der in Berlin blieb, war daher mehr beschäftigt als sonst. In seinen freien Stunden machte er Weihnachtseinkäufe für die Kinder von Freunden, für Verwandte, für verdiente alte Bedienstete in Wien und Sárkány. Das lenkte seine Gedanken etwas von Alexa ab.

Als im Januar auch in Berlin der Karneval mit seiner gezwungenen

Lustigkeit ausbrach, war die Erinnerung an den peinlichen Besuch bei den Godenhausens fast verflogen. Nikolas hatte Karten für die Königliche Oper anläßlich einer Galavorstellung für das württembergische Königspaar bekommen und nahm Mitzi mit.

Schon Tage vorher war sie ganz aus dem Häuschen. Da sie keines ihrer Abendkleider schön genug fand, gab sie eine ganze Monatsgage für ein Pariser Modell aus, das für die «neue Frau» entworfen worden war: die gertenschlanke, schmiegsame, langbeinige Frau, eine Mischung aus Cleopatra und Julia mit einer Prise Emily Pankhurst. Es war ein Kleid, das nicht im geringsten zu ihr paßte. Sie war keine *femme fatale*, sondern Mitzi Hahn aus Mödling bei Wien und so geheimnisumwittert wie Zwetschgenknödln.

Nikolas holte sie im Zentralhotel ab, und als er sie in ihrer Pariser Pracht samt Fächer und Handschuhen bis über die Ellbogen die Treppe herabkommen sah, konnte er sich ein amüsiertes Lachen nicht verkneifen.

Daß sie den Ehrgeiz hatte, als Dame zu gelten, fand er seit je drollig und irgendwie auch rührend. Sie hatte zwar die Bühne gewählt, doch war ihr Ideal nicht etwa Eleonora Duse oder Sarah Bernhardt, sondern die Fürstin Metternich, die in der Wiener Gesellschaft den Ton angab. Nikolas fühlte sich an diesem Abend mehr zu ihr hingezogen als je zuvor, ja, er war regelrecht in sie verliebt.

«Du siehst herrlich aus, mein Engel, absolut betörend!» sagte Nikolas.

«Nicht zu auffällig?» fragte sie unsicher.

«Für einen Abend in der Oper? Aber Liebling, das gibt es überhaupt nicht!»

Zugegen war der gesamte Hof, und wie immer bei solchen Gelegenheiten in Uniform oder Frack mit Orden. Der Kaiser hatte sich erst kürzlich von einem leichten Schnupfen erholt und befohlen, das Haus gut zu heizen, und so gab es im Herzen Berlins, wo es am Nachmittag noch einmal geschneit hatte, ein Stück Sahara.

Man hatte zu dem festlichen Anlaß den *Fliegenden Holländer* von Wagner befohlen, und als nach dem ersten Akt die Zuschauer im Parkett aufstanden, weiß behandschuhte Hände eilends Fächer in Bewegung setzten, mußte Nikolas an die Tauben von Venedig denken, die beim Mittagsläuten vom Markusplatz auffliegen.

Auch Nikolas und Mitzi verließen ihre Loge. Als sie durch die Gänge schlenderten, sah Nikolas sich unvermutet Alexa gegenüber, die ihm lächelnd die behandschuhte Rechte hinstreckte. Er ergriff die Hand, drehte sie um und drückte seinen Kuß auf die bloße Haut über dem letzten Knopf.

«Wie gut, daß ich Sie zufällig hier treffe, Nicky. Am 29. gibt es bei uns ein Souper mit anschließendem Tanz. Die Einladungen sind schon unterwegs, aber ich möchte Sie ganz herzlich bitten, sich den Abend freizuhalten, und falls Sie schon vergeben sein sollten, sagen Sie mir zuliebe ab. Sagen Sie nicht nein. Ich wäre sehr enttäuscht.» Sie sprach atemlos und eindringlich. Er hielt noch immer ihre Hand.

«Selbstverständlich komme ich.»

Jemand stieß ihn an. Er hatte Mitzi völlig vergessen und beeilte sich, seinen Fehler wiedergutzumachen. «Erlauben Sie mir, Sie mit Mitzi Hahn bekannt zu machen, Alexa. Mitzi, meine Schwägerin, Baronin Godenhausen.»

Das Lächeln erstarb auf Alexas Lippen, und sie musterte erhobenen Hauptes kalt die vor ihr stehende junge Frau.

«Danke, Nikolas», sagte Alexa. «Ich lege keinen Wert darauf, daß Sie mir die Dame vorstellen.» Sie hastete durch die Menge davon. Nikolas schaute ihr sprachlos nach. Mitzi stand erstarrt da und ließ die ausgestreckte Hand dann sinken. Sie sah Nikolas an.

«Warum nur? Warum?» fragte sie mit einer kleinen klagenden Stimme.

Der Abend war verdorben. Alexas unentschuldbares Benehmen ärgerte Nikolas, es verwunderte ihn aber auch. Er erkannte, daß ihre gespenstische Ähnlichkeit mit Beata sich nur auf das Äußere beschränkte. Beata hätte nie und unter keinen Umständen ein argloses Mädchen wie Mitzi so gedemütigt, ja überhaupt niemanden so gekränkt. Nein, Alexa von Godenhausen war nicht die Re-Inkarnation Beatas.

Die Einladung zum Ball bei den Godenhausens traf am nächsten Tag ein, und Nikolas sandte ein kurzes Billett, in dem er erklärte, eine schon länger getroffene Verabredung erlaube es ihm leider nicht zu kommen.

Der Zwischenfall in der Oper hatte Mitzi schwer getroffen, tagelang war sie niedergedrückt, doch gewann sie bald ihre gewohnte Ausgeglichenheit zurück. Der abendliche Applaus und eine angebotene Vertragsverlängerung für die nächste Saison im Wintergarten taten das ihre.

Am Mittwoch darauf war Nikolas allein zu Hause und trug Briefschulden ab. Die Haushälterin hatte ihren freien Nachmittag und der Bursche, ein junger Landarbeiter aus der ungarischen Tiefebene, stillte vermutlich sein Heimweh in einer der vielen Kneipen rund um den Alexanderplatz.

Vom Dom her schlug es fünf, und Nikolas dachte: noch eine Stunde, dann treffe ich mich mit Mitzi im Café Viktoria. Es klingelte an der Wohnungstür, aber er hatte keine Lust aufzumachen. Wahrscheinlich einer der jungen Leute von der Botschaft, die zuviel Zeit hatten und sich langweilten in dieser fremden und oft ungastlichen Stadt. Als hartnäckig weiter geklingelt wurde, ging er widerstrebend zur Tür.

Draußen stand Alexa, im Persianermantel, ein Hütchen auf dem Kopf, einen dichten Schleier vor dem Gesicht, und einen Brief in der Hand. Wortlos streckte sie ihm den Umschlag hin.

Er starrte sie an. «Wollen Sie nicht hereinkommen?»

«Ich war nicht darauf gefaßt, daß Sie selbst an die Tür kommen. Ich wollte nur . . . diesen Brief hinterlassen. Bitte, nehmen Sie ihn.»

Er war zu verblüfft, um nach dem Brief zu greifen, und da sie ihn losließ, fiel er zu Boden. Sie wandte sich ab und ging zur Treppe. Ganz benommen lief er ihr nach.

«Lassen Sie mich!» rief sie, als er sie einholte. «Ich wollte nicht –» Sie verstummte, und es sah so aus, als wolle sie in Tränen ausbrechen.

Er hielt ihren Arm fest. «Sie frieren, Ihnen ist kalt. Kommen Sie herein. Hier können wir nicht sprechen.»

«Es gibt nichts zu sprechen. Lesen Sie den Brief.»

«Gewiß, gewiß, nur lassen Sie mich vorher –»

Ohne ihren Arm loszulassen, bückte er sich nach dem Brief. Er führte sie in den Salon, den ein Kachelofen behaglich erwärmte. Er nahm ihr den Mantel ab und merkte, daß sie zitterte.

«Fühlen Sie sich nicht wohl?»

«Lesen Sie», flüsterte sie.

Er riß den Umschlag auf. Auf dem Papier stand nur eine einzige, in

Ungarisch abgefaßte Zeile: «Bitte, vergeben Sie mir meine durch nichts zu entschuldigende Ungezogenheit in der Oper.» Er las, verstand aber nicht. Das heißt, er verstand, daß sie sich entschuldigte, nicht aber, daß sie den Brief selber gebracht hatte. Diese Buße machte ihn verlegen. «Wir alle haben unsere Launen, Alexa», sagte er. «Vergessen Sie das Ganze.»

«Wenn ich mir mein Verhalten nur erklären könnte. Ich dachte, Sie wären allein, dann sah ich sie hinter Ihnen stehen.» Sie fiel jetzt wieder ins Ungarische, nachdem sie bislang deutsch gesprochen hatte. «Sie hat Ihren Arm festgehalten, als hätte sie ein Recht darauf. Und dabei sind erst zwei Jahre vergangen, seit Beata . . . Und Sie, mit dem Mädchen –» Sie schluchzte auf.

Verwirrt legte er den Arm um sie, und sie drängte sich an ihn. Er schloß sie fester in den Arm und atmete ihr Parfüm und den betäubenden Duft ihres Körpers. Sie hörte auf zu schluchzen, ihre Arme schlossen sich tastend um seinen Hals, zogen sein Gesicht zu dem ihren herunter. Er atmete schwer, und ihrem Mund entwich ein gedämpftes Stöhnen. Noch bevor sein Verstand ihm sagte, was hier vorging, hatte sein Körper schon verstanden.

Hinterher überlegte er, was ihnen da eigentlich zugestoßen war. Er erinnerte sich an eine leidenschaftlich-wilde Umarmung. Dann ruhten sie eng umschlungen beieinander. Dann lag sie schweigend in seinem Arm. Alles Vorangegangene war wortlos geschehen, begleitet nur von gedämpftem Stöhnen, kleinen Schreien und dem Prasseln des ans Fenster klatschenden Regens.

Sein Arm wurde taub, aber er wagte nicht, sich zu rühren, weil er den Zauber dieser unglaublichen Stunde nicht zerstören wollte. Er konnte es nicht fassen und fürchtete, daß sie sich wie eine Erscheinung in Luft auflösen könnte.

Als sie die Augen aufschlug, wußte er nicht, ob Stunden oder nur Minuten vergangen waren. Sie richtete sich im Bett auf und starrte ihn an wie einen Fremden. Er streckte die Hand nach ihr aus, sie aber wich zurück und sprang aus dem Bett, nahm das Batisthemd vom Boden und streifte es über. Sie las die übrigen Kleidungsstücke auf, die im Zimmer verstreut lagen.

«Ich kleide mich im Nebenzimmer an. Hinaus finde ich schon allein.» Das klang unerwartet schroff.

Er sprang aus dem Bett. «Alexa . . .!» Er spürte eine sonderbare Feindseligkeit bei ihr, die sich wie eine unsichtbare Wand zwischen ihnen aufrichtete. «So kannst du nicht gehen, wir müssen miteinander reden!»

Sie hielt ihr Kleid vor sich wie einen Schild. «Bitte, ich möchte mich anziehen und habe dabei nicht gern Zuschauer.» Sie ging ins Nebenzimmer und schloß die Tür hinter sich.

Er hörte, wie sie sich nebenan bewegte, dann wurde es still, dann rief sie seinen Namen. «Nikolas.» Als er eintrat, fand er sie angekleidet, nur war das Kleid im Rücken noch nicht geschlossen. «Würdest du mir bitte die Häkchen zumachen?»

Er hatte seine Fassung wieder gewonnen, aber als er sich anschickte, ihr zu helfen, waren seine Hände noch unsicher. «Wer diese Haken angenäht hat, muß gute Augen gehabt haben», scherzte er dabei.

«Beeil dich, ich bin schon spät dran», sagte sie ungeduldig. Er schloß den letzten Haken, dann packte er sie an den Schultern und drehte sie zu sich herum, grober als beabsichtigt. «Was ist los mit dir? Du tust, als hätte ich dich vergewaltigt, aber davon kann keine Rede sein, das weißt du genau.»

«Laß mich, ich bin schon sehr verspätet.»

Er ließ sie los. «Ich möchte mit dir reden.»

«Jetzt nicht. Später.»

«Wann?»

«Später! Ich verspreche es. Jetzt geht's nicht, es geht einfach nicht. Versteh doch, bitte . . .»

«Dann bringe ich dich nach Hause.»

«Nein», widersprach sie heftig. Sie setzte ihren Hut auf, und in ihrer Hast stach sie sich mit einer Hutnadel. «Verflixt! Du machst mich ganz nervös!» Sie sah ihn vorwurfsvoll an. Ungeduldig steckte sie den Schleier in ihre Manteltasche und ging zur Tür.

Er stellte sich ihr in den Weg. «Sehen wir uns wieder?»

«Meinetwegen. Wenn du willst. Aber laß mich jetzt.»

Er trat seufzend beiseite, hörte ihre Schritte im Treppenhaus, hörte die schwere Haustür zufallen. Langsam und nachdenklich hob er seine Uniformstücke vom Boden auf.

Zum erstenmal war eine Frau ihm rätselhaft. Frauen. Er hatte gemeint, alle ihre Kapricen und Launen zu kennen und zu wissen, welcher Platz in der Gesellschaft ihnen gebührte. In der Welt der Männer, in der sie lebten, galt, was immer ihr Status war, eine Regel: sie waren das Wild, der Mann war der Jäger.

In allen seinen bisherigen Beziehungen, ob mit Frauen der Gesellschaft oder Kokotten, war Nikolas der Verführer gewesen. Zum erstenmal waren nun die Rollen vertauscht gewesen. Ob Alexa bereits mit der Absicht gekommen war, ihn zu verführen, war dabei gleichgültig; jedenfalls hatte sie den Ablauf der Begegnung bestimmt. Sie ließ ihn wissen, was sie wollte, und interessierte sich danach nicht mehr für ihn. Das war doch das Verhalten eines Mannes in solcher Situation. Er kam sich gedemütigt vor – vielleicht wäre es besser, sich nicht mehr mit ihr zu treffen. Aber die Entscheidung lag nicht mehr bei ihm, darüber bestimmte nur sie.

Kapitel

VI

Weder an der Kurfürstenbrücke noch am Schloßplatz fand Alexa eine Droschke. Sie mußte bis zur Wilhelmstraße gehen, und deshalb verpaßte Alexa den Halb-sieben-Uhr-Zug nach Potsdam um wenige Minuten. Als sie gegen acht heimkam, hatte Hans Günther bereits gegessen und las die Abendzeitung. Er saß noch am Tisch damit.

«Wo bist du gewesen?» fragte er, ohne aufzusehen. «Anna ist außer sich. Dreimal hat sie das Stew aufgewärmt und jedesmal neue Kartoffeln gekocht.»

«Ich bin nicht hungrig.»

Er sah sie über den Zeitungsrand an. «Was ist los mit dir?»

Sie war den Tränen nahe. «Nichts, ich bin bloß – ich habe bloß – Kopfschmerzen. Ich gehe schlafen.» Und sie machte Anstalten, ins Schlafzimmer zu gehen.

Er rief sie zurück, und zwar so barsch, daß sie erschrak. Es fuhr ihr durch den Sinn, er könnte – durch irgendeinen Zufall! – von den Vorgängen des Nachmittags erfahren haben.

«Ich habe gefragt, wo du gewesen bist. Bekomme ich keine Antwort?»

Ihr Herz schlug rascher. «Einkaufen», antwortete sie, und es würgte sie schon im Halse. «Ich brauchte dies und jenes, Kleiderstoff. Ich war bei Wertheim, dann habe ich Kaffee getrunken, und der Halb-sieben-Uhr-Zug fuhr mir vor der Nase weg.»

«Mußt du zum Einkaufen erst nach Berlin? Gibt es in Potsdam keine Geschäfte?» Und als sie die Achseln zuckte: «Falls du wirklich nichts essen willst, sag Anna Bescheid. Sie will den Tisch abräumen. Wenn du schon auf mich keine Rücksicht nimmst, so doch bitte auf die Dienstboten. Es gibt da nämlich einen Unterschied: Die können kündigen, ich nicht. Anna ist nicht gerade eine Perle, aber was soll man schon erwarten, wenn die Hausfrau nicht mal Eier kochen kann.»

Sie starrte ihn benommen an. Er war neuerdings oft nervös und reizbar, aber so grob war er nie gewesen. Sie klingelte nach Lotte, dem Zimmermädchen, und befahl ihr, das Bett aufzudecken und Anna zu sagen, sie werde nicht mehr gebraucht.

Sie kroch ins Bett, zog völlig zerschlagen die Decke bis ans Kinn und versuchte zu schlafen. Kaum berührte ihr Kopf das Kissen, verflog alle Müdigkeit, und sie war hellwach. Sie mühte sich, zu begreifen, was für eine unwiderstehliche Macht sie zu einem Manne getrieben hatte, den sie weder liebte noch begehrte. Je hartnäckiger sie darüber nachdachte, um so verwirrter wurde sie. Wieder und wieder ließ sie alles Revue passieren, was der nachmittäglichen Szene vorangegangen war. Sie fand keine Erklärung. Vor dem Rencontre in der Oper hatte sie für ihn nur empfunden, was man für einen von Trauer heimgesuchten Schwager empfinden mochte. Als sie dann aber diese lächerlich herausgeputzte Person an seinem Arm hängen sah, überkam sie eine Wut, die jedes Mitgefühl auslöschte. Es kam ihr einen Augenblick so vor, als sei sie in ihre Schwester verwandelt. Daß er dieses kleine Ding zu einer solchen Galavorstellung führte, war skandalös und erschütterte ihr Vertrauen in ihn.

Hochbefriedigt, weil sie die Kleine auf ihren Platz verwiesen hatte, war sie in die Loge zurückgegangen. Die Besinnung kam erst später. Zu Hause sah sie plötzlich Nikolas' entsetztes Gesicht vor sich. Später erschien ihr die gehässige Äußerung nicht mehr gerechtfertigt, das Motiv dafür zweifelhaft. Seine kurze Absage erfüllte sie mit Reue und Beschämung. Sie hatte sich auf den Ball gefreut, und dann war ihr alles verdorben. Sie erwog, ihm zu schreiben, fürchtete aber, er könnte einen Brief ignorieren oder so beantworten, daß sie in noch größere Verlegenheit käme. Auch könnte ein Brief Hans Günther in die Hände fallen und unerfreuliche Komplikationen verursachen. Als preußischer Offizier würde er eine Kränkung seiner Frau als Beleidigung seiner Ehre auffassen und sogleich Satisfaktion verlangen. Sie erinnerte sich so manchen Duells, das geringfügiger Anlässe wegen ausgefochten worden war.

Der Einfall, selber zu Nikolas zu gehen und einen Brief abzugeben, in dem sie sich entschuldigte, spukte ihr tagelang im Kopf herum. Es war Mittwochnachmittag. Hans Günther spielte bei einem Kameraden Bridge, und sie durfte sich die Zeit mit Hermann Hesses neuem Roman oder einem Strickstrumpf vertreiben. Der Roman deprimierte sie, und nachdem sie mehrmals Maschen hatte fallen lassen, verlor sie die Geduld. Sie kleidete sich an und verließ das Haus.

Der Zug kam gerade an, als sie den Bahnsteig betrat. Sie stieg ein. In Berlin wehte schon ein scharfer Wind, als sie vom Anhalter Bahnhof zur Burgstraße fuhr. Weder der Pelz noch die zugige Kutsche boten hinreichenden Schutz, und sie war völlig durchgefroren. Als Nikolas den Arm um sie legte, war ihr zumute, als würde ihr Zuflucht vor all der Eiseskälte ihres Daseins geboten. Anfangs verspürte sie nur Dankbarkeit, dann plötzlich, ohne Vorwarnung, das verzweifelte Verlangen, von ihm genommen zu werden. Sie empfand seine Berührung wie die einer Fackel, und ihr Leib kam ihr vor wie Zunder, und sie loderte. Sie empfand mehr als Lust, eher schon einen Schmerz, der nach Linderung schrie. Sie erinnerte sich, daß sie ihn geküßt, sich an ihn geklammert, sich ihm angeboten hatte. Sie hatten sich da, wo der Sturm sie erfaßte, geliebt, und er hatte ihre Liebe so feurig erwidert, daß sie ganz außer sich geraten war.

Als ihr plötzlich bewußt wurde, daß sie mit einem Mann geschlafen hatte, der nicht ihr Gatte war, daß sie zur Ehebrecherin geworden war, erfüllte sie das mit Abscheu vor sich selbst. Mildernde Umstände, eine Entschuldigung, gab es nicht, denn alles war ihr Werk gewesen. Und der Umstand, daß sie in seinem Bett mehr Lust empfunden hatte als jemals während ihrer über dreijährigen Ehe, machte das Schuldgefühl nur noch größer.

Man hielt sie und Hans Günther allgemein für außerordentlich glücklich verheiratet, und das fand Alexa gelegentlich auch. Hans Günther war zartfühlend, rücksichtsvoll und ohne jeden Zweifel treu. Gelegentlich hatte er allerdings schlechte Laune, krittelte an ihr herum und tat ihr kleine Kränkungen an. Das war vermutlich nicht einmal beabsichtigt, und sie gab sich Mühe, so etwas zu vergessen. Schließlich hatte sie außer ihm niemanden auf der Welt, er war ihre Familie, er liebte sie. Das mußte so bleiben, und sie durfte sich das nicht verscherzen.

Sie fragte sich häufig, wie andere Eheleute zusammenlebten. Hans Günther und sie verkehrten nur in Offizierskreisen. Er besaß viele

Freunde, ihre Beziehung zu den Damen war angenehm, aber förmlich. Sie hatte niemanden, den sie um Rat oder Hilfe bitten konnte.

Wie waren andere Männer? Wie schnell kühlte sonst das Feuer der Jungvermählten ab? War Hans Günther eine Ausnahme, oder waren alle Ehegatten wie er? Dürsteten alle Frauen so nach körperlicher Liebe wie sie?

Am meisten verstörte es sie, daß Hans Günther, wenn er schon einmal mit ihr schlief, sich so verhielt, als erfülle er damit eine Pflicht. Diese Haltung trieb sie dazu, den aktiven Part zu übernehmen, was ihm schmeichelte oder ihn ärgerte, je nach Stimmung. Aber auch wenn er darauf einging, befriedigte er sie nur selten. Er rollte sich von ihr und war meist schon fest eingeschlafen, wenn sie sich noch rastlos in den Kissen wälzte, ungelöschtes Feuer im Schoß und das Herz voll ungestillter Begierden.

Die Tage waren nicht weniger schwierig als die Nächte. Hans Günther erwartete von ihr, daß sie eine musterhafte Hausfrau war, und dieser Rolle fühlte sie sich nicht gewachsen. Sie aß gern gut, wäre aber lieber verhungert, als selber zu kochen, und Ordnungsliebe gehörte nicht gerade zu ihren Tugenden. Im Schlafzimmer lagen Bücher und Zeitschriften herum, angefangene Handarbeiten, Kleidungsstücke, Obstschalen, Pralinenschachteln. Hans Günther verabscheute Unordnung. Stand seine Rückkehr zu erwarten, räumte sie fieberhaft auf.

Auch wie sie mit den Dienstboten umging, fand nicht seine Billigung. Sie hatte Anna und Lotte, Köchin und Zimmermädchen, eingestellt, weil sie sich von ihren rührseligen Geschichten hatte erweichen lassen. Seit sie sich in ihrer Stellung sicher fühlten, zahlten sie es Alexa mit Trägheit heim, wahrscheinlich stahlen sie auch.

Sie fragte sich manchmal, ob Hans Günther sie noch liebte. Am schwersten ertrug sie die Tage, an denen er sie gar nicht wahrzunehmen schien. Wenn sie dann das Wort an ihn richtete, reagierte er mit dem verwunderten Gesichtsausdruck eines Menschen, der unerwartet einem Bekannten begegnet. Er lächelte automatisch, antwortete einsilbig, verkroch sich wieder in seine Abgeschiedenheit. Körperlich war er in Reichweite, geistig war er Welten entfernt. Friedliche Abende daheim waren das schlimmste. Je distanzierter er sich gab, desto mehr verlangte es sie nach einem Wort, einem Kuß, einer Umarmung. Er besaß eine unheimliche Macht über sie, die gleiche geheimnisvolle

Anziehungskraft, die ein gefährlicher Gipfel für den Bergsteiger hat. Sie mußte ihn erobern, einerlei um welchen Preis. Erobern oder sterben.

Sie hörte, wie er im Speisezimmer aufstand und nachsah, ob die Wohnungstür verschlossen war. Dann löschte er das Licht auf dem Flur, wie allabendlich vorm Zubettgehen. Sodann putzte er im Badezimmer die Zähne, der Wasserhahn über dem Becken quietschte, die Spülung rauschte, er betrat das Schlafzimmer.

Steif auf dem Rücken liegend, die Hände über der Brust gefaltet, stellte sie sich schlafend.

Mit der Präzision eines Automaten erledigte er – wie schon Hunderte von Malen – das Geschäft des Auskleidens: den Rock über die Stuhllehne, die Hosen in den Spanner, die Stiefel vor die Tür, für Thadeus den Burschen, der sie morgens putzte. Er roch schwach nach Uniformstoff, vermischt mit schalem Zigarettenrauch, nach Männerschweiß und Kölnischwasser. Hans Günther benutzte gern Duftwässer, in seinem Verbandspäckchen hatte er stets ein winziges Parfümfläschchen versteckt.

Sie hielt die Augen geschlossen, wußte aber, daß er, bevor er das lange Nachthemd überstreifte, seinen wohlproportionierten Körper in dem silbergerahmten, türgroßen Spiegel musterte.

Er knipste seine Nachttischlampe an, ging um die Betten herum und drückte einen Kuß auf ihre Stirn. Dieses Ritual vergaß er nie, einerlei ob sie schon schlief oder nicht. Zu Anfang ihrer Ehe reagierte sie, indem sie die Arme um ihn schlang und ihn zu sich herabzog. Meist machte er sich sanft los und zog sich in die Sicherheit seiner eigenen Betthälfte zurück. Nach einer Weile fand sie sich mit dieser leeren Geste ab, die so erotisch war wie Zähnebürsten oder das Verschließen der Wohnungstür.

Sie hörte ihn ins Bett sinken. Er knipste die Lampe aus, und Minuten später schlief er fest. Alexa lauschte seinen gleichmäßigen Atemzügen und spürte Tränen aufsteigen. Sie weinte sich aus. Das tröstete sie, sie erblickte darin einen Beweis ihrer Reue. Fest entschlossen, Nikolas nie wiederzusehen, rief sie sich eine Predigt von Pastor Sternwarth von der Garnisonkirche ins Gedächtnis, in der er anschaulich die Schrecken schilderte, die den Sünder im Jenseits erwarteten. Dennoch fiel es ihr schwer, wahrhaft zu bereuen, weil der Mann, den sie gekränkt hatte, so gleichgültig zu ihr war.

Doch in die Burgstraße durfte sie nicht noch einmal gehen. Was zwischen ihr und Nikolas vorgefallen war, würde mit der Zeit so unwirklich werden, als hätte sie es in einem Buch gelesen. Unterdessen wollte sie sich ihrem Mann so angenehm wie möglich machen, die perfekte Offiziersgattin und Hausfrau sein und alles vermeiden, was ihre Ehe beeinträchtigen konnte. Sie wollte schwanger werden und ihre Erfüllung in der Mutterschaft finden. Mit diesem Vorsatz schlief sie ein.

Indessen, sie rechnete nicht mit Nikolas' Hartnäckigkeit. Ihrer Meinung nach ging das alles nur sie allein an. Sie hatte ihren Treueschwur gebrochen, Nikolas war dabei nur ein Werkzeug gewesen, das Instrument zur Begehung ihres Verbrechens. Sie bekam Nikolas noch mehrmals im Laufe der Saison zu sehen, im königlichen Opernhaus oder im Berliner Schloß. Und einmal auch bei einer Soirée, die der bayerische Gesandte am Hofe Wilhelms II. gab. Und jedesmal ging sie ihm aus dem Weg.

Just an dem Vormittag, da sie in der Zeitung las, Mitzi Hahn habe ihre Abschiedsvorstellung gegeben und sei nach Wien abgereist, überkam sie der Wunsch, Nikolas zu sehen, mit unwiderstehlicher Macht.

Sie kleidete sich an und verließ das Haus. Auf dem Weg zum Bahnhof geriet sie in das schlimmste Schneegestöber des Winters. Eine Droschke war nirgendwo zu erblicken. Der Schnee verklebte ihr die Wimpern, und sie konnte so gut wie nichts sehen. Als sie am Luisenplatz auf die Pferdebahn steigen wollte, stolperte sie und zerriß sich die Strümpfe. Ernüchtert kehrte sie um. An den grünen Kachelofen in ihrem Schlafzimmer geschmiegt, war sie im Grunde für den kleinen Unfall dankbar, der sie vor einem weiteren Sündenfall bewahrt hatte. Daß sie den Rest der Woche mit einer Erkältung das Bett hüten mußte, war eine geringe Strafe.

Der letzte Freitag im Februar raubte ihr aber alle Illusionen. Die Wohnung erdröhnte diesmal von dem kindischen Allotria, das man in Potsdam für Heiterkeit hielt: brüllendes Gelächter, Witze nur für Eingeweihte, zerbrochene Gläser, zertretenes Gebäck auf dem Teppich, Brandlöcher von Zigaretten auf den Tischplatten, dichter Tabaksqualm, vermischt mit dem Duft von französischem Parfüm und

Patschuli, blaue funkelnde Preußenaugen, hochrote Wangen der Damen, die das aufgetragene Rouge noch übertrafen.

Nikolas kam gerade, als die Wogen am höchsten schlugen. Er geriet in ein Kreuzfeuer neugieriger Blicke und machte sich auf die Suche nach der Gastgeberin.

Alexa befand sich im Speisezimmer und legte gerade Tante Rose ein Stück Schokoladentorte vor. Sie blickte auf. Die Hand mit dem Teller sank herab, der Löffel klirrte auf den Boden. Sie wurde puterrot. Tante Rose, die den Instinkt und das scharfe Auge eines Raubvogels besaß, musterte sie scharf.

«Was ist los mit dir?» fragte sie streng, und ihr Blick folgte dem Alexas. «Ach», war alles, was Rose sagte.

Alexa ignorierte es. «Bestimmt schmeckt dir dieser Kuchen», sagte sie und legte der Tante ein anderes Stück auf den Teller. «Anna hat ihn gebacken. Sie hat endlich backen gelernt und macht ihre Sache recht gut. Daher . . .» Sie sah ein, daß es keinen Zweck hatte, der Tante Sand in die Augen zu streuen. Sie blickte nicht zu Nikolas hin, spürte aber, daß er sich näherte. Auf keinen Fall darf er mich in Gegenwart der Tante ansprechen, sagte sie sich. Also ging sie Nikolas entgegen und begrüßte ihn mit einem übertrieben heiteren: «Willkommen in Potsdam! Sieht man Sie auch mal wieder!» Es gelang ihr, das Erschrecken zu verbergen, das sein unerwartetes Erscheinen in ihr ausgelöst hatte; sie war zufrieden mit sich.

Sie bot ihm ihre Hand und spürte seine kalten Lippen. Ohne ihn anzusehen, fühlte sie seine suchenden, fragenden Blicke auf sich. Weil ringsumher Menschen standen, tauschten sie nur Floskeln, doch wußte sie, daß die Frage: «Wann sehe ich dich wieder?» unvermeidlich kommen mußte und daß sie ebenso unvermeidlich antworten würde: «Sonntagnachmittag um fünf.»

Erst als die älteren Gäste sich später verabschiedeten, fand Nikolas Gelegenheit, mit Alexa zu sprechen, die auf der Kredenz die Platten neu ordnete. Er nahm sich ein Stück Nußtorte, die zu essen er nicht die Absicht hatte. Er flüsterte ihr, fast ohne die Lippen zu bewegen zu: «Ich wollte dich nicht mehr sehen, aber ich kann nicht. Ich werde noch wahnsinnig. Ich muß dich sehen. Ich verspreche, dich nicht anzurühren, aber reden muß ich unbedingt mit dir. Es ist grotesk, doch ich fürchte, ich liebe dich.»

Alexa merkte, daß Tante Rose sie beobachtete, und sagte daher überlaut: «Probieren Sie ein Eclair.»

«Wann also, Alexa?»

Hans Günther war in ein Gespräch mit einem Leutnant vertieft, dessen Worten er mehr Aufmerksamkeit zu schenken schien als je einer Unterhaltung mit ihr. Der Leutnant erzählte einen Witz, und der Major reagierte darauf mit einem spontanen Lachen, herzlich, fröhlich, voll Zuneigung. Das irritierte Alexa.

«Finden Sie, daß Frauen minderwertige Lebewesen sind?» fragte sie Nikolas.

Er runzelte verständnislos die Stirn. «Wie bitte?»

Es war eine sinnlose Frage, und es war ihr peinlich, sie gestellt zu haben. «Ich wollte sagen ... finden Sie auch, daß man Frauen nicht ernst nehmen soll, ausgenommen vielleicht als Mütter oder ...» Fast hätte sie gesagt, als Mätressen.

«Darauf kann ich nur sagen: ich habe meine Mutter niemals ernst genommen», entgegnete Nikolas leise lachend. Hans Günther hingegen hatte Alexa einmal anvertraut, seine Mutter sei die einzige Frau, die er zutiefst achte. «Und andere Frauen?» fragte sie Nikolas.

«Manche schon. Dich zum Beispiel. Ich muß dich sehen. Sag mir, wann und wo.»

Aus den Augenwinkeln sah Alexa, wie die Tante sich ihnen näherte.

«Sonntag um fünf», flüsterte Alexa.

«Wo?»

«Bei dir.»

Die Tante stand vor ihnen. «Ich störe doch nicht?» fragte sie honigsüß.

Alexa funkelte sie wütend an. «Doch, du störst. Nikolas hat mich soeben zu einer Orgie in seine Wohnung eingeladen. Ich habe zugesagt.»

«Das soll wohl ein Scherz sein?» fragte die Tante, schien sich ihrer Sache aber nicht ganz sicher zu sein. Sie schüttelte sprachlos den Kopf. Dann sagte sie: «Ist sie nicht unglaublich, unsere Alexa. Immer *épater le bourgeois.* Die jungen Leute sind mir, offen gestanden, ein Rätsel. Respektlos, undankbar, ohne jede Anhänglichkeit. Ich will Ihnen einen guten Rat geben, lieber Graf: Ziehen Sie nie anderer Leute Kinder auf. Auch nicht die Ihrer eigenen Schwester.» Sie wartete auf eine

Reaktion von Alexa, und als diese nichts erwiderte, zog sie gekränkt von dannen.

«Ich hasse sie», sagte Alexa ärgerlich.

Nikolas sah sie überrascht an. Das Gesicht glich dem Beatas, in der Stimme jedoch lag dieselbe Feindseligkeit wie an jenem denkwürdigen Nachmittag im Januar.

«Wirklich?»

«Ja, ich hasse sie, immer schon. Ich möchte sie umbringen, aber sie ist wohl unzerstörbar. Würde sie von einer Viper gebissen, würde die Schlange sterben, nicht sie.»

Er lachte.

«Ich liebe dich», flüsterte er. Er sah, daß der Major sich ihnen näherte. «Sonntag», wiederholte er leise.

Sie verließ ihn, ohne zu antworten, und gesellte sich im Salon zu einer Gruppe von Gästen beim Flügel, an dem ein Leutnant saß und gerade den neuesten Gassenhauer drosch. Alle sangen mit. Godenhausen ließ Wein nachschenken, und alles deutete darauf hin, daß die Geselligkeit bis in den frühen Morgen dauern sollte. Der Leutnant am Klavier ging zu einem Marschlied aus dem Krieg 70/71 über, das nur die wenigen Offiziere noch kannten, die den Feldzug mitgemacht hatten. Es folgten weitere kriegerische Weisen, unter deren Klängen man auf den Düppeler Schanzen, bei Königgrätz und Sedan gesiegt hatte. Nikolas beschloß, unauffällig zu gehen. Das trunkene Grölen aus der Godenhausenschen Wohnung folgte ihm bis auf die Straße.

Alexa klingelte um Viertel nach fünf bei ihm. Nikolas hatte Haushälterin und Burschen freigegeben, seinen besten Champagner kühlgestellt und für eine ganze Kompanie Kanapees und petits fours kommen lassen. Am Vormittag war es überraschend warm geworden. Alexa trug immer noch ihren schweren Pelz. Sie wirkte völlig aufgelöst.

«Ich bin ganz erledigt», keuchte sie. «In der Straßenbahn saß ein Leutnant, der mir bekannt vorkam ... vielleicht irre ich mich auch. Deshalb bin ich am Spittelmarkt ausgestiegen und von dort zu Fuß gegangen. Ah, ist mir heiß. Hätte ich doch bloß den dicken Mantel nicht angezogen.»

Er half ihr aus dem Pelz und führte sie in den Salon. Auf der Schwelle blieb sie stehen.

«Sind wir allein?»

«Selbstverständlich. Ich habe dich erwartet.»

Sie sah sich im Salon um, als sähe sie ihn zum erstenmal. Er spürte, daß sie es augenscheinlich bei einem Höflichkeitsbesuch belassen wollte. Sie wich seinem Blick aus und blieb distanziert und durch nichts ihr Einverständnis andeutend stehen. Ihre Haltung machte ihn unsicher. War sie nur scheu oder ablehnend?

«Willst du nicht Platz nehmen?»

Sie ließ sich aufs Sofa nieder, erhob sich aber fast sofort wieder und setzte sich in einen Sessel. Dieser kleine Stellungswechsel machte sie Nikolas nur noch begehrenswerter. Er trat auf sie zu und nahm ihr Gesicht in beide Hände.

«Nun sei doch, um Himmels willen, nicht so nervös. Niemand will dich fressen.» Er löste ihr den Schleier und nahm ihr den Hut ab. «Möchtest du eine Tasse Tee? Oder vielleicht lieber etwas Kaltes?»

Sie tupfte sich die feuchte Stirn mit einem Spitzentüchlein. «Etwas Kaltes, bitte. Am liebsten ein Glas Wasser.» Sie sah zu, wie er die Flasche aus dem Sektkühler hob. «Keinen Alkohol bitte, Nikolas. Nachmittags steigt er mir zu Kopf.»

Er entkorkte den Champagner und füllte die beiden Gläser, die schon auf dem Tablett standen. Er deutete auf die Platte mit den Kanapees. «Iß zuvor etwas, dann steigt der Champagner dir nicht zu Kopf. Man kann auf einer Orgie schließlich nicht Leitungswasser trinken.»

«Ich möchte aber gern nüchtern bleiben.» Gleichwohl nahm sie einen Schluck.

«Aber gekommen bist du doch.»

Sie blickte ihm fest in die Augen. Ihr Mund verzog sich trotzig. «Bilde dir nur nichts ein. Ich bin nicht verliebt in dich.»

«Das habe ich schon vermutet.»

«Ich liebe meinen Mann.» Und als er darauf nicht reagierte, fuhr sie wütend fort: «Ich liebe ihn sehr, und ich würde mich umbringen, käme er je . . .» Sie schluckte, und ihre Augen verschleierten sich. «Ich hoffe zu Gott, er erfährt es niemals.»

Nikolas schwankte zwischen Enttäuschung und Mitgefühl.

«Möchtest du vielleicht lieber nach Hause gehen?»

«Ja.» Aber sie rührte sich nicht von der Stelle.

Er schenkte ihr nach. Gierig trank sie das Glas aus und hielt es ihm wieder hin. «Bitte.»

«Keinen Tropfen mehr.»

Sie sah ihn verwundert an. «Warum nicht?»

«Weil –» Fast hätte er gesagt: Weil ich dich liebe, und er sagte es nur deshalb nicht, weil er nicht wußte, ob es wirklich zutraf. Liebte er sie, oder liebte er in ihr den Widerschein von Beata? War sie überhaupt liebenswert? War sie nicht vielleicht doch nur eine Frau, die sich vernachlässigt fühlte und die sich aus Langeweile zu Unbedachtheiten verleiten ließ? Ihre preußisch-protestantische Erziehung hielt sie davon ab, sie auch zu genießen. Für eine Wienerin ihres Standes bedeutete ein Ehebruch nicht viel mehr als ein erquickendes Bad, während eine Preußin sich anstellte, als müsse sie den Hellespont durchschwimmen. Trafen die Gerüchte über Godenhausens Neigungen zu, war sie vermutlich nur sexuell ausgehungert und war, wie er sich leicht verbittert sagte, wohl nur deshalb gekommen.

Er hätte gern die Seelenstärke aufgebracht, sie fortzuschicken. Was sie ihm anbot, war erniedrigend und unbefriedigend. So manche Frau hatte mit ihm geschlafen in der vergeblichen Hoffnung, er werde sich in sie verlieben. Jetzt waren die Rollen vertauscht. Zum erstenmal in seinem Leben war er in der Situation, in der er sonst nur seine Partnerinnen gesehen hatte.

«Die Gesellschaft am Freitag war wohl sehr gelungen, wie?» fragte er.

«Du hättest bleiben sollen. Wir haben uns amüsiert wie selten. Leutnant Dietrich hat sich in der Küche übergeben, und Frau von Waldersheim hat Can-Can getanzt.»

«Gewiß eine Augenweide.»

«O ja. Besonders als ihr der Busen aus dem Korsett quoll.»

Beide lachten. Alexa taute allmählich auf, was am Champagner liegen mochte, oder war es Karadys bewundernswerte Zurückhaltung? Bisher hatte sie Deutsch gesprochen und damit Distanz geschaffen. Jetzt fiel sie ins Ungarische.

«Oh, Nicky», seufzte sie, «warum sind die Menschen hier so ... so anders? Oder warum bin ich so anders? Allmählich sollte ich mich doch an sie gewöhnt haben. Sie reden von nichts anderem als vom Dienst, von Pferden, Jagd und Manöver. Diese ewigen öden Witze und der Klatsch. Wenn die Frauen wenigstens nicht so gehässig wären! Alles dreht sich um ihre Herkunft und ihre alten Titel, dabei führen sie sich auf wie Fischweiber. Diese Intrigen, Sticheleien und verletzenden Anspielungen! Wenn sie der Meinung sind, eine Offiziersfrau sei nicht ganz *comme il faut*, wird der Mann bestenfalls Major.»

Er küßte ihr die Hand. «Wenn doch alle Frauen von Offizieren nur so wären wie du, dann gäbe es niemals Krieg. Denn die meisten Männer ziehen nur deshalb in den Krieg, weil sie auf diese Weise endlich einmal eine Weile Ruhe vor ihren Frauen haben. Alle anderen Gründe sind eher sekundär.»

«Die Kameradschaft unter Männern ist offenbar stärker als die Liebe zwischen Mann und Frau.»

«Das ist nicht wahr.»

«Doch. Und daran ändert sich nichts, solange die Männer in den Krieg ziehen und die Frauen daheim bleiben und ihnen nachwinken.»

Ganz eindeutig Godenhausens Einfluß, dachte Nikolas, unterließ es aber, noch einmal zu widersprechen.

Wieder hielt sie ihm ihr Glas hin. «Also, bekomme ich nun etwas? Ich habe Durst.»

«Einen Schluck nur. Ich möchte später nicht hören, du seist beschwipst gewesen.»

«Später? Wieso später?»

«In fünf Minuten ... in einer Stunde ... morgen. Diesmal werde ich dich nicht verführen.»

«Das hast du letztes Mal auch nicht getan, Lügner du! Ich habe dich verführt.»

«Und wenn es so war, bedauerst du es?»

«Das sollte ich wohl, aber ich tue es nicht.» Sie stand auf, ging hin und her, ließ sich wieder auf dem Sofa nieder. «Es ist ganz schlimm, Nicky. Ich bin so gern hier. Ich bin so gern bei dir.» Sie streckte die Arme nach ihm aus, er setzte sich zu ihr, und sie schmiegte sich an ihn. «Du denkst vielleicht, ich schlafe herum, aber das stimmt nicht. Du bist der erste, ich schwöre es. Keinem einzigen von Hans Günthers Kameraden würde ich erlauben, länger als schicklich meine Hand zu halten. Einige haben durchaus durchblicken lassen, daß sie ... du weißt schon. Aber mit einem von denen – nie! Erstens ist auf ihre Diskretion kein Verlaß. Und zweitens würde Hans Günther es mir nie verzeihen, wenn er davon erführe. Sein Stolz wäre gekränkt, wenn auch nicht seine Gefühle.»

Sie war offen und ehrlich und so direkt, daß es Nikolas mißfiel. Die Glut, die ihre Nähe in ihm entfacht hatte, verglomm. «Wenn ich dich recht verstehe, findest du mich diskret und verläßlich. Wäre ich dein Beichtvater, würde diese Meinung mich ehren. Doch das bin ich nicht, und ich habe auch nicht die Absicht, es zu werden. Falls das der Grund ist, der dich hierhergeführt hat –» er stand auf und füllte die Gläser von neuem – «dann kannst du dir ruhig einen Schwips antrinken, meine Liebe. Leeren wir die Flasche, ehe der Champagner schal wird.» Er reichte ihr das Glas. «Ist dir schon einmal aufgefallen, daß man in den Lustspielen und Operetten immer Champagner trinkt, bevor man ins Bett geht?»

«Du ärgerst dich über mich. Aber ich wollte dir doch nur klarmachen, daß ich nicht flatterhaft bin. Ich bin damals nicht in der Absicht gekommen . . . der Himmel ist mein Zeuge. Es ist eben einfach passiert. Ich hatte dich gekränkt und fürchtete, deine Freundschaft zu verlieren. Ich brauche dich, Nicky. Frag nicht, warum. Vielleicht hat es mit Beata zu tun. Sie hat dich geliebt, und das bringt dich mir nahe. Vielleicht ist es das. Du gehörst zu den Réthys, und so ist nichts dabei, wenn ich bei dir Trost suche, Rückhalt, Zuspruch – und warum nicht auch Zärtlichkeit.»

«Das klingt ja ganz wie Blutschande», sagte er müde lächelnd.

Sie überhörte diese Bemerkung. «Seit ich von Sárkány fort bin, habe ich keine Familie mehr. Tante Rose meint es auf ihre Art sicher gut mit mir, aber ich kann sie nicht ausstehen. Und Hans Günther . . . darüber habe ich noch nie mit jemandem gesprochen. Ich liebe ihn, und doch . . . wie soll ich sagen? Wir sind verheiratet, ich lebe in seinem Haus – das ist alles richtig. In seinem Haus, nicht in unserem. Ich komme mir zu Hause vor wie ein Gast . . .» Sie sprang auf. «Lieber Himmel, wieviel Uhr ist es? Ich darf mich nicht verspäten.» Sie zog die kleine Uhr, die sie im Bund ihres Kleides trug, hervor. «Ich habe Lotte nicht gesagt, was sie zum Abendessen richten soll. Die Köchin hat heute nachmittag frei, und auf das Mädchen ist kein Verlaß.» Sie lachte nervös auf. «Entschuldige, meine Haushaltssorgen werden dich kaum interessieren.»

Er beobachtete sie fasziniert. Sie war die Frau eines anderen, ein

Komet, der flüchtig über seinen Himmel zog, ein Himmelszeichen, das man anstaunt. Sie war geradezu unwirklich schön und bewegte sich mit der Anmut eines Rehs. Sie sagte nichts, was eine andere Frau unter ähnlichen Umständen nicht ebenfalls hätte sagen können, es waren ihre Bewegungen, ihre Gesten, ihr verhaltenes Lächeln, der wechselvolle Ausdruck ihres Gesichts – ihm alles vertraute Züge aus einem vergangenen Leben –, die ihn so ergriffen.

«Mich interessiert alles, was dich beschäftigt.»

«Wirklich?» fragte sie leise. Nervös steckte sie die Uhr wieder fort, trat zu ihm, warf die Arme um seinen Hals und preßte ihr Gesicht an seines. «Hab Geduld mit mir, Nicky. Ich brauche dich. Ich habe niemanden sonst auf der Welt. Du bist so lieb und gut. Nimm mich, wie ich bin. Versuch, mich ein bißchen gern zu haben. Ich will dir nie weh tun, jedenfalls nicht absichtlich – das verspreche ich dir.»

Das Gefühl, ihren schlanken Leib zu umfassen, fegte alle Vorbehalte der Vernunft hinweg. Als er sie küßte, geschah das aus Leidenschaft, aber auch, um sie am Reden zu hindern. Er wollte keine desillusionierenden Bekenntnisse mehr hören, nur noch fühlen und empfinden.

Nikolas hatte einen Mietwagen mit Chauffeur bestellt, der Alexa nach Potsdam zurückbrachte. Tags darauf gab er Order auf eine Daimler Kabrio-Limousine und frischte seine Fahrkenntnisse auf, die er in dem Dijon-Bouton Jahrgang 1903 seines Onkels Geiger-Gebhardt erworben hatte.

Gleich nach Lieferung des Daimler mietete er durch einen Makler ein Landhaus unweit von Potsdam, wo er sich Sonntagsnachmittags mit Alexa treffen konnte. Das alles waren Vorbereitungen für eine gemeinsame Zukunft mit Alexa. Insgeheim hegte er die Hoffnung, daß sich ihnen mehr bieten würde als nur diese wenigen, gestohlenen Stunden.

Kapitel VII

Am 27. April 1907 erschien in Maximilian Hardens *Zukunft* ein Artikel, der in vorsichtigen Umschreibungen die «Liebenberger Tafelrunde» als eine Gruppe von Homosexuellen bezeichnete.

«Prinz Friedrich Heinrich von Preußen mußte, weil er an ererbter Perversion des Geschlechtstriebes leidet, auf die Herrenmeisterschaft im Johanniterorden verzichten. Gilt für das Kapitel des Schwarzen Adlers mildere Satzung? Da sitzt mindestens einer, dessen *vita sexualis* nicht gesünder ist als die des verbannten Prinzen», schrieb Harden und stellte dann die Frage, ob der Schwarze-Adler-Orden ausgerechnet an Personen verliehen werden solle, die sich schlimmere Abartigkeiten hätten zuschulden kommen lassen als der unglückliche Hohenzollernprinz. Sei es schon so weit, daß Freundschaft mit dem Kaiser Schutz vor einer Strafverfolgung nach § 175 des Strafgesetzbuches bedeute?

Der Leser konnte nicht darüber im Zweifel bleiben, daß Harden auf den Fürsten Philipp zu Eulenburg-Hertefeld anspielte, der erst kürzlich mit diesem höchsten aller preußischen Orden ausgezeichnet worden war. Ohne Namen zu nennen, verspritzte Harden das Gift seiner Feder auch gegen drei hohe Offiziere in der Umgebung des Kaisers: gegen General Kuno von Moltke, den Stadtkommandanten von Berlin; Graf Wilhelm von Hohenau, General à la Suite bei Hofe, und Graf Johannes von Lynar, Oberst der Garde.

Die Anschuldigungen – sehr viel deutlicher als die im letzten Jahr – erstaunten Nikolas, und ihm kam der Gedanke, ein weit Mächtigerer als der im Ruhestand lebende Holstein müsse Harden aufgehetzt haben. Möglich, daß der Geheimrat Hardens Komplize war, gewiß war er nicht sein Herr. Beide waren Marionetten, und ein anderer, sehr viel Höherer zog die Fäden.

Harden und seine Helfershelfer hatten die Waffen mit großer List gewählt. Wer fälschlich des Mordes oder Diebstahls bezichtigt wurde, konnte meist seine Unschuld beweisen. Wie aber sollte man den Vorwurf der Homosexualität abwehren? Je mehr man es versuchte, desto hartnäckiger würde der Verdacht haften bleiben. Die vier Betroffenen mußten sich darüber im klaren sein, denn sie nahmen von dem Angriff keine Notiz. Harden wurde weder verklagt noch verprügelt, noch niedergeschossen. Nachmittags sah man ihn im Romanischen Café am Kurfürstendamm, umringt von seinen Bewunderern – oder vielleicht Leibwächtern? – Hof halten. Hier sonnte er sich in seinem Erfolg, er schien gewachsen und wirkte jünger.

Über Nacht war es Frühling geworden in Berlin. Unter den Linden erschienen erste Spaziergänger ohne Mantel, die Kutscher klappten das Verdeck ihrer Wagen herunter. Um elf Uhr trat die Sonne hinter vergehenden Wolken hervor, alle im vergangenen Winter geborenen Kinder schienen auf einmal in den Anlagen spazierengefahren zu werden.

Es hieß, Eulenburg sei in die Schweiz gereist – manche sagten geflüchtet –, doch niemand hatte ihn den Zug besteigen, die Grenze in einer Kutsche oder einem Automobil passieren sehen. Auch von Hofe kam kein fernes Grollen. Wenn der Kaiser keine Notiz von der Sache nahm, würde Harden dann womöglich von dem Fürsten ablassen und sich ein anderes Opfer suchen, das er leichter zu Fall bringen konnte?

In der österreichisch-ungarischen Botschaft reagierte man mit gemischten Gefühlen. Nikolas war einer der wenigen, die aus ihrem Mitgefühl für Eulenburg kein Hehl machten, der Wilhelm II. zu einer versöhnlichen Politik gegenüber England und Frankreich geraten und damit den Interessen Franz-Josephs entgegengewirkt hatte und in Wien persona non grata geworden war.

Anfang Mai nahm Nikolas an einem Junggesellenabend bei dem Geschäftsträger Baron von Stoka teil, einem beleibten Kroaten mit einem Gesicht so rot wie die Nelke, die er stets im Knopfloch trug. Bei reichlichem Sherrygenuß sprach man über die Sensation der letzten Tage, Hardens Artikel.

«Hat jemand letzthin den Fürsten Eulenburg gesehen?» fragte der Baron seine Gäste und fuhr, als alle die Köpfe schüttelten, fort: «Er versteckt sich. Die hiesigen Gebräuche sind mir rätselhaft. Nehmen Sie einmal an, bei uns würde jemand, der zum Hof gehört, den offenen Vorwurf, ein Päderast zu sein, unwidersprochen lassen. Könnte so jemand seine Stellung bei Hofe halten? Würde Franz Joseph einen solchen etwa weiter zur Tafel laden, zur Jagd mit ihm reisen, ihn besuchen? Die Franzosen nennen die Homosexualität *le vice allemand*. Es würde mich nicht überraschen, wenn der Kaiser selbst –» Er verstummte. «Aber was kann man erwarten! Vor fünf Jahren hat Wilhelm den Tod von Friedrich Krupp den Sozis angelastet, sie hätten ihn mit ihren Verleumdungen in den Tod getrieben. Der Kaiser ging zum Begräbnis, obwohl alle Welt wußte, Krupp war Päderast. Und der Mann war nicht einmal besonders eng mit ihm befreundet. Eulenburg ist es aber, und daher hält er an ihm fest, durch dick und dünn. Zum Fürsten hat er ihn gemacht, zum Ritter des Schwarzen Adler-Ordens. Am liebsten hätte er ihn sicher auch noch heiliggesprochen.» Stoka paffte nervös an seiner Havanna. «Und wir, wir sitzen da, drehen Däumchen und sehen zu, wie Philipp Eulenburg den Dreibund in Gefahr bringt.»

Hofmarschall Graf August Eulenburg hatte nach der morgendlichen Audienz soeben die Gemächer des Kaisers verlassen, als ihm auf dem Weg zu seinen Amtszimmern Graf Hülsen-Haeseler den Weg versperrte, der Chef des Militärkabinetts.

«Haben Sie es ihm gesagt?» fragte er den Hofmarschall.

Eulenburg tat, als verstehe er nicht. «Was gesagt?»

«Die Sache mit dem Artikel von Harden. Was sonst? Sie haben zugesagt, Seine Majestät zu informieren.»

Der kleine General Hülsen-Haeseler gehörte zu den Figuren bei Hofe, die dem Hofmarschall von Herzen zuwider waren. Er war ein schamloser Streber, der sich mit allen Mitteln beim Kaiser beliebt zu machen suchte, etwa als Tierstimmenimitator oder Kartenkünstler und für ein Schulterklopfen oder ein Lachen Seiner Majestät nahm er buchstäblich jede Erniedrigung in Kauf.

«Ich habe anderes zu tun, als solchen Schmutz zu lesen», verwahrte sich Eulenburg.

Der General erwiderte mit einem schelmischen Blick: «Das wundert mich nicht, schließlich ist Blut dicker als Wasser.»

«Was soll das heißen?»

«Daß Sie Ihrem Vetter Philipp nicht das Genick brechen wollen. An Ihrer Stelle ginge es mir genauso. Andererseits fordert schon die Bibel: Gebt dem Kaiser, was des Kaisers ist, anders ausgedrückt, wes Brot ich ess', des Lied ich sing'.»

Der Hofmarschall erstarrte. «Ich sagte bereits, ich habe den Artikel nicht gelesen. Doch da Sie ihn kennen, wäre es da nicht an Ihnen, Majestät darüber zu berichten? In der nächsten halben Stunde ist er frei. Ich melde Sie gerne an.»

Der General fuhr sich in den hohen Kragen, als würge er ihn. «Wieso? Wieso gerade ich? Jedermann weiß, daß ich mit Phili nicht gut stehe. Es könnte so aussehen, als wollte ich mich an ihm rächen.»

«Und wollen Sie das denn nicht?» Eulenburg verlor die Geduld.

«Guter Gott! Nichts läge mir ferner! Trotzdem bin ich nicht der geeignete Mann, Majestät auf den Artikel hinzuweisen.»

Der Hofmarschall setzte seinen Weg fort und bemerkte über die Schulter: «Dann lassen Sie es.»

Hülsen-Haeseler hinderte ihn am Weitergehen. «Aber irgend jemand muß es tun.»

August Eulenburg zischte ihn an: «Ein für allemal, ich tue es nicht. Suchen Sie sich einen anderen.»

Der General erwiderte nichts, sondern machte eine Kehrtwendung, an der jeder Feldwebel seine Freude gehabt hätte. Graf August Eulenburg sah ihm nach und fragte sich, wie lange die Stille vor dem Sturm noch dauern werde. Tage? Oder nur Stunden?

Am Nachmittag suchte der Adjutant des Kronprinzen den Hofmarschall auf und bat für Seine Königliche Hoheit um eine Audienz beim Kaiser, ein ganz ungewöhnliches Verlangen, da Gespräche unter vier Augen üblicherweise auf Veranlassung des Vaters stattfanden, im allgemeinen dann, wenn einer der Söhne wieder einmal etwas ausgefressen hatte. Der Kaiser hielt dann ausgedehnte Strafpredigten, und der Missetäter wurde mit Hausarrest oder Entzug irgendwelcher Privilegien bestraft.

«Es geht um den Artikel in der *Zukunft*. Angeführt von Hülsen-Haeseler liegt das gesamte königliche Militärkabinett Seiner Hoheit seit Tagen in den Ohren, er müsse Majestät informieren. Bitte, geben Sie mir einen Termin, bevor der Kronprinz es sich wieder anders überlegt.»

Nach Rückfrage beim Kaiser sagte Eulenburg dem Adjutanten, die Audienz sei für den folgenden Vormittag gewährt.

Von der Garnisonkirche schlug es zehn. Man hatte bereits gespeist, auch eine lange Belehrung über die Gelbe Gefahr entgegengenommen, im Augenblick ein Lieblingsthema des Kaisers. Als er das Thema erschöpfend behandelt hatte, griff er nach einem Buch, in das er sich zur allgemeinen Erleichterung auch wirklich vertiefte.

Beflissenes Schweigen senkte sich über den Raum; die Damen konzentrierten sich auf ihre Handarbeiten, die Herren verbargen ein lautloses Gähnen hinter Zeitungen, sorgfältig darauf bedacht, daß das Papier nicht raschelte. Knarrte ein Stuhl, schrak man zusammen.

Wilhelm starrte in sein Buch, war aber unfähig, sich darauf zu konzentrieren. Die Mitteilungen seines Sohnes ließen ihn zwischen Entrüstung und Qual schwanken. Zum Teil richtete sich sein Zorn auch gegen seinen Ältesten. Mit seiner robusten Gesundheit, seinem guten Aussehen, seiner unbekümmerten Männlichkeit und seinem unstillbaren Appetit auf Frauen war er, was Wilhelm selbst nie gewesen war: ein männlicher Mann. In seinen Augen hatte sich der Vater mit höchst fragwürdigen Gefährten umgeben.

Selbstmitleid überkam den Herrscher, und Tränen stiegen in ihm auf. Sechzig Millionen Untertanen liebten ihn, ja, beteten ihn an, aber hatte er einen einzigen Freund, der ihm von Herzen zugetan war? Er blinzelte die Tränen weg und betrachtete, hinter dem Buch verborgen, die Umsitzenden. Dies waren die Damen und Herren seines engsten Kreises, ihm sämtlich treu ergeben, bereit, ihm bis zur Erschöpfung zu dienen, aber liebten sie ihn? Dona liebte ihn selbstverständlich, wenn ihre Anhänglichkeit ihm auch manchmal zuviel wurde. Und Phili liebte ihn, der kluge, wunderbare, geistvolle, talentierte, rücksichtsvolle Phili. Dieser elende Päderast.

Er tat, als blättere er in dem Buch, während er in Wahrheit in der Vergangenheit blätterte, auf der Suche nach jenen Menschen, die – tot oder noch am Leben – ihm Liebe gegeben hatten. Als erste fiel ihm die Großmutter ein, die alte Queen Victoria. Er war ihr erster Enkel gewesen, Sohn ihrer Lieblingstochter, und sie liebte ihn bis zu ihrem Tod, der sie in seinen Armen traf – was als ein politisches Meisterstück galt. Als die Nachricht eintraf, Königin Victoria von England liege im

Sterben, war Wilhelm unverzüglich nach Osborne geeilt, hatte sich durch die Phalanx von Verwandten und Höflingen den Weg ans Lager der alten Frau gebahnt wie ein furchtloser Kavallerieoffizier, der seinen ersten Angriff im Manöver kommandiert, und die abgezehrte alte Frau in die Arme genommen.

Blitzartig war das Licht des Erkennens in ihren Augen aufgeleuchtet, dann war ihr Blick glasig geworden. Noch Augenblicke zuvor hatte sie ihn mit seinem Vater verwechselt, dem Kaiser Friedrich, doch als die Seele dem Körper entfloh, nahm sie Wilhelms Bild mit ins Jenseits.

Ihr Tod traf ihn schwer, viel schwerer, als er erwartet hatte, und jetzt, sechs Jahre später, begriff er den Grund dafür. Unbewußt war ihm wohl klar gewesen, daß ihm nichts geschehen konnte, solange sie am Leben war, denn ihre Liebe schützte ihn sogar vor sich selber. Seit ihrem Tode aber hatte er an jeder Weggabelung die falsche Richtung eingeschlagen.

Seine Mutter, die Kaiserin Friedrich, hatte ihn nie geliebt. Daß sie Gatten und Reich einen verkrüppelten Thronfolger geschenkt hatte, konnte sie sich nie verzeihen.

Auch vom Vater war ihm keine echte Zuneigung zuteil geworden. Großvater Wilhelm, der erste deutsche Kaiser, wurde einundneunzig Jahre alt, und als er starb, war Vater Friedrich bereits an Kehlkopfkrebs erkrankt. Kaiser Friedrichs neunundneunzig Tage waren für die ganze Familie eine wirre, jammervolle Zeit. Ohne Phili Eulenburgs Freundschaft hätte er den Verstand verloren.

«Dein Buch ist wohl sehr spannend», fragte Dona. Die Kaiserin unterbrach damit die lastende Stille, in der das Atmen allmählich schwerzufallen schien.

Aufgeschreckt sah Wilhelm seine Frau an. Der Anblick ihres fast 50jährigen Gesichtes mit dem weichen Doppelkinn und den schweren Lidern riß ihn zurück in die Gegenwart. Nervös erhob er sich, und alle Anwesenden sprangen ebenfalls auf, die alte Gräfin Brockdorff, die Oberhofdame der Kaiserin, nicht ausgenommen. Er winkte, Platz zu behalten und setzte sich wieder. Warum umgab Dona sich nur mit diesen Mumien? Faltige Gesichter, Hände mit dicken, blauen Adern und Altersflecken, die unermüdlich stickten und häkelten; alte Frauen, die an ihrem Leichentuch webten, besorgt, es könnte nicht rechtzeitig fertig sein. Wenn seine Abende mit Dona nicht Totenwachen geglichen hätten, er hätte einen Freund wie Phili vielleicht nicht so sehr gebraucht.

Vor Phili war die in Amerika geborene, weder junge noch schöne Mary von Waldersee zehn Jahre lang seine Vertraute gewesen. Als Philipp in sein Leben trat, war er ihre schwarzen, mit weißer Spitze gesäumten Kleider, ihre ersterbende Hingabe im Bett, ihre französische Küche und ihre Frömmelei bereits leid. Frömmelei fand er auch bei Dona. Als die Gräfin Waldersee, geborene Mary Lee aus New York, vermutete, sie verliere ihn an eine andere, irrte sie sehr. Keine Frau hätte ihn je so für sich einnehmen können wie Phili. Und ihn sollte er nun verstoßen.

Er warf das Buch hin und erhob sich erneut. Wieder standen alle auf, Dona ausgenommen. Sie stichelte ungerührt weiter, so als habe die deutsche Kaiserin nichts Wichtigeres zu tun, als ein weißes Deckchen mit rosa Sträußchen zu verzieren. Eine Weile ging Wilhelm nervös hin und her, und das Gefolge stand ehrfürchtig dabei.

«Willst du die ganze Nacht hier verbringen?»

Die Kaiserin blickte verdutzt auf. «Ich dachte, du liest.»

«Nein, ich lese nicht.»

Pflichteifrig legte sie die Stickerei zusammen und überreichte sie der Gräfin Brockdorff. «Ich ahnte nicht, daß du schon schlafen gehen willst. Ich bin keine Gedankenleserin.»

«Nein, das bist du wirklich nicht.» Er genoß es, sie dem Weinen nahegebracht zu haben. Mißtrauisch forschte er auf den Gesichtern der Umstehenden nach Zeichen und Mißbilligung. Doch sie waren Meister in der Kunst der Nichteinmischung.

«Machen wir Schluß für heute», sagte Wilhelm. «Es war ein verflucht langer Tag.»

Dona zuckte bei dem Wort ‹verflucht› zusammen. Sie blieb an der Tür stehen und wartete auf ihn.

«Nun geh schon», sagte er gereizt. «Ich habe noch mit Eulenburg zu reden.»

«Bleib nicht so lange», mahnte sie und schritt durch die Tür, die von einem Adjutanten geöffnet worden war. Er antwortete mit einem gereizten Brummen. Wenn es nach ihr ginge, dachte er, würde sie sich an mich anketten.

Ungeduldig wies er die Adjutanten hinaus und trat, als die Tür geschlossen war, auf Eulenburg zu. «Eigentlich müßte ich Sie entlassen, August. Wissen Sie nicht, daß Sie Ihrem Souverän Gehorsam schuldig sind und nicht Ihrem verdammten Clan? Ich habe die Nase voll von euch Eulenburgs. Schweinigel seid ihr alle, degeneriert, einer wie der andere.»

Der Hofmarschall stand gerade aufgereckt und erduldete diese Beleidigung mit dem Gleichmut eines Mannes, der abziehendem Donner lauscht. In den Jahren, seit er bei Hofe war, hatte er besser als jeder andere gelernt, mit dem Allerhöchsten umzugehen. Die Regeln dieses Spiels waren zwischen ihnen stillschweigend festgelegt worden: Der Allerhöchste machte seiner aufgestauten Empörung Luft, indem er seinen Hofmarschall nach Herzenslust mit Unflätigkeiten überhäufte, und dieser gebot ihm Einhalt, bevor er sich endgültig zum Narren machte.

Eulenburg wartete, bis Wilhelm der Atem ausging, und im gelangweilten Ton eines Geschäftsführers, der die Reklamation eines unzufriedenen Kunden entgegennimmt, fragte er: «Und was haben Majestät zu beanstanden?»

Dieser Ton veranlaßte Wilhelm, noch lauter zu werden. «Haben Sie die *Zukunft* gelesen?»

«Letzthin nicht, Majestät.» August Eulenburgs Stellung war unter anderem deshalb so unerschütterlich, weil er seinen Herrn niemals belog.

«Aber gehört haben Sie doch wohl davon, wie? Von diesen Schweinereien, die Phili vorgeworfen werden?»

«Ja, das habe ich, Majestät.»

«Und warum machen Sie mir nicht Meldung?»

«Wenn ich allen Klatsch melden wollte, kämen Majestät nicht mehr zum Regieren.»

«Der Kronprinz hält die Anschuldigungen aber nicht für Klatsch, er meint, sie seien wahr und würden mir schaden.»

«Seine Königliche Hoheit hat ein Recht auf eine eigene Meinung, was nicht unbedingt bedeutet, daß diese Meinung zutreffend sein muß.»

«Sie sind mir eine schöne Hilfe, Eulenburg. Offenbar ist Ihnen nicht klar, was auf dem Spiel steht?» Er schlug mit der Faust auf den Tisch. «Ich muß mit Bülow reden. Rufen Sie ihn an.»

«Jetzt?» Eulenburg sah auf seine Uhr. «Es ist ein Viertel vor zwölf, Majestät.»

Wilhelm versetzte ihm einen Stoß. «Rufen Sie ihn an!»

Eulenburg zuckte die Achseln. «Wie Majestät befehlen.»

Es dauerte gut fünf Minuten, bis er den Kammerdiener des Reichskanzlers dazu gebracht hatte, seinen Herrn, der im vorigen Jahr einen leichten Schlaganfall gehabt hatte, zu wecken und an den Apparat zu rufen.

Ungeduldig ging Wilhelm auf und ab. «Warum dauert es so lange? Haben Sie dem Diener gesagt, daß der Kaiser den Kanzler sprechen will?»

Die Stimme, die sich endlich am anderen Ende vernehmen ließ, klang keineswegs schläfrig, sondern eifrig und beflissen wie stets. «Darf ich gehorsamst fragen, was Euer Majestät wünschen?»

Wilhelm kam gleich zur Sache. «Haben Sie den Artikel von Harden in der *Zukunft* gelesen?»

Es folgte ein langes, inhaltsschweres Schweigen, und als der Kanzler endlich antwortete, hatte seine Stimme den Elan verloren. «Nein, Majestät. Hätte ich ihn lesen sollen?»

«Ja! Verschaffen Sie sich schleunigst ein Exemplar und lesen Sie ihn. Morgen in aller Frühe erwarte ich Sie zum Vortrag. Ich verstehe Sie nicht, Bülow. Wie konnte ein so gefährlicher Artikel Ihrer Aufmerksamkeit entgehen?»

«Worum geht es denn überhaupt, Majestät? So wichtig kann ein Artikel in der *Zukunft* doch unmöglich sein?»

«Wie, halten Sie es etwa nicht für wichtig, wenn ein Judenlümmel Ihren Kaiser mit Schmutz bewirft?»

Der Kaiser warf den Hörer auf den Tisch und stolzierte schnaubend aus dem Raum.

Der Hofmarschall legte den Hörer, aus dem noch immer die kummervolle Stimme des Kanzlers drang, auf die Gabel. Sollte er Vetter Philipp anrufen? Besser nicht. Helfen würde es ihm nicht, ihm nur den Schlaf rauben. Und die eigene Position gefährden. Er war jetzt länger Hofmarschall als jeder seiner Vorgänger und wollte es auch noch bleiben.

In diesen Maiwochen war die Luft in den Anlagen Berlins nicht nur von Flieder- und Jasminduft erfüllt, sondern auch von Gerüchten, die wissen wollten, Fürst Philipp zu Eulenburg sei bei seinem Herrscher in Ungnade gefallen. In den Hofnachrichten fehlte sein Name seit Wochen; es hieß, der Kaiser habe Eulenburg aufgefordert, den Schwarzen Adler-Orden zurückzugeben, woraufhin der Fürst seinen Abschied genommen habe.

Auf das Flüstern folgte der Knall: General Kuno von Moltke, Stadtkommandant von Berlin, wurde seines Amtes enthoben und zur Disposition gestellt. Zur gleichen Zeit mußten Graf Wilhelm von Hohenau, Adjutant des Kaisers, und Oberst Johannes von Lynar von den Leibgardisten ihren Abschied nehmen.

Von Lynar und Hohenau hörte man nichts mehr. Sie zogen fort, schlossen ihre Häuser und verschwanden von der gesellschaftlichen Szene in Potsdam und Berlin. Eulenburg und Moltke jedoch beschlossen, gegen das Unrecht, das man ihnen angetan hatte, zu protestieren. Sie verlangten Schutz durch das Gesetz und forderten die Staatsanwaltschaft auf, Harden wegen seiner gemeinen Verdächtigungen zur Rechenschaft zu ziehen. Sie wurden davon in Kenntnis gesetzt, daß der Staatsanwalt sich nicht für zuständig halte.

Unverzagt suchten sie nach anderen Mitteln, um ihre Namen reinzuwaschen, und beantragten die Einleitung eines Disziplinarverfahrens gegen sich selber vor dem militärischen Ehrengericht, wurden hier aber ebenfalls abgewiesen. Diese zweite Niederlage veranlaßte Eulenburg, von weiteren Versuchen Abstand zu nehmen. Er erkannte, daß ihm, zumindest im Augenblick, keinerlei Mittel zu Gebote standen, die öffentliche Meinung zu seinen Gunsten zu beeinflussen, und so zog er sich nach Liebenberg zurück. Er hatte es unterlassen, Harden niederzuschießen, folglich wurde er als schuldig betrachtet.

Moltke weigerte sich, es ihm gleichzutun. Gegen den Rat seines Anwalts verklagte er Harden wegen Verleumdung. Er, der Graf, der General, der ehemalige Stadtkommandant von Berlin, führte vor einem Zivilgericht Klage wie ein x-beliebiger Arbeiter oder Krämer.

Im Monat der Knospen und der Liebe nahm die Hexenjagd ihren Fortgang. Die bevorstehende 2. Haager Friedenskonferenz war überschattet von nicht endenden Spekulationen über den Fall Eulenburg-Moltke. Daß Moltke mitbetroffen war, täuschte niemanden darüber, daß Eulenburg das eigentliche Ziel war. Die Hysterie wuchs. Kameradschaftliche Gesten, harmlose Freundschaft zwischen Männern, Loyalität, alles wurde nun plötzlich verdächtig. Der arme Prinz Friedrich Heinrich wurde auf eine Weise gestraft, die in keinem Verhältnis zu seinen Vergehen stand. Auf Befehl des Kaisers mußte er seinen Abschied einreichen. Eine besondere Demütigung bestand darin, daß man ihm den letzten Adjutanten wegnahm, mit der Begründung, der Umgang mit dem Prinzen gefährde die Moral seiner Offizierskameraden.

Auch andere Mitglieder des Hauses Hohenzollern fielen dem Frühjahrs-Großreinemachen zum Opfer.

Damit auf den strahlenden Glanz des Hauses Hohenzollern keine weiteren Schatten fielen, verbot Wilhelm den unverheirateten Prinzen das Halten einer eigenen Wohnung. «Meine Söhne haben keine Frauen, warum sollte ich ihren Vettern erlauben, sich Mätressen zu halten», begründete er den Befehl. In seinem Reformeifer erließ er sogar die Verfügung, durch die dem gesamten Offizierskorps das Glücksspiel untersagt wurde. Dieses Verbot ließ sich aber nicht durchsetzen. Zu viele Regimentskommandeure verstießen selbst dagegen, und hätte man alle diejenigen bestrafen wollen, die es übertraten, dem Heer hätten Offiziere gefehlt.

Wilhelms Aufmerksamkeit richtete sich zum Glück schnell auf anderes, und er verbiß sich in wichtigere Vorhaben, etwa den Entwurf einer neuen Uniform für die Kavallerie – die dreizehnte seit seiner Thronbesteigung.

Als nächstes stand die Kieler Woche auf dem Programm, danach folgten die Nordlandfahrt, Sommeraufenthalte auf Schloß Wilhelmshöhe und in Cadinen, die Herbstmanöver bei Merseburg, Hofjagden in Rominten, der Schorfheide und Donaueschingen, und für November hatte das Auswärtige Amt einen Staatsbesuch in England vorbereitet.

Nikolas und Alexa verbrachten in diesen Sommertagen jeden Sonntagnachmittag in ihrem Haus in Glienicke am See. Alexa liebte das Haus und die Umgebung. Sie machten weite Picknickausflüge. Beide genossen die Fahrten im Daimler, obschon Alexa stets in Angst schwebte, eine Reifenpanne könnte sie an der pünktlichen Heimkehr hindern.

Aus der stürmischen Affäre war unterdessen eine geregelte Beziehung geworden. Manchmal regte sich in Nikolas die Hoffnung, Alexa würde sich in ihn verlieben und sich von ihrem Mann scheiden lassen. Sie hatte sich, nachdem ihr Verlangen inzwischen gestillt wurde, in eine zärtliche, verständige Geliebte verwandelt, die ihm die Rolle des Verführers ließ und ihrerseits das Opfer spielte. Immer wieder war er entzückt, wie sehr sie doch Beata glich, ja, manchmal war er versucht, es ihr zu sagen, aber ein sonderbares Gefühl hielt ihn davon ab.

So trafen sie sich eines Sonntags im August wie üblich in einer stillen Potsdamer Seitenstraße, von wo sie die Fahrt nach Glienicke antraten. Zum Lunch speisten sie kaltes Huhn, Gänseleberpastete aus Ungarn, Gurkensalat, petits fours und Walderdbeeren, dazu tranken sie gekühlten Rheinwein. Nach dem Essen, einem gemächlichen Spaziergang am Ufer und zärtlichem Lieben schliefen sie ein.

Er erwachte davon, daß sie sich im Bett neben ihm bewegte. In der Ferne schlug die Turmuhr fünf. Er warf Alexa einen Blick zu und wollte gerade wieder einschlafen, als sie ihn heftig rüttelte. Verwirrt richtete er sich auf. Ihre Fingernägel bohrten sich in sein Fleisch, und mit schriller Stimme schrie sie ihn an:

«Ich bin nicht Beata! Ich bin Alexa! Alexa Godenhausen! Ich bin ich! Beata ist tot! Seit drei Jahren! Du liegst nicht mit ihr im Bett, sondern mit mir! Mit mir! Mir! Mir!»

Sie sprang auf und raffte ihre Kleider zusammen. Er sah ihr verständnislos zu. Erst nach und nach begriff er, was sie gesagt hatte.

«Wieso Beata? Ich weiß, daß du nicht Beata bist . . .»

«Ja, jetzt weißt du es, aber wenn du mit mir im Bett liegst, denkst du nur an sie. Lüge bloß nicht! Versuch nicht, es abzustreiten. Ich habe dich oft genug beobachtet. Wenn du bei mir bist, schließt du die Augen und denkst an Beata.»

«Das ist nicht wahr.»

«Du lieber Gott, doch ist es wahr.»

«Was ist denn in dich gefahren? Was habe ich denn bloß getan?»

«Beata hast du gerufen! Laut und deutlich.»

«Aber nein.» Er rieb sich den Schlaf aus den Augen. «Dann muß ich wohl geträumt haben.»

«Dann träum nur weiter, aber ohne mich. Wir veranstalten hier keine spiritistische Sitzung, und ich bin nicht das Medium, durch das du mit deiner Verstorbenen kommunizieren kannst. Nein. Ich bin lebendig, eine Frau aus Fleisch und Blut. Ich bin ich und keine Geistererscheinung.»

Im ersten Jahr nach Beatas Tod hatte er kaum von ihr geträumt. Nur an einen Traum, kurz nach dem Brand, erinnerte er sich ganz deutlich: Er stand am Südhang der Réthyschen Weingärten. Zwischen den Weinstöcken waren Landarbeiter dabei, die Erde zu hacken, kurz vorher war der Pflug hindurchgegangen. Plötzlich erblickte er Beata unter dem Walnußbaum am Ende des Gartens. Er hatte bei ihrem Anblick gedacht, auf keinen Fall dürfte er nun glauben, sie sei nicht gestorben, doch als sie ihm ein paar Schritte entgegenkam und ganz lebendig aussah, war er völlig verwirrt. Hatte er den Brand vielleicht geträumt? War Beata noch am Leben und er nach wie vor mit ihr verheiratet? Er rannte auf sie zu und spürte noch jetzt, zwei Jahre später, wie ihn die Äste des Nußbaumes streiften und wie außer sich vor Glück er war, sie lebendig vor sich zu sehen. Sie sah ihn erstaunt an und lachte.

Als er erwachte, hörte er sie noch lachen, spürte ihren Körper warm und weich neben dem seinen. Die Rückkehr ins Bewußtsein war wie ein schneidender Schmerz gewesen, so unerträglich wie der, der ihn durchbohrt hatte, als man ihm die Nachricht von ihrem Tod mitteilte. Danach hatte er nicht mehr von ihr geträumt, mindestens ein Jahr lang nicht. Sein Bewußtsein hatte sich mit dem Verlust abgefunden. Sie war unwiederbringlich dahin, das bedeutete Leere, aber auch einen Neubeginn.

Seit seiner Begegnung mit Alexa im Neuen Palais zu Potsdam geisterte Beata wieder durch seine Träume. Ihre Identität verwischte sich jetzt oft. Eben noch war sie Beata, dann war sie Alexa. Plötzlich wohnte Beata in Potsdam und war mit Godenhausen verheiratet, was Nikolas Qualen der Eifersucht bereitete.

Und einen solchen wirren Traum mußte er auch jetzt gehabt haben, obwohl er sich an nichts erinnerte. «Ich weiß, wer du bist – du bist du. Wie könnte ich dich verwechseln? Kein Mensch ist so schwierig und unberechenbar wie du.»

Sie kämpfte mit den Haken ihres Korsetts. «Verflixt noch mal!»

«Es ist erst fünf. Wo willst du hin?»

«Nach Hause. Und zwar endgültig. Und gib dir keine Mühe, mich umzustimmen. Mit dir bin ich fertig.»

Die Bluse wurde vorn geknöpft, so daß sie seine Hilfe nicht brauchte. Sie zog bereits ihren Mantel an, als er endlich aufstand. «Nun sei doch vernünftig, Alexa», redete er ihr zu. «Du kannst mir doch nicht Vorwürfe machen für Dinge, die ich im Schlaf sage. Vielleicht habe ich von Beata geträumt, das tue ich immer noch. Ich kann nichts dafür. Wahrscheinlich träumst du auch von Godenhausen.»

Sie war schon in der Diele und versuchte den Riegel an der Haustür zurückzuschieben. Er hielt sie am Arm fest.

«Laß mich», verlangte sie.

«Hör doch . . . wir sind jetzt fünf – nein sechs Monate zusammen –»

«Sieben.»

«Ja, sieben. Und in dieser Zeit hast du mir unaufhörlich versichert, daß du nicht mich, sondern deinen Mann liebst. Und da warst du voll wach und es war dir gleichgültig, ob mich das kränkte. Und um offen zu sein: Es hat mich gekränkt. Ich hätte nie geglaubt, daß eine so einseitige Bindung wie die unsere mir genügen könnte. Aber du bedeutest mir sehr viel, Alexa. Ich kann dich nicht aufgeben. Und im Grunde willst du das auch nicht, täusche dich da nicht. Es ist doch kein Zufall, daß du hier bist. Auch wenn es dir noch nicht bewußt ist: Deine Gefühle für mich sind wesentlich stärker als die, die du für deinen Mann empfindest.»

«Das ist nicht wahr», sagte sie müde. «Laß mich jetzt, ich komme sonst zu spät.»

«Ich bringe dich nach Hause.»

«Nein.»

«Aber du sagst ja, du kommst sonst zu spät.»

«Also gut.» Sie zuckte die Achseln. «Fahr mich nach Potsdam. Aber nur, weil es schneller geht.»

Er zog sich rasch an, und sie fuhren los. Die ganze Zeit über saß sie schweigend neben ihm.

«Wann sehe ich dich wieder?» fragte er, als er den Wagen unweit von ihrer Wohnung anhielt.

«Laß mich nachdenken . . .» Sie war nicht mehr zornig, nur noch müde und deprimiert. «Nächsten Donnerstag vielleicht. Ich habe Hans Günther gesagt, daß ich gern zum Konzert in den Zoologischen Garten gehen möchte. Da er sich nichts aus solcher Musik macht, kann ich leicht allein nach Berlin fahren.»

«Also dann – bis Donnerstag.»

«Bis Donnerstag.»

«Wann und wo?»

«Hier, um drei. Es ist ein Nachmittagskonzert.»

Er wartete vergeblich auf sie. Da er von sich aus keine Verbindung mit ihr aufnehmen konnte, blieb ihm nichts weiter übrig, als auf einen Brief oder Anruf von ihr zu warten. An den beiden folgenden Sonntagen hielt er mit seinem Automobil in Potsdam wie gewöhnlich an der Stelle, wo sie sich zu treffen pflegten. Das erste Mal saß er müßig zwei Stunden hinter dem Steuer und beobachtete die Vorübergehenden. Am zweiten Sonntag verlor er nach zwanzig Minuten die Geduld.

Nach Wochen hörte er gesprächsweise, sie sei auf Norderney gewesen. Für ihn blieb sie unerreichbar. Bekannte von ihm wurden nach wie vor zum Jour geladen, doch sein Name schien von der Liste gestrichen.

Zu Beginn des Herbstes nahm er als Beobachter an den Kaisermanövern in Merseburg teil. Wilhelms Auftritte gaben Anlaß zu zahlreichen Anekdoten, die Deutschlands potentielle Feinde schadenfroh belachten und die seinen einzigen zuverlässigen Verbündeten Österreich-Ungarn peinlich berührten.

Nikolas sah verblüfft, wieviel Geld und Energie an aberwitzige Einfälle verschwendet wurde. Nachdem im vergangenen Jahr Wilhelms Badewanne im Manöverquartier leck geworden war, hielt man dieses Jahr in Merseburg ein ganzes Pionierbataillon in Bereitschaft, um für eine ähnliche Katastrophe gerüstet zu sein.

Wilhelm hatte die Gewohnheit, Truppenbewegungen ohne Rücksicht auf die Entfernungen zu befehlen. Vorsorglich brachen deshalb Infanterie und Berittene insgeheim schon in der Nacht zuvor auf, rasteten tagsüber und legten den Rest des Marsches am späten Nachmittag zurück, um zum befohlenen Zeitpunkt einzutreffen. Reiterschwadronen verfügten offiziell über 52 Pferde, doch in Erwartung der absurden Befehle des Kaisers wurden Ersatzpferde für den Notfall mitgeführt. Die ausländischen Beobachter schmunzelten, wenn sie Wilhelm die wunderbare Ausdauer seiner Truppen loben hörten.

Nikolas nahm gern am Manöver teil, und sei es nur, weil es ihn von

Alexa ablenkte. Einmal war er zu einem Frühstück geladen, das der Kaiser im Freien gab, und er nahm auch an dem Diner teil, das der Chef des Stabes zum Abschluß des Manövers veranstaltete. Beide Male erblickte er im Gefolge des Kaisers seinen Schwager Godenhausen, der, wie es hieß, kurz vor der Ernennung zum Flügeladjutanten stand. Für einen noch nicht Vierzigjährigen eine ungewöhnliche Auszeichnung. In seinem Regiment war er jedenfalls bei der Beförderung gegenüber dienstälteren Kameraden bevorzugt worden, und bei dem kaiserlichen Frühstück hatte Nikolas mit eigenen Ohren gehört, wie der Monarch ihn mit dem Vornamen angeredet hatte.

Auf Schloß Liebenberg fand in diesem Jahr keine Jagd statt; es hieß, der Fürst läge mit Arthritis zu Bett.

Von einer kurzen Dienstreise nach Wien kam Nikolas am 5. Oktober wieder nach Berlin. Er hoffte, Nachricht von Alexa vorzufinden. Vergebens.

In gewisser Weise war er ebenso erleichtert wie enttäuscht. Er war plötzlich frei, wartete nicht mehr auf den Briefträger, das Läuten des Telephons, das Klingeln an der Tür. Vorbei die Wochen, in denen man nur auf den Sonntag hingelebt hatte, wo sich dann alles in der kurzen Zeit von zwei bis sechs zusammendrängte. Keine Kompromisse mehr, kein verletzter Stolz, kein planloses Dahinleben. Er konnte wieder ein normales Leben führen und war neuerlich Herr seiner Entschlüsse.

Kapitel VIII

Der Prozeß, den General Kuno von Moltke gegen Maximilian Harden angestrengt hatte, begann am 23. Oktober 1907 vor dem Amtsgericht Moabit und endete am 29. des gleichen Monats. Die gesamte Weltpresse nahm an dem Verfahren Anteil, denn der Kläger, Träger eines berühmten Namens, hatte eine glänzende Offizierslaufbahn hinter sich. Der Kaiser erhielt allabendlich Abschriften des Verhandlungsprotokolls.

Die österreichisch-ungarische Botschaft hatte für die Dauer der Verhandlung Plätze im Gerichtssaal reservieren lassen. Nikolas nahm an den meisten Verhandlungen teil und erhielt ganz erstaunliche Einblicke in die Besonderheiten preußischer Rechtspflege.

Gleich zu Beginn der Verhandlung stellten die Zeitungen das Privatleben des Grafen Moltke ihren Lesern in aller Breite dar. Je nach der politischen Stellung des Blattes wurde er als tapferer, glänzender Soldat, begabter Musiker, Mann von Geschmack und Kultur dargestellt oder als ein Streber, Snob und Feigling, als ein sadistischer Drillmeister und Wüstling. Nikolas sah in ihm, seit er ihn letztes Jahr auf Liebenberg kennengelernt hatte, einen etwas weibischen Schöngeist, der es selbst für seine größte Leistung ansah, als Graf Kuno von Moltke geboren worden zu sein, was ihm in seinen Augen Anspruch auf Achtung, Ruhm und Wohlleben verlieh. Nunmehr des Schutzes seiner Herkunft beraubt, wirkte er plötzlich wie eine vergewaltigte alte Jungfer.

Den Vorsitz hatte ein junger, unerfahrener Amtsrichter, Schöffen waren ein Metzger und ein Milchhändler – bei Licht besehen eine etwas merkwürdige Besetzung für einen solchen Fall. Der Kläger wurde von Justizrat Heiner von Gordon vertreten, der Beklagte von Justizrat Max Bernstein aus München. Die beiden Herren waren zwei völlig verschiedene Persönlichkeiten: Bernstein hatte nicht nur den unbezähmbaren Willen, um jeden Preis zu siegen, sondern hatte auch ein übermenschliches Gedächtnis und eine ungeheure Konzentrationsfähigkeit; an beidem fehlte es Gordon. Dieser geriet leicht in Verwirrung und überließ es der Gegenpartei, den Verlauf der Verhandlung zu bestimmen.

Auf den Vorschlag des Vorsitzenden, man möge sich gütlich vergleichen, erwiderte Harden mit einem lauten ‹Nein!› und fügte mit dramatisch gesenkter Stimme hinzu: «Ich, Maximilian Harden, werde einen Vergleich keine Minute in Erwägung ziehen. Lieber verbringe ich den Rest meines Lebens im Gefängnis, als daß ich die Vorwürfe gegen Graf von Moltke zurücknehme.»

Moltke blieb nun selbstverständlich nichts anderes übrig, als ebenfalls einen Vergleich abzulehnen.

Friedhofsstille herrschte im überfüllten Saal, als der Vorsitzende mit Piepstimme die Anklageschrift verlas, in der Harden vorgeworfen wurde, den Kläger – unter anderem – einen Päderasten genannt und ihn der widernatürlichen Unzucht geziehen zu haben, wenn auch in verschleierter Form. Harden berichtigte sofort, er habe Moltke nicht strafbare Handlungen zum Vorwurf gemacht, sondern immer nur geäußert, er empfinde nicht so wie die Mehrzahl der deutschen Männer.

Nikolas betrachtete die Zuhörer ringsum. Er erkannte hohe Militärs, Angehörige des Adels und – dies erstaunte ihn am meisten – mehrere Damen, darunter auch weißhaarige Matronen aus Offizierskreisen, in deren Gegenwart bestimmt keine zweideutigen Anekdoten erzählt werden durften und die sich doch einen Platz in diesem Gerichtssaal erkämpft hatten, wo abnorme sexuelle Praktiken erörtert werden sollten.

Nach der Eröffnung durch den Vorsitzenden, der vorab Hardens Vorstrafen wegen Majestätsbeleidigung und Verstoßes gegen das Pressegesetz verlas, wurden zunächst Zeugen gehört, die den guten Leumund des Generals bestätigen sollten.

Als erste Zeugin des Beklagten erschien die geschiedene Gräfin Moltke, inzwischen wieder verehelicht mit dem Großgrundbesitzer von Elbe. Justizrat Gordon stellte den Antrag, die Zeugin für befangen erklären zu lassen; sie sei überdies manisch depressiv, befinde sich in psychiatrischer Behandlung und sei darum nicht kompetent, als Zeugin in diesem Prozeß aufzutreten.

Hardens Verteidiger wischte diese Einwände wütend beiseite. «Unsinn!» rief er. «Frau Natalie von Elbe mußte sich nach der Scheidung von ihrem Mann in ärztliche Behandlung begeben und hat inzwischen ihr seelisches Gleichgewicht wiedergefunden.»

Das Gericht wies den Antrag Gordons nach kurzer Beratung ab.

Draußen strich ein kühler Wind durch die Straßen Berlins. Hier im Saal war die Hitze tropisch, und die Damen bewegten raschelnd ihre Fächer.

Als Frau Natalie von Elbe in den Zeugenstand gerufen wurde, schlossen sich die Fächer, und im Saal trat gespannte Stille ein.

Die Zeugin war eine statuöse Frau zwischen vierzig und fünfzig, schon etwas verblüht, aber immer noch recht attraktiv. Mit erhobenem Kopf, trotzig die Blicke erwidernd, die sie auf sich fühlte, betrat sie den Saal mit der Selbstsicherheit einer gefeierten Schauspielerin, die in der Provinz ein Gastspiel gibt.

Nach Feststellung der Personalien belehrte sie der Vorsitzende, sie brauche als geschiedene Ehefrau des Klägers nicht auszusagen.

«Danke, Herr Vorsitzender, aber *ich* habe nichts zu verbergen», sagte sie und warf ihrem früheren Mann einen spöttischen Blick zu. «Ich begrüße die Gelegenheit, alle Welt wissen zu lassen, weshalb meine Ehe mit dem Grafen Moltke geschieden wurde.»

Im Saal wurde getuschelt und gelacht, und der Vorsitzende mußte das Publikum zur Ordnung rufen. Justizrat Gordon spürte, in welche Richtung die Dinge trieben, und beantragte Ausschließung der Öffentlichkeit, zumindest während der Einvernahme der Zeugin. Der Vorsitzende lehnte den Antrag nach kurzer Beratung mit den Schöffen ab.

Als Bernstein mit der Befragung der Zeugin begann, war es im Saal einigermaßen ruhig. Er verschwendete keine Zeit an die harmlosen Aspekte ihres Zusammenlebens mit dem General, sondern kam ohne Umschweife auf die intimeren Seiten dieser Ehe zu sprechen.

«Stimmt es, daß der Kläger die Institution der Ehe ein Greuel und den ehelichen Verkehr schmutzig und unschicklich genannt hat?»

«Ja.»

«Stimmt es, daß der Kläger sich des ehelichen Verkehrs enthielt, weil er dem Fürsten Eulenburg versprochen hatte, sich von Ihrem Bette fernzuhalten?»

«Ja.»

«Stimmt es, daß Fürst Eulenburg sie angefleht hat, ihm nicht seinen Freund zu rauben?»

«Mehr als einmal.»

«Stimmt es, daß der Kläger das eheliche Schlafgemach mit der Gummizelle einer Irrenanstalt verglichen hat?»

Die Zeugin mußte aufkommende Tränen hinwegtupfen. «Ja, das waren seine Worte.»

«Stimmt es ferner, daß der Kläger in Gegenwart Ihrer Mutter folgendes gesagt hat, ich zitiere: ‹Eine Frau ist eine Latrine, in die der Mann seinen Schmutz entleert.›»

«Ja, so hat er sich ausgedrückt.»

Nach jeder Antwort wurde im Publikum geflüstert, doch die Ordnungsrufe des Vorsitzenden hatten keinerlei Wirkung, weder auf Bernstein noch auf die Zuhörer. Der General sah totenbleich aus.

«Wissen Sie, ob Ihr Mann sexuelle Beziehungen zu anderen Männern unterhalten hat, gnädige Frau?» fragte Bernstein.

«Ja, also ...» Frau von Elbe wartete, bis die Unruhe im Saal sich gelegt hatte. «Darüber kann ich nichts sagen. Selbstverständlich hing er sehr an seinen Freunden. Damals war mir allerdings noch nicht bekannt, daß Männer solche Beziehungen zu anderen Männern haben können. Beunruhigt hat mich jedoch die leidenschaftliche Zuneigung des Grafen zum Fürsten Eulenburg.»

«Woraus schlossen Sie auf diese ‹leidenschaftliche Zuneigung›?»

«Nun ... aus gewissen Vorfällen ... Als der Fürst uns einmal besuchte, verlor er sein Taschentuch. Mein Mann fand es. Er hob es auf und führte es an die Lippen.»

«Warum?»

«Ich weiß nicht. Er murmelte dabei: ‹Phili, mein Phili, mein Geliebter› ...»

«Und wie haben Sie darauf reagiert?»

«Ich war schockiert. Damals allerdings war ich an sein sonderbares Verhalten schon gewöhnt ... er nannte seine Freunde bei allen möglichen Kosenamen ... ‹mein Goldjunge›, ‹mein Schoßhündchen›, ‹mein einzig Geliebter› ...»

«Sie liebten Ihren Mann, als Sie ihn heirateten?»

«Selbstverständlich. Warum sonst hätte ich ihn geheiratet? Ich war von Hause aus vermögend.»

«Und er liebte Sie ebenfalls?»

«Ich nahm es an. Er weigerte sich aber nach der Hochzeitsnacht, eheliche Beziehungen aufzunehmen. Er sagte, er möge mich als Menschen gut leiden, wolle aber von mir als Frau nichts wissen.»

Gelächter im Zuschauerraum. Auch ein Schöffe lachte. Der Vorsitzende sah ihn strafend an. Der Milchhändler schien von der Zeugin ganz fasziniert zu sein. Um sich kein Wort entgehen zu lassen, hielt er eine Hand ans Ohr und lehnte sich weit über den Richtertisch.

Der General sank während der Aussage seiner geschiedenen Frau immer mehr zusammen. Mit hochgezogenen Schultern, das Kinn in die Hand gestützt, hockte er wie ein Schuljunge auf der Stuhlkante. Justizrat Gordon, ein Mann mit der Haltung und der mächtigen Statur des Komturs aus *Don Giovanni*, mußte sich jedesmal tief hinunterbeugen, wenn er seinem Mandanten etwas sagen wollte. Das Gesicht des Generals war völlig ausdruckslos. Als der Vorsitzende die Verhandlung schließlich vertagte, hielt Graf Kuno von Moltke den Blick starr auf die Wand gerichtet.

Tags darauf befragte Gordon die Zeugin. Anders als Bernstein verzichtete er darauf, die delikateren Punkte dieser Ehe zu berühren. Er gehörte ebenso wie sein Mandant zur Oberschicht, und es erschien ihm unpassend, daß die Streitereien zwischen dem Ehepaar hier erörtert wurden. Er rief ehemalige und derzeitige Hausangestellte des Paares in den Zeugenstand und ließ sie über den hysterischen Charakter ihrer Herrin aussagen. Man erfuhr, daß der General sich tagelang eingeschlossen hatte, bis die Wunden abgeheilt waren, die seine wütende Frau ihm beigebracht hatte; daß sie ihm eine Galauniform durch Abreißen der Epauletten, eine weitere durch Begießen mit Tinte ruiniert hatte, und die Zeugenaussagen waren gespickt mit wörtlichen Zitaten, die bewiesen, daß die ehemalige Gräfin Moltke sehr wohl mit derben und obszönen Ausdrücken vertraut war, wie sie angeblich nur die niederen Stände benutzten. Duelle zwischen den Eheleuten fanden gewöhnlich vor dem Hauspersonal statt, das als Sekundanten tätig wurde und den Kampf abbrach, sobald das erste Blut floß – unweigerlich das des Grafen.

Der Vorsitzende ließ den Zeugen des Klägers viel weniger Raum als denen des Beklagten, und doch ergab sich aus deren Aussagen der Eindruck, der Graf habe mit einem veritablen weiblichen Werwolf, einer kastrationswütigen Hexe zusammengelebt. Gleichwohl nützte ihm das wenig, denn das Gericht war mit dem Vorurteil angetreten, Opfer dieser fürchterlichen Ehe sei die Frau gewesen. Jedenfalls hatte Nikolas diesen Eindruck.

Am Nachmittag wurde Moltke von Justizrat Bernstein befragt. Mit der waidwunden Würde eines in die Enge getriebenen Wildes suchte er die Bezichtigungen des Advokaten zurückzuweisen und betrachtete den kleinen Mann, der den Eifer und die Angriffslust eines Foxterriers an den Tag legte, mehr erstaunt als angewidert. Er folgte jeder Bewegung Bernsteins, als sähe er einem Ballettänzer zu. Er wirkte überhaupt mehr als Zuschauer denn als Ziel dieser Angriffe.

Blaß und mitgenommen, mit nervös zitternder Stimme gab Moltke zu, daß seine Ehe ein absoluter Fehlschlag gewesen sei. Als er, der eingefleischte Junggeselle, mit siebenundvierzig Jahren in den Ehestand trat, hatte er auf eine dauerhafte und ersprießliche Verbindung gehofft.

«Ich liebte meine Frau von Herzen, doch ihr Betragen hat meine Zuneigung für sie völlig zerstört.» Er unterbrach sich, um sich mit dem Taschentuch den Schweiß von der Stirn zu wischen. Körperlich habe ich mich nie zu Männern hingezogen gefühlt . . . die Neigung, die ich für sie empfand, überschritt niemals die Grenze der Kameradschaft. So wahr mir Gott helfe.»

Bernstein stellte plötzlich in seinem bayerischen Dialekt eine Frage, die nicht nur das Gericht, sondern auch Moltke verblüffte.

«Stimmt es, daß die Konditorei Annabelle den Auftrag hat, Ihnen zweimal wöchentlich eine Sendung von Likörpralinen zu liefern?»

Moltke starrte ihn verständnislos an. «Wie bitte?»

Bernstein wiederholte die Frage und fügte hinzu: «Sie sagen hier unter Eid aus, denken Sie daran.»

Moltke zuckte die Achseln. «Ja, die Konditorei hat einen solchen Auftrag. Was weiter?»

«Trifft es zu, Herr General, daß in Ihren Kreisen Ihre Vorliebe für Süßigkeiten wohl bekannt ist? Und daß Ihre Freunde von Ihnen gelegentlich als von dem ‹Süßen› sprechen?»

Moltke wurde dunkelrot und schlug mit der Faust auf das Geländer des Zeugenstandes. «Wie zum Teufel, soll ich das wissen?»

«Und finden Sie, daß ‹der Süße› ein passender Beiname für einen preußischen Offizier ist?»

«Ich verstehe nicht, wovon Sie hier reden.»

«Geben Sie zu, Herr General, daß Sie hin und wieder Rouge auflegen?»

Falls das zutraf, hatte es Moltke im Moment jedenfalls nicht nötig, denn er war hochrot im Gesicht, als er den Vorsitzenden fragte, ob er diese Frage beantworten müsse. Der Vorsitzende schien unschlüssig, doch als die Schöffen eifrig nickten, ließ er die Frage zu.

«Sie stehen unter Eid, Herr General», krähte Bernstein. «Also: Haben Sie die Gewohnheit, Rouge aufzulegen?»

«Ich tue es gelegentlich», sagte Moltke unwillig, «eine Gewohnheit könnte man es nicht nennen.»

Bernstein verbeugte sich. «Ich danke Ihnen, Herr General, das wäre im Augenblick alles.»

Nach Anhörung weiterer Zeugen des Klägers, die allerdings keine Wirkung auf das Gericht ausübten, zitierte Bernstein überraschend Leutnant Wolf von Kruse als Zeugen vor die Schranken des Gerichts. Es handelte sich um den Sohn der Frau von Elbe aus ihrer ersten Ehe, einen schneidigen jungen Mann mit sonnengebräunter Haut und Augen wie Chrysolith, der den Eid mit lauter, streitsüchtiger Stimme nachsprach, die für den Kläger nichts Gutes erwarten ließ.

Bernstein kam unverzüglich zur Sache. «Sie haben längere Zeit unter dem Dach des Klägers gelebt. Ist Ihnen aufgefallen, daß er eine Abneigung gegen das weibliche und eine Vorliebe für das männliche Geschlecht gehabt hat?»

«Allerdings. Ich habe als Kind gesehen, wie er das Taschentuch des Fürsten Eulenburg an die Lippen drückte und seufzte, ‹Mein Geliebter! Meine Seele!› Ich war damals erst zehn oder zwölf Jahre alt, doch ich fand sein Benehmen ziemlich merkwürdig.»

General von Moltke sprang zornbebend auf. «Ich wünsche etwas zu sagen, Herr Vorsitzender», und er fuhr gleich fort, ohne auf Erlaubnis zu warten. «Man mißdeutet jetzt schon zum zweitenmal diesen Vorfall mit dem Taschentuch. Ich habe es an die Lippen gedrückt, aber nur um meine Frau zu necken – es war ein Scherz. Der Vorfall ist hier total entstellt worden, und das, wie ich leider sagen muß, nicht ohne Mithilfe des Gerichtes.»

Er erhielt dafür vom Vorsitzenden eine Verwarnung, und die Verhandlung wurde für diesen Tag beendet.

Tags darauf erlaubte das Gericht, ohne die Einwände Justizrat Gordons zu beachten, die Anhörung weiterer Zeugen des Beklagten, die Aussagen über angebliche homosexuelle Betätigung im Freundeskreis des Generals und des Fürsten Eulenburg machten. Es war nicht zu übersehen, daß die Verteidigung es darauf abgesehen hatte, den Fürsten in die Beweisaufnahme einzubeziehen.

Nikolas kam mit einer halben Stunde Verspätung, und die Verhandlung war schon im Gange. Ein großer, rotgesichtiger Zivilist in einem schwarzen Anzug, der über den breiten Schultern und dem Bauch spannte, machte gerade seine Aussage.

Anfangs verstand Nikolas nicht recht, was der Fall Moltke mit dem Privatleben des Grafen Johannes von Lynar zu tun hatte, des Obersten von der Leibgarde. Nach einigen weiteren Fragen wurde aber deutlich, warum Bernstein diesen Zeugen, den ehemaligen Kürassier und Standartenträger des Regiments, Bollhardt, als Zeugen aufgerufen hatte: wieder versuchte er, Moltke und Eulenburg Verstöße gegen den § 175 des Strafgesetzbuches anzulasten.

Der verabschiedete Kürassier wirkte abwechselnd frech und verlegen. Auf manche von Bernsteins Fragen erwiderte er in einem kaum verständlichen Bierbaß, dann wieder brüllte er die Antwort heraus wie auf dem Kasernenhof. Eine seiner Äußerungen detonierte wie eine Bombe: Vor zehn Jahren etwa sei er mehrmals in die Villa Adler des damaligen Rittmeisters Lynar befohlen und dort von dem Rittmeister und anderen Offizieren zu widernatürlichen sexuellen Handlungen mißbraucht worden.

«War General von Moltke dabei anwesend?» fragte Bernstein.

Bollhardt machte den Mund auf, klappte ihn wieder zu. Die gespannte Stille wurde nur von nervösem Flüstern auf den hinteren Bänken unterbrochen.

«Schwer zu sagen», sagte er schließlich mit einer für einen so massigen Menschen überraschend leisen Stimme. «Es brannten nur Kerzen, so hatte es der Rittmeister gern . . . Man kriegte jede Menge Wein und Schnaps. Und ohne Uniform sahen die Herren alle gleich aus.»

Im Zuschauerraum wurde laut gelacht, und Bernstein durchbohrte den Zeugen mit Blicken, weil er so unsicher geantwortet hatte. «Und den Fürsten Eulenburg, den haben Sie doch erkannt?»

Damit war er zu weit gegangen. Bollhardt richtete sich auf. «Nein, nicht daß ich wüßte.» Er sah den kleinen Advokaten mit der ganzen Verachtung des Soldaten für den Zivilisten an. Die Schärfe in seinem Ton ließ nur den Schluß zu, daß man ihn entweder nicht gut genug bezahlt oder daß Bernstein die vereinbarte Grenze überschritten hatte. Er fürchtete wohl auch, Eulenburg, ein Fürst und enger Freund des Obersten Kriegsherrn, könnte sich an ihm, dem einfachen Mann, rächen.

Bernstein aber gab nicht auf. «Sie sind sicher, daß Sie den Fürsten Eulenburg bei den Abenden des Grafen Lynar niemals gesehen haben?»

«Das habe ich doch gesagt, oder?»

«Sie stehen unter Eid.»

Bernsteins Hartnäckigkeit verwirrte Bollhardt. «Nun . . . kann sein, ich habe ihn gesehen, kann sein, auch nicht . . . Wie soll ich das nach so vielen Jahren noch wissen?»

«Es ist doch erst zehn Jahre her», sagte Bernstein.

«Nicht einmal am Morgen danach konnte man ganz sicher sein . . . Nur Kerzenlicht, alles betrunken . . .»

Bernstein nahm seine Niederlage hin. «Keine weiteren Fragen.»

Nachdem Bernstein dem Zeugen keine Aussage hatte abringen können, die Moltke oder Eulenburg belastet hätte, verzichtete Gordon auf Fragen an den ehemaligen Kürassier. Danach präsentierte der Verteidiger des Beklagten 5 Mannschaftsdienstgrade aus dem Regiment Garde du Corps. Drei dienten noch, aber bei anderen Regimentern. Alle waren unter dreißig, alle sahen aus wie typische Angehörige des preußischen Industrie- oder Landproletariats, und keiner erinnerte auch nur von ferne an jene weibischen Knaben, nach denen es einen Alexander von Mazedonien oder einen Caligula gelüstet hatte.

Auf Bernsteins rasch nacheinander gestellte Fragen gaben sie zu, an geselligen Abenden beim Grafen Wilhelm von Hohenau teilgenommen zu haben, wo einige Offiziere widernatürliche Handlungen mit ihnen vorgenommen hätten. Details wollten sie nicht ausplaudern.

Als Nikolas die Soldaten im Zeugenstand beobachtete, ging ihm der

Gedanke durch den Kopf, wie es Harden wohl gelungen war, gerade diese fünf aus einem ganzen Regiment herauszupicken. Dabei mußte ihm jemand geholfen haben, der über sehr viel Einfluß verfügte.

Plötzlich traf sein Ohr ein bekannter Name, den der letzte Zeuge, ein Korporal Johann Sommer, nannte. Ein Weilchen saß Nikolas wie versteinert, denn der Korporal sagte aus, während eines Abends in der Wohnung von Hohenau auch von einem Major Godenhausen mißbraucht worden zu sein. Justizrat Gordon erklärte, alle diese Aussagen hätten mit dem zu verhandelnden Fall nichts zu tun, und wieder übertrumpfte ihn Bernstein.

«Kollege Gordon irrt», legte er dem Vorsitzenden dar. «Für diesen Prozeß ist das moralische Verhalten des Majors von Godenhausen von großer Bedeutung. Das gleiche gilt für das Verhalten der näheren Freunde des Generals von Moltke. Wir alle kennen das Sprichwort: Gleich und gleich gesellt sich gern. Meinem Mandanten gegenüber habe ich die Pflicht, den Nachweis zu erbringen, daß der Kläger homosexuelle Neigungen hat, und das tue ich unter anderem, indem ich beweise, daß in den Kreisen, in denen er verkehrt, Päderastie an der Tagesordnung ist.»

Der Vorsitzende lehnte den Einwand des Anwalts ab. Gordon setzte sich, grau im Gesicht. Mit seinem Versuch hatte er das Gegenteil erreicht; der Name Godenhausen, der andernfalls unbemerkt geblieben wäre, wurde nun Gegenstand der allgemeinen Aufmerksamkeit.

Von den Zeugen hatte Korporal Sommer den größten Haß auf seine Vorgesetzten, die ihn durch Alkohol, Geld und Befehl zur Prostitution gezwungen hatten, ihn, einen Bauernsohn, der nie abnormale Regungen verspürt hatte, bevor er ihnen in die Hände gefallen war. In der Kaserne sei zwar darüber geredet worden, daß bei Hohenau Orgien stattfänden, Genaues habe er aber nicht gewußt, und als man ihn zum Wachdienst dorthin kommandiert habe, sei er sogar noch stolz darauf gewesen. Erst als ihm befohlen worden sei, zu den Offizieren in den Salon zu kommen, hätten seine Bedenken sich geregt. Was weiter an dem Abend geschehen sei, das stehe nur noch ganz undeutlich vor seinen Augen. Entweder sei ihm der Alkohol nicht bekommen, oder man habe ihm etwas ins Glas gegeben, jedenfalls habe er das Bewußtsein verloren und sei später in einem Bett neben einem nackten Mann zu sich gekommen. Er sei zu benommen gewesen, um sich zu wehren.

Tags darauf habe er dann in seiner Tasche ein Goldstück gefunden.

Justizrat Bernstein brachte durch weiteres Fragen an den Tag, daß Sommer anschließend noch öfter an solchen Abenden bei seinem Vorgesetzten teilgenommen habe.

Der junge Mann war sichtlich willens, dem Beklagten mit seiner Aussage nützlich zu sein, zögerte aber, als der Verteidiger ihn aufforderte, General von Moltke als Teilnehmer an solchen Abenden zu bezeichnen. Herr Harden habe ihm Photos des Herrn Generals gezeigt, und nach diesen habe er geglaubt, ihn zu erkennen, dessen sei er jetzt, wo er den Herrn General leibhaftig vor sich habe, nicht mehr sicher.

Die Aussage des Korporals war eindeutig ein weiterer Pluspunkt für Moltke, um so mehr, als es bei allem nur darum ging, Eulenburg zu belasten.

Nach Schluß der Verhandlung bestellte sich Nikolas in der nächsten Kneipe einen doppelten Cognac. Wie würde sich die Aussage des Korporals auf Alexas Ehe auswirken? Die Laufbahn des Majors dürfte zweifellos zu Ende sein. Nikolas empfand keine Schadenfreude, er fühlte sich nur erschöpft und angewidert.

Kapitel IX

Alexa starrte in die Zeitung und konnte es nicht fassen. Sie las den Absatz schon zum viertenmal und hoffte immer von neuem irgendeine Wendung zu entdecken, die das, was sie da gedruckt sah, abschwächen würde. In dicken Lettern stand der Name ihres Mannes auf der ersten Seite. Von den Soldaten, die als Zeugen aufgetreten waren, kannte sie einen, nämlich jenen Korporal Sommer, der im Vorjahr Dienst an der Reitbahn gehabt hatte, wo sie häufig ritt. Einmal hatte er sie und mehrere Offiziersdamen zum Bornstedterfeld begleitet, wo eine Übung stattfand. Sie erinnerte sich: ein schlanker junger Mann, für einen Unteroffizier von erstaunlich guten Manieren. Sie mochte ihn und bedauerte, daß die Klassenunterschiede es unmöglich machten, über anderes mit ihm zu sprechen als über die Pferde und das Wetter.

Dieser nette junge Mann beschuldigte also nun ihren Mann gewisser scheußlicher, widernatürlicher Handlungen, die Alexa sich trotz allem immer noch nicht vorstellen konnte. Als im April Hardens Artikel Aufsehen gemacht hatte, als Moltke und Eulenburg in Ungnade gefallen und Lynar und Hohenau wegen Vergehens gegen § 175 angeklagt worden waren, hatte sie ihren Mann gefragt, was denn das alles zu bedeuten habe? Er hatte sie mit der Bemerkung abgespeist, Damen interessierten sich nicht für solchen Schmutz. Im Lexikon hatte sie das Wort homosexuell nicht gefunden.

In den vergangenen Monaten war der Name Kuno von Moltke in den Zeitungen nur noch ganz gelegentlich erwähnt worden, meist im Zusammenhang mit dem bevorstehenden Prozeß. Man hielt die Lokalzeitung, und Alexa überblätterte Politik und Weltereignisse und beschränkte sich im allgemeinen auf die Gesellschaftsseite und den Hofbericht.

Immerhin war ihr aus unerfindlichen Gründen das Datum im Gedächtnis geblieben, an welchem der Prozeß gegen Harden eröffnet werden sollte, und tags darauf war die Zeitung nicht zu finden gewesen. Sie hatte danach auf dem Tischchen gesucht, auf das Hans Günther sie zu legen pflegte, hatte sie aber nicht gefunden. Zunächst hatte sie dem keine Bedeutung beigemessen, als die Zeitung aber auch an den folgenden drei Tagen unauffindbar geblieben war, hatte sie Thadeus zum Kiosk geschickt, um die Mittagsausgabe zu holen. Später fiel ihr ein, daß sie ihn dreimal darum hatte bitten müssen.

Alexa las wieder und wieder, in der vergeblichen Hoffnung, ein einziges Wort zu entdecken, das Hans Günther entlastete. Sie fand Verweise auf die Aussagen der geschiedenen Gattin Moltkes vom Vortag, und meinte, deren Aussagen könnten erklären, wie ihr Mann in diesen Fall verwickelt worden war. Diesmal schickte sie nicht den Burschen, sondern zog den Mantel an und ging selber zum Kiosk. Als sie die Nummern der vergangenen Tage verlangte, erfuhr sie von dem blinden Zeitungsverkäufer, daß alle ausverkauft waren.

Er wäre ein reicher Mann, meinte er, wenn er seine Zeitungen immer so gut verkaufte wie jetzt beim Prozeß gegen Harden. Und dann riet er ihr, es am Teltower Bahnhof zu versuchen. Das tat sie – mit Erfolg.

Sie war kurz vor ihrem Mann wieder zu Hause und versteckte die Zeitungen ungelesen unter der Bettdecke.

Vor dem Mittagessen vertiefte Godenhausen sich in einen französischen Roman und las auch während des Essens darin, was nicht seine Art war. Seine Manieren waren bislang stets einwandfrei gewesen – oder fast immer. Er hatte seine Launen, wenn auch nicht so schlimme wie sein Onkel, der General. Alexa musterte ihn. Ihm war nichts von dem Aufruhr anzumerken, der seit den Schlagzeilen dieses Morgens in seinem Innern herrschen mußte.

Er legte das Buch weg, um vom Braten zu nehmen, ergriff es aber gleich wieder, allerdings verkehrt herum. Sie konnte nicht länger an sich halten.

«Das scheint ja ein faszinierendes Buch zu sein», bemerkte sie schriller als beabsichtigt.

Er sah verdutzt auf. «Wie bitte?»

Ihr Mund war wie ausgetrocknet, und sie brachte die Worte kaum heraus.

«Ich habe gesagt, das Buch muß sehr fesselnd sein, daß du es verkehrt herum lesen kannst.»

Er lief rot an und legte den Roman zur Seite. «Ich habe es nicht verkehrt herum gelesen.»

«Aber gehalten!» Ihr Ton war nicht frei von Bitterkeit, und Tränen stiegen ihr in die Augen. «Du versteckst dich hinter diesem elenden Schmöker, weil du nicht mit mir reden willst. Das ist unnötig. Ich weiß auch so, wann du nicht angesprochen werden willst.»

«Das tust du aber gerade.» Seine Stimme war eisig und ablehnend. Und plötzlich brach es aus ihm hervor: «Kann man denn keine Ruhe haben in diesem Haus? Ist man denn nirgends ungestört?»

Fast hätte sie gesagt: in der Villa Hohenau, doch der Schmerz, der sich jetzt ganz offen in seinem – nun krankhaft blassen – Gesicht abzeichnete, hinderte sie am Sprechen. Man war an eine Schwelle gelangt, die zu überschreiten gefährlich werden konnte, das sagte ihr der Instinkt. Das Ende einer Beziehung, die wahrscheinlich ohnehin nur in ihrer Phantasie bestanden hatte, war in Sicht. Gleichwohl mußte sie sich an ihre Illusionen klammern, denn noch war sie nicht bereit, sie fahren zu lassen. Hans Günther war ihr Mann, ihr erster und einziger Geliebter. Ihre Untreue festigte ihre Ehe mehr als sie sie schwächte – jetzt, da alles vorüber war. Der Mann, mit dem sie ihn betrogen hatte, liebte nicht sie, sondern ihre tote Schwester. Das war eine ernüchternde Entdeckung gewesen, und sie war reumütig und erniedrigt zu dem Mann zurückgekehrt, der *sie* geheiratet hatte, der *sie* begehrte und nicht eine andere, sondern sie, Alexa. Wohl war er gelegentlich kühl und distanziert, doch das war offenbar seine Art.

Schweigend beendeten sie die Mahlzeit. Dann ging er zurück zum Dienst, ohne noch einmal das Wort an sie zu richten. Kaum war die Tür hinter ihm zugefallen, zog sie die *Tägliche Rundschau* hervor und schlug mit zitternden Fingern den Bericht über die Verhandlung vom 23. Oktober nach.

Bei der Lektüre der Aussage, die die Gräfin Moltke gemacht hatte, fühlte sie sich zu Eis werden. Jedes Wort der Gräfin weckte in Alexa Erinnerungen, die die Aussagen des Korporals bestätigten. Hans Günther hatte die Ehe zwar nie als ein Greuel bezeichnet, doch hatte er gelegentlich Bemerkungen gemacht, die, wenn sie jetzt an sie dachte, ebenso beunruhigend wirkten. Sie hatte ihn Frauen – nicht sie allerdings, sondern andere – läufige Hündinnen nennen hören oder auch rossige Stuten, die den Verstand zwischen den Beinen trügen. Zwar hatte sie nie gesehen, daß er das Tüchlein eines Freundes an die Lippen geführt hätte, doch legte er eine auffallend starke Zuneigung für bestimmte Kameraden an den Tag. Im Unterschied zu Moltke waren seine Freundschaften von kurzer Dauer, und er interessierte sich durchaus für mehrere Männer gleichzeitig. Alexa hatte sich häufig gefragt, wie es kam, daß er mit neuen Bekannten so rasch intim wurde, sie aber nach wenigen Wochen schon wieder fallenließ. Junge Leutnants, die beim Jour das erste und zweite Mal wie endlich heimgekehrte Brüder empfangen wurden, kamen oft ein drittes Mal überhaupt nicht mehr.

Gewisse gesellschaftliche Bindungen waren in den vier Jahren ihrer Ehe unverändert geblieben, beispielsweise zu Angehörigen des Generalstabs, Flügeladjutanten des Kaisers, königlichen Prinzen und Regimentskommandeuren. In ihnen sah Hans Günther die Leute, die seine Laufbahn fördern konnten. Aber er langweilte sich in ihrer Gesellschaft und betrachtete den Umgang als Pflichtübung. Er zeigte sich mit Alexa auf ihren steifen, förmlichen Teenachmittagen und Soireen, er hörte sich die langatmigen Anekdoten der Männer geduldig an und schwenkte ihre Gattinnen und Töchter pflichtschuldigst über das Parkett. Mehr als einmal hatte er im Anschluß an einen solchen Abend seine Laune an Alexa ausgelassen, als trage sie die Schuld an solchen Torturen. Sie nahm es hin, weil sie wußte: in gewisser Weise hatte er recht. Sie war ihm keine Hilfe, sie entsprach nicht annähernd dem Bild einer preußischen Offiziersfrau. Schnellzüngig, ließ sie es oft an Respekt fehlen und handelte sich Tadel von den Gattinnen der Vorgesetzten ihres Mannes ein. Sie war bei Hofe vorgestellt worden, sie war auf Galaabenden und Empfängen gewesen und hatte sich doch mit keiner der Hofdamen der Kaiserin angefreundet. Die Abkühlung in der Ehe führte Alexa also auch darauf zurück, daß sie als Partnerin nicht vollkommen war. Nach der Lektüre der Prozeßberichte glaubte sie es besser zu wissen.

Immer noch konnte sie sich unter ‹widernatürlicher Unzucht› nichts vorstellen. Männer, die einander liebten, auch körperlich – das überstieg ihre Phantasie. Sie küßten und umarmten einander, einer führte das Tüchlein des anderen an die Lippen, sie schrieben sich zuckersüße Briefe, aber was noch? Hans Günther tat nichts dergleichen, im Gegenteil, unter Männern wirkte er eher noch männlicher als unter Frauen. Er hatte dann so einen jugendlichen Überschwang, wurde laut und unternehmungslustig wie ein Schuljunge in den Ferien. Aber kam man deshalb ins Gefängnis? Die Zeitung sprach von «Scheußlichkeiten», also mußte es schon etwas sehr Schlimmes sein.

Sie mußte sich mit jemandem darüber aussprechen, mußte die Verwirrung ein für allemal klären. Eine Freundin hatte sie nicht, von Tante Rose war kein klärendes Wort zu erwarten, höchstens Tadel. Mit Schrecken wurde ihr klar, daß sie in der ersten Krise ihres Lebens allein dastand, daß sie keine Menschenseele kannte, die ihr hätte helfen können. Früher hatte sie alles, was klärungsbedürftig war, mit Hans Günther besprochen. Dafür mußte man gelegentlich den richtigen Moment abpassen, aber am Ende war immer alles geklärt worden, wenn auch nicht immer so, wie sie es wünschte. Aber wie sollte sie ihn jetzt nach den «Scheußlichkeiten» fragen, die er vor zehn Jahren in der Villa Adler und später beim Grafen Hohenau begangen hatte?

Nikolas fiel ihr ein. Sein Name war ihr durch den Kopf gegangen, seit sie die Schlagzeilen gesehen hatte. Er war der einzige, an den sie sich wenden konnte. Das Verlangen, mit ihm zu sprechen, überfiel sie unwiderstehlich. Ohne sich weiter anzukleiden, zog sie den Mantel über ihr Negligé und setzte einen breitkrempigen Hut auf.

Es war früher Nachmittag, Nikolas würde also noch in der Botschaft sein. Im Zug nach Berlin bekam sie Angst, sie könnte übereilt gehandelt haben. Sie hätte ihn von Potsdam aus anrufen sollen. Fahrkarte und Droschke würden immerhin 15 Mark kosten, und es war hinausgeworfenes Geld, wenn sie ihn nicht antraf. Sie würde sich von Hans Günther einen Vorschuß auf das Haushaltsgeld geben lassen und sich eine Standpauke anhören müssen.

In Berlin ging sie vom Bahnhof direkt zur österreichisch-ungarischen Botschaft. Am Empfang meldete sie sich als Fräulein Réthy. Das Gewimmel von Angestellten, Besuchern, Bittstellern überraschte und beunruhigte sie. Sie fürchtete, erkannt zu werden und bedauerte, gekommen zu sein. Erst jetzt bemerkte sie, daß der Saum ihres Negligés unter dem schwarzen Pelzmantel hervorschaute.

Dann sah sie Nikolas die Treppe herunterkommen, und die Beklemmung fiel von ihr ab. Sie ging ihm entgegen.

«Was ist geschehen, Alexa?» Er merkte, wie sie zitterte, und schloß sie in die Arme, ungeachtet der Blicke ringsum.

«Ich muß mit dir reden», sagte sie fröstelnd.

«Ja, sofort. Gehen wir.» Auf der Straße stellte er fest, daß er in der Eile Tschako, Mantel und Degen vergessen hatte.

«Du wirst dich erkälten», sagte sie, als ein scharfer Windstoß sie beide traf. Es war eine typisch weibliche Bemerkung, wie sie vermutlich jede Frau machte, wenn sie bei kaltem Wetter einen Mann ohne Mantel sah, er aber hörte heraus, daß sie sich um ihn sorgte, ihn vielleicht sogar liebte. Also spürte er weder Wind noch Kälte, sondern einzig hingerissene Seligkeit.

«Und bekommst obendrein noch 14 Tage Hausarrest», setzte sie mühsam lachend hinzu.

«Das ist es mir wert.» Er winkte einer Droschke, die in der Nähe stand, und nannte dem Fahrer seine Adresse. «Du bist bei mir. Alles andere zählt nicht. Es ist sehr lange her.»

«Wir hätten in der Botschaft bleiben können. Ich will mit dir sprechen, nur darum bin ich gekommen.»

Seine Euphorie schwand. «Ganz wie du willst. Wir reden, weiter nichts.»

Sie warf ihm von der Seite einen Blick zu. «Habe ich etwas Falsches gesagt?»

«Das tust du immer. Aber lassen wir das. Ich bin daran gewöhnt.» Beim Besteigen der Droschke hatte sie sich den Kopf am Türrahmen gestoßen, und der Hut war ihr ins Gesicht gerutscht. Nikolas nahm ihn ihr ab und strich ihr sanft über das Haar. «Was gibt es also?»

Sie drängte sich an seine Schulter. «Ach, Nicky, ich bin ganz durcheinander.»

Er wußte, daß es sich um den Prozeß handeln mußte. «Wer wäre das nicht.»

Den Rest der Fahrt legten sie schweigend zurück. Früher hatte sie das Haus Burgstraße 62 immer schwankend zwischen Begierde und Selbsthaß betreten, im kleinen Fahrstuhl den Finger immer dicht neben dem Halt-Knopf, gewillt, ihn noch vor der zweiten Etage zu drücken. Jetzt war das Haus für sie eine Zuflucht, ein Ort, wo sie Erlösung von einem Alptraum zu finden hoffte. Sie wollte hören, daß die Aussage des Korporals nichts als eine gemeine Lüge war, daß ihr Mann niemals solche «Scheußlichkeiten» begangen hatte. Nikolas würde ihr die Wahrheit sagen; sie vertraute ihm vorbehaltlos. Bisher hatte sie seinen Takt, seine Geduld, seine Weltklugheit nicht sehen wollen, denn sie hatte geglaubt, ihre Schuld leichter ertragen zu können, wenn sie ihn dafür verantwortlich machte, daß sie ihren Mann hinterging. Früher war ihr Nikolas als eine Gefahr für ihre Ehe erschienen, heute hoffte sie, daß er ihre Ehe rettete.

Als er ihr aus dem Mantel half, lächelte er belustigt.

«Ich mag mich ja irren, aber was du da anhast, sieht aus wie ein Nachthemd!»

Sie wäre fast in Tränen ausgebrochen. «Nein, es ist ein Morgenkleid! Ich war viel zu aufgeregt, um mich noch umzukleiden.»

Er wiegte sie in den Armen, und sie schmiegte sich an ihn. Sie ließ den Kopf an seiner Schulter ruhen. Sie fühlte sich warm und beschützt. Der schwach beleuchtete Salon mit dem großen Kachelofen, der eine milde, gleichmäßige Hitze ausstrahlte, kam ihr vor wie dem Schiffbrüchigen der sichere Hafen. Was sie hergeführt hatte, war plötzlich nicht mehr so dringend. Am liebsten hätte sie es ein Weilchen fortgeschoben und ganz das wohlige Schweigen genossen.

Er gab sie frei, und sie ließ sich auf dem Sofa nieder. Als sie den seidenen Bezug fühlte, erinnerte sie sich mit aller Deutlichkeit an den ersten Nachmittag damals im Januar. Es kam ihr vor, als läge das Jahrzehnte zurück.

«Also, worüber wolltest du mit mir sprechen?»

«Kannst du es dir nicht denken?»

«Über den Fall Moltke?»

Sie nickte. «Die Aussage des Korporals Sommer. Ich habe sie heute in der Zeitung gelesen.» Bisher hatte sie ungarisch geredet, jetzt sprach sie deutsch. «Was ist ein Päderast?»

Die Frage verblüffte ihn. Er hatte sich nie Gedanken darüber gemacht, ob ihre Sinnlichkeit das Ergebnis fehlender oder großer Erfahrung war. «Das weißt du nicht?»

«Würde ich sonst fragen?»

Es klang überzeugend, und doch konnte er nicht glauben, daß eine Frau wie Alexa so unwissend war. Immerhin schrieb man das Jahr 1907.

«So nennt man einen Mann, der einen anderen Mann sexuell begehrt.

Unsere Gesetze bezeichnen den Verkehr unter Gleichgeschlechtlichen als strafbare Handlungen, doch gibt es in Asien und Afrika Gesellschaften, wo Päderastie oder Homosexualität ganz gebräuchlich ist. Im alten Rom und bei den Griechen war es nicht anders.»

«Aber . . . was machen sie denn nun eigentlich?»

Nikolas merkte, daß er errötete. Das Gespräch und ihre Naivität waren ihm peinlich. Aber dann überwand er sich. «Mein liebes Kind . . .» begann er etwas beklommen. «Der menschliche Körper, der weibliche wie der männliche, hat gewisse Öffnungen und . . .» Sie sah ihn verständnislos an.

«Herrgott noch mal, gebrauch gefälligst deine Phantasie!»

Sie überlegte ein Weilchen. «Ach so.» Sie nickte abwesend. «Aber wie kommen sie auf so etwas?»

Wie sollte er ihr das erklären! «Es ist eine Frage der Veranlagung, der Neigung. Manche sind mit ihr geboren, andere nehmen sie an.»

Sie schien noch immer abwesend. «Und so etwas hat Hans Günther an den Abenden bei Hohenau getan? Mit einem Mann?» fragte sie gebrochen.

«Wie soll ich das wissen? Auch in der Liebe zwischen Mann und Frau gibt es so viele Möglichkeiten.»

«Mein Gott», stöhnte sie. Dabei schien sie zu lächeln, ein seltsames, unheimliches Lächeln. Wenn sie nur nicht zusammenbricht, dachte er. «Weißt du», versuchte er sie zu beruhigen, «du darfst nicht alles für bare Münze nehmen, was dort im Gerichtssaal gesagt wurde. Mach dir klar, worum es bei diesem Prozeß geht. Da wird nicht bloß eine Beleidigungsklage verhandelt, da geht es um viel mehr. Vom Ausgang des Prozesses kann viel abhängen. Vor den Schranken des Gerichts streiten nicht ein abgehalfterter General und ein unverschämter Journalist miteinander, sondern sehr viel Mächtigere. Harden ist nur ein Strohmann.»

«Warum aber hat dieser Korporal Sommer ausgerechnet Hans Günther mit hineingezogen? Ich kann verstehen, daß Namen wie Graf Hohenau, Lynar, Moltke und Eulenburg genannt werden. In der *Täglichen Rundschau* steht, der Fall habe politische Aspekte. Aber Hans Günther hat doch mit Politik nichts zu tun, er ist weder General noch Flügeladjutant des Kaisers. Nur ein gewöhnlicher Offizier.»

Wenn sie doch nur aufhören wollte, Fragen zu stellen, dachte Nikolas. Sie wollte von ihm die Wahrheit hören, aber gerade die konnte er ihr nicht sagen. Ein Liebhaber darf den Gatten nicht bloßstellen.

«Ich weiß es nicht, Alexa.»

«Aber du hörst doch alles mögliche, Nicky. Hat denn nie jemand angedeutet, daß Hans Günther ein . . . nun ja, was der Korporal gesagt hat.» Sie sprach jetzt wieder ungarisch, als suche sie in der Sprache ihrer Kindheit Zuflucht.

Er stand auf, ging nervös hin und her und machte sich am Ofen zu schaffen. «Du bringst mich in eine heikle Situation, Alexa. Die Stadt brodelt von Gerüchten. Früher hieß es: der und der schläft mit der Frau seines besten Freundes. Seit dem Artikel in der *Zukunft* und dem Skandal um den Prinzen Friedrich Heinrich heißt es: der und der schläft mit seinem besten Freund. Davon bleibt niemand verschont, nicht einmal der Reichskanzler. Bülow mußte einen Winkeljournalisten namens Brand verklagen, der ihn beschuldigte, etwas mit seinem Kanzleidirektor zu haben, Scheefer heißt er. Vor zwei Wochen wurde dieser Brand zu anderthalb Jahren Gefängnis verurteilt. Das stand in allen Zeitungen. Hast du nichts davon gelesen?»

«Ich frage dich nicht nach Bülow, Nicky.»

Er stöhnte. «Du weißt, was ich für dich empfinde, Alexa. Wenn ich jetzt sage: ja, ich habe solche Gerüchte gehört, wäre ich ein Lump. Sage ich nein, wirst du mir vielleicht eines Tages vorwerfen, dich getäuscht zu haben.»

«Du hast also etwas gehört.»

«Ja, aber über das gesamte Regiment Garde du Corps. Ich sage dir doch: das alles ist ein Wahnsinn, eine Hexenjagd. Lynar und Hohenau wurden gezwungen, ihren Abschied zu nehmen, und wer jemals mit ihnen ein Glas Wein getrunken hat, wird scheel angesehen.»

«Ich kenne diesen Korporal Sommer. Er machte einen ordentlichen, höflichen Eindruck. Er hat tadellose Manieren, wie ein Offizier.»

«Schade, daß er keiner ist. Dann könnte man sich mit ihm duellieren, und der Ruf deines Mannes wäre wiederhergestellt. Hardens Verteidiger hat schon gewußt, warum er nur Zeugen aus dem Mannschaftsstand benannte. Dein Mann könnte den Korporal natürlich trotzdem erschießen, aber das wäre dann Mord und mithin rechtswidrig.»

Sie sah ihn verdutzt an. «Wie zynisch du sein kannst, Nicky!»

«Entschuldige. Manchmal kommen mir wirklich Zweifel an der

Vernunft dieser Welt. Wenn so ein armer Teufel einen Offizier schlägt, bekommt er dafür zehn Jahre Zuchthaus. Bringe ich den Offizier im Duell um, bekomme ich acht Wochen Hausarrest. Schlimmstenfalls Kasernenarrest. Das nennt sich Gerechtigkeit. Man müßte schon das Vertrauen eines heiligen Antonius haben, wollte man glauben, daß das Gericht in Moabit ein gerechtes Urteil sprechen wird.»

«Du bist also auf seiten Moltkes?»

«Was macht es schon, ob er gewinnt oder unterliegt? Ich sage doch, nicht er steht da vor Gericht. Und auch Hohenau nicht und Lynar nicht, und auch dein Mann nicht. Ihre Existenz wird wahrscheinlich ruiniert, aber nicht weil sie sich schuldig gemacht haben.»

Sie sah ihn plötzlich durchbohrend an. «Du solltest nicht so verflucht ritterlich sein. Du willst nicht mit der Wahrheit heraus, weil es sich um meinen Mann handelt und es nicht fair wäre –» Sie sprang auf und ging erregt hin und her. «Mir fehlen einfach die Worte! Das alles ist so schrecklich . . .» Sie blieb stehen und funkelte ihn an. «Gibt es denn nirgendwo auf dieser ganzen verrotteten Welt jemanden, der mir Rede und Antwort steht?»

Ihr Zorn machte auf ihn keinen Eindruck. An solche Ausbrüche war er gewöhnt. «O doch», sagte er ruhig. «Es gibt jemanden. Dein Mann. Ihn mußt du fragen.»

Sie unterdrückte einen Fluch und warf sich in den Sessel. Ihr Zorn war verraucht, und nun sah sie hilflos drein und wirkte ängstlich wie ein Kind. Er war in Versuchung, ihr die Wahrheit zu sagen, aber das hätte sie dann wohl daran gehindert, zu ihrem Mann zurückzukehren. Sie war jetzt verwirrt und ratlos genug, um bei ihm zu bleiben, doch wenn der Nebel erst einmal geschwunden war, würde sie ihm vorwerfen, daß er ihre Verzweiflung ausgenutzt hätte. Überdies war er seiner selbst nicht ganz sicher. Jetzt wirkte sie zwar gebrochen und verletzlich, doch durfte er darüber nicht vergessen, daß ihr Charakter viele Züge hatte, und durchaus nicht nur sanfte. Er begehrte sie mehr als jede andere Frau – auch mehr als Beata, wie er sich inzwischen widerwillig eingestehen mußte. Gerade ihre Unberechenbarkeit machte Alexa für ihn anziehend, sie stieß ihn aber zugleich auch ab, und er wußte nicht, was stärker war.

«Ich muß gehen», sagte sie, ohne sich zu rühren. Er blieb stumm. Nach einer Weile stand sie auf. «Ich hätte nicht kommen sollen.

Meine Hoffnung war, du würdest mir raten, was ich tun soll, aber –» Sie sah ihn schmollend an. «Und ich habe immer geglaubt, du bist mein Freund.»

Er wurde ärgerlich. «Ich bin dein Freund, und eben darum kann ich dir nicht vorschreiben, was du tun sollst. Die Entscheidung liegt bei dir. Aber eines darf ich dir sagen: Du bist jung, du hast dein Leben noch vor dir. Falls deine Ehe nicht glücklich ist, mach ein Ende. Falls – ich habe gesagt, falls. Eine Lösung findet sich immer.» Er wußte nicht mehr weiter. Eigentlich wollte er sagen: Ich liebe dich und möchte dich heiraten, aber die Worte kamen ihm nicht über die Lippen. «Sprich auf alle Fälle mit deinem Mann», sagte er statt dessen. «Du wirst erst zur Ruhe kommen, wenn du über alles offen mit ihm geredet hast. Und vergiß nicht: Einerlei, wie du dich entscheidest, du kannst immer auf mich zählen.»

Er erbot sich, sie nach Potsdam zu fahren, sie wollte aber nur zum Bahnhof gebracht werden.

«Ich habe seit kurzem das Gefühl, als folgte mir andauernd jemand», sagte sie, als sie durch die Wilhelmstraße fuhren. «Potsdam ist ein Nest, jeder kennt jeden. Neben uns wohnt ein pensionierter Oberst, der ständig am Fenster steht und die Straße mit dem Fernglas beobachtet. Und erst die Offiziersdamen! Überall stolpert man über sie. In jedem Laden läuft man in sie hinein, und alle sind katzenfreundlich. Für die zähle ich nicht.»

«Du bist eben anders.»

«Ich will aber nicht anders sein. Es ist so sonderbar, Nicky, mein Leben lang habe ich nirgends so recht hingehört, jedenfalls nicht seit Sárkány. Aber selbst da hat man mich oft für Beata gehalten. Und wenn ich dann sagte: ich bin aber Alexa, machte man ein enttäuschtes Gesicht.» Sie schwieg und fuhr dann fort: «Inzwischen bin ich verheiratet, und trotzdem –» Sie waren vor dem Bahnhof angelangt, und Alexa beendete den Satz nicht.

«Bleib im Wagen. Um diese Zeit sind lauter Damen vom Regiment im Zug, die in Berlin einkaufen waren.»

«Wann sehen wir uns?»

Die Frage verblüffte sie. «Ich weiß nicht. In den letzten Wochen war ich ganz fest entschlossen, dich nicht mehr zu sehen. Aber jetzt ... nach dieser schrecklichen Sache ... du bist mein Freund, der einzige, den ich habe.» Sie drückte zärtlich seine Hand. «Du warst heute sehr rücksichtsvoll.»

«Jedenfalls bin ich dir nicht zu nahe getreten, das meinst du doch?» sagte er lächelnd. «Natürlich kannst du jederzeit kommen.»

«Ich rufe dich an.» Sie küßte ihn flüchtig auf die Wange und glitt aus dem Wagen. Er sah ihr nach, wie sie die Treppe zum Bahnsteig hinaufeilte; unter dem Mantel wurde mehr von ihren schlanken Fesseln sichtbar, als schicklich war. Wahrscheinlich hatte sie recht mit der Vermutung, daß die Potsdamer Damen sie nicht leiden konnten. In der preußischen Provinz bevorzugte man Frauen, die sich an die Konventionen hielten. Wie Wien wohl auf Alexa reagieren würde, jene Stadt, die sich für ihre Schwester Beata nie recht hatte erwärmen können. Beatas Scheu war als Mangel an Esprit angesehen worden, und das eine Jahr hatte nicht ausgereicht, an diesem Urteil etwas zu ändern.

Ihm wurde klar, daß er in Wahrheit überlegte, welchen Empfang man Alexa in Wien bereiten würde. Seit Jahren hatte er sich keinen Tagträumen mehr hingegeben, nun aber malte er sich aus, wie Alexa auf dem Westbahnhof eintraf, wie sie den Ring entlangfuhr, wie sie die ersten Gäste im Palais Karady mit den hohen Räumen empfing.

Wollte er sie wirklich heiraten? fragte er sich. Das Motiv für ein Ja war recht einfach: Sie glich Beata. Das Nein ließ sich ebenso leicht begründen: Sie glich Beata nicht. Sie war ein rastloser, kapriziöser Geist in Beatas Körper. Seine Vernunft warnte ihn vor ihr, das männliche Tier in ihm sehnte sich nach ihr. Eigentlich war es eine Erleichterung, daß die Entscheidung nicht ihm zufiel, sondern Hans Günther von Godenhausen.

Alexa hatte die Schlüssel vergessen, sie mußte die Hintertreppe hinauf und durch die Küche gehen.

«Der Herr Major hat nach Ihnen gefragt», sagte Anna mürrisch. Hans Günther behandelte das Personal herablassend wie ein orientalischer Despot, Anna und Lotte waren trotzdem ganz vernarrt in ihn. Während sie Alexa gegenüber widerspenstig und aufsässig waren, lagen sie vor ihm auf den Knien.

«Ist der Herr Major schon lange zu Hause?»

«Zwei Stunden mindestens. Er hat gefragt, wo Sie sind, aber wir wußten gar nicht, daß Sie überhaupt ausgegangen waren.»

Ins Schlafzimmer gelangte man durchs Herrenzimmer, dessen Wände Hans Günthers Jagdtrophäen schmückten. Sie fand ihn steif aufgerichtet im Sessel sitzend.

«Wo bist du denn bloß gewesen?» fragte er sofort, als sie eintrat.

Überrascht von seinem schroffen Ton erstarrte sie. «Ich war aus.»

«Wo?»

Er sollte nicht merken, daß sie nur ihr Negligé trug. «Laß mich erst den Mantel ausziehen.» Und sie ging auf die Schlafzimmertür zu.

Er erhob sich und vertrat ihr den Weg. «Ich erwarte eine Antwort auf meine Frage.»

Sie fühlte, wie die Wut in ihr hochstieg. Ihr war matt und elend zumute. Sie versuchte, an ihm vorbei zu gelangen, doch er packte sie an der Schulter.

«Ich habe dich etwas gefragt.»

Seine herrische Art reizte sie maßlos. Sie verlor die Beherrschung und fragte ihn, ohne an die Folgen zu denken, in scharfem Ton: «Bist du ein Päderast?»

Sekundenlang starrte er sie ohne zu blinzeln an. Er schien weder wütend noch gekränkt. Ihn einfach mit dieser Frage zu überfallen, schien ihr ein taktischer Fehler, denn sie wußte nicht, was sie eigentlich von ihm erwartete: daß er es abstritt? Daß er sie um Verzeihung bat? Sich zu ändern versprach oder sie freigab?

Er setzte zu einer Antwort an, wandte sich aber ab. «Pack unsere Sachen», sagte er nach einer Weile. «Montag muß ich mich bei meinem neuen Kommando melden.»

«Was für ein neues Kommando?» Sie war verwirrt.

«Beim 1. Armeekorps in Ostpreußen. Neu ist dieses Kommando übrigens nicht, ich war dort schon stationiert, bevor ich nach Potsdam versetzt wurde. Damals allerdings in Königsberg. Diesmal wird es Allenstein.» Als Alexa stumm blieb, sagte er lauter: «Verstehst du nicht? Ich bin versetzt worden.»

Bestimmt gab es einen Zusammenhang zwischen dieser Versetzung und der Aussage des Korporals, überlegte Alexa. «Ich komme nicht mit», sagte sie.

Er schien verblüfft. «Du kommst nicht mit?» Er trat dicht an sie heran. «Und ob du mitkommst.»

«Du kannst mich nicht zwingen.»

«Das ist auch nicht notwendig, denn du wirst zur Vernunft kommen und tun, was man dir sagt.» Plötzlich brüllte er sie an, hochrot im Gesicht: «Du bist meine Frau! Du kommst gefälligst mit, ganz gleich, wohin ich versetzt werde, verstanden?»

Sie starrte ihn an; weshalb dieser Ausbruch? War es männliche Eitelkeit? Eifersucht? Zorn, weil sie aufbegehrt hatte?

«Wozu brauchst du mich? Du liebst mich doch nicht.» Tränen traten ihr in die Augen. Seine Versetzung war eine Überraschung für sie; sie verlor das bißchen Beherrschung, das ihr noch verblieben war.

Er hob verärgert die Hände. «Herr im Himmel! Liebe! Von etwas anderem könnt ihr Weiber wohl nicht reden. Also: falls du es noch nicht gewußt haben solltest, es gibt Wichtigeres als Liebe.»

«Was zum Beispiel?»

«Pflicht. Meine Pflicht dir, und deine mir gegenüber.»

«Hast du mich je geliebt, Hans Günther?»

«Hab ich dich nicht geheiratet?»

«Schon. Aber warum?»

«Was für eine törichte Frage. Wenn du das nach vier Jahren noch nicht weißt, wirst du es nie wissen.»

Seine Stimme klang flach und gefühllos. Jetzt erst bemerkte sie, wie abgespannt er um die Augen herum aussah. Wieder zog er sich hinter jene unsichtbare Mauer zurück, die er immer dann zwischen ihnen aufrichtete, wenn sie versuchte, als Gattin zum Gatten zu sprechen. Diesmal sollte er ihr aber nicht entkommen.

«Ich weiß seit einiger Zeit, daß unsere Ehe nicht ist, wie sie sein sollte, Hans Günther. Irgend etwas stimmt nicht. Ich bitte dich, sag mir die Wahrheit. Bist du ... bist du ... das, was der Korporal von dir behauptet hat? Bist du ein – ach, ich kann es nicht aussprechen.»

Er schaute sie mit den leblosen, blinden Augen einer Statue an. «Das wirst du schon noch erfahren.»

«Wann? Wie?»

«Wenn mein Fall vor das Ehrengericht kommt.»

«Warum vor das Ehrengericht?»

«Glaubst du vielleicht, ich setze mich mit einem Erpresser vor dem Zivilgericht auseinander? Ich bin schließlich preußischer Offizier!»

«Und Sommer ist ein Erpresser? Er hat immerhin unter Eid vor Gericht ausgesagt. Das kann man doch nicht Erpressung nennen.»

«Nein, aber Rache war es. Er wollte von mir tausend Mark haben, und ich habe sie ihm verweigert. Womit deine Frage wohl beantwortet sein dürfte.»

«Keineswegs. Wie kommt er dazu, Geld von dir zu fordern? Dafür muß es doch einen Grund geben.»

«Er hat eine Schwäche für Geld, das ist Grund genug.»

«Warum wendet er sich ausgerechnet an dich?»

«Weil eine Verschwörung im Gange ist. Gewisse Leute wollen den Ruf des Regimentes ruinieren, des Leibregimentes Seiner Majestät. Ich weigerte mich, Korporal Sommer Schweigegeld zu zahlen, und da hat er jemand gefunden, der ihm Geld dafür gab, daß er das Schweigen brach.»

«Worüber sollte er denn schweigen? Weiß er etwas über dich, Hans Günther?»

Nach kurzem Besinnen klingelte er dem Mädchen.

«Was soll das?» fragte Alexa überrascht.

«Ich habe einen schweren Tag hinter mir. Ich bin müde, möchte zeitig essen und schlafen gehen.»

Lotte trat ein, und ihr promptes Erscheinen ließ Alexa mutmaßen, daß das Mädchen an der Tür gelauscht hatte.

«Sagen Sie Anna, wir essen heute zeitiger», befahl Hans Günther.

«Wann bitte, Herr Major?»

«Jetzt.»

«Es wird aber ein bißchen dauern. Wenn der Herr Major gleich beim Nachhausekommen gesagt hätten –»

«Wenn das Essen nicht in fünf Minuten auf dem Tisch steht, fliegen Sie raus! Alle beide!»

Lotte knickste ungeschickt, vernichtet von dem Blick der blauen Augen, die wie gefärbtes Glas blickten. «Ja, Herr Major, gleich ...» Und sie eilte hinaus.

Alexa fühlte, wie ihr der Schweiß ausbrach; sie trug immer noch den schweren Mantel, fest zugeknöpft über ihrem Negligé.

Noch einmal versuchte sie, von Hans Günther eine Antwort auf ihre Frage zu bekommen. «Du hast nie erzählt, daß du bei Hohenau eingeladen warst. Auch nicht bei Lynar.»

Er blickte sie mit kaltem Zorn an. «Meine Frau ergreift also die Partei der Erpresser. Jetzt laß dir einmal eines gesagt sein: Eher bringe ich dich um, als daß ich dich gehen lasse. Mit meinen bloßen Händen erwürge ich dich. Und was diesen Korporal Sommer betrifft: kein Wort mehr davon.»

Lotte trug jetzt nebenan das Tablett herein.

«Für mich brauchen Sie nicht zu decken», sagte Alexa.

Lotte schnitt eine Grimasse. «Das hätten Sie auch gleich sagen können.»

Sie schaute verstohlen den Major an, um zu sehen, wie er diese Unverschämtheit aufnahm, und als er nichts merken ließ, nörgelte sie weiter: «Man weiß wirklich nicht mehr, wo man dran ist, in diesem Haushalt.»

Alexa, zu matt um auch noch mit dem Mädchen zu zanken, schleppte sich ins Schlafzimmer. Endlich wurde sie ihren Mantel los. Sie legte das Negligé ab und besprühte sich von Kopf bis Fuß mit Kölnischwasser. Splitternackt schlüpfte sie unter die Decke. Das glatte Leinen legte sich kühlend auf ihre Haut. Sie fröstelte ein wenig, nicht weil ihr kalt, sondern weil sie unglücklich war. Was tue ich bloß? dachte sie.

So lag sie im Dunkeln. Sie wußte nicht, wieviel Zeit vergangen sein mochte, als sie ihren Mann hereinkommen hörte. Er knipste die Nachttischlampe an und zog sich aus. Mit geschlossenen Augen verfolgte sie jeden Schritt dieser langsamen, methodischen Prozedur; Tascheninhalt auf den Nachttisch; Rock über die Stuhllehne; Hosen in den Spanner; Unterhosen und Socken säuberlich auf dem Stuhl gefaltet; Stiefel vor die Tür, zur morgendlichen Reinigung durch Thadeus.

Als nächstes stand der narzißtische Blick in den Spiegel auf dem Programm, er fiel aber aus. Alexas Herz stockte, als er zu ihr ans Bett trat. Wollte er sie erwürgen? Der Gedanke ängstigte sie nicht, sondern beschwingte sie geradezu. Alles war besser als seine kalte Gleichgültigkeit. Konnte sie ihn zu Gewalttätigkeiten herausfordern, bewies das, daß sie ihm noch etwas bedeutete.

Sie lag reglos, das Gesicht ins Kissen vergraben. Er kroch zu ihr unter die Decke. Ein Schauder überfiel sie, als sie seinen nackten Körper fühlte. Seine Arme umschlangen sie, seine trockenen, heißen Lippen strichen ihr über Gesicht, Hals und Brüste, seine Beine umschlangen die ihren wie Zangen. Anfangs hinderte sie die Überraschung zu bemerken, daß nicht Zorn, sondern Begehren ihn in ihr Bett getrieben hatte. Es war lange her, daß er so zu ihr gekommen war.

«Du verläßt mich nicht?» flüsterte er ihr ins Ohr. «Versprich es mir. Sag es. Ich will, daß du es sagst.»

Sein Ton war drängend, beinahe flehend, demütig wie noch nie. Seine Zärtlichkeiten wurden kühner, drängender, so als wolle er sich versichern, daß sie ihm nicht nur nachgab, sondern sein Verlangen erwiderte. Er nahm sie auf eine Weise, wie sie es sich immer gewünscht hatte. Doch war sie viel zu überrascht und verwirrt, um sein Feuer zu erwidern. Sie fröstelte in seinen Armen und dachte an Sommers Aussage.

«Schwöre, daß du mich nicht verläßt!» bestürmte er sie. «Schwöre es beim Andenken deiner Mutter, bei deiner unsterblichen Seele! Schwöre, daß du nie mit einem anderen Mann schlafen wirst, daß du keinem gehören willst als mir. Ich begehre dich, Alexa, ich brauche dich, ohne dich kann ich nicht leben. Verlaß mich nie. Ich bringe mich um, wenn du es tust.»

Allmählich taute dieser heiße Ansturm das Eis, das ihre Sinne gefangenhielt. Sie erlag dem drängenden, verzweifelten Ton in seiner Stimme. Seine Leidenschaft war nicht frei von Angst, und er klammerte sich an sie wie der Schiffbrüchige an den Rettungsring. Daß er solch stürmischer Empfindungen überhaupt fähig war, erstaunte sie. Sie erwartete jeden Augenblick, daß er sich von ihr lösen, ihr barsch und sarkastisch eröffnen werde, diese Leidenschaft sei nur gespielt und beweise, daß sie mühelos zu täuschen sei.

Trotz dieser inneren Vorbehalte war sie viel zu ausgehungert, um nicht auf seine Zärtlichkeiten zu reagieren. Überdies liebte sie ihn. Was ihr jetzt geschah, war die Erfüllung eines Verlangens, das sie empfunden hatte, als sie sein Bild erstmals im Familienalbum erblickte. Und sie ließ sich von der Woge der Lust davontragen. Zum erstenmal seit Jahren empfand sie in seinen Armen Befriedigung.

Später suchte sie sich zu erinnern, was sie auf sein Flehen geantwortet hatte. Sie hatte wohl gesagt, was er hören wollte, denn sein Gutenachtkuß fiel sehr selbstzufrieden aus.

Die Woche verging mit den Vorbereitungen des Umzuges nach Allenstein. Hans Günther tat, als sei nie die Rede davon gewesen, daß Alexa ihn nicht begleiten würde. Er war rücksichtsvoll und zartfühlend und nahm ihr weitgehend die Mühe des Packens ab. Ging dabei etwas nicht nach Wunsch, wurde er gereizt und ungeduldig, aber nie gegen Alexa. Sie führten lange Gespräche, und er gab zu, seine Gattenpflichten nicht immer erfüllt zu haben. Die Versetzung nach Allenstein war eine Strafversetzung, er sei, sagte er, darüber aber nicht unglücklich; sie brauchten alle beide eine Veränderung. Die Nähe des Hofes brächte Leben und Farbe in das Dasein in Potsdam, man gewänne hier aber doch leicht eine falsche Perspektive. Es sei jetzt Zeit für sie, Kinder zu haben. Länger damit zu warten, wäre ungut. Zwei Knaben wären ideal. Das konnte man selbstverständlich nicht im voraus bestimmen, ein Junge und ein Mädchen, selbst zwei Mädchen wären ihm recht, vorausgesetzt, sie erbten die Schönheit ihrer Mutter.

Alexa stimmte allen seinen Vorschlägen zu, betrafen sie nun Anzahl und Geschlecht der künftigen Kinder oder die Auswahl der für Allenstein bestimmten Möbel. Er versteckte die Zeitung nicht mehr vor ihr, und sie verfolgte den Prozeß Moltke–Harden bis zur Urteilsverkündung. Da weder Korporal Sommer noch die anderen Soldaten noch einmal in den Zeugenstand traten, wurde auch der Name Godenhausen nicht mehr erwähnt. Alexa hatte ohnedies beschlossen, Hans Günthers Darstellung des Falles Sommer zu akzeptieren.

Hans Günther bestand darauf, daß Tante Rose den restlichen Haushalt auflöste und Alexa mit ihm reiste, statt später nachzukommen. Bis man eine passende Wohnung fand, wollte man im Hotel bleiben. Dieses Arrangement fand sie schmeichelhaft. Er schien doch an ihr zu hängen.

Man machte die obligaten Abschiedsbesuche bei den Vorgesetzten, die meisten davon neu auf ihren Kommandos; sie ersetzten Offiziere, die nach dem Skandal Lynar–Hohenau von der Bildfläche verschwunden waren. Wenn irgend möglich richtete Hans Günther es so ein, daß die zu Besuchenden nicht daheim waren, man konnte dann einfach seine Karte abgeben und brauchte keine quälenden Förmlichkeiten miteinander auszutauschen. Die Versetzung vom ruhmreichsten Potsdamer Regiment nach Ostpreußen war nicht viel besser als ein unehrenhafter Abschied, und Alexa wußte sehr wohl, daß Hans Günther in den Tagen vor der Abreise wahre Höllenqualen litt.

Seinen Freunden hatte er klargemacht, daß er keinen großen Bahnhof wünschte, keine tränenreiche Verabschiedung, kein Winken auf dem Bahnsteig.

Bis zur letzten Minute hoffte sie auf einen ruhigen Augenblick, der ihr erlaubt hätte, Nikolas einen Abschiedsbrief zu schreiben, doch fand sich keiner, und sie fuhr ab, ohne ihm geschrieben zu haben. Sie wurde deshalb ein nagendes Schuldbewußtsein nicht los, sie dachte während der langen Bahnfahrt oft an ihn und auch später noch, in den ersten Wochen in der für sie neuen und fremden Umgebung.

Als die Wochen ins Land gingen, sah sie sich weniger und weniger imstande, Worte zu finden, die sie entschuldigten und alles erklärten, und schließlich gab sie es auf, sich Briefe auszudenken, die sie doch nie abschicken würde.

Bis zum vierten Verhandlungstag waren die Aussagen seiner geschiedenen Frau und seines Stiefsohnes das einzige, was den General von Moltke in ein schlechtes Licht setzte, und die konnte man als Rache einer gekränkten Frau abtun. Die Wendung zum Schlechteren trat ein, als sein Anwalt Dr. Magnus Hirschfeld als Sachverständigen vorladen ließ, den weltberühmten Sexualwissenschaftler. Hirschfeld war bekannt dafür, daß er die strafrechtliche Verfolgung der Homosexualität bekämpfte, und man erwartete, daß sein Auftreten dem Kläger nützlich sein werde. Statt dessen gab er ein langatmiges Gutachten ab, in dem er Moltke als einen Mann von unzweifelhaft homosexuellen Neigungen bezeichnete, unfähig, eine gesunde, normale Frau sexuell zu befriedigen.

Nach dieser für Moltke katastrophalen Einleitung nützte es dann nicht mehr viel, daß er gewissenhaft den Unterschied zwischen latenten und aktiven Homosexuellen erläuterte und feststellte, daß Moltke zweifelsfrei zur erstgenannten Gruppe gerechnet werden müsse.

Justizrat Gordon suchte die Schlappe auszugleichen, indem er einen zweiten Sachverständigen benannte, einen gewissen Dr. Merzbach. Bernstein setzte durch, daß er nicht mehr gehört wurde.

Mittags, zur Verhandlungspause, fand sich eine Menge Neugieriger vor dem Gerichtsgebäude ein. Man wollte Harden auf die Schultern heben und im Triumph zu der Weinstube tragen, wo er zu speisen pflegte. Er konnte sich nur mit Mühe freimachen.

Zu Beginn der Nachmittagssitzung ersuchte Gordon das Gericht, weitere Zeugen anzuhören – meist weiblichen Geschlechts –, die aussagen sollten, daß Moltke bei den Damen der ersten Gesellschaft sehr geschätzt war. Der Vorsitzende lehnte diesen Antrag als nicht sachdienlich ab und forderte die Advokaten auf, zu plädieren.

Als erster sprach Gordon. Der Beklagte, so führte er aus, habe Moltke keine homosexuellen Handlungen nachweisen können. Hardens verleumderische Beschuldigungen basierten auf Analogien, und kein Gericht könne das als Beweis akzeptieren. Was seine Bekannten in ihren vier Wänden getrieben hätten, sei Moltke ebenso unbekannt gewesen wie dem Kaiser, der sowohl Lynar als auch Hohenau seiner persönlichen Freundschaft gewürdigt habe – bis sie in Ungnade gefallen seien.

Die Erwähnung des Kaisers elektrisierte die Zuhörer. Trotz der Ermahnungen des Vorsitzenden wurde noch geflüstert, gescharrt und getuschelt, als Gordon längst wieder auf seinem Platz saß.

Justizrat Bernstein, das Wieselgesicht gerötet von rechtschaffener Empörung, wandte sich für den Beklagten an das Gericht.

Er redete eine geschlagene Stunde. Er warnte die Nation davor, sich von einer homosexuellen Clique in den Untergang führen zu lassen und bezeichnete den Fürsten Eulenburg in diesem Zusammenhang als die «graue Eminenz» im Hintergrund. Das schändliche Treiben in der Umgebung des Fürsten sei der Welt nicht verborgen geblieben, und nicht umsonst nenne die Auslandspresse Päderastie *le vice allemand.*

Während dieser Redeschwall sich in den Saal ergoß, saß General Kuno von Moltke, der Kläger, stumm und starr da, einen Ausdruck hilfloser Verwirrung im Gesicht. Bei jedem Ausrufungszeichen, das Bernstein setzte, wanderte sein Blick zu jenen augenscheinlich tauben und stummen Individuen, welche den Gerichtshof bildeten. Er fand in ihren Gesichtern kein Anzeichen von Mißbilligung und schloß die Augen, wie um die Schrecken der Wirklichkeit nicht wahrnehmen zu müssen. Gordon machte mehrmals vergeblich den Versuch, Bernsteins unflätigen Redefluß einzudämmen; schließlich sank er auf seinem Platz zusammen, und es sah aus, als habe er sich mit der Niederlage abgefunden.

Von seinen körperlichen und geistigen Anstrengungen sichtlich ermüdet, nahm Bernstein neben dem schmunzelnden Harden seinen Platz wieder ein. Der Kläger und sein Anwalt sammelten stillschweigend ihre Papiere auf und verließen den Saal. Man sah Moltke an, daß er wußte: er war ein erledigter Mann, einerlei wie das Urteil ausfiel.

Das Gericht vertagte sich, und tags darauf fiel – zu niemandes Überraschung – der Spruch zugunsten Hardens. Die meisten Zuschauer jubelten, einige protestierten laut, die anderen schwiegen versteinert.

Mit todbleichem Gesicht und gläsernen Blickes saß der General wie eine Wachsfigur auf seinem Platz. Draußen auf der Treppe wurde lärmend für Harden demonstriert, der im Alleingang das Land vor der Herrschaft einer heillosen «Kamarilla» gerettet habe.

Von einigen wenigen Skandalblättern abgesehen, weigerte sich die deutsche Presse, in den Jubel des Pöbels einzustimmen. Alle angesehenen Zeitungen nannten den Prozeß eine Farce. Nikolas war vom nüchternen Ton der Leitartikel beeindruckt. Man war tief empört darüber, daß das Gericht ganz augenscheinlich vorsätzlich den Sturz Moltkes durch die Anhörung von nicht zur Sache gehörenden Aussagen herbeigeführt hatte. Daß Männer aus dem Gefolge des Kaisers an homosexuellen Orgien beteiligt gewesen waren, war schlimm, ebenso schlimm aber war es, daß ein Richter das Privatleben des Klägers in allen intimen Einzelheiten ans Licht gezerrt hatte.

Durch den Botschaftsklatsch erfuhr Nikolas von einem chiffrierten Telegramm, das Reichskanzler Bülow am Tage vor der Urteilsverkündung an den Kaiser gesandt habe und worin es hieß, er halte es für einen schweren Fehler, daß die Skandale um das Regiment Garde du Corps vor aller Öffentlichkeit ausgebreitet würden. Um die öffentliche Meinung zu beschwichtigen, sei es nun vor allem Sache der militärischen Instanzen, das ekelhafte Geschwür auszubrennen, *ferro et igni*.

Das Urteil wurde in Cafeéhäusern und Ministerien, in Botschaften und Börsen überall in Europa lebhaft diskutiert, und die österreichisch-ungarische Botschaft in der Alsenstraße machte keine Ausnahme. Im ganzen Gebäude herrschte die reinste Faschingsstimmung, und das alles, weil das Leibregiment des Kaisers so schrecklich gedemütigt worden war. Zur Feier des Tages ließ der zweite Sekretär Schießler Champagner kommen und lud Nikolas und ein paar andere dazu ein. Die Preußen hatten nie ein Hehl daraus gemacht, wie überlegen sie sich auf militärischem Gebiet den Österreichern gegenüber fühlten; jetzt ging es einmal andersherum. «Hätte mir jemand vor einem Jahr erzählt, daß der Kommandeur der Garde es mit Mannschaften treibt, ich hätte ihn ausgelacht. Offiziere unter sich, meinetwegen», krähte Schießler.

Graf Viktor Novakow, ein junger Tscheche vom Büro des Militärattachés, kam den Preußen zu Hilfe. «Klassenunterschiede hören an der Schlafzimmertür auf, mein Freund. Denken Sie an unseren Erzherzog Ludwig Viktor. Der trieb es mit einem Bademeister. Einem Zivilisten! Das ist noch viel schlimmer.»

«Hat jemand die *Times* gelesen?» fragte Schießler. «Eine ganze Spalte nur über das Urteil im Prozeß gegen Harden. Der richtige Auftakt zum England-Besuch des Kaisers im nächsten Monat.»

«Der wird wohl abgesagt, so hört man wenigstens.» Novakows Schwester war mit dem Hofmarschall des Kronprinzen verheiratet und eine ständig sprudelnde Quelle von Neuigkeiten aus dem kaiserlichen Familienleben. Ihre Berichte wurden ebenso an das Wiener Außenamt weitergeleitet wie alle anderen Nachrichten.

«Es würde mich nicht überraschen», stimmte Schießler zu. «Willy hat sich weidlich und oft genug entrüstet über Eduards Affäre mit Mrs. Keppel, einer Frau immerhin. Sein Name wird aber nun mit einem Päderasten wie Eulenburg in Verbindung gebracht. Peinlich, peinlich!»

Diese Bemerkung reizte Nikolas. «Eulenburg würde ich keinen Päderasten nennen.»

«Nicky, wo Rauch ist, ist auch Feuer», entgegnete Schießler. «Haben Sie übrigens gehört, daß Ihr Freund Godenhausen nach Sibirien geschickt worden ist?»

Nikolas war nicht darauf gefaßt, diesen Namen zu hören. «Was heißt Sibirien?» Er hoffte, niemand werde das nervöse Flackern in seiner Stimme bemerken.

«Ostpreußen. In ein Kaff namens Allenstein. Der arme Hund. Noch ein Opfer des 29. Oktober. Und nicht das letzte. Man verdächtigt das ganze Kavallerieregiment der Garde, einschließlich der Pferde. Es hagelt Versetzungen, ohne Rücksicht auf Beziehungen und Conduite. Seit den Zeiten des Herkules im Augiasstall hat es ein so gründliches Reinemachen nicht mehr gegeben.»

Nikolas blickte zur Uhr auf Schießlers Schreibtisch. Zehn vor fünf. Vielleicht war Alexa gerade jetzt in seiner Wohnung? Sollte Godenhausen tatsächlich nach Ostpreußen versetzt sein, würde sie sich vielleicht weigern, mitzugehen. Er stand auf. «Ich muß gehen. Danke für den Champagner, Hannes.»

Auf dem Korridor atmete er tief auf. Der Name Eulenburg ging ihm allmählich auf die Nerven, und daß seine Landsleute sich so delektierten über die Schande der preußischen Garde, fand er geschmacklos. Die Deutschen waren schließlich die einzigen Verbündeten – die geldgierigen Italiener zählten nicht –, und sollte es zum Kriege kommen, würden Schießler und die anderen Seite an Seite mit den Deutschen zu kämpfen haben.

Alexa war nicht in seiner Wohnung, und er fand auch keine Nachricht von ihr vor. War sie erst einmal abgereist, blieb sie auf Monate, wenn nicht auf Jahre oder für immer für ihn verloren. Der Gedanke bedrückte ihn. Die Erkenntnis, daß er, ein Mann von 36, romantisch verschossen war wie ein Knabe, gegen jede Vernunft verliebt in eine Frau, die an ihn nicht den geringsten Gedanken verschwendete, preßte ihm ein bitteres Lachen ab.

Er nahm den Telephonhörer ab und ließ sich mit dem Regiment seines Schwagers verbinden. «Herrn Major von Godenhausen, bitte», verlangte er.

«Der Herr Major ist hier nicht zu erreichen», teilte die Dienststelle schroff mit. Man wisse auch nicht, ob er noch in Potsdam sei, und empfahl, es am nächsten Morgen noch einmal zu versuchen.

Was, wenn Alexa bereits mit Godenhausen nach Ostpreußen abgereist war? Sollte er ihr nach Allenstein folgen? Und dann? Er hatte nur eine einzige Chance: sie abpassen, solange sie noch in Potsdam war. Er mußte mit ihr sprechen.

In preußischen Offizierskreisen waren die Besuchszeiten ebenso geregelt wie in Gefängnissen und Krankenhäusern. Auch wenn er gleich nach Potsdam hinausführe, könnte er vor sieben nicht dort sein, und um diese Zeit durfte nicht einmal ein ehemaliger Schwager Besuch machen. Also hieß es, bis zum nächsten Tag warten.

Die Fahrt nach Potsdam blieb ihm erspart, denn in der Wilhelmstraße begegnete er zufällig einem Offizier aus Hans Günthers Regiment. Dieser Hauptmann war beim Großreinemachen nicht nur mit heiler Haut davongekommen, sondern in Potsdam auch Nachbar von Godenhausens. Er hatte gesehen, wie sie zum Bahnhof gefahren waren und wußte auch zu berichten, daß Frau von Sedlitz im Haus die Umzugsarbeiten beaufsichtigte. Von Alexas Tante nun erfuhr Nikolas die endgültige, niederschmetternde Neuigkeit. Am Telephon sagte sie anfangs, ihre Nichte und Hans Günther wären zu einem kurzen Urlaub ins Gebirge gefahren, gab dann aber auf bohrende Fragen zu, ihr Neffe sei tatsächlich nach Allenstein versetzt worden. Alexa habe ihn selbstverständlich begleitet.

«Im übrigen ist das nur vorübergehend», sagte sie kratzbürstig. «Hans Günther wird in Kürze rehabilitiert sein. Ich könnte diesen Juden Bernstein mit bloßen Händen erwürgen. Und Harden auch. Es würde mich nicht wundern, wenn Harden sich als Agent entpuppte, der im Solde Englands oder Frankreichs das preußische Heer in Verruf bringt. Glauben Sie mir, Graf, für derartige Unruhestifter wie Harden brauchen wir dringend so etwas wie Sibirien. Der Zar ist da schlauer, er wußte, wie er seine Revolutionäre zu behandeln hat. Anders als unser Kaiser. Er ist viel zu gütig, zu nachsichtig, hört zu viel auf den Reichstag, diese Bande von Halsabschneidern. Es gibt –»

Nikolas legte einfach auf. Er empfand keinen Schmerz, nur Leere. Seine Liebe zu Alexa mußte schon süchtig genannt werden. Er entbehrte sie wie der Morphinist die Injektion. Hier wo der Prozeß Tagesgespräch war und der Name Godenhausen immer wieder fiel, konnte er jetzt nicht bleiben. Er mußte aus Berlin, aus dieser Atmosphäre heraus.

Kurz entschlossen kam er um einen vierwöchigen Urlaub ein, der anstandslos genehmigt wurde. Der Mutter kündigte er am gleichen Tag seinen Besuch in Wien an.

Kapitel X

Der Fiaker passierte die Minoritenkirche und bog in die Herrengasse ein, und schon an der Auffahrt der zahlreichen Kutschen und Automobile erkannte Nikolas, daß seine Mutter eine Gesellschaft gab. Er hatte den Tag seines Eintreffens absichtlich nicht angegeben, weil er verhindern wollte, daß sie aus seiner Ankunft ein großes Aufhebens machte.

Er entlohnte den Kutscher und betrat das Palais von der Seitengasse her. Seit er die Militärakademie absolviert hatte, besaß er im Erdgeschoß eine kleine Junggesellenwohnung. Hier hatte er auch nach der Hochzeit mit Beata gewohnt. Jetzt, drei Jahre nach ihrem Tod, konnte er die Wohnung betreten, ohne daß es ihm das Herz abdrückte. Die drei Räume waren noch voller Erinnerungen: Der leere Stuhl vor Beatas Schreibtisch, ihre Frisierkommode, das breite Barockbett.

Er packte seinen Handkoffer aus – der Bursche folgte mit dem großen Gepäck –, rasierte sich und badete. Erst danach wollte er seine Ankunft bekanntmachen. Er klingelte nach Rosner, dem Majordomus.

«Warum haben Sie uns Tag und Stunde Ihrer Ankunft nicht avisiert? Die Frau Gräfin wird untröstlich sein. Sie hat heute nachmittag zu ihrem Hauskonzert eine leibhaftige Erzherzogin zu Gast, die sie Ihnen doch gewiß gern vorgeführt hätte.»

Rosner war seit 35 Jahren im Dienst der Familie und erlaubte sich hin und wieder einen leichteren Umgangston.

Kaum war er gegangen, kam die Gräfin hereingestürmt. In ihrer Freude, den Sohn wieder daheim zu haben, vergaß sie ganz, ihm Vorwürfe zu machen, weil er sich ins Haus geschlichen und ihren Tee versäumt hatte.

«Du bist zu blaß, das gefällt mir nicht. Kommst du denn nie an die frische Luft?»

«Im November?»

«Du hat doch ein Automobil. Was nützt es dir, wenn du damit nicht ausfährst.» Sie verstummte. «Ich wollte, ich hätte eins», sagte sie dann.

«Und warum hast du keines?»

«Frag deinen Vater. Ich flehe ihn seit langem an, endlich einen Cadillac anzuschaffen, aber er genießt es gründlich, mir das abzuschlagen.»

Ganze fünf Minuten hatte Nikolas keine Klagen über seinen Vater anzuhören brauchen, jetzt aber fand man sich wieder auf vertrautem Gebiet.

«Ach, hör auf damit, Mama. Ich bin nach Hause gekommen, weil ich einmal andere Luft atmen mußte, und nicht, um wieder deine Klagen über Vater anzuhören. Noch ein Wort davon, und ich reise wieder ab.»

«Pardon, mein Sohn, ich wollte dich nicht sekkieren.» Und nach einem prüfenden Blick: «In Berlin gefällt es dir nicht, wie?»

«Nicht sehr.»

«Dieser Moltke-Prozeß war ekelhaft. Ich weiß, du hast den Fürsten Eulenburg besonders gern gemocht. Hast du ihn letzthin gesehen?»

«Nein, letzthin nicht.»

Ihr Blick wich nicht von seinem Gesicht. «Zu lesen, daß Godenhausen mit betroffen ist, hat mich entsetzt. Von ihm hätte ich so etwas nie und nimmer geglaubt, und ich schmeichle mir, einen sehr guten Instinkt für Männer zu haben.» Sie wartete auf eine Äußerung ihres Sohnes, doch vergeblich. «Lassen sie sich scheiden?»

«Woher soll ich das wissen?»

«Es heißt, du hättest dort verkehrt.»

«Stimmt nicht. Im letzten Jahr bin ich vielleicht zweimal dort gewesen.»

«Und Alexa bist du sonst auch nicht begegnet?»

Vor der Mutter hatte er seine Gefühle nie verbergen können; in Herzensangelegenheiten bewies sie geradezu hellseherische Fähigkeiten. Aber soweit konnte ihre Clairvoyance doch unmöglich reichen? Also mußten über ihn und Alexa Gerüchte im Umgang sein. Das traf ihn unversehens, denn bislang hatte er angenommen, niemand kenne ihr Geheimnis.

Er suchte auszuweichen. «Ich weiß nicht, was du meinst.»

«Ich wette eine Krone gegen tausend, daß du mit ihr geschlafen hast.»

«Das ist wohl alles, wofür du dich interessierst – wer mit wem schläft.»

«Nein, mit wem du schläfst.»

«Nun hör mal, das geht dich nichts an.»

«Das sagst du nicht zum erstenmal. Es geht mich, wie du weißt, doch etwas an. Antworte: Läßt sie sich scheiden?»

Ihre Hartnäckigkeit siegte über seine Zurückhaltung. «Soweit ich weiß, nein. Godenhausen wurde nach Ostpreußen versetzt, und sie ist mitgegangen»

Seine Mutter nickte, augenscheinlich befriedigt. «Dann ist es also vorbei zwischen euch. Das erleichtert mich sehr. Als du geschrieben hast, du kommst heim, habe ich schon gefürchtet, du bringst sie mit. Du bist also wieder disponibel.»

Er wußte, was sie im Sinne hatte und daß sie sich ihrem Thema sachte näherte.

Ich werde ihr keinen Schritt entgegenkommen, dachte er und setzte umständlich eine Zigarette in Brand.

«Du bist wie dein Vater. Wenn ich mit ihm reden will, macht er sich mit irgendwas zu schaffen, bloß damit er mich nicht anzusehen braucht.»

«Ich sehe dich an. Und fang nicht wieder von Vater an, bitte.»

«Erinnerst du dich an Francesca Winterfeld?» fragte sie wie aus heiterem Himmel.

«Vage, Mama. Eine mollige kleine Blonde. Kam sie nicht immer mit ihrer Mutter zu deinen Tees?»

«Ich habe sie seither des öfteren auch ohne ihre Mutter gesehen und sie schätzen gelernt.»

«So, hast du das? Und was weiter?»

«Du sollst heiraten und Kinder haben. Das bist du uns schuldig, mir und deinem Vater.»

«Seit wann interessiert dich, was man meinem Vater schuldet?»

Sie überhörte den Spott. «Du wirst nämlich nicht jünger, weißt du.»

«Noch bin ich erst 36.»

«Höchste Zeit, daß du mit dem Herumschlafen aufhörst. Das schadet deiner Gesundheit und deinem Ruf. Es ist schon degoutant, wie du von einem Bett ins andere eilst.»

Er mußte lachen. «Nun spiel bloß nicht die Moralische, Mama. Das steht dir nicht.»

«Du bist unverschämt.» Das klang aber weniger verärgert als geschmeichelt. «Was nun die kleine Winterfeld angeht», fuhr sie im gleichen Atemzug fort, «so ist die Familie nicht gerade die allerbeste. Geld haben sie praktisch keins. Bei Hof sind sie nicht zugelassen, auch bei der Fürstin Metternich nicht. Trotzdem meine ich, sie würde zu dir passen. Für ihre Keuschheit bürgt der religiöse Fanatismus ihrer Mutter, ich kenne kein Mädchen, das auch nur annähernd so unverdorben wäre wie Francesca. Und so anspruchslos. Ihretwegen brauchst du nicht einmal deinen Lebensstil zu ändern. Bring sie nach Sařkaňy und mach ihr ein Kind. Dann ist sie glücklich, und du bist frei.»

«Ich sehe mit Vergnügen, daß du so amoralisch bist wie je.»

Sie runzelte entrüstet die Stirn. «Ich bin Realistin, ich nehme dich, wie du bist. Ganz wie dein Vater. Untauglich zum Ehemann. Man muß also eine Kandidatin suchen, die sich mit deinen Eskapaden abfindet. Mein Irrtum war es, deinen Vater ändern zu wollen. Das hätte ich besser unterlassen.»

Wie immer, wenn von ihrem Mann die Rede war, verzog sie das Gesicht wie ein schmollendes Kind.

«Weißt du, an wen die kleine Winterfeld mich erinnert?» fragte er. Und ohne ihre Antwort abzuwarten fuhr er fort: «An dich.»

«Sei nicht albern, mein Sohn.»

«Ja. Nicht an dich, wie du jetzt bist, sondern wie du warst. Du warst einmal genau wie sie, rundlich und rosig. Von dir geknuddelt zu werden, war das Paradies für mich. Schade, daß du kaum je Zeit dafür hattest.»

«Und du hast jetzt für mich nie mehr Zeit.»

«So ist das nun einmal. Immer liebt einer mehr als der andere. Und weil es mit Beata anders war, will ich auch nicht wieder heiraten.»

Ein kurzes Schweigen, dann sagte sie: «Ich sehne mich nach Enkelkindern.»

Er schüttelte belustigt den Kopf. «So etwas hätte ich von dir nie zu hören erwartet.»

«Ach, Nicky, tu mir die Liebe, heirate die kleine Winterfeld.»

«Du redest, als wäre alles schon arrangiert. Woher weißt du, daß sie mich nehmen würde?»

«Die Mutter nimmt dich mit Kußhand. Die Leute sind jetzt fast mittellos.»

«Du willst aber, daß ich die Tochter heirate und nicht die Mutter.»

Sie überhörte das. «Am Freitag nehme ich sie mit in die neue Operette von Johann Strauß im Theater an der Wien. Tu mir den Gefallen und schließ dich uns an.»

Es hatte nicht viel Sinn, abzulehnen. Schließlich würde er schon in ein paar Wochen nach Berlin zurückkehren, und ein solcher Abend verpflichtete ihn ja nicht. So sagte er seiner Mutter zuliebe zu. «Also gut, Mama. Wir haben einen großen Abend vor uns.»

«Ich danke dir, mein Liebling!» Sie umarmte ihn stürmisch, und auf seine Wangen regnete es kleine Küsse. Als er den Kopf an ihre seidige Schulter legte, die nach Hyazinthen duftete, wie schon in seiner Kindheit, fühlte er sich so zufrieden wie ein Vogel, der ins Gefieder der Mutter schlüpft. Sein Lebtag war die Bindung an die Mutter stark, wenn auch schwer erklärlich gewesen. Eben noch ärgerte er sich maßlos über sie, fand sie aber schon im nächsten Augenblick anbetungswürdig. Oberflächlich und voller Launen, hatte sie doch auch Momente der Klugheit. Ihr sprunghaftes, unbeständiges Wesen war ihm immer ein Rätsel geblieben.

Der Vater hingegen blieb sich immer gleich. Sein Sohn interessierte ihn wenig, und Nikolas fand ihn langweilig. Aber nach ihr hatte er sich immer gesehnt, sie immer vermißt. Er war hingerissen gewesen von der Eleganz ihrer Toiletten, der Wärme ihrer Umarmungen. Der verrückte Dr. Freud hatte vielleicht wirklich recht. Es hatte Augenblicke gegeben, wo er in sie verliebt war.

Nikolas und seine Mutter holten Francesca im Stadthaus ihrer Mutter in der Weihburggasse ab, und Nikolas hatte den Verdacht, das junge Mädchen halte sich in der Stadt auf, um ihnen die weite Fahrt nach Hietzing zu ersparen und zur Stelle zu sein für allfällige Projekte der Gräfin, die die jungen Leute betrafen. Überrascht vernahm er, daß sein Vater sich bereitgefunden hatte, mit ins Theater zu kommen und alle anschließend zum Sacher einzuladen.

Francesca war zweiundzwanzig, blond, mit einem Teint wie Porzellan. Zu einem schlichten Abendkleid trug sie bescheidenen Schmuck und zeigte die würdige Haltung einer Prinzessin, die einen Wohltätigkeitsbasar eröffnet: nicht gerade begeistert, doch bemüht, es allen Beteiligten recht zu machen. Zweifellos kannte sie die Absichten der Gräfin und war deshalb anfangs recht wortkarg. Es blieb der Gräfin überlassen, auf der Fahrt ins Theater Konversation zu machen.

Der Graf war bereits dort und schien in ungewöhnlich kühner Stimmung, denn nicht nur Francesca machte er galant Komplimente, sondern auch seiner Frau. Nikolas fragte sich, ob er wohl nüchtern sei? Er war es. Als man Platz nahm, sah Nikolas zahllose Operngläser auf die gräfliche Loge gerichtet, und er hielt es nicht für ausgeschlossen, daß seine Mutter schon ganz Wien erzählt hatte, er habe ernste Absichten auf Francesca.

Er hatte nicht ins Programm gesehen und war überrascht, als gleich im ersten Akt Mitzi Hahn über die Bühne schwebte. Das nahm er seiner Mutter übel. Sie wußte von seiner Affäre mit Mitzi, und daß sie ihn mit Francesca ausgerechnet in diese Operette schleppte, konnte nur einer der perversen Streiche sein, die sie für ihr Leben gern allen möglichen Leuten spielte. Als er zu ihr hinsah, gewahrte er ein amüsiertes Funkeln in ihren Augen.

Mitzi sprühte vor Temperament, und sie erhielt bei jedem Auftritt Beifall auf offener Szene.

In der Pause mußte ihr jemand gesagt haben, daß Nikolas im Theater war, denn danach spielte sie mit geradezu wütender Bravour. Vor der Abreise aus Berlin hatte sie ihm einen tränenreichen Brief geschickt, den er unbeantwortet gelassen hatte.

Francesca schien sich zu amüsieren, und Nikolas neidete ihr die Fähigkeit, so unbeschwert und unkritisch über Dinge zu lachen, die er albern fand. Sie hatte ein gutartiges helles Lachen, das dafür sprach, daß sie alle Anlagen hatte, glücklich zu werden.

Das Souper beim Sacher verlief ebenfalls heiter. Allerdings konnte die Gräfin sich nicht verkneifen, jedes Glas Wein zu zählen, das ihr Mann trank, was aber seinen Durst nicht minderte.

Francescas ursprüngliche Reserve war unter Johann Strauß' Melodien gewichen, und sie ging auf die Neckereien des Grafen fröhlich ein, den ein hübsches Gesicht immer in Hochstimmung brachte. Kein Zweifel, sie war eine reizende, sogar liebenswerte junge Dame.

Je weiter der Abend vorschritt, desto mehr pflichtete Nikolas seiner Mutter bei. Wenn er überhaupt je heiratete, ließ eine bessere Frau als Francesca Winterfeld sich kaum finden. Aber wie naiv war sie doch, verglichen mit Alexa.

Am Nachmittag des folgenden Tages ließ Rosner ihn wissen, daß seine Mutter ihn zu sprechen wünsche. Oben, im Boudoir der Gräfin, erwarteten ihn beide Eltern. Die Gräfin kam ohne Umschweife zur Sache.

«Du hast dich entschlossen?» fragte sie.

«Wenn du meinst, ob ich mich für oder gegen Francesca entschlossen habe, so lautet die Antwort: nein.»

«War sie gestern nicht adorabel?»

Er schüttelte gereizt den Kopf. «Wozu die Eile, Mama? Da wir nicht allein waren, hatte ich doch überhaupt keine Gelegenheit, mich mir ihr zu unterhalten. Jawohl, sie ist adorabel, gescheit, gut erzogen, aber das sind andere junge Mädchen, die ich kenne, ebenfalls. Ihr zwei habt uns beide in der Loge vorgeführt wie ein neues Affenpaar im Zoo, und jetzt denkt ganz Wien, wir sind verlobt. Wir sind aber nicht verlobt und werden es auch so bald nicht sein. Zuerst muß man sich ja wohl etwas kennenlernen, danach kann man sich entscheiden, sie sowohl wie ich.»

Ärgerlich wandte sich Melanie an ihren Mann: «Steh doch nicht so da, als ginge dich das alles gar nichts an. Rede mit ihm – du hast es mir versprochen.»

Mit einer für ihn ganz untypischen Heftigkeit, die sowohl seine Frau als auch seinen Sohn überraschte, fiel er ihr ins Wort: «Selbstverständlich geht es mich etwas an. Sehr viel sogar. Du willst, daß ich mit ihm rede, und das werde ich jetzt tun.» Er trat näher an seinen Sohn heran. «Seit vierzig Jahren ertrage ich diese Frau, deine Mutter. Seit vierzig Jahren wirft sie mir vor, ich hätte sie ihres Geldes wegen geheiratet, aber das ist nicht wahr. Deinethalben habe ich sie geheiratet, obschon du noch nicht geboren warst. Ich habe sie geheiratet, weil ich wollte, daß Sárkány an meinen Sohn übergeht, und an deine Söhne und deren Söhne, daß es nicht Fremden in die Hände fällt, die es vernachlässigen, die Bäume fällen, die die Karadys im 17. Jahrhundert dort gepflanzt haben, und im Park Mais anbauen. Ich hätte deine Mutter sehr wohl liebgewinnen können, denn sie war jung und begehrenswert, aber sie hat eine niederträchtige Art, Männer zu demütigen ... vierzig jämmerliche Jahre habe ich bei ihr ausgehalten, vierzig Jahre ohne Liebe ...»

Die Gräfin hatte verblüfft zugehört, jetzt gewann sie ihre Geistesgegenwart zurück. «Wie kannst du mir die Schuld daran geben, daß zwischen uns nicht alles war, wie es sein soll?» Tränen rannen ihr über die geröteten Wangen. «Und deine ewigen Weibergeschichten? Dein Saufen?»

«Halt den Mund!» donnerte er sie an. «Ich bin noch nicht fertig!» Zu Nikolas gewendet, fuhr er fort: «Heirate und zeuge Kinder, Nicky, sonst war mein ganzes Leben vertan. Gewiß, es war nicht alles schlecht darin, ich habe auch gute Zeiten gehabt –»

«Das will ich meinen», warf seine Frau ein.

«– und die danke ich dem Geld deiner Mutter. Unter uns, ich wäre ohne ihr Geld ganz gut ausgekommen, ich hätte mich an billigem Wein ebenso betrinken können wie an Champagner, und was die Frauen betrifft – sie sind eine Annehmlichkeit, für die ich nie bezahlen mußte. Ich hätte ein angenehmes Leben haben können, ohne mich – wie deine Mutter es auszudrücken beliebt – zu prostituieren, nur hätte ich dir dann Saŕkány nicht hinterlassen können.»

Die Gräfin rang die Hände. «Nennst du das, deinem Sohn ins Gewissen reden?»

«Jawohl.»

Ein paar Tage später lud Melanie die Gräfin Winterfeld und ihre Tochter zum Souper ein. Nach dem Mahl spielte ein Trio Kammermusik für die Gäste.

«Zeig Francesca doch meine Sammlung von Nymphenburger Porzellan, Nicky», gurrte Melanie, als Geiger und Cellist bereits ihre Instrumente stimmten. «Ich weiß, sie hat eine Vorliebe für derlei Dinge. Brahms und Bach sind sowieso nicht dein Fall.»

Das waren nun gerade seine Lieblingskomponisten, und überdies bezweifelte er, daß Francesca sich für die Sammlung seiner Mutter besonders interessierte, doch führte er sie gehorsam in den kleinen Salon mit Melanies Kostbarkeiten.

Wie ein gewissenhafter Fremdenführer erklärte er Francesca jedes

Stück der Sammlung, und sie reagierte auf jede Vase, jeden Teller und jede Figur mit ehrfürchtigen Ohs und Ahs, obwohl die Ohs in der Mehrzahl blieben. In gezwungener Haltung, die Arme vor der Brust gekreuzt, schien sie verlegen und befangen. Er vermutete, daß entweder ihre oder seine Mutter, vielleicht auch beide, sie auf dieses Tête-à-tête vorbereitet hatten und daß sie sich innerlich auf den Eröffnungszug vorbereitete.

«Sie hätten gewiß lieber die Musik gehört», begann er und hoffte, die Antwort werde den Vorwand bieten, in den großen Salon zurückzukehren, von wo jetzt das Streichtrio zu vernehmen war. Sie lächelte verlegen. «Ach nein, diese klassischen Sachen lassen mich eher kalt.»

«Was mögen Sie denn? Operetten?»

«Ich kann es nicht sagen. Ich bin nur in einer gewesen, letzte Woche im *Zigeunerbaron* mit Ihnen und Ihren Eltern. Meine Mutter mag Operetten nicht. Sie hält sie für frivol.»

«Aber gewiß gehen Sie doch in Konzerte?»

«Dazu bleibt wenig Zeit. Mutter hat so viel Wohltätigkeitsverpflichtungen. Wir stricken und nähen sogar für die Armen und bringen ihnen Lebensmittel.»

«Aber wollen wir uns nicht setzen.» Er legte den Arm um sie und führte sie zu dem kleinen Sofa. Sie lehnte sich an ihn, und er spürte, wie ihr Körper erbebte. Eher aus Neugier als aus männlichem Trieb zog er sie an sich und küßte ihren Nacken unter dem Haaransatz. Aufseufzend bot sie ihm die Lippen dar. Er küßte sie leicht und gab sie sogleich wieder frei.

«Waren Sie je verliebt, Francesca?»

Er las in ihren Augen: Ich bin es jetzt, in dich, doch erwiderte sie gedämpft: «Nein, nie.»

Er strich ihr über die erhitzte Wange. «Ich weiß nicht, was meine Mutter Ihnen über mich gesagt hat, aber gewiß hat sie übertrieben, wie meist, und darum will ich allen Mißverständnissen vorbeugen. Zunächst: ich eigne mich nicht zum Ehemann, war aber trotzdem verheiratet, und zwar mit einer Frau, die ich sehr liebte, jetzt noch liebe und immer lieben werde. Andererseits möchte ich aber auch nicht allein durchs Leben gehen, und gelegentlich sehne ich mich nach geordneten Verhältnissen, einem Heim, einer Familie.»

Sie stand nun auf und setzte sich ihm gegenüber in einen Sessel. «Ja, ich weiß das. Ihre Mutter war sehr lieb zu mir, sie hat mich aufgenommen wie eine Tochter. Ihre Mutter betet Sie an, wirklich. Sie hat mir Ihre Kinderbilder gezeigt, die Preise, die Sie als Kadett gekommen haben, sogar Ihr Zeugnis von der Militärakademie –»

«Lieber Gott, also meine gesamte Lebensgeschichte.»

«Längst nicht. Vieles hat sie mir verschwiegen. Manches habe ich selbst in Erfahrung gebracht.»

«Und was Sie da erfahren haben, gefällt Ihnen nicht.»

«Nein, nicht besonders.»

In ihrer Stimme war ein Hauch von Traurigkeit, aber auch eine gewisse Festigkeit zu spüren. Sie war zweiundzwanzig, eine Frau, die noch nicht wußte, was sie vom Leben verlangte, aber sich dennoch darüber im klaren war, was sie vom Leben erwarten durfte.

«Bitte, stoßen Sie sich nicht daran, daß ich so offen spreche», fuhr sie fort, «aber die Situation ist eindeutig. Sie wissen wohl, was ich meine – in unseren Kreisen werden Heiraten meist arrangiert. Das galt für die meiner Mutter, und sicher war es auch bei Ihrer Frau Mama so. Und darum möchte ich nicht, daß wir miteinander Komödie spielen ...» Sie schlug die Hände vors Gesicht. «Ach, das ganze ist so peinlich.»

Vielleicht besitzt sie doch nicht so viel Selbstsicherheit, dachte er. Er zog sie aus dem Sessel und dicht an sich. «Sie würden also ablehnen, wenn ich Ihnen einen Antrag machte?»

«Ja ...» Dann schüttelte sie den Kopf. «Und nein.» Sie lachte nervös. «Auf keinen Fall will ich eine Ehe, die so ist, wie man sie überall sieht, ich möchte nicht, daß eine Schauspielerin meinem Mann von der Bühne Kußhändchen zuwirft, wenn ich mit ihm im Theater sitze.»

Er verstand. «Mir hat das nicht gegolten.»

«Und wenn schon. Wir sind ja nicht verheiratet.»

«Glauben Sie mir, Sie irren. Diese Angelegenheit ist seit langem vorbei.»

«Ich glaube es Ihnen, aber es wird weitere Mitzi Hahns geben. Man hat mir gesagt, damit müsse ich mich abfinden, denn so seien die Männer nun einmal, und es helfe nichts, sich die Augen auszuweinen oder sie ändern zu wollen.»

«Stammt diese Weisheit von meiner Mutter?»

Sie überhörte die Frage. «Damit Sie mich verstehen: Wenn die Ehe so ist, dann möchte ich nicht heiraten. Jedenfalls nicht einen Mann, der so denkt.» Plötzlich war nichts mehr von Verwirrung in ihrem Gesicht, sie lächelte ihn freimütig an. «Es gibt jemanden, an den ich mich halten kann, was auch geschieht.»

Ah, das ist es also, dachte er. Jemand anders umwarb sie.

«Jemand,» fuhr sie fort, «den ich mit anderen zu teilen bereit bin, und das ist Jesus.» Sie sah ihn die Stirn runzeln und lachte. «Machen Sie doch nicht so ein bestürztes Gesicht. Ich bin weder verrückt noch fanatisch, aber ich glaube fest daran, daß ein Leben im Dienste des Herrn gewiß besser ist als eine gleichgültige oder gar unglückliche Ehe.»

Er merkte, daß es ihr ernst war, und empfand eine sonderbare Ergriffenheit.

«Sie wollen also nur einen Mann heiraten, der absolute Treue gelobt, oder gar nicht heiraten?»

«Lachen Sie mich nicht aus, aber so ungefähr meine ich es. Seine vergangenen Sünden werde ich ihm nicht vorhalten, aber sobald wir uns einig sind –» Ihre Stimme verebbte. Nach kurzem Besinnen küßte sie ihn leicht auf den Mund. Er zog sie fester an sich, sie aber drängte ihn von sich. «Ich bin zweiundzwanzig», sagte sie und streichelte seine Wange. «Und doch sind Sie der einzige Mann, den ich je geküßt habe.»

Drei Wochen später, vor der Rückkehr nach Berlin, hielt er bei der Gräfin Winterfeld um die Hand ihrer Tochter an. Die Gräfin gab unter Tränen ihr Einverständnis, nicht ohne Nikolas auf die Heiligkeit des Eheversprechens hingewiesen zu haben. Sie sprach ziemlich lange über dieses Thema und war erst dann bereit, Francesca hereinzurufen und dieser wie auch dem künftigen Gatten den mütterlichen Segen zu erteilen. Mit stillem Vergnügen notierte Nikolas bei sich, daß sie es unterließ, ihre Tochter zu fragen, ob sie bereit sei, Nikolas Sebastian Karady zum Manne zu nehmen.

Kapitel XI

Die Reise nach Allenstein über Thorn, wo man umsteigen mußte, dauerte mit dem Warten auf den Anschlußzug zehn Stunden und führte durch eine Landschaft, die jetzt mit den kahlen Bäumen, dem Schlamm, dem Eis auf den Gewässern abweisend und trostlos wirkte.

Hans Günther schien die ganze Reise verschlafen zu wollen. Erschöpft, aber offenbar mit sich und der Welt zufrieden, wirkte er wie jemand, der nach einem schweren Erlebnis froh ist, noch einmal davongekommen zu sein. Er behandelte Alexa mit ungewohnter Fürsorge und Zärtlichkeit, als sei sie ein Kind, das man seiner Obhut anvertraut hatte.

Sie hätte gern über die Zukunft mit ihm gesprochen: sollte man in Allenstein eine Wohnung nehmen oder ein Haus? Würde sein neues Kommando ihn ausfüllen, oder würde er sich um eine Versetzung zurück in die Mark Brandenburg bemühen? Er gab nur ausweichende Antworten.

Allenstein war nicht ganz so schlimm, wie Alexa befürchtet hatte. Der Lage an der Alle, dem alten Schloß – ehemals Bischofssitz – und den gewundenen Gassen, die aussahen wie aus dem Märchenbuch, verdankte es einen einschmeichelnden Reiz. Die Häuser im Umkreis des Schlosses schienen aus Lebkuchen, und so eine appetitliche Stadt konnte man unmöglich verabscheuen.

Man stieg im Reichshof ab, einer Herberge, die sich für ein Hotel ausgab, und die erste Mahlzeit dort war grauenhaft: zähes Fleisch, angedickte Suppe, zerkochtes Gemüse, klebriger Pudding. Das Zimmer indessen besaß den gleichen stillen Zauber wie der ganze Ort. Gewachste Eichendielen, handgewebte Vorhänge, Schränke, Kommoden und Himmelbett, alles so dauerhaft und bodenständig wie das Schloß der Ordensritter.

Die ersten Tage vergingen mit der Wohnungssuche und den unvermeidlichen Antrittsbesuchen bei den künftigen Kameraden Hans Günthers. Alexa hatte noch eine sehr lebendige Erinnerung an die entsprechenden Besuche, die sie in Potsdam gemacht hatten, und sie bemerkte, daß sie hier weniger herzlich aufgenommen wurden als damals.

Allen war eine gewisse abwartende Haltung anzumerken; man behandelte Hans Günther, wie man im Hotel Reisende empfängt, die ohne Gepäck in der Rezeption erscheinen. Die Haltung Alexa gegenüber war noch beunruhigender, es drückten sich darin unmißverständlich Zweifel und Überrasschung aus. Eine der einfältigeren Damen ließ sich die Bemerkung entschlüpfen, man habe sie sich sehr bieder und längst verblüht vorgestellt.

Hans Günther ertrug die ersten schwierigen Wochen mit einem Gleichmut, der Alexa staunen machte. Die Kühle des Empfanges nahm er so wenig tragisch, daß Alexa meinte, die allgemeine Reserviertheit sei ihm am Ende gar nicht aufgefallen. Es schmerzte sie, da sie wußte, daß er im Grunde hier nicht herpaßte. Sein weltgewandtes Betragen, seine ungezwungenen Umgangsformen, in Potsdam so nützlich, hier schadeten sie ihm. Andererseits erinnerte sie sich später dieser ersten Wochen in Ostpreußen als der angenehmsten Zeit ihrer Ehe. Hans Günther verbrachte jede freie Minute mit ihr. Nachmittags, wenn er vom Dienst kam, trafen sie einander in der Konditorei Colbert zu Kaffee und Kuchen, und wenn das Wetter es zuließ, machten sie Sonntagnachmittags gemeinsam weite Ausritte. Man besuchte Vorstellungen von Wanderbühnen und Konzerte im Konversationshaus. Sie schienen jetzt unzertrennlich. Den Leuten fiel auf, wie besorgt und fürsorglich er sich um sie kümmerte, und Frau Notze, der das Hotel gehörte, verbreitete in der Stadt, ein innigeres Liebespaar als die Godenhausens habe sie noch nie beherbergt.

Ihre Antrittsbesuche wurden in aller Form erwidert. Danach überließ man sie eine Weile sich selber, aber nach und nach trafen Einladungen zum Tee ein, vereinzelt auch zum Abendbrot, und ganz zuletzt die Aufforderung, den Jour des Kommandeurs zu besuchen. Offenbar setzte Tauwetter ein, vielleicht nicht zuletzt darum, weil die Godenhausens bei weitem das bestaussehende Paar am Platze waren, mit den weitaus elegantesten Umgangsformen. Auf Gesellschaften oder in Restaurants erregte ihr Erscheinen unfehlbar Aufmerksamkeit, sittenstrenge Offiziersdamen verbargen nur schlecht ihre Erregung, wenn Hans Günther ihnen die Hand küßte, und die Männer schienen in Alexas Gegenwart verjüngt.

In der ersten Dezemberwoche fanden sie ein Haus am Paradeplatz, einem großen Rechteck mit einem Springbrunnen in der Mitte, bepflanzt mit jetzt kahlen Bäumen und Stäuchern. Es hatte zwei Stockwerke und sah düster eindrucksvoll aus. Die geringe Miete und die altmodische Pracht des Hauses bestimmten Hans Günther dazu, es zu nehmen. Das hektargroße Grundstück war von einer hohen Mauer eingefaßt, und hinter dem Haus befanden sich Remise und Stall.

Alexa mißfiel das Haus vom ersten Augenblick an. Sie fand es zu groß und fürchtete gleich, es werde sich nicht heizen lassen, was sich als zutreffend herausstellte. In der ganzen Zeit, da sie es bewohnten, fühlte Alexa sich innerhalb des festungsartigen Gemäuers niemals behaglich und warm, nicht einmal im Sommer.

Die Halle hätte jedem Hotel zur Ehre gereicht. Rechterhand gelangte man in einen Ballsaal, den sie abzuschließen und nicht zu möblieren gedachten, linkerhand befand sich der künftige Salon. In drei kleinere Räume, von denen einer Hans Günther als Arbeitszimmer dienen sollte, gelangte man durch den Wirtschaftsflügel, in dem sich Küche, Speisekammern, Waschküche und Dienstbotenzimmer befanden und der auch vom Hof aus zugänglich war. Im Obergeschoß befanden sich ein einziger großer Raum, Badezimmer, Toilette und Abstellräume. Darüber der Dachboden.

«Ich werde mir hier ganz verloren vorkommen», seufzte sie.

«Warte, bis wir eingerichtet sind. Es wird sehr elegant. Wir werden es diesen Bauern hier schon zeigen. Ich möchte hier ein geselligeres Haus führen als in Potsdam. In einem halben Jahr wirst du hier den gesamten Stab des Armeekorps aus- und eingehen sehen, General Hammann nicht ausgenommen. Von allem nur das Beste. So muß man es machen. Die richtigen Beziehungen sind alles.»

«Wie zu Eulenburg und Moltke, ja?» Doch schon bereute Alexa ihre Bemerkung. Hans Günther lief rot an und fingerte nervös an seinem Kragen. «Das war unnötig, Alexa.»

Seit dem 27. Oktober waren der Moltke-Prozeß und seine Folgen zwischen ihnen nicht mehr zur Sprache gekommen. Wie die Untersuchung des Ehrengerichtes in seinem Fall ausgegangen war, hatte er ihr nie gesagt, und sie hatte nicht danach gefragt. Sie wußte nicht einmal, ob er schon rehabilitiert war oder ob die Untersuchung noch lief. Hätte man ihn für schuldig befunden, hätte er wohl ebenso seinen Abschied nehmen müssen wie Hohenau und Lynar, dachte sie.

In der fremden Stadt heimisch zu werden, hielt sie in Atem und ließ ihr keine Zeit zum Grübeln. Weder Anna noch Lotte hatten sie in das ferne, öde Ostpreußen begleiten wollen. Zum Glück empfahl Frau Notze vom Reichshof ihr eine Wirtschafterin, ein Fräulein Anni Busse, Tochter eines pensionierten Infanteriehauptmanns, dazu zwei polnische Mägde, Bona und Swetlana, die beide schon früher in Offiziershaushalten gedient hatten. Der Stallbursche Jerzy versorgte die beiden Reitpferde, die Hans Günther in Königsberg gekauft hatte, und kümmerte sich auch um den Garten. Sein Bursche, der Dragoner Jan Dmowski, vervollständigte den Haushalt.

Das war eine ziemlich große Menage, und Alexa überließ die Aufsicht ganz Fräulein Busse, einer statiösen Germania undefinierbaren Alters. Sie hatte flachsblondes, an den Wurzeln verräterisch brünettes Haar und behandelte Polen, Russen, Juden und – wie Alexa fürchtete – auch Ungarn mit der Arroganz einer Kriemhild. Dienstmädchen und Waschfrauen hatten bei ihr nichts zu lachen, und sie wurde sogar mit dem jüdischen Händler, der Kohle, Holz, importierte Alkoholika, echte und falsche Antiquitäten lieferte, fertig. Alexa hatte sie zwar im Verdacht, sich von den Lieferanten schmieren zu lassen, verschloß davor aber ebenso die Augen, wie vor unerklärlich verschwindenden Weinflaschen, überhöhten Lebensmittelrechnungen und den nächtlichen Besuchen eines Wachtmeisters im Zimmer von Fräulein Busse.

Die Möbel kamen am 10. Dezember, und Weihnachten war man mehr oder weniger installiert. Über einen rotbärtigen jungen Mann, einen gewissen Finkelstein, dem es gelungen war, an Fräulein Busse vorbei zu Hans Günther vorzudringen, kaufte dieser Gemälde, Perserteppiche, Tische und Sofas zur Ergänzung des eigenen Mobiliars. Trotz all dieser Pracht fühlte sich Alexa hier nie zu Hause. War sie sich in Potsdam als Dauergast vorgekommen, so fühlte sie sich hier wie eine Durchreisende, jederzeit zum Aufbruch bereit.

Trotz solch befremdlicher Stimmung genoß sie das Weihnachtsfest 1907 mehr als alle bisher in der Ehe gefeierten Feste. Hans Günther war ausnehmend guter Laune. Der matte Schleier, der seit dem Prozeß in Berlin das Blau seiner Augen trübte, verschwand, und mehr denn je glich er dem jungen Kadetten auf dem Bild im Familienalbum.

In diesen Tagen hatte die Große Berliner Strafkammer den General Moltke rehabilitiert. Er hatte Berufung eingelegt, und das Gericht eröffnete am 16. Dezember das Hauptverfahren gegen Maximilian Harden.

Unter dem Druck einer Presse, die einhellig das zugunsten Hardens ergangene Urteil des Amtsgerichts Moabit ablehnte, hatte die Staatsanwaltschaft die Sache an sich gezogen und gegen Harden Anklage wegen Beleidigung erhoben.

Diesmal wurde der General von dem berühmten und brillanten Strafverteidiger Sello vertreten, der Bernstein gewachsen war. Sellos erster Sieg bestand darin, daß er vom Gericht die Ausschließung der Öffentlichkeit für den größeren Teil der Zeugenaussagen erreichte und daß Fürst Eulenburg sich bereitfand, für seinen Freund Moltke in den Zeugenstand zu treten.

Er erklärte unter Eid, nie etwas anderes als Freundschaft für Moltke empfunden zu haben. Krankheit und Schmerzen hatten tiefe Spuren in sein Gesicht gegraben, aber seine Stimme war klar und fest, als er feststellte, er habe nie im Leben solche «Scheußlichkeiten» begangen, wie Harden sie ihm zugeschrieben habe. Im gesamten Gerichtssaal schien nur Bernstein allein unbeeindruckt von der Würde und der Überzeugungskraft des Fürsten.

«Das glaube ich Eurer Exzellenz gern», richtete darauf Bernstein das Wort an den Fürsten. «Indessen bezieht sich der §175 StGB nur auf gewisse, sehr begrenzte homosexuelle Handlungen. Wir wissen jedoch, daß abnorm Veranlagte vielerlei Möglichkeiten der Intimität kennen ...»

Empört schnitt ihm der Fürst das Wort ab und schrie: «Mit derartigen Schmutzereien habe ich mich niemals befaßt.»

Am 3. Januar 1908 verurteilte die Strafkammer auf Antrag des Oberstaatsanwalts Isenbiel Maximilian Harden zu 4 Monaten Gefängnis wegen Beleidigung.

Die Zeitschrift *Kladderadatsch* nahm das zum Anlaß, am 12. Januar ein Gedicht zu veröffentlichen

«Ja, es mußte überraschen,
was in Moabit geschah:
Unschuldsvoll und weißgewaschen
Stehn sie alle wieder da;
Alle mit vergnügten Mienen,
Die doch ziemlich schmutzig schienen.
Klinge laut, mein Saitenspiel,
Kling' zum Preis dem Isenbiel.

Isenbiel ist es gewesen,
der dem Harden beigebracht,
Ohne vieles Federlesen,
Wie man solche Sachen macht.
Singt ihm laut und lauter, denn er
Zeigte, daß noch große Männer
außer ihm dem Vaterland
Dienen mit geschäft'ger Hand.»

Das Gedicht schloß mit den Worten:

«Einen Harden freizusprechen,
Scheint ein gräßlich Staatsverbrechen.
Und ich sag' nur dieses noch:
So ein Kerl gehört ins Loch!»

Kapitel XII

Das *Kladderadatsch*-Gedicht wurde in Allenstein wie überall in Deutschland gelesen und belacht. Sein frecher und bissiger Ton paßte gut in die Faschingszeit. Während die Temperatur weit unter den Gefrierpunkt sank, taute der Frost, der über dem gesellschaftlichen Leben der Godenhausens gelegen hatte, schnell auf.

Hier in Allenstein hätte man glauben können, nicht Moltke sei als Sieger aus dem Verleumdungsprozeß hervorgegangen, sondern Hans Günther von Godenhausen. Offiziere und Damen, die sich bislang auffallend kühl verhalten hatten, beeilten sich, ihn wissen zu lassen, wie erfreut sie über die Wendung, die die Dinge genommen hatten, seien. Alexa erfuhr, nicht etwa von ihrem Mann, sondern von Fräulein Busse, die eine wahre Börse für Lokalnachrichten war, daß die Untersuchung des Ehrengerichtes gegen Hans Günther auf Anordnung des Kaisers eingestellt worden war.

Erst jetzt, als die Gefahr vorüber war, erfuhr sie, wie schwer die Anklage gewesen war. Sie fühlte sich erleichtert, war zugleich aber auch gekränkt. Warum nur hatte er seinen Kummer vor ihr verborgen gehalten? Wußte er denn nicht, daß sie zu ihm hielt, wenn er sich ihr nur anvertraute?

In den vergangenen Monaten war ihr immer wieder durch den Sinn gegangen, daß er vielleicht doch schuldig sein könnte. Im Laufe der Zeit hatte die Vorstellung von geschlechtlichem Verkehr unter Männern für Alexa einiges von dem ihm anhaftenden Ekel verloren. Nikolas hatte ihr gesagt, in anderen Teilen der Welt gelte das als durchaus normal, und sie suchte sich aus Büchern darüber nähere Kenntnisse zu verschaffen.

Als sie eine Beschreibung des Lebens in Ägypten im 19. Jahrhundert las, fiel ihr plötzlich jener mysteriöse Onkel von Hans Günther wieder ein, der im Dienst eines orientalischen Potentaten reich geworden war. Die Sedlitzens hatten jede Erwähnung dieses Onkels vermieden, als handele es sich um einen dunklen Punkt in der Familienchronik. Hans Günther schien diese Auffassung zu teilen, denn über jenes Jahr, das er bei dem Onkel verlebt hatte, und über die anschließend mit ihm unternommenen Reisen, schwieg auch er konsequent. Er hatte ihm aber wohl sehr nahegestanden, anders war das Legat nicht zu erklären. Als Alexa ihn jedoch einmal darauf ansprach, wo er denn auf diesen Reisen gewesen sei, erwiderte er, daran könne er sich nicht mehr erinnern, es sei zu lange her, und wechselte das Thema. Jetzt fragte sie sich oft, ob vielleicht der Onkel es gewesen war, der Hans Günther in diese Kreise gezogen hatte. In diesem Fall konnte sie in ihm das Opfer eines lüsternen alten Mannes sehen, und nicht einen, der schuldig geworden war aus Neigung.

Der Kostümball beim Divisionskommandeur General Hammann fand am 20. Januar statt, 17 Tage nach der Verurteilung Hardens. Die Godenhausens wurden eingeladen und waren damit endgültig akzeptiert.

Königsberg war nicht Potsdam, und verglichen mit den Galaabenden im Neuen Palais war der Ball beim Kommandanten bescheiden, für die Offiziere des 1. Armeekorps und ihre Damen aber war er der Höhepunkt des Jahres. Für Alexa und Hans Günther bedeutete dieser Abend die Begegnung mit ihrem Schicksal in der Person des Oberleutnants Otto von Ranke, einem in Allenstein stehenden Artilleristen.

Oberleutnant von Ranke war 27, ledig, ein Träumer und ein Tollkopf, ein Intellektueller, ein Muttersöhnchen und ein Narr, je nachdem, wem man glauben wollte. Er hatte kaum Freunde. Als passionierter Reiter verbrachte er seine dienstfreie Zeit bei langen einsamen Ausritten ins Land, er trank nur mäßig, und abgesehen von gelegentlichen Besuchen eines der besseren Bordelle in Königsberg, wo ihn jedesmal die gleiche flachbusige Blondine abfertigte, zeigte er an Frauen wenig Interesse. Er gehörte zu jener Legion gesichtsloser Schatten, die die allgemeine Neugier nur erregen, wenn sie ein Verbrechen begehen, selber einem Verbrechen zum Opfer fallen oder das Große Los gewinnen. Und er hatte wirklich ein Verbrechen begangen, eine

Todsünde im Sinne der Bibel, nach Ansicht des militärischen Ehrengerichtes allerdings eine tapfere Tat: 1904 hatte er in der kleinen schlesischen Garnison Bernstadt einen Kameraden im Duell getötet.

Alexa tanzte beim Ball zweimal mit ihm, sie tanzte mit mindestens zwanzig anderen Offizieren, und als sie einige Tage später von ihm einen Rosenstrauß erhielt, konnte sie mit dem Namen auf der beigelegten Karte keine Vorstellung verbinden.

Es waren langstielige, köstliche Rosen, wie sie um diese Jahreszeit selbst in Berlin nur schwer zu bekommen waren, und Alexa war entzückt, vor allem, weil sie Hans Günther bewiesen, daß andere Männer sie begehrenswert fanden.

«Kannst du dich auf diesen Oberleutnant von Ranke besinnen?» fragte sie ihn. «Auf meiner Tanzkarte steht sein Name, ich muß also mit ihm getanzt haben. Aber daß er mir Rosen schickt . . .»

Hans Günther warf ihr einen spöttischen Blick zu. «Offenbar hat er es eilig, seine Rechte anzumelden. Du weißt doch: wer zuerst kommt, mahlt zuerst.»

«Was soll das heißen?» Sie hatte wohl nicht recht gehört?

«Ich an deiner Stelle würde ihn mir einmal ansehen. Vielleicht eignet er sich als Nachfolger für deinen Freund Karady. Wenigstens ist er kein Jude.»

Sie starrte ihn tief getroffen an. «Du willst doch nicht etwa im Ernst . . .» Sie schluckte mühsam. Ihre Blicke trafen sich.

«Alexa, lieber Gott noch mal. Wir leben hier schließlich in einer Kleinstadt, also bitte Vorsicht und Diskretion. Ranke gilt übrigens als absonderlich. Er hat immerhin seinen besten Freund erschossen. Wenn auch im Duell . . .»

Hans Günthers Reaktion erschreckte sie. Sie sah ihn an wie einen Fremden. Sie fand ihre Stimme wieder. «Diskretion? Vorsicht? Aber wovon sprichst du denn, Hans Günther?»

Er verzog die Lippen zu einem ironischen Lächeln. «Nichts weiter. Ich habe nur gescherzt. Ich wollte nur sagen, daß ein Mann von Rankes Reputation eine morbide Anziehungskraft auf manche Frauen ausübt.»

«Zu denen gehöre ich aber nicht, Hans Günther. Du weißt, ich liebe dich und keinen sonst!»

«Es war nur ein Scherz.» Er tätschelte ihre Schulter.

«Wie kommst du gerade auf Karady?»

«Nur so.»

«Jetzt weichst du mir wieder aus. So machst du es immer. Du weichst mir aus ...» Sie schloß die Augen vor seinem amüsierten Blick.

«Ich weiche gar nicht aus.»

«Und doch bist du mir oft so fern. Tu mir das doch bitte nicht an. Ich brauche dich doch so sehr ... ich muß wissen, daß du mich noch liebst, ich dir noch etwas bedeute.» Sie hielt inne, denn er wandte sich zum Gehen. «Hans Günther!» rief sie ihm nach, aber er war schon aus der Tür.

In den darauffolgenden Tagen herrschte eine Spannung zwischen ihnen, die Alexa sich nicht erklären konnte. Seit das Haus bezogen war, trafen sie einander nachmittags nicht mehr in der Konditorei Colbert. Sie schlief lange, er aber frühstückte bereits um 6 Uhr und ging anschließend gleich in die Kaserne, sie sahen einander also nur über Mittag und abends. Er arbeitete an einer Studie, von der er hoffte, sie werde ihm den Weg in den Generalstab öffnen: Die Vorzüge berittener Aufklärungspatrouillen im Vergleich zu Radfahrerabteilungen.

Nach dem Dienst schloß er sich in sein Arbeitszimmer ein und kam nur zum Essen heraus, das in Gesellschaft von Fräulein Busse eingenommen wurde. Verbrachte man den Abend daheim, widmete er ihn ebenfalls ganz der Arbeit. Kam er endlich nach oben, war Alexa oft schon eingeschlafen. Sie hatte den Verdacht, er vermeide es, mit ihr allein zu sein.

Etwa eine Woche nach Eintreffen des Rosenstraußes brachte Hans Günther beim Abendessen unvermutet das Gespräch darauf. «Hast du dich bei Ranke für die Rosen bedankt?»

Ganz überrascht von dieser Frage ließ sie die Gabel sinken. «Nein, muß ich das?»

Er sah sie strafend an. «Aber gewiß doch.»

«Wie soll ich mich bei ihm bedanken? Ich erinnere mich überhaupt nicht mehr an ihn.»

«Schreib ihm. Manieren, meine Liebe, Manieren.»

Fräulein Busse widmete sich dem Fleisch auf ihrem Teller, die Ohren scharf gespitzt.

«Ich weiß seine Adresse nicht», wendete Alexa ein.

«Ich werde sie dir geben.» Und zur Wirtschafterin: «Bitte, Fräulein Busse, erinnern Sie meine Frau daran, daß sie diesen Brief schreibt.»

Das war nun ganz etwas Neues. Tadel, Anweisungen, Vorschläge sollten Alexa nun nicht mehr unmittelbar zuteil werden, sondern über Fräulein Busse. Von Fräulein Busse erfuhr Alexa denn auch, daß sie General Hammann und seine Frau zu einer Abendgesellschaft erwarten durften. Auf der Gästeliste fand sie auch den Namen Ranke. Ausstreichen konnte sie ihn nicht mehr, die Einladungen waren bereits ergangen.

Ranke gab am Tage vor der Abendeinladung seine Karte ab, ohne den Versuch zu machen, empfangen zu werden. Als sie ihn dann sah, erkannte sie ihn als einen jener jungen Männer, mit denen sie auf dem Ball des Generals getanzt hatte. Sogar an sein Kostüm erinnerte sie sich noch: Turban, gestickte Weste über weißem Hemd, bosnische Pluderhosen. In seiner Paradeuniform wirkte er männlich und unauffällig. Er unterschied sich von seinen Kameraden nur durch die verträumten bewundernden Blicke, die er Alexa immer wieder zuwarf. Als Gastgeberin mußte sie seine verzweifelten Bemühungen ignorieren, ihre Aufmerksamkeit zu erregen, doch er ging so weit, sie dem General zu entführen, als dieser mit ihr tanzte.

«Ich kann mir nicht helfen, ich bete Sie an», flüsterte er, als sie ihn deswegen tadelte. Was würde der General wohl dazu sagen? Es hatten sich schon viele Männer in sie verliebt, doch nie hatte jemand derart den Kopf verloren, und sie fragte sich, ob er wohl zuviel getrunken hatte. «Ziehen Sie mich nicht so an sich, man sieht schon her.»

«Das ist mir einerlei.»

«Aber mir nicht. Ich bin verheiratet, glücklich verheiratet.»

«Das hat damit nichts zu tun.»

Sie musterte ihn scharf. Er hatte regelmäßige Gesichtszüge, eine gerade Nase, ein leicht fliehendes Kinn, volle, weiche Lippen unter einem wohlgestutzten Schnurrbart. Nur die Augen fielen auf in diesem treuen Allerweltsgesicht. Sie lagen tief, hatten lange seidige Wimpern und blickten sonderbar starr. Die Augen eines Mörders, dachte sie.

«Verstehen Sie mich bitte recht, Herr Oberleutnant», sagte sie. «Ihre Rosen waren ein Gedicht. Und auch Sie gefallen mir, aber wenn Sie sich hier wie ein Gymnasiast aufführen, spreche ich nie wieder mit Ihnen.»

«Aber ich liebe Sie so», stotterte er. Zu ihrer Überraschung sah sie

Tränen in seinen Augen aufsteigen. Er merkte nicht, daß die Musik aufgehört hatte, und wirbelte sie immer noch herum. Sie machte sich los.

«Denken Sie daran, was ich Ihnen gesagt habe: keine Sottisen!» Sie ließ sich von ihm zu einer Gruppe Damen führen, die mit Hans Günthers Vorgesetzten verheiratet waren, und hielt sich für den Rest des Abends von ihm fern. Als er tags darauf seinen Pflichtbesuch machte, ließ sie ihm durch Fräulein Busse ausrichten, sie empfange heute nicht.

Er nahm sich ihre Mahnung offenbar zu Herzen, denn bei folgenden kurzen Begegnungen betrug er sich tadellos. Es gelang ihm, zu fast allen Veranstaltungen eingeladen zu werden, die die Godenhausens besuchten, was erstaunlich war, denn die Kavallerie hielt sich für etwas Besseres und blieb gern unter sich. Offenbar verstand er es aber, sich den betagteren Damen der Garnison angenehm zu machen. Alexa hörte, auf seinem Schreibtisch stände ein einziges Photo, das seiner Mutter, und er habe die letzten Urlaube mit ihr auf Wanderungen im Riesengebirge verbracht. Solche Sohnesliebe war unter den jüngeren Leuten selten und verschaffte ihm das Vertrauen der Offiziersdamen, besonders jener, die heiratsfähige Töchter hatten.

Das Leben in der kleinen Garnisonstadt unter dem ostpreußischen Winterhimmel glich in mancher Weise dem Leben auf der geschlossenen Abteilung einer Heilanstalt. Tag um Tag sah man die gleichen grauen Wände, die gleichen Gesichter, ertrug den gleichen, unwandelbaren Tagesablauf, die Isolierung von der Außenwelt.

Nach dem Gespräch über Rankes Rosen gab Alexa sich verzweifelte Mühe, ihre Beziehung zu Hans Günther wieder so werden zu lassen, wie sie in den ersten Allensteiner Wochen gewesen war, doch wann immer sie versuchte, sich ihm zu nähern, es war, als stoße sie gegen eine Wand aus Eis. Sein Verhalten ihr gegenüber hatte etwas Schneidendes, es war nicht mehr nur schlechte Laune, sondern der ausgesprochene Wunsch zu verletzen. In Gegenwart anderer spielte er den besorgten Gatten, allein mit ihr blieb er taub und stumm. Nach Potsdam mußte ihm Allenstein vorkommen wie eine Strafkolonie, doch warum er ausgerechnet sie dafür strafte, die sein Exil freiwillig teilte, das ging über ihren Verstand.

In Potsdam war sie auch schon einsam gewesen, immerhin hatte sie dort im Heute gelebt. In Allenstein aber lebten alle im Gestern. Sie war hier von Menschen umgeben, die im Grunde zu einer längst gestorbenen Generation gehörten. Sie hatte nichts mit ihnen gemein. Auch die Natur war ihr fremd, ja feindlich: unendliche Ebenen; Seen, zu blinden Spiegeln gefroren; Sümpfe, Sand und Moor, bewohnt von Luchs und Wolf. Sie lebte wie auf einer öden Insel, schlimmer noch, wie auf einem Eisberg, der langsam ins unentdeckte Nirgendwo trieb.

Im Hause blieb ihr wenig zu tun. Auch wenn sie mit Fräulein Busses Anordnungen und ihrer Art, das Haus zu führen, nicht einverstanden war, enthielt sie sich jedes Kommentars. Es wäre schwer gewesen, auf sie zu verzichten.

Dem direkten Umgang mit dem zwar höflichen, aber indifferenten Personal fühlte sie sich nicht gewachsen. Manchmal hatte sie einfach keine Lust aufzustehen, blieb im Bett und las. Sie kleidete sich erst an, wenn es Zeit zum Mittagessen wurde.

Allerdings gab es im Hause einen Menschen, der sie aus ihrer Apathie aufzuschrecken begann: Hans Günthers Bursche, der Dragoner Jan Dmowski. Er wurde ihr immer unsympathischer. Vom ersten Augenblick an war er ihr zuwider gewesen. Er war ganz anders als der große Bär Thadeus in Potsdam.

Dmowski, mittelgroß, schlank und drahtig wie ein Zirkusakrobat, war die erwachsene Ausgabe eines der Straßenjungen von Murillo. Die glatte, mattweiße Haut, das kastanienbraune Haar, die schmale gerade Nase, der mädchenhafte Mund und der wissende Blick paßten so gar nicht zu dem Namen Dmowski. Er war stets dienstbereit, ohne doch unterwürfig zu sein, aber sein eilfertiges Grinsen war nicht frei von Selbstgefälligkeit, was jedoch außer Alexa niemand zu merken schien.

Dmowski spürte die Ablehnung, ging Alexa jedoch nicht aus dem Wege. Er erfand vielmehr Vorwände, das Zimmer zu betreten, in dem sie sich gerade befand, und erledigte dies und das, was eigentlich Sache der Mädchen oder des Stallburschen gewesen wäre. Er erschien unerwartet vor dem Geschäft, in dem sie Besorgungen machte, und nahm ihr die Pakete ab. War Hans Günther morgens zum Dienst gegangen, blieb Dmowski für Alexa zwar unsichtbar, doch spürte sie deutlich, daß er irgendwo auf dem dunklen Korridor zwischen Schlaf- und Badezimmer herumwirtschaftete. Als sie von Fräulein Busse verlangte, sie solle Dmowski vormittags im Erdgeschoß beschäftigen, protestierte diese heftig. Sie habe bereits alle Hände voll zu tun, das Haus in Ordnung zu halten, und weder Bona noch Swetlana hätten Zeit, die Messinglampen im Oberstock zu putzen, noch die Balustrade zu bohnern. Dmowski sei mit dem Putzlappen der reinste Zauberkünstler. Ob Alexa denn nicht aufgefallen sei, wie die Dielen oben jetzt glänzten? Das einzige Zugeständnis, zu dem Fräulein Busse sich bereit fand, war, den Burschen unten zu behalten, solange Alexa schlief.

So herrschte denn ein Weilchen Frieden, bis Dmowski sich an diese Anordnung nicht mehr hielt. Alexa wachte davon auf, daß er oben den Läufer aufnahm, den Fußboden bohnerte, die Türen scheuerte. Er pfiff dabei so ungeniert, als wolle er ihr zu verstehen geben, er sei nun doch hier oben.

Eines Morgens konnte sie sich nicht länger beherrschen, sprang aus dem Bett und riß, ohne ein Negligé über das Nachthemd gestreift zu haben, die Tür auf.

«Verschwinden Sie! Sofort! Man hat Ihnen doch gesagt, daß Sie unten zu bleiben haben!» schrie sie ihn an.

Er ließ den langen Besen fallen, mit dem er eben Spinnweben von der Decke genommen hatte.

«Sie sind richtig schön, wenn Sie wütend werden», sagte er unverschämt. Sein Deutsch mit dem polnischen Akzent bildete einen sonderbaren Gegensatz zu seinem zigeunerhaften Aussehen.

«Haben Sie mich nicht gehört? Runter mit Ihnen!» Und sie deutete mit ausgestrecktem Arm auf die Treppe.

Er rührte sich nicht. «Runter? So befiehlt man einem Hund. Ich bin aber kein Hund.» Er trat einen Schritt auf sie zu und berührte ihr Gesicht, dann glitt seine Hand zu ihrer Brust, die das Spitzennachthemd nur leicht verhüllte. Alexa war wie versteinert, dann schrie sie auf und schlug ihm ins Gesicht. Seine Nase fing an zu bluten, aber er grinste noch immer.

«Das war nicht sehr nett, Frau Baronin», sagte er und tupfte sich das Blut mit einem Taschentuch ab. Später erinnerte sie sich, daß es ein feines handgerolltes, makellos weißes Batisttuch gewesen war. Der Ausdruck spöttischer Amüsiertheit wich nicht von seinen Zügen. «Wenn ich Sie nun meinerseits schlüge?»

Sie zog sich ins Schlafzimmer zurück und knallte die Tür zu.

Dmowski mußte verschwinden. Sie warf sich aufs Bett. Keinen Tag länger wollte sie ihn im Hause dulden. Sie hätte sich überhaupt nicht mit ihm abfinden dürfen, doch war es nicht einfach, jemand zurückzuweisen, bloß weil einem sein Gesicht nicht gefiel.

Sie kleidete sich an, und als Hans Günther zum Mittagessen kam, erwartete sie ihn im Sessel in seinem Arbeitszimmer.

Wie gewöhnlich saß er vor der Remise ab und überließ das Pferd Jerzy, dem Stallburschen. Sie hörte, wie Dmowski ihm die Tür öffnete.

Hans Günther kam herein und war erstaunt, sie hier zu finden. Mit dem Betreten seines Arbeitszimmers verletzte sie ein ungeschriebenes Gesetz. Er bemerkte gleich das nervöse Zucken um ihren Mund.

«Stimmt etwas nicht?» fragte er.

«Dmowski muß aus dem Haus.»

Mit verschränkten Armen und zusammengekniffenen Augen stand er da. «Aus dem Haus?»

Sie stand auf und trat zu ihm. «Er . . . er . . . ist heute so unverschämt geworden, daß ich ihn nicht mehr im Hause dulde.» Alexa spürte eine solche Feindseligkeit in ihm, daß sie verwirrt war.

«Was hat er denn getan, wenn man fragen darf?»

«Er . . . also zunächst einmal hat er oben im Hause nichts verloren. Ich habe angeordnet, daß er vormittags unten bleiben soll.»

«Ah. Also er war oben. Und was ist daran so unverschämt?»

«Ich sagte, er solle sich runterscheren, aber er wollte nicht, und ich habe ihn geohrfeigt.»

«Du hast ihn geohrfeigt? Ja, hast du denn den Verstand verloren?»

«Ich sage doch, er ist unverschämt geworden. Als ich ihm befahl, nach unten zu gehen, hat er mich . . .»

«Was hat er?»

«Er hat mich angefaßt.»

«Und du hast ihn geohrfeigt, weil er dich angefaßt hat? Ist das denn wirklich so schlimm?»

Sie hob die Stimme: «Nun, er hat seine Hand auf meine Brust gelegt.»

Pause. «Wie denn das? Warst du im Bett?»

«Wie kommst du darauf! Im Flur war ich.»

Er überlegte einen Augenblick. «Na schön. Ich rede mit ihm. Allein. Fräulein Busse soll ihn mir hereinschicken.»

Die Ruhe, mit der er das aufgenommen hatte, und sein scharfer Ton ärgerten sie. «Das kannst du ihr selber sagen», schnappte sie. «Und im übrigen gibt es da nichts zu reden. Es ist ganz einfach – schick ihn zurück in die Kaserne und such dir einen anderen Burschen. Mit Thadeus hat es nie Anstände gegeben.»

Ohne sie einer Antwort zu würdigen, ging er zum Klingelzug und zog zweimal daran. Zweimal läuten galt eigentlich Fräulein Busse, doch herein kam Dmowski. Er hat draußen vor der Tür gelauscht, dachte Alexa.

«Fräulein Anni hat das Soufflé im Herd und muß dabeibleiben, sonst fällt es zusammen», erklärte er. Er stand stramm, den Blick geradeaus auf seinen Major gerichtet. Von Alexas Anwesenheit nahm er keine Kenntnis. «Herr Major befehlen?»

Alexa glaubte, in Hans Günthers Gesicht ein nervöses Zucken wahrzunehmen. Er trat ans Fenster und wandte den beiden den Rücken zu. «Ich habe mit Ihnen zu reden, Jan.» Und nach einer Pause: «Würdest du uns bitte alleinlassen, Alexa?»

Alexa erhob sich. Dmowski stand noch breit an der Tür. Sie fühlte, wie die Wut in ihr aufschoß. «Wollen Sie mich gefälligst vorbeilassen!»

Mit einem schiefen Blick auf sie trat er beiseite. Sie stürzte hinaus, gedemütigt, besiegt. Die beiden Männer verband etwas, wogegen sie machtlos war, fühlte sie. Sie wollte nicht wissen, wie lange die Unterhaltung dauerte, auch nicht wie sie ausging, also wartete sie im Schlafzimmer, bis zum Essen gerufen wurde.

Wie gewöhnlich betrug sich Hans Günther während des Essens in Gegenwart von Fräulein Busse vorbildlich. Man erörtete die letzten Neuigkeiten. Wilhelm II. verbrachte das Frühjahr auf Korfu im Achilleion, dem von der verstorbenen Kaiserin Elisabeth von Österreich errichteten Palast, den der deutsche Kaiser erworben hatte. Angeblich gab es wieder Krach zwischen ihm und Onkel Eduard, weil Wilhelm an den englischen Marineminister einen Privatbrief geschickt hatte.

Alexa, außer sich vor Ungeduld, hörte mit gefrorener Miene zu, wie die beiden preußischen Patrioten verächtliche Bemerkungen über das perfide Albion machten. Als sie darin übereinstimmten, einzig ein Krieg könne England zur Vernunft bringen, hätte sie am liebsten hinzugefügt: ja, und hoffentlich kommen alle Männer darin um. Sie wartete, bis Fräulein Busse nach dem Dessert das Speisezimmer verlassen hatte, bevor sie ihren Mann zur Rede stelle: «Schickst du den Burschen nun weg oder nicht?»

Er sah sie fest an. «Dmowski bleibt.»

Das überraschte sie sonderbarerweise nicht mehr. «Ich sagte dir, glaube ich, klar und deutlich, daß ich ihn nicht mehr im Hause haben will. Er ist impertinent und respektlos. Ich habe Angst vor ihm. Ich fühle mich in seiner Nähe nicht mehr sicher. Er kriegt es fertig und . . .»

«Nun sag bloß noch, er wird dich vergewaltigen.»

Er stand auf und trat auf sie zu. Für einen Augenblick glaubte sie, er wolle sie schlagen, wich aber nicht zurück.

«Ja.»

«Nun hör mir einmal zu, Alexa. Ich habe ihn gefragt, was heute früh vorgefallen ist, und ich muß sagen, du hast selbst schuld, denn du hast ihn provoziert. Schließlich läuft man nicht halb nackt herum.»

Sie rang nach Luft.

«Nicht du fürchtest dich vor ihm, sondern er sich vor dir: Ab sofort verläßt du das Schlafzimmer nur noch vollständig angekleidet. Und mit vollständig meine ich nicht einen von deinen durchsichtigen Fetzen, durch die man alles sieht. Dies ist ein anständiges Haus und kein Bordell.»

Dmowski hatte unverschämt gelogen, doch darum ging es nicht. An ihn verschwendete sie keinen Zorn mehr, sondern alle ihre Wut richtete sich jetzt gegen ihren Mann. Sie wußte genau, der Bursche würde bleiben, und sei es nur, um sie zu ärgern.

Offenbar hatte er aber eine Verwarnung erhalten, denn er ging ihr von nun an aus dem Weg.

Eines Nachts im März wachte sie davon auf, daß ein Fensterladen klappte.

Den ganzen Tag hatte es aus Nordost gestürmt, Bäume waren entwurzelt worden, Strohdächer abgedeckt. In den Kaminen heulte es, eisige Windstöße fuhren ins Zimmer, und dagegen halfen auch nicht die mit Kapok gefüllten Rollen zwischen den Doppelfenstern und die schweren Vorhänge.

Es war kurz vor Mitternacht. Fräulein Busse hatte sich mit dem Fortsetzungsroman der *Täglichen Rundschau* zeitig zu Bett begeben, die Mägde hatten die Küche geputzt und schliefen in ihrem Verschlag hinter der Waschküche. Jerzy schlief im Stall. Dmowski in der Remise.

Das Schlagen des Fensterladens kam von unten aus dem unbenutzen Ballsaal. Alexa konnte nicht wieder einschlafen. Sie machte Licht und sah, daß Hans Günthers Bett leer war. Er saß also noch unten an seiner Arbeit.

Alexa ging die Treppe hinunter. Sie wollte Hans Günther nicht stören und beschloß deshalb, den Laden selbst festzumachen. Als sie von der Halle aus durch die breite Tür in den Saal trat, schlug ihr eisige Kälte entgegen. Der Saal war seit Wochen nicht geheizt worden. Sie konnte im Dunkeln den Lichtschalter nicht finden. Der Fensterladen schlug immer heftiger und lauter. Sie entschloß sich, nun doch Hans Günther zu bitten, ihn wieder festzuhaken. Unter der Tür seines Arbeitszimmers sah sie Licht. Sie wußte später nicht, ob sie angeklopft hatte oder einfach eingetreten war.

Das Zimmer wurde nur schwach von einer einzelnen Kerze erleuchtet, die auf dem Schreibtisch brannte. Auf den ersten Blick meinte sie, die beiden auf dem Sofa ineinander verschlungenen Gestalten, deren Schatten sich übergroß auf der weißen Wand abzeichneten, seien in einer Art von Ringkampf begriffen. Durch die Tür, die hinter Alexa offengeblieben war, fuhr ein Windstoß, die Kerze flackerte.

Alexa stand erstarrt, sie war unfähig, sich zu rühren. Die beiden nackten Gestalten auf dem quietschenden Sofa bewegten sich stöhnend und keuchend wie in einer Burleske.

Dmowski bemerkte sie als erster. Er sah sie durchdringend an. Die Federn des Sofas hörten auf zu quietschen, und im Raum herrschte jetzt tödliche Stille. Hans Günther stützte sich auf einen Ellenbogen und sah nun ebenfalls zu ihr herüber. Im Flackerlicht der Kerze wirkte sein Gesicht wie eine Totenmaske.

«Was willst du?» fragte er tonlos.

Sie starrte offenen Mundes und hörte sich dann sagen: «Der Fensterladen im Ballsaal . . .» Dann erstickte ihre Stimme. Sie brach in ein hysterisches Lachen aus, wirbelte herum und rannte davon. Ohne Licht zu machen, eilte sie die Treppe hinauf. Später fragte sie sich, ob sie wohl in dem Dunkel Schutz gesucht hatte. Sie tastete sich zum Bett und kroch unter die Decke. Wieviel Zeit bis zum Eintreten ihres Mannes verging, hätte sie nicht sagen können. Er knipste die Nachttischlampe an und kleidete sich aus, langsam und methodisch wie stets. Nur der Gutenachtkuß unterblieb, natürlich. Bislang war er von diesem Ritual nie abgewichen, auch nicht, wenn sie schon schlief.

Hans Günther warf sich eine Weile ruhelos von einer Seite auf die andere. Dann sagten ihr seine regelmäßigen Atemzüge, daß er eingeschlafen war. Dieses *sang froid* setzte sie denn doch in Erstaunen. Es war mehr als *sang froid*, es war grausam, unmenschlich, roh, eine völlige Nichtachtung der Tatsache, daß er ihr einen solchen Schmerz angetan hatte.

Plötzlich überfiel sie eine wilde, mörderische Wut. Fünf Jahre, fünf unersetzliche Jahre ihres Lebens waren vergeudet. Sie staunte jetzt über ihre eigene Naivität. Hatte sie denn nach dem Prozeß und nach Korporal Sommers Aussage noch auf ein Wunder gehofft? Oder war es die Herausforderung gewesen, die darin gelegen hatte, ihn für sich zu gewinnen?

Sie knipste ihre Nachttischlampe an, stützte sich auf und sah zu ihm hinüber. Früher hatte der Anblick dieses gebräunten, schlafenden Jungengesichts mütterliche Zärtlichkeit in ihr geweckt, aber damit war es jetzt vorbei. Das Wunder, auf das sie gehofft hatte, war nicht eingetreten. Ihre Brust mochte fest, ihre Taille schmal, ihre Schenkel noch so einladend sein, Hans Günther gelüstete es nach dem bäuerischen Körper eines Bollhardt, dem Hündchencharme eines Sommer, dem anmaßenden Zigeuner Dmowski.

Bleierne Müdigkeit überkam sie, und sie schlief ein. Als sie erwachte, war es Morgen, grau und winterlich. Hans Günthers Bett war leer. Er war wie jeden Tag leise aufgestanden, hatte sich angekleidet und war in die Kaserne gegangen.

Kapitel XIII

Am 1. März zog Nikolas von der Burgstraße in die Bendlerstraße. Dazu bewog ihn das lästige Interesse seiner Vermieterin an seinem Privatleben. Er hatte den Eindruck, daß sogar seine Post nicht vor ihr sicher gewesen war.

In der Bendlerstraße mietete er den ganzen 1. Stock. Die Hausbesitzer, ein pensionierter General und seine Frau, beide über 90, bewohnten das Erdgeschoß, und in ihren Zimmern hatte sich in einem halben Jahrhundert nichts verändert. Sie waren die Großeltern des Barons Sorg, der mit der Schwester des Grafen Novakow verheiratet war, jener jungen Frau, die Nikolas für eine Agentin seines eigenen Spionagedienstes hielt. Durch ihren Mann, Hofmarschall des Kronprinzen, hatte sie Zugang zu dem exklusiven Kreis der Damen Hohenzollern, die sich von den ermüdenden Besuchen in Krankenhäusern, Schulen und Waisenhäusern, von Schiffstaufen und der Aufgabe, stets alle weiblichen Tugenden zu verkörpern, bei Klatsch erholten. Diese Klatschsucht ermöglichte es der Baronin Sorg, ihre Informationen so unangefochten zu sammeln wie ein Knabe die Pflaumen aus Nachbars Garten. Sie brauchte den Baum nur ein bißchen zu schütteln, und schon regnete es saftigen, süßen Klatsch.

In einer stürmischen Märznacht machte Nikolas die Erfahrung, daß sie ihre Tätigkeit nicht auf das ihr zugewiesene Terrain des preußischen Hofes beschränkte.

Er war noch nicht ganz eingerichtet in der Bendlerstraße und damit beschäftigt, in der Bibliothek seine Bücher zu ordnen, als es gegen Mitternacht an der Tür klingelte. Haushälterin und Bursche waren längst zu Bett gegangen. Er machte daher selber auf und sah sich der Baronin Sorg gegenüber.

«Welch reizende Überraschung! Kommen Sie herein.» Ihm fiel ein, daß er ohne Jacke war. «Entschuldigen Sie, ich habe meinen Rock im Schlafzimmer.»

Sie hielt ihn am Arm zurück. «Dann lassen Sie ihn dort. Dies ist kein Anstandsbesuch.»

Sie war eine gutaussehende Person, noch keine 30, verlor aber bereits die mädchenhafte Schlankheit. Wochenbetten und böhmische Küche hatten ihrem Körper Rundungen verliehen. Sie war blond, sommersprossig, und ihre weitaufgerissenen Blauaugen blickten mit kindlichem Staunen in die Welt. Diesem unschuldsvollen Blick verdanke sie wohl auch ihre Informationen.

Nikolas' Hände waren vom Hantieren mit den Büchern staubig. «Aber wenigstens die Hände möchte ich mir waschen.»

«Bleiben Sie doch bitte hier und hören Sie mich erst einmal an. Ich habe Ihnen etwas zu sagen. Tut mir leid, daß ich Sie zu so später Stunde noch störe, aber so ist es weniger gefährlich.»

«Das hängt davon ab, worin Sie Gefahr sehen.»

Sie überging seinen konventionellen Scherz. «Ich habe eine vertrauliche Mitteilung für Sie.»

«Eine vertrauliche Mitteilung?»

«Sie waren beim Fürsten Eulenburg während seines letzten Aufenthaltes in Berlin. Sie sind der einzige, den er außer seinen Angehörigen empfangen hat.»

«Also kommt die Nachricht von ihm?» Nikolas verlor die Geduld. «Baronin, spielen wir doch kein Versteck und kommen wir zur Sache.»

«Ich komme im Auftrage des Grafen Metternich. Das wird Sie überraschen.»

Nikolas *war* überrascht. «Welches Metternich?»

«Von Paul Metternich. Dem deutschen Botschafter in England.»

Er schüttelte verblüfft den Kopf. «Also, ich muß schon sagen, daß ... Was könnte denn Metternich von mir wollen?»

Die blauen Augen funkelten belustigt. «Eulenburg hat sich geweigert, einer Einladung zum Kaiser zu folgen. Sie sollen ihn überreden, doch anzunehmen.»

«Ich? Ausgerechnet ich! Warum tut Metternich das nicht selber? Und wieso liegt ihm so viel daran, daß Eulenburg den Kaiser sieht?»

«Metternich fürchtet die Wirkung von Wilhelms Flottenbauprogramm auf die Engländer. Er ist der Meinung, daß es zum Krieg führen muß. Wilhelm ist nur von Speichelleckern umgeben, die Beifall klatschen, wenn er öffentlich damit renommiert, wie viele Panzerkreuzer er bauen will, um England zu überflügeln. Nur Eulenburg kann ihn von diesem bedrohlichen Kurs abbringen.»

«Ich fürchte, der Fürst wird das nicht wollen. Er hat sich von der Politik abgewandt. Er ist müde, krank und schwer mitgenommen.»

«Aber er muß es tun. Er muß es. Es ist notwendig.»

Ihr Eifer veranlaßte ihn, sie genauer zu mustern. «Sie setzen mich in Erstaunen, Baronin. Ich dachte, Sie informieren den Ballhausplatz darüber, welcher Hohenzollernsprößling gerade gut oder schlecht bei seinem Erzeuger angeschrieben ist, aber nun kommen Sie mit einer Nachricht des deutschen Botschafters am Hofe von St. James zu mir. Wogegen nichts einzuwenden ist, denn Sie sind durch Heirat Deutsche. Und doch muß ich Sie fragen: Was sind Sie eigentlich? Unser Horchposten, oder deren Kurier? Oder beides?»

Sie lachte nervös. «Wenn man Sie hört, klingt das richtig unheimlich, als wäre ich eine Agentin, oder gar eine Doppelagentin. Selbstverständlich gibt es die in unseren Kreisen auch, sogar einige, die im Dienste der Ochrana stehen.»

«Sie nicht?»

«Aber, aber. Nicht für die Russen! Doch zurück zum Botschafter. Metternich ist der Meinung, der Kaiser spiele ein Spiel, das nur er selbst für ein Spiel hält. Er vergrößert seine Flotte, weil er denkt, den Onkel damit zu ärgern, aber Kriegsschiffe sind keine Meißner Porzellanfiguren, die man unter Glas hält. Kriegsschiffe muß man einsetzen, bevor sie veralten. Der Kaiser bringt die Engländer in eine schwierige Lage, Admiral Fisher soll bereits einen Präventivschlag proponiert haben.»

«Teure Baronin, das alles weiß ich längst, und ich frage Sie: warum setzt Metternich sich nicht auf die Bahn, fährt nach Liebenberg und bespricht das alles mit Eulenburg?»

«Das kann er eben nicht, er ist schon jetzt schlecht angeschrieben, weil er den Kaiser unentwegt zu zügeln versucht. Bespricht er sich jetzt mit Eulenburg, passieren zwei Dinge: zum einen, er fliegt aus dem Amt. Zum anderen, keiner hört mehr auf Eulenburg. Alles kommt darauf an, daß es aussieht, als handele Eulenburg spontan.»

Nikolas schaute nachdenklich in das gerötete Gesicht seiner Besucherin.

«Ich sehe Ihr Motiv nicht recht, Baronin?»

Sie wurde dunkelrot. «Ich bin nicht im Solde Metternichs, ich kenne ihn seit meiner Kindheit. Mein Motiv? Ich bin mit einem Mann verheiratet, den ich liebe. Drei meiner Brüder sind im dienstpflichtigen Alter. Ich möchte keinen von ihnen tot sehen, nur weil die Engländer die Preußen satt haben und umgekehrt. Ich habe zwei kleine Kinder, die in einer friedlichen Welt heranwachsen sollen. Ich stimme nicht dem alten Moltke zu, wenn er sagt: Friede ist ein Traum, aber ein böser Traum.» Sie lachte nervös. «Diese Worte klingen in Ihren Ohren vielleicht unpatriotisch. Sie sind einer der Männer des neuen Generalstabschefs, und General Conrad brennt darauf, gegen Rußland loszuschlagen, gegen Italien und Serbien, und sogar mein leiblicher Bruder meint, einzig ein gewonnener Krieg kann die Donaumonarchie noch retten.»

«Ob ich General Conrads Ansichten in diesem Punkt teile, steht dahin, aber ich gehöre unserer hiesigen Botschaft an, und daß Sie mir zumuten, ohne Wissen meiner Vorgesetzten für den deutschen Botschafter in London tätig zu werden. Das –»

«– das tue ich.» Sie stand auf. «Obwohl ich den Konflikt sehe, dem ich Sie aussetze. Deshalb will ich jetzt auch gehen. Ich habe gesagt, was ich zu sagen hatte, das übrige liegt bei Ihnen. Sie werden handeln, wie Ihr Gewissen es Ihnen vorschreibt. Keine Menschenseele wird erfahren, daß ich Sie heute abend besucht habe. Das verspreche ich Ihnen feierlich.»

Sie ging zur Tür.

«Sie müssen mir bitte noch etwas versprechen.»

«Und was wäre das?» Sie drehte sich um.

«Daß Sie nie wieder unangekündigt mitten in der Nacht hier eindringen. Es könnte uns beide in eine peinliche Situation bringen.»

Sie sah ihn belustigt an. «Es stimmt also?»

«Was stimmt?»

«Daß Sie ein Casanova sind. Daß Ihnen keine Frau widerstehen kann. Ich könnte Sie bei einem Besuch mit einer Freundin von mir überraschen. Eine Katastrophe. Sie würde mir das nie vergeben.»

«Und ich auch nicht.»

Sie ging. Er dachte über den Besuch nach. War sie nun tatsächlich im

Auftrag von Metternich gekommen, oder steckten dahinter Männer, die den Kaiser und Eulenburg versöhnen wollten? Waren das Freunde des Fürsten oder Feinde des Kaisers?

Am einleuchtendsten war wirklich, daß alles von Metternich ausging. Daß der deutsche Botschafter am Hofe von St. James für die englisch-deutsche Verständigung arbeitete, war in diplomatischen Kreisen Berlins kein Geheimnis. Er machte sich damit am Ballhausplatz nicht beliebt. Dort meinte man, der Zweibund habe nur Bestand, solange die hysterische Furcht der Deutschen vor der Einkreisung Bestand hatte. Sollten der Kaiser und sein Onkel Eduard ihr gegenseitiges Mißtrauen überwinden und zu einem friedlichen Einvernehmen kommen, brauchte Deutschland den Verbündeten in Wien nicht mehr so nötig, und die Donaumonarchie war wieder auf sich allein gestellt.

Was die Baronin Sorg von ihm verlangte, stand ganz deutlich im Widerstreit mit den Interessen der Politik seines eigenen Außenministers. Folglich wäre es das klügste, ihre Bitte zu ignorieren. Leistete er ihr Folge, und es kam später heraus, mußte es für Nikolas die denkbar unangenehmsten Folgen haben. Man konnte ihm Hochverrat vorwerfen und ihm diskret einen Revolver auf den Tisch legen.

Er wünschte die Baronin zum Teufel.

Er verbrachte eine schlaflose Nacht. Am nächsten Morgen war sein Entschluß gefaßt. Er bat Eulenburg telegraphisch, ihn möglichst bald aufsuchen zu dürfen. Nachmittags kam die von Eulenburgs Frau abgesandte Antwort: Der Fürst sei bereit, ihn jederzeit zu empfangen.

Als Nikolas in Liebenberg eintraf, ging ein schwerer Schauer nieder. Bartsch führte ihn ohne Umstände sogleich in den Salon zum Fürsten. Eulenburg war in ausgeglichenerer Verfassung als bei der letzten Begegnung. Nikolas hatte sich vorgenommen, ohne Umschweife vom Besuch der Baronin zu berichten und jede Spekulation über deren Motive zu unterlassen. Eulenburg war zwar nicht mehr im Mittelpunkt der Staatsgeschäfte, kannte aber genug von den Unterströmungen, die bei Hofe und in den Ministerien wirksam waren, um seine eigenen Schlüsse zu ziehen.

Nachdem er gesagt hatte, was zu sagen war, ließ er erkennen, daß er keine Antwort erwartete. Da er sehr genau wußte, wie bedeutungsvoll Eulenburgs Entscheidung, den Kaiser entweder zu beraten oder nicht zu beraten, sein würde, wollte er nicht noch größere Verantwortung auf sich nehmen, als in der Übermittlung der Botschaft Metternichs ohnehin schon lag.

Eine Woche nach diesem Besuch in Liebenberg las er in den Hofnachrichten, Wilhelm II. werde demnächst den Fürsten Eulenburg empfangen.

Wie vorgesehen traf Fürst Philipp zu Eulenburg-Hertefeld pünktlich um acht Uhr abends am Bahnhof Wildpark in Potsdam ein und war eine halbe Stunde später vor dem Eingang zum Marmorpalais. Als niemand öffnete, glaubte der Fürst sich an der falschen Adresse und schickte seinen Diener Bartsch, der ihn begleitete, auf Erkundung. Dieser kam mit der Nachricht zurück, daß die vorgesehene Übersiedlung des Hofes ins Marmorpalais durch eine plötzliche Erkrankung der jungen Prinzessin Alexandra von Schleswig-Holstein verschoben worden war und daß der Kaiser noch im Neuen Palais residiere.

Die Reise von Liebenberg nach Berlin, von Berlin nach Potsdam und die Kutschfahrt über holpriges Kopfsteinpflaster hätten auch einen jüngeren und gesünderen Mann ermüdet, und als Eulenburg endlich, von seinem Diener gestützt, vor den kaiserlichen Privatgemächern angelangt war, fiel es ihm schwer, dem Adjutanten vom Dienst, einem Hauptmann von Sondheim, in die Räume Seiner Majestät zu folgen.

Wilhelm hatte Eulenburg spätestens um halb neun erwartet.

Den Kaiser warten lassen, war das schlimmste, wessen ein Untertan sich schuldig machen konnte. Nach fünf Minuten wurde der Allerhöchste ungeduldig, nach zehn Minuten geriet er in Harnisch, und nach elf Minuten befahl er unweigerlich, den Übeltäter von der Liste der bei Hofe Zugelassenen zu streichen.

Als der verzweifelte Hofmarschall Lyncker, der den verreisten August Eulenburg vertrat, seinem Herrscher zu erklären wagte, wie es zur Verspätung des erwarteten Gastes gekommen war, folgte ein Ausbruch des kaiserlichen Unwillens.

Hauptmann Sondheim meldete den Besucher, zwei Lakaien rissen die Flügeltüren auf, und der Fürst trat hoch aufgerichtet ein, verhielt in der vorgeschriebenen Distanz und verbeugte sich vor seinem Herrscher. Er mühte sich nach Kräften, seine körperliche und seelische Erschöpfung zu verbergen.

«Mein geliebter Phili!» sagte der Kaiser, und seine Rechte, die eiserne Faust, gefürchtet von den Damen und den älteren Herrschaften am Hof, umklammerte die Hand seines Gastes. «Wie freue ich mich, dich zu sehen. Ich habe dich vermißt, Phili. Ohne dich ist es hier recht einsam.»

Man hatte einander ein ganzes Jahr nicht mehr gesehen, ein Jahr, das für den Fürsten von unerträglichen Demütigungen erfüllt gewesen war, und für seinen Kaiser mit unaufhörlichen Peinlichkeiten. Ihre Freundschaft war an tückischen Klippen gescheitert, das Schiff war als unrettbares Wrack abandonniert, dann aber doch für wert befunden worden, geborgen zu werden, und sollte nun von gestern auf heute plötzlich wieder flottgemacht werden. Man mutete ihnen zu, den geborsteten Bug, die gebrochene Ruderanlage, die verfaulten Spanten einfach zu übersehen, das Jahr 1907 aus dem Gedächtnis zu reißen wie ein altes Kalenderblatt.

Der Fürst mühte sich, in diesem Mann mittleren Alters seinen Goldjungen wiederzufinden. Das Gesicht, das sich ihm da zeigte, ließ ihn an einen Habicht denken, der gespannt darauf wartete, daß die Feldmaus hinter dem Baumstamm hervorkommt, wo sie sich versteckt hat. Die forciert lächelnden Augen verliehen dem Gesicht einen ängstlich erwartungsvollen Ausdruck, die Fältchen in den Augenwinkeln sprachen von Mißtrauen. Zwei scharfe Falten in den Mundwinkeln verrieten eine Neigung zum Beleidigtsein.

Der Kaiser sah überrascht, wie sehr die Ereignisse des vergangenen Jahres seinen Freund mitgenommen hatten. Das erweckte in ihm aber nicht etwa Mitgefühl, sondern Unwillen. Selbst ein hoffnungsloser Hypochonder, fand er körperliche Schwächen bei anderen unverzeihlich. In seinen Augen war es ein Mangel an Rückgrat, wenn man einer Krankheit nachgab. Auch kam er nicht um die Einsicht herum, daß Eulenburg unter anderem deshalb so angegriffen war, weil er, Wilhelm, ihre Freundschaft verraten hatte. Sein Gast machte ihm keine Vorwürfe, doch die Trauer in seinem Blick sprach sie aus. Und Vorwürfe mochte Wilhelm nun einmal nicht.

«Ich freue mich, dich zu sehen!» wiederholte er so laut, daß man es über einen Exerzierplatz hinweg hätte hören können. Der Gast drückte seine Wertschätzung dieser Beteuerung durch eine Verbeugung aus, blieb aber stumm.

Endlich fiel es Wilhelm ein, dem Fürsten einen Stuhl anzubieten. «Was gibt es Neues in Liebenberg?» fragte er, nach einer Eröffnung suchend, die über die beiderseitige Verlegenheit hinweghalf. «Hast du am Schloß weiter gebaut? Eigentlich wollte ich dich vor meiner Mittelmeerreise mit einem Besuch überraschen, doch die Zeit ist zu knapp. Ich hatte gehofft, die Pflichten würden im Laufe der Jahre weniger, doch dafür spricht nichts. Und ich werde nicht jünger, Phili. Hätte ich nur einen fähigen Kanzler! Keinen brillanten, nur einen fähigen. Aber Bülow ist ein Esel, und die anderen sind Flachköpfe. Tirpitz ist der einzige, auf den ich mich verlassen kann. Wenigstens ist er mit mir einer Meinung über die Intrigen meines lieben Onkels. Hast du Eduards neueste Streiche verfolgt, Phili? Das ist ein wahrhaft böser Mensch.»

Um die Nervosität abzureagieren, die sich während des langen Wartens in ihm aufgestaut hatte, ritt er nun ausgiebig sein Steckenpferd: Der böse Onkel in England, dem alles glückte, was ihm, dem jungen, kraftvollen Neffen, mißglückte. Er sprang auf, ging hin und her, und Eulenburg durfte nicht sitzenbleiben.

«Ich muß mir die Freiheit nehmen, Eurer Majestät zu widersprechen», sagte der Fürst, ohne auf Wilhelms Stirnrunzeln zu achten. «Die Medaille hat zwei Seiten. Der König fürchtet unser Flottenbauprogramm, weil er darin den Versuch sieht, England die Vorherrschaft zur See zu nehmen. Die andere Seite ist, Majestät fürchten, Eduard könnte eine Einkreisung des deutschen Reiches planen.»

«Wir bauen so viele Schiffe, wie wir brauchen, und zwar weder gegen England, noch gegen irgend jemand sonst. Aber – er bereitet den Krieg vor.»

«Ich bin überzeugt, daß nichts ferner liegt.»

«Er hat jetzt schon genug Schiffe für eine Invasion.»

«Schiffe wohl, aber kein Heer. Eure Majestät hingegen können im Bedarfsfall vier Million Mann zu den Waffen rufen. Nicht unsere Küste ist einer Invasion ausgesetzt, sondern die englische. England braucht Schiffe zu seiner Verteidigung, es ist schließlich eine Insel. Es fühlt sich von unserer Flotte bedroht. Majestät sollten das Problem einmal mit den Augen der Engländer sehen.»

Wilhelm blieb vor Eulenburg stehen und trat nervös von einem Fuß auf den anderen. «Ich weiß nicht, unter wessen Einfluß du stehst, aber meinen Onkel schätzt du falsch ein. Er ist nicht so arglos, wie du meinst. War er nicht in Cartagena und Gaeta? Glaubst du vielleicht, er reist nur dahin, weil es ihm daheim bei seiner tauben Frau und der alternden Mrs. Keppel langweilig wird? Nein, Phili, in Cartagena hat er König Alfonso schön getan, und in Gaeta wollte er uns Victor Emanuel abspenstig machen. Seit neuestem ist er der Busenfreund meines Vetters Nicky, und in Frankreich macht er Reklame für sich, als wolle er Präsident der Republik werden.» Er war ganz außer Atem, dann sagte er verbittert: «Ist dir klar, daß ich ein einziges Mal in Paris war? Nie wieder seit dem Frühjahr '78! Damals war die Weltausstellung dort, und nur deshalb durfte ich hin. Ein einziges Mal und dann nie wieder! Ja, Phili, Paris ist für den deutschen Kaiser verbotenes Pflaster, dort ist er ein unerwünschter Ausländer, schlimmer als ein Armenier oder Araber. Und das gilt nicht nur für Frankreich. Meinem Onkel verdanke ich, daß man mich, einen frommen Christen, einen Mann voller gutem Willen, überall haßt und fürchtet und den Neuen Attila nennt!»

Die hellblauen Augen blickten kummervoll. Von der Aufrichtigkeit dieses Kummers, wie übertrieben und unbegründet er auch sein mochte, angerührt, streckte Eulenburg in einer Aufwallung von Sympathie die Arme aus.

«Das trifft nicht zu, Majestät. Majestät sind geachtet und werden bewundert, und –» Er verstummte und ließ die Arme sinken, als er sah, wie Wilhelm vor der Umarmung zurückscheute. So war es Maximilian Harden schließlich doch gelungen, jede freundschaftliche Berührung durch ihn, die über einen bloßen Handschlag hinausging, verdächtig erscheinen zu lassen.

Die Nacht und den folgenden Tag verbrachte Eulenburg im Neuen Palais. Seine Anwesenheit war dem Hof bekannt, und die Presse berichtete darüber. Die Zeitungen sahen in seiner Versöhnung mit Wilhelm eine glückliche Fügung, einen Skandal oder eine Verschwörung, je nach dem politischen Standpunkt des Herausgebers.

Eulenburg wußte, daß seine Mission gefährlich gewesen und gescheitert war. Seine Feinde würden seinem Wiedererscheinen bei Hofe übertriebene Bedeutung beilegen, und er fürchtete die Folgen, die für ihn gewiß alles andere als angenehm sein würden.

Am 25. März 1908 konnte man in dem kleinen Münchner Blatt *Neue Freie Volkszeitung* unter der Überschrift HARDEN UND PHILIPP EULENBURG folgendes lesen:

«In der Hauptstadt Preußens verlautet gerüchtweise, daß Fürst Eulenburg dem Herausgeber der *Zukunft*, Maximilian Harden, eine runde Million dafür gezahlt hat, daß Harden sich hinfort weiterer Angriffe auf die Liebenberger Tafelrunde enthält. Der Fürst hat die Zahlung angeblich effektuiert, als er erfuhr, daß Harden belastendes Material über ihn in der Hand habe. So hat es denn den Anschein, als ob der Kreuzzug Hardens noch vor der nächsten Prozeßrunde abgebrochen wird.»

Am Tage nach Erscheinen dieser Notiz strengte Harden gegen den verantwortlichen Redakteur der *Neuen Freien Volkszeitung*, Anton Städele, Klage wegen Beleidigung an.

In Berlin erregte alles Aufmerksamkeit, was irgendwie mit Eulenburg zusammenhing, und Nikolas las die Meldung mit Erstaunen und Bestürzung. «Was soll das heißen?» fragte er Schießler, mit dem er im Adlon soupierte. «Hat der Fürst wirklich eine Million an Harden gezahlt? Und wie paßt dieser ... dieser Städele ins Bild?»

«Ach was, keine Rede von einer Million», tat Schießler die Sache ab. «Harden selbst hat Städele veranlaßt, den Bericht zu schreiben.»

«Aber wozu?»

«Weil er belastendes Material über Eulenburg besitzt, das er anders nicht vor die Öffentlichkeit bringen kann.»

«Angenommen, er hat wirklich etwas – warum druckt er es nicht in der *Zukunft*?»

«Weil er womöglich die Beweise noch nicht in Händen hat, und weil die Leute, die seine Vorwürfe substantiieren könnten, sich dazu nicht bereit finden. Werden sie aber vom Gericht als Zeugen geladen und stehen sie unter Eid, dann müssen sie alles sagen, was sie wissen.»

«Das klingt ziemlich teuflisch.»

«Harden ist teuflisch, und die Leute, die hinter ihm stehen, sind nicht besser.»

Der Prozeß begann am 21. April 1908 in München, unter Vorsitz von Oberlandesgerichtsrat Kurt Maier, und Harden wurde auch hier von Justizrat Bernstein vertreten, während der Beklagte Städele sich selber vertrat.

Der kleine Saal war bis auf den letzten Platz besetzt. Zwar brauchte die Eisenbahn von Berlin bis München 11 Stunden, doch waren bemerkenswert viele Zuhörer aus Berlin gekommen.

Bernstein begründete die Klage knapp und zurückhaltend. Städele wiederholte, als die Reihe an ihn kam, fast wörtlich, was er in seinem Bericht geschrieben hatte.

Nun wurde Harden in den Zeugenstand gerufen, und im Saal herrschte Totenstille. Mit lauter, fester Stimme bestritt er, vom Fürsten Eulenburg je einen Pfennig erhalten zu haben, geschweige denn eine Million. Jawohl, er habe Kenntnis von gewissen undelikaten Vorkommnissen aus Eulenburgs Vergangenheit, die er, trotz seiner persönlichen Hochachtung für den Fürsten, habe bekannt machen müssen, um seinen eigenen Ruf zu schützen. Fürst Philipp zu Eulenburg-Hertefeld habe vor der Berliner Strafkammer gelogen. Er habe nicht nur einmal, sondern wiederholt, nicht nur mit einer, sondern mit mehreren Personen widernatürliche sexuelle Handlungen begangen.

Der Kläger befand sich damit bereits weit außerhalb des Prozeßgegenstandes, und schon ging es nicht mehr um die angebliche Bestechung, sondern um Eulenburgs Privatleben.

Der Beklagte Städele unternahm nichts dagegen, obwohl damit jede Aussicht schwand, daß er den Prozeß gewann.

Der erste Zeuge war der 46 Jahre alte Georg Riedl aus Starnberg, ein Mann von zweifelhaftem Ruf. Er bekannte, in jungen Jahren mit dem Fürsten intim geworden zu sein. Der Fürst habe damals am Starnberger See eine Villa gemietet, und die fraglichen Handlungen hätten gegen großzügige Bezahlung bei Bootsausflügen auf dem See stattgefunden.

Sodann rief Bernstein den Fischer Jakob Ernst in den Zeugenstand, ebenfalls aus Starnberg, ein unbescholtener Bürger. Anfangs bestritt Ernst nachdrücklich die Anschuldigungen, doch Bernstein bat den Vorsitzenden, den Zeugen eindringlich auf die Bedeutung und die Konsequenzen eines Meineides hinzuweisen.

Der Vorsitzende machte den Zeugen mit den einschlägigen Paragraphen des Strafgesetzbuches vertraut.

Fischer Ernst hatte noch nie vor Gericht gestanden, und anders als für Riedl, der das Gefängnis als einen Ort betrachtete, wo man seinen Rausch ausschläft, war Gefängnis für ihn gleichbedeutend mit Schande. Er schämte sich, daß er sich durch einen bloßen Paragraphen einschüchtern ließ, und vor allem aber haßte er seinen Quälgeist Bernstein.

«Seine Durchlaucht der Fürst ist ein guter Herr», sagte er immer wieder. «Er ist gegen mich und die Meinen immer gut gewesen.»

«Haben Sie mit dem Fürsten mutuelle Onanie getrieben oder nicht?» schrie Bernstein ihn an.

Jakob Ernst suchte nach einem Ausweg. «Ich versteh' Sie nicht», sagte er. Also mußte das Gericht diese Termini in die bayerische Umgangssprache übersetzen lassen.

Nun wurde der Zeuge rot. «Also . . . ja . . .» stotterte er. «Es war nun mal so . . . ich muß das dann wohl zugeben . . . wenn wir auf den See hinausgerudert sind, also dann, ja . . .»

«Und wenn Sie mit dem Fürsten auf Reisen waren?»

«Ja, auch dabei haben wir manchmal . . .» murmelte der Zeuge.

Dabei rollten Tränen der Scham und der Reue über seine Wangen, und er verließ hastig wie ein Flüchtender den Saal. Auf dem Korridor umringten ihn die Reporter, doch er, ein großer schwerer Mann von gut zwei Zentnern, senkte den Kopf und bahnte sich einen Weg.

Drinnen im Saal faßte Bernstein zusammen. Der Beklagte habe seinen Mandanten beschuldigt, nach schmutzigen Details aus dem Vorleben des Fürsten Eulenburg zu suchen, um sich dann sein Schweigen darüber für viel Geld abkaufen zu lassen. Harden sei daher gezwungen gewesen, den Klageweg zu beschreiten und darzutun, daß die behauptete Bestechung in Millionenhöhe reine Erfindung des Beklagten sei.

Nach erstaunlich kurzer Beratung sah das Gericht für erwiesen an, daß der Beklagte Anton Städele den Kläger Maximilian Harden verleumdet habe, und verurteilte ihn zu einhundert Mark Geldstrafe.

Es war noch keine Woche vergangen, da wies das Könglich Preußische Justizministerium auf Veranlassung des Reichskanzlers Bülow die Staatsanwaltschaft an, Anklage wegen Meineides gegen Fürst Philipp zu Eulenburg-Hertefeld zu erheben.

Kapitel XIV

Es war ein Mittwochmorgen wie jeder andere. Als Alexa sich schließlich dazu aufraffte, über den Flur ins Badezimmer zu gehen, sagten ihr Geräusche im unteren Stockwerk, daß man im Haushalt wach und tätig war.

An jedem ersten Mittwoch im Monat – ausgenommen bei Regen – wurden die Perserteppiche aufgenommen und draußen geklopft. Diese Arbeit oblag dem Burschen, und das dumpfe Klatschen im Hof ließ erkennen, daß Dmowski seinen Pflichten wie gewöhnlich nachkam.

Sie klingelte nach dem Frühstück, und Swetlana brachte es herauf. Swetlana war die ältere der beiden Mädchen und hatte den sanfteren Charakter. Anfangs versuchte Alexa ein paar Worte mit ihr zu wechseln, erhielt aber nur einsilbige, teils ganz unverständliche Antworten. Alexa meinte, Swetlana könne sie nicht verstehen, obschon sie das Deutsch von Fräulein Busse offenbar gut verstand, allerdings redete die Wirtschafterin im einheimischen Dialekt mit den «dummen Polakken». Sie entließ das Mädchen mit einem Wink, rief es jedoch noch einmal zurück. «Sag Fräulein Busse, ich fühle mich nicht gut und komme nicht zum Essen hinunter.»

Als Swetlana ihr um die Mittagszeit dann die Suppe brachte, hörte sie unten Geschirrklappern. Danach herrschte eine Weile Stille, dann wurde die Haustür geöffnet und wieder geschlossen, ein Pferd trabte die Auffahrt entlang, dann erstickte der Hufschlag im weichen Sand des Reitweges auf dem Paradeplatz.

Den Nachmittag verbrachte sie ebenfalls im Bett und starrte an die Decke. Ihre Ehe mußte ein Ende haben, oder sie würde den Verstand verlieren. Dafür boten sich zwei Lösungen: Selbstmord oder Scheidung.

Aber sie war ja nicht waffenlos. Sie hatte nun gegen Hans Günther etwas in der Hand.

Über solchen Gedanken schlief sie wieder ein und wachte erst auf, als Fräulein Busse fragte, ob sie vielleicht zum Abendbrot herunterkommen wolle. Sie mußte erst mühsam wieder in die Wirklichkeit zurückfinden.

«Nein. Ich nehme hier oben etwas Schinken und Tee.»

Fräulein Busse zog nickend ab. Aus einem plötzlichen Impuls heraus rief Alexa ihr nach: «Noch etwas – sagen Sie Swetlana, sie soll das Bettzeug meines Mannes nach unten in sein Arbeitszimmer bringen.»

Fräulein Busse fuhr herum. Mit offenem Mund fragte sie: «Ins Arbeitszimmer? Warum?»

«Weil sie ihm dort auf dem Sofa sein Bett richten soll.»

«Der Herr Major soll im Arbeitszimmer schlafen?» fragte Fräulein Busse entsetzt.

«Ganz recht.»

«Nur für eine Nacht?»

«Jede Nacht. Von heute an.»

Lange Pause. «Davon hat er mir nichts gesagt.»

Die Fassungslosigkeit dieser Person bereitete Alexa ein perverses Vergnügen. Sie schickte dem Feind die Kriegserklärung, und zwar, wie üblich, durch einen Parlamentär.

«Sie hören es ja nun von mir.»

«Da will ich ihn lieber erst fragen.»

«Tun Sie das.»

Fräulein Busse stand immer noch wie angewurzelt auf der Schwelle, und die großen blauen Augen starrten Alexa blicklos an wie die eines toten Fisches. Sie wußte nicht: sollte sie dem Major dieses Ultimatum überbringen oder sich weigern?

«Wenn Sie darauf bestehen, sage ich es ihm», sagte Fräulein Busse schließlich und schlurfte aus dem Zimmer. Kaum war sie gegangen, hörte Alexa auch schon Sporengeklirr auf der Treppe. Hans Günther betrat das Zimmer.

«Hast du Fräulein Busse wirklich gesagt, sie soll unten für mich ein Bett zurechtmachen lassen?» fragte er.

Alexa preßte die Hände gegeneinander, um sie am Zittern zu hindern. Ihre Lippen waren ganz trocken, die Zunge klebte ihr am Gaumen.

«Ja. Ich will nicht mehr mit dir im selben Zimmer schlafen, ich will mit dir nicht mehr dieselbe Luft atmen.» Und lauter: «Ich verlange die Scheidung!»

Er trat näher. «Hast du den Verstand verloren? Was sollen die Leute denken! Was du von mir hältst, ist mir völlig einerlei, aber ich lasse nicht zu, daß die Dienstboten herumtragen, bei uns stehe nicht alles zum besten.»

Sie sprang nervös aus dem Bett und streifte eine Robe über. Sie war bereit, den Kampf aufzunehmen. «Du hast gehört, was ich gesagt habe. Ich will die Scheidung. Den Grund dafür brauche ich dir wohl nicht zu nennen.»

«Und ich verweigere die Scheidung. Ich lehne es ab, mich ausgerechnet jetzt scheiden zu lassen. Später vielleicht. Jetzt nicht.»

«Warum erst später? Wir haben ja nichts mehr miteinander gemein. Und nach gestern nacht . . .»

Er hatte sich eine Zigarette angesteckt und trat auf sie zu. «Du vergißt besser, was du gestern nacht gesehen hast.»

Sie wich zurück, denn für einen Augenblick hatte sie das verrückte Gefühl, er wolle sie mit der brennenden Zigarette verletzen. «Du kannst mich gegen meinen Willen nicht festhalten. Läßt du mich nicht freiwillig gehen, dann gehe ich eben gegen deinen Willen. Irgendwie wird es mir schon gelingen. Ich bin schließlich nicht allein auf der Welt, noch habe ich –»

«– Karady? Wolltest du das sagen?»

Der Name fiel unerwartet für sie, und sie fühlte, wie ihr der Boden weggezogen wurde.

«Du bist wirklich erstaunlich! Mit einem Juden schlafen! Konntest du keinen besseren finden?»

Seinem Ton war anzumerken, daß er wußte. Trotzdem leugnete sie. «Du bist verrückt. Ich habe niemals mit ihm oder sonstwem geschlafen.»

Er sah sie durchdringend an. «Im vorigen Jahr hast du das ganze Frühjahr hindurch und den Sommer über mit ihm geschlafen.»

«Das ist eine Lüge! Woher willst du wissen –»

«Du hast ihn in seiner Wohnung besucht, in der Burgstraße. Später habt ihr euch in Potsdam getroffen und seid mit seinem Wagen weggefahren.»

«Ja, wir haben Ausfahrten gemacht –»

«Wohin ihr gefahren seid, ist mir völlig gleichgültig. Wahrscheinlich hat er dich anständig gebürstet, sonst hättest du es mit ihm wohl kaum ganze Nachmittage ausgehalten. Kurz vor unserer Abreise warst du noch einmal in seiner Wohnung.»

Er wußte alles. Wahrscheinlich wußte er seit ihrem ersten Besuch in der Burgstraße Bescheid, hatte aber diese Kenntnis für sich behalten, um sie im entscheidenden Augenblick zu verwenden. Jetzt wollte er das Wissen von ihrer Untreue benutzen, um sie zum Gehorsam zu zwingen, erreichte aber das Gegenteil.

«Schön. Ich hatte eine Affäre mit Karady. Warum hast du mich noch mit hierhergeschleppt, wenn du das längst wußtest? Warum hast du mich nicht früher schon verstoßen, mich umgebracht oder ihn?»

Er lächelte kalt. «Der Gedanke ist mir, offen gestanden, gekommen. Der Gedanke, ihn zu töten, meine ich. Der eifersüchtige Gatte rächt sich. Das hätte sich in der Zeitung ebenso gut ausgenommen wie vor dem Ehrengericht.» Plötzlich dämmerte es ihr. Das Ehrengericht! Damals im Oktober hatte er ihr gesagt, sein Fall käme vor das Ehrengericht. «Ah, jetzt verstehe ich.»

«Was verstehst du?»

«Warum du mich noch nach Allenstein mitnehmen mußtest. Die Welt sollte sehen, daß Bollhardt und Sommer gelogen haben, daß du ein vorbildlicher Gatte bist! Daß du normal bist! Die gute Frau Notze hat überall herumerzählt, einen verliebteren Ehemann als dich hätte sie noch nicht gesehen.»

«Sei dankbar dafür, daß ich bereit war zu vergeben und zu vergessen.»

«Ich habe keinen Grund, dankbar zu sein. O ja, ich hatte einen Liebhaber, einen richtigen Mann. Er liebte mich, und ich Närrin bin mit dir in dieses verdammte Nest gezogen, nur damit ich dir deine Karriere rette! Aber was aus dir und deiner Karriere wird, ist mir jetzt egal! Ich gehe.»

Er hörte sie finster an. «Du wirst nicht gehen.»

«Du kannst mich nicht zwingen zu bleiben. Wenn ich den Mund aufmache, bist du erledigt.»

«Du willst mich erpressen?»

«Ja. Also laß mich in Frieden gehen. Morgen fahre ich nach Berlin. Für die Leute hier wird uns schon eine Ausrede einfallen. Krankheit, Trauerfall in der Familie, irgendwas –»

«Und wo gedenkst du in Berlin zu wohnen?»

«Im Hotel.»

«Und wer bezahlt das?»

Sie runzelte die Brauen. «Du wirst mir eine monatliche Apanage aussetzen und die Scheidungskosten übernehmen. Das ist doch wo so üblich, wie?»

«Und falls ich das nicht tue?»

«Verlasse ich dich trotzdem.»

Diese Antwort wirkte offenbar belustigend auf ihn. Er schüttelte jedenfalls lachend den Kopf. «Das täte ich an deiner Stelle nicht. Du könntest eine Überraschung erleben. Dein fabelhafter Liebhaber heiratet nämlich, falls du das nicht wissen solltest.» Spielerisch hob er mit der Hand ihr Kinn. «Er hat sich mit einer Komtesse Winterfeld aus Wien verlobt. Und im Herbst wird geheiratet.»

Das traf sie schmerzhaft, und sie kam sich vor wie gefangen in einer Höhle, deren Eingang soeben ein Erdrutsch verschüttet hat. Sie hoffte, Hans Günther merke ihr nichts an, hoffte, er sage die Unwahrheit. Aber eine Ahnung sagte ihr, daß er nicht log.

«Eine Scheidung kommt gar nicht in Frage», sagte er mit kühler Gelassenheit, ging zur Tür, hielt inne und fuhr fort: «Eine letzte Warnung: Ich dulde keine plötzlichen Veränderungen unserer häuslichen Gewohnheiten. Das Personal wird keinen Anlaß haben, über Wolken am Godenhausenschen Ehehimmel zu tratschen. Es besteht gute Aussicht, daß ich bald von hier versetzt werde, daß ich ein wichtiges Kommando bekomme. Und ich lasse mir meine Karriere von dir nicht verpfuschen, Alexa. Du kennst mich nicht. Wenn es sein muß, kann ich sehr unangenehm werden.»

Er ging. Sie sank erschöpft in einen Sessel. Die Nachricht von Nikolas' Verlobung kränkte sie mehr, als sie für möglich gehalten hatte. Nicht nur, weil sie auf seine Hilfe gezählt hatte, sondern auch, weil ihr jetzt deutlich wurde, wieviel seine Liebe ihr bedeutet hatte. Sie war von einem starken, klugen, leidenschaftlichen Mann geliebt worden, der sie so genommen hätte, wie sie war. Er übertrug auf sie die

Liebe, die er für ihre Schwester empfunden hatte, und Alexa hätte sie dankbar annehmen sollen. Wie töricht von ihr, einem Feuer den Rükken zu kehren, das sie gewärmt hatte, nur weil es von einer anderen Frau entzündet worden war! Wie sie diese Wärme brauchte! Doch die Glut war ausgetreten worden, und nicht von einer Komtesse Winterfeld, sondern von ihrer eigenen Unbekümmertheit.

Hans Günthers Bett blieb oben. Kurz nachdem die Glocke von der nahegelegenen katholischen Kirche zehn geschlagen hatte, kam er herauf.

Während er sich auskleidete, lag Alexa mit aufgerissenen Augen fröstelnd unter der Decke. Hans Günther las noch ein Weilchen im Bett, dann knipste er die Lampe aus und war Minuten später fest eingeschlafen.

Daß sie nun Nacht um Nacht den regelmäßigen Atemzügen und dem gelegentlichen Schnarchen ihres Feindes würde lauschen müssen, erfüllte sie mit Bitterkeit. Wäre er doch nur tot, wäre ich frei, dachte sie.

Sie schlief unruhig und war schon hellwach, als er aufstand. Sie wartete, bis er aus dem Hause war und stand rasch auf. Fräulein Busse, Dmowski und die Mädchen waren wie immer an ihrer Arbeit. Sie verließ unbemerkt das Haus durch den Hintereingang und betrat es eine halbe Stunde später auf demselben Weg ebenso unbemerkt wieder.

Sie war auf dem Postamt gewesen und hatte einen Expressbrief an ihre Tante aufgegeben, in welchem sie ihren unerschütterlichen Entschluß bekanntgab, sich von Hans Günther scheiden zu lassen. Sie bat Tante Rose um Hilfe. Zunächst einmal sollte sie ihr eine Fahrkarte nach Berlin sowie etwas Geld schicken. In einer Nachschrift warnte sie: Falls Rose sich weigerte, Alexas Wunsch zu willfahren, sähe sie sich gezwungen, gewisse Fakten über Hans Günther bekanntzumachen, die nicht nur seine Laufbahn ruinieren, sondern Schande über die ganze Familie bringen würden.

Sie hatte ferner der Frau eines noch beim Regiment Garde du Corps in Potsdam stehenden Offiziers geschrieben, einer noch jungen Frau, der sie sich immerhin nahe genug verbunden fühlte, um während der letzten Monate eine Korrespondenz mit ihr zu unterhalten. Von ihr wollte sie hören, ob etwas über eine Verlobung des Grafen Karady verlautet sei?

Eine Woche lang wartete sie vergeblich auf Antwort von der Tante, während aus Potsdam umgehend Nachricht eintraf. Jawohl, sie sei recht unterrichtet, Graf Karady sei mit einer gewissen Francesca Winterfeld verlobt, einer sehr jungen Person aus guter Familie, doch arm wie die bekannte Kirchenmaus, was überhaupt ein guter Vergleich sei, denn die Mutter sei eine fanatische Frömmlerin und verbringe praktisch ihr Leben in Kirchen. Im übrigen seien alle sich einig, daß für einen so weltläufigen Mann wie Karady diese Winterfeld eine sonderbare Wahl sei.

Die Sedlitzens trafen unangemeldet ein. Jedenfalls wurde Alexa von dem Besuch überrascht. Hans Günther mochte davon gewußt haben.

Alexa erwachte davon, daß sie die Stimme der Tante unten im Flur hörte. Gleich darauf kam Fräulein Busse und meldete, Onkel und Tante erwarteten die Gnädige im Salon.

Alexa warf ein Morgenkleid über und eilte, die beiden zu begrüßen. Sie waren von eisiger Förmlichkeit und führten sich auf wie eine Untersuchungskommission im Hause des Verdächtigen. Offenbar kannte der General den an die Tante gerichteten Brief, trotzdem fragte Alexa sie, was sie nach Allenstein geführt habe.

«Das hörst du, sobald Hans Günther da ist», erwiderte die Tante. «Fräulein Busse wird uns freundlicherweise zeigen, wo wir uns frisch machen und etwas ausruhen können. Die Reise ist lang, und wir haben keine Minute geschlafen.»

«Tante Rose», sagte Alexa, «ich möchte mit dir sprechen . . . mit dir allein.»

«Erst, wenn Hans Günther da ist.»

Die ablehnende Miene der Tante sagte Alexa, daß sie weder auf Mitleid noch Verständnis rechnen konnte.

Hans Günther kam heute eine Stunde früher als gewöhnlich, war also wohl von diesem Besuch unterrichtet gewesen. Erstaunlicherweise war auch das Mittagessen fertig und konnte sogleich aufgetragen werden. Das Gespräch während des Essens war gedämpft und mühsam. Man saß nur zu viert bei Tisch, denn Fräulein Busse vermutete Familienrat und speiste daher taktvoll auf ihrem Zimmer. Diese Geste war überflüssig, denn man vermied jede Debatte, bis man nach dem Essen in das abseits gelegene Arbeitszimmer des Hausherrn hinüberging.

Hier nahm man Platz, der General am Schreibtisch, Tante und Gatte auf dem Sofa, Alexa auf einem Stuhl mit gerader Lehne allen gegenüber – wie es dem Angeklagten zukommt, dachte sie im stillen bitter.

Die Tante erwartete nicht, daß Alexa etwas sagte, sondern eröffnete die Sitzung. Sie hielt eine furiose Anklagerede, die jedem Staatsanwalt Ehre gemacht hätte, doch wenn sie beabsichtigt hatte, ihre Nichte damit einzuschüchtern, verfehlte sie ihr Ziel. Ihre Vorwürfe waren Alexa nur allzu bekannt und blieben ohne jeden Eindruck, denn sie unterschieden sich in nichts von dem, was Alexa seit eh und je von der Tante zu hören bekam.

«Meine Zeit habe ich an dich verschwendet, meine Zuneigung und mein Geld», klagte sie. «Ich habe dir ein anständiges Zuhause geboten, eine gute Erziehung, eine Mitgift, eine glänzende Hochzeit, eine soziale Stellung, Dank habe ich dafür keinen erwartet, aber wenigstens daß du uns keine Schande machen würdest. Doch auch das ist schon zuviel verlangt. Du bist schamlos und verderbt bis ins Mark.» Ihr wurde die Luft knapp, und sie griff sich ans Herz.

«Soll ich dir ein Glas Wasser holen, Tante Rose?» fragte der Neffe hilfsbereit und machte Anstalten, sich zu erheben. Bislang hatte er stumm und mit steinernem Gesicht dagesessen, das Urbild der gekränkten Unschuld.

Alexa konnte nicht länger an sich halten. «Du kennst die Wahrheit nicht, Tante Rose. Nicht ich habe unsere Ehe zerstört, sondern Hans Günther. Wie, möchte ich lieber nicht sagen. Du mußt es mir schon glauben. Und mir zur Scheidung verhelfen. Mein Entschluß ist gefaßt, finde dich bitte damit ab.»

Die Tante zog ein Taschentuch aus dem Gürtel und betupfte die Augen. «Du hörst, Adalbert?» fragte sie den General. «Auf mich gibt sie nichts. Vielleicht hört sie auf dich? Du als Oberhaupt der Familie hast die Pflicht –»

Er unterbrach sie. «An meine Pflicht brauchst du mich nicht zu erinnern.»

«Entschuldige, Adalbert, das war auch nicht meine Absicht. Ich wollte nur . . .»

Er hob die Hand und gebot ihr mit einer Gebärde Schweigen. Dann räusperte er sich. «Mein liebes Kind», begann er und sprach so laut und akzentuiert, als sei Alexa schwerhörig. «Was du getan hast, ist verächtlich. Aber dein Gatte ist bereit, zu vergeben und zu vergessen, wenn du geloben willst, nie wieder gegen dein Ehegelöbnis zu verstoßen.»

Aha. Sie verstand. Hans Günther hatte offenbar von Nikolas erzählt, doch gewiß nicht von Dmowski?

In den sechs Jahren, die sie im Hause Sedlitz verbracht hatte, war sie nur vor den General zitiert worden, wenn die Tante glaubte, mit ihrer «Boshaftigkeit» nicht mehr fertig werden zu können. Der General hatte bei solchen Anlässen mit der Würde eines Mitgliedes des Obersten Reichsgerichts Recht gesprochen, wobei er offenbar die Begegnungen im dunklen Korridor völlig vergessen zu haben schien. Nun also war er neuerlich das verkörperte Gesetz, sie die Verbrecherin.

«Ich habe gute Gründe, eine Scheidung zu verlangen», sagte Alexa, bemüht, ruhig zu bleiben. «Ich bitte um eure Hilfe, es muß doch Wege geben, solche Dinge ohne Aufsehen zu regeln. Ich will weder Hans Günther noch seine Karriere vernichten. Zwingt mich also nicht, deutlicher zu werden.»

«Deutlicher?» brauste die Tante auf. «Hörst du, Adalbert? Sie bedroht Hans Günther. Sie erpreßt ihn! Sie stellt uns ein Ultimatum.»

Der General warf ihr einen wütenden Blick zu. «Überlaß es gefälligst mir, die Verhandlung zu führen.» Und zu Alexa: «Du willst deinen Mann verlassen, obwohl er gerade jetzt ganz auf deine Loyalität angewiesen ist. Es ist derzeit eine Schmutzkampagne gegen uns im Gange, gegen uns alle, unsere Klasse, die Elite, das Offizierskorps. Wenn du jetzt die Scheidung einreichst, könnte das als Bestätigung für gewisse Vorwürfe betrachtet werden – ungerechtfertigte Vorwürfe selbstverständlich, die aber noch in den Köpfen herumspuken. Ihn jetzt verlassen hieße zum Feind übergehen, das wäre wie Desertion im Kriege, absolut unmoralisch und unpreußisch.»

«Ich bin keine Preußin.»

«Du bist die Frau eines preußischen Offiziers!»

Die Tante sprang auf. «Eine schamlose Schlampe bist du! Hans Günther ist ein wahrer Heiliger, er ist sogar bereit, dir deine Hurerei nachzusehen –»

«Ruhe gefälligst!» bellte der General Rose an. «Und setz dich hin, verdammt noch mal. Ich habe diese Angelegenheit übernommen, aber ich verlange, daß du dann auch endlich den Mund hältst. Nun hör mir einmal gut zu», sagte er und wandte sich wieder Alexa zu. «Du wirst meinen Neffen nicht verlassen. Und du wirst keine Scheidung einreichen.»

«Tut mir leid, Onkel, das habe ich fest beschlossen.»

«Und ich, mein Kind, habe anderes beschlossen.» Er holte tief Luft. «Bislang habe ich dir gut zugeredet. Jetzt befehle ich dir.» Er nahm ein Blatt Papier vom Tisch und entfaltete es. «Dies hier ist ein Gutachten von Professor Popper über deinen Geisteszustand. Demzufolge bist du manisch-depressiv, mit anderen Worten, geistesgestört.»

«Was?» rief Alexa. Sie glaubte, nicht recht gehört zu haben.

«Und du hast folglich nur die Wahl: entweder du fügst dich unseren Wünschen, oder du wirst zur Beobachtung und möglicherweise zur psychiatrischen Behandlung in die Heilanstalt Kortau eingeliefert.»

Alexa wurde übel. Sie hielt die Hand vor den Mund und schluckte mehrmals. Sie mußte tief durchatmen, bevor sie wieder sprechen konnte. «Das wird euch nicht gelingen. Dieser Professor Popper oder wie er heißt, hat mich nie im Leben gesehen. Wie kann er also behaupten, ich sei verrückt?»

«Du irrst, meine Liebe», widersprach der General mit einem Blick auf das Gutachten. «Er hat dich zum letztenmal am 14. September vorigen Jahres in der Charité untersucht.»

«Ja, dort haben sie meine Lungen untersucht, aber nicht meinen Geisteszustand! Ich hatte leichtes Fieber, man hat mich geröntgt, Blut- und Sputumproben genommen. Das war eine Vorsichtsmaßnahme, weil ich als Kind Tb hatte.»

«Ganz recht. Und Professor Popper war einer der Ärzte, die dich untersuchten.»

«Und ich sage dir, es war nur eine Untersuchung der Lunge.»

«Ich habe hier weiter ein Gutachten von Dr. Brandt, der dich in den Jahren 1897 bis 1903 behandelte. Er stellte bei dir eine Psychoneurose fest mit den Symptomen Krämpfe, Ohnmachtsanfälle, Gefühlsausbrüche.»

«Nein! Nein! Nein!» schrie sie. «Dr. Brandt war unser Hausarzt, und er hat mich behandelt, wenn ich eine Magenverstimmung hatte oder Halsschmerzen oder Ähnliches. Dr. Brandt war kein Nervenarzt. Dich hat er bei deinem Gallenanfall behandelt, und Tante Rose etwas gegen ihre Wallungen verschrieben. Falls bei uns jemand verrückt war, dann war es Tante, aber nicht ich!»

Der General hieb mit der Faust auf den Tisch. «Genug jetzt. Kein Wort mehr. Du kannst wählen.»

Alexa sprang so heftig auf, daß sie den Stuhl umwarf. «Nein! Mit Hans Günther bin ich fertig. Endgültig. Und kein Arzt und kein Richter kann mich zwingen, mit ihm zusammenzuleben. Nicht ich bin krank, sondern er!» Sie trat vor ihre Tante hin. «Da, auf dem Sofa, genau wo du sitzt, da hat er es mit seinem Burschen getrieben!»

Die Tante kreischte: «Nein!» Sie erhob sich mit Mühe und betrachtete entgeistert das Sofa, als sei dort der Beweis für Alexas Anschuldigung zu finden. Auch Hans Günther stand auf. Bislang hatte er reglos dagesessen, die Arme vor der Brust verschränkt, den Blick auf die Glastür des Bücherschrankes am anderen Ende des Zimmers geheftet. Jetzt fingerte er nervös an seinem Kragen, und seine Lippen bebten, als er sich an den General wandte.

«Sie lügt. Sie will nur einen möglichst großen Unterhalt herausschlagen, und dafür ist ihr jedes Mittel recht.»

«Nur keine Angst», beschwichtigte ihn der General. «Einen zweiten Fall Moltke wird es nicht geben.»

«Der arme Moltke», klagte die Tante. «Diese Frau hat ihn ruiniert. Den rettet nichts mehr, auch nicht Hardens Verurteilung. Der ist erledigt ...»

«So etwas wird sich hier nicht wiederholen. Nicht, solange ich noch etwas zu sagen habe. In unserer Familie wird es keinen Skandal geben!» versicherte der General.

Alexa machte einen letzten Versuch. «Auch ich will keinen Skandal. Ich werde kein Wort gegen Hans Günter sagen, und wenn nötig alle Schuld auf mich nehmen. Aber du mußt mich verstehen, Onkel Adalbert. Mit dieser Ehe kann es so nicht weitergehen, sonst werde ich wirklich noch verrückt.»

«Liebes Kind, vor vier Jahren hast du dein Ehegelöbnis vor Gott abgelegt. Und dessen kannst du dich nicht einfach entledigen.»

Alexa rang um Fassung. «Sag das Hans Günther. Auch ihn bindet das Gelöbnis, obwohl er es schon damals nicht ehrlich gemeint haben kann. Er wußte, daß er mir nie würde die Liebe geben können, die eine Frau von ihrem Mann zu erwarten das Recht hat. Verstehst du denn überhaupt nicht? Er ist anders ... er ist nicht normal ... er ist krank.»

Der General fuhr vom Stuhl, lehnte sich über den Tisch und brüllte

Alexa an: «Du bist krank, Weib, nicht er! Eine schamlose Ehebrecherin, ein verkommenes Weibsstück!»

Alexa starrte ihn an, stummen Haß im Blick. Plötzlich hörte sie sich all den Jammer ausspeien, der sich in den letzten grauenhaften Tagen in ihr angesammelt hatte. «Du nennst mich krank? Unmoralisch? Du bist krank und unmoralisch. Denkst du, ich habe vergessen, wie du bei jeder Gelegenheit im Korridor auf mich gelauert, mich betatscht, mir unter den Rock gegriffen hast? Ich war als Kind in deine Obhut gegeben und mußte doch aus Leibeskräften meine Unschuld vor dir verteidigen! Herr im Himmel! Mich wollt ihr einsperren? Du gehörst eingesperrt, damit du dich nicht mehr an wehrlosen Kindern vergreifst!»

Die Tante hatte sie offenen Mundes angestarrt, jetzt richtete sich ihr suchender Blick auf den General. Plötzlich holte sie aus und schlug Alexa ins Gesicht. «Du dreckige Hure! Nimm das sofort zurück, oder ich bringe dich um!»

Alexa taumelte von dem Schlag und schlug mit dem Hinterkopf gegen die Kante des Bücherschrankes. Sie fiel zu Boden. Hans Günther packte die Tante und zog sie von Alexa fort. Dann half er seiner Frau auf, betastete die Stelle, an der die scharfe Kante des Schranks sie verletzt hatte, und sah Blut an seinen Fingerspitzen.

«Sieh dir die Bescherung an», sagte er zu Tante Rose.

«Umbringen hätte ich sie sollen. Umbringen, und das schon vor Jahren. Erwürgen hätte ich sie sollen, statt sie unter mein Dach aufzunehmen. Nichts als Kummer hat sie mir bereitet.»

Hans Günther strich das Haar beiseite, um die Wunde am Kopf seiner Frau zu untersuchen. Es war eine kleine Platzwunde. «Komm, ich wasche es aus», sagte er.

Alexa machte sich los. «Laß mich. Ich tue es selber.»

«Wir müssen die Stelle verbinden.»

Alexa war zu benommen, um sich zu wehren. Er führte sie ins Badezimmer, tupfte das Blut ab und tat Jod auf die Wunde.

«Damit sie sich nicht entzündet.»

Sie sah ihn spöttisch an. «Wäre das nicht prächtig? Ich sterbe an Blutvergiftung, und du heiratest Dmowski.»

«Soviel Glück haben wir leider nicht», brummte er, ging hinaus und knallte die Tür hinter sich zu.

Da der Besuch als eine Art Familientreffen deklariert war, blieben die Sedlitzens den Rest der Woche in Allenstein. Alexa hörte, daß der Onkel seit kurzem zum Verbindungsoffizier zwischen dem Generalstab und dem Militärkabinett des Kaisers ernannt worden war. Diese seine Stellung so nahe an der Quelle der Macht erklärte die Aufregung, die seine Anwesenheit in ostpreußischen Militärkreisen verursachte.

Es wurde eine denkwürdige Woche, Besuche wurden gemacht und empfangen, beim Korpskommando in Königsberg fand ein Empfang statt, sehr comme il faut und elegant. Die Godenhausens gaben zu Ehren des Divisionskommandeurs und seines Stabes ein Essen, und der Kommandeur gab seinerseits ein Diner, das bis in den frühen Morgen dauerte. Für die Jahreszeit war es mild, das junge Grün vor blauem Himmel ließ die Trübe des Winters vergessen, die Nebelsuppe, die von der Ostsee hereintrieb, die meterdick gefrorenen Flüsse, die Sisyphusarbeit des Schneeschaufelns, die vom Schnee eingedrückten Dächer. Der Besuch des Generals von Sedlitz in Allenstein verlieh den Freuden des Frühlings eine besonders festliche Note.

Angeblich wegen Grippe spielte Alexa bei dem Essen für den Kommandeur nicht die Gastgeberin. Tags darauf allerdings war sie wie durch ein Wunder genesen und nahm an dem Fest teil, das Hans Günthers Regiment dem General von Sedlitz ausrichtete. Wie gewöhnlich wurde sie von den Offiziersdamen scharf beobachtet, Aussehen, Gebaren und Kleidung wurden genauestens unter die Lupe genommen. Auch die Herren musterten sie, meist verstohlen, und sie interessierten sich weniger für ihre Toilette. Sie beneideten die Junggesellen, denen erlaubt war, sich Alexas wegen zum Narren zu machen, wobei Oberleutnant von Ranke sich auffallend hervortat.

Ranke war wirklich der ideale Kavalier für eine verheiratete Frau, die ihre Reputation wahren wollte. Er war ein treu ergebener Anbeter, verläßlich und, angeblich, impotent. Man lachte über seine Verliebtheit, hauptsächlich weil es unbegreiflich schien, daß eine Frau von Alexas Schönheit sich ausgerechnet den kleinen Ranke zum Kavalier erkoren hatte.

Über Hans Günther schwebte nach wie vor der Verdacht der Homosexualität, doch über vier Jahre Ehe mit Alexa schienen dagegen zu sprechen. Falls je etwas gewesen war, so war er von ihr auf den rechten Weg zurückgeführt worden.

Der Besuch der Sedlitzens brachte für Alexa aber schließlich doch einige Vorteile mit sich. Hans Günther ersetzte Dmowski durch Johann Blaskowitz, einen ungeschlachten, weißblonden Dragoner mit riesigen Händen und einer Boxernase. Er erklärte sich auch damit einverstanden, das eheliche Schlafgemach zu räumen. Man stellte Bett, Kommode und Schrank in das kleine Kabinett, das sich an sein Arbeitszimmer anschloß und das bis dahin mehr oder weniger als Abstellraum gedient hatte. An die Fenster kamen schwere Vorhänge, die er aus Berlin kommen ließ, auf den Boden ein schöner alter Täbris.

Um Außenstehende vor voreiligen Schlüssen zu bewahren, erklärte Alexa Fräulein Busse, diese Umquartierung sei nur für so lange vorgesehen, wie der Major an seiner Studie arbeite.

Wenige Tage nach der Abreise der Sedlitzens ritt Alexa mit Ranke aus. Dieser schüttete ihr wie gewöhnlich sein Herz aus. Sie sei noch sein Ruin, beteuerte er, er könne nicht mehr schlafen, nicht essen und keinen klaren Gedanken mehr fassen, und so betrinke er sich denn allabendlich in seiner Wohnung.

«Hören Sie endlich auf zu jammern!» fuhr Alexa ihn an. «Was wollen Sie eigentlich von mir? Mein Mann wird sich nie im Leben scheiden lassen, also können Sie mich nicht heiraten. Und wollen Sie etwa mit mir eine Affäre anfangen? Ist er nicht Ihr Kamerad? Außerdem ist Allenstein ein so kleines Nest! Hier kann man *nichts*, nicht einmal husten, ohne daß alle es hören. Suchen Sie sich also ein nettes Mädchen und –»

«Ich hasse nette Mädchen.»

«Ich war auch mal eines.»

«Für Sie könnte ich sterben.» Alexa war sein gläserner Blick seltsam unheimlich. Sie dachte an das Duell, das er gehabt hatte. «Sie reden immer vom Sterben, aber töten können Sie auch.» Die Worte waren ihr entschlüpft, sie konnte sie nicht zurücknehmen.

Er reagierte nicht sogleich, sondern ritt schweigend weiter. Plötzlich hielt er sein Pferd an. «Töten? Was meinen Sie damit?» fragte er mit belegter Stimme.

Sie lachte. «Nichts. Es war ein Scherz.»

Auch sie hatte das Pferd angehalten, denn jetzt bogen sie in den am Ufer der Alle entlangführenden Weg ein. Der Frühling hatte die

Kahlheit der Uferwiesen ergrünen lassen, und die weißen Stämme der Birken glänzten in der Sonne wie Schlangenhaut. Alexa dachte: die Welt ist viel zu schön, als daß man in ihr unglücklich sein darf.

Dann hörte sie Ranke sagen: «Ja, ich glaube, daß ich für Sie töten könnte.»

Sie traute ihren Ohren nicht und schaute ihn an. Er war sehr rot, aber in seinem Gesicht zuckte es, als fröstele es ihn. Ein Besessener, dachte sie und betrachtete ihn mit Neugier und einer Spur Unbehagen.

«Stimmt es, daß Sie Ihren besten Freund getötet haben?» fragte Alexa und hielt den Atem an.

Sein Gesicht wurde zu Stein. «Es war im Duell. Und mein *bester* Freund war er nicht.»

«Immerhin – ein Freund?»

«Nun, das ist ein sehr vager Begriff. Es gibt Freunde und Freunde.»

Sie machten kehrt und ritten in Richtung Paradeplatz. «Ich habe Ihnen gesagt, daß ich für Sie töten könnte. Nächste Frage bitte.»

«Denken Sie nicht mehr daran, es war ein schlechter Scherz. Ich habe alles mögliche über Sie gehört, und da ist man natürlich neugierig. Das alles paßt nicht recht zu dem Bild, das ich mir von Ihnen gemacht habe – empfindsam und zartfühlend, ein preußischer Roland.»

«Sie haben sich also ein Bild von mir gemacht? Das überrascht mich und schmeichelt mir selbstverständlich, denn ich hatte den Eindruck und habe ihn manchmal noch, ich sei für Sie gar nicht vorhanden.»

«Sagen Sie doch nicht so etwas Törichtes!» sagte sie nicht sehr überzeugend.

Vor dem Hause angelangt, bat sie ihn zu einer Tasse Tee hinein. Er sah, daß der Stallbursche das Pferd des Majors im Hof bewegte, der Hausherr also anwesend war, und sagte: «Ein andermal gern.»

Die bösen Gedanken, die ihr Gespräch mit Ranke erweckt hatten, ließen sie nicht los, und sie drängte ihn: «Ach, so kommen Sie doch! Mein Mann freut sich bestimmt, Sie zu sehen. Er hat gern Gäste.»

Man saß ab und übergab Jerzy die Pferde. Der Hausherr saß in einem Sessel über ein Buch vertieft, angetan mit einem Schlafrock aus Brokat, an den Füßen Saffianpantoffeln. Falls ihm der Besuch ungelegen kam, ließ er davon nichts merken. Im Umgang mit Kameraden, auch mit denen von der Artillerie, war er stets vorbildlich, gastfrei und verbindlich. Seit die Liebe Alexa nicht mehr blind machte, durchschaute sie kühl und zynisch den Eifer, mit dem er alle und jeden für sich einzunehmen suchte. Er glich darin einem Politiker, der sich um ein Amt bewirbt und alle erreichbaren Hände drückt, in der Hoffnung, sie wären die von Wählern. Sie wußte, daß er im Grunde nicht viel von Ranke hielt, und er hatte ihn das sicher auch schon spüren lassen. So war Ranke ganz erstaunt, mit welcher Liebenswürdigkeit ihn der Ehemann einer Frau begrüßte, die er, Ranke so offensichtlich anbetete.

Beim Tee wurde darüber geredet, daß König Eduard seinen Staatsbesuch in Berlin krankheitshalber abgesagt hatte, aber immerhin gesund genug war, sich demnächst mit dem Zaren in Reval informell zu treffen.

«Eduard hofiert den Zaren, und dies bedeutet nichts anderes, als daß der Ring der Einkreisung enger und enger wird», erklärte der Major seinem Gast. «Nicht mehr lange, und Sie werden aus Ihren Haubitzen scharfe Granaten verschießen, mein lieber Otto.»

«Je eher, desto besser», versetzte Ranke. «Mich quält die Vorstellung, ich könnte zu alt sein, wenn es endlich zum Kriege kommt.»

«Das ist der richtige Geist. Nichts reinigt die Atmosphäre so gründlich wie ein gesunder Aderlaß. Vielleicht müssen wir an zwei Fronten kämpfen, aber auch das macht mich nicht übermäßig besorgt. England hat kein Heer, die Kampfmoral der Franzosen hat sich von Sedan noch nicht erholt, und die Russen sind Herdenvieh. Erst aber müssen wir mit dem inneren Feind aufräumen, mit den Pazifisten, den Sozialisten, den Volksverhetzern. Die Polizei hat bisher immer nur mit der flachen Klinge dreingeschlagen, es wird Zeit, daß man diesen ewigen Demonstranten die scharfe Klinge zeigt. Und falls die Polizei es nicht tut, sollten wir das übernehmen.»

«Sehr wahr», strahlte Ranke.

Alexa fühlte sich plötzlich dazu gereizt, die kosige ménage-à-trois-Stimmung dieses Nachmittags zu sprengen. «A propos Aderlaß – wußtest du, daß Oberleutnant von Ranke jemanden erschossen hat?»

Ranke rutschte verlegen auf dem Stuhl herum. «Es war im Duell.»

«Ist das denn ein so großer Unterschied? Was meinst du, Hans Günther?»

Godenhausen runzelte die Brauen. «Selbstverständlich ist es ein Unterschied. Was für eine Frage!» Und zu Ranke gewendet: «Sie müssen meine Frau entschuldigen, Otto. Sie spielt mal wieder den Bürgerschreck. Warum sie dieses Thema überhaupt aufs Tapet gebracht hat, ist mir unerfindlich.»

«Wir sprachen auf dem Rückweg darüber.»

«Ach.»

«Ich fragte Herrn von Ranke, ob die Gerüchte zuträfen, und er bestätigte es.»

«Sehr taktlos, meine Liebe.»

Ranke lief rot an. «Ich habe es nicht so empfunden . . . es ist wirklich . . .»

«Noch etwas Tee, Herr Oberleutnant?» Alexa goß ihm nach, ohne die Antwort abzuwarten. «Entschuldigen Sie, ich werde es nie wieder erwähnen.»

«Aber es ist nichts, dessen ich mich schämen müßte», beteuerte Ranke hastig. «Es war eine unglückliche Geschichte, aber es ist nun einmal geschehen –»

«– und Sie wünschten, es wäre nicht geschehen, nicht wahr?» fragte Alexa, während Hans Günther sich in den Kragen faßte, was, wie sie wußte, ein Zeichen von Gereiztheit war.

«Das möchte ich nun auch nicht sagen . . .» entgegnete Ranke unsicher. «Ich wollte sagen, wenn man sich schon einmal in solch einer Lage befindet –»

«Wechseln wir doch bitte das Thema», sagte Hans Günther.

«Warum sollten wir?» Alexa genoß es, daß ihr Mann irritiert war und Ranke verlegen. «Ich finde Duelle aufregend. Man erschießt jemanden, aber weil vier Sekundanten dabei sind, ist man kein Verbrecher, sondern ein Held. Wie erklärt sich das, Hans Günther?»

Godenhausen stand auf und rückte ein Bild gerade, das ein wenig schief an der Wand hing.

«Du meinst also auch, es sei kein Verbrechen, einen Menschen im Duell zu töten, Hans Günther?» beharrte Alexa.

«Das kommt drauf an.»

«Worauf?»

«Darauf, wie man die Sache ansieht. Es verletzt das fünfte Gebot. Nach unserem Ehrenkodex ist es allerdings kein Verbrechen. Man schießt ja nicht auf einen Wehrlosen. Der Gegner ist ebenso bewaffnet wie man selber, man kann ebenso verwundet oder getötet werden wie der andere. Und jetzt genug davon, Alexa. Du bringst unseren Gast in eine peinliche Lage», sagte er dann energisch.

Ranke war zugleich mit seinem Gastgeber aufgestanden und lächelte nervös. «Ich bin wirklich nicht –»

«Jedenfalls bin ich außer Ihnen noch nie jemand begegnet, der ein Duell ausgetragen hat. Gestatten Sie mir deshalb noch eine Frage», sagte sie, an Ranke gewandt: «Was gibt dem Duell den ehrenhaften Charakter – die Formalitäten der Herausforderung, die Sekundanten, die Wahl der Waffe?»

«Das alles gehört dazu. Es wird erwartet, daß man seine Ehre als Offizier und Edelmann verteidigt. Lehnt man es ab, sich zu duellieren, muß man den Dienst quittieren», erläuterte Ranke gelassen. Seine Haltung hatte sich verändert, er war nicht mehr verlegen, sondern erweckte den Eindruck, als begrüße er die ihm zuteil werdende Aufmerksamkeit.

«Und wäre ein Duell ohne Sekundanten, ohne Zeugen also, überhaupt denkbar?» fragte Alexa.

Hans Günther ließ sich schnaufend auf seinen Stuhl nieder. «Woher das blutrünstige Interesse, Alexa?» fragte er.

Sie achtete nicht darauf. «Was empfanden Sie, als man Ihnen sagte, Ihr Freund sci tot?» wollte sie wissen.

«Das brauchte mir keiner zu sagen. Ich wußte es.»

«Und was empfanden Sie?»

«Ich war erleichert, weil es vorüber war.»

«Und fühlten Sie sich nicht schuldig?»

«Unsere Angelegenheit war vor dem Ehrengericht verhandelt worden, ein Versöhnungsversuch gescheitert, wir bekamen Befehl, das Duell auszutragen –»

«Und man hat Sie dafür nicht ins Gefängnis geschickt?»

«Nein. Ich bekam nur Kasernenarrest.»

«Und für wie lange?»

«Für vier Monate.»

«Und vier Monate Arrest sind eine angemessene Strafe dafür, daß man einen Menschen tötet?»

Damit war sie nun zu weit gegangen. Ranke blickte nervös nach der Uhr auf dem Beistelltisch, holte tief Luft und setzte zum Sprechen an, doch Alexa kam ihm zuvor. «Was wäre passiert, wenn Sie sich ohne

Billigung des Ehrengerichts, ohne Sekundanten, ohne Arzt und all die Umstände duelliert hätten?»

«Was soll dieses Verhör?» fragte Hans Günther.

«Oh, es ist nur eine rein theoretische Erörterung philosophischer Fragen. Man kann doch auch einmal über anderes reden als nur darüber, wer beim kommenden Turnier welches Pferd reitet.»

«Was mich angeht», sagte Hans Günther, «so bin ich wohl kein Philosoph, denn ich spreche lieber über Pferde als über Schuld und Sühne. Das überlasse ich gern Dostojewski. Schließen wir die Debatte.»

Ranke erhob sich. «Ich muß mich leider verabschieden. Frau Baronin ... Herr Major ... ich bedanke mich ergebenst.»

«Hoffentlich haben Sie sich nicht gelangweilt», lachte Hans Günther unsicher. «Ich fürchte es fast. Verzeihen Sie also. Es war meine Schuld, ich hätte Sie einem solchen Verhör nicht aussetzen dürfen.»

«Ach, nun ...»

«Wenn ich nicht protestiert hätte, hätte meine Frau nicht so auf dem Thema beharrt. Aber so sind Frauen nun einmal», sagte Hans Günther und begleitete den Oberleutnant hinaus. Wieder im Salon sagte er: «Alexa, wie konntest du nur. Man möchte glauben, die Ärzte hätten recht, und du bist wirklich nicht ganz normal. Welcher Teufel hat dich da geritten? Was du für mich empfindest, ist deine Sache und mir egal, aber ich muß darauf bestehen, daß du die Contenance wahrst oder die Folgen trägst.»

«Die Folgen?» Sie strich sich über die Schläfen, da sie plötzlich Kopfweh empfand, und wiederholte, mehr für sich selbst: «Die Folgen.»

Oberleutnant von Ranke bewohnte im Erdgeschoß eines Hauses in der Nicolaistraße vier Zimmer. Es war dies eine kleine Gasse hinter dem Schloß der Ordensritter. Subalternoffiziere konnten sich solchen Luxus gemeinhin nicht leisten, gewöhnlich bewohnten sie ein, höchstens zwei möblierte Zimmer. Nach den Maßstäben des Regiments mußte er für wohlhabend, wenn nicht reich gelten, obwohl Näheres nicht bekannt war, denn trotz seiner verbindlichen Umgangsformen hatte er nach zwei Jahren in Allenstein zwar ein paar Bekannte, aber keine Freunde.

An einem Nachmittag im Mai schlüpfte Alexa zum erstenmal durch die düstere Toreinfahrt, von wo aus man in seine Wohnung gelangte. Morgens waren sie gemeinsam ausgeritten, und daß sie ihm dabei versprach, ihn nachmittags in seiner Wohnung aufzusuchen, hatte sie selbst nicht weniger überrascht als ihn.

Alexa zögerte bis zum letzten Augenblick. Sie hungerte nach Liebe, aber Ranke war nicht der Mann, diesen Hunger zu stillen. Ranke langweilte sie bloß. Daß sie gerade ihn zum Liebhaber erwählte und nicht einen anderen jungen Offizier aus ihren Kreisen, von denen mancher nur allzugern auf eine solche Avance eingegangen wäre, lag daran, daß sie den leichten Wahnsinn in seinem Wesen wahrnahm. Zudem war er ihr geradezu hündisch ergeben. Sie war die Gefangene ihrer Ehe, und nur eine Ladung Dynamit konnte diese Mauern sprengen. In dem labilen Ranke hoffte sie den Mann gefunden zu haben, der die Sprengladung zu zünden bereit war.

Sie verspätete sich um eine halbe Stunde und fand ihn in geradezu grotesker Verzweiflung darüber. Überall standen Veilchensträuße, ihre Lieblingsblumen. Champagner kühlte in einem silbernen Eiskübel, Kerzen brannten in den Leuchtern. Die Vorhänge waren zugezogen. «Ich habe schon befürchtet, Sie hätten es vergessen», flüsterte er, als er ihr aus dem Mantel half. Tränen standen in seinen Augen. «Ich liebe Sie so sehr.»

Sie ließ sich umschlingen und erduldete seine ungeschickten Hände, die die Haken ihres Kleides lösten. Er bedeckte ihre entblößten Schultern mit Küssen, schob sie dann aber ganz unvermittelt von sich. «Wie unverzeihlich von mir – ich habe Ihnen noch nicht einmal ein Glas Champagner angeboten!»

«Ein Glas Champagner? Ja gern.» Sie mußte sich Mut machen, andernfalls konnte der Fehltritt enden, bevor er noch begann.

Er entkorkte die Flasche mit bebenden Fingern und goß ihnen beiden ein. Sie leerte ihr Glas und hielt es ihm gleich wieder hin. «Ich bin wirklich durstig.»

«Ich liebe Sie so sehr.»

Sie leerte das Glas. «Sie wiederholen sich. Fällt Ihnen nichts Originelleres ein?»

«Sie machen sich lustig über mich. Gewiß langweile ich Sie, doch in Ihrer Gegenwart verschwimmen mir alle Gedanken. Es ist wie ein

Rausch. Bin ich nicht mit Ihnen zusammen, fallen mir tausend Dinge ein, die ich Ihnen sagen möchte, aber dann, wenn Sie . . .»

Dicke Tränen rollten über seine Wangen. Sie lachte und tupfte sie ihm mit einem Tüchlein ab. Er preßte das Tuch an die Lippen und atmete ihr Parfüm ein. Wie auf einer Kitschpostkarte für liebeskranke Dienstmädchen, dachte Alexa.

«Sie setzen mich in Erstaunen, Otto. Hier sind wir beide allein. Sie sagen, wenn ich nur zu Ihnen käme, wären Sie der glücklichste Mensch auf Erden, aber nun bin ich da, und Sie weinen.»

Seine Arme schlossen sich unerwartet um sie mit einer Wildheit, die sie aufschreien ließ. «Sie tun mir weh!»

«Ich begehre dich», keuchte er. «Ich begehre dich so sehr, daß es mich um den Verstand bringt.»

Einen Augenblick lang fürchtete sie wirklich, sich einem Verrückten ausgeliefert zu haben. Er nahm sie auf seine Arme und trug sie ins Schlafzimmer, wo er wie ein Wolf über sie herfiel. Schnaufend stieß er Liebesworte hervor, während seine Hände unbeholfen an ihrem Kleid herumzerrten. Sie hatte Angst, daß er es ihr noch zerriß, und zog sich bis aufs Hemd aus.

Ihr fiel Nikolas ein, seine zärtliche Berührung, seine Erfahrung in diesen Dingen, und wie er aus dem Liebesakt ein Fest zu machen verstand. Daß sie hier neben einem Mann lag, der sie kalt ließ, erfüllte sie mit Ekel vor sich selbst. Fast hätte sie ihn von sich gestoßen, als er sie ebenso überraschend freigab, wie er sie zuvor attackiert hatte. «Verzeih mir», murmelte er und brach von neuem in Tränen aus.

Ihre erste Reaktion war Erleichterung. Was für ein widersinniger Einfall war es gewesen, gerade ihn zum Instrument ihrer Befreiung zu wählen! Sie hatte geglaubt, er sei Manns genug, für sie zu töten, und mußte nun feststellen, daß er nicht einmal ein Mann war. Statt Enttäuschung empfand sie freudige Erleichterung. Das unsinnige Abenteuer war vorüber, sie konnte in die Wirklichkeit zurückkehren.

Er erhob sich auf die Knie und küßte ihren bestrumpften Fuß. «Ich schäme mich – und dabei war ich überzeugt, mit Ihnen würde es anders sein.»

Sie fing an, ihn zu bedauern. «Deshalb braucht man sich nicht zu schämen. Das kann jedem einmal passieren.»

«Ich liebe Sie so sehr.»

«Ja, ich weiß.»

«Verlassen Sie mich jetzt nicht. Ich würde mich umbringen, wenn Sie jetzt gehen.»

Sie strich ihm tröstend übers Haar. «Nein, keine Angst, ich bleibe noch. Ich habe zu Hause hinterlassen, daß ich vor sechs nicht zurück bin.» Sie sah sich um und nahm das Zimmer zum ersten Mal richtig wahr. «Sie haben schöne Dinge. Die Kommode in der Ecke dort ist exquisit. Vermutlich ein antikes Stück?»

«Es gehört Mama. Sie hat mir die Wohnung eingerichtet, damit ich mich hier wohlfühle. Sie wußte, daß es mir in Allenstein nicht besonders gefallen würde.»

«Und das tut es auch nicht?»

«Nein. Das heißt, jetzt, seit Sie –» Er schüttelte verzweifelt den Kopf.

Sie legte ihre Hand auf die seine; sie fürchtete schon, er könnte wieder in Tränen ausbrechen. «Ist das Ihre Mutter?» fragte sie und deutete auf das gerahmte Photo einer dunkelhaarigen Frau mit dichten Brauen und dem gläsern-stieren Blick des Sohnes.

Er betrachtete liebevoll das Bild. «Ja, das ist Mama.»

«Ein interessantes Gesicht. Erzählen Sie von ihr.» Alexa wollte ihn zum Sprechen bringen, ganz gleich, worüber.

«Sie ist eine wirklich bemerkenswerte Frau, eine wunderbare Mutter. Wir stehen sehr gut miteinander, besonders seit mein Vater tot ist, sind wir uns sehr nahe. Er hatte einen Unfall.» Er verstummte, und seine Lippen zuckten nervös. Dann fuhr er plötzlich lebhaft fort: «Wir hatten im Grunewald ein großes Haus – das war damals praktisch auf dem Lande. Im Garten war eine Schaukel, und man konnte Krokett spielen. Familien mit Kindern kannten wir nicht, und so spielte ich nur mit Mama –» Er mußte ganz unmotiviert lachen und suchte es zu unterdrücken. «Sie setzte mich auf ihre Schultern und galoppierte mit mir durchs ganze Haus und durch den Garten. Heute noch stelle ich mir beim Reiten manchmal vor, ich sei noch ein Kind.» Er verstummte verlegen, auf seiner Stirn standen Schweißtropfen, und er atmete schwer. Sie beobachtete ihn, schwankend zwischen Neugier und Abscheu. «Es hat Ihnen also Spaß gemacht, von Ihrer Mama umhergetragen zu werden?» fragte sie.

Er nickte befangen. «Ja ja. Das geht wohl allen Kindern so.»

Sie blieb noch eine Stunde, redete, trank, ließ sich küssen und ungeschickt streicheln. Beim Abschied versprach sie, wiederzukommen, war dazu aber nicht entschlossen. Jetzt galt es nur, von hier zu verschwinden, ohne daß es bei ihm zu einem neuen Anfall von Hysterie kam.

Einige Tage später, an einem sonnigen, warmen Nachmittag, gab sie seinem Drängen nach und ritt wieder mit ihm aus. Er war ungewöhnlich lebhaft und verspielt wie ein Füllen, das nach dem langen Winter im Stall erstmals auf die Weide darf. Sie verließen die Reitwege und ritten querfeldein, über Sandhügel, durch kleine Gehölze, vorüber an stehenden Teichen. Nach einer Weile wurde er sonderbar still, sein Gesicht nahm einen schmerzhaft konzentrierten Ausdruck an, er saß unnatürlich steif im Sattel. Auf einer Lichtung im Wald hielt er an, saß ab und hielt auch ihr Pferd an. Wortlos hob er sie aus dem Sattel, und zu überrascht, um sich zu wehren, ließ sie sich von ihm auf den Waldboden betten.

Er nahm sie auf einer dicken Schicht vorjährigen Laubes, das leicht nach Fäulnis roch. Dieser Geruch sollte sie später noch oft an diesen Nachmittag erinnern.

Von diesem Nachmittag an traf Alexa Ranke regelmäßig ein- oder zweimal in der Woche, meist in seiner Wohnung. Sie brauchte keinen Vorwand für ihre Abwesenheit von zu Hause, denn Hans Günther fragte nie, wo sie den Nachmittag verbracht habe. Um den Schein zu wahren, verzichtete sie auf häufigere Ausritte mit Ranke, denn sie meinte, je weniger sie sich mit ihm zeigte, desto besser. Für den Weg zu seiner Wohnung trug sie Hut und dichten Schleier und einen jener voluminösen Staubmäntel, wie sie für Automobilisten in Mode kamen. Was sie nicht bedachte, war, daß gerade ihre Verkleidung die Leute neugierig machte und fragen ließ, wer denn diese Besucherin des Herrn von Ranke sein möge.

Es dauerte nicht lange, und sie hatte ihn über. Was sie anfangs gereizt hatte, die Spur Dämonie in ihm, war nichts als die emotionelle Labilität eines 27jährigen Muttersöhnchens. Er war zu melancholisch und sentimental, um ein guter Gesellschafter zu sein. Und als Liebhaber war er höchst unvollkommen und absonderlich. Diese Absonderlichkeiten schockierten sie anfangs, dann ging sie schließlich amüsiert auf sie ein wie auf ein Spiel, ließ darüber aber ihr eigenes Spiel nicht aus dem Auge.

Dem Liebesakt gingen kindische Albereien voraus; Ähnliches mochte er mit seiner Mutter getrieben haben, vermutete sie. Jedenfalls erregten sie ihn und halfen ihm über seine Schwächen hinweg. Alexa war es schließlich gelungen, den Mann in ihm zu wecken, und sie wurde so Gegenstand seiner fanatischen Anbetung. Seine Abhängigkeit von ihr grenzte schon ans Pathologische.

Das einzige, was sie wirklich verband, war sein Verlangen nach ihr, und ihre Hoffnung auf einen Rächer und Befreier.

Seit jener Märznacht, als sie Hans Günther und Dmowski überrascht hatte, war der Wunsch in ihr lebendig, von Hans Günther durch seinen plötzlichen Tod befreit zu sein. Konnte er nicht vom Pferd stürzen? Einen anderen tödlichen Unfall haben? Nächtelang beschäftigten sie solche Phantasien. Nachdem Ranke ihr Liebhaber geworden war, erzählte sie ihm davon, und schließlich machte sie ein paar weitergehende vorsichtige Andeutungen.

Zu ihrer Überraschung reagierte er darauf mit einem wissenden Funkeln seiner matt glänzenden Augen. «Ich habe dir früher schon einmal gesagt, ich könnte für dich töten, erinnerst du dich?»

Alexa erstarrte. Eine innere Stimme riet ihr, einzuhalten, und später wünschte sie, sie hätte auf diese Stimme gehört. «Damals habe ich dabei nicht an ihn gedacht.»

«Aber jetzt doch wohl.»

Sie schlug die Hand vors Gesicht. «Wenn er doch nur in die Scheidung einwilligen wollte! Aber das wird er nie tun.»

«Und würdest du mich heiraten, falls er sich scheiden ließe?»

Sie ließ die Hand nicht von den Augen. Schon als Kind hatte sie immer die Hände vor die Augen gehalten, wenn sie log. «Das weißt du doch.»

Sie lagen im Bett. Er zog ihre Hand fort und zwang sie, ihn anzusehen. «Liebst du mich?»

«Ja, um Himmels willen, wie oft muß ich das noch sagen! Wäre ich denn sonst hier?»

«Manchmal frage ich mich das», sagte er, sie nachdenklich betrachtend. «Warum hast du ausgerechnet in seiner Gegenwart von Duell geredet? Um ihn zu warnen? Ihm zu drohen? Es war jedenfalls ein

Fehler. Er ist doch kein Dummkopf und vermutet, daß du uns gegeneinander hetzen willst. Da macht er aber nicht mit. Er geht mir auffällig aus dem Weg. Und wenn wir uns einmal begegnen, wie gestern im Kasino, ist er herzlicher denn je. Ich kann doch nicht einfach auf ihn zutreten und ihn ohrfeigen.»

«Wie kam es denn zu dem Duell zwischen dir und dem ... Wart ihr nicht befreundet?» Das hatte sie ihn schon früher gefragt, er war aber stets ausgewichen. «Hat er dich gefordert, oder –»

«Ich habe ihn gefordert», fiel er ihr ins Wort. Dann kehrte er ihr den Rücken, stieg aus dem Bett und zog sich an.

«Warum aber?»

«Er war angetrunken und hat eine dumme Bemerkung gemacht.»

«Was für eine Bemerkung?» Und als Ranke darauf nicht einging: «Hat es dir nicht leid getan? Ich meine, später?»

«Nein. Er wollte es ja so.»

Sie überlegte. «Angenommen, es hätte das Ehrengericht und das ganze Drum und Dran nicht gegeben, keine Sekundanten, bloß du und er. Hättest du ihn dann auch erschossen?»

Er antwortete nach längerem Nachdenken: «Wohl. Es war unvermeidlich.»

Ein Duell ohne Zeugen. Das war das Thema, das sie in den folgenden Wochen immer wieder beschäftigte. Alexa wußte nicht, war es ihm ernst, oder ging er auf ihre Wunschvorstellungen nur ein, um sie bei Laune zu halten. Sie wußte auch nicht, wie ernst es ihr selber war. Manchmal diente dieses Thema auch nur dazu, langes, bedrückendes Schweigen mit Konversation zu füllen.

Ein- oder vielleicht auch zweimal hatte Alexa vorgeschlagen, ein richtiges Duell zu inszenieren, aber Ranke wollte davon nichts wissen. Er sagte, lieber warte er bis zum Herbst, dann könnte man leicht einen Jagdunfall vortäuschen. Hans Günther war zwar kein passionierter Jäger, doch es gab reichlich Wild in der Umgebung Allensteins, und im Herbst war die Jagd der einzige Zeitvertreib, das eintönige Garnisonsleben abwechslungsreicher zu machen.

Ranke beabsichtigte, sich dem Major allein während der Jagd zu nähern und ihn zu einem improvisierten Duell zu stellen; trotz aller Einwände Alexas fand er den Gedanken ausgezeichnet, da sie dann gleiche Waffen hätten. Einen Menschen im Wald hinterrücks niederzuschießen, erlaube ihm seine Offiziersehre nicht. Er hatte sich auch schon ausgedacht, mit welchen Worten er den Major fordern wollte, bevor sie Posto fassen und aufeinander anlegen sollten. Alexa traute ihm nicht recht. Ranke war schließlich kein Narr. Sie konnte sich nicht vorstellen, daß er einem guten Schützen wie Hans Günther offen gegenübertrat. Nur wollte er offenbar ihr gegenüber die Fiktion eines ehrenvollen Duells aufrecht erhalten.

Es war Anfang Juni, und bis zur Jagdsaison dauerte es noch zwei Monate. Sie hatte sich Hans Günthers gewaltsamen Tod so häufig und innig ausgemalt, daß sie allmählich das Gefühl hatte, er lebe schon gar nicht mehr. Es ging ihr wie einer Viper, deren Giftdrüse entleert war. Und schließlich fand sie das Ganze absurd und war entschlossen, mit Ranke zu brechen.

Am Ende eines trüben Nachmittages eröffnete sie ihm: «Ich fürchte, wir werden uns eine Weile nicht sehen können. Ich habe den Eindruck, mein Mann ahnt etwas. Vorgestern hatten wir Streit, und er sagte rundheraus, Hörner lasse er sich von mir nicht aufsetzen.»

«Aber das ist doch ...»

«Wir riskieren eine Menge, Otto. Irgend jemand muß mich hier erkannt haben. Ich wußte, daß das früher oder später passiert.»

«Heißt das, ich soll dich gar nicht mehr sehen?»

«Ach wo. Wir sehen uns natürlich in Gegenwart anderer. Aber nicht mehr hier. Das ist wirklich zu riskant.»

Er war wie erschlagen. «Du hast mich satt. Du liebst mich nicht mehr.»

«Ach, sei doch vernünftig! Ich bin schließlich verheiratet. Ich kann nicht tun und lassen, was mir beliebt.»

«Du könntest, wenn du wolltest. Morgen – heute – jetzt könntest du frei sein.»

«Rede doch keinen Unsinn, Otto! Und die Geschichte mit dem Jagdunfall ist absolut unrealistisch. Ich habe noch einmal darüber nachgedacht. Es war eine wahnwitzige Idee. Offengestanden war es mir auch nie ernst damit. Und dir auch nicht.»

«Es war uns beiden ernst. Aber nun kneifst du.»

«Ich sage doch, es ist Wahnsinn. Du bist kein Mörder, ich bin nicht Lady Macbeth.»

«Du hast seinen Tod gewünscht.»

«Nein. Ich war nur vorübergehend nicht Herr meiner Sinne. Jetzt sieh die Dinge doch einmal vernünftig, Otto. Wir, zwei erwachsene Menschen, verlieren uns in Hirngespinste. Du mußt einsehen, daß es so nicht geht, kein Mensch würde an einen Unfall glauben.»

«Es muß ja nicht bei der Jagd sein.»

«Wo denn sonst?»

«Egal wo.»

«In Allenstein? Wo dich jeder kennt?»

«Vor zwei Jahren ist hier schon einmal so etwas passiert. In der Yorkstraße wurde eingebrochen. Der Hausbesitzer, ein Sattler, und seine Frau sind beide erschlagen worden. Der Täter wurde nie gefunden.»

«Davon habe ich auch gehört. Ja, das stimmt – nicht jedes Verbrechen wird aufgeklärt. Aber reden wir nicht mehr darüber. Vielleicht läßt sich ja auch Hans Günther doch noch von mir scheiden.»

Sie konnte es kaum erwarten, seine Wohnung zu verlassen. Die zugezogenen Vorhänge, die brennenden Kerzen, die vom Duft der Tuberosen schwere Luft erinnerten sie an eine Gruft. Er begleitete sie ins Vorzimmer und schloß ihr die Wohnungstür auf. Den Schlüssel dazu hatte er in der Tasche. Sie erkannte, daß sie seine Gefangene gewesen war.

«Wann sehen wir uns?» fragte er und hielt sie am Arm zurück.

«Nächsten Montag reiten wir mit Seifferts nach Wartenburg. Komm doch mit.»

«Ich meine, wann kommst du wieder hierher?»

«Ich sage doch, es geht nicht. Jetzt laß uns nicht mehr streiten.»

Er trat wortlos zurück und ließ sie hinaus. Ohne sich umzusehen, eilte sie davon. Sie wußte, daß er an der Tür stand und ihr nachstarrte. Zum erstenmal seit Monaten freute sie sich auf die eigenen vier Wände. Sie kam sich vor wie jemand, der einen schweren Unfall unbeschädigt überstanden hat, und schwor sich, Otto von Rankes Schwelle nie wieder zu betreten.

Kapitel XV

Um halb acht am Morgen des 30. April 1908 wurde Untersuchungsrichter Schmiedt aus Berlin ins Schlafzimmer des Fürsten Eulenburg geführt. Schmiedt war tags zuvor in Löwenberg eingetroffen, hatte die Nacht im Hotel Uckermark verbracht und war dann, begleitet von einem Gerichtsarzt, nach Liebenberg hinausgefahren, wo er eine erste Einvernahme des Fürsten im Zusammenhang mit der Anklage wegen Meineides vornahm.

Diese Einvernahme dauerte, von einer einstündigen Mittagspause unterbrochen, bis neun Uhr abends.

Am 7. Mai traf er neuerlich in Liebenberg ein, diesmal begleitet von zwei Personen, die in München als Zeugen ausgesagt hatten: der Tagedieb Georg Riedl und der Fischer Jakob Ernst. In der Woche, die seit dem ersten Erscheinen des Untersuchungsrichters am Krankenbett Eulenburgs vergangen war, hatte dessen Befinden sich sichtlich verschlechtert, und sein Hausarzt äußerte die Ansicht, bei seiner vorgeschrittenen Arterienverkalkung könne jede Aufregung tödlich sein. Sein Herz war nach einer unlängst überstandenen Blutvergiftung noch geschwächt, und nach einer Venenentzündung war das linke Bein erschreckend geschwollen.

Schmiedt begann die Vernehmung wieder mit den gleichen Fragen, die er schon zuvor gestellt hatte, nur verlangte er diesmal detailliertere Auskünfte. Eulenburg, von Fieberschauern geschüttelt trotz der Kissen, die ihn stützten, und trotz der Daunendecke, unter der er lag, wahrte Haltung.

Die Konfrontation mit Riedl und dessen Aussagen ließ Eulenburg unbeteiligt über sich ergehen und erklärte dann: «Es ist unter meiner Würde als Offizier und Edelmann, mit einem solchen Individuum zu streiten. Er behauptet, ich hätte ihn 1882 für kleinere Dienste engagiert, aber ich kann mich nicht erinnern, ihn je gesehen zu haben.»

Danach rief der Richter Jakob Ernst herein, und der Fürst verlor die Fassung. Trotz seiner 45 Jahre und seiner Leibesfülle war der Fischer doch ein ansehnliches Mannsbild. In den ersten Minuten des Verhörs hatten seine hellblauen Augen einen fast blinden Blick. Als der Richter ihm befahl, den Fürsten anzusehen, stiegen Ernst Tränen in die Augen.

Eulenburgs mühsames Atmen war vorübergehend das einzige Geräusch im Zimmer. Er litt offenbar Schmerzen, er ächzte und versuchte sich im Bett aufzurichten. Ernst, der sah, wie der Fürst sich mühte, kam ihm zu Hilfe und richtete ihm die Kissen. Es war eine spontane Geste, ausgelöst von der Erinnerung an die Jahre, die er im treuen Dienste dieses jetzt kranken Mannes verbracht hatte. Plötzlich schien ihm die Änderung bewußt zu werden, die unterdessen in ihrem Verhältnis zueinander eingetreten war, und er wich vom Bett zurück.

«Dank dir, Jakob», flüsterte Eulenburg.

Der Richter wandte sich an den Fischer. «Berichten Sie über die Bootsfahrten, bei denen Seine Exzellenz Sie gezwungen hat, widernatürliche sexuelle Handlungen vorzunehmen.»

Bei diesen Worten erwachte Eulenburg aus seiner halben Bewußtlosigkeit, schlug die Augenlider auf und sah den ehemaligen Bedienten an, der sich unter diesen Blicken wand wie in Schmerzen. Hin- und hergerissen zwischen der Notwendigkeit zu gehorchen, und der Angst, seinem Herrn zu schaden, berichtete er undeutlich von der Ausfahrt auf den See, wie das Boot umgeschlagen war und er die Ruder verloren hatte.

«Kommen Sie zur Sache, Ernst», forderte der Richter.

«Gleich.» Die Tränen saßen ihm locker. «So fing alles an. Unsere Kleider waren naß, wir schwammen an Land und legten uns in die Sonne.» Er brach ab. «Unsere Sachen hängten wir zum Trocknen auf.» Er schüttelte hilflos den Kopf. «Ich kann nicht –»

Der Richter wies ihn darauf hin, daß ein Widerruf seiner Münchener Aussage eine Anklage wegen Meineides nach sich ziehen werde.

Ernst wandte sich an Eulenburg. «Vergeben Sie mir, Herr, aber Sie hören es selber. Man wird mich einsperren, wenn ich nicht die Wahrheit sage.»

«Weißt du auch, was du mir damit antust, Jakob?» fragte der Fürst.

«Ja, ich weiß. Aber was soll ich machen? Dieser verdammte Jude, der Bernstein –»

«Hüten Sie Ihre Zunge», unterbrach ihn der Richter.

Ernst fuhr unbeirrt fort: «– der hat mich reingelegt. Er fragte, ob Sie und ich in Starnberg das und das getan haben, und ich muß die Wahrheit sagen, weil ich vereidigt bin. Weil es so im Gesetz steht, sagt er. Und das habe ich dann getan, und alle haben mich angestiert. Ich bin ein ehrlicher Mann, Hoheit, ein verheirateter Mann, geachtet war ich, jedenfalls früher. Jetzt schäme ich mich, aus dem Haus zu gehen –»

«Genug davon», unterbrach der Richter. «Kommen Sie wieder auf Starnberg zurück.»

Die Gegenüberstellung dauerte mehr als eine Stunde. Außer über die Bootsausflüge mußte Ernst über seine Reisen mit dem Fürsten aussagen, in welchen Hotels man abgestiegen, ob man gemeinsam ein Zimmer bewohnt, das Bett geteilt hatte. Auch fragte man ihn über die intimen Beziehungen aus, die Eulenburg angeblich mit Riedl, einem Bedienten namens Geritz und seinem Sekretär Kistler unterhalten haben sollte.

«Das ist schon über 25 Jahre her!» wehrte er sich. «Gewiß, die Leute haben damals geredet, aber dann hat man es wieder vergessen gehabt, bis jetzt dieser Prozeß in München war. Da haben sich die Leute wieder erinnert, auch an Sachen, die es nie gegeben hat.»

Endlich war die Quälerei vorüber, und Ernst wurde gestattet, hinauszugehen, wo der Gerichtsbeamte mit Riedl wartete.

Untersuchungsrichter Schmiedt, der die Befragung mit steinerner Unbeteiligtheit vorgenommen hatte, wurde plötzlich unsicher. «Leider, Exzellenz, sind die Zeugenaussagen ausreichend für Ihre Verhaftung.» Er verstummte in Erwartung eines Protestes, doch blieb der aus. Ohne eine Miene zu verziehen, fuhr er fort: «Anders ausgedrückt, Exzellenz, Sie werden bis zur Eröffnung des Verfahrens vor dem Schwurgericht in Berlin in Untersuchungshaft genommen.»

Über das Gesicht des Fürsten huschte ein mattes Lächeln. «Und wie denken Sie sich das?» fragte er.

«Ich muß Ihre Überführung nach Berlin veranlassen, Exzellenz.»

«Und hat Ihnen der Arzt nicht gesagt, daß ich nicht transportfähig bin?»

«Ja, nur bezog sich das auf die Voruntersuchung. Jetzt aber dürfen

Sie wegen Verdunkelungsgefahr nicht mehr auf freiem Fuße bleiben.»

Das Amtsgericht Moabit erließ noch am gleichen Tag einen Haftbefehl gegen Eulenburg und wies die angebotene Kaution von 500000 Mark wegen Gefahr der Verdunkelung zurück.

Da eine Kommission von Ärzten die Haftunfähigkeit bestätigte, einigte man sich auf einen Kompromiß: Der Fürst solle in der Charité, der alten, angesehenen Universitätsklinik unweit vom Gerichtsgebäude, untergebracht werden.

Er erhielt dort ein kleines Einzelzimmer. Allerdings stand Tag und Nacht ein Posten vor seiner Tür, um zu verhindern, daß er mit der Außenwelt in Verbindung trat, doch ging sein unvergittertes Fenster auf den Krankenhausgarten, und die Ärzte und das Personal, das ihn versorgte, waren rücksichtsvoll. Man erlaubte seinem Diener Bartsch, sich um ihn zu kümmern, und Eulenburgs Frau Augusta durfte ihn einmal in der Woche besuchen.

Im Laufe der Voruntersuchung waren mehr als 200 Personen vernommen worden. Es hatte Haussuchungen in Schloß Liebenberg und in des Fürsten Berliner Wohnung gegeben. Seine Korrespondenz, darunter Briefe bekannter Homosexueller, war beschlagnahmt worden.

Der Meineidsprozeß begann am 29. Juni vor dem Schwurgericht Moabit und zog sich bis zum 16. Juli hin.

Die 1250 Seiten umfassende Anklageschrift enthielt 145 einzelne Schuldvorwürfe. In Berlin flüsterte man sich wieder einmal zu, die Staatsanwaltschaft habe aus dem Neuen Palais Weisung erhalten, den Fall mit aller Strenge zu verfolgen.

Das Wetter war ungewöhnlich heiß, und die Schwüle im Gerichtssaal wurde auch von Gesunden als beklemmend empfunden. Für Eulenburg waren die Sitzungen eine wahre Hölle. In den fast zwei Monaten seiner Untersuchungshaft in der Charité war sein Befinden merklich schlechter geworden, er konnte nicht mehr gehen und wurde auf einer Bahre in den Saal getragen. Die Ärzte bemühten sich um ihn, doch döste er immer wieder ein. Das einzige Zugeständnis der Anklage bestand darin, daß die Öffentlichkeit ausgeschlossen wurde, wenn sexuelle Perversionen zur Sprache kamen. Gleichwohl sickerte so manches Detail durch.

Nikolas verfolgte das Verfahren aufmerksam und fand es makaber. Die mächtigsten Männer im Reich hatten sich zusammengetan, um einen Mann zu vernichten, der praktisch tot war, auch wenn er noch atmete und litt.

Professor Steyrer von der Charité warnte das Gericht wiederholt, der tägliche Transport des Angeklagten könnte für ihn tödliche Folgen haben. Am 14. Juli erklärte Landgerichtsdirektor Kantzow sich bereit, im Konferenzraum der Charité tagen zu lassen.

Eben jener Oberstaatsanwalt Isenbiel, der sechs Monate zuvor Maximilian Harden wegen Verleumdung des Generals Moltke angeklagt hatte – ein Prozeß, durch den Moltke rehabilitiert wurde –, vertrat auch die Anklage gegen Eulenburg, und um die Erinnerung an seinen damaligen Auftritt zu tilgen, griff er den Fürsten nun heftig und voller Entrüstung an.

Ursprünglich hatte die Anklage gegen Eulenburg 145 Vergehen umfaßt; nach wenigen Prozeßtagen blieb jedoch kein Dutzend mehr davon übrig. Das Aufgebot der Zeugen reichte von ehemaligen Sträflingen bis zu hohen Beamten des Hofes, aber nur eine einzige Aussage wurde dem Fürsten wirklich gefährlich, nämlich die seines ehemaligen treu ergebenen Dieners, des Fischers Jakob Ernst.

Ernst gab zwar Umarmungen, freundschaftliche Berührungen und vertrauten Umgang zu, aber als Isenbiel ihm mit allen Mitteln das Geständnis auf beischlafähnliche Handlungen nach § 175 StGB entlokken wollte, empörte der Zeuge sich.

«Nein, niemals! So etwas haben der Fürst und ich nie getan! Man hat mich bedroht, ich müßte die Wahrheit sagen, und das habe ich, obwohl die Dinge schon so viele Jahre zurückliegen. Aber es gibt eine Grenze! Und ich sage nichts, was nicht gewesen ist. Manchmal denke ich, ich hätte in München und in Liebenberg besser den Mund gehalten. Gott hätte mir bestimmt vergeben.»

Isenbiel begriff, daß dieser Zeuge ihm nicht mehr nutzen konnte, und ließ ihn gehen.

Am folgenden Morgen, dem 18. Verhandlungstag, brachte man Eulenburg halb bewußtlos in den Saal. Der behandelnde Arzt erklärte ihn dann, nach Beratung mit Professor Steyrer, für verhandlungsunfähig.

Isenbiel mußte also Vertagung beantragen. Die Verteidigung schloß sich dem Antrag an, und das Gericht verkündete die Unterbrechung. Als eben die Geschworenen entlassen werden sollten, erhob Philipp Eulenburg sich überraschend und protestierte mit lauter, klarer Stimme, die die Diagnose der Ärzte Lügen zu strafen schien, gegen die Vertagung:

«Herr Vorsitzender, meine Herren Geschworenen», sagte Eulenburg. «Seit achtzehn Tagen hat Oberstaatsanwalt Isenbiel die entwürdigendsten Vorwürfe gegen mich erhoben. Es muß Ihnen klar geworden sein, daß es hier nicht darum geht, ob ich einen Meineid geleistet habe oder nicht, sondern der Zweck dieses Prozesses ist, den Fürsten Philipp zu Eulenburg-Hertefeld zu verderben, der es gewagt hat, unseren geliebten Herrscher zu einer Politik des Friedens zu drängen, während seine Ratgeber ihn zu einer Kriegspolitik verleiten. Maximilian Harden, der behauptet, seine Angriffe seien aus moralischer Entrüstung erfolgt, ist der Mietling dieser Leute, ihr Instrument. Ich will, daß dieses Verfahren seinen Fortgang nimmt, meine Herren, Sie sollen ein Urteil fällen, und ich werde es annehmen, denn es wird gerecht und . . .» Seine Kraft verließ ihn, er taumelte und wäre zu Boden gestürzt, hätte sein Diener ihn nicht aufgefangen.

Der Vorsitzende ließ das Bett aus dem Saal rollen und vertagte die Verhandlung bis zu einem Zeitpunkt, da der Angeklagte wieder verhandlungsfähig sein würde. Wegen Verdunkelungsgefahr sei er weiter in der Charité in Haft zu halten.

Kapitel XVI

Der 2. Juli begann wie jeder andere Sommertag in Allenstein, nur vielleicht ein wenig kühler als sonst, denn vom Meer wehte eine Brise herein. Die Sonne war hinter einem dünnen Wolkenschleier aufgegangen, und noch hatte der Dunst sich nicht verzogen. Das Grün der Bäume war noch gedämpft, und erst, als um sechs die Wolken endgültig zerrissen waren, stand die Sonne grell und blendend am Himmel.

Punkt halb sechs führte Dragoner Blaskowitz das gesattelte Pferd des Majors am Hauseingang vor. Fräulein Busse hielt in der Küche die silberne Kaffeekanne und das Milchkännchen bereit, hatte zwei kurz zuvor von der Bäckerei Krumm gelieferte Brötchen mit Butter bestrichen und Erdbeermarmelade in den Glaseinsatz des silbernen Marmeladentöpfchens gefüllt. Das alles stand auf dem Tablett, das sogleich ins Speisezimmer getragen werden sollte, wenn der Major sein Frühstück befahl. Sie wartete auf den vertrauten Klang der Schritte vom Arbeitszimmer her, doch alles blieb still.

Für gewöhnlich ging die Klingel um Viertel nach fünf, und als sie auf der Küchenuhr sah, daß es bereits halb sechs war, erwog sie, die Milch noch einmal zu wärmen. Der Major trank seinen Milchkaffee brühheiß. Sie erinnerte sich nicht, daß er in dem halben Jahr, seit sie hier die Wirtschaft führte, sich je zum Dienst verspätet hätte. Soweit sie wußte, hatte er den Abend daheim verbracht und war gleich nach dem Essen in seinem Arbeitszimmer verschwunden. Er hatte mit Appetit, aber mäßig gegessen, und nur ein Glas Rheinwein getrunken. Die Minuten tickten dahin, und Fräulein Busse wurde unruhig. Unwahrscheinlich, daß er dienstfrei hatte und deshalb länger schlafen wollte, denn auch an dienstfreien Tagen stand er zeitig auf.

Da sie seine bisweilen unberechenbaren Reaktionen fürchtete, wagte sie nicht, an seiner Tür zu klopfen. Schließlich entschloß sie sich, Blaskowitz zu rufen, damit er seinen Herrn wecke. Er brachte das Pferd erst in den Stall, bevor er nach dem Major sehen ging. Für den Kavalleristen kommt erst das Pferd und dann der Mensch, und trüge er auch Offiziersuniform.

«Und was soll ich dem Herrn Major melden?» fragte er. «Vielleicht wird er wild, wenn ich ihn aufwecke. Mein Vetter ist ein Auge losgeworden, bloß weil er zu seinem Hauptmann reingegangen ist, als der gerade mit dem Dienstmädchen im Bett lag. Einen Stiefelspanner hat er nach ihm geworfen.»

«Dann klopfen Sie eben erst an. Und mit dem Dienstmädchen finden Sie den Major bestimmt nicht im Bett.» Kaum hatte sie das gesagt, hätte sie sich am liebsten die Zunge abgebissen, aber Blaskowitz war zu einfältig, als daß er die Anspielung verstanden hätte. Er marschierte zum Arbeitszimmer. Fräulein Busse folgte ihm mit angehaltenem Atem und blieb einige Schritte von der Tür entfernt stehen. Was nun folgte, war ein Alptraum.

Später, als Fräulein Busse sich an den Ablauf der Ereignisse zu erinnern versuchte, sah sie nur verschwommene und undeutliche Bilder vor sich. Zunächst einmal gab es die laut bellende Stimme von Blaskowitz, danach folgte eine Stille, die unendlich lange zu dauern schien. Endlich kam er taumelnd und mit weit aufgerissenem Mund und aschfahl im Gesicht aus dem Zimmer gestürzt. Er schüttelte die erhobene rechte Hand, die mit Blut verschmiert war.

Bei dem Anblick von Blut entfuhr Fräulein Busse ein ohrenzerreißender Schrei. Sie bestritt später, überhaupt geschrien zu haben, Bona und Swetlana jedoch, die gerade das Feuer unter dem Kessel in der Waschküche schürten, beharrten darauf, daß erst ihr Schrei sie dazu gebracht habe, herbeizustürzen. Als sie Johann an den Türpfosten gelehnt stehen sahen, die blutige Hand von sich gestreckt, das Gesicht von Schmerz oder Schreck entstellt, nahmen sie zunächst an, daß er es sei, dem ein Unfall zugestoßen war. Fräulein Busse kreischte nun nicht mehr, sondern gab gurgelnde Laute von sich.

«Jesusmaria, was ist denn mit dir?» fragte Swetlana Johann.

«Der Major ... der Major ... tot ist er. Tot.»

Fräulein Busse hörte auf zu gurgeln. «Tot? Woher wollen Sie das wissen?»

«Ich weiß ja nicht, vielleicht lebt er ja auch noch . . . er fühlt sich warm an, aber tot ist er doch.»

Fräulein Busse rückte der Tür näher, fürchtete sich aber, das Zimmer zu betreten. «Ich hab's ja gewußt, als er nicht nach seinem Frühstück klingelte.»

Bona sah die Wirtschafterin verächtlich an. «Ruft doch einen Arzt!» rief sie.

Fräulein Busse starrte das Mädchen an. «Einen Arzt.»

«Nun steht doch nicht herum wie die Esel!» schrie Bona. «Habt ihr nicht gehört, was Johann gesagt hat? Vielleicht lebt er noch!»

Plötzlich erinnerte sich Fräulein Busse ihrer Würde als Dame und Offizierstochter. «Ja. Wir müssen einen Arzt rufen.» Sie war wieder ganz die Befehlshaberin, Herrin der Situation, nahm die Schultern zurück und richtete sich gerade auf. «Hol Dr. Brück, Ecke Schillerstraße. Aber schnell, verstanden?»

Bona stürzte schon los.

Swetlana drängte sich an Blaskowitz vorbei, bekreuzigte sich und betrat das Zimmer. Die Vorhänge waren zugezogen, und bevor sie noch im Halbdunkel einen Blick auf die Gestalt im Nachthemd werfen konnte, die bei der Tür zum Kabinett lag, rief die Wirtschafterin sie zurück.

«Raus da, Swetlana, niemand darf was anfassen. Komm sofort da heraus!»

Swetlana machte kehrt, und Fräulein Busse sagte zu Blaskowitz: «Sie hatten hoffentlich Verstand genug, nichts anzufassen?» Sie hatte ihre Angst bezwungen und war wieder ganz die alte.

«Nein. Also, angefaßt habe ich nichts. Ich hab versucht, ihn hochzuheben, aber . . .»

«Das hätten Sie lieber lassen sollen. Bestimmt gibt es eine Untersuchung, und –» Sie verstummte. «Gütiger Gott! Die Frau Baronin! Man muß sie wecken. Swetlana, weck die gnädige Frau.»

Swetlana wich zurück. «Ich? Nein, nein, das tu ich nicht. Tun Sie's doch.»

«Also gut, dann werde ich eben die arme Frau wecken.» Und widerstrebend ging sie zur Treppe.

Blaskowitz trat ihr in den Weg. «Sie müssen den Tod des Majors bei Oberst Seiffert melden. Das ist Vorschrift.»

Fräulein Busse runzelte die Stirn. «Dann gehen Sie doch und machen Sie Meldung. Was stehen Sie da noch herum?»

«Ich muß mir erst die Hände waschen.» Er starrte auf die blutbeschmierte Hand.

Blaskowitz verschwand Richtung Küche. Fräulein Busse stieg die Treppe hinauf.

Sie erreichte Alexas Tür. Vielleicht hatte der Major Selbstmord begangen, dachte sie. Sehr wahrscheinlich. Auf alle Fälle mußte die Frau des Hauses geweckt werden. Von drinnen war nichts zu hören, sie dürfte also noch schlafen. Der Lärm im Untergeschoß brauchte sie nicht geweckt zu haben, die Wände waren dick, das Arbeitszimmer lag im Seitenflügel.

Sie klopfte und wartete auf ein Herein. Als sie nichts hörte, betrat sie das Zimmer und ging auf Zehenspitzen ans Bett.

Alexa lag auf der Seite, ihr Haar war über das Kissen gebreitet. Sie atmete ruhig und schien fest zu schlafen. Als Fräulein Busse sie an der Schulter berührte, regte sie sich, wälzte sich auf den Rücken und öffnete die Augen. Blinzelnd sah sie Fräulein Busse an. Dann setzte sie sich auf und fragte verschlafen: «Wie spät ist es denn?»

«Ich wecke Sie nicht gern, Frau Baronin», begann Fräulein Busse im Flüsterton und heulte auch gleich los, «es ist nur . . . es ist furchtbar . . . ich weiß nicht, wie ich es sagen soll . . .» Sie ließ sich neben dem Bett auf die Knie nieder und umschlang Alexa mit einer schwesterlichen Gebärde, die ganz und gar nicht zu ihr paßte. «Der Herr Major . . . es ist ihm etwas Entsetzliches zugestoßen . . .»

Alexa betrachtete erstaunt den Blondkopf neben sich und fragte: «Dem Major?» Es fiel ihr schwer, ihre Schlaftrunkenheit abzuschütteln.

«Er hat . . . er ist . . . Ich habe nach Dr. Brück geschickt, aber ich fürchte, es ist zu spät», wimmerte Fräulein Busse.

Alexa begriff allmählich. Es war etwas mit Hans Günther geschehen. Man hatte nach einem Arzt geschickt, obschon alle Hilfe zu spät kam. Sie schaute nach der Uhr auf der Kommode. 12 Minuten vor 6, also etwa die Zeit, um die er das Haus zu verlassen pflegte. Folglich mußte, was ihm zugestoßen war, im Hause passiert sein. Oder auf dem Weg nach draußen. Es fröstelte sie. Sie dachte an Ranke. Sie machte sich von Fräulein Busse los und stand auf.

«Ist er tot?» fragte sie, und ohne auf die Antwort zu warten, «wo ist er?»

«Im Arbeitszimmer. Er ist gewiß aus dem Schlafzimmer gekommen und dann zusammengebrochen. Aber gehen Sie bitte erst hinunter, wenn der Arzt da ist.»

Alexa streifte ihr Morgenkleid über und ging zur Treppe. Sie durchquerte barfuß die Halle, die Steinplatten unter ihren Füßen waren eisig. Dicht hinter sich hörte sie den schweren Atem von Fräulein Busse. Swetlana stand noch im Korridor. Beim Anblick ihrer Herrin schlug sie die Schürze vors Gesicht und weinte.

Alexa betrat das Arbeitszimmer und hatte den Raum schon halb durchquert, als sie der Anblick des ausgestreckten Körpers erstarren ließ.

Hans Günther lag auf dem Bauch, den Kopf seitlich verdreht, als wolle er über die Schulter blicken. Er hatte ein Nachthemd aus irischem Leinen an, am linken Fuß einen Socken. Sein Haar, das er noch in der gleichen Woche hatte schneiden lassen wollen, fiel ihm wirr in die Stirn, der Mund war offen, ebenso das eine Auge, das man sah. Das Profil des Kopfes hob sich deutlich von dem dunklen Bucharateppich ab. Rechts sah man einen rötlichen Fleck von der Größe einer Handfläche auf dem weißen Leinen.

Alexa stand wie versteinert und starrte stumm den Körper an, der da vor ihr lag. Wie eine eiserne Faust traf sie die Erkenntnis, daß sie verantwortlich war für das Blut, das blicklose Auge, die Endgültigkeit des Todes. Um sich die Langeweile zu vertreiben, hatte sie ein Spiel gespielt: Freiheit um jeden Preis, Jagdunfall, Duell ohne Zeugen, leere Worte dahergesagt, ohne die Folgen zu bedenken.

Sie empfand nicht Kummer, sondern litt unter der Einsicht, daß sie unfähig war, Geschehenes ungeschehen zu machen. In ihren Phantasien war Hans Günthers Tod immer das Ende einer Geschichte gewesen. Jetzt wußte sie, daß er der Anfang war. Es war alles schrecklich verwirrend, und am schlimmsten war, wie sie auf das reagierte, was sie selbst heraufbeschworen hatte. Hatte sie das wirklich gewollt? Hatte sie wirklich für möglich gehalten, daß Otto von Ranke ihn kaltblütig ermorden würde? Selbst jetzt, beim Anblick seines Opfers, konnte sie es nicht glauben.

Alexa hörte, wie die Haustür aufging, Schritte und Stimmen. Gleich darauf trat ein großer, leicht gebeugt gehender Mann mit kurzem, schwarzem Vollbart ein, ein kragenloses weißes Hemd unter dem hastig zugeknöpften schwarzen Jackett. Es war Dr. Brück, der Arzt. Alexa hatte ihn oft in seinem Buggy vorbeifahren sehen, und obwohl er Jude war, genoß er als Hausarzt auch in den Offiziersfamilien großes Ansehen.

«Sie können wohl nichts mehr tun, Herr Doktor», empfing ihn Alexa.

Dr. Brück trat zu der Leiche. «Ich brauche Licht.»

Alexa wies Bona an, die mit dem Arzt zurückgekommen war, die Vorhänge aufzuziehen, doch das Mädchen weigerte sich verängstigt. Auch Fräulein Busse und Swetlana rührten sich nicht. Um an die Gardinenschnüre zu gelangen, mußte man an dem Körper des Toten vorübergehen. Alexa biß sich auf die Lippen, überwand sich und zog die Gardinen erst an dem einen, dann an dem anderen Fenster auf. Die Helle des Julimorgens strömte herein. Ein Lichtstrahl traf Godenhausens Gesicht, das mit offenem Munde bereits zur Maske erstarrt war. Die gebräunte Haut nahm schon wachsgelbe Totenfarbe an.

Was im Halbdunkel nur schauerlich gewirkt hatte, wirkte bei Tageslicht grauenhaft. Dr. Brück kniete neben den Körper hin und suchte nach Lebenszeichen. Langsam erhob er sich dann und trat zu Alexa.

«Es tut mir sehr leid, Baronin, aber ich kann nichts mehr für Ihren Gatten tun. Ich will auch seine Lage nicht verändern. Die Untersuchungskommission wird bald eintreffen.»

«Er ist erschossen worden, nicht wahr?» fragte sie und bereute das gleich darauf. Man könnte fragen, woher sie das wußte.

«Ja, gnädige Frau. Erschossen.»

«Warum aber nur? Und wie?»

«Das muß die Untersuchung erweisen.» Er sah sie mit einem teilnahmsvollen Blick an und sagte dann zu Fräulein Busse: «Bringen Sie der Frau Baronin ein Glas Wasser.»

«Bona, Wasser, sofort!» gab diese den Befehl weiter.

Der Arzt gab Alexa eine Tablette. «Nehmen Sie das mit viel Wasser. Sie werden es brauchen.»

«Wozu?»

«Es beruhigt.»

Alexa lächelte schwach. «Danke, Doktor. Aber ich bin ganz ruhig.»

Er brachte noch weitere Tabletten zum Vorschein. «Alle vier Stunden eine. Und diese beiden, wenn Sie heute abend zu Bett gehen. Nachmittags schaue ich auf einen Sprung herein, brauchen Sie mich vorher, lassen Sie mich bitte holen.»

Bona brachte Wasser, und Alexa schluckte gehorsam die Tablette. Sie war froh, das getan zu haben, denn gleich darauf hörte sie eine Kutsche in der Auffahrt.

«Mir scheint, die Herren vom Regiment sind da», sagte sie zu Fräulein Busse. «Führen Sie sie herein.» Und zu den Mädchen gewandt: «Geht auf euer Zimmer und bleibt im Haus, vielleicht braucht man euch.»

Fräulein Busse führte zwei Hauptleute und einen Oberst herein. Oberst Seiffert, den Kommandeur ihres Mannes, kannte Alexa, auch Hauptmann Draesecke, nicht aber den dritten, der ihr als Auditor Yves vorgestellt wurde. Von den dreien schien nur der Oberst persönlich betroffen, die Hauptleute kondolierten förmlicher.

Der Auditor legte ihr nahe, hinauszugehen, während der Arzt die Todesursache feststellte. «Bleiben Sie aber bitte erreichbar, Baronin; das gilt für alle Hausbewohner. Wir werden wohl einige Fragen stellen müssen.»

«Das muß ja nicht gleich sein, Baronin», beschwichtigte der Oberst, dem daran lag, die Schroffheit des Auditors zu bemänteln. «Wir alle wissen selbstverständlich, wie furchtbar dieses Unglück Sie getroffen hat, und ich bekenne, daß ich zutiefst betroffen bin.»

Erst jetzt kam Alexa zu Bewußtsein, daß sie barfuß war, nur ein dünnes Negligé über dem Nachthemd trug, und daß sie nicht frisiert war. «Sie entschuldigen mich wohl. Ich muß mich ankleiden. Danach stehe ich Ihnen zur Verfügung. Es ist . . . ich kann nicht glauben . . . Gestern abend noch –» Ihre Stimme brach, dann faßte sie sich wieder. «Entschuldigen Sie.»

«Ich bewundere Ihre Haltung, Baronin», bemerkte Hauptmann Yves, und sie meinte Ironie in seinem Ton zu entdecken. Oder spielte ihr ihr schlechtes Gewissen einen Streich?

Sie dankte mit einem erzwungenen Lächeln. Mit Hilfe von Hauptmann Draesecke trug Dr. Brück den Leichnam zum Sofa, und Alexa hörte im Weggehen noch, daß einer der Herren laut und überrascht das Wort ‹Revolver!› sagte, wohl der Auditor. Sie wäre gern stehengeblieben und hätte gelauscht, doch Fräulein Busse stand an der Treppe.

«Draußen sind schon eine Menge Leute», teilte sie Alexa aufgeregt mit. «Der Oberst hat aber Posten aufgestellt, die lassen keinen durch. Und keiner darf aus dem Haus. Jerzy haben sie erwischt, als er sich davonmachen wollte, jetzt sitzt er im Geräteschuppen. Wenn es nun Jerzy war, wäre das nicht entsetzlich?»

«Was wäre entsetzlich?»

«Wenn er den Herrn umgebracht hätte.»

«Idiotin! Dumme Gans!» Alexa verlor plötzlich alle Beherrschung. «Wie können Sie so etwas sagen? Begreifen Sie nicht, daß das dem Jungen schaden kann!»

«Er hat aber doch versucht wegzulaufen!»

«Angst hat er. Und haben Sie etwa keine?»

Der Ausbruch nahm zwar nicht den furchtbaren Druck von Alexa, doch bewirkte er, daß Fräulein Busse sich ihr gegenüber für den Rest des Tages zurückhielt. Oben angelangt, wusch sie sich das Gesicht mit kaltem Wasser, steckte das Haar auf und kleidete sich an. Ihre Wintersachen waren eingemottet, sie hatte also nichts Dunkles zur Hand. Sie wählte daher ein graues Wollkleid mit weißem Jabot. Für das Trauerjahr brauche ich schwarze Sommerkleider, überlegte sie. Und eins brauche ich gleich zur Beerdigung.

«Hans Günthers Beerdigung», sagte sie vor sich hin. Man würde ihn in einen Sarg legen, ihn ins Grab senken und mit Erde bedecken. Und das alles, weil sie leichtfertig von einem Duell ohne Zeugen dahergeredet hatte. Jetzt befaßten sich vier Herren in Hans Günthers Arbeitszimmer mit den Folgen. Sie brauchten keinen sechsten Sinn, um hinter die Wahrheit zu kommen. Alexa spürte den fast unwiderstehlichen Drang, hinunterzustürzen und der Untersuchung Einhalt zu tun; sie war reine Zeitverschwendung, und für Alexa verlängerte sie nur einen unerträglichen Zustand der Spannung.

Es war kaum eine Viertelstunde her, seit sie die Tablette geschluckt hatte, doch nahm sie gleich die zweite. Sodann wartete sie im Salon der Dinge, die da kommen sollten. Die Tür zum Arbeitszimmer war noch geschlossen. Sie hörte, wie man drinnen redete, konnte aber nichts verstehen.

Kurz darauf klingelte es, und dann gleich noch einmal. Alexa erwog schon, selber an die Haustür zu gehen, da hörte sie Blaskowitz aus der

Küche kommen und öffnen. Der Besucher fragte nach Alexa, und sie erkannte mit ungläubigem Entsetzen die Stimme Rankes.

Der Bursche klopfte. «Herr Oberleutnant von Ranke ist da», meldete er. «Ich hab gesagt, Frau Baronin möchte vielleicht keinen Besuch, aber er will nicht gehen.»

Sie wollte Ranke erst abweisen, dann überlegte sie es sich anders. Hierherzukommen war so tollkühn und unbedacht, daß sie glaubte, er habe vielleicht gänzlich den Verstand verloren. Sie mußte ihn davon abhalten, weitere Dummheiten zu machen. Und jetzt konnte sie noch unter vier Augen mit ihm reden, später wahrscheinlich nicht mehr.

«Führen Sie ihn herein.»

«Eben erfahre ich die furchtbare Neuigkeit!» rief Ranke beim Eintreten. Der Bursche blieb auf der Schwelle stehen, sein Blick ging unentschlossen zwischen der Baronin und ihrem Besucher hin und her. «Ich bin förmlich zerschmettert», fuhr Ranke fort, «und bin gekommen, Ihnen meine Hilfe anzutragen. Es ist ja einfach unglaublich. Wir hörten die Nachricht vom Stabe der Kavallerie, und ich dachte erst, jemand macht einen schlechten Scherz. Doch wer könnte über solche Dinge scherzen!» Alexa fand, er übertreibe. Totenbleich, mit rotgeränderten Augen und trotz der morgendlichen Kühle schweißbedeckter Stirn machte Ranke in der Tat einen völlig wirren Eindruck. «Mein aufrichtiges Beileid», murmelte er und führte ihre Hand an die Lippen.

Der Bursche stand noch immer auf der Schwelle.

«Bringen Sie Steinhäger», beauftragte sie ihn, «und dazu –» sie zählte – «eins, zwei, drei, sechs Gläser.» Und zu Ranke: «Oberst Seiffert ist hier mit zwei Herren von der Division. Und Dr. Brück.» Endlich war der Bursche außer Hörweite. «Du hast den Verstand verloren», flüsterte sie. «Wie kannst du nur hierherkommen! Jetzt! Der Auditor ist hier! Weiß der Himmel, was sie da drinnen so lange treiben.»

«Ich mußte dich sehen.»

«Du bist wahnsinnig. Wie bist du überhaupt hereingekommen? Die Posten haben doch Anweisung, niemanden hereinzulassen.»

«Ich habe gesagt, ich bin ein Freund des Majors.»

«Freund. Bis zum Herbst wolltest du warten, wie ein Jagdunfall sollte es wirken. Aber jetzt und hier!»

Er starrte sie verständnislos an. Ihr Zorn machte ihn fassungslos. «Ich konnte es nicht mehr aushalten», murmelte er. «Seit einem Monat bist du nicht mehr bei mir gewesen . . . da ist es über mich gekommen; ich wollte keinen Tag mehr warten. Als ich herkam, stand das Fenster vom Korridor offen . . .» Gefaßter behauptete er: «Wir haben auch das Haus in Erwägung gezogen, Alexa.»

«Nun, und?»

«Ich habe dir doch gesagt, man könnte auch einen Einbruch vortäuschen. Und du hast gesagt, nicht jeder Fall wird aufgeklärt.»

«Ich habe nie geglaubt, daß du das wirklich in Erwägung ziehen könntest», protestierte sie schwach.

Er bedachte sie jetzt wieder mit einem seiner gläsernen Blicke. «Ich habe gesagt, für dich tue ich alles, stehlen, rauben, töten – ich sollte töten, und ich habe es getan.»

Wie sollte sie ihm die Veränderung begreiflich machen, die mit ihr vorgegangen war und die sie sich selbst nicht recht erklären konnte? Vielleicht erging es allen Sündern so. Nach der Tat die Reue. Oder nur die Angst? Angst vor Strafe, Vergeltung?»

«Du solltest jetzt lieber gehen.»

«Ich will aber bei dir sein.»

«Ja, verstehst du denn überhaupt nichts?» zischte sie ihn an. «Du mußt dich eine Weile fernhalten von mir. Vielleicht ist es überhaupt schon zu spät. Wir sind zu oft miteinander gesehen worden, und du wirst der erste sein, auf den der Verdacht fällt. Du hättest nicht herkommen dürfen –» sie verstummte, denn sie hörte die Tür des Arbeitszimmers gehen, hörte Männerschritte in der Halle, dann klopfte es an die Tür. Sie rief: «Herein!» Die vier Herren traten ein. Ranke sprang auf und nahm Haltung an.

«Oh, Oberleutnant von Ranke. Wie kommen Sie denn hierher?» fragte der Oberst. Alexa bemerkte, wie die beiden Hauptleute einen verstohlenen Blick tauschten, und ihr Herz schlug schneller.

«Ich bin vor wenigen Minuten gekommen, Herr Oberst, um mein Beileid auszudrücken und der Frau Baronin meine Hilfe anzubieten.»

«Und woher wußten Sie, daß hier ein Beileid auszusprechen war?» fragte der Auditor. «Übrigens: wir kennen uns wohl noch nicht. Hauptmann Yves.»

«Oberleutnant von Ranke.» Er verbeugte sich steif, klappte die Absätze zusammen und schüttelte die dargebotene Hand. «Die Nachricht wurde telephonisch durchgegeben.»

«Wer hat denn die Meldung durchgegeben?»

«Ich nehme an, ein Dragoner von Godenhausens Regiment.»

«Wer hat den Anruf entgegengenommen?»

«Ich. Zufällig war ich im Büro des Kommandeurs.»

«Und war Major Brausch anwesend, als der Anruf kam?»

«Nein, Herr Hauptmann. Er war gerade hinausgegangen.»

Der Oberst hörte aufmerksam zu, den Blick prüfend auf Ranke gerichtet. Nun wandte er sich an den Auditor. «Schweifen wir nicht ab, Hauptmann Yves. Sie wollten mit der Baronin sprechen. Herr von Ranke steht Ihnen später jederzeit zur Verfügung. Jetzt aber – dürften wir allein mit Ihnen sprechen, Baronin?»

Sie rechnete es dem Oberst hoch an, daß er Ranke nicht befahl hinauszugehen, sondern ihr als Hausherrin überließ, ihn wegzuschicken.

«Ich danke Ihnen für Ihre Teilnahme, Herr von Ranke», sagte sie also. Er stand immer noch stramm, da man ihn nicht hatte rühren lassen. «Ich weiß das zu schätzen.» Sie reichte ihm die Hand, zog sie aber gleich zurück, kaum daß er sich darüber beugen konnte. «Leben Sie wohl, Herr Oberleutnant.» Das klang kühl und endgültig. Es zuckte in seinem Gesicht bei diesem Ton, doch verbeugte er sich und verließ das Zimmer. An der Tür stieß er fast mit Fräulein Busse zusammen, die Schnaps und Gläser brachte. Sie war bereits ganz in Schwarz und machte das dazu passende Gesicht. Ihre Augen waren rotgerändert; es fehlte nur noch der Witwenschleier.

Alexa entließ sie und füllte vier Gläser mit Schnaps. Die Offiziere leerten die Gläser mit Dank, der Arzt enthielt sich.

«Es tut mir leid, aber ich muß jetzt gehen», sagte er zum Oberst. «Es sei denn, man braucht mich hier noch.»

«Im Augenblick nicht», sagte Seiffert.

Nach dem Abgang des Doktors trat ein längeres, beklemmendes Schweigen ein. Alexa setzte sich aufs Sofa, die drei Herren nahmen ihr gegenüber Platz. Ihr Herz klopfte immer noch wie rasend, doch empfand sie zugleich eine langsam in ihr aufsteigende Benommenheit. Könnte sie doch nur weinen, sie würde den Druck los, der auf ihrer Brust lastete und das Atmen so schwer machte.

«Ist mein Mann wirklich erschossen worden? Und wissen Sie schon Näheres?» fragte sie schließlich.

Der Oberst wandte sich an den Auditor. «Antworten Sie bitte. Sie sind hier sozusagen der Unparteiische. Ich selber habe den Verstorbenen sehr geschätzt, er war ein hervorragender Offizier, einer der besten des Regiments, wenn nicht überhaupt der Tüchtigste. Dieser sinnlose Tod macht mir schwer zu schaffen.»

Auditor Yves erhob sich, verschränkte die Arme vor der Brust und stellte sich breitbeinig vor Alexa auf. Bestimmt steht er auch so vor dem Kriegsgericht, wenn er anklagt, dachte Alexa.

«Soweit sich feststellen ließ, trat der Tod in den frühen Morgenstunden ein. Der Major wurde von zwei Schüssen getroffen, eine Kugel trat unter der linken Brustwarze ein und steckt noch im Körper, die andere unterhalb der rechten Schulter. Diese trat am Rücken aus. Nach Meinung von Dr. Brück war der erste Schuß bereits tödlich, und obwohl Laie, stimme ich ihm zu. Endgültige Klarheit wird aber erst die Obduktion bringen.»

Wenn der Mann doch nur leiser reden wollte, dachte Alexa. Er sprach laut und befehlsgewohnt, und jedes seiner Worte traf ihre Trommelfelle wie ein Pfeil.

«Zweimal hat man geschossen?» fragte sie. «Ich habe überhaupt keinen Schuß gehört.»

«Daran zweifle ich nicht. Als wir den Toten aufhoben, fanden wir das hier unter seinem Körper.»

Er zog einen kleinen Browning aus der Tasche und zeigte ihn Alexa. «Kennen Sie diese Waffe?»

Alexa kannte sie, war aber unsicher, ob sie es zugeben sollte.

«Ich glaube –» begann sie.

«Kennen Sie sie?» drängte er.

Sie entschied sich für die Wahrheit. «Ich glaube schon. Sie sieht aus, wie eine von den Waffen, die mein Mann in seinem Pistolenkasten aufbewahrte. Ist er mit dieser Waffe . . .?» Sie brachte es nicht fertig zu sagen: getötet worden?

«Nein. Anfangs nahmen wir das an. Und deshalb dachten wir zunächst an Selbstmord. Ist Ihnen übrigens diese Vermutung ebenfalls gekommen?»

Sie nickte. «Ja, einen Moment habe ich . . .»

«Eine genauere Prüfung erwies dann die Unhaltbarkeit der Annahme», fuhr der Auditor fort. «Bereits die Lage des Toten machte sie unwahrscheinlich, dann fanden wir aber die ausgetretene Kugel im Polster des Schreibtischsessels. Sie ist von größerem Kaliber als der Browning, der übrigens nicht abgefeuert wurde. Unsere Theorie geht nun dahin, daß Ihr Gatte die Anwesenheit eines Eindringlings bemerkte, nach der Waffe griff, ins Arbeitszimmer ging und dort auf kurze Entfernung niedergeschossen wurde, bevor er selber schießen konnte.»

Um den Blicken der Männer zu entgehen, schlug Alexa die Hände vors Gesicht.

«Aber wer . . . warum . . . er hatte doch keine Feinde!»

«Noch gibt es da keine Anhaltspunkte. Es scheint, daß der Mörder durch ein Fenster im Flur einstieg. Das Fenster war noch geöffnet, das Blumenbeet darunter ist zertrampelt. Alles scheint an seinem Platz zu sein, sowohl im Arbeitszimmer wie im Schlafkabinett, also war Raub nicht das Motiv, es sei denn, der Eindringling hat es nach der Tat mit der Angst bekommen und ist geflohen. Es wäre aber sehr hilfreich, wenn Sie sich in beiden Räumen gründlich umsähen und uns sagen könnten, ob wirklich nichts fehlt.»

«Falls das keine allzu große Zumutung ist», warf der Oberst ritterlich ein.

«Nein, durchaus nicht. Wenn Sie wollen, tue ich es gleich.»

«Einen Augenblick noch», hielt Hauptmann Yves sie auf. «Vorher möchte ich noch alle Personen befragen, die zur Tatzeit im Hause waren.»

Alexa klingelte und trug Fräulein Busse auf, das Personal hereinzurufen, auch Jerzy, den Stallburschen. Gleich darauf versammelten sich alle, ehrfürchtig und bedrückt. Der Herr war ermordet worden. Weil sie zur Zeit des Mordes im Hause waren, wurden sie alle verdächtigt. Sie glaubten das in der Miene des Auditors zu lesen, der einen nach dem anderen fragte, wie und wo er die Nacht verbracht habe. Was sie zu sagen hatten, war für die Untersuchung kaum von Wert: alle waren wie gewöhnlich schlafen gegangen, und erst als der Major nicht nach dem Frühstück klingelte, waren sie unruhig geworden. Einzig Fräulein Busse berichtete ausführlich über die Zeit zwischen 10 Uhr abends und 5 Uhr früh, und von ihren Vorahnungen. Die anderen antworteten einsilbig. Der Auditor mußte schon Mühe aufwenden, um auch nur dieses wenige aus ihnen herauszuholen.

«Wenn Sie gestatten, Baronin», wandte er sich dann an Alexa, «möchten wir das Haus besichtigen. Es klingt etwas unglaubhaft, daß von fünf Hausbewohnern keiner zwei Schüsse gehört haben sollte.»

«Keiner von sechs. Ich war nämlich ebenfalls anwesend», berichtigte Alexa.

Hauptmann Yves überhörte das, es lag aber eine neue Schärfe in seinem Ton, als er dem Personal befahl: «Alle bleiben da, keiner entfernt sich. Ich habe noch weitere Fragen.»

Alexa empfand wachsende Abneigung gegen den Hauptmann. Oder sollte es Angst sein? Schließlich war der Tote ein Kamerad gewesen, und er zeigte wenig Mitgefühl für die Witwe. Er mußte doch sehen, daß sie sich nur noch mit Mühe aufrecht hielt.

«Ich führe Sie gern durchs Haus», sagte sie ostentativ zu Oberst Seiffert.

«Wollen Sie sich das antun? Soll das nicht lieber einer von Ihren Bediensteten tun?» sagte der Oberst rücksichtsvoll. «Sie sind sehr tapfer, meine Gnädigste. Ich würde auch vorschlagen, daß meine Frau Ihnen Beistand gewährt, wenn Sie erlauben. Oder daß Sie fürs erste überhaupt zu uns kommen? Meine Frau wäre nur allzugern bereit . . .»

«Ich danke Ihnen sehr, Herr Oberst, Sie sind sehr gütig, aber ich möchte lieber hierbleiben. Und was die Hausdurchsuchung angeht, so ist sie, wie ich weiß, unvermeidlich. Fangen wir also an.»

Bislang hatte sie wohl noch keinen falschen Schritt getan. Vielleicht erschien sie unter den tragischen Umständen zu beherrscht, aber die Tränen, die man erwarten mochte, blieben ihr einfach versagt.

Sie führte die drei Herren von Zimmer zu Zimmer und schließlich zu ihrem Schlafzimmer. Diese untersuchten die Dicke der Wände und prüften, wie weit man bei geschlossenen Türen Rufe hörte.

Dann kehrte man in den Salon zurück. Hauptmann Yves stellte dem Personal noch einmal die gleichen Fragen wie zuvor, und erhielt keinerlei neue Hinweise. Er entließ alle, schärfte ihnen aber noch einmal ein, das Haus nicht zu verlassen und mit niemand zu sprechen, auch nicht mit den Posten im Garten und im Hof. Er und der Oberst gingen, um die Überführung des Toten ins Garnisonslazarett zu veranlassen, wo die Obduktion vorgenommen werden sollte. Hauptmann Draesekke blieb zurück, und etwas später stießen die Leutnants Stoklaska und Heinrich zu ihm, die dem Gerichtsoffizier beim 1. Armeekorps zugeteilt waren. Diese beiden sollten das Haus nach der verschwundenen Mordwaffe absuchen und die von dem Toten hinterlassenen Papiere und Briefschaften durchsehen.

Dies dauerte bis in den frühen Nachmittag, unterbrochen von einer Mahlzeit, die Alexa den Herren anrichten ließ. Daß dies Angebot akzeptiert wurde, sagte ihr, man habe sie noch nicht ernstlich in Verdacht. Sie nahm an der Mahlzeit nicht teil, sondern ließ sich Tee und ein wenig Brot mit kaltem Fleisch heraufbringen.

Als um fünf Uhr nachmittags die ergebnislose Suche aufgegeben wurde, der Tote fortgeschafft und Ruhe im Hause eingekehrt war, fiel Alexa in einen unruhigen, von Alpträumen heimgesuchten Schlaf.

Im Traum sah sie sich im Arbeitszimmer ihres Mannes. Am Boden ausgestreckt lag nicht er, sondern Nikolas. Als sie sich über ihn beugte, gewahrte sie auf der Stirn zwischen den Augen einen kleinen dunklen Fleck, wie man ihn bei indischen Frauen als Abzeichen ihrer Kaste sieht. Sie berührte den Fleck; es war getrocknetes Blut. Die Erkenntnis, er sei tot, verursachte ihr unerträgliche Pein. Der Raum hatte sich unterdessen in eine Wiese verwandelt. Nikolas war an einen Baum gefesselt und von Männern umringt. Alexa flehte um sein Leben, sie aber rissen Revolver aus den Taschen und eröffneten auf Nikolas das Feuer. Sie glaubte, unter diesen Männern Hans Günther zu erkennen. Nikolas sah nicht mehr menschlich aus, sondern sah jetzt aus wie eine jener Strohpuppen mit aufgemaltem Gesicht, wie sie auf Schießständen Verwendung fanden.

Plötzlich befand sie sich im Park von Sanssouci nahe der großen Fontäne, wo im späten Frühjahr aus Holland importierte Tulpen blühen. Da erspähte sie Nikolas, der gesund und munter auf sie zukam. Freude durchbohrte sie wie ein scharfer Schmerz, sie flog ihm entgegen, zertrampelte die Tulpen, watete durch das Becken der Fontäne. Ungeheuer erleichtert warf sie die Arme um ihn und bedeckte sein Gesicht mit Küssen.

«Du lebst! Du lebst! Gott sei Dank, du lebst!» rief sie und wurde im gleichen Augenblick von Fräulein Busse geweckt, die sie an der Schulter rüttelte.

«Verzeihung, Frau Baronin, Herr Hauptmann Yves ist da. Er möchte Sie sprechen.»

Alexa richtete sich auf. Sie war jetzt zwar wach, meinte aber Nikolas'

Wange noch an der ihrigen zu spüren. «Wer ist da?» fragte sie.

«Der Auditor von heute früh. Es tut mir so leid, daß ich Sie wecken mußte. Sie redeten im Schlaf, als ich hereinkam.»

Alexa wurde bleich. «Und was hab ich gesagt?»

Fräulein Busse ließ ihren Tränen freien Lauf. «Sie sagten, Gott sei Dank, du bist am Leben! Sie klangen so glücklich! Sie haben von Ihrem Mann geträumt, daß er noch am Leben ist, arme gnädige Frau, ich hätte Sie am liebsten schlafen lassen.» Und sie brach wieder in Tränen aus.

Ihrem Gefühlsausbruch lag zweifellos auch Reue zu Grunde. Seit dem frühen Morgen hatte sie Alexa verstohlen beobachtet und auf ihrem Gesicht und in ihrem Verhalten nach verräterischen Anzeichen gesucht. Gewiß war sie wohl nicht Mitwisserin, aber ein völliger Mangel an echter Trauer hätte Fräulein Busse nicht erstaunt. Das, was sie da eben gehört hatte, überzeugte sie jedoch davon, daß Alexa tiefen Kummer empfand, und diese Worte verwandelten ihr Mißtrauen in Mitgefühl.

«Was will er denn?»

«Ich weiß nicht. Ich sagte, Frau Baronin ruht und weiß Gott, Sie haben es nötig! Aber er bestand darauf, daß ich Sie wecke.» Und nach einer Verlegenheitspause fügte sie reumütig hinzu: «Er ist schon eine Weile da.»

«Was macht er denn?»

«Er stellt Fragen. Den Mädchen und Johann.» Pause. «Und mir.»

Alexa redete sich ein, daß der Auditor wieder da sei, sei noch kein Grund zu besonderer Sorge. Aber im Grunde ihres Herzens wußte sie, daß sie sich etwas vormachte. Ihre Hände zitterten, sie mußte sich die Stiefelchen von Fräulein Busse zuknöpfen lassen. Als sie frisiert und angezogen war, konnte sie mit ziemlich festem Schritt die Treppe hinabgehen und ihre Angst einigermaßen bezähmen.

Hauptmann Yves entschuldigte sich für die Störung. In seiner nasalen, gequetschten Stimme teilte er ihr mit, General Hammann wünsche den Fall aufgeklärt zu sehen, bevor die Presse Wind davon bekomme und ihn zum Anlaß neuerlicher Verleumdungen des Militärs nehme.

«Wie wäre das möglich?» fragte Alexa erstaunt. «Mein Mann hat einen Einbrecher überrascht und wurde –»

«Richtig. Nur war es eben kein Einbrecher. Einbrecher haben nur selten Schußwaffen ausländischen Fabrikats wie Browning oder Remington. Der Mörder hatte eine Auseinandersetzung mit Ihrem Mann, es muß jemand aus seinem Bekanntenkreis gewesen sein, und zwar jemand, der das Haus genau kennt.» Er wartete auf eine Reaktion, und als Alexa nichts sagte, fuhr er fort: «Wenn ich recht unterrichtet bin, hat Ihr Mann erst kürzlich seine Schlafgewohnheiten geändert.»

«Wie meinen Sie das?»

«Warum ist Ihr Mann aus dem Schlafzimmer, das er mit Ihnen teilte, nach unten in das Kabinett gezogen?»

Auf diese Frage hatte Alexa sich von Anfang an vorbereitet. «Das war kein Arrangement auf Dauer. Ich schlafe in letzter Zeit nicht gut, meist schlief ich erst gegen Morgen ein. Das machte mich matt und reizbar, und mein Mann schlug daher vor, eine Weile auszuziehen.»

«Es war also sein Vorschlag? War das für eine vorübergehende Lösung nicht sehr aufwendig? Neue Vorhänge, Teppiche, die Wände frisch tapeziert –»

«Das Kabinett hätte später als Gastzimmer dienen sollen.»

«Ein Gastzimmer, in das man nur durch das Arbeitszimmer des Hausherrn gelangt? Nun ja. Aber stimmt es nicht, daß Sie mit Ihrem Mann kurz vorher Streit hatten?»

«So kann man das wohl kaum nennen.»

Hauptmann Yves kam ihr vor wie einer jener Detektive aus den Fortsetzungsgeschichten, die am Ende die Verbrecher immer zur Strecke brachten. Da hieß es auf der Hut sein.

«Wenn ich Sie also recht verstehe, dann waren doch Sie es, von der der Vorschlag ausging, nach unten zu ziehen.»

Sie suchte ihre Angst hinter gespieltem Ärger zu verbergen. «Was wollen Sie damit sagen, Herr Hauptmann? Daß ich meinen Mann aus dem Schlafzimmer gewiesen habe, damit er unten . . .»

«Langsam», unterbrach er sie. «Haben Sie seit diesem neuen Arrangement noch eheliche Beziehungen zu Ihrem Mann unterhalten?»

Alexa war empört. «Wie können Sie es wagen.»

Er fuhr ungerührt fort. «In Gegenwart von General von Sedlitz und seiner Gattin gab es Streit zwischen Ihnen und Ihrem Mann. Worum ging es dabei?»

«Fragen Sie doch die Dienstboten. Die sagen Ihnen gewiß alles, was Sie hören wollen. Offenbar waren sie ja sehr aussagefreudig. Halten Sie sich an die, nicht an mich.»

Hauptmann Yves klemmte ein Monokel ins Auge und betrachtete Alexa wie mit Röntgenblick. «Baronin, ich suche den Mörder des Majors von Godenhausen. In dieser Phase der Untersuchung ist jeder verdächtig, seine Untergebenen, die Dienstboten, seine Bekannten, Sie, und Oberleutnant von Ranke.»

Ihr blieb der Atem weg. «Wieso Oberleutnant von Ranke?»

«Er war in letzter Zeit Ihr ständiger Begleiter. Angeblich hat er Sie sehr hofiert. Er ist ein sentimentaler, sehr labiler junger Mann, der –»

Es war zwar warm im Salon, doch überlief Alexa nun ein Schauer. «Labil vielleicht, aber darum doch noch kein Mörder!» rief sie. «Mein Gott, wir sind gemeinsam ausgeritten, mein Mann wollte nicht, daß ich allein ausreite. Ich bin keine sehr gute Reiterin, in Potsdam bin ich mehrmals gestürzt –»

«Ich sage ja nicht, daß er der Mörder ist, ich sage nur, auch er ist verdächtig. Er hat zum Beispiel kein Alibi für die fragliche Zeit. Angeblich war er daheim, im Bett. Das kann jeder behaupten.»

Ranke war also schon verhört worden. Wie lange steht er das wohl durch, fragte sie sich. «Ich bin auch mit anderen ausgeritten. Ich habe auch mit anderen getanzt, geflirtet sogar, wenn Sie es denn wissen wollen. Die können Sie alle noch verhören. Jeden, der je unsere Schwelle überschritten hat. Fangen Sie am besten bei General Hammann an.»

Das machte auf ihn alles keinen Eindruck.

«Sie verstehen offenbar nicht, Gnädigste», schnarrte er nasal. «Einer unserer Offiziere wurde kaltblütig ermordet. Es scheint, daß der Mörder ein persönliches Motiv hatte, es muß sich also um eine persönliche Auseinandersetzung gehandelt haben, und wenn ein Offizier in einen Skandal verwickelt wird, fällt das auf das gesamte Heer zurück, also . . .»

Sie fiel ihm ins Wort. «Ein Skandal? Ist es ein Skandal, ermordet zu werden?»

«Der Fall muß geklärt werden, bevor die Presse darüber herfällt.»

«Sie meinen – es soll gewissermaßen in der Familie bleiben?»

«Sehr richtig.»

«Sie vergessen dabei offenbar, daß auch ich zu dieser Familie gehöre. Und daß am gleichen Tage, an dem –» Plötzlich kamen ihr die Tränen, die bisher nicht hatten fließen wollen. «Sehen Sie denn nicht, daß ich am Ende bin?»

Überrascht von diesem Ausbruch, blinzelte er nervös. Vielleicht war er wirklich zu weit vorgegangen? Einen Fehler eingestehen wollte er aber auch nicht.

«Ich tue meine Pflicht, Baronin», schnarrte er nasal. «Hatte Ihr Mann Feinde?»

«Nicht daß ich wüßte.» Sie stand auf. «Müssen wir das unbedingt jetzt noch weiter fortsetzen? Ich bin sehr erschöpft.» Und wieder kamen ihr die Tränen.

Damit hatte sie ihm das Stichwort für einen würdigen Abgang gegeben, sagte er sich.

«Vergeben Sie mir, wenn ich Ihnen lästig gewesen bin, Baronin. Das alles erfordert die Pflicht. Sollte Ihnen noch etwas einfallen, was für die Untersuchung wichtig sein könnte, lassen Sie es uns bitte umgehend wissen.»

Sie versprach es, und er verließ sie. Bald darauf erschienen die Frauen von Oberst Seiffert und Hauptmann Draesecke. Frau Seiffert hatte bereits die Schneiderin verständigt, damit sie bei Alexa für die Trauerkleidung Maß nähme.

Für die Beisetzungsvorbereitungen wartete man noch Nachricht von Sedlitzens ab, die telegraphisch unterrichtet worden waren. Man nahm an, daß Hans Günthers Leichnam nach der Aussegnung in Allenstein in die Familiengruft nach Schievelbein in Pommern übergeführt würde.

Frau Seiffert wiederholte die bereits vom Oberst ausgesprochene Einladung, bei ihr zu wohnen, die Alexa auch diesmal ablehnte. Und sei es nur, fügte sie hinzu, um dem Personal ein Beispiel zu geben, das sich offenbar fürchtete, im Haus zu schlafen. Die Posten seien nicht abgezogen worden, folglich werde der Mörder gewiß nicht noch einmal eindringen.

Hans Günther war noch keine 24 Stunden tot, und schon wußte Alexa, daß der Witwenstand eine schwere Prüfung für sie sein würde. Es stand eine weitere Befragung durch Hauptmann Yves in Aussicht, und falls sie dabei nicht zusammenbrach, mußte sie als nächstes Onkel und Tante entgegentreten. (Von der Tante erwartete sie nichts Gutes, nur Verdächtigungen und Vorwürfe.) Dann die Beisetzung. Neugierige Menschen. Grabreden. Endlose konventionelle Beileidsbezeugungen. Und danach? Was dann?

Sie über seine Finanzen ins Bild zu setzen, hatte Hans Günther nie für nötig gehalten. Ob er reich war oder nur wohlhabender als seine Kameraden, wußte sie nicht. Gab es ein Testament? Und was enthielt es, wenn es eins gab? Wie sollte sie es mit dem Haus, dem Personal, den Pferden halten? Sollte sie in Allenstein bleiben oder nach Berlin zurückkehren?

Sie schlief schlecht und erwachte von den Geräuschen des Hauses, dem Rauschen der Bäume. Zweimal glaubte sie, Schritte auf der Treppe zu hören, und der Schweiß brach ihr aus. Nicht den Toten fürchtete sie, sondern den Lebenden. Ranke, daran zweifelte sie nicht, war geistig gestört und würde vor keiner Verrücktheit zurückschrecken, einerlei was ihn das kosten mochte. Er würde die Wachen überlisten, sich ebenso wie letzte Nacht ins Haus schleichen, auch auf die Gefahr hin, daß er überrascht wurde. Sie verlor aber nicht ganz die Hoffnung, daß sein Verhör durch den Auditor ihm zur Warnung gereicht hatte und daß er kein Risiko mehr eingehen würde.

Der Vormittag verging ohne Ärgernisse. Man brachte die Kleider zur Anprobe, Offiziere machten Beileidsbesuch, darunter auch General Hammann. Gegen Mittag kam Leutnant Stoklaska im Auftrag des Gerichtsoffiziers und fragte, ob Alexa Wertgegenstände vermisse, worauf sie antwortete, noch habe sie nicht alles gründlich nachsehen können, doch habe sie nicht den Eindruck, daß etwas fehle.

Kurz nach dem Abendessen rollte eine Kutsche vors Haus. Das Klingeln an der Haustür benahm ihr den Atem wie noch jedes Klingeln an diesem Tag. Sie öffnete selber. Der Besucher war, wie sie befürchtet hatte, Hauptmann Yves, diesmal begleitet von Leutnant Stoklaska.

«Ist halb neun nicht ein bißchen spät für einen Besuch, Herr Hauptmann?» fragte sie schroff. Ihre Abneigung gegen ihn war stärker als ihre Angst.

«Zweifellos. Nur hatte ich gehofft, daß man uns ausnahmsweise vergeben würde.» Und dabei lächelte er mit beruhigender Herzlichkeit. «Dürfen wir eintreten?»

Sein verbindliches Auftreten irritierte sie mehr als seine frühere Arroganz, und Alexa fürchtete einen Blitz aus heiterem Himmel. Ranke hatte gestanden, und deshalb strahlte der Auditor so siegesgewiß. Den ganzen Tag über hatte sie so etwas befürchtet, und sie überlegte, was sie auf den Vorwurf der Mitwisserschaft erwidern sollte, denn sie wußte ja nicht, wieviel Ranke gestanden hatte.

«Nun, so kommen Sie schon herein», sagte sie, um Haltung bemüht. «Ich kann Sie ja nicht gut wieder wegschicken.»

Der Auditor strahlte immer noch. «Wir bringen eine gute Nachricht. Das heißt, wenn das Wort gut hier am Platze ist nach so tragischen Ereignissen.»

Nun kam endlich Bona, um die Tür zu öffnen. Alexa wies sie an, Cognac und Gläser zu bringen, und ging in den Salon voraus.

«Also, Herr Hauptmann?»

«Wir haben den Mann.»

«Welchen Mann?»

«Den Mörder Ihres Gatten.»

Alexa würgte es die Kehle. Die Stimme des Auditors schien von weither zu kommen.

«Ein Mann, der Ihnen bekannt ist. Und darum haben wir uns gestattet, vorbeizukommen, obwohl es schon so spät ist. Es gibt da noch Unklarheiten, die nur Sie aufklären können, Frau Baronin.»

Wenn er doch nur zur Sache kommen wollte, dieser Sadist, dachte sie und fragte: «Und wer ist es?»

Der Hauptmann klemmte sich das Monokel ins linke Auge. «Der Dragoner Dmowski», erklärte er, jede Silbe einzeln betonend.

Sie sah ihn verständnislos an. «Nein!» Mehr brachte sie nicht heraus.

«Er und kein anderer.»

Statt Erleichterung zu fühlen, witterte sie eine Falle.

«Das können Sie doch nicht im Ernst glauben, Herr Hauptmann», sagte sie.

«Doch. Ich habe nicht den geringsten Zweifel, Baronin. Am Dienstagabend wurde er von der Schloßwache gesehen, als er in Richtung Paradeplatz ging. Dann, um ein Uhr fünfzig, sah ihn die Ablösung, die punkt zwei Uhr aufzieht. Er kam aus dem Tor zu Ihrem Garten.»

«Und man ist sicher, daß es wirklich Dmowski war? Bei stockdunkler Nacht?»

«Einer der Posten vom Schloß kennt ihn gut, er kommt aus dem gleichen Dorf wie Dmowski. Die beiden anderen erkannten ihn bei der Gegenüberstellung.»

Natürlich haben sie Dmowski gesehen, sagte sich Alexa. Zweifellos hat er Hans Günther heimlich besucht und ist dann wieder in die Kaserne zurückgegangen. Nicht zum erstenmal kam er zum heimlichen Stelldichein ins Haus. Hier fand sich die Erklärung dafür, daß Hans Günther plötzlich mit getrennten Schlafzimmern einverstanden gewesen war.

«Dieser Bursche hat noch mehr auf dem Gewissen als einen Mord», fuhr der Hauptmann fort. «Man weiß, daß er nach dem Zapfenstreich häufig unerlaubt die Kaserne verlassen hat. Wahrscheinlich beging er Einbrüche, jedenfalls haben wir Schmuck bei ihm gefunden, eine Uhr, einen Ring, eine goldene Kette. Im Strohsack versteckt. Ich nehme an, er hat bei Ihnen einen Einbruch versucht und wurde auf frischer Tat von Ihrem Mann überrascht. Als er sich erkannt sah, schoß er. Alles ganz einfach.»

Alexa empfand wieder ganz stark die alte Abneigung gegen Dmowski, sie sah ihn wieder vor sich, seinen spöttischen Blick, sein obszönes Grinsen, als sie ihn geohrfeigt hatte. Dann kam der ernüchternde Gedanke, daß man Dmowski eines Verbrechens beschuldigte, das er nicht begangen hatte. «Wenn Sie sich nur nicht irren. Ich bin überzeugt, Sie haben den falschen Mann gegriffen. Er mag unverschämt und frech und respektlos sein, aber er ist doch kein Mörder . . .»

Hauptmann Yves sah sie von der Seite an. «Dmowski behauptet, er sei auf Ihr Verlangen von Ihrem Gatten als Bursche entlassen worden. Sie hätten ihn nicht mehr im Hause dulden wollen.»

Alexa tat überrascht. «Das hat er gesagt?»

Der Leutnant kam dem Auditor zu Hilfe. «Er sagte: einerlei wie große Mühe er sich gegeben habe, Sie, Baronin, hätten stets etwas an ihm auszusetzen gehabt und dafür gesorgt, daß er fliegt. Dies wörtlich.»

«Ich war wirklich nicht mit ihm zufrieden, er war frech, und er ließ sich von mir nichts sagen. Das ist alles.»

Es schien den Auditor zu verstimmen, daß Alexa nicht mit ihm über die Ergreifung des Dragoners Dmowski in Jubel ausbrach, und er fing an, rastlos hin und her zu gehen. «Er behauptete weiter, Baronin, Sie hätten auf seine Entfernung gedrängt, weil er nicht auf . . . nun . . . auf Ihre Avancen eingegangen sei. Sie hätten eine Schwäche für ihn gehabt, und als er Ihnen widerstanden –»

«Das ist eine unverschämte Lüge!» unterbrach ihn Alexa entrüstet.

«Er meint, Sie hätten Angst gehabt, daß er es dem Major erzählen würde.»

«Was erzählen würde?»

Ihr kam es so vor, als verdrehe der Auditor absichtlich Dmowskis Aussagen, um von ihr, Alexa, Belastendes über den Mann zu hören.

«Sind Sie immer noch fest davon überzeugt, daß er unschuldig ist?»

«Was heißt unschuldig? Er ist ein Lügner, aber kein Mörder.»

Hauptmann Yves schüttelte den Kopf. «Sie setzen mich in Erstaunen, Baronin.»

Sie mußte jetzt vorsichtig sein. Beharrte sie zu nachdrücklich darauf, daß Dmowski es nicht gewesen war, würde sie den Auditor am Ende von dieser Spur abbringen, und dann mußte er auf der Suche nach einem anderen Verdächtigen unweigerlich auf Ranke kommen. Daher ignorierte sie seine Bemerkung.

«Das Beweismaterial reicht für eine Verurteilung Dmowskis aus», sagte der Auditor nun. «Zwei Zeugen sahen ihn den Tatort verlassen. Ferner fanden wir die Schmuckstücke und das Geld bei ihm. Sie sagten zwar, es fehle nichts im Hause, aber vielleicht werfen Sie doch einmal einen Blick auf die Sachen. Vielleicht gehört etwas davon Ihrem Gatten.»

Nur zu gern hätte Alexa ihm bestätigt, daß Dmowski die Sachen gestohlen hatte, doch wußte sie, es waren Geschenke von Hans Günther. Warum hatte Dmowski das nicht gesagt und sich wenigstens vom Vorwurf des Raubmords entlastet? Und warum untersuchte der Auditor die Natur der Beziehungen zwischen dem Major und seinem Burschen nicht etwas genauer? Er mußte doch die Godenhausen belastenden Aussagen von Kürassier Bollhardt und Korporal Sommer aus dem ersten Moltke-Prozeß kennen; hatte er es wirklich übersehen, oder lag dahinter Absicht? Waren alle Ankläger vor Militärgerichten so borniert oder voreingenommen wie Hauptmann Yves? Dann jedenfalls trug Justitia die Binde vor den Augen zu Recht.

«Ich will mir die Sachen gern ansehen, wenn Sie meinen», sagte Alexa, stand auf und reichte Hauptmann Yves verabschiedend die Hand. Er verbeugte sich galant und führte sie an die Lippen. «Noch eine Bitte, Baronin. Dürfen wir bei dieser Gelegenheit eine Gegenüberstellung mit Dmowski vornehmen?»

Ihre Haltung versteifte sich. «Wozu?» fragte sie und wünschte gleich, sie hätte nicht so brüsk reagiert.

«Wir möchten gern noch mehr über Dmowskis Einstellung zu seiner Entlassung als Bursche des Majors erfahren. Im Vergleich zum Dienst in der Kaserne ist das Dasein als Bursche doch recht angenehm, und es kann daher sein, daß er weniger auf Raub aus war als auf Rache.»

«Oh, Herr Hauptmann, das scheint mir doch weit hergeholt.»

«Madame, man kann den Fall nicht vors Kriegsgericht bringen, ohne alle Eventualitäten bedacht und berücksichtigt zu haben.»

So mußte sie denn nachgeben, und sei es nur, um die Besucher endlich loszuwerden. Sie war ohnehin über dünnes Eis gegangen und durfte nichts riskieren. Also versprach sie, am nächsten Morgen ins Dienstzimmer des Auditors zu kommen.

Als die Besucher fort waren, ging Alexa in den Garten. Daß sie am Vorder- wie am Hintereingang einen Posten bemerkte, beruhigte sie. Sie hoffte, Ranke sei inzwischen zur Vernunft gekommen und würde nichts Unkluges unternehmen.

Ob er wohl schon wußte, daß man den Täter in Dmowski gefunden zu haben glaubte? Hoffentlich wußte er es noch nicht und würde es auch erst dann erfahren, wenn sie ihre Pläne für die nächste Zukunft gemacht hatte.

Für acht Uhr früh bestellte sie eine Droschke mit geschlossenem Verdeck, das sie vor neugierigen Blicken schützen sollte. Zum Divisionsstab waren es gut 20 Minuten am Ufer der Alle entlang, vorbei am Bischofssitz, dem Botanischen Garten, der Kavalleriekaserne und dem Exerzierplatz. Von Osten blies es frisch herein, dicke Wolken, weiß wie Eischnee, segelten stolz über einen blitzblauen Himmel. Auf dem Reitweg am gegenüberliegenden Ufer des Flusses trabte eine Gruppe Reiter Richtung Osterode, die Damen im schwarzen Reitkleid, die Herren schlank und blinkend wie Zinnsoldaten. Wie gern wäre sie eine dieser sorglosen Reiterinnen gewesen.

Leutnant Stoklaska wartete schon auf sie vor dem Tor. Er geleitete sie über den Kasernenhof in das Dienstzimmer des Auditors.

Hauptmann Yves dankte ihr überschwenglich für ihre Bereitwilligkeit und nahm eine kleine Schachtel aus der Schublade. Darin befanden sich eine goldene Taschenuhr mit schwerer Kette, ein Siegelring, eine

Krawattennadel und ein Bündel Geldscheine. Alexa nahm an, dies alles sei in Dmowskis Strohsack gefunden worden.

«Erkennen Sie etwas davon?» fragte der Hauptmann-Auditor.

Alexa erkannte Ring und Nadel, nicht aber die Uhr. Der Ring war aus massivem Gold und gewiß seit über hundert Jahren im Besitz der Familie Godenhausen gewesen. Das Siegel darauf war unbekannten Ursprungs. Hans Günther hatte ihr gesagt, sein Urgroßvater habe damit Briefe versiegelt, die er aus den napoleonischen Kriegen an seine Frau gerichtet habe.

Sie bedachte sich, ehe sie antwortete: «Nein, nichts.» Hans Günther hatte den Ring zweifellos ebenso wie alles übrige in der Schachtel Dmowski geschenkt, auch das Geld. Ein «Ja» hätte die Schlinge um den Hals des Dragoners zusammengezogen, hätte Hauptmann Yves das so dringend gewünschte Motiv für den Mord geliefert. «Ich erinnere mich nicht, je etwas von diesen Sachen gesehen zu haben», setzte sie hinzu, um kein Mißverständnis aufkommen zu lassen.

Der Hauptmann schien überaus verblüfft. «Das ist höchst sonderbar, Baronin. Uhr und Kette wurden in Königsberg beim Juwelier Herbert gekauft, und zwar am 10. März dieses Jahres von Ihrem Gatten. Es gibt ein Duplikat der Rechnung. Sie wissen genau, daß Sie die Uhr nie zuvor gesehen haben?»

Diesmal brauchte Alexa nicht zu lügen. «Das weiß ich mit aller Bestimmtheit.»

Der Auditor und Leutnant Stoklaska wechselten einen Blick.

«Ihnen war also nicht bekannt, daß er die Uhr erworben hatte. Machte Ihr Gatte öfters größere Anschaffungen, ohne Sie darüber zu informieren?»

«In diesem Falle offenbar ja.» Daß Hans Günther zu Dmowski so freigebig war, ärgerte sie flüchtig. Sie bekam von ihm nur zu Weihnachten Geschenke, und zum Geburtstag. Den letzten hatte er jedoch vergessen.

Hauptmann Yves gab Befehl, Dmowski vorzuführen. Offenbar hielt man ihn nicht in der Arrestzelle beim Regiment, sondern er war bereits in diesem Gebäude, denn ein Wachtmeister führte ihn Minuten später herein. Er trug Drillich und keine Mütze. Bei Alexas Anblick lief er rot an und warf ihr einen finsteren Blick zu.

«Na, gut geschlafen, Dmowski?» fragte Hauptmann Yves widerlich herzlich, erhielt aber keine Antwort. «Haben Sie sich noch einmal überlegt, in welcher Klemme Sie stecken?»

Dmowski starrte den Hauptmann an, sagte aber nichts.

«Haben Sie eine Aussage zu machen?»

«Zu was?»

«Herr Hauptmann!» rügte der Leutnant.

Dmowski verzog verächtlich die Lippen und korrigierte sich: «Zu was, Herr Hauptmann?»

«Wir haben unterdessen herausbekommen, daß diese Uhr hier dem Herrn Major von Godenhausen gehört hat.»

Der Dragoner sah Alexa von der Seite an. «Wenn Sie das von der haben, dann hat sie gelogen.»

«Nein, wir wissen es von dem Juwelier in Königsberg.»

«Der hat vielleicht eine ähnliche verkauft.»

Hauptmann Yves schüttelte mit onkelhafter Mißbilligung den Kopf. «Dmowski, Dmowski, so kommen wir nicht weiter. Teure Uhren haben Seriennummern, und die stehen mit auf der Rechnung. So können Sie sich da nicht herausreden. Sie haben Mittwoch früh die Uhr genommen, nachdem Sie den Herrn Major erschossen hatten.» Dmowski knirschte wütend mit den Zähnen und warf den Kopf zurück. «Also gut!» stieß er hervor. «Ich habe die Uhr genommen, aber nicht am Mittwoch früh, sondern schon als ich noch Bursche bei ihm war. Ich hab sie gefunden. In der Kommodenschublade. Die hat er nie abgeschlossen. Er hat sie bestimmt nicht vermißt.» Nun wurde er richtig gesprächig. «Ich kann sogar beweisen, daß ich sie schon lange habe, und mein Zeuge ist Rahaus, der Wirt von der Weinstube Rahaus. Dem hab ich sie einmal gezeigt – vor Ostern war das noch.»

Alexa hörte das sprachlos mit an. Warum sagte der Junge nicht, daß Ring, Uhr, Nadel und Geld Geschenke waren? So würde man ihn immer noch des Diebstahls anklagen, auch wenn die Mordanklage fallengelassen wurde. Und da er nicht versucht hatte, den Schmuck zu verkaufen, deckte er also auch keinen Hehler. Wen aber deckte er sonst? Einen Toten, der keinen Schutz mehr nötig hatte?

«Woher kommt der Ring?» fragte der Auditor weiter.

«Auch aus der Schublade.»

«Das stimmt nicht. Frau Baronin hat ausgesagt, der Ring gehöre ihrem Mann nicht.»

Dmowski sah Alexa erstaunt an. «So? Das hat sie gesagt?» fragte er. Ihre Blicke trafen sich. Seine Miene wurde freundlicher, er zuckte die Achseln. «Also schön. Dann muß ich ihn woanders herhaben.»

«Sie haben also noch andere Einbrüche verübt?»

«Nein, das habe ich nicht.»

«Sind Sie in der Nacht zum 20. Januar in das Haus Hohenzollernstraße 23 eingebrochen und haben dort ein Silberbesteck für 12 Personen gestohlen?»

«Was soll ich wohl mit einem Silberbesteck für 12 Personen? Für den Fraß, den wir hier bekommen, reicht ein Blechlöffel.»

Hauptmann Yves rasselte die ungeklärten Einbrüche von Allenstein und Umgebung herunter, und jedesmal lautete Dmowskis Antwort: Nein. Schließlich sagte er wütend: «Was will man mir alles anhängen, Herr Hauptmann? Bloß weil die Polizei hier zu blöd ist, soll ich alle diese Dinger gedreht haben. Erst bin ich ein Mörder, und nun auch noch ein Fassadenkletterer.»

«A propos Mörder», hakte Hauptmann Yves ein, klemmte sich das Monokel ins Auge und sah in seine Papiere. «Wir möchten noch hören, weshalb Sie den Druckposten als Bursche verloren haben. Sie haben zuvor behauptet, dies sei geschehen, weil Sie auf die Avancen der gnädigen Frau nicht eingegangen wären. Die Frau Baronin bestreitet das entschieden.»

«Und täten Sie das etwa an ihrer Stelle nicht?» grinste Dmowski und fügte noch rasch ein «Herr Hauptmann» an.

Der Auditor sprang auf und ging drohend auf den Kavalleristen los. «Dafür lasse ich Sie in Eisen schließen, Sie Dreckhaufen!» brüllte er. Und zu Alexa: «Verzeihen Sie, Baronin. Im Umgang mit solchen Leuten braucht man die Geduld eines Heiligen.» Er funkelte Dmowski an. «Sehen Sie die Frau Baronin an, und wiederholen Sie, was Sie uns gestern über Ihren Hinauswurf als Bursche gesagt haben. Wollen Sie sich gütigst erheben, Baronin?»

Alexa stand auf und stellte sich Dmowski gegenüber, und als ihre Blicke sich trafen, fühlte sie sich erröten. Sie biß die Zähne zusammen und zwang sich, das Spiel nach den Regeln des Auditors zu spielen.

«Sie wollte, daß ich rausflog, also flog ich.»

«Der Grund?»

«Weiß ich nicht, Herr Hauptmann. Fragen Sie sie.»

Alexa sagte: «Dmowski, Sie sind ein Lügner, und nichts von allem, was Sie hier ausgesagt haben, ist wahr.»

Der junge Mann wirkte noch beklommener als Alexa und zuckte ratlos die Achseln. «Halbnackt sind Sie rumgelaufen», sagte er leise.

«Sie lügen.»

«Es ist wahr. Und geschlagen haben Sie mich.»

«Ich habe Sie geohrfeigt, weil Sie unverschämt geworden sind.» Alexa war wütend, doch nicht auf Dmowski, sondern auf den Hauptmann Yves, der diese Travestie einer Gegenüberstellung veranstaltete.

«Herr Major hat Ihnen gesagt, Sie sollen sich richtig anziehen, wenn Leute im Haus sind, und deshalb haben Sie dafür gesorgt, daß ich flog.»

«Ich wollte Sie aus anderen Gründen aus dem Haus haben. Und Sie kennen diese Gründe.»

Er trat so rasch auf sie zu, daß sie zurückwich.

«Was für Gründe?» Seine Blicke bohrten sich in die ihren, und es war keine Frage darin, sondern eine Warnung. Sie versuchte vergebens diesem Blick auszuweichen. Was Dmowski ihr mit diesem Blick abforderte, war unmißverständlich. Kein Wort über die Art der Beziehung zwischen ihm und Godenhausen, obschon ihn das vor dem Henker retten konnte. Warum wollte er dieses Risiko auf sich nehmen? Wollte er die Ehre seines toten Liebhabers schützen?

«Sie waren impertinent», wiederholte sie müde.

«Was heißt impertinent?» fragte Hauptmann Yves.

Alexa glaubte diese quälende Befragung keine weitere Minute mehr ertragen zu können und sagte laut: «Lieber Gott, Herr Hauptmann, wenn Sie nicht wissen, was impertinent heißt, dann sehen Sie doch im Lexikon nach. Soll ich mich etwa erinnern, wie oft ich ihn beim Rauchen erwischt habe, wie oft er frech wurde, wie oft er einen Auftrag unausgeführt ließ?» Die unsystematische Art, mit der Hauptmann Yves die Untersuchung führte, machte ihr zu schaffen. Sie mußte jederzeit mit einer völlig abwegigen Frage rechnen, die ihr entlocken würde, was sie nicht preisgeben wollte.

«Ich wäre dankbar, wenn ich jetzt gehen könnte», sagte sie. «Ich habe in den letzten Tagen viel durchgemacht. Sie haben mich gebeten, hierherzukommen, und ich bin hierhergekommen. Aber ich sehe keinen Sinn darin, alle Details immer wieder aufs neue zu erörtern.»

«Das müssen Sie schon mir überlassen.»

«Wie Sie meinen. Was wollen Sie noch wissen?»

Er mußte sich besinnen. «Im Augenblick nichts. Die Konfrontation war für Sie peinlich, das sehe ich ein, aber sie war nicht zu vermeiden. Wir haben uns bei Ihnen für Ihre bereitwillige Mitarbeit zu bedanken und werden Sie nur noch bemühen, wenn es gar nicht anders geht. Sie verzeihen mir, wenn ich Sie von dem Leutnant hinausbegleiten lasse? Ich bin mit dem Dragoner Dmowski noch nicht ganz fertig. Vielleicht ist er gesprächiger, wenn wir zwei allein sind.»

Er verbeugte sich steif, küßte ihr die Hand und ließ die Lippen auf ihren Fingern verweilen. Im Hinausgehen mußte sie an Dmowski vorüber. Er stand an die Wand gelehnt, so unbeteiligt, als warte er auf die Straßenbahn. Sie empfand keinen Haß mehr für ihn, sondern fast Bewunderung, gemischt mit Reue und Anteilnahme. Von der Tür her, die der Leutnant ihr geöffnet hatte, warf sie noch einen letzten Blick auf Dmowski.

«Leben Sie wohl, Dmowski, und alles Gute», sagte sie.

Er erwiderte mit einem wissenden Blick, in dem ein Funke seiner alten Unverschämtheit aufblitzte: «Danke sehr, gnädige Frau. Das wünsche ich Ihnen auch.»

Kapitel XVII

In den ersten Tagen ihres Aufenthaltes war Alexa dankbar dafür, daß der General und die Tante sie aufgenommen hatten. Die schweren Prüfungen hatten sie die letzte Kraft gekostet, physisch wie seelisch. Allein hätte sie weder die Auflösung des Haushaltes in Allenstein noch die Übersiedlung nach Berlin bewältigt. Der Gedanke, unbegleitet in einem Hotel abzusteigen, ja, nur ein Restaurant betreten zu müssen, ängstigte sie. Sie war jetzt 24 Jahre alt, war nach fast fünfjähriger Ehe verwitwet, war nie allein gereist, hatte nie selber ihre Geldangelegenheiten geordnet oder einen Haushalt geführt. Sie wußte wohl, daß der Unterschlupf in der Kronenstraße nur ein Übergang war, daß sie sich früher oder später eine Wohnung suchen, über ihre Zukunft entscheiden mußte, doch das wollte sie nicht, solange die Wunden, die das Schicksal ihr zugefügt hatte, noch frisch waren.

Man überließ ihr das gleiche, trostlose Zimmer, in dem sie schon als Mädchen gewohnt hatte.

Dmowskis Festnahme hatte die Einstellung der Sedlitzens zu Alexa verändert, sie mußten fürchten, daß Alexa womöglich die Beziehungen des Dragoners zu Hans Günther bloßstellte und so das Andenken ihres Neffen noch nachträglich entehrte. So gingen sie denn so vorsichtig mit ihr um wie mit einer Zeitbombe, die man entschärfen muß. Der General warnte seine Frau davor, Alexa zu reizen, und dem Personal befahl er ausdrücklich, Alexas Wünsche zu erfüllen.

Die ganze erste Woche verbrachte Alexa im Bett, sie stand nur zum Mittagessen auf. Überraschend viele Leute kamen, ihr Beileid auszudrücken. Sie wurden von der Tante empfangen, die nicht darauf bestand, daß die Nichte diese Bekundungen persönlich entgegennahm, wie es sich eigentlich für die Gattin eines Offiziers geschickt hätte. Die

Sedlitzens bemühten sich nach Kräften, die ganze Angelegenheit so diskret wie möglich zu behandeln, und es war, als hätten sie den Wunsch, die Welt möge Hans Günther und seinen gewaltsamen Tod möglichst bald vergessen.

Wenn Katie, die Köchin, Alexa die Mahlzeiten brachte, setzte sie sich zu ihr ans Bett und unterhielt die junge Frau mit den Neuigkeiten des Tages. Die Tante hatte ihr zwar eingeschärft, die Tragödie von Allenstein nicht zu erwähnen, Katie ließ aber mehrfach durchblicken, daß sie der Meinung war, die Schuld liege im Grunde bei den Sedlitzens. Sie war überzeugt, die Tante und der General hätten Hans Günther zu einer Ehe gedrängt, obwohl sie wußten, daß er ihr nicht gewachsen sein würde. Und sie hätten es getan, um zu verhindern, daß er wie schon zuvor in München in Skandale verwickelt wurde, die ihn die Karriere kosten konnten. Für ihre Zwecke hätten sie sich Alexas naive Verliebtheit listig zunutze gemacht und bewußt in Kauf genommen, daß sie dabei unglücklich wurde. Für die Sedlitzens sei das Wichtigste der äußere Anschein gewesen, eine schöne, zärtliche Ehefrau schützte den Gatten vor unwillkommenen Verdächtigungen.

Von Katie erfuhr Alexa auch, daß anscheinend Raub als Motiv für den Mord an Godenhausen nicht überall akzeptiert wurde, so sehr die Militärbehörden abweichenden Mutmaßungen auch entgegentraten. Die Boulevardpresse wärmte die Godenhausen belastenden Aussagen aus dem ersten Moltke-Prozeß wieder auf, und Reporter schnüffelten in Allenstein nach Spuren. Skandalträchtige Tatsachen fanden sie nicht, nur gewisse Absonderlichkeiten, die sie zu farbigen Bildern vom Leben in ostpreußischen Garnisonen aufbereiten konnten. Es verging kaum ein Tag, an dem nicht jemand bei den Sedlitzens klingelte, der sich als Journalist ausgab, und so mancher mußte von dem Burschen des Generals gewaltsam vor die Tür gesetzt werden.

Nach etwa einer Woche bekam Alexa einen Brief von Ranke, der sich besorgt nach ihrer Gesundheit erkundigte und mit maßvollen Grüßen schloß, gleichwohl aber alle Dämonen aufweckte, die Alexa in Allenstein zurückgelassen zu haben glaubte. Am meisten beunruhigte sie, daß sie ihn so völlig hatte vergessen können. Jetzt war er also wieder da.

Die folgende Nacht verbrachte sie schlaflos. Sie stand früh auf und kleidete sich an, in der Hoffnung, auf den Beinen zu sein, werde sie von den trüben Gedanken etwas ablenken. Darin irrte sie; sie sah sich genötigt, belanglose Gespräche mit dem Onkel und der Tante zu führen, was ihre Nervosität nur steigerte. Beide bemerkten Alexas Beklommenheit, unterließen aber jede Bemerkung. Alexa wußte nur zu gut, daß sie von ihnen keinen Schutz vor Ranke zu erwarten hatte, daß es gefährlich wäre, auch nur seinen Namen zu erwähnen. Ohne Zweifel hatten sie in Allenstein den Klatsch gehört, der über Ranke und Alexa umging, und jede Erwähnung seines Namens mußte den Verdacht von Onkel und Tante neuerlich beleben.

Der einzige Mensch, der ihr hätte behilflich sein können, war Nikolas, doch nicht einmal ihm würde sie die ganze Wahrheit sagen können. Sie hatte ihn vor neun Monaten zuletzt gesehen, und er hatte sich inzwischen mit dieser Wienerin verlobt. Alexa sagte sich, er müsse ein Heiliger oder ein Narr sein, wenn er jetzt noch etwas für sie empfand.

Rankes Brief wollte sie unbeantwortet lassen in der Hoffnung, ihr Schweigen werde ihn wenigstens vorderhand fernhalten. Sie war ratlos und unternahm lange Spaziergänge und verbrachte nach wie vor ihre Nächte schlaflos, wie müde sie sich auch gelaufen hatte. Sie hatte Alpträume, aus denen sie zitternd und schweißnaß erwachte. Auch die erotischen Träume, die sie hatte, verwirrten sie. Sie sehnte sich nach Nikolas.

Ranke respektierte ihr Schweigen nicht und schrieb neuerlich. Sein Brief war offenbar ungeschickt geöffnet und wieder verschlossen worden. Daraufhin kam es zwischen Alexa und ihrer Tante zu einem Auftritt. Ranke deutete an, er wolle nach Berlin kommen, sobald er Urlaub bekäme.

Die Tante bestritt, den Brief geöffnet zu haben, warf Alexa jedoch vor, schon jetzt, so kurz nach dem Tod ihres Mannes, einen früheren Verehrer zu ermuntern. Sie stritten sich so heftig wie früher, und diesmal blieb die Tante Siegerin. Sie hielt einen Trumpf in der Hand, denn von ihr hing es ab, wie lange Alexa noch bei Sedlitzens Zuflucht fand. Rose wußte, daß Hans Günther Alexa kein Geld hinterlassen hatte, sondern nur Schulden. Er hatte weit über seine Verhältnisse gelebt und eine größere Summe auch von den Sedlitzens geborgt. Alexa hatte selbstverständlich Anspruch auf eine Pension, aber es würde noch einige Zeit vergehen, bis die Militärbehörde sie auszahlte. Und was würde sie, völlig mittellos, bis dahin tun – ohne sie, Rose.

Als Nikolas an einem Julimorgen am Zeitungskiosk in der Tiergartenstraße eine französische Zeitschrift kaufte, fiel sein Blick auf eine Schlagzeile des *Vorwärts*: «Mord an einem Offizier in Allenstein.» Der kurze Artikel beschäftigte sich mit den Versuchen des 1. Armeekorps, die Details eines Mordes zu vertuschen, dessen Opfer ein Major der 6. Dragoner geworden war.

Einer von seinen eigenen Leuten hatte ihn erschossen. Der Name des Majors wurde nicht genannt, sondern nur angedeutet, daß es sich dabei um einen jener Offiziere handelte, die in den Garde-du-Corps-Skandal verwickelt gewesen waren, den der 1. Moltke-Harden-Prozeß ans Licht gebracht hatte. Der fragliche Offizier war von Potsdam in die kleine ostpreußische Garnison versetzt worden.

Nikolas starrte benommen auf die Zeitungsseite. Das alles schien auf Godenhausen hinzudeuten. Er war auf dem Weg in die Botschaft gewesen. Dort angekommen, rief er einen Hauptmann an, der dem Chef des Kaiserlichen Militärkabinetts zugeteilt war, dem Stab des Generals Hülsen-Haeseler, und der zu den wenigen preußischen Offizieren gehörte, mit denen Nikolas auf gutem Fuß stand. Nachdem ihm Nikolas versprochen hatte, die Information vertraulich zu behandeln, bestätigte ihm der Hauptmann, daß der Artikel im *Vorwärts* Godenhausen betraf.

«Eine schreckliche Geschichte», fügte der Hauptmann hinzu. «Ich persönlich vermute, daß es da irgendwelche peinlichen unerquicklichen Hintergründe gibt, obschon als Motiv Raub angegeben wird. Der arme Kerl ist von einem seiner eigenen Dragoner erschossen worden, einem Mann namens Dmowski. Godenhausen ist letzte Woche beerdigt worden. Man hat den Täter verhaftet, und er sitzt jetzt im Königsberger Militärgefängnis. Er leugnet jedoch, den Mord begangen zu haben, obwohl starke Indizien gegen ihn sprechen. Das Kriegsgericht bereitet die Verhandlung gegen ihn vor.»

«Wissen Sie etwas darüber, ob die Baronin von Godenhausen noch in Allenstein ist?» fragte Nikolas und hoffte, daß der andere das Beben seiner Stimme nicht bemerkte.

«Ich weiß nur, daß sie zur Beisetzung ihres Mannes nach Pommern gefahren ist. Vielleicht hält sie sich bei den Sedlitzens in Berlin auf. Sie sind, soweit ich weiß, ihre einzigen näheren Verwandten in Deutschland.»

Nachdem Nikolas den Hörer aufgelegt hatte, starrte er noch eine Weile den nun stummen Apparat an. Was immer sich auch in Allenstein zugetragen haben mochte, es durfte sein Leben nicht beeinflussen, sagte er sich.

Nichtsdestotrotz machte er ein paar Tage später bei den Sedlitzens in der Kronenstraße Besuch, um sein Beileid auszusprechen. Das schien ihm um so unverfänglicher, als inzwischen verschiedene Tageszeitungen Major von Godenhausens unerwarteten Tod, den sie einem plötzlichen Herzversagen zuschrieben, gemeldet hatten. Es war nichts Ungewöhnliches, daß ein ehemaliger Schwager in einem solchen Fall seine Teilnahme ausdrückte.

Das Mädchen nahm seine Karte und kam nach unverhältnismäßig langer Zeit, die Nikolas in der dunklen Diele wartete, mit dem Bescheid zurück, weder die Generalin noch Frau von Godenhausen könnten jetzt oder in nächster Zeit Besucher empfangen.

Das war deutlich, und in gewisser Weise war Nikolas erleichtert. Der Wunsch, Alexa wiederzusehen, war unvernünftig. Er hatte in ihr Beata geliebt.

Von allen menschlichen Empfindungen ist Liebe die unverständlichste. Er versuchte die splitterhaften Episoden ihrer Beziehung zusammenzusetzen: Alexa war immer wieder so überraschend in sein Leben getreten, wie sie daraus verschwunden war; er erinnerte sich an ihre Leidenschaftlichkeit und an ihre Kälte. Sie war ein Schatten Beatas, ihre Besuche waren Heimsuchungen gewesen.

Nikolas nahm an einem Herrenessen bei dem Geschäftsträger Baron von Stoka teil, und wie immer waren die Speisen vortrefflich und der Champagner floß in Strömen. Der Wein löste die Zungen, und obwohl Botschaftsrat von Thoren vom Auswärtigen Amt anwesend war, fiel der Name Philipp Eulenburg.

«Soweit ich gehört habe, wird der Prozeß nicht weitergeführt», sagte Stoka zu Thoren.

Die Antwort kam nach einer kleinen Pause: «Ich fürchte, da irren Sie sich, Baron, der Kaiser wünscht nämlich, daß ein Urteil ergeht. Und damit hat er recht.»

«Kann man denn die Sache nicht ruhen lassen? Was hat dieser arme Mensch denn so Furchtbares getan?» wollte Nikolas wissen.

Thoren schüttelte verständnislos den Kopf. «Diese Wiener! Sie sind zu nachsichtig. Aber wir sind hier in Preußen. Als Seiner Majestät berichtet wurde, daß das Amtsgericht Moabit dem Antrag auf Vertagung stattgegeben hat, war Seine Majestät außer sich. Er telegraphierte Kanzler Bülow und wies ihn an, dafür zu sorgen, daß der Prozeß zu Ende geführt wird.»

«Aber der Fürst wurde doch für verhandlungsunfähig erklärt», erwiderte Nikolas.

«Verhandlungsunfähig, aber doch in der Lage, eine fulminante Rede vor den Geschworenen zu halten. Das hat ihm Seine Majestät übelgenommen. Er besteht auf einer Verurteilung, damit die ganze Cochonnerie endlich vergessen werden kann.»

«Herr von Thoren», empörte sich Nikolas, «vor mehr als 20 Jahren hat der Fürst einmal etwas mit einem jungen Mann gehabt. Sie können jeden Internatszögling fragen, was in den Schlafsälen –»

«In England vielleicht», fiel Thoren ihm ins Wort.

«Auch in Preußen, und auch in Ihren Kadettenanstalten.»

«Woher wollen Sie das wissen? Haben Sie je eine Kadettenanstalt besucht?» fragte der Botschaftsrat scharf.

Nikolas grinste. «Selbstverständlich nicht. Man hätte mich gar nicht aufgenommen. Ich bin nämlich Halbjude.»

Thoren tat überrascht. «Ah so.» Er strahlte Nikolas an wie ein wohlwollender Onkel. «Nun, ich gebe zu, daß man früher bei uns Vorurteile gegen Slawen, Katholiken und Juden hatte, aber das war einmal. Ein Albert Ballin genießt jetzt das Vertrauen Seiner Majestät, er wird nicht nur zur Jagd nach Rominten eingeladen, sondern darf auch selber schießen. Vergangenes Jahr hat er einen Königshirsch erlegt.»

Nikolas bekam allmählich Spaß an der Sache. «Ich bin nicht nur Halbjude, ich bin auch Katholik.»

Auch darauf erfolgte die Antwort rasch und präzise. «Reichskanzler Bülow ist mit einer Katholikin verheiratet, und man hat sie nicht aufgefordert, zu konvertieren.» Angesichts so unwiderleglicher Beweise für preußische Toleranz in Fragen der Rasse und Religion mußte Nikolas sich geschlagen geben. Der dienstälteste preußische Gast brach kurz danach auf, und das bedeutete das Ende des Abends.

Es war schon Mitternacht, als Nikolas nach Hause kam, doch war seine Diele hell erleuchtet, und er fand seine Haushälterin dort auf einem Stuhl sitzend vor.

«Was ist denn los, Frau Gerhardt?» fragte er, als sie ihn mit vorwurfsvollen Blicken begrüßte. «Warum sind Sie noch auf?»

«Die Dame hat gesagt, ich könnte sie im Salon warten lassen, aber ich kenne sie doch gar nicht ...»

Vielleicht war es dem Champagner des Barons zuzuschreiben, daß er nicht gleich begriff. «Was für eine Dame?»

Dann verstand er. «Eine Dame wartet also auf mich?»

«Ja, ja, das sage ich doch die ganze Zeit.»

Er brauchte nun nicht mehr zu fragen, wer die Dame war, vielmehr warf er der überraschten Frau Gerhardt Mütze und Degen hin und stürzte in den Salon.

In Schwarz hatte er sie das letzte Mal bei Beatas Beisetzung gesehen. Es schmerzte ihn zu bemerken, daß man ihr den Kummer, den sie gehabt hatte, ansah, wie sie da so müde im Sessel saß.

«Verzeih mir, Nikolas, ich hätte telegraphieren sollen, aber ich bin rücksichtslos wie immer.» Sie zwang sich zu einem Lächeln.

Er umarmte Alexa.

«Oh, meine Liebe», war alles, was er sagen konnte.

Sie machte sich von ihm los. «Ich komme zu dir, Nicky, weil ich nicht weiß, wohin.»

«Du bist hier, das ist die Hauptsache.»

«Seit der Beisetzung wohne ich bei Tante Rose, aber dort halte ich es keinen Moment länger aus. Ich habe einen Brief hinterlassen, in dem steht, daß ich nicht wiederkomme.»

«Das verstehe ich gut. Du kannst bei mir bleiben.»

Sie sah ihn verwirrt an. «Aber bist du nicht verlobt? Ich wollte dich nur bitten, mir zu helfen, meine Angelegenheiten zu ordnen.»

«Ja, gewiß, ich bin verlobt, aber darüber können wir später sprechen. Denk jetzt nicht daran.»

Sie schwieg einen Augenblick. «Du weißt natürlich, daß er ermordet worden ist?»

«Ja, das weiß ich.»

«Mittwoch vor drei Wochen war es. Der Bursche fand ihn morgens tot. Erschossen. Es war ein gräßlicher Morgen, und ich weiß nicht, wie ich ihn überstanden habe. Ich habe ihn wirklich geliebt, Nicky.»

«Das weiß ich.» Er empfand Bitternis. «Du hast es mir mehr als einmal gesagt.»

«Das ist lange her. Aber ich habe ihn auch später noch geliebt. Ich habe lange darüber nachgedacht, aber es ist die Wahrheit. Ich liebte ihn sogar noch, nachdem ich ihn mit einem Mann überrascht hatte. Ich wollte mir einreden, daß ich ihn haßte und verabscheute. Aber es war einfach nicht wahr. Das weiß ich jetzt.»

«Hast du ihn deshalb nicht verlassen?»

«O nein, ich habe verzweifelt versucht, von ihm loszukommen. Das Zusammenleben mit ihm war so entwürdigend.»

Er hatte den Verdacht, daß sie nur die halbe Wahrheit sagte, daß sie etwas verbarg, wahrscheinlich sogar vor sich selbst.

«Ich muß zugeben, daß es mich sehr gekränkt hat, als du im Oktober mit ihm nach Ostpreußen gegangen bist. Jetzt verstehe ich dich.»

«Er schwor mir, daß Korporal Sommer gelogen habe, daß er ihn erpressen wollte und seine Aussagen nur machte, um sich zu rächen, weil Hans Günther ihm kein Geld geben wollte. Ich glaubte das, weil –»

Er beendete den Satz für sie: « – weil du es glauben wolltest.»

«Anfangs bereute ich nicht, mit ihm nach Allenstein gegangen zu sein. Er schien verändert, jedenfalls zu Anfang. Ich habe dann entdeckt, warum. Er brauchte mich. Noch waren die Anschuldigungen gegen ihn nicht aus der Welt.» Sie sprach nicht eigentlich zu Nikolas, sondern zu sich selber, sie rekapitulierte die geheimen Höhe- und Tiefpunkte ihres Gefühlslebens von November bis Juli. «Die Verurteilung Hardens schien ihn zu rehabilitieren, und danach wurde es zwischen uns anders. Seine Karriere war nicht mehr in Gefahr. Angefangen hat dann wohl alles mit Dmowski, seinem Burschen. Seit der im Haus war . . .»

«Ist das nicht der Mann, der ihn erschossen hat?»

Die Frage schien sie zu verwirren. «Ja, man nimmt an, er war es, aber –»

«– aber du bist anderer Meinung.»

Sie wich seinem Blick aus. «Er leugnet es.» Sie zuckte nervös die Achseln.

«In den Zeitungen heißt es, alle Indizien sprechen gegen ihn.»

Ihre Lippen zuckten. «Dieses Juristengeschwätz! Indizien! Sie klammern sich an die Paragraphen und vergessen darüber, daß sie es mit Menschen zu tun haben.» Sie schüttelte heftig den Kopf. «Nein, Dmowski war es nicht.»

«Woher weißt du das so gewiß?»

Sie kaute auf dem Nagel ihres Zeigefingers, etwas, was er zuvor nie an ihr bemerkt hatte. «Es ist nur so ein Gefühl. Er war ein paar Monate im Haus, da lernt man einen Menschen schon kennen.»

«Ja. Und du mochtest ihn?»

Trotz der Wärme im Zimmer fröstelte es sie. «Nein, ich konnte ihn nicht ausstehen, ich verlangte von Hans Günther, er solle ihn fortschicken. Das war, nachdem ich sie miteinander gesehen hatte.»

Sie verstummte und saß vorgebeugt, das Gesicht in den Händen verborgen, kaum sichtbar atmend. Mitternacht war lange vorüber. Sie war wohl müde. Plötzlich hob sie das Gesicht, die Augen weit aufgerissen, flehend und wie es schien voller Angst. «Bitte, Nicky, hilf mir fort von hier. Ich will dein Leben nicht durcheinanderbringen, aber ich kenne niemanden, der mir helfen könnte.»

«Du willst fort? Wohin?»

«Weit weg. Nur fort, diesen ganzen Spuk hinter mir lassen, nie wieder ein Wort Deutsch sprechen, nie wieder einen Preußen sehen, einerlei ob in Uniform oder Zivil.»

Tränen liefen über ihre Wangen, und sie bebte am ganzen Körper. Um sie zu beschwichtigen, zog er sie in die Arme. «Beruhige dich doch. Du hast Schlimmes hinter dir, das ist jetzt aber vorüber. Alles weitere kannst du mir überlassen.»

«Ich will fort von hier.»

«Ich bringe dich weg.»

«Kannst du das denn? Würde man dich denn überhaupt beurlauben? Und was ist mit deiner Verlobten in Wien?»

«Ich weiß nicht.» Er nahm ihr Gesicht in beide Hände und schaute ihr in die Augen. Ihre Lippen trafen sich beinahe. «Ich weiß nicht», wiederholte er. «Ich habe sie sehr gern. Ich war drauf und dran sie zu heiraten, eine Familie zu gründen, aber . . . .» Und er schwieg.

«Du hast vielleicht geglaubt, ich lebte herrlich und in Freuden in Allenstein.» Sie lachte kurz und bitter. «Es wird dich überraschen: Hans Günther wußte von uns, er hat es die ganze Zeit gewußt. Er hat es mir aber erst gesagt, als ich ihn mit Dmowski überraschte. Ich verlangte die Scheidung, und er weigerte sich, er ließ sogar die Sedlitzens nach Allenstein kommen, und alle drei standen gegen mich. Da hat er mir auch gesagt, daß du verlobt bist. Deshalb habe ich mich nicht an dich um Hilfe gewandt.» Sie rieb sich nervös die Augen. «Damals war ich weniger verzweifelt als jetzt, ich bestand also nicht auf Scheidung, sondern blieb bei ihm.»

Wieder fühlte er deutlich, daß sie nicht die ganze Wahrheit sagte. «Hattest du Angst vor ihm?»

Es war, als hätte sie ein Stichwort erhalten, auf das sie wartete, denn sie antwortete jetzt lebhafter. «Ja, sehr. Er konnte rücksichtsvoll und charmant sein, aber auch sehr grausam.» Sie stand auf. «Reden wir nicht mehr von ihm. Ich will das alles vergessen.» Sie ging mehrmals auf und ab, dann blieb sie plötzlich vor ihm stehen. «Was machen wir jetzt? Kannst du mich in ein Hotel bringen? Ich habe keinen Koffer, nicht einmal eine Zahnbürste. Ich habe ungefähr 50 Mark in meiner Tasche, das ist alles.»

«Ach was. Du schläfst hier, und morgen, wenn du ausgeruht bist, sehen wir weiter.»

Sie schüttelte den Kopf. «Nein, ich kann nicht hierbleiben. Was sollen die Leute denken?»

«Was für Leute?»

Sie lächelte nervös. «Deine Haushälterin, dein Bursche, der Briefträger, alle.»

Er blickte sie an. Ihre unerwartete Gegenwart hatte ihn die Wirklichkeit vergessen lassen, jetzt kamen ihm Zweifel. «Wir wollen die Dinge betrachten, wie sie sind. Du bist gekommen, weil ich der einzige bin, an den du dich um Hilfe wenden kannst. Du brauchst Hilfe, und ich bin bereit, dir zu helfen.»

«Ich will fort! Fort aus dieser Stadt, aus diesem Land!»

«Allein? Mit mir oder mit jemand anderem?»

Sie zuckte zusammen, als habe er sie geschlagen. «Wie kommst du darauf, daß es jemand anderen geben könnte? Käme ich dann zu dir?»

Ihr heftiger Protest ließ ihn stutzig werden. Noch war er nicht bereit, ihretwegen sein Leben zu ändern, jedenfalls nicht von einer Minute zur nächsten. Er legte ihr beschwichtigend eine Hand auf die Schulter. «Hör mir zu: Falls du aus Berlin fort willst, dann helfe ich dir gern, und das verpflichtet dich zu nichts.»

Sie stellte sich auf die Zehenspitzen und rieb ihre Wange an der seinen. «Ich liebe dich, Nicky.»

Er traute seinen Ohren nicht. «Wie war das?»

Sie lachte über den verwirrten, ungläubigen Ausdruck auf seinem Gesicht. «Ich liebe dich, und habe dich wahrscheinlich all die Zeit her geliebt, ohne es zu merken. Weißt du noch letzten Sommer? Unsere Nachmittage in Glienicke? Wenn das nicht Liebe war, dann weiß ich's nicht.»

Er wußte aber auch noch, daß sie ihn zweimal ohne jede Erklärung und ohne Abschied hatte sitzen lassen. «Geliebt hast du damals deinen Mann.»

Ihr Lächeln schwand. «Vielleicht kann eine Frau zwei Männer gleichzeitig lieben. Weil sich das nicht gehört, gibt sie es nicht zu, nicht einmal vor sich selbst.» Sie schaute nach der Uhr auf dem Barocksekretär. «Mein Gott, es ist halb zwei!»

«Du bist völlig erledigt, und es wird Zeit, daß du zu Bett gehst», sagte er.

Sie runzelte die Stirn. «Soll ich nicht doch lieber ins Hotel gehen?»

«Frau Gerhardt soll mir hier auf dem Sofa mein Bett richten, und du schläfst allein im Schlafzimmer. Der Anstand bleibt gewahrt.»

Er klingelte, und keine Minute später erschien Frau Gerhardt.

«Sie haben geklingelt, Herr Graf?» Der Ton ihrer Frage drückte Mißbilligung aus.

«Ich wußte, daß Sie noch auf sind, Frau Gerhardt.»

«Ich war gerade dabei, ins Bett zu gehen.»

«Ich bin froh, daß ich Sie nicht geweckt habe. Machen Sie mir bitte mein Bett hier auf dem Sofa zurecht, meine Schwägerin schläft im Schlafzimmer. Sie ist überraschend in Berlin eingetroffen. Offenbar ist ihr Brief verlorengegangen.»

Frau Gerhardt seufzte und zog die Mundwinkel herab. «Das überrascht mich, die Post ist immer sehr zuverlässig dieser Tage.»

Nikolas hielt es für geboten, Alexas Namen zu verschweigen. Nach dem Artikel im *Vorwärts* hatten auch andere Berliner Zeitungen über den Fall Godenhausen berichtet, und das dürfte Frau Gerhardt nicht entgangen sein. Sie tauschten einen keuschen Gutenachtkuß und schliefen getrennt. Einschlafend wurde Nikolas das Gefühl nicht los, sie sei viel mehr verstört, als sie hatte zugeben wollen.

Tags darauf ging er nicht in die Botschaft, sondern frühstückte mit ihr. Sie wirkte entspannter und gelassener. Aber sie vermied offenbar darüber zu sprechen, warum sie sich so plötzlich entschlossen hatte, die Sedlitzens zu verlassen, und schien auch nicht bereit, sich näher über die Umstände von Hans Günthers Tod zu äußern, wofür er gewisses Verständnis hatte. Nikolas fiel auf, daß Alexa gelegentlich mitten im Gespräch erstarrte und mit leerem Blick vor sich hin sah.

In stillschweigendem Einvernehmen vermieden sie es auch, über die Zukunft zu sprechen. Er brauchte Zeit, um sich über seine Situation Francesca gegenüber klarzuwerden. Mit 37 Jahren stand ihm der Sinn nicht mehr nach einer Affäre. Er liebte Alexa, aber mißtraute ihr auch; der Gedanke, sie für immer zu verlieren, schien ihm jedoch unerträglich.

«Alexa, im Augenblick ist es mir unmöglich, Berlin zu verlassen. Du hast Schweres durchgemacht. Bleib eine Weile hier, bis du wieder zu dir selbst gefunden hast.»

Beide waren der Meinung, es sei nicht passend, daß sie bei ihm wohnte. Man mußte eine möblierte Wohnung für sie finden, und bis dahin sollte sie ins Hotel ziehen. Da machte sie eine Bedingung, deren Sinn ihm nicht einleuchten wollte: sie wollte sich unbedingt unter einem falschen Namen eintragen.

«Warum nur?» fragte er.

«Weil ich nicht will, daß die Sedlitzens mich finden.»

«Was wäre schon dabei? Du bist mündig, verwitwet, erwachsen. Sie können dir keine Vorschriften machen. Welchen Grund hast du also, dich vor ihnen zu verstecken?»

Sie blieb stumm. «Keinen Grund», sagte sie schließlich, «ich will auch nicht, daß die Reporter mich aufspüren.»

«Dafür sorgt schon die Militärbehörde, der liegt noch mehr daran, die Presse da herauszuhalten als dir. Sorg dich also darum nicht.»

Er hatte sie noch nie so verzweifelt gesehen. «Meinethalben. Ich werde sehen, was ich tun kann. Ich kenne den Portier im Kaiserhof gut, und wenn er ein anständiges Trinkgeld bekommt, stellt er keine Fragen.»

Sie schien noch immer besorgt.

«Aber alle meine Sachen sind noch bei den Sedlitzens.»

«Die lassen wir abholen.»

«Und wenn sie sie nicht herausgibt?»

«Dann kaufen wir dir eben neue Garderobe. Wenn meine Kenntnis von Frauen mich nicht täuscht, wird das nicht gerade das schlimmste sein.»

Zum erstenmal wirkte sie erleichtert, fast glücklich. «Oh, Nicky, du machst alles so einfach.»

Alexa schrieb sich also als Fräulein Elisabeth Meinhardt ein, der Empfangschef bekam ein großzügiges Trinkgeld, und es wurden keine weiteren Fragen gestellt.

Alexa schrieb ihrer Tante, sie führe nach Warmbrunn im Riesengebirge, weil sie Ruhe und Einsamkeit brauche, und sie werde ihr rechtzeitig vor ihrer Rückkehr Nachricht geben.

Durch Zufall entdeckte Nikolas sehr rasch eine geeignete Wohnung. Er hatte in einem Gartenrestaurant an der Spree zu Mittag gegessen und unternahm danach einen Spaziergang mit einem Freund. Am Schleswiger Ufer stieß er auf ein ansprechendes zweistöckiges Haus, das einen Vorgarten besaß, an dessen Tor ein Schild mit der Aufschrift WOHNUNG ZU VERMIETEN hing. Das Haus gehörte einer Witwe, die im Parterre wohnte und eigentlich nur an Beamte vermieten wollte. Eine Dame kam für sie überhaupt nicht in Frage. Nikolas stimmte sie um, indem er die Miete für drei Monate im voraus bezahlte und für Alexa versicherte, Herrenbesuche außer dem seinen werde sie nicht annehmen, Orgien nicht veranstalten und weder vor neun Uhr früh noch nach zehn Uhr abends Musik machen.

Seit Fertigstellung des Teltowkanals gab es auf diesem Abschnitt der Spree kaum noch Schiffsverkehr. Am jenseitigen Ufer lag Alt-Moabit, dessen verkommene Mietskasernen erst kürzlich durch neue Wohnblöcke, Einfamilienhäuser und baumbestandene Straßen ersetzt worden waren.

Vom Balkon aus konnte Alexa die Villa Borsig sehen und am linken Ufer der Spree das Schloß Bellevue. Der Tiergarten mit seinen breiten Promenaden, seinen Rasenflächen und Bäumen war ganz in der Nähe, und Alexa sagte zu Nikolas, sie freue sich bereits darauf, in den schattigen Alleen lange Spaziergänge zu machen.

Nach dem Einzug in die Wohnung verlor sich der gehetzte Ausdruck auf Alexas Gesicht. In das Meldeformular trug sie ihren Mädchennamen ein, und als letzte Adresse gab sie eine fiktive Straße in Königsberg an. Auf die Frage von Nikolas, ob das denn immer noch notwendig sei, antwortete sie nur mit einem Achselzucken.

Zwar hatte sie gesagt, sie freue sich auf Spaziergänge im Tiergarten, sie ging aber selten aus und wenn, dann meist auf dem jenseitigen Ufer der Spree. Marie, die Nichte der Vermieterin, erschien morgens und half Alexa im Haushalt. Nikolas und Alexa speisten entweder daheim oder in ausgesprochen gutbürgerlichen Lokalen in der Umgebung. Wenn Alexa die Wohnung verließ, trug sie immer einen dichten schwarzen Witwenschleier, hinter dem sie sich zu verstecken schien. Das und ihr rätselvolles verborgenes Wesen nahmen ihm viel von der Freude, sie ganz zu besitzen.

Einige Zeit, nachdem Alexa am Schleswiger Ufer eingezogen war, hörte er sich zu seiner eigenen Überraschung sagen, daß sie eigentlich ebensogut heiraten könnten. Sie protestierte so heftig, daß er sprachlos war.

Wenn ein Offizier heiraten wollte, würden über seine künftige Frau routinemäßig Erkundungen eingezogen, erklärte sie. Dabei würden manche der Befragten sich mit Recht darüber wundern, daß sie so bald nach Hans Günthers Tod schon wieder eine Ehe eingehen wolle. Es sei besser, noch etwas zu warten.

«Aber daß du in Sünde lebst, macht keinen schlechten Eindruck?» fragte Nikolas.

«Solange es niemand weiß. Außerdem würde man mir vorwerfen, daß ich deine Verlobung auseinandergebracht habe.»

«Und nicht zu Unrecht, möchte ich sagen», erwiderte er zynisch lächelnd.

Er hätte Francesca eigentlich gleich schreiben müssen, als Alexa wieder in sein Leben trat. Er machte auch mehrere Versuche, zerriß die Briefe aber immer wieder. Weil er einsah, daß das, was er ihr zu sagen hatte, eine Grausamkeit darstellte, einerlei wie schön er es ausdrückte, beschloß er zu warten. Alexas sonderbares Verhalten ließ ihn auch zögern, mit Francesca zu brechen. Also schickte er ihr kurze, nichtssagende Briefchen. Er haßte sich wegen dieser Heuchelei.

Er verbrachte jetzt fast jede Nacht bei Alexa. Früher hatte es ihn gequält, daß er sie nicht mit Leib und Seele zu gewinnen vermochte, nun gab sie sich ihm mit einer Leidenschaft, die ihn davon überzeugte, daß nicht nur Lust sie an ihn band, sondern Liebe.

In der Botschaft fiel auf, daß er Einladungen nur dann annahm, wenn es unvermeidlich war, und daß er sich aus dem gesellschaftlichen Leben fast ganz zurückzog.

Aber daran war nicht allein Alexa schuld. Zwei Jahre in Berlin hatten ihm in vieler Hinsicht die Augen geöffnet. Er hatte Gelegenheit gehabt, den preußischen Militärstaat aus der Nähe zu betrachten, und was er da gesehen hatte, alarmierte ihn. Er, der mit Fürst Eulenburg befreundet war, mußte mit ansehen, wie dieser ehemalige engste Vertraute des Kaisers von voreingenommenen Richtern zu einem moralisch Aussätzigen gemacht wurde, und das verschaffte ihm schreckenerregende Einblicke in die Mentalität eines Verbündeten, von dem die Zukunft seines eigenen Landes abhing.

Er hatte sich nie vorher engagiert gefühlt, jetzt aber empfand er ein Gefühl der Verantwortung für den Zustand, in dem seine Generation diese Welt der nächsten Generation hinterlassen würde.

Alexa schien von Tag zu Tag gelöster. Die Wohnung und ihr kleiner Haushalt machten ihr Freude. Als Nikolas eines Nachmittags früher aus dem Büro kam, war Alexa beim Anprobieren eines Kostüms, das ihm sonderbar vertraut vorkam; er fragte die Schneiderin deshalb, woher sie den Schnitt habe. Ehe noch Alexa eingreifen konnte, sagte die Frau, als Vorlage diene ein Photo, das die gnädige Frau ihr gegeben habe. Sie zog es aus der Tasche, und er erkannte eines jener Bilder, die während der Hochzeitsreise von Beata gemacht worden waren.

«Wie, um Himmels willen, kommst du darauf, dir gerade ein solches Kostüm machen zu lassen?» fragte er, als er allein mit Alexa war.

«Es gefällt mir eben», sagte sie.

«Und seit einiger Zeit habe ich auch das Gefühl, daß du dein Haar anders trägst, so wie es Beata früher trug.»

Ihre Reaktion verwunderte ihn: alle Farbe wich aus ihrem Gesicht, und ihre Augen wurden feucht. «Verstehst du das denn nicht? Muß ich es erst erklären?»

«Schließlich hast du mich einmal verlassen, weil ich im Schlaf Beatas Namen ausgesprochen hatte.»

Sie schien tief betrübt, daß er sie daran erinnerte. Er legte die Arme um sie. «Aber jetzt liebe ich doch *dich*, und die Vergangenheit hat nichts mit dem zu tun, was ich für dich empfinde. Du bist jetzt mein Leben, meine Liebe . . .»

Schüchtern sagte sie: «Du möchtest also nicht, daß ich das Kostüm trage?»

Er schaute sie erstaunt an. «Welches Kostüm?»

«Das, das ich vorhin anprobiert habe.»

«Zieh es an, wenn es dir gefällt.» Dann besann er sich. «Nein, offen gesagt, möchte ich doch nicht, daß du es trägst. Meine Empfindungen sind viel zu normal, um an solchen Spielen der Phantasie Gefallen zu finden.»

Sie sah ihn gedankenverloren an. «Ja, du bist sehr normal.» Das klang, als hätte sie soeben eine angenehme Entdeckung gemacht. «Ich will versuchen so zu sein wie du, normal und gut.»

«Sei nur du selbst.»

Sie blickte gedankenverloren auf die Spree. Ein Schlepper zog einen mit Kohle beladenen Kahn stromaufwärts, auf dessen Deck ein kleiner schwarzer Hund herumsprang und fröhlich bellte. Ein Ausflugsdampfer überholte den Kahn.

Als Marie ihr meldete, ein Oberleutnant der Artillerie wolle sie sprechen, brauchte Alexa nicht nach dem Namen zu fragen; sie überlegte nur einen Augenblick, ob sie ihn abweisen lassen sollte. Dann sah sie ein, daß sie sich vor Ranke nicht mehr verstecken konnte. Wenn er jetzt ging, würde er später wiederkommen, möglicherweise zu ungelegenerer Zeit.

«Lassen Sie ihn Platz nehmen, ich komme gleich.»

Ranke stand am Fenster und schaute auf die Spree. Als er sie eintreten hörte, machte er eine scharfe Kehrtwendung. Der starre Blick der blassen Augen mit der gläsernen Iris weckte schlimme Vorahnungen in ihr.

«Du bist ohne mir ein Wort zu sagen aus Allenstein abgereist, und seit sechs Wochen habe ich keinen Brief von dir, nicht einmal eine Postkarte.» Er sprudelte das mit heiserer Stimme hervor, in einem gekränkten und empörten Ton. «Wußtest du nicht, daß mich das wahnsinnig macht?»

«Wir waren uns doch einig, eine Weile nicht miteinander zu korrespondieren», brachte sie mühsam heraus. «Du hast dich daran aber nicht gehalten.»

«Eine solche Verabredung haben wir nie getroffen, und im übrigen sind sechs Wochen nicht eine Weile. Und das alles war, bevor Dmowski verhaftet wurde.»

«Aber er ist nicht der Täter.»

Er warf den Kopf zurück und lachte hohl. «Soll das ein Scherz sein? Man wird ihn verurteilen, nur darauf kommt es an.» Er packte sie bei den Schultern. «Du versteckst dich vor mir, versteckst dich absichtlich. Eine Woche hat es gedauert, bis ich dich gefunden habe.»

Ihr wurde klar, daß sie ihre Taktik ändern mußte. Ließ sie erkennen, daß sie Angst vor ihm hatte, spielte sie ihm in die Hand. Sie entschied sich für den Angriff.

«Stimmt, ich habe mich vor dir versteckt, und zwar zu deinem eigenen Besten, denn du bist ein Narr. Wir waren uns darüber einig, daß wir uns nicht sehen wollten, solange noch Gefahr besteht, aber du, du kommst schon am Morgen nach der Tat ins Haus, der sprichwörtliche Mörder, den es zum Schauplatz des Verbrechens treibt. Jawohl, ich habe mich vor dir versteckt, aber nur, weil ich nicht will, daß du dein Leben ruinierst und meins dazu.»

In seine Augen trat ein triumphierendes Glitzern. «Du lügst.»

«Ich hatte Angst! Ich will nicht, daß man mir deinetwegen den Kopf abschlägt.»

«Meinetwegen? Moment mal! Tu bloß nicht, als wärest du nicht beteiligt. Ich hatte nichts gegen Godenhausen, außer daß er mit dir verheiratet war. Nicht ich wollte, daß er stirbt, sondern du. Du hast gesagt, er läßt sich nicht scheiden, also mußte man ihn umbringen.» Plötzlich und ohne Übergang brach er schluchzend zusammen. «Ich liebe dich! Ich habe es für dich getan und würde es auch wieder tun.»

«Schrei doch nicht so, um Gottes willen!» Alexa ging ängstlich zur Tür und sah hinaus. Marie horchte nicht, und Alexa kam einigermaßen beruhigt zurück. «Seit wann bist du in Berlin?»

«Seit Donnerstag voriger Woche. Ich habe Urlaub, angeblich, um meine kranke Mutter zu besuchen.»

«Ist sie wirklich krank?»

«Nein, sie weiß nicht einmal, daß ich hier bin. Ich habe eine Woche

Urlaub, und fünf Tage sind mit der Suche nach dir vergangen.»

Also noch zwei Tage, dachte sie. Ich muß ihn bei Laune halten und verhindern, daß er von Nikolas erfährt. «Und wie hast du mich gefunden?»

«Erst ging ich zu Frau von Sedlitz. Sie wollte mich nicht empfangen. Ich blieb aber hartnäckig und hörte schließlich von ihr, daß du im Riesengebirge seist. Den Namen des Hotels wußte sie nicht, ich fuhr also mit dem nächsten Zug nach Warmbrunn. Weil ich deinen Namen nicht auf der Fremdenliste fand, habe ich sämtliche Hotels abgeklappert und schließlich auf der Polizei erfahren, daß du in Warmbrunn nicht gemeldet bist. Also fuhr ich wieder nach Berlin, und deine Tante sagte mir, du seist im Kaiserhof gesehen worden. An der Rezeption konnte ich nichts herausbringen, aber ein Page erkannte dich nach deinem Photo, das ich bei mir hatte. Dann beauftragte ich eine Detektei, nach dir zu forschen, und gab die Namen aller deiner Bekannten an, darunter den deines ehemaligen Schwagers Graf Karady. Man ist ihm heute mittag bis zu dieser Wohnung gefolgt. Er blieb zwei Stunden hier, und nachdem er weg war, hast du am Ufer einen Spaziergang gemacht.»

Ranke hatte sie also nicht nur aufgespürt, er wußte auch von Nikolas. «Da gratuliere ich», sagte sie bitter. «Du übertriffst noch Sherlock Holmes. Wenn die Polizei dir allerdings gefolgt wäre, könnte es jetzt klingeln, und sie käme, um uns beide zu verhaften.»

Er ging mit sonderbar ruckartigen Bewegungen auf und ab. Ihr fiel auf, wie hager und erschöpft er wirkte.

«Deine Angst ist unbegründet», widersprach er, «niemand verdächtigt uns. Sie haben ihren Mann.»

«Den falschen.»

«Das wissen sie nicht. Sie werden ihm den Prozeß machen und ihn verurteilen.»

«Und enthaupten.»

«Vielleicht wird er auch zum Tod durch Erschießen begnadigt.»

«Begnadigt!»

«Oder er kommt mit lebenslänglichem Zuchthaus davon. Es sei denn, er gesteht.»

Sie empfand Haß gegen Ranke. «Wie soll er gestehen? Er ist doch unschuldig.»

«Das können wir Hauptmann Yves überlassen, der weiß, wie man so etwas macht.»

Die Uhr auf der Konsole zeigte kurz vor sechs.

«Hier kannst du keine Minute länger bleiben, Otto. Schlimm genug, daß das Mädchen dich gesehen hat.»

«Ach, du erwartest wohl jemanden?»

«Eigentlich nicht, aber ein Besucher könnte uns überraschen.»

«Graf Karady?»

Sie versuchte, sich nichts anmerken zu lassen. «Wie kommst du auf Karady?»

«Er war schließlich heute mittag hier.»

«Ich hatte ihn zum Dejeuner gebeten, das tue ich hin und wieder. Er war schließlich mit meiner Schwester verheiratet.» Sie wurde nervös. «Bitte, bitte, Otto, sei vernünftig und geh jetzt.»

«Nicht ohne dich.»

Mit unerwarteter Heftigkeit riß er sie an sich, daß sie aufstöhnte. Seine Arme umklammerten sie. Seine kalten, feuchten Lippen wanderten über ihr Gesicht.

«Du tust mir ja weh.»

Er löste die Umarmung. «Ich liebe dich, ohne dich kann ich nicht leben. Seit du aus Allenstein weg bist, ist es die Hölle. Jetzt habe ich dich wiedergefunden, und ich lasse dich nicht mehr fort. Ich gehe nur, wenn du mitkommst.»

«Aber wohin? Du kannst mich doch nicht nach Allenstein mitnehmen wollen.»

«Ich wohne am Stettiner Bahnhof, im Baltischen Hof. Wir können dort ungestört zusammen sein.»

Alexa überlegte. In zwei Tagen mußte er zurück nach Allenstein. Zwei Tage also mußte sie ihn hinhalten. Er war ein Verrückter, der einmal getötet hatte und wieder töten würde.

«Gut, Otto, ich komme mit dir ins Hotel. Oder besser, ich komme nach. Ich will nicht, daß uns das Mädchen oder sonst jemand zusammen das Haus verlassen sieht.» Sie wußte, das Mädchen war nicht mehr in der Wohnung, denn sobald es in der Küche fertig war, durfte es gehen. «Nimm dir am Bahnhof Bellevue eine geschlossene Droschke und erwarte mich dort. Ich komme in zehn Minuten.»

Er zog die Uhr. «Warum erst in zehn Minuten?»

«Gütiger Himmel, ich muß mich umziehen! Es dauert bestimmt eine Viertelstunde.»

«Also 15 Minuten, aber keine Minute länger.»

Sie zog sich rasch um und hinterließ für Nikolas ein Briefchen: sie habe eine alte Schulfreundin getroffen und sei mit ihr in die Konditorei gegangen, wolle aber zum Abendessen zurück sein. Zweifellos würde Nikolas erstaunt sein. Nachdem sie wochenlang allen Bekannten aus dem Wege gegangen war, machte sie jetzt plötzlich einer Schulfreundin wegen eine Ausnahme!

Der Tag war heiß, und es drohte ein Gewitter. Von Westen trieben dicke Wolkenmassen heran, Blitze zuckten, in der Ferne grollte Donner. Der kurze Weg zum Bahnhof Bellevue erschöpfte sie. Ranke wartete mit seiner Droschke Ecke Brückenallee.

Er stieg aus und half ihr hinein. «Du kommst fünf Minuten zu spät», sagte er vorwurfsvoll.

«Ich bin dir sehr böse», sagte sie, als die Droschke anfuhr, «hast du vergessen, worum ich dich gebeten hatte? Geduldig solltest du sein und warten. Aber nein, du folgst mir nach Berlin und läßt mich von Detektiven suchen. Was hast du denen überhaupt erzählt?»

«Die haben nach nichts gefragt. Was ist denn dagegen einzuwenden, wenn ein Offizier nach der Witwe eines Kameraden suchen läßt?»

«Nichts weiter, als daß dieser Offizier sie zur Witwe gemacht hat.»

Das Hotel, dringend eines frischen Anstrichs bedürftig, lag in einer engen Straße. Die ehemals roten Treppenläufer waren abgetreten und grau. Der Portier in Hemdsärmeln nahm die fünf Mark, die Ranke ihm zusteckte, und damit hatte es sein Bewenden. Einen Fahrstuhl gab es nicht. Rankes Zimmer lag im vierten Stock.

«Warum steigst du in so einem fragwürdigen Hotel ab?» fragte Alexa, nachdem sie zu Atem gekommen war.

«Sonst wohne ich bei meiner Mutter. Dieses Hotel wurde mir von Major Brausch empfohlen; angeblich wohnen unsere jungen Offiziere hier auf Urlaub. Wohl, weil es billig ist und weil man ohne weiteres Prostituierte mit aufs Zimmer nehmen kann.»

«Wie schmeichelhaft für mich.»

Das Ablegen der Kleider verschaffte Alexa kaum Erleichterung, der Schweiß rann an ihr herab. Seine Art, sie zu lieben, berührte sie wieder so peinlich wie zu Anfang ihrer Beziehungen. Aber sie mußte ihn gewähren lassen, es war nun einmal der Preis dafür, daß sie dieses dumpfige, häßliche Zimmer vor Einbruch der Nacht verlassen konnte.

Sie versprach Ranke, am nächsten Vormittag wiederzukommen und den ganzen Tag mit ihm zu verbringen. Noch 36 Stunden, und er mußte zurück zum Dienst nach Allenstein. Bis dahin galt es, ihn keinen Verdacht schöpfen zu lassen. Und dann würde sie endgültig Deutschland verlassen.

Zum Glück war Nikolas für den folgenden Tag bei Prinz Joachim Albrecht zur Frühstückstafel geladen, eine reine Herrengesellschaft, die sich bis in den späten Nachmittag hinziehen würde. Nikolas würde also nicht vor dem Abendessen am Schleswiger Ufer sein.

Dieser Tag, den Alexa bei sich ihr Abschiedsgeschenk an Ranke nannte, verging ohne besondere Peinlichkeiten. Den Vormittag verbrachten sie auf seinem Zimmer, zu Mittag gingen sie in ein neu eröffnetes Lokal in der Auguststraße und kehrten danach ins Hotel zurück.

In der Nacht war das lang erwartete Gewitter niedergegangen, hatte von Mauern und Dächern den Schmutz gewaschen und verlieh der Luft den schwachen Duft ferner Wälder und Wiesen. Das Hotelzimmer war weniger stickig, und Alexa ertrug den Tag ohne übergroße Beschwernis. Als Ranke aber entgegen der getroffenen Verabredung vorschlug, sie möge mit ihm zu Abend essen und über Nacht bleiben, bekamen sie Streit miteinander.

«Ich gehe nach Hause, und zwar jetzt gleich!» schrie sie ihn an. «Und ich verbiete dir, mir zu folgen, mir nachzuschnüffeln! Ein für alle Mal!» Und leiser: «Lieber zeige ich dich und mich dem ersten Polizisten an, als daß ich mich von dir weiter terrorisieren lasse. Du willst mir einreden, ich hätte dich dazu überredet, Hans Günther niederzuschießen. Das ist einfach nicht wahr. Ich habe das nie gewollt. Nie, nie, nie!»

Er trat zurück und fixierte sie. «Du bist eine Lügnerin, eine verdammte Lügnerin bist du», sagte er tonlos.

«Zugegeben, wir haben mit solchen Gedanken gespielt, aber es war nur ein Spiel!»

«Lügnerin.»

«Nie hast du gesagt, du würdest es wirklich tun. Hättest du gesagt, du wolltest einbrechen und ihn einfach über den Haufen schießen, ich hätte es nicht zugelassen.»

Er schüttelte ungläubig den Kopf. «Der Vorschlag, ein Duell ohne Zeugen auszutragen, stammte von dir. Daran wirst du dich vielleicht noch erinnern?»

«Nennst du das ein Duell, einen nichtsahnenden Menschen hinterrücks zu erschießen?»

«Ich habe ihn nicht hinterrücks erschossen. Er war bewaffnet. Ich hatte ihn aufgeweckt und ihm gesagt, er solle seinen Revolver holen, wir würden uns jetzt um dich duellieren. Er hat gelacht wie ein Verrückter, als ich das sagte, er hielt es für einen kapitalen Witz. Wenn es nach ihm ginge, könnte ich dich jederzeit haben. Daraufhin habe ich geschossen. Hätte er nicht gelacht, er lebte heute vielleicht noch.»

«Mit anderen Worten: du hast als Kavalier gehandelt», sagte sie beißend. Ihr Haar hatte sich gelöst, und sie schlang es zu einem Knoten zusammen. «Langsam verliere ich den Verstand», murmelte sie vor sich hin.

«Was sagst du?»

«Nichts weiter.» Dann setzte sie schnell den Hut auf und befestigte ihn mit den Hutnadeln. «Ich gehe jetzt. Du kannst mir schreiben, hin und wieder eine Postkarte, aber auf keinen Fall Briefe. So, wie man einer flüchtigen Bekannten schreibt. Sobald Dmowski verurteilt ist und keine Gefahr mehr besteht, sehen wir uns wieder.»

«Wo?»

«Das wird sich finden. Wer kennt schon die Zukunft? Noch ist die Gefahr nicht vorüber.» Sie runzelte plötzlich die Stirn. «Glaubst du, man wird ihn zum Tode verurteilen?»

Er verzog höhnisch die Lippen. «Das können wir nur hoffen. Dann hast du keinen Vorwand mehr, mir auszuweichen.»

«Immerhin bin ich noch in Trauer, und es gibt Konventionen, die beachtet sein wollen. Vergiß das nicht.» Sie ging zur Tür. «Lebwohl, Otto.»

Seine eisige, befehlsgewohnte Stimme ließ sie innehalten. «Du liebst mich nicht, nicht wahr? Hast mich nie geliebt, wie?»

«Fang nicht wieder davon an, Otto. Ich muß jetzt fort. Ich verspäte mich schon.»

«Ich habe nur gefragt, ob du mich liebst oder nicht. Ein einfaches Ja oder Nein genügt mir.»

Sie war jetzt bei der Tür angelangt. «Ja. Bist du nun zufrieden?» Sie drückte die Klinke nieder und bemerkte entsetzt, daß die Tür verschlossen, der Schlüssel nicht im Schloß war. Wann er den Schlüssel abgezogen hatte, gewiß in der Absicht, sie gefangenzuhalten, hatte sie nicht bemerkt. «Was soll das? Ein Scherz? Laß mich gehen, oder ich schreie!» drohte sie.

«Schrei nur», versetzte er ungerührt.

Jetzt bekam sie es mit der Angst. Äußerlich wirkte er gefaßt, doch Alexa hörte in seinem unbeteiligten, kalten Ton die Drohung. Einen Augenblick fragte sie sich, ob er wohl einen Revolver bei sich hatte. Am Leibe trug er ihn nicht, das wäre ihr aufgefallen. Auf dem Stuhl, ganz in seiner Nähe, stand ein kleiner Koffer, und plötzlich sah sie Schlagzeilen vor sich: LEICHEN IM HOTEL. ARTILLERIE-OFFIZIER UND UNBEKANNTE FRAUENSPERSON AM STETTINER BAHNHOF TOT AUFGEFUNDEN. «Laß mich gehen», schrie sie mit bebender Stimme.

«Erst, wenn du begriffen hast, daß ich dich nicht aufgebe. Ich habe den Eindruck, du bist anderen Sinnes geworden.»

«Das bin ich nicht.» Lieber Gott, hilf mir hier heraus, betete Alexa.

«Um so besser. Aber auch wenn es so wäre, es würde nichts ändern, denn ich liebe dich und sterbe lieber, als daß ich dich aufgebe.»

Er deutete auf die Kommode, wo neben seiner Brieftasche und dem Zigarettenetui der Zimmerschlüssel lag. Alexa griff mit zitternden Fingern danach und versuchte, ihn ins Schloß zu stecken, ließ ihn aber fallen. Ehe sie sich danach bücken konnte, hatte Ranke den Schlüssel bereits aufgehoben und die Tür aufgeschlossen. Bevor er sie gehen ließ, zog er Alexa noch einmal leidenschaftlich an sich.

Als sie zu Hause ankam, saß Nikolas schon im Salon und las die Abendzeitung.

«Du bist ja früh dran!» rief sie ihm zu, wohl wissend, daß es nicht zutraf; sie wollte verhindern, daß er sie fragte, woher sie so spät komme.

Er musterte sie aufmerksam. «Fehlt dir etwas?» Er strich ihr mit der Hand über die Wangen. «Hast du etwa Fieber?»

Der Tag mit Ranke hatte offenbar seine Spuren hinterlassen. «Wie kommst du darauf? Sehe ich krank aus?» fragte sie so unbeteiligt wie möglich.

Er hielt ihr die Zeitung hin. «Hast du das hier schon gelesen?» Sie ahnte nicht, wovon er sprach, und er zeigte ihr die Meldung auf Seite 3. Unter KURZE NEUIGKEITEN wurde aus Allenstein gemeldet, der Militärgerichtshof unter Oberst Paul Seiffert, dem Kommandeur des 6. Dragonerregimentes, habe den Dragoner Jan Dmowski wegen Mordes, begangen an seinem Vorgesetzten, dem Major Baron Hans Günther von Godenhausen, zu zwanzig Jahren Zuchthaus verurteilt. Die Todesstrafe war nicht verhängt worden, weil der Angeklagte nicht gestanden hatte, das Urteil sich vielmehr nur auf Indizien stützte.

Alexa las diese Meldung wieder und wieder, bis ihre zitternden Hände die Zeitung nicht mehr halten konnten. Beim ersten Lesen hatte sich ihrem Munde ein leiser Aufschrei entrungen, jetzt aber starrte sie Nikolas aus weit aufgerissenen Augen an und bewegte lautlos die Lippen.

Als sie endlich sprach, kamen ihre Worte verzweifelt, drängend. «Laß uns von Berlin fortgehen, Nikolas, ich halte es nicht mehr aus, ich ersticke hier!»

«Aber Alexa! Der Mann wäre nicht verurteilt worden, wenn keine überzeugenden Beweise gegen ihn vorlägen.» Er nahm irrigerweise an, ihre Verstörtheit gelte dem Umstand, daß ein Mann, den sie für schuldlos hielt, verurteilt worden war. «Angenommen, du hast recht und Dmowski war nicht der Täter, dann solltest du darauf vertrauen, daß die Wahrheit noch ans Licht kommt, wie so oft.»

Alexa schauderte es. «Oh, mein Gott.»

«Wenn du so von der Unschuld des Mannes überzeugt bist, werden wir schon noch Wege finden, ihm zu helfen. Man könnte durch einen geschickten Strafverteidiger neue Nachforschungen anstellen lassen –»

«Nein! Unternimm nichts! Auf keinen Fall!»

Ihre heftige Reaktion ließ einen leisen Verdacht in ihm aufkommen, daß hier irgend etwas nicht stimmte. «Ich möchte dir helfen, ich kann es aber nur, wenn du mir sagst, was dich so bedrückt. Die Wahrheit.»

Hochrot vor Erregung erwiderte sie ihm: «Ich habe dir ja gesagt, was mich bedrückt: Alles hier! Berlin, das ganze Land. Nichts als Unglück habe ich hier gehabt.» Sie wandte sich um und ging zur Tür.

«Wo willst du hin?»

«In mein Zimmer. Ich will mich umziehen, diese Kleider loswerden. Sie sind schmutzig. Auch ich bin schmutzig. Ich will ein Bad nehmen. Dann will ich nur noch ins Bett kriechen und am liebsten nie mehr aufstehen. Geh lieber irgendwo etwas essen. Ich könnte heute abend keinen Bissen herunterbringen.»

Nikolas fiel auf, daß der gleiche schlaksige junge Mann im gleichen schlecht sitzenden grauen Anzug am gleichen Laternenpfahl lehnte wie schon die Tage zuvor. Es war der Anzug, der zuerst seine Aufmerksamkeit erregte. Weil er neu war, verlieh er dem Träger – der reglos dastand, augenscheinlich völlig gleichgültig gegen das, was ringsumher vorging – das Aussehen einer Schaufensterpuppe. Nikolas war aufgefallen, daß der Mann täglich am Schleswiger Ufer promenierte.

Als der Mann nach drei Tagen immer noch da war, kam das Nikolas noch merkwürdiger vor. Der Mann machte keinen Versuch, sich zu verbergen, er war also kein Privatdetektiv und kein Kriminaler, und doch störte Nikolas seine Anwesenheit, er wußte selbst nicht warum. Zwar wußte er genau, daß er dem Mann nie begegnet war, doch hatte er gleichzeitig das seltsame Gefühl, daß jener ihm besondere Aufmerksamkeit schenkte. Zweimal war er drauf und dran gewesen, ihn zur Rede zu stellen, hatte es aber doch unterlassen. Der Mann ließ weder Feindseligkeit noch Neugier merken, er ging Nikolas auch nicht nach.

Alexa war seit Tagen nicht mehr aus der Wohnung gegangen. Sie klagte über eine Erkältung und verbrachte die meiste Zeit im Bett; sie stand nur auf, wenn Nikolas aus der Botschaft zum Abendessen kam. Er hatte das absurde Gefühl, daß zwischen Alexas Indisposition und der Anwesenheit des Fremden irgendein Zusammenhang bestand.

Wenn man sich weit genug aus dem Eckfenster des Salons lehnte, konnte man einen Teil vom Schleswiger Ufer überblicken, und das tat Nikolas nun, nachdem er Degen und Tschako abgelegt hatte. Der Mann stand nach wie vor in der gleichen Haltung am Laternenpfahl, als sei er da angewachsen.

«Komm doch mal her, ich möchte dir etwas zeigen», rief er Alexa zu.

Sie trat zu ihm ans Fenster, blieb aber hinter der Gardine. «Was gibt es?»

«Da, der junge Mann. Seit Tagen schon lungert er hier herum. Ich wüßte gern, was er im Schilde führt. Wenn du dich aus dem Fenster lehnst, kannst du ihn da an der Laterne stehen sehen.»

Alexa reagierte nicht. Als er sich umwandte, sah er, daß sie vom Fenster zurückgetreten war. «Ich kann nicht», sagte sie. «Die Höhe macht mich schwindlig.»

Nun wußte Nikolas, daß der junge Mann kein Fremder für Alexa war, mehr noch: sie wußte, daß er das Haus beobachtete, und wahrscheinlich hatte sie sogar mit ihm gesprochen. Erregt ergriff er ihre Schultern und zwang sie, ihn anzusehen.

«Wer ist das?»

Sie wurde bleich. «Wer ist ...» Sie geriet ins Stammeln. «Du meinst den Mann da ... da auf der Straße? Woher soll ich das wissen? Ich habe ihn doch nie gesehen.»

«Dann sieh ihn dir jetzt an. Er ist immer noch da.» Und Nikolas drängte sie mit Gewalt ans Fenster.

Eingeschüchtert von seiner unvermuteten Heftigkeit lehnte sie sich gehorsam über die Fensterbrüstung, und in diesem Moment schaute der Mann herauf. Nikolas, der Alexa immer noch festhielt, erkannte an der Miene des Mannes, daß er Alexa gesehen hatte. Sie wich zurück, als hätte sein Blick sie versengt.

«Du kennst ihn also?» fragte Nikolas.

Sie holte tief Luft. «Es ... es könnte sein. Ich glaube, es ist ... ein Oberleutnant aus Allenstein. Ranke heißt er.»

«Was heißt hier: könnte? Ist er es, oder ist er es nicht?»

«In Zivil habe ich ihn nie gesehen. Männer sehen in Uniform immer ganz anders aus.»

«Nehmen wir einmal an, es wäre dieser Ranke. Welchen Grund könnte er haben, dir nachzuspionieren?»

Sie hob die Schultern. «Keine Ahnung. In Allenstein galt er als ein Sonderling.» Plötzlich empörte sie sich. «Wirst du mich jetzt in Frieden lassen? Hör auf, mir so zuzusetzen. Ranke verkehrte bei uns in Allenstein im Haus. Vielleicht fand er mich attraktiv, wie andere junge Offiziere auch. Und weil ich jetzt Witwe bin, also frei, da glaubt er vielleicht ... Also bitte, beachte ihn nicht. Wenn wir ihn ignorieren, wird er schon von allein gehen.»

Nikolas wußte, daß sie da eine Halbwahrheit sagte, wenn sie nicht überhaupt log. Er empfand die gleiche Entfremdung, die sie auch früher schon mit ihren Launen und Kapricen in ihm erregt hatte. «Du erwartest doch nicht im Ernst, daß ich ihn ignoriere, nachdem ich weiß, daß er hinter dir her ist? Soll ich warten, bis er hier eindringt oder dich auf der Straße belästigt?»

«Das tut er bestimmt nicht. Ich sage doch, er ist ein bißchen sonderbar, aber harmlos.»

Nikolas ging zur Tür. «Ich werde gleich feststellen, wie harmlos er ist.»

Sie rannte hinter ihm her und hängte sich an seinen Arm. «Bitte, bitte, tu nichts Unüberlegtes!»

Nikolas war schon in der Diele und gürtete den Degen um. «Du behauptest doch, er sei harmlos. Sollte er es nicht sein, werde ich besser mit ihm fertig als du.»

Alexa hing immer noch an seinem Arm, als er schon an der Wohnungstür stand. «Du darfst ihm nicht glauben, was er dir erzählt», flehte sie. «Er ist unberechenbar, ein krankhafter Lügner.»

«Er wird mir nichts erzählen. Wenn hier einer redet, dann bin ich es.»

Er machte sich unwirsch von ihr frei und ging hinaus. Es waren zwar keine fünf Minuten vergangen, seit er Ranke zu Alexas Fenster hinaufblicken sah, doch als Nikolas auf die Straße trat, war der Mann verschwunden.

Nikolas ging wieder nach oben. Alexa erwartete ihn bleich und zitternd an der Wohnungstür.

«Was ist passiert?» fragte sie atemlos.

«Nichts. Der Bursche ist verschwunden, was aber nicht bedeutet, daß er nicht wiederkommen kann. Erzähl mir mehr von ihm, möglichst die Wahrheit. Ich werde ihn mir nämlich vorknöpfen und diesem Theater ein Ende machen.»

Sie ging ihm wortlos in den Salon voran, wo er sie nötigte, ihm gegenüber Platz zu nehmen. «Zum letzten Mal, Alexa, sag mir die Wahrheit. Als du damals zu mir kamst, bist du vor irgendwem oder irgendwas weggelaufen, und du läufst immer noch. Ist es dieser Oberleutnant Ranke, vor dem du fliehst?» Als sie stumm blieb, bedrängte er sie weiter: «Was war zwischen dir und ihm? Hast du mit ihm geschlafen? Besteht zwischen ihm und diesem Dmowski eine Verbindung?»

Die letzte Frage weckte sie aus ihrem trotzigen Schweigen. «Nein! Sie kannten einander überhaupt nicht!»

Das klang aufrichtig, beseitigte aber nicht Nikolas' Verdacht, zwischen Ranke und Dmowski habe eine Verbindung bestanden. «Gib mir jetzt keine Rätsel auf, Alexa, sondern sag endlich die Wahrheit.»

Die Antwort, die er erhielt, reizte ihn aufs neue, denn er sah darin eine Lüge, mit der sie versuchte, sich ihm zu entziehen. Später wurde ihm klar, daß es sich hier um die ersten Anzeichen ihres Abstieges in dunkle und geheimnisvolle Tiefen gehandelt hatte.

Alexa sagte: «Hör auf, mich zu quälen, Nicky. Was soll ich dir schon sagen? Ich bin jetzt überzeugt, daß ich mich geirrt, daß ich den Mann nie im Leben gesehen habe.»

Er sah sie völlig perplex an. «Aber hast du nicht eben erst –»

Sie fiel ihm hochfahrend ins Wort: «Es ist mir einerlei, was ich gesagt habe. Versuche nicht, mich zu verwirren. Ich weiß ganz gewiß, daß ich dem Mann nie zuvor begegnet bin.»

Kapitel XVIII

Major Brausch erfüllte seine Pflichten in Allenstein verläßlich und gleichmütig als ein zwar nicht brillanter, aber doch überdurchschnittlicher Batteriechef. Er wurde respektiert, bewundert wurde er nicht. Er führte ein eintöniges, aber ruhiges Leben.

Als er von seinem Adjutanten erfuhr, Oberleutnant von Ranke habe seinen Urlaub überschritten, reagierte er wie gewohnt: gelassen und ohne Hast.

«Geben wir ihm noch drei Tage. Vielleicht ist er krank geworden. Bislang hat er nie Ärger gemacht, warten wir also ab. Die Division braucht davon nichts zu erfahren. Schicken Sie ihm ein Telegramm mit bezahlter Rückantwort nach Berlin ins Hotel Baltischer Hof. Da wollte er absteigen.»

Das Telegramm kam zurück mit der Angabe, der Adressat sei nach Allenstein abgereist, was den Major aber nicht hinderte, an der Ranke eingeräumten Frist von drei Tagen festzuhalten. Als Ranke danach noch immer nicht erschienen war, meldete er das dem Divisionsstab, der seinerseits beim Kriegsministerium und beim Militärkommandanten von Berlin die Suche nach dem verlorengegangenen Offizier beantragte.

Als die entsprechenden Weisungen an die betroffenen Dienststellen ergingen, wartete Otto von Ranke in Zivilkleidung im Bahnhof von Thorn auf den Anschlußzug. Uniform und Mütze trug er in dem kleinen Koffer, den Degen hatte er in braunes Packpapier gewickelt und mit Schnur umwunden. Von Berlin nach Thorn war er Zweiter Klasse gereist, für die Fahrt nach Allenstein löste er eine Fahrkarte Erster Klasse.

In der Ersten Klasse reisten nur wenige Passagiere, und Ranke war im Abteil allein. Für ein kleines Trinkgeld hängte der Kondukteur ein Schild mit der Aufschrift RESERVIERT an die Abteiltür, und Ranke schloß sich ein. Er packte die Uniform aus und zog sich um. Er hatte Berlin bei Tageslicht verlassen, und als er 10 Stunden später in Allenstein eintraf, brannten in den Straßen noch die Gaslaternen. Ein verblassender Mond stand am Himmel. Sonst war es einer jener seltenen Morgen, an denen auch in Ostpreußen die Luft weich und mild war.

Schon auf dem Bahnsteig und dann auf dem Bahnhofsvorplatz hatte er das Gefühl, daß die Leute, an denen er vorüberging, ihn musterten. Wie gewöhnlich stand am Bahnhof Militärpolizei, doch wurde er nicht festgehalten. Daß nach ihm gefahndet wurde, wußte er noch nicht, vermutete es aber. Es wäre ihm durchaus recht gewesen, verhaftet zu werden, da dies aber nicht geschah, mußte er die Initiative selber ergreifen, und das vermehrte noch sein Unbehagen. Der Entschluß zur Rückkehr nach Allenstein war das Ergebnis eines langen inneren Kampfes gewesen. Nachdem er ihn einmal gefaßt hatte, fühlte Ranke sich wie ein Schiffbrüchiger, der nach langer Fahrt im ruderlosen Boot durch Wind und Wellen endlich die Küste erblickt. Er hatte alle Möglichkeiten erwogen: sich zu erschießen, Alexa zu erschießen oder Karady oder beide; stillschweigende Hinnahme des unwiederbringlichen Verlustes ... die Wahrheit aufzudecken. Für diese hatte er sich entschieden. Er verließ Berlin beinahe heiter und in einer inneren Ruhe, die er nicht mehr gekannt, seit er den Revolver auf Hans Günther von Godenhausen gerichtet hatte.

Als er jetzt in dem Einspänner bei zurückgeschlagenem Verdeck durch die eben erwachende Stadt fuhr, regten sich neuerliche Zweifel in ihm. Die Urlaubsüberschreitung von vier Tagen konnte ihm einen Verweis eintragen, auch Hausarrest, das Geständnis eines Mordes bedeutete jedoch die Verurteilung zu lebenslangem Zuchthaus oder zum Tode. Er schaute zum halben Mond hinauf und zu den verblassenden Sternen, und wieder wich der Aufruhr in seinem Inneren einer friedvollen Erschöpfung.

Die emotionellen und physischen Anstrengungen der letzten Tage forderten ihren Tribut. Er nickte ein und erwachte davon, daß der Kutscher ihn an der Schulter rüttelte. Noch halb verschlafen aufblikkend, gewahrte er das Kasernentor und den salutierenden Posten. Ihm fiel ein, daß er eigentlich dem Kutscher noch Weisung hatte geben wollen, ihn zu seiner Wohnung zu fahren, aber das war nun zu spät. Er entlohnte den Kutscher, befahl ihm, auf einen Soldaten zu warten, der seinen Koffer holen würde, und schritt durchs Tor.

Der Offizier vom Dienst, ein Leutnant, schlief auf dem Ledersofa neben der Wachstube und wurde vom Knarren der Tür geweckt. Er schreckte hoch, rieb sich die Augen und erkannte Ranke. «Wo haben Sie denn gesteckt?» sagte er heiser.

«In Berlin.»

«Und warum melden Sie sich mitten in der Nacht zum Dienst? Konnten Sie nicht bis morgen früh warten?»

«Es ist bereits Morgen.»

«Nach meiner Uhr nicht.» Er kratzte sich am Kopf. «Ich müßte sie eigentlich festnehmen, aber was soll das. Setzen Sie sich und betrachten Sie sich als unter Arrest.»

Der wachhabende Unteroffizier steckte seinen Kopf durch die Tür. «Was soll mit Ihrem Gepäck geschehen, Herr Oberleutnant?» fragte er Ranke.

«Jesus! Gepäck haben Sie auch noch!» knurrte der Leutnant.

«Lassen Sie es vorläufig hier», sagte Ranke zu dem Unteroffizier und dann zu dem Leutnant: «Melden Sie bitte Major Brausch, daß ich hier bin, um mich zu stellen.»

«Sie haben sich schon mir gestellt.»

«Ich stelle mich dem Major, und zwar jetzt!»

Der Leutnant blinzelte. «Sind Sie betrunken?»

Ranke zitterte vor Wut und sagte sehr laut: «Werden Sie jetzt den Befehl ausführen, oder muß ich den Unteroffizier schicken?»

Der Leutnant schüttelte verständnislos den Kopf. «Warum haben Sie es nur so verdammt eilig? Wenn ich den Major jetzt aus dem Bett hole, denkt er, ich bin verrückt. Er kommt noch früh genug, um Ihnen Ihren Anpfiff zu verpassen.» Er verstummte.

Ranke ließ sich auf einen Stuhl fallen und stützte den Kopf in die Hände. «Ich will den Mord an Major von Godenhausen gestehen.»

Der Leutnant starrte ihn offenen Mundes an. «Sie sind wirklich betrunken», sagte er und lachte, ganz plötzlich aber wurde er wieder ernst. «Was haben Sie da gesagt? Was wollen Sie gestehen? Wen haben Sie ermordet?»

«Godenhausen», sagte Ranke so nachdrücklich, daß Zweifel nicht mehr erlaubt waren.

Der Leutnant sah ihn entgeistert an. «Sie sind ja verrückt. Der Täter ist doch längst gefaßt. Heiliger Strohsack, da wird der Alte sich aber freuen.»

«Benachrichtigen Sie jetzt endlich den Major», sagte Ranke wütend und aggressiv.

Major Brausch fluchte während des kurzen Weges von seinem Haus zur Kaserne unaufhörlich vor sich hin. Der Soldat, dem die zweifelhafte Ehre zuteil geworden war, den Kommandeur zu holen, folgte ihm in gemessenem Abstand. Nie zuvor hatte er den Major so wüten hören.

Major Brausch ging schnurstracks in sein Dienstzimmer und ließ Ranke vorführen.

«Was soll dieser Quatsch, Ranke? Es ist fünf Uhr früh. So wichtig kann das wohl nicht sein, was Sie mir zu melden haben.»

Ranke nahm Haltung an und sah seinem Vorgesetzten ins Gesicht. «Melde gehorsamst, Herr Major, am 2. Juli 1908 habe ich in den frühen Morgenstunden Major von Godenhausen erschossen.»

Sein Instinkt sagte Major Brausch, daß er hier die Wahrheit hörte, wie unwahrscheinlich und abwegig das Geständnis des jungen Offiziers auch klang. Immer schon hatte er vermutet, daß der Fall Godenhausen nicht ganz so einfach lag, wie Auditor Yves ihn partout sehen wollte.

Brausch schwieg eine Weile und bewegte den großen Kopf, der dicht auf den Schultern saß, mechanisch hin und her. «Sie haben ihn also erschossen», sagte er schließlich. Es war eine Feststellung, keine Frage.

«Jawohl, Herr Major.»

Brausch hielt den Kopf still. «Warum?» Dabei wirkte er nicht neugierig, sondern niedergeschlagen.

Ranke holte tief Luft: «Ich hatte ein Verhältnis mit seiner Frau –» In seinem Gesicht zuckte es, und er konnte kaum Haltung bewahren.

«Rühren Sie», befahl Brausch, und nach kurzem Besinnen: «Setzen Sie sich.»

«Danke gehorsamst, Herr Major.» Ranke blieb aber stehen.

«Sie hatten also ein Verhältnis mit seiner Frau. Hat Godenhausen das entdeckt?»

«Ich glaube nicht, Herr Major.»
Brausch war verblüfft. «Warum, zum Teufel, haben Sie ihn denn dann umbringen müssen?»
«Weil er seiner Frau die Scheidung verweigerte.»
«Hat sie die Scheidung verlangt?»
«Das hat sie mir gesagt.»
«Weiß sie, daß Sie der Täter sind? Wußte sie es schon vorher, oder hat sie es danach erfahren?» Rankes glasiger Blick irritierte ihn, und er hob die Stimme. «Verflucht noch mal, Ranke, ich will wissen, ob die Frau an der Schweinerei beteiligt war?»
Wie ein Schwimmer, der tief tauchen will, holte Ranke Luft: «Sie wünschte seinen Tod, und deshalb habe ich ihn erschossen.» Er schwankte.
«Jetzt setzen Sie sich endlich, Ranke, sonst schlagen Sie mir hier noch lang hin.» Brausch wartete, bis der Oberleutnant saß, dann fuhr er fort: «Sie wissen hoffentlich, was das, was Sie da gerade gesagt haben, bedeutet? Am 2. Juli also haben Sie einen Kameraden erschossen?»
«Jawohl, Herr Major, das stimmt, Herr Major.»
«Dann habe ich die Pflicht, Sie zu verhaften und dem Divisionsstab zu übergeben. Als Ihr Kommandeur möchte ich aber vorher von Ihnen eine ausführliche Schilderung des Tathergangs hören.»
«Ich habe aus nächster Nähe zweimal mit meinem Revolver auf Major von Godenhausen geschossen. Er war sofort tot.»
Der Ton der Verzweiflung, in dem Ranke dies vortrug, bewegte Brausch. Gegen sein besseres Urteil wandte seine Sympathie sich nicht dem Opfer zu, sondern dessen Mörder, und er sagte: «Ich möchte Einzelheiten hören, Ranke.»
«Es sollte ein Duell ohne Sekundanten sein, Herr Major. So hatten wir es geplant. Eigentlich sollte es während der Jagd stattfinden, irgendwo im Wald, und –»
«Moment, Moment», unterbrach ihn der Major. «Wer hat das geplant? Sie und wer noch?»
«Die Baronin Godenhausen.»
«Aber es kam nicht dazu. Warum nicht?»
«Ich wollte nicht mehr warten, Herr Major. Sie verlor das Interesse an mir. Als ich das bemerkte, fing ich an, mir Gedanken zu machen. Sie

hatte erwartet, daß ich ihren Mann erschoß – wie, wenn sie sich nach jemand anderem umsah? Der Gedanke, ich sollte –» Seine Stimme brach, und er kämpfte mit den Tränen. «Dann war ich am 1. Juli nachmittags bei Oberleutnant Schimmert eingeladen. Sie, ich meine die Baronin Godenhausen, war auch da, verabschiedete sich aber bald, nachdem ich gekommen war. Ich hatte das Gefühl, sie wollte nichts mehr von mir wissen. Abends aß ich im Kasino und ging früh heim. An Schlaf war natürlich nicht zu denken, deshalb habe ich ein paar Glas Cognac getrunken –»

Brauschs Miene erhellte sich, und er fiel ein: «Sie waren also betrunken. Das müssen Sie bei der Vernehmung unbedingt vorbringen. Es könnte ein mildernder Umstand sein.»

«Nein, Herr Major, ich war nicht betrunken, sondern stocknüchtern. Einschlafen konnte ich nicht. Ich hörte vom Kirchturm Mitternacht schlagen, dann eins, dann zwei. Da habe ich denn beschlossen, ein Ende zu machen.» Er verstummte, als gäbe es weiter nichts zu berichten.

«Weiter, Sie sagten, Sie hätten es vom Kirchturm zwei schlagen hören. Wann sind Sie also aus der Wohnung gegangen?»

«Vielleicht eine Viertelstunde oder zwanzig Minuten später. Ich ging nicht direkt zum Paradeplatz, sondern machte einen weiten Umweg. Ich wollte aus der Gegenrichtung kommen, falls mich jemand sähe.»

Brausch schüttelte verständnislos den Kopf. «Ich begreife Sie nicht. Sie sagen, die Frau sei Ihnen aus dem Weg gegangen. Was versprachen Sie sich denn dann davon, ihren Mann umzubringen?»

«Das war es ja, was sie von mir verlangte.»

Der Major schnaufte. «Also weiter jetzt. Sie verließen Ihre Wohnung mit dem festen Vorsatz, den Major umzubringen.»

«Ihn zum Duell zu fordern.»

«Und wie wollten Sie das anstellen? An der Tür klingeln und ihn auffordern, sich mit Ihnen zu schießen?»

Ranke blinzelte verlegen. «Nicht ganz so, Herr Major. Ich wollte niemanden wecken. Ich hoffte irgendwo eine Tür oder ein Fenster offen zu finden. Ich betrat das Grundstück durch das Tor hinter den Stallgebäuden. Da kannte ich mich gut aus, weil ich mehr als einmal das Pferd der Baronin selber dort gesattelt habe, wenn der Bursche oder der Stallknecht nicht zur Hand waren. Ich ging um das Haus herum und fand ein offenes Dielenfenster. So kam ich ins Haus, ohne viel Geräusch zu machen. Ich tastete mich ins Arbeitszimmer des Hausherrn vor, wo ich gegen einen Stuhl stieß. Godenhausen war entweder noch wach, oder das Geräusch weckte ihn, und er kam an die Tür seines angrenzenden Schlafkabinetts. Er hatte eine brennende Kerze in der Hand. Ich sagte also zu ihm, ich liebte seine Frau und wolle mich deshalb mit ihm duellieren. Er starrte mich an, sagte, ich sei ja verrückt und lachte laut heraus. Da habe ich ihn erschossen.»

«Und das nennen Sie ein Duell?» rief Brausch. «Einen unbewaffneten Mann niederschießen.»

«Nein, nein, Herr Major», verwahrte Ranke sich erregt. «Er war bewaffnet. Er hatte eine Pistole in der Hand.»

«Ich denke, er hatte eine brennende Kerze in der Hand? Das haben Sie doch eben gesagt.»

«Nein, Herr Major, zu diesem Zeitpunkt hatte er eine Pistole in der Hand. Einer von uns beiden hatte im Arbeitszimmer Licht gemacht, er oder ich, ich weiß nicht mehr.» Ranke schloß die Augen, um die Gegenwart auszulöschen. «Ja, er hat die Kerze und die Pistole in Händen gehabt, als er mir gegenüberstand.»

«Beides also?»

Ranke schüttelte nervös den Kopf. «Ich weiß nicht, Herr Major. Je mehr ich versuche, mich zu erinnern, desto mehr verwirrt sich alles. Ich weiß nicht einmal mehr, wie ich zum Haus hinausgekommen bin. Wahrscheinlich durch die Haustür. Richtig, so war es. Reingekommen bin ich durchs Fenster, aber nicht wieder hinaus. Auf dem Heimweg begegnete mir niemand, und ich sagte mir noch, was ist Allenstein doch für ein gottverlassenes Nest, um drei Uhr früh ist außer Streifen und Posten kein Mensch auf den Beinen.»

Major Brausch erhob sich schwerfällig. Er sah mitgenommen aus. «Ranke», sagte er, «Sie sind schuldig des vorsätzlichen Mordes. Ich sehe keine mildernden Umstände.» Plötzlich wurde er wütend. «Warum in drei Teufels Namen haben Sie denn sechs Wochen gewartet, bis Sie reinen Tisch machen? Da lassen Sie es zu, daß ein Unschuldiger verurteilt wird. Haben Sie denn überhaupt kein Gewissen?»

Ranke lächelte verlegen.

«Und weshalb gestehen Sie jetzt?» Ranke verfolgte mit den Blicken eine Fliege, die im Raum umherflog. Der graue Turm des Schlosses schimmerte rötlich, denn im Osten wich die Dämmerung bereits einem bläulichen Dunst. Die schlafende Welt erwachte zum Leben. «Hat es etwas mit dieser Frau zu tun? Sie haben Ihren Urlaub um vier Tage überschritten. Waren Sie in Berlin mit ihr zusammen? Reden Sie endlich, Ranke, ich will Ihnen ja nur helfen!»

«Mir kann keiner mehr helfen, Herr Major.»

«Verdammt noch mal, seien Sie doch kein Narr, Ranke. Ihre Lage ist verdammt ernst. Sie haben sie in Berlin getroffen, nicht wahr? Antworten Sie, Ranke!»

Ranke sackte in sich zusammen und ließ den Kopf hängen. «Jawohl, Herr Major. Sie hat gesagt, ich sollte nach Allenstein zurückfahren und mich von ihr fernhalten, um keinen Verdacht auf uns zu ziehen. In Wirklichkeit wollte sie mich loswerden. Sie lebt mit einem andern zusammen, mit einem Ungarn, dem Mann ihrer verstorbenen Schwester.»

«So ein Weibsstück!» sagte Brausch und sah, wie Ranke bei diesem Wort zusammenzuckte. Der arme Hund ist immer noch verliebt in diese Person, dachte er.

Hauptmann Yves reagierte auf die Nachricht von Rankes Geständnis mit stiller Wut und Empörung. Daß Ranke einen Offizierskameraden ermordet hatte, interessierte ihn im Augenblick überhaupt nicht, weit mehr wurmte es ihn, daß Ranke aus ihm, dem Auditor Yves, einen kompletten Narren gemacht hatte. Er hatte den Falschen angeklagt, hatte allen Eifer und all sein Können darangesetzt, daß Dmowski zu 20 Jahren Zuchthaus verurteilt wurde. Es gab nur ein Mittel, diesen Makel zu tilgen: Ranke mußte für unzurechnungsfähig erklärt werden. Er wäre nicht der erste, der sich fälschlich der Begehung eines Verbrechens bezichtigte.

Bei der Vernehmung Rankes waren die Leutnants Stoklaska und Heinrich zugegen, letzterer als Protokollführer. Als die beiden jungen Offiziere im Laufe der Befragung erkannten, daß Hauptmann Yves den Täter veranlassen wollte, sein Geständnis zurückzunehmen, wechselten sie einen Blick, sagten aber nichts.

Die Vernehmung dauerte bis sieben Uhr abends; über Mittag machte man zwei Stunden Pause. Als es soweit war, daß Ranke in eine Arrestzelle für Offiziere abgeführt werden sollte, schickte Hauptmann Yves die beiden Leutnants hinaus. Nun, mit dem Verhafteten allein, tat der

Auditor, als sei er sich dessen Anwesenheit nicht mehr bewußt und vertiefte sich in seine Aufzeichnungen. Minuten vergingen, und Ranke spürte, daß die Stille an seinen strapazierten Nerven zerrte.

Endlich blickte Yves von seinen Notizen auf, ließ den Blick im Zimmer umherwandern und dann lässig auf Ranke ruhen.

«Eine Katastrophe, Herr Oberleutnant», begann er. «Ich sehe die Schlagzeilen schon vor mir, die giftigen Angriffe der liberalen Presse, die höhnischen Kommentare im Ausland. Ein preußischer Offizier schleicht sich in das Schlafzimmer eines Kameraden und schießt ihn kaltblütig nieder.»

Ranke erwiderte ohne zu blinzeln den Blick des Auditors. «Ich sagte bereits, es war ein Duell, Herr Hauptmann.»

«Soso. Und wer hat wen gefordert? Wurde das Ehrengericht informiert? Wer waren die Sekundanten?»

«Sekundanten waren nicht vorhanden. Trotzdem war es ein Duell.»

Hauptmann Yves stand mit einem Ruck auf und trat zu Ranke, der ebenfalls aufsprang. «Es war Mord. Vorsätzlicher Mord. Sie sind ein elender Feigling, eine Schande für das gesamte Offizierskorps.» Er trat wieder an den Tisch und riß die Schublade auf. «Ich lasse Sie jetzt allein. Wenn ich in 10 Minuten zurückkomme, erwarte ich, daß Sie Ihr Verbrechen gesühnt und den Schandfleck von der Uniform getilgt haben, die Sie tragen.»

«Wollen Sie damit sagen, Herr Hauptmann, daß ich mich erschießen soll?»

Der Auditor war schon an der Tür. Jetzt wirbelte er herum. «Ich glaube, ich habe mich klar genug ausgedrückt. Muß ich einem preußischen Offizier gegenüber deutlicher werden?»

«Das ist nicht nötig. Aber ich will Ihnen gleich sagen, daß Ihr unmißverständlicher Vorschlag an mich verschwendet ist. Ich werde mich nicht erschießen.»

Der Auditor schluckte mühsam, und seine bleiche Gesichtshaut rötete sich. «Ich habe Ihnen einen ehrenhaften Ausweg angeboten. Verdammt noch mal, Ranke, verstehen Sie denn nicht?» sagte er dann lauter. «Sie haben nicht die geringste Aussicht, davonzukommen. Einmal vor dem Militärgericht, sind Sie ein toter Mann. Es gibt für Sie keine mildernden Umstände. Warum also noch diese ganze elende Prozedur ertragen, wenn das Ende doch das gleiche sein wird?»

«Ich erschieße mich nicht, Herr Hauptmann. Jedenfalls nicht, ehe ich nicht der Baronin gegenübergestellt worden bin. Danach vielleicht.»

«Ranke, Sie sind ein Lump!» Die roten Flecken auf dem Gesicht des Auditors traten stärker hervor, und auf seiner Stirn glänzte der Schweiß. «Sie haben keinen Korpsgeist. Sie sind ein elender Waschlappen.»

«Wenn Sie das meinen, aber jedenfalls kein Selbstmörder.»

Hauptmann Yves ging ratlos auf und ab. «Sie werden mir dafür bezahlen, Ranke. Wie soll ich jetzt dem General gegenübertreten?»

«Weil Sie dafür gesorgt haben, daß Dmowski verurteilt wurde?»

«Provozieren Sie mich nicht, Ranke!»

«Tut mir leid, wenn ich Ihnen Ungelegenheiten mache, Herr Hauptmann. Warum erschießen *Sie* mich nicht und geben es als Selbstmord aus? Dann werden keine weiteren Fragen gestellt, ja man würde Ihnen sogar für Ihre Tüchtigkeit und Diskretion Anerkennung zollen.»

Der Auditor starrte finster auf den Revolver in der Schublade. Ein dicker Brummer flog gegen die Fensterscheibe und summte aufgeregt. Eine Weile war kein anderes Geräusch im Zimmer zu hören. Hauptmann Yves kam zu einem Entschluß, eilte zur Tür und riß sie auf.

«Leutnant Stoklaska!» rief er schrill. «Lassen Sie den Häftling abführen. Für heute habe ich genug. Morgen früh punkt acht geht es weiter.»

Zwei weitere Tage vergingen mit der minutiösen Nachprüfung von Rankes Angaben. Man machte eine Hausdurchsuchung in seiner Wohnung, man suchte nach der Mordwaffe, einer Selbstladepistole Webley-Fosbery 38.

Von Stoklaska und zwei Korporalen begleitet, durchstöberte Yves alle Winkel von Rankes Wohnung. Er fand mehrere kurze schriftliche Mitteilungen, unterzeichnet mit A., die sich später als von Alexa von Godenhausen stammend erwiesen. Es waren Verabredungen zum Rendezvous. Hinweise auf den Mord enthielten sie nicht, doch fand Hauptmann Yves immerhin einen angefangenen Brief von Ranke, datiert am Tag vor Rankes Abreise nach Berlin, in dem er der Baronin vorwarf, sie habe alle Versprechen gebrochen, die sie ihm vor dem Duell gemacht habe; offenbar hatte Ranke den Brief nicht abgeschickt, weil er zu dem Entschluß gelangt war, Alexa in Berlin aufzusuchen. Im

Schlafzimmer entdeckte man unter einem großen Bucharateppich 2300 Mark in neuen Banknoten, offenbar als Fluchtgeld gedacht. Die Mordwaffe blieb unauffindbar; Ranke behauptete, sie in die Alle geworfen zu haben, doch wurde sie an der bezeichneten Stelle von Tauchern nicht gefunden. Darauf kam es aber auch nicht an, denn Ranke konnte nachweisen, eine solche Waffe besessen zu haben, zu der auch die tödlichen Geschosse paßten.

Am dritten Tag der Untersuchung wurde Ranke in aller Form eines Vergehens gegen § 97 des Militärstrafgesetzbuches beschuldigt: Tätlicher Angriff auf einen ranghöheren Offizier. Man überführte ihn nach Königsberg, und das Militärgerichtsverfahren wurde eingeleitet. Gleichzeitig wies Generalstaatsanwalt Nitzki den Untersuchungsrichter Johannes Koller vom Landgericht Allenstein an, einen Haftbefehl gegen die verwitwete Baronin Alexa von Godenhausen auszustellen. Rankes Geständnis bot ausreichenden Grund zu dem Verdacht, sie habe ihn zur Ermordung ihres Gatten angestiftet.

Am Abend vor Alexas Verhaftung überredete Nikolas sie dazu, mit ihm in einem Gartenlokal an der Spree zu Abend zu essen. Drei Tage lang hatte sich Ranke nicht bemerkbar gemacht, und Alexa vermutete ihn wieder in Allenstein. Seit er bei der Laterne aufgetaucht war, war die Beziehung zwischen ihr und Nikolas gespannt. Die Lüge, oder besser das Verschweigen der Wahrheit, lastete zwischen ihnen. Alexa wußte sehr wohl, daß ihr ständiges Ausweichen Nikolas bedrückte, doch fürchtete sie, er werde sie nach einem Geständnis verlassen. Sie hatte keinen Zweifel daran gehabt, daß sie mit Ranke fertigwerden würde. Er liebte sie, und damit hatte sie ihn in der Hand. Womit sie nicht gerechnet hatte, war, daß sie selbst sich nicht in der Hand hatte. Nachts hatte sie Angstzustände. Erwachte sie und wollte lesen, war sie unfähig, sich zu konzentrieren. Wollte sie etwas schreiben, war sie bei jedem Wort unsicher. Versuchte sie ihre Gedanken zu ordnen, geriet sie in ein Labyrinth, in dem sie sich hoffnungslos verirrte.

Schon am Tag von Hans Günthers Tod waren ihr solche Störungen ihrer geistigen Fähigkeiten bewußt geworden. Dmowskis Verhaftung und später seine Verurteilung hätten sie beruhigen sollen. Statt dessen verfolgte sie die Vorstellung, daß er unschuldig eingekerkert war. Und dann natürlich verfolgte sie der Gedanke an Ranke, an einen neuen

Ranke, der nicht mehr Wachs in ihren Händen war, sondern herrisch Unterwerfung verlangte.

Wenn Nikolas bei ihr war, empfand sie keine Angst. Das Bedürfnis, in seiner Nähe zu sein, hatte nichts mit Liebe oder sexuellem Verlangen zu tun, es glich vielmehr dem verzweifelten Wunsch eines Kranken nach dem Opiat, wenn ihn Schmerzen peinigen. Sie sprachen mehr und mehr ungarisch miteinander, sie flohen vor den Mächten der Finsternis. Zu Beginn ihrer Beziehung, im Frühjahr und Sommer 1907, hatte sie sich manchmal gezwungen, deutsch mit ihm zu sprechen, weil sie nicht wollte, daß er sie mit Beata identifizierte. Nun aber fand sie Trost darin, in einer Sprache mit ihm zu reden, die die Menschen um sie herum nicht verstanden.

Als es an diesem Morgen im August an der Tür klingelte, lag Alexa noch im Bett. Sie hatte die Nacht allein verbracht; Nikolas war gegen Mitternacht nach Hause gegangen, um einen Bericht über die bayerischen Manöver abzuschließen, an denen er als Beobachter teilgenommen hatte. Wie immer, wenn sie allein war, verbrachte Alexa eine böse Nacht: sie schlief wenig und unruhig, von Alpträumen gepeinigt.

Marie stürzte blaß und verstört ins Schlafzimmer und eröffnete ihr, draußen seien zwei Kriminalbeamte mit einem Haftbefehl, die die Baronin von Godenhausen zu sprechen wünschten. Sie habe ihnen gesagt, diese wohne nicht hier, doch sie hätten erwidert, sie sei die Baronin von Godenhausen.

Alexa starrte sie stumm an. Sie hatte wohl die Worte gehört, begriff aber nicht deren Sinn. Hatte Marie Haftbefehl gesagt? «Was wollen die Herren von mir?» fragte sie.

Marie wiederholte aufgeregt: «Es sind Kriminalbeamte mit einem Haftbefehl. Mehr haben sie nicht gesagt.»

Alexa sank in die Kissen zurück. «Sag ihnen, ich bin nicht zu sprechen.»

Marie blieb hartnäckig. «Sie müssen aufstehen, gnädige Frau, verstehen Sie doch. Sie haben einen Haftbefehl! Vielleicht müssen Sie sogar mitgehen!»

Sie holte hastig Alexas Sachen herbei, nahm ein Straßenkleid aus dem Schrank und half Alexa, die alles mit sich geschehen ließ, beim Aufstehen und Ankleiden. Was die Kriminalbeamten von ihr wollten, war

Alexa nicht zweifelhaft. Dies war der Augenblick, vor dem sie sich seit Hans Günthers Tod gefürchtet hatte, doch empfand sie keine Panik, sondern war beinahe erleichtert. Endlich hatte jene schwer greifbare, schattenhafte Angst, die sie bisher erfüllt hatte, konkrete Gestalt angenommen: Zwei Kriminalbeamte waren da, und man würde sie wieder über den Mord an Hans Günther befragen. Wenn sie sich zusammennahm, würde sie die Berliner Polizei ebenso täuschen können, wie sie Hauptmann Yves getäuscht hatte. Auf einmal konnte sie den Kriminalbeamten gar nicht schnell genug gegenübertreten, und sie verlor die Geduld mit Marie, die ihr das Haar aufsteckte.

Einer der Kriminalbeamten war klein, untersetzt und dunkelhaarig, der andere war groß, wirkte vorzeitig ergraut und bewegte sich gemessen und würdevoll. Die beiden Beamten waren höflich, aber kurz. Sie hätten Anweisung, Alexa zum Polizeipräsidium am Alexanderplatz zu bringen, und als Alexa fragte, wessen man sie beschuldigte, zuckte der kleine Dicke die Achseln, und der Große sagte:

«Diese Frage darf ich Ihnen nicht beantworten, Frau Baronin.»

«Und wenn ich mich weigere, mitzukommen?»

Die Männer tauschten besorgte Blicke. «Davon möchte ich abraten», warnte der Dicke mit einer hellen Tenorstimme, die schlecht zu seiner Körperfülle passen wollte. «Wir müßten Sie dann zwangsweise vorführen.»

«Was wir bedauern würden», fügte der andere hinzu.

Alexa beruhigte sie: «Ich gehe mit Ihnen, ich will nur noch einen Hut aufsetzen.»

Marie, die sich im Hintergrund gehalten hatte, folgte Alexa ins Schlafzimmer. «Soll ich nicht den Herrn Hauptmann benachrichtigen?» flüsterte sie, während Alexa den Hut feststeckte. «Er hat doch gestern abend gesagt, er käme heute erst spät.»

Alexa blickte das aufgeregt flüsternde Mädchen verständnislos an, als hätte sie es nie in ihrem Leben gesehen. Und warum setzte sie sich den Hut auf? Wollte sie denn aus dem Haus gehen? Warum nur?

«Ranke», murmelte sie leise.

«Wie bitte?» fragte Marie. Als sie keine Antwort bekam, packte sie Alexa am Arm und setzte noch einmal eindringlich hinzu: «Soll ich nicht dem Herrn Hauptmann Bescheid sagen?» Alexa war es, als kehre sie aus einer Ohnmacht in die Wirklichkeit zurück. «Ja, natürlich, du hast recht, sag ihm Bescheid.» Sie wurde sich plötzlich bewußt, was es mit dem Haftbefehl auf sich hatte und welche Folgen sich aus der Vernehmung bei der Polizei ergeben konnten. Das Herz schlug ihr jetzt bis zum Hals. Eine neue Entwicklung mußte das Interesse der Behörden auf die Rolle gelenkt haben, die sie bei Hans Günthers Ermordung gespielt hatte.

Sie gab Marie zehn Mark aus ihrem Portemonnaie. «Nimm eine Droschke, fahr zur Botschaft und setze alles daran, den Herrn Hauptmann zu finden.»

Alexa ging zu den beiden Beamten hinaus.

«Es tut mir leid, daß ich Sie habe warten lassen», sagte sie. «Wir können jetzt gehen, wenn Sie wollen.»

In der Kutsche setzte sich der große Mann neben sie, während der andere auf dem Notsitz Platz nahm. Sie machte mehrmals den Versuch, eine Unterhaltung anzuknüpfen, bekam aber nur einsilbige Antworten.

Um den Reportern auszuweichen, die das Präsidium ständig umlagerten, waren die Beamten angewiesen worden, kein Polizeifahrzeug, sondern eine Mietdroschke zu benutzen, die sie nun vor einem Seiteneingang halten ließen, der für das Publikum verschlossen war. Über eine enge Treppe wurde Alexa in den zweiten Stock hinaufgeführt, wo der Kommissar sein Büro hatte.

Paul Wannowski glich mit seiner großen roten Nase, den blaugrünen Augen, die selbst im ernstesten Gespräch blinzelten, und mit seinem schwäbischen Dialekt so gar nicht einem hohen Polizeibeamten. Er erhob sich höflich, stellte sich ihr vor, bot ihr gegenüber seinem Schreibtisch einen Stuhl an, gab ihr aber nicht die Hand.

«Sie wissen wohl, weshalb Sie hier sind, Frau Baronin?» sagte er, nachdem man Platz genommen hatte, er mit dem Rücken zum Fenster, sie im Licht. Es war noch ein zweiter Herr anwesend, wohl ein Sekretär, dachte Alexa.

«Nein, Herr Wannowski, das weiß ich nicht, aber ich hoffe, Sie klären mich darüber auf.»

«Ein gewisser Oberleutnant Otto von Ranke hat gestanden, Ihren Mann ermordet zu haben und beschuldigt Sie der Anstiftung», eröffnete ihr der Kommissar unbeteiligt.

Alexa staunte darüber, daß sie nicht erschrak, nicht einmal überrascht war. Immerhin hatte sie damit gerechnet, daß Ranke so etwas tun könnte. «Was bedeutet das: Anstiftung?» fragte sie und bedauerte auch schon, überhaupt etwas gesagt zu haben. Sie hätte sich über Rankes Geständnis bestürzt zeigen sollen. Von jetzt an, nahm sie sich vor, wollte sie jedes Wort gründlich überlegen oder schweigen.

«Oberleutnant von Ranke bezeichnet Sie als die Person, die ihn zum Mord an Major von Godenhausen angestiftet hat.»

Auch diesmal sprach er ohne besondere Betonung und ohne jedes Gefühl in der Stimme.

«Das ist heller Wahnsinn. Mein Mann wurde von seinem Burschen ermordet, oder besser seinem ehemaligen Burschen. Ein Mann namens Jan Dmowski.»

Wannowski beugte sich vor. «Sie wissen doch, daß das nicht wahr ist.»

«Mein Mann wurde von Jan Dmowski ermordet», wiederholte sie mechanisch.

Der Kommissar stand auf, kam um den Schreibtisch herum auf sie zu und legte ihr die Hand auf die Schulter.

«Frau Baronin, Herr Staub wird Ihnen jetzt Rankes Geständnis vorlesen. Hören Sie aufmerksam zu.

In der nächsten halben Stunde erfüllte Herrn Staubs gutturale Stimme den Raum mit der monotonen Verlesung. Ranke hatte alles in allen Einzelheiten gestanden, angefangen von der ersten Begegnung mit ihr, bis zu den letzten Tagen vor dem Geständnis, dem Besuch in Berlin, bei dem er sie am Schleswiger Ufer aufgesucht und ausfindig gemacht hatte, daß Graf Nikolas Karady ihr Liebhaber war.

Zum erstenmal hörte sie jetzt eine genaue Darstellung des Hergangs. Sie lauschte mit weit aufgerissenen Augen. Es fiel ihr schwer zu begreifen, daß der Ausdruck «das Opfer», den Herr Staub immer wieder benutzte, sich auf ihren toten Mann bezog. Der letzte Abschnitt des Protokolls, die Beschreibung ihrer Begegnung mit Ranke im Baltischen Hof zu Berlin, ließ ihre Aufmerksamkeit wieder erlahmen. Wieder glitt sie in eine Art Dämmerzustand. Sie mußte mit aller Kraft dagegen ankämpfen.

Herr Staub beendete endlich seine Verlesung und ließ das Protokoll sinken. Er nahm die Brille ab und säuberte sie sorgfältig mit dem Taschentuch, ehe er sie wieder aufsetzte.

«Haben Sie aufmerksam zugehört?» unterbrach der Kommissar die Stille. Er hatte während der Verlesung auf jede Regung in Alexas Gesicht geachtet, auf jede Veränderung ihrer Atemzüge. Das Ausbleiben einer stärkeren Reaktion enttäuschte ihn offenbar. «Was haben Sie dazu zu sagen?»

«Nichts.»

«Heißt das, Sie bestätigen das Geständnis Rankes?»

«Selbstverständlich nicht.»

«Welche seiner Aussagen bestreiten Sie?»

«Jedes Wort.»

Der Kommissar schüttelte verständnislos den Kopf. «Aber Frau Baronin, es gibt Zeugen, die gesehen haben, daß Sie Ranke in seiner Wohnung in Allenstein mehrmals besuchten. Der Portier vom Baltischen Hof hat Sie nach einem Photo als die Frau erkannt, die Ranke mehrmals mit auf sein Zimmer genommen hat und –»

«Alles Lüge.»

«Bestreiten Sie auch, daß Sie zu dem Oberleutnant intime Beziehungen unterhalten haben?»

«Ja, ich bestreite, derartige Beziehungen zu ihm unterhalten zu haben.»

Wannowski zog die Augenbrauen hoch und schüttelte den Kopf. «Was mache ich nur mit Ihnen? Sie begreifen offenbar nicht, wie ernst die Situation für Sie ist. Sie werden beschuldigt, zur Ermordung Ihres Mannes angestiftet zu haben, und das ist kein Spaß.»

Alexa betrachtete ihn kühl. «Ich spaße nicht.»

Der Kommissar rieb sich nachdenklich die Nase. «Oberleutnant von Ranke hat aus freien Stücken den Mord an Ihrem Mann gestanden. Seine Aussage wurde in allen Einzelheiten von der Militärbehörde nachgeprüft und für glaubwürdig befunden. Sie behaupten nun, daß nichts davon wahr ist. Wie wollen Sie das erklären?»

«Das soll die Militärbehörde erklären.»

«Beschränken wir uns auf das Wesentliche, nämlich auf den Mord selbst. Wer war Ihrer Meinung nach der Mörder Ihres Mannes?»

«War es denn nicht Dmowski?»

«Ich möchte eine Antwort hören, keine Frage.»

«Ist er nicht überführt und abgeurteilt worden?»

Der Kommissar kratzte sich verlegen am Kopf. «Das tut jetzt nichts zur Sache. Es stimmt, er wurde verurteilt, aber zu Unrecht. Auch Militärrichter sind nur Menschen.» Er setzte sich wieder hinter den Schreibtisch und blätterte in Rankes Geständnis, das der Sekretär dorthin gelegt hatte.

«Also noch einmal», begann er wieder. «Sie verlangten von Ihrem Mann die Scheidung, und er verweigerte sie Ihnen. Deshalb haben Sie Oberleutnant von Ranke angestiftet, Ihren Mann zu töten, um frei zu werden.»

«Nein.»

«Sie versprachen Ranke, ihn zu heiraten, falls –»

«Nein.»

«– falls alles verlief wie beabsichtigt.» Er trommelte mit dem Zeigefinger auf die Tischplatte. «Zum letzten Mal: Gestehen Sie, Alexa von Godenhausen, geborene Réthy, daß auf Ihre Anstiftung hin und mit Ihrem Wissen Ihr Liebhaber Oberleutnant Otto von Ranke am 2. Juli 1908 Ihren Ehemann mit zwei Schüssen ermordete?»

«Nein, das tue ich nicht.»

«Nun, gut.» Der Kommissar erhob sich. «Sie lassen mir keine Wahl. Weil Verdunklungsgefahr besteht, nehme ich Sie hiermit in Gewahrsam. Sie werden ins Untersuchungsgefängnis überführt bis zu Ihrer Überstellung nach Allenstein.»

Das Wort Allenstein schreckte Alexa aus ihrer scheinbaren Gleichgültigkeit. «Warum nach Allenstein?» fragte sie erschrocken.

«Weil das Landgericht Allenstein für Ihren Fall zuständig ist. Dort wird die Untersuchung eingeleitet, und wenn diese zu einer Anklage führt, wird Ihnen dort der Prozeß gemacht.»

Alexa kreuzte die Arme vor der Brust, warf trotzig den Kopf zurück und erklärte: «Nein!»

«Was heißt da, nein?»

«Nach Allenstein gehe ich nicht.»

«Da haben Sie gar keine Wahl, gute Frau.» Zum erstenmal klang Wannowskis Stimme gereizt. «Hierzulande gibt es Gesetze, Frau Baronin», sagte er streng, «vor denen Arme und Reiche gleich sind. Ihre gesellschaftliche Stellung schützt Sie nicht vor Strafverfolgung.»

Alexa stand auf und sah ihn herausfordernd an. «Und ich gehe nicht nach Allenstein», sagte sie mit lauter und fester Stimme.

Kapitel

XIX

Nikolas war zu einem Dejeuner eingeladen, das der österreichisch-ungarische Botschafter Szögyény-Marich für den italienischen Außenminister gab, der zu Besuch in Berlin war.

Er wäre anschließend gern gleich zu Alexa gegangen, doch hatte er noch kurz in der Botschaft zu tun. Als er die Halle betrat, erblickte er zu seiner Überraschung Marie.

«Ist zu Hause etwas passiert?» fragte er erschrocken.

«Zwei Kriminalbeamte waren da und haben nach einer Baronin Godenhausen gefragt und dann das Fräulein Réthy mitgenommen.»

Nikolas schossen die wildesten Vermutungen durch den Kopf: Alexa war in die Mordaffäre Godenhausen verwickelt; sie hatte Dmowski angestiftet, ihn zu erschießen; schlimmer noch, sie selber hatte ihn erschossen.

«Und wohin wurde die gnädige Frau gebracht?»

«Ich nehme an, zum Polizeipräsidium. Vielleicht soll sie dort über irgend etwas eine Auskunft geben. Sie ist so eine nette Dame und hat doch bestimmt nichts Böses getan.»

Nikolas zwang sich ein Lächeln ab. «Gewiß nicht, Marie.» Er tätschelte ihren Arm. «Gehen Sie jetzt nach Hause, damit jemand da ist, wenn die gnädige Frau zurückkommt. Réthy ist übrigens der Mädchenname der Frau Baronin.»

Im Polizeipräsidium verwies man Nikolas an Kommissar Wannowski.

Auf dem Flur vor dem Zimmer des Kommissars erwartete ihn ein junger Mann, der sich als Amtsschreiber Staub vorstellte. «Ich fürchte, Sie müssen warten, Herr Hauptmann. Der Kommissar hat zu tun, er wird Sie aber sofort empfangen, wenn die Herrschaften gehen, die jetzt bei ihm sind.»

«Angeblich ist meine Schwägerin hierher gebracht worden. Ist sie noch hier im Haus?»

«Darauf zu antworten möchte ich dem Kommissar überlassen, Herr Hauptmann.»

Sie betraten ein Wartezimmer, und Staub bot Nikolas einen Stuhl an.

Er mußte lange warten.

Als die Tür zum Zimmer des Kommissars endlich aufging, erblickte er einen großen Mann, offenbar den Kommissar, der General von Sedlitz und Gattin hinausbegleitete. Diese erkannte Nikolas zuerst; sie wurde blaß und preßte die Lippen zusammen.

«So, Sie sind auch hier! Das überrascht mich nicht», sagte sie spitz.

Nikolas stutzte, dann nahm er Haltung an und grüßte.

Der General erwiderte die Ehrenbezeigung kühl und korrekt und sagte: «Guten Tag, Herr von Karady.» Offenbar war er entschlossen zu verhindern, daß seine Frau hier eine Szene machte. Einen Fall von Gattenmord in der Familie zu haben, war schon schlimm genug, auch ohne daß es hier noch zu einem Auftritt kam.

Er streckte Nikolas die Hand hin. «Wir haben uns lange nicht mehr gesehen, wenn ich mich recht entsinne, nicht mehr seit den Herbstmanövern.» Er warf Rose einen herrischen Blick zu, und sie reichte Nikolas widerwillig die Hand zum Kuß. Die gesellschaftlichen Formen waren gewahrt, die Sedlitzens gingen.

«Entschuldigen Sie, daß ich Sie so lange warten lassen mußte, Herr Hauptmann», sagte Wannowski. «Was kann ich für Sie tun?» Er tat, als wüßte er nicht, weshalb sein Besucher gekommen war.

Nikolas hielt sich nicht mit der Vorrede auf. «Warum wurde meine Schwägerin, Baronin Godenhausen, heute vormittag verhaftet?»

Wannowski runzelte streng die Brauen. «Ach. Die Frau Baronin ist Ihre Schwägerin? Ich habe mich schon gefragt, in welcher Beziehung Sie zu ihr stehen könnten, als mir berichtet wurde, Sie hätten Frau von Godenhausen unter falschem Namen in einer möblierten Wohnung einquartiert –»

«Unter ihrem Mädchennamen», berichtigte Nikolas.

Wannowski nickte zustimmend und fuhr fort: «– und täglich besucht. Sie haben dort häufig die Nacht verbracht und den Lebensunterhalt der Dame bestritten. Sie ist nun also Ihre Schwägerin. Das erklärt alles. So haben Sie sich also einer Verwandten angenommen, verstehe ich das recht?»

Nikolas unterdrückte aufsteigenden Ärger. «Ich bin hier, weil ich von Ihnen eine Auskunft haben möchte, Herr Kommissar, nicht um Auskünfte zu geben.»

Wannowski lächelte beschwichtigend. «Verehrter Graf Karady, Sie dürfen keinen Moment glauben, daß ich etwa Ihre diplomatische Immunität mißachte. Den Aufenthaltsort einer in Verdacht geratenen Person pflegt die Polizei nicht bekanntzugeben, aber im Falle eines Verwandten kann ich natürlich eine Ausnahme machen.»

Nikolas hörte weiter nichts als das Wort «Verdacht» und fragte: «Wessen verdächtigt man sie denn?»

Der Kommissar seufzte bekümmert. «Ein besonders unseliger Fall. Ich hoffe, daß ich mich irre, doch im Augenblick spricht alles dafür, daß Baronin Godenhausen den Mörder ihres Mannes zur Tat angestiftet hat.»

Diese Auskunft kam für Nikolas nicht völlig unerwartet, traf ihn aber dennoch hart. «Das ist doch aberwitzig», protestierte er. «Welche Beweise gibt es dafür?»

«Nur das Geständnis des Mörders.»

«Aber wurde der Mörder nicht überführt und verurteilt, ohne einen Dritten belastet zu haben, und schon gar nicht die Baronin?»

Wannowski kratzte sich am Kopf. «Die Herren vom Militär hatten es offenbar etwas zu eilig. Der Mann, von dem Sie sprechen, ist erwiesenermaßen unschuldig. Er befindet sich bereits wieder auf freiem Fuß. Der Mörder des Majors war einer seiner Kameraden, ein Offizier.»

Nikolas dachte an den blassen jungen Mann, der am Laternenpfahl gestanden hatte, und hätte beinahe den Namen: Ranke! ausgesprochen, hielt sich aber noch rechtzeitig zurück. Um Alexas willen mußte er jetzt sehr vorsichtig sein.

«Ein Offizier? Und wer war es?»

«Das möchte ich nicht sagen, solange die Untersuchung nicht abgeschlossen ist.»

«Und warum hat er die Baronin belastet?»

Wannowski sah Nikolas starr an. «Nun, um sich zu rächen. Wir haben es hier mit einem Psychopathen zu tun. Er war der Baronin hörig, und so konnte sie ihn zu der Tat überreden. Danach ließ sie ihn fallen. Daraus erklärt sich wohl auch, daß er erst jetzt gestanden hat.»

Nikolas wäre Wannowski am liebsten an die Kehle gefahren. Mühsam bewahrte er Haltung.

«Kann ich die Frau Baronin sehen?» fragte er.

Wannowski verneinte.

«Hat General von Sedlitz einen Anwalt mit der Wahrnehmung ihrer Interessen beauftragt?» fragte er dann.

«Ich fürchte, der Herr General wie auch seine Gattin haben sich von diesem Fall distanziert. Der Herr General meint, in seiner Position sei es ihm einfach unmöglich, sich auch nur von weitem mit diesem Verfahren in Verbindung bringen zu lassen.»

Die Sedlitzens ließen sie also im Stich, dachte Nikolas. Es überraschte ihn nicht. Der Ermordete war schließlich ein Neffe des Generals, und unter diesen Umständen Anteil am Ergehen Alexas zu nehmen, hätte wohl die christlichen Tugenden der Sedlitzens überfordert.

Vom Präsidium begab sich Nikolas geradenwegs ins Büro des Justizrats Dr. Robert Wengraf, den er gesellschaftlich kennengelernt hatte. Da Wengraf als einer der erfolgreichsten Berliner Strafverteidiger galt, meinte Nikolas, er sei der geeignete Mann, Alexas Sache zu führen.

Wengraf allerdings war anfangs nicht geneigt, Alexas Verteidigung zu übernehmen. Nach dem, was Karady ihm sagen konnte, sah er voraus, daß die Militärbehörde alles daransetzen würde, Alexa als Hauptschuldige erscheinen zu lassen. Rankes Verbrechen warf einen Schatten auf das gesamte preußische Offizierskorps, folglich mußten für ihn mildernde Umstände gefunden werden. Schließlich war Wengraf bereit, den Fall Karady zuliebe zu übernehmen, und ein hoher Vorschuß tat das übrige.

Wengraf vermutete, daß Alexa im Charlottenburger Untersuchungsgefängnis einsaß, was ihm von Kommissar Wannowski bestätigt wurde, der ihm aber auch mitteilte, daß niemand – auch ihr Anwalt nicht – vor der Eröffnung des Untersuchungsverfahrens in Allenstein zu ihr dürfe. Wengraf ließ sich trotzdem nach Charlottenburg fahren, erreichte hier allerdings nur, daß Alexa in eine größere, luftige Einzelzelle verlegt wurde.

Nach einem schrecklichen, entwürdigenden Tag in einer Gemeinschaftszelle mit Prostituierten und Taschendiebinnen wurde Alexa dank Wengrafs Intervention in eine luftige Zelle verlegt, die mit einer Pritsche, mit Tisch und Stuhl ausgestattet war. Von der Decke hing eine Gaslampe. Alexa war erleichtert, endlich allein zu sein. Nach einiger Zeit brachte eine junge Frau in Gefängniskleidung einen Teller mit kaltem Fleisch und Brot. Alexa war es jedoch trotz eines bohrenden Hungergefühles unmöglich, etwas davon anzurühren. Sie ekelte sich davor.

Sie lag stundenlang auf der Pritsche, dämmernd zwischen Schlafen und Wachen. Das Gaslicht war angezündet und wieder gelöscht worden. Es war jetzt stockdunkel in der Zelle. Alexa überfiel Furcht. Sie hörte gedämpfte Laute, Seufzen, Flüstern, das Knarrren einer Pritsche. Ihre Furcht steigerte sich zur Panik. Sie hatte das Gefühl, als lauere in der Dunkelheit etwas und bedrohe sie. Sie wollte aufstehen, doch die Beine versagten ihr den Dienst. Sie waren kalt und steif. Wie sollte sie ihnen so entkommen können, wer immer sie sein mochten. Sie tastete vergeblich nach dem Nachttisch neben ihrem Bett, und als sie begriff, daß sie nicht in ihrer Wohnung war, brachte sie das schier um den Verstand. Sie schlug um sich. Beim erneuten Versuch, aufzustehen, fiel sie kopfüber auf den harten Steinboden. Einen Augenblick lag sie wie betäubt da, dann begann sie gellend zu schreien.

Die Zellentür wurde aufgerissen, und zwei Frauen versuchten Alexa aufzurichten, was aber nicht gelang, weil ihre Beine unter ihr nachgaben. Noch immer schrie sie wie von Sinnen.

«Bist du übergeschnappt!» schrie die eine Frau, die rote Haare hatte, sie an. «Steh gefälligst auf!»

Aber Alexa sackte immer wieder in sich zusammen. Aus ihrer Kehle drang nur noch ein heiseres Röcheln.

«Jesusmaria, die ist doch krank», sagte die andere Frau. «Hol lieber Dr. Niedermayer.»

«Ach was, die tut bloß so, das siehst du doch», wehrte die Rothaarige ab.

«Vielleicht hat sie was verschluckt. Man kann nie wissen. Und die hier ist eine Baronin. Also lauf bloß schnell.»

Die Rothaarige zog schimpfend ab, und kurz darauf betrat ein Mann mittleren Alters mit der Aufseherin die Zelle. Er wirkte verschlafen und trug weder Schlips noch Kragen. Es war Herr Dr. Niedermayer, der Gefängnisarzt.

«Die Frau simuliert bestimmt nur, Herr Doktor, das können Sie mir glauben», sagte die Aufseherin. «Sie soll nach Allenstein überführt werden, und das will sie nicht.»

Dr. Niedermayer war seit 20 Jahren in Haftanstalten tätig und hatte sich zur Regel gemacht, nie zu glauben, was das Aufsichtspersonal sagte. Er ließ eine Trage bringen und Alexa ins Krankenrevier verlegen.

Mit Hilfe einer Krankenschwester gelang es ihm, der wild um sich schlagenden Alexa eine Beruhigungsspritze zu geben, die schnell wirkte. Er untersuchte sie, und Alexa ließ es widerstandslos über sich ergehen.

«Wie heißen Sie?» fragte er Alexa.

Alexa starrte aus weit aufgerissenen Augen zur Decke und antwortete nicht. Als er seine Frage wiederholte, blinzelte sie schläfrig und murmelte, kaum die Lippen bewegend: «Be-a-ta Ré-thy –»

Die Aufseherin, die mit auf die Krankenstation gekommen war, fuhr auf sie los. «So heißen Sie doch gar nicht! Sagen Sie Ihren richtigen Namen.»

«Mein Na-me ist Bea-ta Ré-thy –»

«Hab ich's nicht gesagt? Sie simuliert!» triumphierte die Aufseherin.

Der Arzt trat zu Alexa, die auf der Trage eingeschlafen schien. «Sie heißen also Beata Réthy?» fragte er.

«Ja . . .»

«Das wissen Sie genau?»

Sie zog beleidigt die Mundwinkel herab. «Selbstverständlich.» Schon klang ihre Stimme lauter und fester.

«Wer ist dann Alexa von Godenhausen, geborene Réthy?»

Alexa krauste die Stirn. «Das ist –» Pause. «Das ist meine Schwester.» Sie hob mühsam den Kopf. «Meine Zwillingsschwester.»

Dr. Niedermayer fragte leise und gleichmütig weiter: «Wo befindet sich Alexa von Godenhausen jetzt?»

Ihr Kopf sank zurück, und es schien, als würden die Schatten unter ihren Augen dunkler. «Ich weiß nicht», murmelte sie. «Man hat sie weggebracht.»

«Wohin?» drängte der Arzt. «Versuchen Sie, sich zu erinnern. Geben Sie sich Mühe», redete er ihr zu.

Widerstrebend gehorchte sie dieser sanft befehlenden Stimme. «In die Schweiz. Da ist sie jetzt. In der Schweiz.»

«Und warum brachte man sie in die Schweiz?»

Diesmal kam die Antwort rascher. «Weil sie unartig gewesen ist.»

«Sehen Sie, sie simuliert», murrte die Aufseherin.

Der Arzt sah sie ärgerlich an und wandte sich wieder Alexa zu. «Also in der Schweiz ist sie.»

Alexas Augen füllten sich mit Tränen. «Ich hatte sie so lieb ...» wimmerte sie leise.

Der Arzt gab ihr eine zweite Injektion, und wenige Minuten später war sie eingeschlafen.

Dr. Niedermayer telephonierte mit der Charité und kündigte das Eintreffen einer geistig gestörten Untersuchungsgefangenen an; man solle für sie auf der geschlossenen Abteilung ein Zimmer bereithalten.

Hauptmann-Auditor Yves hatte sich in der Mordsache Godenhausen zwar oft genug geirrt, doch seine Behauptung, es werde einen Entrüstungssturm in der Presse geben, traf zu. Die allgemeine Empörung über die vorschnelle Verurteilung eines unschuldigen einfachen Soldaten zu 20 Jahren Zuchthaus stachelte die liberale Presse zu heftigen Ausfällen gegen die Militärjustiz an. Aus einem *crime passionnel* eher alltäglicher Art – Liebhaber tötet eifersüchtigen Gatten – wurde in den Schlagzeilen der Zeitungen nun der Mordprozeß des Jahrzehnts.

Nach Alexas Überweisung in die psychiatrische Abteilung der Charité wurde die Untersuchung nicht mehr in Allenstein geführt, wo die Militärbehörde manches hätte vertuschen können, sondern in Berlin mit seinen neugierigen Reportern.

Die Zeitungen berichteten also breit über den Fall, für Nikolas' Geschmack sogar zu eingehend. Jemand im Präsidium – vielleicht Wannowski selber – hatte zudem durchblicken lassen, daß Alexa auch zu Nikolas Beziehungen unterhalten hatte. Und die Existenz eines zweiten Liebhabers verlieh der ohnehin pikanten Affäre noch einen zusätzlichen Reiz.

Kaum erblickte Nikolas seinen Namen in den Zeitungen, da machte er sich auch schon auf die Reaktion seiner Behörde gefaßt, die denn auch nicht lange auf sich warten ließ. Nach der Mittagspause fand er auf seinem Schreibtisch die Meldung, Baron von Stoka lasse ihn zu sich bitten.

«Sie sitzen schön in der Tinte, Kamerad», empfing er ihn. «Es ist Ihnen doch klar, daß Sie bereits in Untersuchungshaft säßen, würde die Immunität des Diplomaten Sie nicht schützen?»

Nikolas hatte eine schlaflose Nacht hinter sich und war viel zu benommen, um sich aufzuregen. «Ich? In Haft? Weshalb?»

«Wegen Mitwisserschaft. Ihre Mätresse ist schließlich die Anstifterin in dieser Mordaffäre und –»

«Das ist eine bloße Behauptung des Täters! Wenn der nun lügt?»

Stoka beachtete den Einwand nicht. «Erst bringen Sie sie im Kaiserhof unter, dann in einer möblierten Wohnung, und jedesmal unter falschem Namen. Wozu, bitte sehr?»

«Weil sie es so verlangte. Im übrigen ist der Name nicht falsch. Es ist ihr Mädchenname.»

«Und haben Sie sie nicht gefragt, weshalb sie ihre Identität verborgen halten wollte?»

«Sie hatte Schweres durchgemacht, ich konnte sie unmöglich mit solchen Fragen quälen.»

«Ich könnte Ihnen das sogar glauben, aber erzählen Sie das mal dem Untersuchungsrichter!»

«Ich glaube kaum, daß es dazu kommt. Sie ist zur Stunde in der Charité in psychiatrischer Behandlung.»

Das war für Stoka neu. «Woher wissen Sie das?»

«Von ihrem Anwalt, Justizrat Wengraf.»

Stoka runzelte die Stirn. «Sie hat also bereits einen Anwalt? Noch dazu den teuersten von ganz Berlin! Wie kann sie sich den leisten? Soweit ich weiß, ist sie mittellos.» Er stand ruckartig auf, und Nikolas folgte seinem Beispiel. «Oder haben gar Sie Justizrat Wengraf beauftragt?»

«Ja. Das habe ich getan, Herr von Stoka.»

Der Geschäftsträger ging schweigend mehrmals auf und ab, dann ließ er sich in einen Sessel fallen. «Man sollte es doch nicht für möglich halten – wo haben Sie nur Ihren Verstand gehabt, Nikolas? Sie haben Wengraf beauftragt? Wie konnten Sie nur so etwas Unvernünftiges tun! Schön, ich nehme Ihnen ab, daß die Frau Sie hinters Licht geführt hat, aber als Sie sich an Wengraf wandten, wußten Sie doch Bescheid.

Haben Sie nicht bedacht, daß es Sie die Karriere kosten kann, sich in diese Geschichte einzulassen? Sie sind doch kein junger Dachs mehr, Sie sind Offizier beim Stab! Wie kommen Sie dazu, nicht nur sich zu kompromittieren, sondern die ganze Botschaft?»

Stoka mochte 60 sein, jedenfalls nicht alt genug, fand Nikolas, ihn abzukanzeln wie einen Schulknaben. Er spürte aber hinter diesen Vorhaltungen die Solidarität des Mannes mit dem Manne, und deshalb schluckte er den Vorwurf. Ihm war klar, daß jetzt nur noch die Wahrheit helfen konnte. «Ich liebe diese Frau», sagte er niedergeschlagen.

Stoka schüttelte den Kopf. «Sie armer Hund.» Lange Pause. «Tja ... ich muß Ihnen mitteilen, daß Sie von der preußischen Regierung zur Persona non grata erklärt worden sind. Kurz gesagt, Sie können Ihre Sachen packen.»

«Ich kann sie doch jetzt unmöglich im Stich lassen. Sie hat sonst niemanden. Nur noch ihre Großeltern, uralte Leutchen auf einem kleinen Gut in Ungarn, die können nichts für sie tun.»

«Und ich kann für Sie nichts tun, Nikolas. Im Auswärtigen Amt waren Sie schon immer schlecht angeschrieben. Ihre Freundschaft mit dem Fürsten Eulenburg hat Sie dort nicht gerade beliebt gemacht. Ich bin sicher, man hat nur auf eine Gelegenheit gewartet, Sie loszuwerden. Sie haben ihnen nun den Anlaß selber geliefert.»

Nikolas war verzweifelt. Es war ihm einerlei, ob man ihm seine Verzweiflung ansah oder nicht. «Ich könnte meinen Abschied nehmen und als Privatmann bleiben.»

Stoka sah ihn ungläubig an, dann platzte er heraus: «Ja, hören Sie, Karady, sind Sie denn wahnsinnig! Das würde Ihnen und der Frau nur schaden. Und man würde Sie trotzdem des Landes verweisen, nur sehr viel unfreundlicher. Mit Wengraf haben Sie sich einen mächtigen, einflußreichen Mann gesichert, und wenn der sie nicht rettet, kann es niemand. Übrigens – sind Sie nicht mit einer der Komtessen Winterfeld verlobt?»

«Ja, das bin ich», sagte Nikolas dumpf und wurde blutrot.

Stoka bemerkte kopfschüttelnd: «Mir war doch so. Na, da haben Sie sich ja etwas Schönes eingebrockt.» Er rieb sinnend die Stirn. «Ich bin noch nicht völlig verkalkt, ich werde Ihnen also nach Kräften behilflich sein. Versprechen Sie mir zuerst einmal, nichts zu übereilen. Treffen Sie keine überstürzten Entscheidungen. Selbst wenn die Frau freigesprochen werden sollte, ist sie doch unwiderruflich entehrt.» Er bemerkte Nikolas' wortlosen Widerspruch, achtete aber nicht darauf. «Ich werfe mich nicht zum Richter auf, ich mache Sie nur auf einige Aspekte aufmerksam, die Sie nicht übersehen sollten. Die gute Gesellschaft wird sie wie eine Aussätzige behandeln. Als Offizier dürfen Sie sie nicht heiraten, Sie dürfen nicht einmal bei ihr verkehren. Das wäre das Ende Ihrer Karriere. Ihre Freunde würden sich von Ihnen abwenden. Gewiß, Sie verfügen zum Glück über Vermögen, doch wären Sie es zufrieden, als ein von der Gesellschaft Ausgestoßener Ihr Leben zu beschließen? Ich will jetzt keine Antwort, ich möchte nur, daß Sie einmal darüber nachdenken.»

Nikolas wußte, Stoka hatte recht.

«Noch eines ist zu bedenken, Karady», sagte Stoka. «Das Landgericht Allenstein entsendet einen Untersuchungsrichter nach Berlin, und unser Chef hat schon zugestimmt, daß der Mann Ihnen Fragen stellen darf. Das ist selbstverständlich kein Verhör. Sie brauchen keine Frage zu beantworten, die Sie nicht beantworten wollen.»

Zwei Tage danach bekam Nikolas seine Abberufung nach Wien. Unterdessen hatte er mehrmals mit Justizrat Wengraf konferiert. Alexa würde zunächst in der Charité verbleiben und gründlich untersucht werden, unter anderem durch einen vom Gericht bestellten Nervenarzt. Im Auftrag von Wengraf nahm an diesen Untersuchungen mit behördlicher Erlaubnis auch Medizinalrat Karl Julius Berg teil.

Schon jetzt neigten die Ärzte auf Grund von labilem Verhalten, Weinkrämpfen, partiellen Lähmungserscheinungen und geistigen Verwirrungen dazu, Alexa für vermindert zurechnungsfähig zu halten. Man war sich darüber einig, daß sie zur Zeit der Tat sehr wohl voll zurechnungsfähig gewesen sein könnte, doch sei sie derzeit nicht verhandlungsfähig. Simulation der Symptome wurde ausgeschlossen. Unterstützt wurde diese Beurteilung durch ein Gutachten von Professor Popper, der vor einem Jahr Alexa manisch-depressive Züge zugeschrieben hatte.

Wengraf berichtete Nikolas: «Sie bleibt stundenlang stumm und in sich gekehrt. Die Pflegerinnen sind angewiesen, etwaige Selbstmordversuche zu verhindern, denn die Baronin verfällt manchmal in Zustände tiefster Verzweiflung. Dann wieder ist sie heiter und redet ganz vernünftig, nur daß sie darauf besteht, Beata Réthy zu sein. Gestern hatte sie Besuch von einer Offiziersdame aus ihrer Potsdamer Zeit, die nach ihr sehen wollte. Als diese sie mit Alexa anredete, bekam sie einen Schreikrampf und mußte eine Beruhigungsspritze bekommen.»

«Spätestens übermorgen muß ich abreisen», sagte Nikolas, «und Sie müssen dafür sorgen, daß ich sie vorher noch sehe.»

Dies kam nicht zum erstenmal zur Sprache. Justizrat Wengraf hatte im Laufe seines Lebens Menschen aller Art kennengelernt, und er sah in Alexa eine schwache, egoistische Frau, die ihr Leben in ruhiger Geborgenheit verbracht hatte und sich in den Wahnsinn flüchtete, als diese Geborgenheit zerstört wurde. Seine Sympathien galten ganz und gar Nikolas.

Wie er den Besuch möglich gemacht hatte, verriet Wengraf nicht, doch am Abend vor Nikolas' Abreise nach Wien wurde er von einem Arzt und einer Krankenschwester erwartet und von ihnen in Alexas Zimmer geführt.

Ihr Zimmer war winzig klein, und das vergitterte Fenster führte auf den Hof. Alexa ruhte in Nachthemd und Negligé auf dem Bett und schrak angstvoll zusammen, als die Tür geöffnet wurde. In dem schwachen Licht der Gaslampe wanderten ihre Blicke erst zu dem Arzt, dann zur Krankenschwester und blieben schließlich an Nikolas hängen. Der finster brütende Ausdruck auf ihrem Gesicht wich ekstatischem Entzücken.

«Oh, Nicky», rief sie, «wo bist du nur so lange gewesen?»

Mit einem einzigen, langen Schritt erreichte er das Bett und zog sie in die Arme. Sie klammerte sich an ihn, und er bemerkte entsetzt, wie gewichtslos sie geworden war. Er hielt sie im Arm. Die Vergangenheit war ausgelöscht. Sie war die Frau, die er auf der Welt am meisten liebte, die einzige Frau.

Ihr Name, Alexa, lag ihm auf der Zunge. Der Arzt hatte ihn aber davor gewarnt, ihn auszusprechen. Sie Beata zu nennen, widerstrebte ihm.

Sie machte sich von ihm los und setzte sich auf die Bettkante. «Wo sind meine Sachen?» Sie blickte verwirrt um sich. «Wo sind meine Kleider? Ich kann doch nicht so mit dir fortgehen?»

Nikolas sah den Arzt ratsuchend an. Auf ihn wirkte Alexa ganz normal, nur körperlich geschwächt. Er zweifelte an der Diagnose, derzufolge Alexa geisteskrank war, und der Anblick dieser zarten Gestalt rührte ihn tief.

«Ich kann dich nicht mitnehmen, jedenfalls jetzt nicht.»

Sie reagierte mit panischem Entsetzen. «Oh, Nicky, laß mich doch nicht hier, Nicky, bitte, bitte! Heute morgen hat man mich in ein Zimmer geführt, wo Männer mich ausfragten, die so taten, als wären sie Ärzte, aber bestimmt waren es Polizisten. Man behandelt mich hier wie eine Verbrecherin oder eine Wahnsinnige. Es ist ja wahr, ich habe geweint und auch geschrien, aber nur, weil ich mich so fürchte. Ich bin nicht verrückt, ich bin nur müde und habe Angst.»

Er fühlte sich jämmerlich hilflos.

«Ich komme wieder und hole dich», gelobte er, «aber du mußt Geduld haben. Du bist krank gewesen, und die Ärzte wollen, daß du noch eine Weile hier bleibst, bis du wieder ganz gesund bist.»

«Aber warum ausgerechnet hier? Hier gefällt es mir nicht. Ich bin nicht krank. Glaub ihnen nicht, glaub mir. Ich habe dich doch nie belogen, nicht wahr?»

«Nein, das hast du nicht.» Was hätte er schon sagen sollen?

Der Arzt trat zu ihm. «Sie müssen jetzt gehen, Herr Hauptmann. Bislang ist alles gutgegangen. Das Personal ist von der Staatsanwaltschaft angewiesen, keine Besuche zuzulassen.»

Auf der Bettkante kniend warf Alexa die Arme um Nikolas' Hals. «Hör nicht auf ihn, Nicky, bleib bitte bei mir. Ich habe doch niemand außer dir. Du hast mich nie im Stich gelassen, verlaß mich jetzt nicht, wo ich dich dringender brauche als je.»

«Ich komme bald wieder, ich verspreche es dir», sagte er und wußte nur zu gut, daß er dieses Versprechen nicht würde halten können. Mutlos hob er ihr Gesicht, küßte sie auf Lippen, Wangen und Augen. Sie spürte das Endgültige dieses Abschieds und klammerte sich noch einmal an ihn, als er im Begriff war zu gehen.

«Ich werde dich nie wiedersehen. So ist es doch, nicht wahr, Nicky?»

Der Arzt stand schon an der Tür. «Wir müssen uns beeilen, Herr Hauptmann.» Nikolas sah sie mit einem letzten tröstenden Blick an und folgte dem Arzt.

Es gelang ihm, sich zusammenzunehmen. «Mir kam sie ganz klar vor», bemerkte er zu dem Arzt, «Sie hat mich gleich erkannt.»

«Das ist bei diesen Patienten so, der Normalzustand wechselt mit völliger Verwirrung. Über diese Krankheit wissen wir sehr wenig, manchmal denke ich, wir wissen überhaupt nichts.»

«Wird sie wieder gesund?»

«Möglich. Aber meinen Sie nicht, daß sie so besser dran ist?»

Nikolas begriff, was der Arzt sagen wollte. Die Charité oder eine andere Heilanstalt, in die man sie einweisen würde, war immer noch jahrelanger, vielleicht lebenslanger Haft vorzuziehen. Justizrat Wengraf hatte angedeutet, wenn auch nie ausgesprochen, daß Alexas Schuld sogar die Todesstrafe rechtfertigen könnte, und diesen Gedanken konnte Nikolas nicht loswerden. Die Untersuchung hatte erst begonnen, und es stand noch nicht fest, in welchem Umfang sie in die Mordtat verstrickt war. Beim Verlassen des Gebäudes wollte er sich von dem Arzt verabschieden, doch sagte der junge Mann: «Ich begleite Sie zum Tor. Es ist ein milder Abend, vielleicht der letzte dieses Sommers. Mein Dienst beginnt erst um acht, ich habe noch einige Minuten Zeit.» Er lachte leise. «Auch wir sind Insassen der Anstalt, wenn wir auch weiße Kittel tragen.»

Sie gingen an mehreren Gebäuden vorüber, und der Arzt deutete auf ein Fenster im ersten Stock. «Sehen Sie das Licht da oben? Dort liegt Fürst Eulenburg. Seit Anfang Mai ist er hier. Ich begreife nicht, warum man den armen Menschen nicht gehen läßt. Er ist zu krank, als daß man ihm noch einmal den Prozeß machen könnte, und ich habe manchmal den Verdacht, man will ihn für den Rest seiner Tage in jenes Zimmer sperren.»

Die Erkenntnis, daß auch andere Menschen von schwerem Leid heimgesucht werden, veranlaßte Nikolas, einen Augenblick stehenzubleiben. Er empfand tiefes Mitgefühl mit dem alten Mann hinter dem erleuchteten Fenster. «Ich kenne den Fürsten recht gut», sagte er. «Er war immer sehr gütig zu mir. Wenn ich morgen abreise, werde ich vielleicht nie zurückkommen. Können Sie es einrichten, daß ich mich von ihm verabschiede? Nur für ein paar Minuten?»

Der junge Arzt kratzte sich am Kopf. «Vor ein paar Wochen hätte ich darauf noch sagen müssen: tut mir leid, das ist unmöglich. Seit kurzem aber behandelt man ihn, als existiere er gar nicht mehr. Die Krankenberichte, die wir der Justizbehörde einreichen, werden wohl gar nicht mehr gelesen, und manchmal kommt sogar der Posten nicht mehr, der ihn bewachen soll. Es scheint auch keinen mehr zu kümmern, ob er Besuch bekommt oder nicht. Nur wenn die Familie neue Anstrengungen macht, seine Entlassung durch eine Kaution zu erreichen, nimmt man von seiner Existenz wieder Notiz. Das Ersuchen wird jedesmal abgelehnt.»

Sie betraten die Station für Herzkranke, wo der Fürst lag. Der Arzt bat Nikolas zu warten und ging voraus, um ihn anzumelden.

Um sechs Uhr hatte der Fürst zu Abend gegessen, einige wenige Bissen nur, die er auf Drängen seines Dieners Bartsch zu sich nahm. Danach dämpfte Bartsch das Licht und ließ ihn allein in der Hoffnung, er werde schlafen.

Seit kurzem machte die Schlaflosigkeit Eulenburgs Nächte zur Qual. Der Gedanke, er habe sich mit seiner Rede vor den Geschworenen zum Narren gemacht, indem er an den Anstand und die Menschlichkeit von Menschen appellierte, die ihm gleichgültig oder gar mit Abneigung gegenüberstanden, quälte ihn. Sein Glaube an das Gute im Menschen war längst zerstört. Noch konnte er nicht hassen, aber bedingungslos zu lieben und zu vertrauen, war ihm versagt. Alter und Krankheit hatten ihm alle Würde geraubt. Der Verfall seines Körpers demütigte ihn mehr als die Schmerzen.

Als er die Tür gehen hörte, nahm er an, es sei Bartsch, und sah erst auf, als er den Arzt sagen hörte, ein Hauptmann Karady bitte empfangen zu werden. Er hatte Nikolas zuletzt an jenem Abend im Frühjahr in Liebenberg gesehen, der seiner kurzen und fruchtlosen Begegnung mit dem Kaiser vorangegangen war. Seither hatte er mit einem gewissen Mißmut an Karady gedacht, denn eben jene letzte Begegnung mit dem Kaiser hatte den erneuten Angriff seiner Feinde gegen ihn ausgelöst.

Er besann sich lange, bevor er antwortete: «Entschuldigen Sie mich bitte bei Graf Karady. Sagen Sie ihm, er möchte ein anderes Mal vorbeikommen.»

«Wenn ich recht verstanden habe, reist er morgen früh endgültig aus Berlin ab.»

«Das tut mir leid zu hören. Wünschen Sie ihm in meinem Namen eine gute Reise, und sagen Sie ihm, ich bedauere, ihn nicht nach Wien begleiten zu können. Wenn ich es recht bedenke, hätte ich dort bleiben sollen.»

Nikolas traf spät nachts in Wien ein und vernahm erleichtert, daß die Eltern verreist waren: der Vater zur Kur in Marienbad, die Mutter bei Freunden in Gmunden, die dort am See eine Villa besaßen. Da er bereits mit einem unfreundlichen Empfang durch seine Vorgesetzten rechnete, verzichtete er gern auf Strafpredigten der Eltern. In dem umgebildeten Generalstab des Generals Conrad von Hötzendorf pflegte man Fehler, wie er sie begangen hatte, nicht zu übersehen. Sie führten unweigerlich zu Degradierung, Versetzung zur Truppe oder gar zur Verabschiedung.

Die Wiener Presse hatte ausführlich über den Mordfall Godenhausen berichtet, manche Blätter wahrheitsgemäß, andere in sensationeller Aufmachung. Sein Name war in diesem Zusammenhang überall erwähnt worden, entweder fungierte er als der Schwager, der sich der beschuldigten Frau annahm, oder, in vorsichtigen Umschreibungen, als der Liebhaber, um dessentwillen die Mörderin Oberleutnant von Ranke verlassen hatte. Schon bei der Begrüßung konnte Nikolas an der Mischung von Sympathie und Vorwurf auf dem Gesicht des Majordomus Rosner erkennen, welche Meinung die Wiener von ihm hatten: ein Narr, der einer intriganten Frau ins Garn gegangen ist.

Auf seinem Tisch erwarteten ihn Briefschaften. Ein Umschlag trug Francesca von Winterfelds Schriftzüge – gerade und regelmäßig –, und er ahnte gleich, was sie ihm geschrieben hatte.

«Lieber Nikolas.

Seit Tagen höre ich häßliche Gerüchte, die Dich mit einer Dame in Berlin in Verbindung bringen. Du erinnerst Dich gewiß, unter welchen Bedingungen ich Deinen Heiratsantrag annahm. Ich liebte Dich und liebe Dich noch, doch wenn die Vorwürfe, die von Deiner Verbindung zur Baronin Alexa von Godenhausen wissen wollen, auf Tatsachen beruhen, will ich unser Verlöbnis beenden. Ich möchte Dich dann auch nicht mehr sehen.

Ich appelliere an Deine Aufrichtigkeit und Dein Verständnis, wenn ich Dich bitte, diesen Brief nur zu beantworten, falls die Gerüchte unbegründet sind. Sind sie es nicht, dann erspare Dir bitte, bitte, alle Erklärungen und Entschuldigungen, denn sie würden den Schmerz und die Demütigung, die ich bereits erlitten, nur noch verschlimmern. Ich nehme dann Dein Schweigen als Antwort auf diesen Brief. In meinem Herzen sollen weder Zorn noch Bitterkeit sein, nur Mitgefühl für Dich und Alexa von Godenhausen, denn Dein Los wird dann viel schwerer sein als das meine.

Francesca Winterfeld.»

Er starrte verloren auf die schöne Handschrift. Sauber, leserlich, jeder einzelne Buchstabe in Schönschreibschrift und geschrieben von einer festen, disziplinierten Hand. Daran konnte er erkennen, wie ein Leben mit ihr gewesen wäre. Zufriedenheit, Sicherheit, auch Glück. Er empfand ein Gefühl von Bitterkeit, wenn er jetzt an Alexa dachte.

Tags darauf meldete er sich zum Dienst und wurde sogleich zu General Hartmann befohlen. Dieser hielt Nikolas nicht wie erwartet eine Strafpredigt, sondern zeigte sich überraschend wohlwollend und verständnisvoll.

«Du hast da einen schönen Pallawatsch angerichtet», sagte er nach einem ermutigenden herzlichen Händedruck. «Ich möchte von dir jetzt wissen: wann genau hast du ausfindig gemacht, daß die Frau in den Mord an ihrem Mann verwickelt war?»

«Überhaupt nicht.» Als er das Stirnrunzeln des Generals bemerkte, setzte Nikolas rasch hinzu: «Ich will damit sagen, sie hat es mir überhaupt nicht offenbart. Was den Vorwurf angeht, sie habe den Mörder angestiftet, so erfuhr ich davon erst nach ihrer Festnahme.»

«Und seither hast du nicht mit ihr gesprochen?»

Nikolas schwieg einen Augenblick. «Doch, das habe ich, Herr General. Am Abend vor meiner Abreise hat mir ihr Rechtsanwalt gegen alle Vorschriften Einlaß in die Klinik verschafft, in der sie liegt.»

«So?»

«Sie ist ... sie ist nicht mehr bei Verstand. Deshalb ist sie in der Klinik und nicht im Gefängnis. Sie ist für unzurechnungsfähig erklärt worden und wird immer noch psychiatrisch behandelt.»

Der General schüttelte den Kopf in dem Erstaunen des älteren Mannes vor dem Leichtsinn, mit dem junge Leute in Herzensangelegenheiten blind in ihr Unglück rennen. «Eine Frage noch, die du aber nicht beantworten mußt. War zwischen ihr und dir mehr als zwischen Schwager und Schwägerin üblich ist?»

«Jawohl, Herr General, es war mehr», antwortete Nikolas leise.

General Hartmann hielt eine Weile die schweren Lider gesenkt und sagte dann: «Zunächst einmal stehst du zur Disposition. Hat der Wirbel sich gelegt, sehen wir weiter. Übrigens hat man im Gegenzug zu deiner Ausweisung hier einen deutschen Diplomaten zur unerwünschten Person erklärt. Schlägst du meinen Bauern, schlag ich deinen.»

Nikolas verbrachte den Oktober in Wien. Die Annexion Bosniens und der Herzegowina, zweier slawischer Provinzen, überraschte ganz Europa. Trotz der anfänglichen Empörung, mit der die Nachricht von England und Frankreich aufgenommen wurde, glätteten sich die Wogen bald wieder ohne ernsthafte Nachwirkungen. Kaum hatte sich die Aufregung gelegt, als ein weiterer Schock das Gleichgewicht der Mächte bedrohte. Diesmal stand Kaiser Wilhelm selbst im Mittelpunkt der Kontroverse. Ein Interview von ihm, das der *Daily Telegraph* veröffentlichte, war für England, Frankreich, Rußland, ja sogar Japan ein Beweis dafür, daß er eine Gefahr für den Weltfrieden darstellte. Diese Affäre kostete ihn fast den Thron. Kurioserweise kamen die schärfsten Angriffe von seiten der deutschen Presse. Ihre Karikaturisten stellten Wilhelm als einen Schwätzer und Narren hin.

Anfang November erhielt Nikolas eine Einladung auf das Schloß des Fürsten Maximilian Egon von Fürstenberg in Donaueschingen, die Nikolas nicht wenig verwunderte, wurde doch neben anderen Gästen auch Kaiser Wilhelm II. dort erwartet. Nach seiner plötzlichen Abberufung aus Berlin wußte Nikolas, daß er am preußischen Hof persona non grata war. Offenbar lehnte Fürstenberg es ab, sich den kaiserlichen Launen zu beugen, wenn darunter die Beziehungen zu alten Freunden wie Karady litten. Nikolas hatte schon viele prächtige Adelssitze besucht, aber die Schönheit und Vollkommenheit des Fürstenbergschen Besitzes beeindruckte ihn außerordentlich. In einer sich schnell ändernden Welt, in der selbst die größten Namen langsam ihren Glanz verloren, strahlte der Fürstenbergische hell wie je zuvor.

Wilhelm war noch nicht eingetroffen. Man erwartete ihn für den Nachmittag, und während des Dejeuners wurde erstaunlich freimütig über den Artikel im *Daily Telegraph* und seine Folgen gesprochen. Seit seiner Abreise aus Berlin kam Nikolas zum erstenmal wieder mit Personen zusammen, von denen einige zum inneren Kreis um den Kaiser gehörten. Die anderen entstammten dem europäischen Hochadel und kamen aus den verschiedensten Ländern. Nur fehlten im Gegensatz zu früher Engländer und Franzosen.

Die Scherze bei Tisch grenzten an Majestätsbeleidigung, und Nikolas sagte sich, daß solche freizügigen Reden ohne den jüngsten Prestigeverlust des Kaisers wohl nicht möglich gewesen wären. Nur ein Gast nahm Anstoß an den despektierlichen Scherzen: General von Hülsen-Haeseler, der Chef des Kaiserlichen Militärkabinetts. Nikolas hatte sich mit ihm nie besonders gut verstanden; jetzt behandelte ihn der General mit einer eisigen Distanz, die niemandem entgehen konnte.

In der Suite neben der von Nikolas waren die Baronin Sorg, die geborene Komtesse Novakow, und ihr Mann untergebracht; seit ihrem überraschenden Besuch in der Bendlerstraße hatte Nikolas nichts mehr von ihr gehört. Auch in Wien hielt man sie – wie in Berlin – für eine Doppelagentin, im Dienste Rußlands wie Österreichs.

«Was gibt es Neues in Berlin?» fragte Nikolas sie bei einem Spaziergang im Park.

«Nicht viel. Schon gar nicht bei Hofe. Es ist eine Erleichterung, einmal aus dieser Atmosphäre herauszukommen. Wenn Majestät eintreffen, ist der Spaß natürlich zu Ende, dann ist es aus mit der Ruhe hier. Ich bin noch jung, mir macht das nicht viel aus, aber sehen Sie sich einmal Hülsen-Haeseler an, 56 und immer auf dem Sprung, den Wünschen Seiner Majestät zuvorzukommen ...» Sie unterbrach sich. «Warum ist er übrigens so furchtbar wütend auf Sie?»

«Ich weiß es wirklich nicht! Und es ist mir auch völlig einerlei.»

«Und so ein Mann ist Chef des Militärkabinetts! Kein Wunder, daß Deutschland ständig Probleme hat.»

Der Kaiser traf in bester Laune ein, immerhin erstaunlich, wenn man bedachte, daß die Nachwirkungen der Balkankrise und der *Daily Telegraph*-Affäre noch in ganz Europa zu spüren waren. Er kam geradewegs von einem Besuch bei Franz Ferdinand, was als Zeichen dafür gewertet wurde, daß er das Vorgehen der Doppelmonarchie gegen Bosnien billigte.

Wie stets war die Gästeliste dem Kaiser zur Genehmigung vorgelegt worden, dennoch brachte ihn Nikolas' Anwesenheit zu einem Stirnrunzeln. Danach nahm er demonstrativ keine Notiz mehr von ihm.

Die Jagd in Donaueschingen war für die Gastgeber ein großer Erfolg. Die diplomatischen Folgen seiner Handlungen, die Berlin erheblich zu schaffen machten, schien der Kaiser überhaupt nicht zur Kenntnis zu nehmen. Er war glänzender Laune. Doch dann ereignete sich nach dem Festbankett am letzten Abend ein Zwischenfall.

Nikolas erinnerte sich zeitlebens an dieses Bankett, mit dem für ihn eine Zeit zu Ende ging, die von Geschmack, sorgloser Heiterkeit und festlicher Schönheit bestimmt gewesen war. Das Schloß der Fürstenbergs war die Bühne, auf der Menschen, die durch ihren Geist, ihren ererbten Reichtum und ihre Macht über Europa herrschten, ein heiteres Schauspiel agierten. Die Damen erschienen in großer Toilette, die Herren in Galauniform oder im ordenübersäten Frack. Wer am Jagdrennen teilgenommen hatte, trug einen scharlachroten Reiterfrack. Nichts störte die Vollkommenheit des Bildes, das vom milden Schein unzähliger Kerzen beleuchtet wurde.

Nach dem Bankett begaben sich die Gäste, angeführt vom Kaiser, in die große Halle, wo auf der geschwungenen Treppe das Hausorchester Platz genommen hatte und die neuesten Weisen spielte.

Plötzlich verstummte die Musik, und nach einer kurzen Pause trippelte leichtfüßig aus der angrenzenden Galerie General Hülsen-Haeseler herein, in rosa Ballettröckchen, Trikot und blonder Perücke. Das Orchester spielte aus der Musik zu Tschaikowskys *Schwanensee*, und der Chef des preußischen Militärkabinetts begann einen Spitzentanz, die Parodie eines Ballettsolos. Er tanzte, pirouettierte und sprang mit solchem professionellen Geschick, daß die verwunderten Zuschauer ihm ihren Beifall nicht versagten. Einige schienen allerdings peinlich berührt.

Nikolas traute seinen Augen nicht. Zwar hieß es gerüchtweise, bei Herrenessen auf der kaiserlichen Yacht habe es ähnliche Vorführungen schon gegeben, doch das hatte er nicht glauben wollen. Er musterte die Umsitzenden. Kaum jemand schien den Auftritt als geschmacklos zu empfinden. Auf manchen Gesichtern sah er den Ausdruck höflicher Langeweile. Der Kaiser schien beeindruckt; er strahlte wie ein Ballettmeister, der seinen Lieblingsschüler einem auserlesenen Publikum präsentiert.

Die Gewandtheit und die grotesk-weibliche Anmut des Sechsundfünfzigjährigen ließen Nikolas staunen. Er dachte, der General könne das nicht lange durchhalten, doch je länger er tanzte, desto lebhafter wurden seine Drehungen und Sprünge. Der General genoß seinen Auftritt augenscheinlich sehr. Schweißtropfen erschienen auf seiner Stirn, aber seine Füße bewegten sich unermüdlich wie die einer aufgezogenen Tanzpuppe. Die Musik wurde lauter, offenbar ging der Auftritt dem Ende zu. Graf Hülsen-Haeseler sprang noch einmal, ein meisterhaftes Entrechat, er schien für einen Augenblick zu schweben. Da verwandelte sich plötzlich sein Lächeln in eine Grimasse des Schmerzes, er stürzte zu Boden und blieb bewegungslos liegen.

Anfangs glaubten die Zuschauer, dieser Sturz gehöre zu seiner Vorführung. Als der General sich nicht erhob, entstand Unruhe. Dann schrie eine Dame, die in der Nähe des Gestürzten stand, auf. Die Gäste sprangen auf und umringten den reglos Daliegenden.

Man trug den General in die Galerie, und Dr. Niedner, der Leibarzt des Kaisers, stellte Wiederbelebungsversuche an. Doch alle Mühe war umsonst – der General war tot.

In der Halle herrschte aufgeregtes Durcheinander. Der Kaiser war aufgestanden und dem Arzt in die Galerie gefolgt. Das Orchester spielte noch immer und brach dann auf einen Wink des Gastgebers ab. Die Fürstin Fürstenberg saß auf der untersten Treppenstufe und schluchzte hysterisch.

Um elf Uhr erklärte Dr. Niedner, der sich um den General bemüht hatte, weil er dem Kaiser beweisen wollte, daß alles nur Menschenmögliche geschah, den Grafen Hülsen-Haeseler für tot. Man zog ihm das Kostüm aus – das Trikot mußte der Arzt mit einer Schere aufschneiden – und kleidete ihn so, wie ein General nun einmal starb: in Uniform.

Natürlich sollte nicht an die Öffentlichkeit dringen, daß der Chef des Militärkabinetts Seiner Majestät im Tutu dahingegangen war, doch innerhalb von 24 Stunden war ganz Europa darüber im Bilde. Den Toten bahrte man provisorisch im großen Salon im ersten Stock des Schlosses auf. In der Aufregung dachte niemand an die Gräfin Hülsen-Haeseler, und erst nach Mitternacht kam jemand auf den Gedanken, sie zu benachrichtigen.

Zunächst hatte Wilhelm sich in sprachlose Starrheit gerettet, doch plötzlich entfaltete er eine fieberhafte Aktivität. Dr. Niedners Rat, sich zurückzuziehen und zu ruhen, wies er kategorisch zurück. Die Vorbereitungen für das Leichenbegängnis waren zu treffen, und er ließ es sich nicht nehmen, sich persönlich darum zu kümmern. Hinter dieser unermüdlichen Betriebsamkeit verbarg der Kaiser seine Angst. Als jemand das Auftreten des Generals als Hülsen-Haeselers Totentanz bezeichnete, wurde er leichenblaß. Sein Leben lang hatte er sich vor Krankheit und Ansteckung gefürchtet. Mitzuerleben, wie plötzlich der Tod einen Menschen ereilen kann, ließ ihn erkennen, daß auch er, der Liebling der Götter, sterblich war.

Diese Tragödie von Donaueschingen war das letzte in einer Reihe von bedrohlichen Ereignissen, die ihm innerhalb weniger Monate zugestoßen waren: die zunehmende Verschlechterung des Verhältnisses zu seinem Onkel Eduard, die Balkankrise, der Artikel im *Daily Telegraph*, und nun dies. Sollte das Glück sich von ihm abwenden?

Bis um zwei Uhr in der Frühe blieb er auf, und bevor er sich niederlegte, ließ er den Hofmarschall Graf Zedlitz-Trützschler noch einmal zu sich kommen und besprach mit ihm die Reisepläne für den folgenden Tag. Der Graf war schon fast aus dem Zimmer, da hörte er den Kaiser eine Frage stellen, die ihn überraschte.

«Ist schon ein Termin für die neue Verhandlung gegen Eulenburg festgesetzt?»

Der Hofmarschall schaute den Monarchen verständnislos an, der aber wiederholte ungeduldig seine Frage. Der Graf begriff endlich. «Meines Wissens nicht, Majestät. Nach dem letzten ärztlichen Bericht ist der Fürst noch immer verhandlungsunfähig.»

«Also immer noch so krank?»

«Jawohl, Majestät.»

Plötzlich schlug der Kaiser zornig mit der Faust auf den Tisch. «Warum läßt man ihn dann nicht nach Hause? Sind wir denn hier in Rußland? Seit wann sitzt bei uns jemand monatelang in Haft, ohne daß man ihm den Prozeß macht?»

Der Hofmarschall hatte einen langen, aufreibenden Tag hinter sich und fühlte sich außerstande, dem Herrscher zu bedeuten, daß sein ehemaliger Freund einzig auf seinen kaiserlichen Willen hin gefangen gehalten wurde.

Er hätte das Gewissen des Kaisers vielleicht etwas erleichtern können, scheute sich aber zu sagen, was er wußte. Schon am 25. September war Eulenburg gegen Stellung einer Kaution die Übersiedlung nach Liebenberg gestattet worden. Allerdings hatte man das Wilhelm verschwiegen, weil dieser bislang auf der Fortführung des Prozesses und, falls möglich, eine Verurteilung des Fürsten bestanden hatte.

«Wenn wir wieder in Berlin sind, rufen Sie sofort Bülow an und sagen Sie ihm, was ich Ihnen gesagt habe», knurrte der Kaiser. «Ich verstehe Bülow, offen gestanden, nicht. Ist er denn immer noch eifersüchtig auf Eulenburg? Fürchtet er, Phili könnte ihm das Amt streitig machen? Es heißt ja immer: Macht korrumpiert. Ich sage Ihnen, sie macht unmenschlich.»

Bei der Rückkehr nach Wien erwartete Nikolas ein Brief von Justizrat Wengraf. Er beschäftigte sich zunächst mit Oberleutnant von Ranke. Nachdem Rankes Kommandeur, Major Brausch, darauf bestand, daß der Angeklagte auf seinen Geisteszustand untersucht wurde, hatte Hauptmann-Auditor Yves sich damit einverstanden erklärt. Man stellte bei Ranke psychopathische Züge fest, erklärte ihn aber im juristischen Sinne für voll zurechnungsfähig.

Hauptmann-Auditor Yves hatte Rankes Forderung zugestimmt, Alexa gegenübergestellt zu werden, obwohl die Ärzte Bedenken dagegen angemeldet hatten.

Oberleutnant von Ranke wurde also von Hauptmann Yves nach Berlin gebracht, wo in der Charité im Beisein eines Anstaltsarztes, einer Krankenschwester, des Amtsarztes und des Gutachters der Verteidigung, Dr. Karl Julius Berg, die Gegenüberstellung stattfand.

Alexa reagierte auf das Erscheinen der Herren Ranke und Yves anfangs mit höflicher Neugier. Sie schien nicht recht zu wissen, was die beiden Uniformierten von ihr wollten, und ließ Anzeichen von Nervosität erst merken, als Hauptmann Yves sie mit Frau Baronin Godenhausen anredete.

«Sie müssen mich mit jemandem verwechseln, Herr Hauptmann», sagte sie.

Dr. Berg sah Hauptmann Yves an. «Bitte denken Sie an das, was ich Ihnen gesagt habe. Wir dürfen die Patientin nicht unnötig irritieren.»

Ranke ließ die Augen nicht von Alexa und versuchte, ihren Blick auf sich zu ziehen, aber sie nahm von ihm keine Notiz. Der Auditor hingegen schien Erinnerungen in ihr zu wecken, wenn anscheinend auch keine angenehmen. Sie saß in einem Sessel, die Hände im Schoß; sie verkrampften sich, und die Knöchel traten weiß hervor.

«Oberleutnant von Ranke, treten Sie vor und wiederholen Sie vor dieser Dame die Beschuldigungen, die Sie im Laufe der Untersuchung gegen sie erhoben haben. Gnädige Frau, sehen Sie bitte Herrn von Ranke an.»

Alexa runzelte die Stirn, richtete dann aber den Blick auf Ranke. Mit unsicherer Stimme berichtete er von ihrer ersten flüchtigen Begegnung, dann von dem denkwürdigen Ausritt, bei dem sie erstmals angedeutet hatte, sie wünsche den Tod ihres Mannes. Bis dahin hatte sie höflich zugehört, jetzt wurde sie bleich, hob langsam beide Hände an den Mund und preßte sie auf die Lippen.

Ranke, den Hauptmann Yves mehrmals auffordern mußte weiterzusprechen, setzte seinen Bericht fort. Alexa betrachtete ihn erstaunt und schweigend. Je länger er sprach, desto erregter wurde sie. Schließlich sah sie ihn mit haßerfüllten Blicken an.

«Weiter», drängte der Auditor. «Sie müssen noch berichten, wie die gnädige Frau Sie fallenließ, als Sie Ihr Versprechen, den Major zu töten, nicht einlösten.»

Mit einem wilden Schrei sprang Alexa auf und stürzte sich auf Hauptmann Yves. Die Krankenschwester und die Ärzte hatten Mühe, sie zurückzureißen, doch Alexa schrie ununterbrochen auf den Auditor ein, und zwar auf ungarisch.

Ranke stand mit ausdruckslosem Gesicht reglos dabei. Die Ärzte drängten darauf, die Gegenüberstellung abzubrechen und damit erst dann fortzufahren, wenn der Zustand der Patientin sich gebessert habe. Die Krise hielt jedoch an.

Nach einigen Tagen sah auch Hauptmann Yves, wie zwecklos es war, auf Besserung zu warten. Er kehrte, wenn auch widerstrebend, mit seinem Untersuchungsgefangenen nach Allenstein zurück.

«Oberleutnant von Ranke brach nach der Gegenüberstellung offenbar völlig zusammen», hieß es in Wengrafs Brief weiter. «Er schien begriffen zu haben, wie aussichtslos seine Lage war und daß er nichts davon erhoffen durfte, wenn er die Baronin weiter belastete. Zwei Tage nach seiner Rückverlegung ins Militärgefängnis hat er sich abends, als das Essen ausgeteilt wurde, ein Messer verschafft, mit dem er sich die Kehle durchschnitt. Als man ihn fand, war es für jede Hilfe zu spät.» Das alles berichtete der Justizrat in knappen, sachlichen Worten, fügte aber abschließend zum Fall Ranke doch noch eine persönliche Bemerkung an. «Sie können sich sicher vorstellen, wie erleichtert die Militärbehörde seinen Tod aufgenommen hat.»

Nach der Gegenüberstellung hatte sich Alexas Zustand verschlimmert. Eine Ärztekommission, der auch Dr. Berg angehörte, war zu dem Ergebnis gekommen, daß die Patientin derzeit nicht vor Gericht gestellt werden könne. Man empfahl, das Verfahren auszusetzen und sie zur Weiterbehandlung in ein Privatsanatorium zu verlegen. Der Staatsanwalt war damit einverstanden und hatte Dr. Wengraf ermächtigt, gegen Stellung einer Kaution die entsprechenden Schritte zu veranlassen.

Nikolas antwortete postwendend. Er beauftragte den Justizrat, ein gut geführtes Sanatorium ausfindig zu machen, und stellte den Kautionsbetrag zur Verfügung. Solange die Justizbehörden keine Einwände erhoben, sollte Alexa in diesem Sanatorium bleiben.

Nikolas hatte das Gefühl, nicht mehr für Alexa tun zu können. Er wollte nun einen Schlußstrich unter die Vergangenheit ziehen und sein Leben neu beginnen.

Am 1. Dezember wurde er auf seinen alten Platz in der Aufmarschabteilung des Generalstabes zurückbeordert, ja, er bekam sogar seinen alten Schreibtisch wieder. Er hätte ein Auslandskommando vorgezogen, doch seine Verwicklung in den Fall Godenhausen stellte einen Mangel in seiner Konduiteliste dar.

Der Winter 1908 auf 1909 erschien ihm später als eine monotone Abfolge trüber, langweiliger Tage. Nicht einmal den Ereignissen des Tages schenkte er Aufmerksamkeit, obwohl am politischen Horizont dunkle Wolken heraufzogen.

Wilhelm war aus Donaueschingen nach Berlin zurückgekehrt. Die internationale Presse stellte sogar Spekulationen über eine bevorstehende Abdankung des Kaisers an, wobei Gerüchte über eine angebliche Nervenschwäche eine gewisse Rolle spielten. Im Februar jedoch fühlte er sich gesund genug, König Eduard VII. und seine Gemahlin in Berlin zu Gast zu haben.

Es war der letzte Besuch des englischen Königs in Deutschland, und trotz der besten Absichten Eduards trug er ebensowenig zur Annäherung zwischen England und Deutschland bei wie alle vorhergegangenen Begegnungen. Der Kaiser gab zu Ehren seines Onkels ein Festbankett, in der Oper fand eine Galavorstellung statt, doch er veranstaltete auch eine Parade, bei der Tausende von preußischen Bajonetten in der Sonne blinkten.

Als Nikolas davon las, mußte er an seine Zeit im kaiserlichen Berlin denken. Die Rückkehr nach Wien hatte ihm jedoch nicht den erhofften inneren Aufschwung gegeben. Er lebte unfroh dahin. Die Mutter schmollte mit ihm, wie sonst nur mit dem Vater; ihr unentwegtes Drängeln, er solle doch endlich heiraten und solide werden, ging ihm auf die Nerven. Er hatte eine kurze Affäre mit einer bekannten Schauspielerin vom Burgtheater, brach die Beziehung aber ab, als er merkte, daß sie auch nach dem Abschminken große Tragödie spielte. Sie war ihm eine leidenschaftliche Geliebte, forderte jedoch, daß er jede freie Minute mit ihr verbrachte. Ihre Launen gingen ihm auf die Nerven. Schließlich unternahm sie einen Selbstmordversuch, nicht ohne jedoch vorher Nikolas, ihren Arzt, den Direktor des Burgtheaters und sogar die Polizei vorsorglich angerufen zu haben, damit sie ja gerettet wurde. Er verließ sie, obwohl sie mit einem da capo drohte.

Das Sanatorium in Babelsberg, ein großes, modernes Gebäude, lag in einem gepflegten Park. Vom Fenster aus hatte sie einen wunderschönen Blick auf die Havel. Die ersten Tage blickte sie, die Stirn ans Fenster gepreßt, stundenlang fasziniert auf den blinkenden Fluß. Nach den Wochen in der Charité fand sie sich hier anfangs nicht zurecht. Es dauerte eine Weile, bis sie begriff, daß sie jederzeit nach Gutdünken ihr Zimmer verlassen, die breite Treppe hinunter und hinaus ins Freie gehen konnte. Da es nicht kalt war, gewöhnte sie sich an, jeden Nachmittag im Park spazierenzugehen. Sie merkte, daß sie hier weniger streng bewacht wurde als in Berlin, trotzdem fühlte sie sich von wachsamen Augen beobachtet, denn sobald sie sich dem Parktor näherte, tauchte unvermutet eine Pflegerin auf.

In diesem Jahr kam der Frühling spät. Noch im März fiel Schnee. Er lag auf den Parkwiesen, weiße Tupfen zwischen den blauen und gelben Krokussen, die sich bereits hervorgewagt hatten. Nicht lange danach, und die Veilchen blühten. Alexa pflückte einen kleinen Strauß und trug ihn in ihr Zimmer. In der Vase weckte er jedoch ein sonderbares

Angstgefühl in ihr. Sie kam erst wieder zur Ruhe, als sie die Blumen fortgeworfen hatte. Die Veilchen erinnerten sie vage an etwas, das sie lieber vergessen wollte.

Sie war eine ausgesprochen folgsame und gutartige Patientin; nur in einem Punkt machte sie Schwierigkeiten: sie weigerte sich, deutsch zu sprechen. Dr. Berg hatte den leitenden Arzt darüber unterrichtet, daß die Patientin ihren Bezug zur Realität fast vollständig verloren habe, und daß sie seit der unseligen Begegnung mit Ranke und Hauptmann Yves ihre wirkliche Persönlichkeit als Alexa von Godenhausen hartnäckig verleugne. Obwohl sie nur noch ungarisch sprach, verstand sie, wenn ein Arzt oder eine Schwester sie auf deutsch anredete; benutzten sie dabei jedoch die Worte ‹Frau Baronin› oder ‹Alexa›, reagierte sie nicht.

Im Mai unterbrach der Besuch der Ärztekommission, die nun nach Babelsberg kam, die Monotonie ihres Daseins. Einen ganzen Tag lang stellten die Herren ihr zahllose Fragen, die sie nicht immer verstand. Vorsorglich hatte man eine ältere Frau mitgebracht, die fließend ungarisch sprach und als Dolmetscherin fungierte. An manche Personen, nach denen die Ärzte sie fragten, konnte sie sich einfach nicht erinnern, so sehr sie sich auch bemühte. Bilder glitten wie verglühende Kometen durch ihr Bewußtsein und waren erloschen, bevor sie Worte fand, sie zu beschreiben.

Alexa war ärgerlich über sich selbst, daß sie sich nicht besser konzentrieren konnte, doch ihre Besucher schienen mit ihren Antworten nicht unzufrieden zu sein, und während sie am Morgen noch mit strenger Stimme zu ihr gesprochen hatten, waren sie am Nachmittag freundlich und nachsichtig.

Eine Woche später erschien Justizrat Wengraf in Begleitung der Dolmetscherin, die mit den Ärzten bei ihr gewesen war, und eröffnete Alexa, die Behörden seien bereit, die staatsanwaltschaftlichen Ermittlungen einzustellen, unter der Voraussetzung, daß sie Deutschland verließ.

«Heißt das, ich darf nach Hause?» fragte Alexa.

Der Justizrat nickte.

«Ich darf nach Hause, nach Sárkány!»

Zur Jagdzeit genoß es Gräfin Melanie besonders, die Schloßherrin zu spielen. Sie liebte die prächtige Laubfärbung der Zeit um den St. Augustintag, die man Altweibersommer nennt.

Im Herbst 1909 übersiedelte wie in so manchem Jahr zuvor der halbe Wiener Haushalt nach Sárkány, um unter der ebenso kundigen wie strengen Leitung des Majordomus Rosner das Schloß für die Herrschaft und die Gäste herzurichten. Es waren mehrere Abendgesellschaften und ein Jägerball vorgesehen; dennoch gefiel ihr der Gedanke, in Sárkány – wie sie sich ausdrückte – mit einem Langweiler von alterndem Ehemann eingesperrt zu sein, ganz und gar nicht, und sie bestand darauf, daß Nikolas sie begleitete.

Er war seit dem Herbst 1907 nicht mehr dort gewesen, zu schmerzlich waren die Erinnerungen, die Sárkány in ihm weckte, und inzwischen lebte Alexa wieder auf dem Gut ihrer Großeltern Réthy.

Nikolas war seinem Vorsatz, sie nicht wiederzusehen, treu geblieben, ja, er hatte es sogar so eingerichtet, daß er nicht in Wien war, als sie auf ihrer Reise nach Ungarn dort unter ärztlicher Obhut einen Tag und eine Nacht verbrachte. Nikolas Karady hatte das Band zerschnitten, das ihn mit seiner Vergangenheit und mit Alexa verband.

Kaum in Sárkány eingetroffen, schrieb er dem alten Réthy ein paar Zeilen: er sei zur Jagd hier, wolle den Réthys aber, um Alexas willen, keinen Besuch machen. Ob Großvater Réthy nicht zu ihm aufs Schloß kommen könne.

Nikolas hoffte insgeheim, Réthy würde nicht kommen. Kalman Réthy erschien jedoch, und Nikolas vermied es zunächst, das Gespräch auf Alexa und darauf, wie es ihr ging und wie sie jetzt lebte, zu bringen. Der alte Réthy begann jedoch sogleich von ihr zu sprechen, ohne zu bemerken, wie widerstrebend Nikolas darauf einging.

«In der ersten Zeit war es recht schwierig», sagte er. «Du weißt, wie die Leute sind, taktlos und oft auch grausam. Alexa konnte sich nicht aus dem Hause wagen. Die Leute aus dem Dorf starrten sie an. Die Nachricht von ihrer Krankheit und dem Skandal hatten sich herumgesprochen. Doch die allgemeine Neugier legte sich bald. Je mehr Wochen ins Land gingen, desto ruhiger und ausgeglichener wurde sie. Alexa hat alle schmerzlichen Erinnerungen an die Vergangenheit aus ihrem Gedächtnis verbannt und lebt mit sich und Gott in Frieden.» Er verstummte. Dann sagte er: «Ich wollte, das könnte ich auch. Vielleicht gelingt es mir noch . . . Ach Nikolas, ich bin froh, daß sie bei uns ist. Vielleicht hat sie das immer gewollt – daheim zu sein, im Kreis der Ihren.» Er stand auf. «Ich muß jetzt aber wirklich gehen. Du erwartest deine Gäste.»

Nikolas begleitete ihn zum Parktor. Auf dem Rückweg sah er seine Mutter auf dem Balkon stehen, die durch ihr Opernglas die Landschaft betrachtete. Er ging zu ihr hinauf.

«Besiehst du dir die Gegend?» fragte er.

Sie überhörte seine Frage. «Der Alte wollte doch bestimmt wieder Geld von dir», sagte sie spitz.

«Falls du Kalman Réthy meinst, dann irrst du dich. Außerdem geht dich das eigentlich gar nichts an, Mama.»

«Mit den Réthys ist es doch immer dasselbe. Ich hatte fest vor, über dieses Thema kein Wort mehr zu verlieren, aber nachdem der Alte die Stirn gehabt hat, hierherzukommen . . .»

«Er ist mir jederzeit willkommen. Schließlich war ich mit seiner Enkelin verheiratet.»

«Du bist es aber nicht mehr. Ich brauche dir wohl nicht zu sagen, wie ich über diese Leute denke. Von denen ist einer wie der andere. Die Alte ist nicht ganz richtig im Kopf, der Sohn hat sich umgebracht. Und jetzt Alexa.»

«Schweig bitte, Mama.»

«Es heißt, daß sie verrückt geworden ist, daß sie sich für Beata hält.»

Vom Balkon aus hatte man Ausblick über den Hang, der sich gemächlich zum Réthyschen Gut senkte, dahinter das schmale Band der Straße nach Komaróm, und in der Ferne die verwischten Umrisse der Vorberge des Bakony-Waldes. Die Sonne war im Sinken, und ihre letzten Strahlen ließen die Wipfel der Bäume aufleuchten. Es war die Stunde des Tages, in der alle Farben noch einmal voll hervortraten, ehe die Dämmerung sich herabsenkt.

Nikolas trat an die Balkonbrüstung. Kalman Réthy ging auf dem Pfad zwischen einem frisch gepflügten Feld und einer Wiese hügelab; es war ein Abkürzungsweg vom Schloß zu seinem Haus. Nikolas eilte ihm mit den Blicken voraus zu der Reihe von Akazien, die die Grenze zwischen dem Land der Karadys und dem der Réthys bildete. Dahinter, im Réthyschen Gemüsegarten, bei den Stangenbohnen, bewegte sich eine blaugekleidete Gestalt.

Vor sechs Jahren an einem Tag im Juni hatte er dort im Garten ein anderes junges Mädchen gesehen. Sie hatte das Haar im Nacken lose zusammengebunden und war hier im hellen Sonnenlicht ebenso schön wie vor wenigen Tagen im schattigen Salon der Großeltern. Ein Schmetterling setzte sich auf ein Blatt, und als Beata behutsam die Hand nach ihm ausstreckte, flatterte er davon, und die herrlich bunten Flügel schimmerten im Licht. Sie wandte sich um, bemerkte Nikolas, und ein glückliches Lächeln erhellte ihr Gesicht.

Er kehrte in die Wirklichkeit zurück. Seine Mutter stand neben ihm, das Opernglas an den Augen. «Das ist sie doch, nicht wahr? Wer hätte gedacht, daß es mit ihr einmal so weit kommen würde?» Sie ließ das Glas sinken. «Und du hättest beinahe um ihretwillen deine Karriere ruiniert. Ich darf gar nicht daran denken. In Wien hieß es vor einem Jahr sogar, du würdest den Abschied bekommen. Von der Tatsache, daß du ein reizendes junges Mädchen hättest heiraten und mit ihr glücklich werden können, ganz zu schweigen. Du warst ein Narr. Hoffentlich siehst du es inzwischen ein.»

Er nahm ihr das Glas weg und hielt es an die Augen. Im Licht der sinkenden Sonne hatte die schlanke Gestalt in dem blauen Kleid fast etwas Unwirkliches. Sein Herzschlag stockte. Er ließ das Glas sinken und mußte sich an der Balkonbrüstung festhalten. Seine Mutter sah ihn besorgt an.

«Was hast du?»

Er reichte ihr das Opernglas. «Kennst du die Geschichte von Orpheus und Eurydike?»

Sie sah ihn prüfend an. «Sprich nicht in Rätseln. Das paßt nicht zu dir. Außerdem ist Orpheus ohne sie zurückgekommen. Die Toten sind tot. Wechseln wir das Thema. Am Dienstag gebe ich ein Essen. Bist du dann noch hier?»

«Wohl kaum.»

«Aber Nicky, ich habe fest auf dich gerechnet.»

«Sei mir nicht bös, wenn ich dich enttäuschen muß.» Er wandte sich um und ging zur Tür.

Sie sah ihm nach. Am liebsten hätte sie ihn zurückgehalten, aber ihr Instinkt sagte ihr, daß es nutzlos war. Wenig später sah sie ihn zum Parktor hinausgehen. Sie blieb auf dem Balkon, an die Brüstung gelehnt, das Opernglas an den Augen.

Dort unten ging ihr Sohn den Weg zum Réthyschen Gut hinab. Die Gestalt in dem blauen Kleid hatte ihn kommen sehen; sie setzte den Korb ab und lief ihm entgegen. Für einen kurzen Augenblick verbargen die herbstlichen Blätter der Akazien Nikolas dem Blick seiner Mutter. Als er wieder auftauchte, war er dem Réthyschen Garten schon nahe. Er ging jetzt schneller, auch das Mädchen lief rascher. Er rief ihr etwas zu, und sie breitete die Arme aus.

Die Gräfin ließ das Opernglas sinken. Die Sonne stand jetzt tief hinter den fernen Bergen, deren Umrisse sich scharf gegen den Abendhimmel abzeichneten. Ein plötzlicher Windstoß ließ sie frösteln. Und sie fragte sich, ob sie in ihrem langen Leben jemals erfahren hatte, was Liebe ist.